古典
小说
大字本

冯梦龙
编
◎
黄钧
校注

东周列国志

下

人民文学出版社

第七十二回

棠公尚捐躯奔父难　伍子胥微服过昭关

话说伍员字子胥,监利[1]人,生得身长一丈,腰大十围,眉广一尺,目光如电,有扛鼎拔山之勇,经文纬武之才。乃世子太师连尹奢之子,棠君尚之弟。尚与员俱随其父奢于城父。鄢将师奉楚平王之命,欲诱二子入朝,先见了伍尚,因请见员。尚乃持父手书入内,与员观看,曰:"父幸免死,二子封侯,使者在门,弟可出见之。"员曰:"父得免死,已为至幸。二子何功,而复封侯?此诱我也。往必见诛!"尚曰:"父见有手书,岂相诳哉?"员曰:"吾父忠于国家,知我必欲报仇,故使并命[2]于楚,以绝后虑。"尚曰:"吾弟乃臆度之语。万一父书果是真情,吾等不孝之罪何辞?"员曰:"兄且安坐,弟当卜其吉凶。"员布卦已毕,曰:"今日甲子日,时加于巳,支伤日下[3],气不相受。主君欺其臣,父欺其子。去且就诛,何封侯之有哉?"尚曰:"非贪侯爵,思见父耳。"员曰:"楚人畏吾兄弟在外,必不敢杀吾父。兄若误往,是速[4]父之死也。"尚曰:"父子之爱,恩从中出。若得一面而死,亦所甘心!"于是伍员乃仰天叹曰:"与父俱诛,何益于事?兄必欲往,弟从此辞矣!"尚泣曰:"弟将何往?"员曰:"能报楚者,吾即从之。"尚曰:"吾之智力,远不及弟。我当归楚,汝适他国。我以殉父为孝,汝以复仇为孝。从此各行其志,不复相见矣!"伍员拜了伍尚四拜,以当永诀。

尚拭泪出见鄢将师,言:"弟不愿封爵,不能强之。"将师只得同伍尚登车。既见平王,王并囚之。伍奢见伍尚单身归楚,叹曰:"吾固知员之不来也!"无极复奏曰:"伍员尚在,宜急捕之,迟且逃矣。"平王准奏,即遣大夫武城黑,领精卒二百人,往袭伍员。员探知楚兵来捕己,哭曰:"吾父兄果不免矣!"乃谓其妻贾氏曰:"吾欲逃奔他国,借兵以报父兄之仇,不能顾汝,奈何?"贾氏睁目视员曰:"大丈夫含父兄之怨,如割肺肝,何暇为妇人计耶?子可速行,勿以妾为念!"遂入户自缢。伍员痛哭一场,藁葬其尸。即时收拾包裹,身穿素袍,贯弓佩剑而去。

未及半日,楚兵已至,围其家,搜伍员不得,度员必东走,遂命御者疾驱追之。约行三百里,及于旷野无人之处。员乃张弓布矢,射杀御者,复注矢欲射武城黑。黑惧,下车欲走。伍员曰:"本欲杀汝。姑留汝命归报楚王,欲存楚国宗祀,必留我父兄之命。若其不然,吾必灭楚,亲斩楚王之头,以泄吾恨!"武城黑抱头鼠窜,归报平王,言:"伍员已先逃矣。"平王大怒,即命费无极,押伍奢父子于市曹斩之。临刑,伍尚唾骂无极,谗言惑主,杀害忠良。伍奢止曰:"见危授命[5],人臣之职。忠佞自有公论,何以詈为!但员儿不至,吾虑楚国君臣,自今以后,不得安然朝食矣。"言罢,引颈受戮。百姓观者,无不流涕。是日天昏日暗,悲风惨冽。史臣有诗云:

惨惨悲风日失明,三朝忠裔忽遭坑[6]。
楚庭从此皆谗佞,引得吴兵入郢城。

棠公尚捐躯奔父难　伍子胥微服过昭关

平王问："伍奢临刑有何怨言？"无极曰："并无他语，但言伍员不至，楚国君臣不能安食也。"平王曰："员虽走，必不远，宜更追之。"乃遣左司马沈尹戌率三千人，穷其所往。伍员行及大江，心生一计，将所穿白袍，挂于江边柳树之上，取双履弃于江边，足换芒鞋，沿江直下。沈尹戌追至江口，得其袍履，回奏："伍员不知去向。"无极进曰："臣有一计，可绝伍员之路。"王问："何计？"无极对曰："一面出榜四处悬挂，不拘何人，有能捕获伍员来者，赐粟五万石，爵上大夫；容留及纵放者，全家处斩。诏各路关津渡口，凡来往行人，严加盘诘。又遣使遍告列国诸侯，不得收藏伍员。彼进退无路，纵一时不能就擒，其势已孤，安能成其大事哉？"平王悉从其计。画影图形，访拿伍员，各关隘十分紧急。

再说伍员沿江东下，一心欲投吴国，奈路途遥远，一时难达。忽然想起："太子建逃奔宋国，何不从之？"遂望睢阳一路而进。行至中途，忽见一簇车马前来。伍员疑是楚兵截路，不敢出头，伏于林中察之，乃故人申包胥也，与员有八拜之交[7]，因出使他国回转，在此经过。伍员趋出，立于车左。包胥慌忙下车相见，问："子胥何故独行至此？"伍员把平王枉杀父兄之事，哭诉一遍。包胥闻之，恻然动容，问曰："子今何往？"员曰："吾闻父母之仇，不共戴天。吾将奔往他国，借兵伐楚，生嚼楚王之肉，车裂无极之尸，方泄此恨！"包胥劝曰："楚王虽无道，君也；子累世食其禄，君臣之分定矣。奈何以臣而仇君乎？"员曰："昔桀纣见诛于其臣，惟无道也。楚王纳子妇，弃嫡嗣，信谗佞，戮忠良，吾请兵入郢，乃为楚国扫荡污秽，况又有骨肉之仇乎？若不能灭楚，誓不立于天地之间！"包胥曰："吾欲教子报楚，则为不忠；教子不报，又陷子于不孝。子勉

849

之！行矣！朋友之谊,吾必不漏泄于人。然子能覆楚,吾必能存楚;子能危楚,吾必能安楚。"伍员遂辞包胥而行。不一日,到了宋国,寻见了太子建,抱头而哭,各诉平王之过恶。员曰:"太子曾见宋君否?"建曰:"宋国方有乱,君臣相攻,吾尚未通谒也。"

却说宋君名佐,乃宋平公嬖妾之子。平公听寺人伊戾之谗,杀太子痤而立佐。周景王十三年[8],平公薨,佐嗣立,是为元公[9]。元公为人,貌丑而性柔,多私无信。恶世卿华氏之强,与公子寅、公子御戎、向胜、向行等,谋欲除去之。向胜泄其谋于向宁,宁与华向、华定、华亥相善,谋先期作乱。华亥乃伪为有疾,群臣皆来问疾。华亥执公子寅与御戎杀之,囚向胜、向行于仓廪之中。元公闻之,亟驾车亲至华氏之门,请释二向。华亥并劫元公,索要世子及亲臣为质,方从其请。元公曰:"周、郑交质,自昔有之。寡人以世子质于卿家,卿之子亦应质于寡人。"华氏商议,将华亥之子无戚,华定之子启,向宁之子向罗,质于公所。元公亦召世子栾与母弟辰、公子地,质于华亥之家。华亥始释向胜、向行,从元公还朝。元公与夫人,心念世子栾,每日必至华氏,视世子食毕方归。华亥嫌其不便,欲送世子归宫。元公甚喜。向宁不肯曰:"所以质太子者,惟不信也。若质去,祸必至矣。"元公闻华亥中悔,大怒,召大司马华费遂,将帅甲攻华氏。费遂对曰:"世子在彼,君不念耶?"元公曰:"死生有命,寡人不能忍其耻辱!"费遂曰:"君意既决,老臣安敢庇其私族,以违君命哉?"即日整顿兵甲。元公遂将所质华无戚、华启、向罗,尽皆斩首,将攻华氏。华登素善于华亥,奔往告之。华亥忙集家甲迎战,兵败。向宁欲杀世子,华亥曰:"得罪于君,又杀君子,人将议我。"乃尽归其质,与其党出奔陈国。华费遂有三子,长华䝽,次华多僚,华登其第三子也。多僚与䝽素不睦,因华氏之乱,谮于元公,言:"华䝽实与亥、定同谋,今自陈召之,将为内应。"元公信之,使寺人宜僚告于费遂。费遂曰:"此必多僚谮言也。君既疑䝽,则请逐之。"华䝽之家臣张匄,微闻其事,讯于宜僚。宜僚不肯言。张匄拔剑在手,曰:"汝若不言,吾即杀汝!"宜僚惧,尽吐其实。张匄报于华䝽,请杀多僚。华䝽曰:"登出奔,已伤司马之心矣。吾兄弟复相残,何以自立?吾将避之。"华䝽往辞其父,张匄从行。恰好费遂自朝中出,多僚为之御车。张匄一见,怒气勃发,拔佩剑砍杀多僚。劫华费遂同出卢门[10],屯于南里。使人至陈,招回华亥、向宁等一同谋叛。宋元公拜乐大心为大将,率兵围南里。华登如楚借兵,楚平王使薳越帅师来救华氏。伍员闻楚师将到,曰:"宋不可居矣!"乃与太子建及其母子,西奔郑国。有诗为证:

千里投人未息肩[11],卢门金鼓又喧天。

孤臣孽子多颠沛,又向荥阳快著鞭。

楚兵来救华氏,晋顷公亦率诸侯救宋。诸侯不欲与楚战,劝宋解南里之围,纵华亥、向宁等出奔楚国,两下罢兵。此是后话。

是时郑上卿公孙侨新卒,郑定公不胜痛悼。素知伍员乃三代忠臣之后,英雄无比,况且是时晋、郑方睦,与楚为仇,闻太子建之来,甚喜,使行人致馆,厚其廪饩。建与伍员,每见郑伯,必哭诉其冤情。郑定公曰:"郑国微兵寡,不足用也。子欲报仇,何不谋之于晋?"世子建留伍员于郑,亲往晋国,见晋顷公。顷公叩其备细,送居馆驿,召六卿共议伐楚之事。那六卿:魏舒、赵鞅、韩不信、士鞅、荀寅、荀跞。时六卿用事,各不相下,君弱臣强,顷公不能自专。就中惟魏舒、韩不信有贤声,馀四卿皆贪权怙势[12]之辈,而荀寅好赂尤甚。郑子产当国,执礼相抗,晋卿畏之。及游吉代为执政,荀寅私遣人求货于吉,吉不从,由是寅有恶郑之心。至是,密奏顷公曰:"郑阴阳[13]晋、楚之间,其心不定,非一日矣。今楚世子在郑,郑必信之。世子能为内应,我起兵灭郑,即以郑封太子,然后徐图灭楚,有何不可?"顷公从其计,即命荀寅以其谋私告世子建,建欣然诺之。

建辞了晋顷公,回至郑国,与伍员商议其事。员谏曰:"昔秦将杞子、杨孙谋袭郑国,事既不成,窜身无所。夫人以忠信待我,奈何谋之?此侥幸之计,必不可!"建曰:"吾已许晋君臣矣。"员曰:"不为晋应,未有罪也。若谋郑,则信义俱失,何以为人?子必行之,祸立至矣。"建贪于得国,遂不听伍员之谏,以家财私募骁勇,复交结郑伯左右,冀其助己。左右受其贿赂,转相要结。因晋国私遣人至建处,约会日期,其谋渐泄,遂有人密地投首。郑定公与游吉计议,召太子建游于后圃,从者皆不得入,三杯酒罢,郑伯曰:"寡人好意容留太子,不曾怠慢,太子奈何见图?"建曰:"从无此意。"定公使左右面质其事,太子建不能讳。郑伯大怒,喝令力士,擒建于席上,斩之;并诛左右受赂不出首者二十馀人。伍员在馆驿,忽然肉跳不止,曰:"太子危矣!"少顷,建从人逃回驿中,言太子被杀之事。伍员即时携建子胜出了郑城,思量无路可奔,只得往吴国逃难。髯翁有诗,单咏太子建自取杀身之祸。诗云:

亲父如仇隔釜鬵[14],郑君假馆反谋侵。

棠公尚捐躯奔父难　伍子胥微服过昭关

人情难料皆如此,冷尽英雄好义心。

再说伍员同公子胜,惧郑国来追,一路昼伏夜行,千辛万苦,不必细述。行过陈国,知陈非驻足之处。复东行数日,将近昭关[15]。那座关,在小岘山之西,两山并峙,中间一口,为庐、濠[16]往来之冲,出了此关,便是大江,通吴的水路了。形势险隘,原设有官把守。近因盘诘伍员,特遣右司马薳越,带领大军驻扎于此。伍员行至历阳山,离昭关约六十里之程,偃息深林,徘徊不进。忽有一老父携杖而来,径入林中,见伍员,奇其貌,乃前揖之。员亦答礼。老父曰:"君能非伍氏子乎?"员大骇曰:"何为问及于此?"老父曰:"吾乃扁鹊之弟子东皋公也。自少以医术游于列国,今年老,隐居于此。数日前,薳将军有小恙,邀某往视,见关上悬有伍子胥形貌,与君正相似,是以问之。君不必讳,寒舍只在山后,请那步[17]暂过,有话可以商量。"伍员知其非常人,乃同公子胜随东皋公而行。约数里,有一茅庄,东皋公揖伍员而入。进了草堂,伍员再拜。东皋公慌忙答礼曰:"此尚非君停足之处。"复引至堂后西偏,进一小小笆门,过一竹园,园后有土屋三间,其门如窦。低头而入,内设床几,左右开小窗透光,东皋公推伍员上座。员指公子胜曰:"有小主在,吾当侧侍。"东皋公问:"何人?"员曰:"此即楚太子建之子,名胜。某实子胥也。以公长者,不敢隐情。某有父兄切骨之仇,誓欲图报,幸公勿泄!"东皋公乃坐胜于上,自己与伍员东西相对。谓员曰:"老夫但有济人之术,岂有杀人之心哉!此处虽住一年半载,亦无人知觉。但昭关设守甚严,公子[18]如何可过?必思一万全之策,方可无虞。"员下跪曰:"先生何计能脱我难?日后必当重报!"东皋公曰:"此处荒僻无人,公子且宽留。容某寻思一

第七十二回

策,送尔君臣过关。"员称谢。

东皋公每日以酒食款待,一住七日,并不言过关之事。伍员乃谓东皋公曰:"某有大仇在心,以刻为岁,迁延于此,宛如死人。先生高义,宁不哀乎?"东皋公曰:"老夫思之已熟,欲待一人未至耳。"伍员狐疑不决。是夜,寝不能寐。欲要辞了东皋公前行,恐不能过关,反惹其祸。欲待再住,又恐担搁时日,所待者又不知何人。展转寻思,反侧不安,身心如在芒刺之中。卧而复起,绕室而走,不觉东方发白。只见东皋公叩门而入,见了伍员,大惊曰:"足下须鬓,何以忽然改色?得无愁思所致耶?"员不信,取镜照之,已苍然颁白[19]矣!世传伍子胥过昭关,一夜愁白了头,非浪言也。员乃投镜于地,痛哭曰:"一事无成,双鬓已斑,天乎,天乎!"东皋公曰:"足下勿得悲伤,此乃足下佳兆也。"员拭泪问曰:"何谓佳兆?"东皋公曰:"公状貌雄伟,见者易识。今须鬓顿白,一时难辨,可以混过俗眼。况吾友,老夫已请到,吾计成矣。"员曰:"先生计安在?"东皋公曰:"吾友复姓皇甫,名讷,从此西南七十里龙洞山居住。此人身长九尺,眉广八寸,仿佛与足下相似。教他假扮作足下,足下却扮为仆者,倘吾友被执,纷论[20]之间,足下便可抢过昭关矣。"伍员曰:"先生之计虽善,但累及贵友,于心不安!"东皋公曰:"这个不妨,自有解救之策在后,老夫已与吾友备细言之。此君亦慷慨之士,直任无辞,不必过虑。"言毕,遂使人请皇甫讷至土室中,与伍员相见。员视之,果有三分相像,心中不胜之喜。东皋公又将药汤与伍员洗脸,变其颜色。捱至黄昏,使伍员解其素服,与皇甫讷穿之。另将紧身褐衣,与员穿着,扮作仆者。芈胜亦更衣,如村家小儿之状。伍员同公子胜,拜了东皋公四拜:"异日倘

棠公尚捐躯奔父难　伍子胥微服过昭关

有出头之日，定当重报！"东皋公曰："老夫哀君受冤，故欲相脱，岂望报也！"员与胜跟随皇甫讷，连夜望昭关而行，黎明已到，正值开关。

却说楚将蒍越，坚守关门，号令："凡北人东度者，务要盘诘明白，方许过关。"关前画有伍子胥面貌查对，真个水泄不通，鸟飞不过。皇甫讷刚到关门，关卒见其状貌，与图形相似，身穿素缟，且有惊悸之状，即时盘住，入报蒍越。越飞驰出关，遥望之曰："是矣！"喝令左右一齐下手，将讷拥入关上。讷诈为不知其故，但乞放生。那些守关将士，及关前后百姓，初闻捉得子胥，尽皆踊跃观看。伍员乘关门大开，带领公子胜，杂于众人之中，一来扰攘之际，二来装扮不同，三来子胥面色既改，须鬓俱白，老少不同，急切无人认得，四来都道子胥已获，便不去盘诘了。遂挨挨挤挤，混出关门。正是：鲤鱼脱却金钩去，摆尾摇头再不来。有诗为证：

千群虎豹据雄关，一介亡臣已下山。

从此勾吴[21]添胜气，郢都兵革不能闲。

再说楚将蒍越，欲将皇甫讷绑缚拷打，责令供状，解去郢都。讷辩曰："吾乃龙洞山下隐士皇甫讷也。欲从故人东皋公出关东游，并无触犯，何故见擒？"蒍越闻其声音，想道："子胥目如闪电，声若洪钟。此人形貌虽然相近，其声低小，岂途路风霜所致耶？"正疑惑间，忽报"东皋公来见"。蒍越命押在一边，延东皋公入，各序宾主而坐。东皋公曰："老汉欲出关东游，闻将军捉得亡臣伍子胥，特来称贺！"蒍越曰："小卒拿得一人，貌类子胥，而未肯招承。"东皋公曰："将军与子胥父子，共立楚朝，岂不能辨别真伪耶？"蒍越曰："子胥目如闪电，声如洪钟。此人目小而声雌，吾疑憔悴已久,失其故态耳。"东皋公曰:"老汉与子胥亦有一面,请借此人与吾辨之,便知虚实。"薳越命取原囚至前。讷望见东皋公,遽呼曰:"公相期出关,何不早至?累我受辱!"东皋公笑谓薳越曰:"将军误矣!此吾乡友皇甫讷也。约吾同游,期定关前相会,不意他先行一程。将军不信,老夫有过关文牒在此,焉可诬为亡臣耶?"言毕,即于袖中取出文牒,呈与薳越观看。越大惭,亲释其缚,命酒压惊曰:"此乃小卒识认不真,万勿见怪!"东皋公曰:"此将军为朝廷执法,老夫何怪之有。"薳越又取金帛相助,为东游之资。二人称谢下关。薳越号令将士,坚守如故。

再说伍员过了昭关,心中暗喜,放步而行。走不上数里,遇着一人,伍员认得他姓左名诚,见为昭关击柝[22]小吏。他原是城父人,曾跟随伍家父子射猎,所以识认颇真。见伍员,大惊曰:"朝廷索公子甚急,公子如何过关?"伍员曰:"主公知我有一颗夜光之珠,问我取索,此珠已落人手,将往取之,适才禀过薳将军,蒙他释放来的。"左诚不信曰:"楚王有令:'纵放公子者,全家处斩。'某请同公子暂回关上,问明了主将,方才可行。"伍员曰:"若见主将,我说美珠已交付与你,恐汝难于分剖。不如做人情放我,他日好相见也。"左诚知伍员英勇,不敢相抗,遂纵之东行,回到关上,隐过其事不提。

伍员疾行,至于鄂渚,遥望大江,茫茫浩浩,波涛万顷,无舟可渡。伍员前阻大水,后虑追兵,心中十分危急。忽见有渔翁乘船,从下流泝水[23]而上,员喜曰:"天不绝我命也!"乃急呼曰:"渔父渡我!渔父速速渡我!"那渔父方欲拢船,见岸上又有人行动,乃放声歌曰:

日月昭昭乎侵已驰[24],与子期乎芦之漪[25]。

伍员闻歌会意,即望下流沿江趋走,至于芦洲,以芦荻自隐。少顷,渔翁将船拢岸,不见了伍员,复放声歌曰:

日已夕兮,予心忧悲;月已驰兮,何不渡为?

伍员同芈胜从芦丛中钻出,渔翁急招之。二人践石登舟,渔翁将船一篙点开,轻拌[26]兰桨,飘飘而去。不勾一个时辰,达于对岸。渔翁曰:"夜来梦将星坠于吾舟,老汉知必有异人问渡,所以荡桨出来,不期遇子。观子容貌,的非常人,可实告我,勿相隐也。"伍员遂告姓名。渔翁嗟呀不已,曰:"子面有饥色,吾往取食啖子,子姑少待。"

渔翁将舟系于绿杨下,入村取食,久而不至。员谓胜曰:"人心难测,安知不聚徒擒我?"乃复隐于芦花深处。少顷,渔翁取麦饭、鲍鱼羹、盎浆[27],来至树下,不见伍员,乃高唤曰:"芦中人!芦中人!吾非以子求利者也!"伍员乃出芦中而应。渔翁曰:"知子饥困,特为取食,奈何相避耶?"伍员曰:"性命属天,今属于丈人矣。忧患所积,中心皇皇,岂敢相避?"渔翁进食,员与胜饱餐一顿,临去,解佩剑以授渔翁,曰:"此先王所赐,吾祖父佩之三世矣。中有七星,价值百金,以此答丈人之惠。"渔翁笑曰:"吾闻楚王有令:'得伍员者,赐粟五万石,爵上大夫。'吾不图上卿之赏,而利汝百金之剑乎?且君子无剑不游,子所必需,吾无所用也。"员曰:"丈人既不受剑,愿乞姓名,以图后报!"渔翁怒曰:"吾以子含冤负屈,故渡汝过江。子以后报啖[28]我,非丈夫也!"员曰:"丈人虽不望报,某心何以自安?"固请言之。渔翁曰:"今日相逢,子逃楚难,吾纵楚贼,安用姓名为哉?况我舟楫活计,波浪生涯,虽有名

第七十二回

姓，何期而会？万一天遣相逢，我但呼子为'芦中人'，子呼我为'渔丈人'，足为志记耳。"员乃欣然拜谢。方行数步，复转身谓渔翁曰："倘后有追兵来至，勿泄吾机。"只因转身一言，有分丧了渔翁性命。要知后事，且看下回分解。

------

〔1〕 监利：古代县名。三国时吴始置。即今湖北监利县。

〔2〕 并命：同死。

〔3〕 支伤日下：支，指地支。即子、丑、寅、卯等。伤，相克。日下，即日，当天。这里指当天的甲子日与巳时相克。

〔4〕 速：催促，加快。

〔5〕 见危授命：指在危难关头敢于贡献出自己的生命。语出《论语·宪问》。

〔6〕 "三朝"句：伍参、伍举、伍奢均为楚国忠臣，故称"三朝忠裔"。坑，本指活埋，此借作处死。

〔7〕 八拜之交：异姓结为兄弟。旧时异姓结拜，依例要在神前八拜，故称。

〔8〕 周景王十三年：即公元前532年。

〔9〕 元公：即宋平公子子佐。在位十五年（前531—前517）。

〔10〕 卢门：宋都睢阳东城南门。

〔11〕 息肩：休息，立足。

〔12〕 贪权怙势：追逐权势。

〔13〕 阴阳：比喻变幻莫测，摇摆不定。

〔14〕 "亲父"句：意为亲生之父视之如仇人，情感不通。釜、鬵（qín 芹），均为炊具。釜为无脚之锅，鬵乃有脚之釜。隔釜鬵，指两情相阻。

〔15〕 昭关：古关塞名。春秋时为楚吴交界。地在今安徽含山县北。

〔16〕 庐、濠：指庐州、濠州一带。庐州在今安徽合肥、六安、庐江一带。濠州则指今安徽凤阳、定远一带。

〔17〕 那（nuó挪）步：移动脚步。那，同"挪"。

〔18〕 公子：员父伍奢，曾为连公，故称其为公子。

〔19〕 颁白：即斑白。颁，通"斑"。

〔20〕 纷论：即乱争论。

〔21〕 勾吴：即吴国国名。《史记·吴世家》："太伯之奔荆蛮，自号勾吴。"

〔22〕 击柝（tuò唾）：打更敲梆。柝为巡夜所敲之木梆。

〔23〕 泝（sù速）水：逆水而上。泝，同"溯"。

〔24〕 侵已驰：不断飞驰而过。侵，渐也，引申为不停顿。

〔25〕 芦之漪：芦苇岸边。

〔26〕 捋（huá华）：通"划"，拨动。

〔27〕 盎浆：开水罐。盎，一种大腹敛口的盆。

〔28〕 啖：引诱，利诱。

第七十三回

伍员吹箫乞吴市　专诸进炙刺王僚

话说渔丈人已渡伍员,又与饮食,不受其剑。伍员去而复回,求丈人秘密其事,恐引追兵前至,有负盛意。渔翁仰天叹曰:"吾为德于子,子犹见疑。倘若追兵别渡,吾何以自明?请以一死绝君之疑!"言讫,解缆开船,拔舵放桨,倒翻船底,溺于江心。史臣有诗云:

数载逃名隐钓纶[1],扁舟渡得楚亡臣。

绝君后虑甘君死,千古传名渔丈人。

至今武昌[2]东北通淮门外,有解剑亭,当年子胥解剑赠渔父处也。伍员见渔丈人自溺,叹曰:"我得汝而活,汝为我而死,岂不哀哉!"伍员与芈胜遂入吴境。

行至溧阳[3],馁而乞食。遇一女子,方浣纱于濑水[4]之上,筥[5]中有饭。伍员停足问曰:"夫人可假一餐乎?"女子垂头应曰:"妾独与母居,三十未嫁,岂敢售餐于行客哉?"伍员曰:"某在穷途,愿乞一饭自活!夫人行赈恤之德,又何嫌乎?"女子抬头看见伍员状貌魁伟,乃曰:"妾观君之貌,似非常人,宁[6]以小嫌,坐视穷困?"于是发其筥[7],取盎浆,跪而进之。胥与胜一餐而止。

女子曰："君似有远行,何不饱食?"二人乃再餐,尽其器。临行谓女子曰："蒙夫人活命之恩,恩在肺腑。某实亡命之夫,倘遇他人,愿夫人勿言!"女子凄然叹曰："嗟乎!妾侍寡母三十未嫁,贞明自矢,何期馈饭,乃与男子交言。败义堕节,何以为人!子行矣。"伍员别去,行数步,回头视之,此女抱一大石,自投濑水中而死。后人有赞云:

> 溧水之阳,击绵之女,惟治母餐,不通男语。矜此旅人,发其筐筥,君腹虽充,吾节已窳[8]。捐此羼躯,以存壶矩[9],濑流不竭,兹人千古!

伍员见女子投水,感伤不已,咬破指头,沥血书二十字于石上,曰:

> 尔浣纱,我行乞;我腹饱,尔身溺。十年之后,千金报德!

伍员题讫,复恐后人看见,掬土以掩之。

过了溧阳,复行三百馀里,至一地,名吴趋[10]。见一壮士,碓颡[11]而深目,状如饿虎,声若巨雷,方与一大汉厮打。众人力劝不止。门内有一妇人唤曰："专诸不可!"其人似有畏惧之状,即时敛手归家。员深怪之,问于旁人曰："如此壮士,而畏妇人乎?"旁人告曰："此吾乡勇士,力敌万人,不畏强御,平生好义,见人有不平之事,即出死力相为。适才门内唤声,乃其母也。所唤专诸,即此人姓名。素有孝行,事母无违,虽当盛怒,闻母至即止。"员叹曰："此真烈士[12]矣!"次日,整衣相访。专诸出迎,叩其来历。员具道姓名,并受冤始末。专诸曰："公负此大冤,何不求见吴王,借兵报仇?"员曰："未有引进之人,不敢自媒。"专诸曰："君言是也。今日下顾荒居,有何见谕?"员曰："敬子孝行,愿与结交。"专诸大喜,乃入告于母,即与伍员八拜为交。员长于诸二岁,呼员为

第七十三回

兄。员请拜见专诸之母。专诸复出其妻子相见,杀鸡为黍,欢如骨肉。遂留员、胜二人宿了一夜。次早,员谓专诸曰:"某将辞弟入都,觅一机会,求事吴王。"专诸曰:"吴王好勇而骄,不如公子光亲贤下士,将来必有所成。"员曰:"蒙弟指教,某当牢记。异日有用弟之处,万勿见拒!"专诸应诺。三人分别。

员、胜相随前进,来到梅里[13],城郭卑隘,朝市粗立。舟车嚷嚷,举目无亲,乃藏芈胜于郊外,自己被发佯狂,跣足涂面,手执斑竹箫一管,在市中吹之,往来乞食。其箫曲第一叠[14]云:

伍子胥!伍子胥!跋涉宋、郑身无依,千辛万苦凄复悲!父仇不报,何以生为?

第二叠云:

伍子胥!伍子胥!昭关一度变须眉,千惊万恐凄复悲!兄仇不报,何以生为?

第三叠云:

伍子胥!伍子胥!芦花渡口溧阳溪,千生万死及吴陲[15],吹箫乞食凄复悲!身仇不报,何以生为?

市人无有识者。时周景王二十五年[16],吴王僚之七年也。

再说吴公子姬光,乃吴王诸樊之子。诸樊薨,光应嗣位,因守父命,欲以次传位于季札,故馀祭、夷昧以次相及。及夷昧薨后,季札不受国,仍该立诸樊之后,争奈王僚贪得不让,竟自立为王。公子光心中不服,潜怀杀僚之意,其如群臣皆为僚党,无与同谋,隐忍于中。乃求善相者曰被离,举为吴市吏,嘱以谘访豪杰,引为己辅。一日,伍员吹箫过于吴市。被离闻箫声甚哀,再一听之,稍辨其音。出见员,乃大惊曰:"吾相人多矣,未见有如此之貌也!"乃揖而进之,逊于上坐。伍员谦让不敢。被离曰:"吾闻楚杀忠臣伍奢,其子子胥出亡外国,子殆是乎?"员踧踖未对。被离又曰:"吾非祸子者。吾见子状貌非常,欲为子求富贵地耳。"伍员乃诉其实。早有侍人知其事,报知王僚。僚召被离引员入见。被离一面使人私报姬光得知,一面使伍员沐浴更衣,一同入朝,进谒王僚。王僚奇其貌,与之语,知其贤,即拜为大夫之职。次日,员入谢,道及父兄之冤,咬牙切齿,目中火出。王僚壮其气,意复怜之,许为兴师复仇。

姬光素闻伍员智勇,有心收养他,闻先谒王僚,恐为僚所亲用,心中微愠。乃往见王僚曰:"光闻楚之亡臣伍员,来奔我国,王以为何如人?"僚曰:"贤而且孝。"光曰:"何以见之?"僚曰:"勇壮非常,与寡人筹策国事,无不中窾[17],是其贤也。念父兄之冤,未曾须臾忘报,乞师于寡人,是其孝也。"光曰:"王许以复仇乎?"僚曰:"寡人怜其情,已许之矣。"光谏曰:"万乘之主,不为匹夫兴师。今吴、楚构兵已久,未见大胜。若为子胥兴师,是匹夫之恨,重于国耻也。胜则彼快其愤,不胜则我益其辱,必不可!"王僚以为然,遂罢伐楚之议。伍员闻光之入谏,曰:"光方有内志[18],未可说以外事也。"乃辞大夫之职不受。光复言于王僚曰:"子胥以王不肯兴师,辞职不受,有怨望之心,不可用之。"僚遂疏伍员,听其辞去,但赐以阳山[19]之田百亩。员与胜遂耕于阳山之野。

姬光私往见之,馈以米粟布帛,问曰:"子出入吴、楚之境,曾遇有才勇之士,略如子胥者乎?"员曰:"某何足道。所见有专诸者,真勇士也!"光曰:"愿因子胥得交于专先生。"员曰:"专诸去此不远,当即召之,明旦可入谒也。"光曰:"既是才勇之士,某即当造请,岂敢召乎?"乃与伍员同车共载,直造专诸之家。专诸方在街坊磨刀，为人屠豕，见车马纷纷，方欲走避。伍员在车上呼曰："愚兄在此。"专诸慌忙停刀，候伍员下车相见。员指公子光曰："此吴国长公子，慕吾弟英雄，特来造见，弟不可辞。"专诸曰："某闾巷小民，有何德能，敢烦大驾。"遂揖公子光而进。筚门蓬户[20]，低头而入。公子光先拜，致生平相慕之意。专诸答拜。光奉上金帛为贽，专诸固让。伍员从旁力劝，方才肯受。自此专诸遂投于公子光门下。光使人日馈粟肉，月给布帛，又不时存问其母。专诸甚感其意。

一日，问光曰："某村野小人，蒙公子豢养之恩，无以为报。倘有差遣，惟命是从。"光乃屏左右，述其欲刺王僚之意。专诸曰："前王夷昧卒，其子分自当立，公子何名而欲害之？"光备言祖父遗命，以次相传之故："季札既辞，宜归适长。适长之后，即光之身也。僚安得为君哉？吾力弱不足以图大事，故欲借助于有力者。"专诸曰："何不使近臣从容言于王侧，陈前王之命，使其退位？何必私备剑士，以伤先王之德？"光曰："僚贪而恃力，知进之利，不能退让，若与之言，反生忌害。光与僚势不两立！"专诸奋然曰："公子之言是也。但诸有老母在堂，未敢以死相许。"光曰："吾亦知尔母老子幼，然非尔无与图事者。苟成其事，君之子母，即吾子母也，自当尽心养育，岂敢有负于君哉？"专诸沉思良久，对曰："凡事轻举无功，必图万全。夫鱼在千仞之渊，而入渔人之手者，以香饵在也。欲刺王僚，必先投王之所好，乃能亲近其身。不知王所好何在？"光曰："好味。"专诸曰："味中何者最甘？"光曰："尤好鱼炙。"专诸曰："某请暂辞。"公子光曰："壮士何往？"专诸曰："某往学治味，庶可近吴王耳。"专诸遂往太湖学炙鱼。凡三月，尝其炙者，皆

以为美。然后复见姬光,光乃藏专诸于府中。髯翁有诗云:

　　刚直人推伍子胥,也因献媚进专诸。

　　欲知弑械[21]从何起?三月湖边学炙鱼。

姬光召伍子胥,谓:"专诸已精其味矣,何以得近吴王?"员对曰:"夫鸿鹄所以不可制者,以羽翼在也。欲制鸿鹄,必先去其羽翼。吾闻公子庆忌,筋骨如铁,万夫莫当,手能接飞鸟,步能格猛兽,王僚得一庆忌,旦夕相随,尚且难以动手。况其母弟掩馀、烛庸并握兵权,虽有擒龙搏虎之勇,鬼神不测之谋,安能济事。公子欲除王僚,必先去此三子,然后大位可图。不然,虽幸而成事,公子能安然在位乎?"光俯思半晌,恍然曰:"君言是也。且归尔田,俟有闲隙,然后相议耳。"员乃辞去。

是年,周景王崩。有嫡世子曰猛,次曰匄,长庶子曰朝。景王宠爱朝,嘱于大夫宾孟,欲更立世子之位,未行而崩。刘献公挚亦卒,子刘卷字伯蚡嗣立。素与宾孟有隙,遂同单穆公旗杀宾孟,立世子猛,是为悼王。尹文公固、甘平公鳅[22]、召庄公奂,素附子朝,三家合兵,使上将南宫极率之以攻刘卷。卷出奔扬[23],单旗奉王猛次于皇[24]。子朝使其党郄肦伐皇,肦败死。晋顷公闻王室大乱,遣大夫籍谈、荀跞帅师纳王于王城。尹固亦立子朝于京。未几,王猛病卒,单旗、刘卷复立其弟匄,是为敬王[25],居翟泉[26]。周人呼匄为东王,朝为西王。二王互相攻杀,六年不决。召庄公奂卒,南宫极为天雷震死,人心耸惧。晋大夫荀跞,复率诸侯之师,纳敬王于成周,擒尹固,子朝兵溃。召奂之子嚚反攻子朝,朝出奔楚,诸侯遂城成周而还。敬王以召嚚为反覆,与尹固同斩于

第七十三回

市,周人快之。此是后话。

且说周敬王即位之元年,吴王僚之八年也。时楚故太子建之母在郹[27],费无极恐其为伍员内应,劝平王诛之。建母闻之,阴使人求救于吴。吴王僚使公子光往郹取建母,行及钟离[28],楚将薳越帅师拒之,驰报郢都。平王拜令尹阳匄为大将,并征陈、蔡、胡、沈、许五国之师。胡子名髡,沈子名逞,二君亲自引兵。陈遣大夫夏啮,顿、胡二国,亦遣大夫助战。胡、沈、陈之兵营于右,顿、许、蔡之兵营于左,薳越大军居中。姬光亦驰报吴王。王僚同公子掩馀率大军一万,罪人三千,来至鸡父[29]下寨。两边尚未约战,适楚令尹阳匄暴疾卒,薳越代领其众,姬光言于王僚曰:"楚亡大将,其军已丧气矣。诸侯相从者虽众,然皆小国,畏楚而来,非得已也。胡、沈之君,幼不习战。陈夏啮勇而无谋。顿、许、蔡三国久困楚令,其心不服,不肯尽力。七国同役而不同心,楚帅位卑无威,若分师先犯胡、沈与陈,必先奔。诸国乖乱,楚必震惧,可全败也。请示弱以诱之,而以精卒持其后。"王僚从其计。乃为三阵,自率中军,姬光在左,公子掩馀在右,各饱食严阵以待。先遣罪人三千,乱突楚之右营。

时秋七月晦日,兵家忌晦,故胡子髡、沈子逞及陈夏啮,俱不做整备。及闻吴兵到,开营击之。罪人原无纪律,或奔或止。三国以吴兵散乱,彼此争功追逐,全无队伍。姬光帅左军乘乱进击,正遇夏啮,一戟刺于马下。胡、沈二君心慌,夺路欲走。公子掩馀右军亦到,二君如飞禽入网,无处逃脱,俱为吴军所获。军士死者无数,生擒甲士八百馀人。姬光喝教将胡、沈二君斩首。却纵放甲士,使奔报楚之左军,言:"胡、沈二君及陈大夫俱被杀矣!"许、蔡、顿三国将士,吓得心胆堕地,不敢出战,各寻走路。王僚合左右二军,如泰山一般倒压下来。中军蘧越未及成阵,军士散其大半。吴兵随后掩杀,杀得尸横遍野,流血成渠。蘧越大败,奔五十里方脱。姬光直入郧阳,迎取楚夫人以归。蔡人不敢拒敌。蘧越收拾败兵,止存其半,闻姬光单师来郧阳取楚夫人,乃星夜赴之。比及楚军至蔡,吴兵已离郧阳二日矣。蘧越知不可追,仰天叹曰:"吾受命守关,不能缉获亡臣,是无功也。既丧七国之师,又失君夫人,是有罪也。无一功而负二罪,何面复见楚王乎?"遂自缢而死。

楚平王闻吴师势大,心中甚惧,用囊瓦为令尹,以代阳匄之位。瓦献计谓郢城卑狭,更于其东辟地,筑一大城,比旧高七尺,广二十馀里,名旧城为纪南城,以其在纪山之南也;新城仍名郢,徙都居之。复筑一城于西,以为右臂,号曰麦城。三城似品字之形,联络有势,楚人皆以为瓦功。沈尹戌笑曰:"子常不务修德政,而徒事兴筑,吴兵若至,虽十郢城何益哉?"囊瓦欲雪鸡父之耻,大治舟楫,操演水军。三月,水手习熟,囊瓦率舟师,从大江直逼吴疆,耀武而还。吴公子光闻楚师犯边,星夜来援,比至境上,囊瓦已还师矣。姬光曰:"楚方耀武而还,边人必不为备。"乃潜师袭巢[30],灭[31]之,并灭钟离,奏凯而归。

楚平王闻二邑被灭,大惊,遂得心疾,久而不愈。至敬王四年,疾笃,召囊瓦及公子申,至于榻前,以太子珍嘱之,而薨。囊瓦与郤宛商议曰:"太子珍年幼,且其母乃太子建所聘,非正也。子西长而好善,立长则名顺,建善则国治,诚立子西,楚必赖之。"郤宛以囊瓦之言,告于公子申。申怒曰:"若废太子,是彰君王之秽行也。

第七十三回

太子秦出,其母已立为君夫人,可谓非嫡嗣乎?弃嫡而失大援,外内恶之。令尹欲以利祸我,其病狂乎?再言及,吾必杀之!"囊瓦惧,乃奉珍主丧、即位,改名曰轸,是为昭王。囊瓦仍为令尹,伯郤宛为左尹,鄢将师为右尹,费无极以师傅旧恩,同执国政。

却说郑定公闻吴人取楚夫人以归,乃使人赍珠玉簪珥追送之,以解杀建之恨。楚夫人至吴,吴王赐宅西门之外,使芈胜奉之。伍员闻平王之死,捶胸大哭,终日不止。公子光怪而问曰:"楚王乃子仇人,闻死当称快,胡反哭之?"员曰:"某非哭楚王也,恨吾不能枭彼之头,以雪吾恨,使得终于牖下耳。"光亦为嗟叹。胡曾先生有诗曰:

父兄冤恨未曾酬,已报淫狐获首丘[32]。

手刃不能偿夙愿,悲来霜鬓又添秋。

伍员自恨不能及平王之身,报其仇怨,一连三夜无眠,心中想出一个计策来,谓姬光曰:"公子欲行大事,尚无间可乘耶?"光曰:"昼夜思之,未得其便。"员曰:"今楚王新殁,朝无良臣,公子何不奏过吴王,乘楚丧乱之中,发兵南伐,可以图霸?"光曰:"倘遣吾为将,奈何?"员曰:"公子误为坠车而得足疾者,王必不遣。然后荐掩馀、烛庸为将,更使公子庆忌结连郑、卫,共攻楚国,此一网而除三翼,吴王之死在目下矣。"光又问曰:"三翼虽去,延陵季子在朝,见我行篡,能容我乎?"员曰:"吴、晋方睦,再令季子使晋,以窥中原之衅[33]。吴王好大而疏于计,必然听从。待其远使归国,大位已定,岂能复议废立哉?"光不觉下拜曰:"孤之得子胥,乃天赐也!"

次日,以乘丧伐楚之利,入言于王僚,僚欣然听之。光曰:"此事某应效劳,奈因坠车损其足跗,方就医疗,不能任劳。"僚曰:"然

伍员吹箫乞吴市　专诸进炙刺王僚

则何人可将？"光曰："此大事，非至亲信者，不可托也。王自择之。"僚曰："掩馀、烛庸可乎？"光曰："得人矣。"光又曰："向来晋、楚争霸，吴为属国。今晋既衰微，而楚复屡败，诸侯离心，未有所归，南北之政，将归于东。若遣公子庆忌往收郑、卫之兵，并力攻楚；而使延陵季子聘晋，以观中原之衅；王简练舟师，以拟其后，霸可成也。"王僚大喜，使掩馀、烛庸帅师伐楚，季札聘于晋国，惟庆忌不遣。

单说掩馀、烛庸引师二万，水陆并进，围楚潜邑[34]。潜邑大夫坚守不出，使人入楚告急。时楚昭王新立，君幼臣谗，闻吴兵围潜，举朝慌急无措。公子申进曰："吴人乘丧来伐，若不出兵迎敌，示之以弱，启其深入之心。依臣愚见，速令左司马沈尹戌率陆兵一万救潜，再遣左尹郤宛率水军一万，从淮汭[35]顺流而下，截住吴兵之后，使他首尾受敌，吴将可坐而擒矣。"昭王大喜，遂用子西之计，调遣二将，水陆分道而行。

却说掩馀、烛庸正围潜邑，谍者报："救兵来到。"二将大惊，分兵一半围城，一半迎敌。沈尹戌坚壁不战，使人四下将樵汲之路，俱用石子垒断。二将大惊。探马又报："楚将郤宛引舟师从淮汭塞断江口。"吴兵进退两难，乃分作两寨，为犄角之势，与楚将相持，一面遣人入吴求救。姬光曰："臣向者欲征郑、卫之兵，正为此也。今日遣之，尚未为晚。"王僚乃使庆忌纠合郑、卫。四公子俱调开去了，单留姬光在国。

伍员乃谓光曰："公子曾觅利匕首乎？欲用专诸，此其时矣。"光曰："然。昔越王允常，使欧冶子造剑五枚，献其三枚于吴，一曰'湛卢'，二曰'磐郢'，三曰'鱼肠'。'鱼肠'，乃匕首也。形虽短

869

狭,砍铁如泥。先君以赐我,至今宝之,藏于床头,以备非常。此剑连夜发光,意者神物欲自试,将饱王僚之血乎?"遂出剑与员观之,员夸奖不已。即召专诸以剑付之。专诸不待开言,已知光意,慨然曰:"王僚可杀也。二弟远离,公子出使,彼孤立耳,无如我何。但死生之际,不敢自主,候禀过老母,方敢从命。"专诸归视其母,不言而泣。母曰:"诸何悲之甚也?岂公子欲用汝耶?吾举家受公子恩养,大德当报,忠孝岂能两全?汝必亟往,勿以我为念!汝能成人之事,垂名后世,我死亦不朽矣。"专诸犹依依不舍。母曰:"吾思饮清泉,可于河下取之。"专诸奉命汲泉于河,比及回家,不见老母在堂,问其妻。妻对曰:"姑适言困倦,闭户思卧,戒勿惊之。"专诸心疑,启牖而入,老母自缢于床上矣。髯仙有诗云:

　　愿子成名不惜身,肯将孝子换忠臣。

　　世间尽为贪生误,不及区区老妇人。

专诸痛哭一场,收拾殡殓,葬于西门之外。谓其妻曰:"吾受公子大恩,所以不敢尽死者,为老母也。今老母已亡,吾将赴公子之急。我死,汝母子必蒙公子恩眷,勿为我牵挂。"言毕,来见姬光,言母死之事。光十分不过意,安慰了一番。良久,然后复论及王僚之事。专诸曰:"公子盍设享以来[36]吴王?王若肯来,事八九济矣。"光乃入见王僚曰:"有庖人从太湖来,新学炙鱼,味甚鲜美,异于他炙。请王辱临下舍而尝之!"王僚好的是鱼炙,遂欣然许诺:"来日当过王兄府上,不必过费。"光是夜预伏甲士于窟室之中,再命伍员暗约死士百人,在外接应。于是大张饮具。

　　次早,复请王僚。僚入宫,告其母曰:"公子光具酒相延,得无有他谋乎?"母曰:"光心气怏怏,常有愧恨之色,此番相请,谅无好

伍员吹箫乞吴市　专诸进炙刺王僚

意,何不辞之?"僚曰:"辞则生隙;若严为之备,又何惧哉!"于是被猳犹^[37]之甲三重,陈设兵卫,自王宫起,直至光家之门,街衢皆满,接连不断。僚驾及门,光迎入拜见。既入席安坐,光侍坐于傍。僚之亲戚近信,布满堂阶。侍席力士百人,皆操长戟,带利刀,不离王之左右。庖人献馔,皆从庭下搜简更衣,然后膝行而前,十馀力士握剑夹之以进。庖人置馔,不敢仰视,复膝行而出。光献觞致敬,忽作跐足,伪为痛苦之状,乃前奏曰:"光足疾举发,痛彻心髓,必用大帛缠紧,其痛方止。幸王宽坐须臾,容裹足便出。"僚曰:"王兄请自方便。"光一步一颠,入内潜进窟室中去了。少顷,专诸告进鱼炙,搜简如前。谁知这口鱼肠短剑,已暗藏于鱼腹之中。力士挟专诸膝行至于王前,用手擘^[38]鱼以进,忽地抽出匕首,径椎王僚之胸。手势去得十分之重,直贯三层坚甲,透出背脊。王僚大叫一声,登时气绝。侍卫力士,一拥齐上,刀戟并举,将专诸剁做肉泥,堂中大乱。

姬光在窟室中知已成事,乃纵甲士杀出,两下交斗。这一边知专诸得手,威加十倍,那一边见王僚已亡,势减三分。僚众一半被杀,一半奔逃,其所设军卫,俱被伍员引众杀散。奉姬光升车入朝,聚集群臣,将王僚背约自立之罪,宣布国人明白:"今日非光贪位,实乃王僚之不义也。光权摄大位,待季子返国,仍当奉之。"乃收拾王僚尸首,殡殓如礼。又厚葬专诸,封其子专毅为上卿。封伍员为行人之职,待以客礼而不臣。市吏被离举荐伍员有功,亦升大夫之职。散财发粟,以赈穷民,国人安之。

姬光心念庆忌在外,使善走者觇其归期,姬光自率大兵,屯于江上以待之。庆忌中途闻变,即驰去。姬光乘驷马追之,庆忌弃车

871

而走，其行如飞，马不能及。光命集矢射之。庆忌挽手接矢，无一中者。姬光知庆忌必不可得，乃诫西鄙严为之备，遂还吴国。又数日，季札自晋归，知王僚已死，径往其墓，举哀成服。姬光亲诣墓所，以位让之，曰："此祖父诸叔之意也。"季札曰："汝求而得之，又何让为？苟国无废祀，民无废主，能立者即吾君矣。"光不能强，乃即吴王之位，自号为阖闾。季札退守臣位。此周敬王五年事也。札耻争国之事，老于延陵，终身不入吴国，不与吴事，时人高之。及季札之死，葬于延陵，孔子亲题其碑曰："有吴延陵季子之墓。"史臣有赞云：

　　贪夫殉利，笾豆见色[39]。春秋争弑，不顾骨肉。孰如季子，始终让国，堪愧僚光，无惭泰伯。

宋儒又论季札辞国生乱，为贤名之玷[40]。有诗云：

　　只因一让启群争，辜负前人次及情。
　　若使延陵成父志，苏台麋鹿岂纵横？

　　且说掩馀、烛庸困在潜城，日久救兵不至，正在踌躇脱身之计。忽闻姬光弑主夺位，二人放声大哭，商议道："光既行弑夺之事，必不相容。欲要投奔楚国，又恐楚不相信。正是有家难奔，有国难投，如何是好？"烛庸曰："目今困守于此，终无了期。且乘夜从僻路逃奔小国，以图后举。"掩馀曰："楚兵前后围裹，如飞鸟入笼，焉能自脱？"烛庸曰："吾有一计，传令两寨将士，诈称来日欲与楚兵交锋，至夜半，与兄微服密走，楚兵不疑。"掩馀然其言。两寨将士秣马蓐食[41]，专候军令布阵。掩馀与烛庸同心腹数人，扮作哨马小军，逃出本营。掩馀投奔徐国，烛庸投奔钟吾[42]。及天明，两寨皆不见其主将，士卒混乱，各抢船只奔归吴国。所弃甲兵无数，皆被郤宛水军所获。诸将欲乘吴之乱,遂伐吴国。郤宛曰:"彼乘我丧非义,吾奈何效之?"乃与沈尹戍一同班师,献吴俘。楚昭王以郤宛有功,以所获甲兵之半赐之,每事谘访,甚加敬礼。费无极忌之益深,乃生一计,欲害郤宛。毕竟费无极用何计策,且看下回分解。

〔1〕 钓纶:钓竿上的线。喻打鱼生涯。

〔2〕 武昌:古邑名。地址待考。古代名武昌者,除今武昌外,尚有湖北鄂城,三国吴置。但此二武昌均不符本文地望。

〔3〕 溧(lì 历)阳:古县名。秦置。故城在今江苏溧阳市西。

〔4〕 濑(lài 赖)水:即溧水。源出今安徽芜湖市,经溧阳注入太湖。

〔5〕 筥(jǔ 举):圆形竹筐。

〔6〕 宁:岂能,岂可。

〔7〕 箪(dān 担):盛饭用的竹器,亦为圆形。

〔8〕 窳(yǔ 羽):不坚实。引申为败坏。

〔9〕 壸(kǔn 捆)矩:妇女遵守的规矩。壸,通"阃",指闺门,借代妇女。

〔10〕 吴趋:曲巷之名,今苏州有吴趋坊。

〔11〕 碓颡(duì sǎng 对嗓):高额头。指眉额突出如碓。碓乃旧时舂米用具。颡,额角。

〔12〕 烈士:指坚贞不屈的刚强之士。

〔13〕 梅里:即泰伯城,周太王子泰伯之所居。一直是吴国之都城,至诸樊时始徙都于吴(今苏州市)。故城在今江苏无锡市东南。

〔14〕 叠:曲,遍。

〔15〕 吴陲(chuí 垂):吴国边境。

第七十三回

〔16〕周景王二十五年：即公元前520年。

〔17〕中窾（kuǎn 款）：合乎法度，很有道理。

〔18〕内志：指对本国有所谋划。

〔19〕阳山：一名万安山，在今苏州市西北，背阴面阳，故名。

〔20〕筚（bì 毕）门蓬户：应作"蓬门筚户"。喻贫寒人家。蓬，野草名。筚，指用竹或荆条编成的遮拦物。

〔21〕弑械：弑君的机谋。

〔22〕尹文公固、甘平公鳅（qiū 丘）：均为人名。尹、甘及上文之刘、单（shàn 扇）均为东周畿内诸侯之领地。尹，在今河南洛宁县境。甘，在今洛阳市南郊。刘，在今洛阳市偃师区西南。单，在今河南济源市南。又，尹文公固，应为尹文公圉（yǔ 羽）之误。

〔23〕扬：春秋时畿内地名。在今河南洛阳偃师区境内。

〔24〕皇：春秋时畿内地名。在今河南巩市乂西南。

〔25〕敬王：即东周景王子姬丐。在位四十四年（前519—前476）。

〔26〕翟泉：东周王畿内地名。在今河南洛阳市郊。

〔27〕郧：本国名，后为楚县。在今湖北安陆市。

〔28〕钟离：春秋时吴楚相邻地名。在今安徽凤阳县境内。

〔29〕鸡父：春秋时楚地名。在今河南固始县东南。

〔30〕巢：春秋时楚吴边界邑名。在今安徽巢县东北。

〔31〕灭：攻破，占领。春秋时城邑多为诸侯国都，城邑攻破意味国家灭亡。故破城亦称灭。

〔32〕首丘：指寿终，正常死亡。出《九章·哀郢》："狐死必首丘。"丘为狐之窠穴，故狐死时头朝向其窠处。

〔33〕衅（xìn 信）：缝隙，裂痕。

〔34〕潜邑：潜本国名，后为楚邑。地在今安徽霍山县南。

〔35〕淮汭（ruì 锐）：淮水曲折之处。

874

〔36〕 来(lài 赖)：同"徕"。使之来。

〔37〕 猠貌(táng ní 唐泥)：兽名。其皮可作铠甲。古代铠甲多用其图像为饰。

〔38〕 擘(bò 簸)：分剖。

〔39〕 箪豆见色：箪、豆均为盛食品之器皿，这里代指些小利益。见色，见之于颜色。

〔40〕 贤名之玷(diàn 店)：追求贤名所导致的缺陷。玷，白玉上面的污点。

〔41〕 蓐食：早晨未起身，在床席上进食。也可作饱食解。

〔42〕 钟吾：春秋时小国名。在今江苏宿迁市东北。后因纳烛庸事为吴所灭。

第七十四回

囊瓦惧谤诛无极　要离贪名刺庆忌

话说费无极心忌伯郤宛，与鄢将师商量出一个计策来，诈谓囊瓦曰："子恶欲设享相延，托某探相国之意，未审相国肯降重[1]否？"囊瓦曰："彼若见招，岂有不赴之理？"无极又谓郤宛曰："令尹向吾言，欲饮酒于吾子之家，未知子肯为治具否？托吾相探。"郤宛不知是计，应曰："某位居下僚，蒙令尹枉驾，诚为荣幸！明日当备草酌奉候，烦大夫致意。"无极曰："子享令尹，以何物致敬？"郤宛曰："未知令尹所好何在？"无极曰："令尹最好者，坚甲利兵也。所以欲饮酒于公家者，以吴之俘获，半归于子，故欲借观耳。子尽出所有，吾为子择之。"郤宛果然将楚平王所赐，及家藏兵甲，尽出以示无极。无极取其坚利者，各五十件，曰："足矣。子帷[2]而置诸门，令尹来必问，问则出以示之。令尹必爱而玩之，因以献焉。若他物，非所好也。"郤宛信以为然，遂设帷于门之左，将甲兵置于帷中。盛陈肴核，托费无极往邀囊瓦。囊瓦将行，无极曰："人心不可测也。吾为子先往，探其设享之状，然后随行。"无极去少顷，踉跄而来，喘吁未定，谓囊瓦曰："某几误相国。子恶今日相请，非怀好意，将不利于相国也。适见帷兵甲于门，相国误往，必遭其

囊瓦惧谤诛无极　要离贪名刺庆忌

毒！"囊瓦曰："子恶素与我无隙,何至如此？"无极曰："彼恃王之宠,欲代子为令尹耳。且吾闻子恶阴通吴国,救潜之役,诸将欲遂伐吴国,子恶私得吴人之赂,以为乘乱不义,遂强左司马班师而回。夫吴乘我丧,我乘吴乱,正好相报,奈何去之！非得吴略,焉肯违众轻退？子恶若得志,楚国危矣。"囊瓦意犹未信,更使左右往视,回报："门幕中果伏有甲兵。"囊瓦大怒,即使人请鄢将师至,诉以郤宛欲谋害之事。将师曰："郤宛与阳令终、阳完、阳佗、晋陈三族合党,欲专楚政,非一日矣。"囊瓦曰："异国匹夫[3],乃敢作乱,吾当手刃之！"遂奏闻楚王,令鄢将师率兵甲以攻伯氏。伯郤宛知为无极所卖,自刎而死。其子伯嚭,惧祸逃出郊外去了。囊瓦命焚伯氏之居,国人莫肯应者。瓦益怒,出令曰："不焚伯氏,与之同罪！"众人尽知郤宛是个贤臣,谁肯焚烧其宅,被囊瓦逼迫不过,各取禾藁一把在手,投于伯氏门外而走。瓦乃亲率家众,将前后门围住,放起大火。可怜左尹府第一区,登时化为灰烬,连郤宛之尸,亦烧毁无存。尽灭伯氏之族。复拘阳令终、阳完、阳佗、晋陈,诬以通吴谋叛,皆杀之,国中无不称冤者。忽一日,囊瓦于月夜登楼,闻市上歌声,朗然可辨。瓦听之,其歌云：

　　莫学郤大夫,忠而见诛,身既死,骨无馀。楚国无君,惟费与鄢,令尹木偶,为人作茧[4]。天若有知,报应立显。

瓦急使左右察其人不得。但见市廛家家祀神,香火相接,问："神何姓名？"答曰："即楚忠臣伯郤宛也。无罪枉杀,冀其上诉于天耳。"左右还报囊瓦。瓦乃访之朝中,公子申等皆言："郤宛无通吴之事。"瓦心中颇悔。沈尹戌闻郊外赛神者,皆咒诅令尹,乃来见囊瓦曰："国人胥怨矣！相国独不闻乎？夫费无极,楚之谗人也,

877

与鄢将师共为蒙蔽。去朝吴,出蔡侯朱,教先王为灭伦之事,致太子建身死外国,冤杀伍奢父子,今又杀左尹,波及阳、晋二家,百姓怨此二人,入于骨髓。皆云相国纵其为恶,怨詈咒诅,遍于国中。夫杀人以掩谤,仁者犹不为,况杀人以兴谤乎?子为令尹,而纵谗慝以失民心,他日楚国有事,寇盗兴于外,国人叛于内,相国其危哉!与其信谗以自危,孰若除谗以自安耶?"囊瓦瞿然下席,曰:"是瓦之罪也。愿司马助吾一臂,诛此二贼!"沈尹戍曰:"此社稷之福,敢不从命!"沈尹戍即使人扬言于国中曰:"杀左尹者,皆费、鄢二人所为,令尹已觉其奸。今往讨之,国人愿从者皆来!"言犹未毕,百姓争执兵先驱。囊瓦乃收费无极、鄢将师数其罪,枭之于市。国人不待令尹之命,将火焚两家之宅,尽灭其党,于是谤诅方息。史臣有诗云:

不焚伯氏焚鄢费,公论公心在国人。

令尹早同司马计,谗言何至害忠臣!

又有一诗,言鄢、费二人一生害人,还以自害,谗口作恶,亦何益哉?诗云:

顺风放火去烧人,忽地风回烧自身。

毒计奸谋浑似此,恶人几个不遭屯[5]!

再说吴王阖闾元年,乃周敬王之六年[6]也。阖闾访国政于伍员,曰:"寡人欲强国图霸,如何而可?"伍员顿首垂泪而对曰:"臣,楚国之亡虏也。父兄含冤,骸骨不葬,魂不血食[7]。蒙垢受辱,来归命于大王,幸不加戮,何敢与闻吴国之政?"阖闾曰:"非夫子,寡人不免屈于人下。今幸蒙一言之教,得有今日。方且托国于子,何故中道忽生退志？岂以寡人为不足耶？"伍员对曰："臣非以大王为不足也。臣闻疏不间亲,远不间近。臣岂敢以羁旅之身,居吴国谋臣之上乎？况臣大仇未报,方寸摇摇,自不知谋,安能谋国？"阖闾曰："吴国谋臣,无出子右者,子勿辞。俟国事稍定,寡人为子报仇,惟子所命！"伍员曰："王所谋者,何也？"阖闾曰："吾国僻在东南,险阻卑湿,又有海潮之患,仓库不设,田畴不垦,国无守御,民无固志,无以威示邻国,为之奈何？"伍员对曰："臣闻治民之道,在安居而理。夫霸王之业,从近制远。必先立城郭,设守备,实仓廪,治兵革,使内有可守,而外可以应敌。"阖闾曰："善。寡人委命于子,子为寡人图之。"伍员乃相土形之高卑,尝水味之咸淡,乃于姑苏山[8]东北三十里,得善地,造筑大城,周回四十七里,陆门八,象天八风[9],水门八,法地八聪[10]。那八门：

南曰盘门、蛇门,北曰齐门、平门,东曰娄门、匠门,西曰阊门、胥门。

盘门者,以水之盘曲也；蛇门者,以在巳方,生肖属蛇也；齐门者,以齐国在其北也；平门者,水陆地相称也；娄门者,娄江[11]之水所聚也；匠门者,聚匠作于此也；阊门者,通阊阖之气[12]也；胥门者,向姑胥山也。越在东南,正在巳方,故蛇门之上,刻有木蛇,其首向内,示越之臣服于吴也。南向复筑小城,周围十里,南北西俱有门,惟东不开门,欲以绝越之光明也。吴地在东为辰方,生肖属龙,故小城南门上为两鲵[13],以象龙角。城郭既成,迎阖闾自梅里徙都于此。城中前朝后市,左祖右社[14],仓廪府库,无所不备。大选民卒,教以战阵射御之法。别筑一城于凤凰山之南,以备越寇,名南武城[15]。

阖闾以"鱼肠"为不祥之物,函封不用。筑冶城于牛首山[16],铸剑数千,号曰扁诸[17]。又访得吴人干将,与欧冶子[18]同师,使居匠门,别铸利剑。干将乃采五山[19]之铁精[20],六合[21]之金英,候天伺地,妙选时日,天地下降,百神临观,聚炭如丘,使童男童女三百人,装炭鼓橐[22]。如是三月,而金铁之精不销,干将不知其故。其妻莫邪谓曰:"夫神物之化,须人气而后成。今子作剑三月不就,得无待人而成乎?"干将曰:"昔吾师为冶不化,夫妻俱入炉中,然后成物。至今即山作冶,必麻经草衣[23]祭炉,然后敢发。今吾铸剑不成,亦若是耶?"莫邪曰:"师能烁身以成神器,吾何难效之?"于是莫邪沐浴断发剪爪,立于炉傍,使男女复鼓橐,炭火方烈,莫邪自投于炉。顷刻销铄,金铁俱液,遂泻成二剑。先成者为阳,即名干将;后成者为阴,即名莫邪。阳作龟文[24],阴作漫理[25]。干将匿其阳,止以莫邪献于吴王。王试之石,应手而开。今虎丘[26]试剑石是也。王赏之百金。其后吴王知干将匿剑,使人往取,如不得剑,即当杀之。干将取剑出观,其剑自匣中跃出,化为青龙,干将乘之,升天而去,疑已作剑仙矣。使者还报,吴王叹息,自此益宝莫邪。莫邪留吴,不知下落。直至六百馀年[27]之后,晋朝张华[28]丞相,见牛斗之间[29]有紫气,闻雷焕[30]妙达象纬[31],召而问之。焕曰:"此宝剑之精,在豫章丰城[32]。"华即补焕为丰城令。焕既到县,掘狱屋基,得一石函,长逾六尺,广三尺,开视之,内有双剑。以南昌西山之土拭之,光芒艳发。以一剑送华,留一剑自佩之。华报曰:"详观剑文,乃干将也。尚有莫邪,何为不至?虽然,神物终当合耳。"其后焕同华佩剑过延平津[33],剑忽跃出入水,急使人入水求之,惟见两龙张鬣相向,五色炳耀，使人恐惧而退。以后二剑更不出现，想神物终归天上矣。今丰城县有剑池，池前石函，土瘗其半，俗呼石门，即雷焕得剑处。此乃干将、莫邪之结末也。后人有《宝剑铭》云：

　　五山之精，六气[34]之英；炼为神器，电烨霜凝[35]。虹蔚波映[36]，龙藻[37]龟文；断金切玉，威动三军。

话说吴王阖闾既宝莫邪，复募人能作金钩者，赏以百金。国人多有作钩来献者。有钩师贪王之重赏，将二子杀之，取其血以衅金，遂成二钩，献于吴王。越数日，其人诣宫门求赏。吴王曰："为钩者众，尔独求赏，尔之钩何以异于人乎？"钩师曰："臣利王之赏，杀二子以成钩，岂他人可比哉？"王命取钩，左右曰："已混入众钩之中，形制相似，不能辨识。"钩师曰："臣请观之。"左右悉取众钩，置于钩师之前，钩师亦不能辨。乃向钩呼二子之名曰："吴鸿，扈稽！我在于此，何不显灵于王前也？"叫声未绝，两钩忽飞出，贴于钩师之胸。吴王大惊曰："尔言果不谬矣！"乃以百金赏之。遂与莫邪俱佩服于身。

其时楚伯嚭出奔在外，闻伍员已显用于吴，乃奔吴，先谒伍员。员与之相对而泣，遂引见阖闾。阖闾问曰："寡人僻处东海，子不远千里，远辱下土，将何以教寡人乎？"嚭曰："臣之祖父[38]，效力于楚再世矣。臣父无罪，横被焚戮。臣亡命四方，未有所属。今闻大王高义，收伍子胥于穷厄，故不远千里，束身归命。惟大王死生之！"阖闾恻然，使为大夫，与伍员同议国事。吴大夫被离私问于伍员曰："子何见而信嚭乎？"员曰："吾之怨正与嚭同，谚云：'同疾相怜，同忧相救。'惊翔之鸟，相随而集；濑[39]下之水，因复俱流。子何怪焉？"被离曰："子见其外，未见其内也。吾观嚭之为人，鹰视虎步,其性贪佞,专功而擅杀,不可亲近。若重用之,必为子累。"伍员不以为然,遂与伯嚭俱事吴王。后人论被离既识伍员之贤,又识伯嚭之佞,真神相也。员不信其言,岂非天哉!有诗云:

能知忠勇辨奸回[40],神相如离亦异哉!
若使子胥能预策,岂容糜鹿到苏台?

话分两头。再说公子庆忌逃奔于艾城[41],招纳死士,结连邻国,欲待时乘隙,伐吴报仇。阖闾闻其谋,谓伍员曰:"昔专诸之事,寡人全得子力。今庆忌有谋吴之心,饮食不甘味,坐不安席,子更为寡人图之。"伍员对曰:"臣不忠无行,与大王图王僚于私室之中,今复图其子,恐非皇天之意。"阖闾曰:"昔武王诛纣,复杀武庚,周人不以为非。皇天所废,顺天而行。庆忌若存,王僚未死,寡人与子成败共之,宁可以小不忍而酿大患?寡人更得一专诸,事可了矣。子访求谋勇之士,已非一日,亦有其人否乎?"伍员曰:"难言也。臣所厚有一细人,似可与谋者。"阖闾曰:"庆忌力敌万人,岂细人所能谋哉?"员对曰:"是虽细人,实有万人之勇。"阖闾曰:"其人为谁?子何以知其勇?试为寡人言之。"伍员遂将勇士姓名出处备细说来。正是:

说时华岳山摇动,话到长江水逆流。
只为子胥能举荐,要离姓字播春秋。

伍员曰:"其人姓要名离,吴人也。臣昔曾见其折辱壮士椒丘䜣,是以知其勇。"阖闾曰:"折辱之事如何?"员曰:"椒丘䜣者,东海士人也。有友人仕于吴而死,䜣至吴奔其丧。车过淮津,欲饮马于津。津吏曰:'水中有神,见马即出取之,君勿饮也。'䜣曰:'壮士在此，何神敢干我哉！'乃使从者解骖，饮于津水，马果嘶而入水。津吏曰：'神取马去矣！'椒丘䜣大怒，袒裼[42]持剑入水，求神决战。神兴涛鼓浪，终不能害。三日三夜，椒丘䜣从水中出，一目为神所伤，遂眇。至吴行吊，坐于丧席，䜣恃其与水神决战之勇，以气凌人，轻傲于士大夫，言词不逊。时要离与䜣对坐，忽然有不平之色，谓䜣曰：'子见士大夫而有傲色，得无以勇士自居耶？吾闻勇士之斗也，与日战不移表[43]，与鬼神战不旋踵[44]，与人战不违声[45]，宁死不受其辱。今子与神斗于水，失马不能追，又受眇目之羞，形残名辱，不与并命，而犹恋恋于馀生，此天地间最无用之物。且不当以面目见人，况傲士乎！'椒丘䜣被訾，顿口无言，含愧出席而去。要离至晚还舍，诫其妻曰：'我辱勇士椒丘䜣于大家之丧，恨怨郁积，今夜必来杀我，以报其耻。吾当僵卧室中，以待其来，慎勿闭门。'妻知要离之勇，从其言。椒丘䜣果于夜半挟利刃，径造要离之舍，见门扉不掩，堂户大开，直趋其室。见一人垂手放发，临窗僵卧，观之，乃要离也。见䜣来，直挺不动，亦无惧意。䜣以剑承要离之颈，数之曰：'汝有当死者三，汝知之乎？'离曰：'不知。'䜣曰：'汝辱我于大家之丧，一死也；归不关闭，二死也；见我而不起避，三死也。汝自求死，勿以我为怨！'要离曰：'我无三死之过，尔有三不肖之愧，尔知之乎？'䜣曰：'不知。'要离曰：'吾辱尔于千人之众，尔不敢酬一言，一不肖也；入门不咳，登堂无声，有掩袭之心，二不肖也；以剑承吾之颈，尚敢大言，三不肖也。尔有三不肖，而反责我，不可鄙哉？'椒丘䜣乃收剑叹曰：'吾之勇，自计世人莫有及者，离乃加吾之上，真乃天下勇士。吾若杀之，岂不贻笑于人？然不能杀汝，亦难以勇称于世矣！'乃投剑于地，以头触牖而死。方其在丧席之时，臣亦与坐，故知其详。岂非有万人之勇乎？"阖闾曰："子为我召之。"伍员乃往见要离曰："吴王闻吾子高义，愿一见颜色。"离惊曰："吾乃吴下小民，有何德能，敢奉吴王之诏？"伍员再申言吴王愿见之意。要离乃随伍员入谒。

阖闾初闻伍员夸要离之勇，意必魁伟非常，及见离，身材仅五尺馀，腰围一束，形容丑陋，大失所望，心中不悦。问曰："子胥称勇士要离，乃子乎？"离曰："臣细小无力，迎风则伏，负风则僵，何勇之有。然大王有所遣，不敢不尽其力。"阖闾嘿然不应。伍员已知其意，奏曰："夫良马不在形之高大，所贵者力能任重，足能致远而已。要离形貌虽陋，其智术非常，非此人不能成事，王勿失之！"阖闾乃延入后宫赐坐。要离进曰："大王意中所患，得非亡王之公子乎？臣能杀之。"阖闾笑曰："庆忌骨腾肉飞[46]，走逾奔马，矫捷如神，万夫莫当，子恐非其敌也！"要离曰："善杀人者，在智不在力。臣能近庆忌，刺之，如割鸡耳。"阖闾曰："庆忌明智之人，招纳四方亡命，岂肯轻信国中之客，而近子哉？"要离曰："庆忌招纳亡命，将以害吴。臣诈以负罪出奔，愿王戮臣妻子，断臣右手。庆忌必信臣而近之矣。如是而后可图也。"阖闾愀然不乐曰："子无罪，吾何忍加此惨祸于子哉？"要离曰："臣闻，安妻子之乐，不尽事君之义，非忠也；怀室家之爱，不能除君之患，非义也。臣得以忠义成名，虽举家就死，其甘如饴矣！"伍员从旁进曰："要离为国忘家，为主忘身，真千古之豪杰！但于功成之后，旌表其妻孥，不没其绩，使其扬名后世足矣。"阖闾许之。次日，伍员同要离入朝，员荐要离为将，请兵伐楚。阖闾骂曰："寡人观要离之力，不及一小儿，何能胜伐楚之任哉！况寡人国事粗定，岂堪用兵？"要离进曰："不仁哉王也！子胥为王定吴国，王乃不为子胥报仇乎？"阖闾大怒曰："此国家大事，岂野人所知？奈何当朝责辱寡人！"叱力士执要离断其右臂，囚于狱中，遣人收其妻子。伍员叹息而出。群臣皆不知其由。过数日，伍员密谕狱吏宽要离之禁，要离乘间逃出。阖闾遂戮其妻子，焚弃于市。宋儒论此事，以为杀一不辜而得天下，仁人不肯为之。今乃无故戮人妻子，以求售其诈谋，阖闾之残忍极矣！而要离与王无生平之恩，特以贪勇侠之名，残身害家，亦岂得为良士哉？有诗云：

只求成事报吾君，妻子无辜枉杀身。

莫向他邦夸勇烈，忍心害理是吴人！

要离奔出吴境，一路上逢人诉冤，访得庆忌在卫，遂至卫国求见。庆忌疑其诈，不纳。要离乃脱衣示之。庆忌见其右臂果断，方信为实，乃问曰："吴王既杀汝妻子，刑汝之躯，今来见我何为？"离曰："臣闻吴王弑公子之父，而夺大位，今公子连结诸侯，将有复仇之举，故臣以残命相投。臣能知吴国之情，诚以公子之勇，用臣为向导，吴可入也。大王报父仇，臣亦少雪妻子之恨！"庆忌犹未深信。未几，有心腹人从吴中探事者归报，要离妻子果焚弃于市上，庆忌遂坦然不疑。问要离曰："吾闻吴王任子胥、伯嚭为谋主，练兵选将，国中大治。吾兵微力薄，焉能泄胸中之气乎？"离曰："伯嚭乃无谋之徒，何足为虑？吴臣止一子胥，智勇足备，今亦与吴王有隙矣。"庆忌曰："子胥乃吴王之恩人，君臣相得，何云有隙？"要离曰："公子但知其一，未知其二。子胥所以尽心于阖闾者，欲借兵伐楚，报其父兄之仇。今平王已死，费无极亦亡，阖闾得位，安于富贵，不思与子胥复仇。臣为子胥进言，致触王怒，加臣惨戮，子胥

第七十四回

之心怨吴王亦明矣。臣之幸脱囚系,亦赖子胥周全之力。子胥嘱臣曰:'此去必见公子,观其志向何如,若肯为伍氏报仇,愿为公子内应,以赎窟室同谋之罪。'公子不乘此时发兵向吴,待其君臣复合,臣与公子之仇,俱无再报之日矣!"言罢大哭,以头拟柱,欲自触死。庆忌急止之曰:"吾听子!吾听子!"遂与要离同归艾城,任为腹心,使之训练士卒,修治舟舰。三月之后,顺流而下,欲袭吴国。庆忌与要离同舟,行至中流,后船不相接属。要离曰:"公子可亲坐船头,戒饬舟人。"庆忌来至船头坐定,要离只手执短矛侍立。忽然江中起一阵怪风,要离转身立于上风,借风势以矛刺庆忌,透入心窝,穿出背外。庆忌倒提要离,溺其头于水中,如此三次,乃抱要离置于膝上,顾而笑曰:"天下有如此勇士哉?乃敢加刃于我!"左右持戈戟欲攒刺之,庆忌摇手曰:"此天下之勇士也。岂可一日之间,杀天下勇士二人哉!"乃诫左右:"勿杀要离,可纵之还吴,以旌其忠。"言毕,推要离于膝下,自以手抽矛,血流如注而死。不知要离性命如何,且看下回分解。

〔1〕 降重:降临,光临。指以贵重之躯亲临下顾。

〔2〕 帷:用作动词,张帷。

〔3〕 异国匹夫:伯郤宛本晋臣伯州犁之子,故称。

〔4〕 为人作茧:指被人束缚,愚弄。作茧,即作茧自缚。蚕作茧时与外界隔绝,借喻不通外事,受人摆布。

〔5〕 屯:《易经》卦名。震下坎上为屯,屯,谓艰难,引申为灾难。

〔6〕 周敬王六年:即公元前514年。

〔7〕 血食：指祭祀。古时杀牲取血，用以祭祀。《汉书·高帝纪》注："祭者尚血腥，故曰血食也。"

〔8〕 姑苏山：古山名。在今苏州市西南，又名姑胥山、胥台山。

〔9〕 八风：八方之风。名目不一，《吕氏春秋》以炎风、滔风、熏风、巨风、凄风、飓风、厉风、寒风为八风。

〔10〕 八聪：八条通道，指朝向东、南、西、北及东北、东南、西北、西南的路径。聪，这里作通路、通畅解。

〔11〕 娄江：古水名，即今江苏之浏河，为太湖之支流。

〔12〕 阊阖（chāng hé 昌何）：即阊阖风，西风。《史记·律书》："阊阖风居西方。阊者，倡也；阖者，藏也。言阳气道万物，阖黄泉也。"

〔13〕 鲵（ní 泥）：鱼的一种，即人鱼，俗称娃娃鱼。因有四足象龙，故以代龙。

〔14〕 "城中"二句：城中前有宫廷，后有市集，左有祖庙，右有社坛，即祭土神之所。

〔15〕 南武城：在今江苏昆山县西北。《汉书·地理志》："娄县（今松江）有南武城，阖闾所造以候越。"

〔16〕 冶城：即冶炼之城，故址在今南京市朝天宫附近。牛首山：一名牛头山。在南京市西南。双峰角立，形如牛首，故名。

〔17〕 扁诸：古剑名。

〔18〕 欧冶子：春秋时冶工，曾应越王之聘，铸湛庐、巨阙、胜邪、鱼肠、纯钧五剑，后又与干将为楚王铸龙渊、泰阿、工布三剑。见《吴越春秋》、《越绝书》。

〔19〕 五山：即五岳，泛指天下名山。

〔20〕 铁精：美铁，铁中精良者。下句之"金英"，意同。

〔21〕 六合：古代以天地四方为六合，这里泛指全国、天下。

〔22〕 橐：古代冶炼时用来鼓风吹火的装置，犹今之风箱。

〔23〕麻绖(dié 迭)草衣：结草为衣，腰间束以麻带。

〔24〕龟文：龟背的纹理，指符号图案。

〔25〕漫理：同曼理，本指肌肤之细腻，此处借喻表面光洁，无花纹。

〔26〕虎丘：山名。在苏州市西北阊门外，一名海涌山。相传吴王阖闾葬于此，三日，有虎踞其上，故名。为苏州之名胜。试剑石在虎丘山南麓。

〔27〕六百馀年：自吴王阖闾即位之初（前514）至晋张华出任丞相之时（晋太康以后，即公元280年以后），应为近八百年。

〔28〕张华（232—300）：西晋文学家，字茂先。范阳方城（今河北固安）人。曾官中书令（相当于丞相）及司空，他以博洽著称。后为赵王司马伦所杀。

〔29〕牛斗：即牛宿和斗宿，均为二十八宿之一。古人以牛、斗二宿为吴越之分野。

〔30〕雷焕：晋代豫章（今江西省）人。任丰城令后，掘狱得龙泉、太阿二剑。与本书略有不符。见《晋书·张华传》。

〔31〕象纬：指日月五星，代表天文。

〔32〕丰城：古县名，即今江西丰城市。晋太康元年（280）始置。

〔33〕延平津：古津名。亦称建溪、东溪。在今福建南平市东南，为闽江上游。

〔34〕六气：指天地四时之气。

〔35〕电烨(yè 夜)霜凝：指宝剑光芒闪耀，色白如霜。

〔36〕虹蔚波映：指宝剑在水波映照之下，呈现出五采光芒。

〔37〕龙藻：即龙形纹。《太平御览》卷三四四引《魏都赋》："剑则流彩之珍，素质之宝。或虹蔚映波，龟文龙藻。"

〔38〕祖父：指祖伯州犁与父伯郤宛两代。故下文言"再世"。

〔39〕濑(lài 赖)：湍急之水，水激石间为濑。

〔40〕奸回：奸邪。回，《说文》："邪也，曲也。"

〔41〕艾城：古邑名。治所在今江西修水县西，乃吴楚交界之地。

〔42〕 袒裼(tǎn xī 坦锡)：去衣露上身，即赤膊。

〔43〕 不移表：即不移时。表，古代测量日影以计时的标竿。这里代指时间。

〔44〕 不旋踵：不转身，指不畏避退缩。

〔45〕 不违声：不躲开对方的声音，意指敢于相互怒吼。

〔46〕 骨腾肉飞：意指善于奔腾跳跃。

第七十五回

孙武子演阵斩美姬　蔡昭侯纳质乞吴师

话说庆忌临死，诫左右勿杀要离，以成其名。左右欲释放要离。要离不肯行，谓左右曰："吾有三不容于世，虽公子有命，吾敢偷生乎？"众问曰："何谓三不容于世？"要离曰："杀吾妻子而求事吾君，非仁也；为新君而杀故君之子，非义也；欲成人之事，而不免于残身灭家，非智也。有此三恶，何面目立于世哉！"言讫，遂投身于江。舟人捞救出水，要离曰："汝捞我何意？"舟人曰："君返国，必有爵禄，何不俟之？"要离笑曰："吾不爱室家性命，况于爵禄？汝等以吾尸归，可取重赏。"于是夺从人佩剑，自断其足，复刎喉而死。史臣有赞云：

　　古人一死，其轻如羽；不惟自轻，并轻妻子。阖门毕命，以殉一人。一人既死，吾志已伸。专诸虽死，尚存其胤。伤哉要离，死无形影[1]！岂不自爱，遂人之功。功遂名立，虽死犹荣！击剑死侠，酿成风俗。至今吴人，趋义如鹄[2]。

又有诗单道庆忌力敌万人，死于残疾匹夫之手，世人以勇力恃者可戒矣。诗云：

　　庆忌骁雄天下少，匹夫一臂须臾了。

孙武子演阵斩美姬　蔡昭侯纳质乞吴师

世人休得逞强梁，牛角伤残鼷鼠饱[3]。

众人收要离肢体，并载庆忌之尸，来投吴王阖闾。阖闾大悦，重赏降卒，收于行伍。以上卿之礼，葬要离于阊门城下，曰："藉子之勇，为吾守门。"追赠其妻子。与专诸同立庙，岁时祭祀。以公子之礼，葬庆忌于王僚之墓侧。大宴群臣。伍员泣奏曰："王之祸患皆除，但臣之仇何日可复？"伯嚭亦垂泪请兵伐楚。阖闾曰："俟明旦当谋之。"

次早，伍员同伯嚭复见阖闾于宫中。阖闾曰："寡人欲为二卿出兵，谁人为将？"员、嚭齐声曰："惟王所用，敢不效命！"阖闾心念："二子皆楚人，但报己仇，未必为吴尽力。"乃嘿然不言，向南风而啸，顷之，复长叹。伍员已窥其意，复进曰："王虑楚之兵多将广乎？"阖闾曰："然。"员曰："臣举一人，可保必胜。"阖闾欣然问曰："卿所举何人？其能若何？"员对曰："姓孙名武，吴人也。"阖闾闻说是吴人，便有喜色。员复奏曰："此人精通韬略，有鬼神不测之机，天地包藏之妙，自著《兵法》十三篇，世人莫知其能，隐于罗浮山[4]之东。诚得此人为军师，虽天下莫敌，何论楚哉？"阖闾曰："卿试为寡人召之。"员对曰："此人不轻仕进，非寻常之比，必须以礼聘之，方才肯就。"阖闾从之。乃取黄金十镒，白璧一双，使员驾驷马，往罗浮山取聘孙武。员见武，备道吴王相慕之意。乃相随出山，同见阖闾。阖闾降阶而迎，赐坐，问以兵法。孙武将所著十三篇，次第进上。阖闾令伍员从头朗诵一遍，每终一篇，赞不容已。那十三篇：

一曰《始计》篇、二曰《作战》篇、三曰《谋攻》篇、四曰《军形》篇、五曰《兵势》篇、六曰《虚实》篇、七曰《军争》篇、八曰

第七十五回

《九变》篇、九曰《行军》篇、十曰《地形》篇、十一曰《就地》篇、十二曰《火攻》篇、十三曰《用间》篇。

阖闾顾伍员曰："观此《兵法》，真通天彻地之才也。但恨寡人国小兵微，如何而可？"孙武对曰："臣之《兵法》，不但可施于卒伍，虽妇人女子，奉吾军令，亦可驱而用之。"阖闾鼓掌而笑曰："先生之言，何迂阔也！天下岂有妇人女子，可使其操戈习战者？"孙武曰："王如以臣言为迂，请将后宫女侍，与臣试之。令如不行，臣甘欺罔之罪。"阖闾即召宫女三百，令孙武操演。孙武曰："得大王宠姬二人，以为队长，然后号令方有所统。"阖闾又宣宠姬二人，名曰右姬、左姬至前，谓武曰："此寡人所爱，可充队长乎？"孙武曰："可矣。然军旅之事，先严号令，次行赏罚，虽小试，不可废也。请立一人为执法，二人为军吏，主传谕之事；二人值鼓；力士数人，充为牙将，执斧锧刀戟，列于坛上，以壮军容。"阖闾许于中军选用。孙武吩咐宫女，分为左右二队，右姬管辖右队，左姬管辖左队，各披挂持兵，示以军法：一不许混乱行伍，二不许言语喧哗，三不许故违约束。明日五鼓，皆集教场听操。王登台而观之。

次日五鼓，宫女二队，俱到教场，一个个身披甲胄，头戴兜鍪，右手操剑，左手握盾。二姬顶盔束甲，充做将官，分立两边，伺候孙武升帐。武亲自区画绳墨，布成阵势。使传谕官将黄旗二面，分授二姬，令执之为前导；众女跟随队长之后，五人为伍，十人为总，各要步迹相继，随鼓进退，左右回旋，寸步不乱。传谕已毕，令二队皆伏地听令。少顷，下令曰："闻鼓声一通，两队齐起；闻鼓声二通，左队右旋，右队左旋；闻鼓声三通，各挺剑为争战之势。听鸣金，然后敛队而退。"众宫女皆掩口嬉笑。鼓吏禀："鸣鼓一通。"宫女或

孙武子演阵斩美姬　蔡昭侯纳质乞吴师

起或坐,参差不齐。孙武离席而起曰:"约束不明,申令不信,将之罪也!"使军吏再申前令。鼓吏复鸣鼓;宫女咸起立,倾斜相接,其笑如故。孙武乃揎起双袖,亲操枹[5]以击鼓,又申前令。二姬及宫女无不笑者。孙武大怒,两目忽张,发上冲冠,遽唤:"执法何在?"执法者前跪。孙武曰:"约束不明,申令不信,将之罪也。既已约束再三,而士不用命,士之罪矣!于军法当如何?"执法曰:"当斩!"孙武曰:"士难尽诛,罪在队长。"顾左右:"可将女队长斩讫示众!"左右见孙武发怒之状,不敢违令,便将左右二姬绑缚。阖闾在望云台上看孙武操演,忽见绑其二姬,急使伯嚭持节驰救之,令曰:"寡人已知将军用兵之能,但此二姬侍寡人巾栉,甚适寡人之意,寡人非此二姬,食不甘味,请将军赦之!"孙武曰:"军中无戏言。臣已受命为将,将在军,虽君命不得受。若徇君命而释有罪,何以服众?"喝令左右:"速斩二姬!"枭其首于军前。于是二队宫女,无不股栗失色,不敢仰视。孙武于队中再取二人,为左右队长。再申令击鼓:一鼓起立,二鼓旋行,三鼓合战,鸣金收军。左右进退,回旋往来,皆中绳墨,毫发不差,自始至终,寂然无声。乃使执法往报吴王曰:"兵已整齐,愿王观之,惟王所用。虽使赴汤蹈火,亦不敢退避矣。"髯翁有诗咏孙武试兵之事云:

　　强兵争霸业,试武耀军容。

　　尽出娇娥辈,犹如战斗雄。

　　戈挥罗袖卷,甲映粉颜红。

　　掩笑分旗下,含羞立队中。

　　闻声趋必肃,违令法难通。

　　已借妖姬首,方知上将风。

893

第七十五回

驱驰赴汤火，百战保成功。

阖闾痛此二姬，乃厚葬之于横山，立祠祭之，名曰爱姬祠。因思念爱姬，遂有不用孙武之意。伍员进曰："臣闻兵者，凶器也。不可虚谈。诛杀不果，军令不行。大王欲征楚而伯天下，思得良将，夫将以果毅[6]为能，非孙武之将，谁能涉淮逾泗，越千里而战者乎？夫美色易得，良将难求，若因二姬而弃一贤将，何异爱莠草而弃嘉禾哉！"阖闾始悟。乃封孙武为上将军，号为军师，责成以伐楚之事。伍员问孙武曰："兵从何方而进？"孙武曰："大凡行兵之法，先除内患，然后方可外征。吾闻王僚之弟掩余在徐，烛庸在钟吾，二人俱怀报怨之心。今日进兵，宜先除二公子，然后南伐。"伍员然之。奏过吴王，王曰："徐与钟吾皆小国，遣使往索逋臣，彼不敢不从。"乃发二使，一往徐国取掩馀，一往钟吾取烛庸。徐子章羽不忍掩馀之死，私使人告之，掩馀逃去。路逢烛庸亦逃出，遂相与商议，往奔楚国。楚昭王喜曰："二公子怨吴必深，宜乘其穷而厚结之。"乃居于舒城，使之练兵以御吴。阖闾怒二国之违命，令孙武将兵伐徐，灭之。徐子章羽奔楚。遂伐钟吾，执其君以归。复袭破舒城，杀掩馀、烛庸。阖闾便欲乘胜入郢。孙武曰："民劳未可骤用也。"遂班师。于是伍员献谋曰："凡以寡胜众，以弱胜强者，必先明于劳逸之数。晋悼公三分四军[7]，以敝楚师，卒收萧鱼之绩[8]，惟自逸而以劳予人也。楚执政皆贪庸之辈，莫肯任患，请为三师以扰楚。我出一师，彼必皆出，彼出则我归，彼归则我复出，使彼力疲而卒惰，然后猝然乘之，无不胜矣。"阖闾以为然。乃三分其军，迭出以扰楚境，楚遣将来救，吴兵即归，楚人苦之。

吴王有爱女名胜玉，因内宴，庖人进蒸鱼，王食其半，而以其馀赐女，女怒曰："王乃以剩鱼辱我，我何用生为？"退而自杀。阖闾悲之，厚为殓具，营葬于国西阊门之外。凿池积土，所凿之处，遂成太湖，今女坟湖[9]是也。又斫文石以为椁，金鼎、玉杯、银尊、珠襦之宝，府库几倾其半，又取磐郢名剑，皆以送女。乃舞白鹤于吴市之中，令万民随而观之，因令观者皆入隧门送葬。隧道内设有伏机，男女既入，遂发其机，门闭，实之以土，男女死者万人。阖闾曰："使吾女得万人为殉，庶不寂寞也。"至今吴俗殡事，丧亭上制有白鹤，乃其遗风。杀生送死，阖闾之无道极矣！史臣有诗云：

三良殉葬共非秦，鹤市何当杀万人？

不待夫差方暴骨，阖闾今日已无民！

话分两头。却说楚昭王卧于宫中，既醒，见枕畔有寒光，视之，得一宝剑。及旦，召相剑者风胡子入宫，以剑示之。风胡子观剑大惊曰："君王何从得此？"昭王曰："寡人卧觉，得之于枕畔，不知此剑何名？"风胡子曰："此名湛卢之剑，乃吴中剑师欧冶子所铸。昔越王铸名剑五口，吴王寿梦闻而求之，越王乃献其三，曰鱼肠、磐郢、湛卢。鱼肠以刺王僚；磐郢以送亡女；惟湛卢之剑在焉。臣闻此剑乃五金之英，太阳之精，出之有神，服之有威。然人君行逆理之事，其剑即出。此剑所在之国，其国祚必绵远昌炽。今吴王弑王僚自立，又坑杀万人，以葬其女，吴人悲怨，故湛卢之剑，去无道而就有道也。"昭王大悦，即佩于身，以为至宝，宣示国人，以为天瑞。

阖闾失剑，使人访求之，有人报："此剑归于楚国。"阖闾怒曰："此必楚王赂吾左右而盗吾剑也！"杀左右数十人。遂使孙武、伍员、伯嚭率师伐楚。复遣使征兵于越。越王允常未与楚绝，不肯发兵。孙武等拔楚六、潜[10]二邑，因后兵不继，遂班师。阖闾怒越之不同于伐楚，复谋伐越。孙武谏曰："今年岁星在越[11]，伐之不利。"阖闾不听，遂伐越，败越兵于槜李[12]，大掠而还。孙武私谓伍员曰："四十年之后，越强而吴尽矣！"伍员默记其言。此阖闾五年[13]事也。其明年，楚令尹囊瓦率舟师伐吴，以报潜、六之役。阖闾使孙武、伍员击之，败楚师于巢[14]，获其将芈繁以归。阖闾曰："不入郢都，虽败楚兵，犹无功也。"员对曰："臣岂须臾忘郢都哉！顾楚国天下莫强，未可轻敌。囊瓦虽不得民心，而诸侯未恶。闻其索赂无厌，不久诸侯有变，乃可乘矣。"遂使孙武演习水军于江口。伍员终日使人探听楚事。忽一日，报："有唐、蔡二国遣使臣通好，已在郊外。"伍员喜曰："唐、蔡皆楚属国，无故遣使远来，必然与楚有怨，天使吾破楚入郢也。"

原来楚昭王为得了湛卢之剑，诸侯毕贺，唐成公与蔡昭侯亦来朝楚。蔡侯有羊脂白玉佩一双，银貂鼠裘二副，以一裘一佩献于楚昭王，以为贺礼，自己佩服其一。囊瓦见而爱之，使人求之于蔡侯。蔡侯爱此裘佩，不与囊瓦。唐侯有名马二匹，名曰肃霜。肃霜乃雁名，其羽如练之白，高首而长颈，马之形色似之，故以为名。后人复加马傍曰骕骦，乃天下希有之马也。唐侯以此马驾车来楚，其行速而稳。囊瓦又爱之，使人求之于唐侯。唐侯亦不与。二君朝礼既毕，囊瓦即谮于昭王曰："唐、蔡私通吴国，若放归，必导吴伐楚，不如留之。"乃拘二君于馆驿。各以千人守之，名为护卫，实则监押。其时昭王年幼，国政皆出于囊瓦。二君一住三年，思归甚切，不得起身。唐世子不见唐侯归国，使大夫公孙哲至楚省视，知其见拘之故。奏曰："二马与一国孰重？君何不献马以求归？"唐侯曰："此马希世之宝,寡人惜之！且不肯献于楚王,况令尹乎？且其人贪而无厌,以威劫寡人,寡人宁死,决不从之。"公孙哲私谓从者曰："吾主不忍一马,而久淹于楚,何其重畜而轻国哉。我等不如私盗骕骦,献于令尹。倘得主公归唐,吾辈虽坐盗马之罪,亦何所恨！"从者然之,乃以酒灌醉圉人,私盗二马献于囊瓦曰："吾主以令尹德尊望重,故令某等献上良马,以备驱驰之用。"囊瓦大喜,受其所献。次日,入告昭王曰："唐侯地褊兵微,谅不足以成大事,可赦之归国。"昭王遂放唐成公出城。唐侯既归,公孙哲与众从者,皆自系于殿前待罪。唐侯曰："微诸卿献马于贪夫,寡人不能返国,此寡人之罪,二三子勿怨寡人足矣。"各厚赏之。今德安府[15]随州城北,有骕骦陂,因马过此得名也。唐胡曾先生有诗云：

行行西至一荒陂,因笑唐公不见机。

莫惜骕骦输令尹,汉东宫阙早时归。

又髯仙有诗云：

三年拘系辱难堪,只为名驹未售贪。

不是便宜私窃马,君侯安得离荆南？

蔡侯闻唐侯献马得归,亦解裘佩以献瓦。瓦复告昭王曰："唐、蔡一体,唐侯既归,蔡不可独留也。"昭王从之。

蔡侯出了郢都,怒气填胸,取白璧沉于汉水,誓曰："寡人若不能伐楚,而再南渡者,有如大川！"及返国,次日,即以世子元为质于晋,借兵伐楚。晋定公为之诉告于周,周敬王命卿士刘卷,以王师会之。宋、齐、鲁、卫、陈、郑、许、曹、莒、邾、顿、胡、滕、薛、杞、小邾子连蔡,共是十七路诸侯,个个恨囊瓦之贪,皆以兵从。晋士鞅为大将，荀寅副之，诸军毕集于召陵之地。荀寅自以为蔡兴师，有功于蔡，欲得重货，使人谓蔡侯曰："闻君有裘佩以遗楚君臣，何独敝邑而无之？吾等千里兴师，专为君侯，不知何以犒师也？"蔡侯对曰："孤以楚令尹瓦贪冒不仁，弃而投晋，惟大夫念盟主之义，灭强楚以扶弱小，则荆襄五千里，皆犒师之物也，利孰大焉。"荀寅闻之甚愧。其时周敬王十四年[16]之春三月，偶然大雨连旬，刘卷患疟，荀寅遂谓士鞅曰："昔五伯莫盛于齐桓，然驻师召陵，未尝少损于楚。先君文公仅一胜之，其后构兵不已。自交见以后，晋、楚无隙，自我开之不可。况水潦方降，疾疟方兴，恐进未必胜，退为楚乘，不可不虑。"士鞅亦是个贪夫，也思蔡侯酬谢，未遂其欲，托言雨水不利，难以进兵，遂却蔡侯之质，传令班师。各路诸侯见晋不做主，各散回本国。髯仙有诗云：

冠裳济济拥兵车，直捣荆襄力有馀。

谁道中原无义士，也同囊瓦索苞苴[17]。

蔡侯见诸军解散，大失所望。归过沈国，怪沈子嘉不从伐楚，使大夫公孙姓袭灭其国，虏其君杀之，以泄其愤。楚囊瓦大怒，兴师伐蔡，围其城。公孙姓进曰："晋不足恃矣。不如东行求救于吴。子胥、伯嚭诸臣，与楚有大仇，必能出力。"蔡侯从之。即令公孙姓约会唐侯，共投吴国借兵，以其次子公子乾为质。伍员引见阖闾曰："唐、蔡以伤心之怨，愿为先驱。夫救蔡显名，破楚厚利。王欲入郢，此机不可失也。"阖闾乃受蔡侯之质，许以出兵，先遣公孙姓归报。阖闾正欲调兵，近臣报道："今有军师孙武自江口归，有事求见。"阖闾召入，问其来意。孙武曰："楚所以难攻者，以属国众多，未易直达其境也。今晋侯一呼，而十八国群集，内中陈、许、

孙武子演阵斩美姬　蔡昭侯纳质乞吴师

顿、胡皆素附于楚,亦弃而从晋,人心怨楚,不独唐、蔡,此楚势孤之时矣。"阖闾大悦。使被离、专毅辅太子波居守。拜孙武为大将,伍员、伯嚭副之,亲弟公子夫概为先锋,公子山专督粮饷。悉起吴兵六万,号为十万,从水路渡淮,直抵蔡国。囊瓦见吴兵势大,解围而走,又恐吴兵追赶,直渡汉水,方才屯扎,连打急报至郢都告急。

再说蔡侯迎接吴王,泣诉楚君臣之恶。未几唐侯亦到。二君愿为左右翼,相从灭楚。临行,孙武忽传令军士登陆,将战舰尽留于淮水之曲。伍员私问舍舟之故。孙武曰:"舟行水逆而迟,使楚得徐为备,不可破矣。"员服其言。大军自江北陆路走章山[18],直趋汉阳[19]。楚军屯于汉水之南,吴兵屯于汉水之北。囊瓦日夜愁吴军济汉,闻其留舟于淮水,心中稍安。楚昭王闻吴兵大举,自召诸臣问计。公子申曰:"子常非大将之才,速令左司马沈尹戌领兵前往,勿使吴人渡汉。彼远来无继,必不能久。"昭王从其言。使沈尹戌率兵一万五千,同令尹协力拒守。沈尹戌来至汉阳,囊瓦迎入大寨。戌问曰:"吴兵从何而来,如此之速?"瓦曰:"弃舟于淮汭,从陆路自豫章[20]至此。"戌连笑数声曰:"人言孙武用兵如神,以此观之,真儿戏耳!"瓦曰:"何谓也?"戌曰:"吴人惯习舟楫,利于水战,今乃舍舟从陆,但取便捷,万一失利,更无归路,吾所以笑之。"瓦曰:"彼兵见屯汉北,何计可破?"戌曰:"吾分兵五千与子,子沿汉列营,将船只尽拘集于南岸。再令轻舟,旦夕往来于江之上下,使吴军不得掠舟而渡。我率一军从新息[21]抄出淮汭,尽焚其舟,再将汉东隘道用木石磊断。然后令尹引兵渡汉江,攻其大寨,我从后而击之。彼水陆路绝,首尾受敌,吴君臣之命,皆丧于吾手矣。"囊瓦大喜曰:"司马高见,吾不及也。"于是沈尹戌留大将武

第七十五回

城黑统军五千,相助囊瓦。自引一万人望新息进发。不知后来胜败如何,且看下回分解。

---

〔1〕 死无形影:意指全家俱死,形影不存。

〔2〕 鹄(gǔ古):箭靶的中心。此处用箭射向靶心以比喻吴人趋利之心的强烈和不可阻遏。

〔3〕 "牛角"句:典出《春秋·成公七年》:"鼷鼠食郊牛角,改卜牛。"鼷鼠,鼠类之最小者。《本草纲目集解》言其能"食人皮及牛马等皮肤成疮"。此处以牛喻庆忌,以鼷鼠喻要离,以说明力敌万人的勇夫反为细人所制。

〔4〕 罗浮山:古代山名,在今江苏泰州市境内。

〔5〕 枹(fú扶):击鼓杖,即鼓槌。

〔6〕 果毅:果断而坚忍。《国语·周语》注:"杀敌为果,致果为毅。"

〔7〕 三分四军:指晋国将原来四军分成三批,轮流伐楚,以敝楚师。见第六十回。

〔8〕 萧鱼之绩:指晋悼公率诸侯伐郑,营于萧鱼,郑求和行成。见六十一回。

〔9〕 女坟湖:古代湖名,地在苏州阊门外。

〔10〕 六、潜:均为古邑名,亦为古国名,后为楚地。六在今安徽六安市北。潜在今安徽霍山县南。

〔11〕 岁星在越:岁星即木星。木星每十二年运行黄道一周。在越,即在越地之分野斗宿。

〔12〕 檇李:古地名,又作醉李、就李。在今浙江嘉兴市西南。

〔13〕 阖闾五年:即周敬王十年,公元前510年。越灭吴在三十七年之后,即公元前473年。接近于四十年之数。

〔14〕 巢:古国名,后属楚。在今安徽巢县东北五里。

〔15〕 今德安府：即明代之德安府。德安府为北宋时置，治所在安陆（今湖北安陆市）。宋时辖境无随州（今湖北随州市），明时始扩大至随州。

〔16〕 周敬王十四年：即公元前506年。

〔17〕 苞苴（jū狙）：财物之贿赂。苞苴本意为裹鱼肉的草包，引申为行贿的财物。《荀子·大略》注："货贿必以物包裹，故总谓之苞苴。"

〔18〕 章山：一称内方山，在今湖北钟祥市西北。

〔19〕 汉阳：指汉水东北。

〔20〕 豫章：古地区名。《左传》杜预注一作"在江北、淮水南"（昭公十三年），一作"汉东、江北地名"（定公四年）。与古称江西省为豫章郡并非一处。

〔21〕 新息：古县名。地在今河南息县西南，即原来之息国。至汉时始置县，改名新息。

第七十六回

楚昭王弃郢西奔　伍子胥掘墓鞭尸

话说沈尹戌去后,吴、楚夹汉水而军,相持数日。武城黑欲献媚于令尹,进言曰:"吴人舍舟从陆,违其所长,且又不识地理,司马已策其必败矣。今相持数日,不能渡江,其心已怠,宜速击之。"瓦之爱将史皇亦曰:"楚人爱令尹者少,爱司马者多,若司马引兵焚吴舟,塞隘道,则破吴之功,彼为第一也。令尹官高名重,屡次失利,今又以第一之功,让于司马,何以立于百僚之上?司马且代子为政矣。不如从武城将军之计,渡江决一胜负为上。"囊瓦惑其言,遂传令三军,俱渡汉水,至小别山[1]列成阵势。史皇出兵挑战,孙武使先锋夫概迎之。夫概选勇士三百人,俱用坚木为大棒,一遇楚兵,没头没脑乱打将去。楚兵从未见此军形,措手不迭,被吴兵乱打一阵,史皇大败而走。囊瓦曰:"子令我渡江,今才交兵便败,何面目来见我?"史皇曰:"战不斩将,攻不擒王,非兵家大勇。今吴王大寨扎在大别山之下,不如今夜出其不意,往劫之,以建大功。"囊瓦从之。遂挑选精兵万人,披挂衔枚,从间道杀出大别山后。诸军得令,依计而行。

却说孙武闻夫概初战得胜,众皆相贺。武曰:"囊瓦乃斗

楚昭王弃郢西奔　伍子胥掘墓鞭尸

筥[2]之辈,贪功侥幸,今史皇小挫,未有亏损,今夜必来掩袭大寨,不可不备。"乃令夫概专毅各引本部,伏于大别山之左右,但听哨角为号,方许杀出。使唐、蔡二君,分两路接应。又令伍员引兵五千,抄出小别山,反劫囊瓦之寨,却使伯嚭接应。孙武又使公子山,保护吴王,移屯于汉阴山,以避冲突。大寨虚设旌旗,留老弱数百守之。号令已毕,时当三鼓,囊瓦果引精兵,密从山后抄出。见大寨中寂然无备,发声喊,杀入军中,不见吴王,疑有埋伏,慌忙杀出。忽听得哨角齐鸣,专毅、夫概两军,左右突出夹攻,囊瓦且战且走,三停兵士,折了一停。才得走脱,又闻炮声大震,右有蔡侯,左有唐侯,两下截住。唐侯大叫:"还我肃霜马,免汝一死!"蔡侯又叫:"还我裘佩,饶汝一命!"囊瓦又羞又恼,又慌又怕。正在危急,却得武城黑引兵来,大杀一阵,救出囊瓦。约行数里,一起守寨小军来报:"本营已被吴将伍员所劫,史将军大败,不知下落。"囊瓦心胆俱裂,引着败兵,连夜奔驰,直到柏举[3],方才驻足。良久,史皇亦引残兵来到,馀兵渐集,复立营寨。

囊瓦曰:"孙武用兵,果有机变!不如弃寨逃归,请兵复战。"史皇曰:"令尹率大兵拒吴,若弃寨而归,吴兵一渡汉江,长驱入郢,令尹之罪何逃?不如尽力一战,便死于阵上,也留个香名于后!"囊瓦正在踌躇,忽报:"楚王又遣一军来接应。"囊瓦出寨迎接,乃大将蘧射也。射曰:"主上闻吴兵势大,恐令尹不能取胜,特遣小将带军一万,前来听命。"因问从前交战之事。囊瓦备细详述了一遍,面有惭色。蘧射曰:"若从沈司马之言,何至如此。今日之计,惟有深沟高垒,勿与吴战,等待司马兵到,然后合击。"囊瓦曰:"某因轻兵劫寨,所以反被其劫。若两阵相当,楚兵岂遽弱于

903

第七十六回

吴哉！今将军初到，乘此锐气，宜决一死敌。"蓮射不从。遂与囊瓦各自立营，名虽互为犄角，相去有十馀里。囊瓦自恃爵高位尊，不敬蓮射；蓮射又欺囊瓦无能，不为之下，两边各怀异意，不肯和同商议。吴先锋夫概，探知楚将不和，乃入见吴王曰："囊瓦贪而不仁，素失人心；蓮射虽来赴援，不遵约束。三军皆无斗志，若追而击之，可必全胜。"阖闾不许。夫概退曰："君行其令，臣行其志，吾将独往，若幸破楚军，郢都可入也。"晨起，率本部兵五千，竟奔囊瓦之营。孙武闻之，急调伍员引兵接应。

却说夫概打入囊瓦大寨，瓦全不准备，营中大乱。武城黑舍命敌住。瓦不及乘车，步出寨后，左胛已中一箭，却得史皇率本部兵到，以车载之。谓瓦曰："令尹可自方便，小将当死于此！"囊瓦卸下袍甲，乘车疾走，不敢回郢，竟奔郑国逃难去了。髯翁有诗云：

　　披裘佩玉驾名驹，只道千年住郢都。

　　兵败一身逃难去，好教万口笑贪夫。

伍员兵到，史皇恐其追逐囊瓦，乃提戟引本部杀入吴军，左冲右突，杀死吴兵将二百馀人。楚兵死伤，数亦相当。史皇身被重伤而死。武城黑战夫概不退，亦被夫概斩之。蓮射之子蓮延，闻前营有失，报知其父，欲提兵往救。蓮射不许，自立营前弹压，令军中："乱动者斩！"囊瓦败军皆归于蓮射，点视尚有万馀，合成一军，军势复振。蓮射曰："吴军乘胜掩至，不可当也。及其未至，整队而行，退至郢都，再作区处。"乃令大军拔寨都起，蓮延先行，蓮射亲自断后。夫概探得蓮射移营，尾其后追之，及于清发[4]。楚兵方收集船只，将谋渡江。吴兵便欲上前奋击，夫概止之曰："困兽犹斗，况人乎？若逼之太急，将致死力。不如暂且驻兵，待其半渡，然后击

楚昭王弃郢西奔　伍子胥掘墓鞭尸

之。已渡者得免,未渡者争先,谁肯死斗?胜之必矣!"乃退二十里安营。中军孙武等俱到,闻夫概之言,人人称善。阖闾谓伍员曰:"寡人有弟如此,何患郢都不入。"伍员曰:"臣闻被离曾相夫概,言其毫毛倒生,必有背国叛主之事,虽则英勇,不可专任。"阖闾不以为然。

再说蒍射闻吴兵来追,方欲列阵拒敌;又闻其复退,喜曰:"固知吴人怯,不敢穷追也。"乃下令五鼓饱食,一齐渡江。刚刚渡及十分之三,夫概兵到,楚军争渡大乱。蒍射禁止不住,只得乘车疾走。军士未渡者,都随着主将乱窜。吴军从后掩杀,掠取旗鼓戈甲无数。孙武命唐、蔡二君,各引本国军将,夺取渡江船只,沿江一路接应。蒍射奔至雍澨[5],将卒饥困,不能奔走。所喜追兵已远,暂且停留,埋锅造饭。饭才熟,吴兵又到,楚兵将不及下咽,弃食而走。留下现成熟饭,反与吴兵受用。吴兵饱食,复尽力追逐。楚兵自相践踏,死者更多。蒍射车踬,被夫概一戟刺死。其子蒍延亦被吴兵围住,延奋勇冲突,不能得出。忽闻东北角喊声大振,蒍延曰:"吴又有兵到,吾命休矣!"原来那枝兵,却是左司马沈尹戌行至新息,得囊瓦兵败之信,遂从旧路退回,却好在雍澨遇着吴兵围住蒍延。戌遂将部下万人,分作三路杀入。夫概恃其屡胜,不以为意。忽见楚三路进兵,正不知多少军马,没抵敌一头处,遂解围而走。沈尹戌大杀一阵,吴兵死者千馀人。沈尹戌正欲追杀,吴王阖闾大军已到,两下扎营相拒。沈尹戌谓其家臣吴句卑曰:"令尹贪功,使吾计不遂,天也!今敌患已深,明日吾当决一死战。幸而胜,兵不及郢,楚国之福。万一战败,以首托汝,勿为吴人所得。"又谓蒍延曰:"汝父已殁于敌,汝不可以再死,宜亟归,传语子西,为保郢

第七十六回

计。"蒍延下拜曰:"愿司马驱除东寇,早建大功!"垂泪而别。明旦,两下列阵交锋。沈尹戌平昔抚士有方,军卒用命,无不尽力死斗。夫概虽勇,不能取胜,看看欲败。孙武引大军杀来,右有伍员、蔡侯,左有伯嚭、唐侯,强弓劲弩在前,短兵在后,直冲入楚军,杀得七零八落。戌死命杀出重围,身中数箭,僵卧车中,不能复战,乃呼吴句卑曰:"吾无用矣!汝可速取吾首,去见楚王!"句卑犹不忍。戌尽力大喝一声,遂瞑目不视。句卑不得已,用剑断其首,解裳裹而怀之,复掘土掩盖其尸,奔回郢都去了。吴兵遂长驱而进。史官有赞云:

> 楚谋不臧,贼贤升佞;伍族既捐,郤宗复尽。表表沈尹,一木支厦;操敌掌中,败于贪瓦。功隳身亡,凌霜暴日;天祐忠臣,归元于国。

话说蒍延先归,见了昭王,哭诉囊瓦败奔,其父被杀之事。昭王大惊,急召子西、子期等商议,再欲出军接应。随后吴句卑亦到,呈上沈尹戌之首,备述兵败之由:"皆因令尹不用司马之计,以至如此。"昭王痛哭曰:"孤不能早用司马,孤之罪也。"因大骂囊瓦:"误国奸臣,偷生于世,犬豕不食其肉!"句卑曰:"吴兵日逼,大王须早定保郢之计。"昭王一面召沈诸梁,领回父首,厚给葬具,封诸梁为叶公[6];一面议弃城西走。子西号哭谏曰:"社稷陵寝,尽在郢都,王若弃去,不可复入矣。"昭王曰:"所恃江汉为险,今已失其险。吴师旦夕将至,安能束手受擒乎?"子期奏曰:"城中壮丁,尚有数万,王可悉出宫中粟帛,激励将士,固守城堞。遣使四出,往汉东诸国,令合兵入援。吴人深入我境,粮饷不继,岂能久哉?"昭王曰:"吴因粮于我,何患乏食?晋人一呼,顿、胡皆往,吴兵东下,

楚昭王弃郢西奔　伍子胥掘墓鞭尸

唐、蔡为导,楚之宇下,尽已离心,不可恃也。"子西又曰:"臣等悉师拒敌,战而不胜,走犹未晚。"昭王曰:"国家存亡,皆在二兄,当行则行,寡人不能与谋矣。"言罢,含泪入宫。子西与子期计议,使大将斗巢,引兵五千,助守麦城[7],以防北路。大将宋木,引兵五千,助守纪南城,以防西北路。子西自引精兵一万,营于鲁洑江[8],以扼东渡之路。惟西路川江,南路湘江,俱是楚地,地方险远,非吴入楚之道,不必置备。子期督令王孙繇于、王孙圉、钟建、申包胥等,在内巡城,十分严紧。

再说吴王阖闾聚集诸将,问入郢之期。伍员进曰:"楚虽屡败,然郢都全盛,且三城联络,未易拔也。西去鲁洑江,乃入楚之径路,必有重兵把守。必须从北打大宽转,分军为三:一军攻麦城,一军攻纪南城,大王率大军直捣郢都,彼疾雷不及掩耳,顾此失彼,二城若破,郢不守矣。"孙武曰:"子胥之计甚善!"乃使伍员同公子山引兵一万,蔡侯以本国之师助之,去攻麦城。孙武同夫概引兵一万,唐侯以本国之师助之,去攻纪南城。阖闾同伯嚭等,引大军攻郢城。

且说伍员东行数日,谍者报:"此去麦城,止一舍之远,有大将斗巢引兵守把。"员命屯住军马;换了微服,小卒二人跟随,步出营外,相度地形。来至一村,见村人方牵驴磨麦,其人以棰击驴,驴走磨转,麦屑纷纷而下。员忽悟曰:"吾知所以破麦城矣!"当下回营,暗传号令:"每军士一名,要布袋一个,内皆盛土;又要草一束,明日五鼓交割。如无者斩!"至次日五更,又传一令:"每车要带乱石若干。如无者斩!"比及天明,分军为二队:蔡侯率一队往麦城之东;公子乾率一队往麦城之西。吩咐各将所带石土草束,筑成小

第七十六回

城，以当营垒。员身自规度，督率军士用力，须臾而就。东城狭长，以像驴形，名曰"驴城"；西城正圆，以像磨形，名曰"磨城"。蔡侯不解其意。员笑曰："东驴西磨，何患'麦'之不下耶？"斗巢在麦城闻知吴兵东西筑城，急忙引兵来争，谁知二城已立，屹如坚垒。斗巢先至东城，城上旌旗布满，铎声不绝。斗巢大怒，便欲攻城。只见辕门开处，一员少年将军引兵出战。斗巢问其姓名，答曰："吾乃蔡侯少子姬乾也。"斗巢曰："孺子非吾敌手！伍子胥安在？"姬乾曰："已取汝麦城去矣！"斗巢愈怒，挺着长戟，直取姬乾。姬乾奋戈相迎，两下交锋，约二十馀合。忽有哨马飞报："今有吴兵攻打麦城，望将军速回！"斗巢恐巢穴有失，急鸣金收军，军伍已乱。姬乾乘势掩杀一阵，不敢穷追而返。

斗巢回至麦城，正遇伍员指挥军马围城。斗巢横戈拱手曰："子胥别来无恙？足下先世之冤，皆由无极，今谗人已诛，足下无冤可报矣。宗国三世之恩，足下岂忘之乎？"员对曰："吾先人有大功于楚，楚王不念，冤杀父兄，又欲绝吾之命，幸蒙天祐，得脱于难。怀之十九年，乃有今日，子如相谅，速速远避，勿撄吾锋，可以相全。"斗巢大骂："背主之贼！避汝不算好汉。"便挺戟来战伍员，员亦持戟相迎。略战数合，伍员曰："汝已疲劳，放汝入城，明日再战。"斗巢曰："来日决个死敌！"两下各自收军。城上看见自家人马，开门接应入城去了。至夜半，忽然城上发起喊来，报道："吴兵已入城矣！"原来伍员军中多有楚国降卒，故意放斗巢入城，却教降卒数人，一样妆束，杂在楚兵队里混入，伏于僻处，夜半，于城上放下长索，吊上吴军。比及知觉，城上吴军已有百馀，齐声呐喊，城外大军应之，守城军士乱窜，斗巢禁约不住，只得乘轺车出走。伍

楚昭王弃郢西奔　伍子胥掘墓鞭尸

员也不追赶，得了麦城，遣人至吴王处报捷。潜渊有诗云：

　　西磨东驴下麦城，偶因触目得功成。

　　子胥智勇真无敌，立见荆蛮右臂倾！

话说孙武引兵过虎牙山[9]，转入当阳阪，望见漳江[10]在北，水势滔滔，纪南地势低下，西有赤湖，湖水通纪南及郢都城下。武看在肚里，心生一计。命军士屯于高阜之处，各备畚锸，限一夜之间，要掘开深壕一道，引漳江之水，通于赤湖。却筑起长堤，坝住江水。那水进无所泄，平地高起二三丈。又遇冬月，西风大发，即时灌入纪南城中。守将宋木，只道江涨，驱城中百姓奔郢都避水。那水势浩大，连郢都城下，一望如江湖了。孙武使人于山上砍竹造筏，吴军乘筏薄城。城中方知此水乃吴人决漳江所致。众心惶惧，各自逃生。楚王知郢都难守，急使箴尹固具舟西门，取其爱妹季芈，一同登舟。子期在城上，正欲督率军士捍水，闻楚王已行，只得同百官出城保驾。单单走出一身，不复顾其家室矣。郢都无主，不攻自破。史官有诗云：

　　虎踞方城阻汉川，吴兵迅扫若飞烟。

　　忠良弃尽谗贪售，不怕隆城高入天。

孙武遂奉阖闾入郢都城。即使人掘开水坝，放水归江，合兵以守四郊。伍员亦自麦城来见。阖闾升楚王之殿，百官拜贺已毕。然后唐、蔡二君，亦入朝致词称庆。阖闾大喜，置酒高会。是晚，阖闾宿于楚王之宫，左右得楚王夫人以进。阖闾欲使侍寝，意犹未决。伍员曰："国尚有之，况其妻乎？"王乃留宿，淫其妾媵殆遍。左右或言："楚王之母伯嬴，乃太子建之妻，平王以其美而夺之。今其齿尚少，色未衰也。"阖闾心动，使人召之，伯嬴不出。阖闾怒，命左右："牵来见寡人。"伯嬴闭户，以剑击户而言曰："妾闻诸侯者，一国之教也。礼，男女居不同席，食不共器，所以示别。今君王弃其表仪，以淫乱闻于国人。未亡人宁伏剑而死，不敢承命。"阖闾大惭，乃谢曰："寡人敬慕夫人，愿识颜色，敢及乱乎？夫人休矣。"使其旧侍为之守户，诚从人不得妄入。伍员求楚昭王不得，乃使孙武、伯嚭等，亦分据诸大夫之室，淫其妻妾以辱之。唐侯、蔡侯同公子山往搜囊瓦之家，裘佩尚依然在笥，肃霜马亦在厩中，二君各取其物，俱转献于吴王。其他宝货金帛，充牣室中，恣左右运取，狼籍道路。囊瓦一生贪贿，何曾受用？公子山欲取囊瓦夫人，夫概至，逐山而自取之。是时君臣宣淫，男女无别，郢都城中，几于兽群而禽聚矣。髯翁有诗云：

行淫不避楚君臣，但快私心渎大伦。

只有伯嬴持晚节，清风一线未亡人。

伍员言于吴王，欲将楚宗庙尽行拆毁。孙武进曰："兵以义动，方为有名。平王废太子建而立秦女之子，任用谗贪，内戮忠良，而外行暴于诸侯，是以吴得至此。今楚都已破，宜召太子建之子芈胜，立之为君，使主宗庙，以更昭王之位。楚人怜故太子无辜，必然相安，而胜怀吴德，世世贡献不绝。王虽赦楚，犹得楚也。如此，则名实俱全矣！"阖闾贪于灭楚，遂不听孙武之言，乃焚毁其宗庙。唐、蔡二君，各辞归本国去讫。阖闾复置酒章华之台，大宴群臣，乐工奏乐，群臣皆喜，惟伍员痛哭不已。阖闾曰："卿报楚之志已酬矣，又何悲乎？"员含泪而对曰："平王已死，楚王复逃。臣父兄之仇，尚未报万分之一也。"阖闾曰："卿欲何如？"员对曰："乞大王许臣掘平王之冢墓，开棺斩首，方可泄臣之恨。"阖闾曰："卿为德于寡

楚昭王弃郢西奔　伍子胥掘墓鞭尸

人多矣，寡人何爱于枯骨，不以慰卿之私耶？"遂许之。伍员访知平王之墓，在东门外地方室丙庄寥台湖，乃引本部兵往。但见平原衰草，湖水茫茫，并不知墓之所在。使人四下搜觅，亦无踪影。伍员乃捶胸向天而号曰："天乎，天乎！不令我报父兄之怨乎？"忽有老父至前，揖而问曰："将军欲得平王之冢何故？"员曰："平王弃子夺媳，杀忠任佞，灭吾宗族。吾生不能加兵其颈，死亦当戮其尸，以报父兄于地下。"老父曰："平王自知多怨，恐人发掘其墓，故葬于湖中。将军必欲得棺，须涸湖水而求之，乃可见也。"因登寥台，指示其处。员使善没之士，入水求之，于台东果得石椁。乃令军士各负沙一囊，堆积墓旁，壅住流水；然后凿开石椁，得一棺甚重，发之，内惟衣冠及精铁数百斤而已。老叟曰："此疑棺也，真棺尚在其下。"更去石板下层，果然有一棺。员令毁棺，拽出其尸，验之，果楚平王之身也。用水银殓过，肤肉不变。员一见其尸，怨气冲天，手持九节铜鞭，鞭之三百，肉烂骨折。于是左足践其腹，右手抉其目，数之曰："汝生时枉有目珠，不辨忠佞，听信谗言，杀吾父兄，岂不冤哉！"遂断平王之头，毁其衣衾棺木，同骸骨弃于原野。髯翁有赞云：

> 怨不可积，冤不可极。极冤无君长，积怨无存殁。匹夫逃死，僇[11]及朽骨。泪血洒鞭，怨气昏日。孝意夺忠，家仇及国。烈哉子胥，千古犹为之饮泣！

伍员既挞平王之尸，问老叟曰："子何以知平王葬处及其棺木之诈？"老叟曰："吾非他人，乃石工也。昔平王令吾石工五十馀人，砌造疑冢，恐吾等泄漏其机，冢成之后，将诸工尽杀冢内，独老汉私逃得免。今日感将军孝心诚切，特来指明，亦为五十馀冤鬼，稍偿

第七十六回

其恨耳。"员乃取金帛厚酬老叟而去。

再说楚昭王乘舟西涉沮水[12],又转而南渡大江[13],入于云中[14]。有草寇数百人,夜劫昭王之舟,以戈击昭王。时王孙由于在旁,以背蔽王,大喝曰:"此楚王也,汝欲何为?"言未毕,戈中其肩,流血及踵,昏倒于地。寇曰:"吾辈但知有财帛,不知有王!且令尹大臣,尚且贪贿,况小民乎?"乃大搜舟中金帛宝货之类。箴尹固急扶昭王登岸避之。昭王呼曰:"谁为我护持爱妹,勿令有伤!"下大夫钟建背负季芈,以从王于岸。回顾群盗放火焚舟,乃夜走数里。至明旦,子期同宋木、斗辛、斗巢陆续踪迹而至。斗辛曰:"臣家在郧[15],去此不及四十里,吾王且勉强到彼,再作区处。"少顷,王孙由于亦至,昭王惊问曰:"子负重伤,何以得免?"由于曰:"臣负痛不能起,火及臣身,忽若有人推臣上岸,昏迷中闻其语曰:'吾乃楚之故令尹孙叔敖也。传语吾王,吴师不久自退,社稷绵远。'因以药敷臣之肩,醒来时血止痛定,故能及此。"昭王曰:"孙叔产于云中,其灵不泯。"相与嗟叹不已。斗巢出干糒同食,箴尹固解匏瓢汲水以进。昭王使斗辛觅舟于成臼之津[16],辛望见一舟东来,载有妻小,察之,乃大夫蓝尹亹也。辛呼曰:"王在此,可以载之。"蓝尹亹曰:"亡国之君,吾何载焉!"竟去不顾。斗辛伺候良久,复得渔舟,解衣以授之,才肯舣舟拢岸。王遂与季芈同渡,得达郧邑。斗辛之仲弟斗怀,闻王至出迎。辛令治馔。斗怀进食,屡以目视昭王。斗辛疑之,乃与季弟巢亲侍王寝。至夜半,闻淬刀声,斗辛开门出看,乃斗怀也,手执霜刃,怒气勃勃。辛曰:"弟淬刀[17]欲何为乎?"怀曰:"欲弑王耳!"辛曰:"汝何故生此逆心?"

912

楚昭王弃郢西奔　伍子胥掘墓鞭尸

怀曰："昔吾父忠于平王，平王听费无极谗言而杀之。平王杀我父，我杀平王之子，以报其仇，有何不可。"辛怒骂曰："君犹天也，天降祸于人，人敢仇乎？"怀曰："王在国，则为君，今失国，则为仇，见仇不杀，非人也。"辛曰："古者，怨不及嗣。王又悔前人之失，录用我兄弟，今乘其危而弑之，天理不容。汝若萌此意，吾先斩汝！"斗怀挟刃出门而去，恨恨不已。昭王闻户外叱喝之声，披衣起窃听，备闻其故，遂不肯留郢。斗辛、斗巢与子期商议，遂奉王北奔随国。

却说子西在鲁洑江把守，闻郢都已破，昭王出奔，恐国人遣散，乃服王服，乘王舆，自称楚王，立国于脾泄[18]，以安人心。百姓避吴乱者，依之以居。已而闻王在随，晓谕百姓，使知王之所在，然后至随，与王相从。伍员终以不得楚昭王为恨，言于阖闾曰："楚王未得，楚未可灭也。臣愿率一军西渡，踪迹昏君，执之以归。"阖闾许之。伍员一路追寻，闻楚王在随，竟往随国，致书随君，要索取楚王。毕竟楚王如何得免，且看下回分解。

〔1〕　小别山：据清代汪之昌考，今湖北天门市东南有大别山，其西有二小山，小别山当在其中。

〔2〕　斗筲（shāo 梢）：均为量器。斗容十升，筲为竹器，容一斗二升。二者都是容量很小的量器，用以比喻人之才识短浅，器量狭小。

〔3〕　柏举：地址不详。旧说在今湖北麻城市，麻城在湖北东北部，与汉水相距甚远，恐非是。

〔4〕　清发：水名，即清水，古称清发水，在今湖北安陆市西。

第七十六回

〔5〕雍澨(shì 势):楚地名,天门河之支流旁地,在今湖北京山市西南。

〔6〕叶公:叶为古邑名,地在今河南叶县。

〔7〕麦城:古城名。相传为楚昭王所筑,故址在今湖北当阳市东南沮、漳两水间。

〔8〕鲁洑江:古水名。在今湖北监利县北。

〔9〕虎牙山:古山名。在今湖北荆门市西南。下句当阳阪应在湖北当阳县东北。

〔10〕漳江:古水名。源出湖北南漳县西南之蓬莱洞,东南流经钟祥、当阳,合沮水为沮漳河,复经江陵县(即楚之郢都)入长江。

〔11〕僇(lù 陆):通"戮",残害。

〔12〕沮(jū 拘)水:源于湖北保康县西南,东南流至当阳汇合为沮漳河。此指沮漳河。

〔13〕大江:此处疑指汉水,亦称汉江。

〔14〕云中:指长江中游平原一带古之云梦泽。或曰江南称梦,江北称云。云中,似在湖北安陆市南。

〔15〕郧(yún 云):古代地名,在今湖北安陆市。

〔16〕成臼:楚国境内古河名,即臼水,亦名臼成河。源出湖北京山,西南流入污水。今已改道。成臼之津,即成臼河渡口。疑在湖北钟祥市南汉水旁之旧口。

〔17〕淬(cuì 萃)刃:本指将刀烧红,即浸水中,使之坚硬。此处借指磨刀。

〔18〕脾泄:古地名。在今湖北江陵县附近。

第七十七回

泣秦庭申包胥借兵　退吴师楚昭王返国

话说伍员屯兵于随国之南鄙,使人致书于随侯。书中大约言:"周之子孙,在汉川者,被楚吞噬殆尽。今天祐吴国,问罪于楚君。若出楚珍[1],与吴为好,汉阳之田,尽归于君。寡君与君世为兄弟,同事周室。"随侯看毕,集群臣计议。楚臣子期,面貌与昭王相似,言于随侯曰:"事急矣!我伪为王而以我出献,王乃可免也。"随侯使太史卜其吉凶,太史献繇曰:

　　　　平必陂,往必复[2]。故勿弃,新勿欲。西邻为虎,东邻
　　　　为肉[3]。

随侯曰:"楚故而吴新,鬼神示我矣。"乃使人辞伍员曰:"敝邑依楚为国,世有盟誓。楚君若下辱,不敢不纳。然今已他徙矣,惟将军察之!"伍员以囊瓦在郑,疑昭王亦奔郑,且郑人杀太子建,仇亦未报,遂移兵伐郑,围其郊。时郑贤臣游吉新卒,郑定公大惧,归咎囊瓦,瓦自杀。郑伯献瓦尸于吴军,说明楚王实未至郑。吴师犹不肯退,必欲灭郑,以报太子之仇。诸大夫请背城一战,以决存亡。郑伯曰:"郑之士马孰若楚?楚且破,况于郑乎?"乃出令于国中曰:"有能退吴军者,寡人愿与分国而治。"悬令三日。时鄂渚渔丈人

之子，因避兵亦逃在郑城之中，闻吴国用伍员为主将，乃求见郑君，自言："能退吴军。"郑定公曰："卿退吴兵，用车徒几何？"对曰："臣不用一寸之兵，一斗之粮，只要与臣一桡[4]，行歌道中，吴兵便退。"郑伯不信，然一时无策，只得使左右以一桡授之："果能退吴，不吝上赏。"渔丈人之子，缒城而下，直入吴军，于营前叩桡而歌曰：

   芦中人！芦中人！腰间宝剑七星文，不记渡江时，麦饭鲍鱼羹？

军士拘之，来见伍员。其人歌"芦中人"如故。员下席惊问曰："足下是何人？"举桡而对曰："将军不见吾手中所操乎？吾乃鄂渚渔丈人之子也。"员恻然曰："汝父因吾而死，正思报恩，恨无其路。今日幸得相遇，汝歌而见我，意何所须？"对曰："别无所须也。郑国惧将军兵威，令于国中：'有能退吴军者，与之分国而治。'臣念先人与将军有仓卒之遇，今欲从将军乞赦郑国。"员乃仰天叹曰："嗟乎！员得有今日，皆渔丈人所赐，上天苍苍，岂敢忘也！"即日下令解围而去。渔丈人之子回报郑伯。郑伯大喜，乃以百里之地封之，国人称之曰"渔大夫"。至今溱、洧之间[5]，有丈人村，即所封地也。髯翁有诗云：

  密语芦洲隔死生，桡歌强似楚歌声。

  三军既散分茅土[6]，不负当时江上情。

伍员既解郑国之围，还军楚境，各路分截守把，大军营于麇地[7]，遣人四出招降楚属，兼访求昭王甚急。

  却说申包胥自郢都破后，逃避在夷陵[8]石鼻山中，闻子胥掘

泣秦庭申包胥借兵　退吴师楚昭王返国

墓鞭尸,复求楚王,乃遣人致书于子胥,其略曰:

子故平王之臣,北面事之,今乃僇辱其尸,虽云报仇,不已甚乎?物极必反,子宜速归。不然,胥当践"复楚"之约!

伍员得书,沉吟半晌,乃谓来使曰:"某因军务倥偬[9],不能答书,借汝之口,为我致谢申君:忠孝不能两全,吾日暮途远,故倒行而逆施耳[10]!"使者回报包胥,包胥曰:"子胥之灭楚必矣。吾不可坐而待之。"想起楚平王夫人,乃秦哀公之女[11],楚昭王乃秦之甥,要解楚难,除是求秦。乃昼夜西驰,足踵俱开,步步流血,裂裳而裹之。奔至雍州,来见秦哀公曰:"吴贪如封豕[12],毒如长蛇,久欲荐食[13]诸侯,兵自楚始。寡君失守社稷,逃于草莽之间,特命下臣,告急于上国,乞君念甥舅之情,代为兴兵解厄。"秦哀公曰:"秦僻在西陲,兵微将寡,自保不暇,安能为人?"包胥曰:"楚、秦连界,楚遭兵而秦不救,吴若灭楚,次将及秦,君之存楚,亦以固秦也。若秦遂有楚国,不犹愈于吴乎?倘能抚而存之,不绝其祀,情愿世世北面事秦。"秦哀公意犹未决,曰:"大夫姑就馆驿安下,容孤与群臣商议。"包胥对曰:"寡君越[14]在草莽,未得安居,下臣何敢就馆自便乎?"时秦哀公沉湎于酒,不恤国事。包胥请命愈急,哀公终不肯发兵。于是,包胥不脱衣冠,立于秦庭之中,昼夜号哭,不绝其声。如此七日七夜,水浆一勺不入其口。哀公闻之,大惊曰:"楚臣之急其君,一至是乎?楚有贤臣如此,吴犹欲灭之。寡人无此贤臣,吴岂能相容哉?"为之流涕,赋《无衣》[15]之诗以旌之。诗曰:

岂曰无衣?与子同袍。王于兴师,与子同仇。

包胥顿首称谢,然后始进壶飧。秦哀公命大将子蒲、子虎帅车五百乘,从包胥救楚。包胥曰:"吾君在随望救,不啻如大旱之望雨。胥当先往一程,报知寡君。元帅从商、谷[16]而东,五日可至襄阳,折而南,即荆门。而胥以楚之馀众,自石梁山[17]南来,计不出二月,亦可相会。吴恃其胜,必不为备,军士在外,日久思归,若破其一军,自然瓦解。"子蒲曰:"吾未知路径,必须楚兵为导,大夫不可失期。"

包胥辞了秦帅,星夜至随,来见昭王,言:"臣请得秦兵,已出境矣。"昭王大喜,谓随侯曰:"卜人所言:'西邻为虎,东邻为肉。'秦在楚之西,而吴在其东,斯言果验矣。"时薳延、宋木等,亦收拾馀兵,从王于随。子西、子期并起随众,一齐进发。秦师屯于襄阳,以待楚师。包胥引子西、子期等与秦帅相见。楚兵先行,秦兵在后,遇夫概之师于沂水[18]。子蒲谓包胥曰:"子率楚师先与吴战,吾当自后会之。"包胥便与夫概交锋。夫概恃勇,看包胥有如无物。约斗十馀合,未分胜败。子蒲、子虎驱兵大进。夫概望见旗号有秦字,大惊曰:"西兵何得至此?"急急收军,已折大半。子西、子期等乘胜追逐五十里方止。夫概奔回郢都,来见吴王,盛称秦兵势锐,不可抵当。阖闾有惧色。孙武进曰:"兵,凶器,可暂用而不可久也。且楚土地尚广,人心未肯服吴,臣前请王立芈胜以抚楚,正虞今日之变耳。为今之计,不如遣使与秦通好,许复楚君;割楚之西鄙[19],以益吴疆,君亦不为无利也。若久恋楚宫,与之相持,楚人愤而力,吴人骄而惰,加以虎狼之秦,臣未保其万全。"伍员知楚王必不可得,亦以武言为然。阖闾将从之。伯嚭进曰:"吾兵自离东吴,一路破竹而下,五战拔郢,遂夷楚社。今一遇秦兵,即便班师,何前勇而后怯耶?愿给臣兵一万,必使秦兵片甲不回。如若不

泣秦庭申包胥借兵　退吴师楚昭王返国

胜,甘当军令!"阖闾壮其言,许之。孙武与伍员力止不可交兵,伯嚭不从。引兵出城,两军相遇于军祥[20],排成阵势。伯嚭望见楚军行列不整,便教鸣鼓,驰车突入,正遇子西,大骂:"汝万死之馀,尚望寒灰再热耶?"子西亦骂:"背国叛夫!今日何颜相见?"伯嚭大怒,挺戟直取子西,子西亦挥戈相迎。战不数合,子西诈败而走。伯嚭追之,未及二里,左边沈诸梁一军杀来,右边薳延一军杀来,秦将子蒲、子虎引生力军,从中直贯吴阵。三路兵将吴兵截为三处,伯嚭左冲右突,不能得脱。却得伍员兵到,大杀一阵,救出伯嚭。一万军马,所存不上二千人。伯嚭自囚,入见吴王待罪。孙武谓伍员曰:"伯嚭为人,矜功自任,久后必为吴国之患,不如乘此兵败,以军令斩之。"伍员曰:"彼虽有丧师之罪,然前功不小,况敌在目前,不可斩一大将。"遂奏吴王赦其罪。秦兵直逼郢都,阖闾命夫概同公子山守城,自引大军屯于纪南城,伍员、伯嚭分屯磨城、驴城,以为犄角之势,与秦兵相持。又遣使征兵于唐、蔡。楚将子西谓子蒲曰:"吴以郢为巢穴,故坚壁相持,若唐、蔡更助之,不可敌矣!不若乘间加兵于唐,唐破,则蔡人必惧而自守,吾乃得专力于吴。"子蒲然其计。于是子蒲同子期分兵一支,袭破唐城,杀唐成公,灭其国。蔡哀公惧,不敢出兵助吴。

　　却说夫概自恃有破楚之首功,因沂水一败,吴王遂使协守郢都,心中郁郁不乐。及闻吴王与秦相持不决,忽然心动,想道:"吴国之制,兄终弟及,我应嗣位。今王立子波为太子,我不得立矣!乘此大兵出征,国内空虚,私自归国,称王夺位,岂不胜于久后相争乎?"乃引本部军马,偷出郢都东门,渡汉而归。诈称:"阖闾兵败于秦,不知所往,我当次立。"遂自称吴王,使其子扶臧悉众据淮

第 七 十 七 回

水,以遏吴王之归路。吴世子波,与专毅闻变,登城守御,不纳夫概。夫概乃遣使由三江[21]通越,说其进兵,夹攻吴国,事成割五城为谢。

再说阖闾闻秦兵灭唐,大惊,方欲召诸将计议战守之事。忽公子山报到,言:"夫概不知何故,引本部兵私回吴国去了。"伍员曰:"夫概此行,其反必矣。"阖闾曰:"将若之何?"伍员曰:"夫概一勇之夫,不足为虑。所虑者,越人或闻变而动耳。王宜速归,先靖内乱。"阖闾于是留孙武、子胥退守郢都,自与伯嚭以舟师顺流而下。既渡汉水,得太子波告急信,言:"夫概造反称王,又结连越兵入寇,吴都危在旦夕。"阖闾大惊曰:"不出子胥所料也。"遂遣使往郢都,取回孙武、伍员之兵。一面星夜驰归,沿江传谕将士:"去夫概来归者,复其本位;后到者诛。"淮上之兵,皆倒戈来归。扶臧奔回谷阳[22]。夫概欲驱民授甲。百姓闻吴王尚在,俱走匿。夫概乃独率本部出战。阖闾问曰:"我以手足相托,何故反叛?"夫概对曰:"汝弑王僚,非反叛耶?"阖闾怒,教伯嚭:"为我擒贼!"战不数合,阖闾麾大军直进。夫概虽勇,争奈众寡不敌,大败而走。扶臧具舟于江,以渡夫概,逃奔宋国去了。阖闾抚定居民,回至吴都,太子波迎接入城,打点拒越之策。

却说孙武得吴王班师之诏,正与伍员商议,忽报:"楚军中有人送书到。"伍员命取书看之,乃申包胥所遣也。书略云:

> 子君臣据郢三时,而不能定楚,天意不欲亡楚,亦可知矣。子能践"覆楚"之言,吾亦欲酬"复楚"之志。朋友之义,相成而不相伤。子不竭吴之威,吾亦不尽秦之力。

伍员以书示孙武曰:"夫吴以数万之众,长驱入楚,焚其宗庙,堕其

泣秦庭申包胥借兵　退吴师楚昭王返国

社稷,鞭死者之尸,处生者之室,自古人臣报仇,未有如此之快者。且秦兵虽败我馀军,于我未有大损也。《兵法》:'见可而进,知难则退。'幸楚未知吾急,可以退矣。"孙武曰:"空退为楚所笑,子何不以芈胜为请?"伍员曰:"善。"乃复书曰:

> 平王逐无罪之子,杀无罪之臣,某实不胜其愤,以至于此。昔齐桓公存邢立卫,秦穆公三置晋君,不贪其土,传诵至今。某虽不才,窃闻兹义。今太子建之子胜,糊口于吴,未有寸土。楚若能归胜,使奉故太子之祀,某敢不退避,以成吾子之志。

申包胥得书,言于子西。子西曰:"封故太子之后,正吾意也。"即遣使迎芈胜于吴。沈诸梁谏曰:"太子已废,胜为仇人,奈何养仇以害国乎?"子西曰:"胜匹夫耳!何伤?"竟以楚王之命召之,许封大邑。楚使既发,孙武与伍员遂班师而还。凡楚之府库宝玉,满载以归,又迁楚境户口万家,以实吴空虚之地。伍员使孙武从水路先行,自己从陆路打从历阳山经过,欲求东皋公报之,其庐舍俱不存矣。再遣使于龙洞山问皇甫讷,亦无踪迹。伍员叹曰:"真高士也!"就其地再拜而去。至昭关,已无楚兵把守,员命毁其关。复过溧阳濑水之上,乃叹曰:"吾尝饥困于此,向一女子乞食,女子以盎浆及饭饲我,遂投水而亡。吾曾留题石上,未知在否?"使左右发土,其石字宛然不磨。欲以千金报之,未知其家,乃命投金于濑水中曰:"女子如有知,明吾不相负也!"行不一里,路傍一老妪,视兵过而哭泣。军士欲执之,问曰:"妪何哭之悲也?"妪曰:"吾有女守居三十年不嫁,往年浣纱于濑,遇一穷途君子,而辄饭之,恐事泄,自投濑水。闻所饭者,乃楚亡臣伍君也。今伍君兵胜而归,不得其报,自伤虚死,是以悲耳。"军士乃谓妪曰:"吾主将正伍君也。欲报汝千金,不知其家,已投金于水

921

第七十七回

中,盍往取之?"妪遂取金而归。至今名其水为投金濑。髯仙有诗云:

> 投金濑下水澌澌,犹忆亡臣报德时。
> 三十年来无匹偶,芳名已共子胥垂。

越子允常闻孙武等兵回吴国,知武善于用兵,料难取胜,亦班师而回,曰:"越与吴敌也。"遂自称为越王。不在话下。

阖闾论破楚之功,以孙武为首。孙武不愿居官,固请还山。王使伍员留之。武私谓员曰:"子知天道乎?暑往则寒来,春还则秋至。王恃其强盛,四境无虞,骄乐必生。夫功成不退,将有后患。吾非徒自全,并欲全子。"员不谓然。武遂飘然而去。赠以金帛数车,俱沿路散于百姓之贫者。后不知其所终。史臣有赞云:

> 孙子之才,彰于伍员;法行二嫔,威振三军。御众如一,料敌若神;大伸于楚,小挫于秦。智非偏拙,谋不尽行;不受爵禄,知亡知存。身出道显,身去名成;书十三篇,兵家所尊。

阖闾乃立伍员为相国,亦仿齐仲父楚子文之意,呼为子胥而不名。伯嚭为太宰,同预国政。更名阊门曰破楚门。复垒石于南界,留门使兵守之,以拒越人,号曰石门关[23]。越大夫范蠡亦筑城于浙江之口,以拒吴,号曰固陵[24],言其可固守也。此周敬王十五年[25]事。

话分两头。再说子西与子期重入郢城,一面收葬平王骸骨,将宗庙社稷,重新草创,一面遣申包胥以舟师迎昭王于随。昭王遂与随君定盟,誓无侵伐。随君亲送昭王登舟,方才回转。昭王行至大江之中,凭栏四望,想起来日之苦,今日重渡此江,中流自在,心中

泣秦庭申包胥借兵　退吴师楚昭王返国

甚喜。忽见水面一物，如斗之大，其色正红，使水手打捞得之，遍问群臣，皆莫能识。乃拔佩刀砍开，内有瓤似瓜，试尝之，甘美异常。乃遍赐左右曰："此无名之果，可识之，以俟博物之士也。"不一日，行至云中，昭王叹曰："此寡人遇盗之处，不可以不识。"乃泊舟江岸，使斗辛督人夫筑一小城于云梦之间，以便行旅投宿。今云梦县有地名楚王城，即其故址。

子西、子期等离郢都五十里，迎接昭王。君臣交相慰劳。既至郢城，见城外白骨如麻，城中宫阙，半已残毁，不觉凄然泪下。遂入宫来见其母伯嬴，子母相向而泣。昭王曰："国家不幸，遭此大变，至于庙社凌夷，陵墓受辱，此恨何时可雪？"伯嬴曰："今日复位，宜先明赏罚，然后抚恤百姓，徐俟气力完足，以图恢复可也。"昭王再拜受教。是日不敢居寝，宿于斋宫。次日，祭告宗庙社稷，省视坟墓，然后升殿，百官称贺。昭王曰："寡人任用匪人，几至亡国，若非卿等，焉能重见天日。失国者，寡人之罪；复国者，卿等之功也。"诸大夫皆稽首谢不敢。昭王先宴劳秦将，厚犒其师，遣之归国。然后论功行赏，拜子西为令尹，子期为左尹。以申包胥乞师功大，欲拜为右尹。申包胥曰："臣之乞师于秦，为君也，非为身也。君既返国，臣志遂矣，敢因以为利乎？"固辞不受。昭王强之，包胥乃挈其妻子而逃。妻曰："子劳形疲神，以乞秦师，而定楚国，赏其分也。又何逃乎？"包胥曰："吾始为朋友之义，不泄子胥之谋，使子胥破楚，吾之罪也。以罪而冒功，吾实耻之！"遂逃入深山，终身不出。昭王使人求之不得，乃旌表其闾曰："忠臣之门"。以王孙由于为右尹，曰："云中代寡人受戈，不敢忘也。"其他沈诸梁、钟建、宋木、斗辛、斗巢、蓝延等，俱进爵加邑。亦召斗怀欲赏。子西曰:"斗怀欲行弑逆之事,罪之为当,况可赏乎?"昭王曰:"彼欲为父报仇,乃孝子也。能为孝子,何难为忠臣?"亦使为大夫。蓝尹亹求见昭王,王思成臼不肯同载之恨,将执而诛之,使人谓曰:"尔弃寡人于道路,今敢复来,何也?"蓝尹亹对曰:"囊瓦惟弃德树怨,是以败于柏举。王奈何效之?夫成臼之舟,孰若郢都之宫之安?臣之弃王于成臼,以儆王也!今日之来,欲观大王之悔悟与否?王不省失国之非,而记臣不载之罪,臣死不足惜,所惜者楚宗社耳。"子西奏曰:"亹之言直,王宜赦之,以无忘前败。"昭王乃许亹入见,使复为大夫如故。群臣见昭王度量宽洪,莫不大悦。昭王夫人自以失身阖闾,羞见其夫,自缢而死。时越方与吴构难,闻楚王复国,遣使来贺,因进其宗女于王,王立为继室。越姬甚有贤德,为王所敬礼。王念季芈相从患难,欲择良婿嫁之。季芈曰:"女子之义,不近男人。钟建常负我矣,是即我夫也。敢他适乎?"昭王乃以季芈嫁钟建,使建为司乐大夫。又思故相孙叔敖之灵,使人立祠于云中祭之。子西以郢都残破,且吴人久居,熟其路径,复择都[26]地筑城建宫,立宗庙社稷,迁都居之,名曰新郢。昭王置酒新宫,与群臣大会,饮酒方酣,乐师扈子恐昭王安今之乐,忘昔之苦,复蹈平王故辙,乃抱琴于王前奏曰:"臣有《穷岬》[27]之曲,愿为大王鼓之。"昭王曰:"寡人愿闻。"扈子援琴而鼓,声甚凄怨。其词曰:

王耶王耶何乖劣?不顾宗庙听谗孽!任用无忌多所杀,诛夷忠孝大纲绝。二子东奔适吴越,吴王哀痛助忉怛[28]。垂涕举兵将西伐,子胥、伯嚭、孙武决。五战破郢王奔发,留兵纵骑虏荆阙。先王骸骨遭发掘,鞭辱腐尸耻难雪!几危宗庙社稷灭,君王逃死多跋涉。卿士凄怆民泣血,吴军虽去怖不

泣秦庭申包胥借兵　退吴师楚昭王返国

歇。愿王更事抚忠节，勿为谗口能谤亵！

昭王深知琴曲之情，垂涕不已。扈子收琴下阶，昭王遂罢宴。

自此，早朝晏罢，勤于国政，省刑薄敛，养士训武，修复关隘，严兵固守。芈胜既归，楚昭王封为白公胜，筑城名白公城[29]，遂以白为氏，聚其本族而居。夫概闻楚王不念旧怨，自宋来奔。王知其勇，封之堂溪[30]，号为堂溪氏。子西以祸起唐、蔡，唐已灭而蔡尚存，乃请伐蔡报仇。昭王曰："国事粗定，寡人尚未敢劳民也。"按《春秋传》楚昭王十年[31]出奔，十一年返国，直至二十年，方才用兵灭顿[32]，掳顿子牂，二十一年灭胡，掳胡子豹，报其从晋侵楚之仇，二十二年围蔡，问其从吴入郢之罪，蔡昭侯请降，迁其国于江、汝[33]之间。中间休息民力近十年，所以师辄有功，楚国复兴，终符"湛卢"之祥，"萍实[34]"之瑞也。要知后事，且看下回分解。

---

[1] 楚珍：即楚昭王芈轸，珍乃即位前原名，不称王名，以表蔑视。

[2] "平必陂(bēi 杯)"二句：语出《易·泰卦》："无平不陂，无往不复。"平原与山坡，去与回都是一组对立概念，但都可相互转化。言外之意，是指胜败亦可转化。

[3] "西邻"二句：西邻指秦，东邻指吴。暗示秦将败吴。

[4] 桡(ráo 饶)：船桨。

[5] 溱洧(zhēn wěi 真伟)：指郑国境内之溱水与洧水。溱水源出今河南密县东北。洧水源出今河南登封市东阳城山，东流至新郑市会溱水，复入贾鲁河。溱、洧之间指今河南密县一带。

[6] 茅土：古时帝王社祭之坛以五色土建成，分封诸侯或大夫时，多用茅包土，故后来称受封为分茅土。

〔7〕 麇(mí弥)地：楚地名，在今湖北十堰市郧阳区西，靠近陕西。据《左传》：此乃"麇(jūn君)"之误，麇在今湖北京山市境，居随都与郢都之间。

〔8〕 夷陵：春秋时楚邑名，在今湖北宜昌市东南。

〔9〕 倥偬(kǒng zǒng孔总)：繁忙，匆迫。

〔10〕 "日暮途远"二句：日暮喻年已衰迈，途远指报仇之艰巨。倒行逆施言违反常理，不择手段。

〔11〕 秦哀公之女：据第七十一回，楚平王夫人孟嬴，乃秦哀公之长妹。前后矛盾。

〔12〕 封豕：大猪，比喻贪暴之人。《左传·昭公二十八年》："贪惏无餍，忿纇无期，谓之封豕。"

〔13〕 荐食：荐，麋鹿所食的草。像兽吞食草那样称荐食。

〔14〕 越：逃亡，失落。

〔15〕 《无衣》：《诗经·秦风》篇名。据《诗序》，谓刺用兵。秦人以其君好攻战，累用兵，而不与民同欲，因作此诗。但近人多解释为军中歌谣，反映战士慷慨从军报国之志。用在此处，似有不符。

〔16〕 商、谷：古地区名，即今陕西东南之商县与湖北西北之谷城间一带。

〔17〕 石梁山：应在今湖北西部，具体地址待考。

〔18〕 沂水：据《左传》，应为地名，在今河南正阳县境内。与鲁国之沂水不同。

〔19〕 西鄙：吴国在楚国之东，故此处应为东鄙。但诸本皆误。

〔20〕 军祥：楚地名。在今湖北随州市西南。

〔21〕 三江：古以三江为称者甚多，此处应指吴淞江、钱塘江、浦阳江。

〔22〕 谷阳：古代地名，今无考。疑在谷水之北。古谷水乃吴淞江分支，自苏州东南流浙江平湖入海。

〔23〕 石门关：古地名，在今浙江桐乡市崇福镇。

〔24〕 固陵：古地名，在今浙江杭州市萧山区西。

〔25〕 周敬王十五年：即公元前505年。

〔26〕 鄀(ruò 弱)：本古国名，允姓。地在今湖北宜城市东南，后灭于楚。春秋后期曾为楚都。

〔27〕 《穷蚵(nǔ 女)》：诗篇名。其义为挫折、失败。

〔28〕 忉怛(dāo dá 刀达)：悲伤，痛苦。

〔29〕 白公城：在今河南息县东七十里。

〔30〕 堂溪：古地名，在今河南遂平县西北。

〔31〕 昭王十年：即周敬王十四年，公元前506年。

〔32〕 顿：古国名，后南迁称南顿。其都在今河南项城市西之南顿故城。

〔33〕 汝：古水名。流经郾城、西平、上蔡、遂平一带。蔡此时都州来(即今安徽凤台)，被迫西迁到汝水以南。

〔34〕 萍实：萍蓬草的果实。即楚昭王渡江时所得无名之果。后为孔子所辨识，见下回。

第七十八回

会夹谷孔子却齐　堕三都闻人伏法

　　话说齐景公见晋不能伐楚，人心星散，代兴之谋愈急，乃纠合卫、郑，自称盟主。鲁昭公前为季孙意如所逐[1]，景公谋纳之。意如固拒不从，昭公改而求晋。晋荀跞得意如贿赂，亦不果纳。昭公客死。意如遂废太子衍及其母弟务人，而援立庶子宋为君，是为定公[2]。因季氏与荀跞通贿，遂事晋而不事齐。齐侯大怒，用世臣国夏为将，屡侵鲁境，鲁不能报。未几，季孙意如卒，子斯立，是为季康子。说起季、孟、叔三家，自昭公在国之日，已三分鲁国，各用家臣为政，鲁君不复有公臣。于是家臣又窃三大夫之权，展转恣肆，凌铄其主。今日季孙斯、孟孙无忌、叔孙州仇，虽然三家鼎立，邑宰各据其城，以为己物，三家号令不行，无可奈何。季氏之宗邑曰费[3]，其宰公山不狃；孟氏之宗邑曰成[4]，其宰公敛阳；叔氏之宗邑曰郈[5]，其宰公若藐。这三处城垣，皆三家自家增筑，极其坚厚，与曲阜都城一般。那三个邑宰中，惟公山不狃尤为强横。更有家臣一人，姓阳名虎，字货，生得鸢肩巨颡，身长九尺有余，勇力过人，智谋百出。季斯起初任为腹心，使为家宰，后渐专季氏之家政，擅作威福。季氏反为所制，无可奈何。季氏内为陪臣所制，外受齐

会夹谷孔子却齐　堕三都闻人伏法

国侵凌，束手无策。时又有少正卯者，为人博闻强记，巧辩能言，通国号为"闻人"，三家倚之为重。卯面是背非，阴阳其说，见三家则称颂其佐君匡国之功；见阳虎等又托为强公室抑私家之说，使之挟鲁侯以令三家，挑得上下如水火。而人皆悦其辨给，莫悟其奸。内中单说孟孙无忌，乃是仲孙玃之子，仲孙蔑之孙。玃在位之日，慕鲁国孔仲尼之名，使其子从之学礼。

那孔仲尼名丘，其父叔梁纥尝为邹邑大夫，即偪阳手托悬门之勇士也。纥娶于鲁之施氏，多女而无子。其妾生一子曰孟皮，病足成废人。乃求婚于颜氏。颜氏有五女，俱未聘，疑纥年老，谓诸女曰："谁愿适邹大夫者？"诸女莫对。最幼女曰徵在，出应曰："女子之义，在家从父，惟父所命，何问焉？"颜氏奇其语，即以徵在许婚。既归纥，夫妇忧无子，共祷于尼山[6]之谷。徵在升山时，草木之叶皆上起，及祷毕而下，草木之叶皆下垂。是夜，徵在梦黑帝[7]见召，嘱曰："汝有圣子，若产，必于空桑之中。"觉而有孕。一日，恍惚若梦，见五老人列于庭，自称"五星之精"，狎一兽，似小牛而独角，文如龙鳞，向徵在而伏。口吐玉尺，上有文曰："水精之子，继衰周而素王[8]。"徵在心知其异，以绣绂[9]系其角而去。告于叔梁纥，纥曰："此兽必麒麟也。"及产期，徵在问："地有名空桑者乎？"叔梁纥曰："南山有空窦，窦有石门而无水，俗名亦呼空桑。"徵在曰："吾将往产于此。"纥问其故，徵在乃述前梦。遂携卧具于空窦中。其夜，有二苍龙自天而下，守于山之左右，又有二神女擎香露于空中，以沐徵在，良久乃去。徵在遂产孔子。石门中忽有清泉流出，自然温暖，浴毕，泉即涸。今曲阜县南二十八里，俗呼女陵山，即空桑也。

第七十八回

孔子生有异相，牛唇虎掌，鸳肩龟脊，海口辅喉[10]，顶门状如反宇[11]。父纥曰："此儿秉尼山之灵。"因名曰丘，字仲尼。仲尼生未几而纥卒，育于徵在。既长，身长九尺六寸，人呼为"长人"。有圣德，好学不倦。周游列国，弟子满天下，国君无不敬慕其名，而为权贵当事所忌，竟无能用之者。是时适在鲁国，无忌言于季斯曰："欲定内外之变，非用孔子不可。"季斯召孔子，与语竟日，如在江海中，莫窥其际。季斯起更衣[12]，忽有费邑人至，报曰："穿井者得土缶[13]，内有羊一只，不知何物？"斯欲试孔子之学，嘱使勿言，既入座，谓孔子曰："或穿井于土中得狗，此何物也？"孔子曰："以某言之，此必羊也，非狗也。"斯惊问其故。孔子曰："某闻山之怪曰夔[14]、魍魉，水之怪曰龙、罔象[15]，土之怪曰羵羊[16]。今得之穿井，是在土中，其为羊必矣。"斯曰："何以谓之羵羊？"孔子曰："非雌非雄，徒有其形。"斯乃召费人问之，果不成雌雄者。于是大惊曰："仲尼之学，果不可及！"乃用为中都[17]宰。此事传闻至楚，楚昭王使人致币于孔子，询以渡江所得之物。孔子答使者曰："是名萍实，可剖而食也。"使者曰："夫子何以知之？"孔子曰："某曾问津于楚，闻小儿谣曰：'楚王渡江得萍实，大如斗，赤如日，剖而尝之甜如蜜。'是以知之。"使者曰："可常得乎？"孔子曰："萍者，浮泛不根之物，乃结而成实，虽千百年不易得也。此乃散而复聚，衰而复兴之兆，可为楚王贺矣。"使者归告昭王，昭王叹服不已。孔子在中都大治，四方皆遣人观其政教，以为法则。鲁定公知其贤，召为司空。

周敬王十九年[18]，阳虎欲乱鲁而专其政，知叔孙辄无宠于叔孙氏，而与费邑宰公山不狃相厚，乃与二人商议。欲以计先杀季孙，然后并除仲叔，以公山不狃代斯之位，以叔孙辄代州仇之位，己代孟孙无忌之位。虎慕孔子之贤，欲招致门下，以为己助。使人讽之来见，孔子不从。乃以蒸豚馈之，孔子曰："虎诱我往谢而见我也。"令弟子伺虎出外，投刺于门而归，虎竟不能屈。孔子密言于无忌曰："虎必为乱，乱必始于季氏，子预为之备，乃可免也。"无忌伪为筑室于南门之外，立栅聚材，选牧圉[19]之壮勇者三百人为佣，名曰兴工，实以备乱。又语成宰公敛阳，使缮甲待命，倘有报至，星夜前来赴援。是年秋八月，鲁将行禘祭[20]。虎请以禘之明日，享季孙于蒲圃[21]。无忌闻之曰："虎享季孙，事可疑矣。"乃使人驰告公敛阳，约定日中率甲由东门至南门，一路观变。至享期，阳虎亲至季氏之门，请季斯登车。阳虎在前为导，虎之从弟阳越在后，左右皆阳氏之党。惟御车者林楚，世为季氏门下之客，季斯心疑有变，私语林楚曰："汝能以吾车适孟氏乎？"林楚点头会意。行至大衢，林楚遽挽辔南向，以鞭策连击其马，马怒而驰。阳越望见，大呼："收辔！"林楚不应，复加鞭，马行益急。阳越怒，弯弓射楚，不中，亦鞭其马，心急鞭坠。越拾鞭，季氏之车已去远矣。季斯出南门，径入孟氏之室，闭其栅，号曰："孟孙救我！"无忌使三百壮士，挟弓矢伏于栅门以待。须臾，阳越至，率其徒攻栅。三百人从栅内发矢，中者辄倒，阳越身中数箭而死。

且说阳货行及东门，回顾不见了季孙，乃转辕复循旧路，至大衢，问路人曰："见相国车否？"路人曰："马惊，已出南门矣。"语未毕，阳越之败卒亦到，方知越已射死，季孙已避入孟氏新宫。虎大怒，驱其众急往公宫，劫定公以出朝。遇叔孙州仇于途，并劫之。尽发公宫之甲与叔孙氏家众，共攻孟氏于南门。无忌率三百人力拒之。阳虎命以火焚栅,季斯大惧。无忌使视日方中,曰:"成兵且至,不足虑也。"言未毕,只见东角上一员猛将,领兵呼哨而至,大叫:"勿犯吾主!公敛阳在此!"阳虎大怒,便奋长戈,迎住公敛阳厮杀。二将各施逞本事,战五十馀合,阳虎精神愈增,公敛阳渐渐力怯。叔孙州仇遽从后呼曰,"虎败矣!"即率其家众,前拥定公西走,公徒亦从之。无忌引壮士开栅杀出,季氏之家臣苦越,亦帅甲而至。阳虎孤寡无助,倒戈而走,入谨、阳关[22]据之。三家合兵以攻关,虎力不能支,命放火焚莱门。鲁师避火却退,虎冒火而出,遂奔齐国。见景公,以所据谨阳之田献之,欲借兵伐鲁。大夫鲍国进曰:"鲁方用孔某,不可敌也。不如执阳虎而归其田,以媚孔某。"景公从之。乃囚虎于西鄙。虎以酒醉守者,乘辎车逃奔宋国,宋使居于匡[23]。阳虎虐用匡人,匡人欲杀之。复奔晋国,仕于赵鞅为臣。不在话下。宋儒论阳虎以陪臣而谋贼其家主,固为大逆。然季氏放逐其君,专执鲁政,家臣从旁窃视,已非一日,今日效其所为,乃天理报施之常,不足怪也。有诗云:

　　当时季氏凌孤主,今日家臣叛主君。

　　自作忠奸还自受,前车音响后车闻。

又有言:鲁自惠公之世,僭用天子礼乐[24],其后三桓之家,舞《八佾》[25],歌《雍》彻[26],大夫目无诸侯,故家臣亦目无大夫,悖逆相仍,其来远矣。诗云:

　　九成[27]于戚[28]舞团团,借问何人启僭端?

　　要使国中无叛逆,重将礼乐问《周官》[29]。

齐景公失了阳虎,又恐鲁人怪其纳叛,乃使人致书鲁定公,说明阳虎奔宋之故,就约鲁侯于齐、鲁界上夹谷山[30]前,为乘车之

会夹谷孔子却齐　堕三都闻人伏法

会,以通两国之好,永息干戈。定公得书,即召三家商议。孟孙无忌曰:"齐人多诈,主公不可轻往。"季孙斯曰:"齐屡次加兵于我,今欲修好,奈何拒之?"定公曰:"寡人若去,何人保驾?"无忌曰:"非臣师孔某不可。"定公即召孔子,以相礼之事属之。乘车已具,定公将行,孔子奏曰:"臣闻有文事者,必有武备。文武之事,不可相离。古者,诸侯出疆,必具官以从。宋襄公会盂之事可鉴也。请具左右司马,以防不虞。"定公从其言,乃使大夫申句须为右司马,乐颀为左司马,各率兵车五百乘,远远从行。又命大夫兹无还率兵车三百乘,离会所十里下寨。既至夹谷,齐景公先在,设立坛位,为土阶三层,制度简略。齐侯幕于坛之右,鲁侯幕于坛之左。孔子闻齐国兵卫甚盛,亦命申句须、乐颀紧紧相随。时齐大夫黎弥以善谋称,自梁丘据死后,景公特宠信之。是夜,黎弥叩幕请见。景公召入,问:"卿有何事,昏夜来此?"黎弥奏曰:"齐、鲁为仇,非一日矣。止为孔某贤圣,用事于鲁,恐其他日害齐,故为今日之会耳。臣观孔某为人,知礼而无勇,不习战伐之事。明日主公会礼毕后,请奏四方之乐,以娱鲁君,乃使莱夷[31]三百人假做乐工,鼓噪而前,觑便拿住鲁侯,并执孔某。臣约会车乘,从坛下杀散鲁众,那时鲁国君臣之命,悬于吾手,凭主公如何处分,岂不胜于用兵侵伐耶?"景公曰:"此事可否,当与相国谋之。"黎弥曰:"相国素与孔某有交,若通彼得知,其事必不行矣。臣请独任!"景公曰:"寡人听卿,卿须仔细!"黎弥自去暗约莱兵行事去了。

次早,两君集于坛下,揖让而登。齐是晏婴为相,鲁是孔子为相。两相一揖之后,各从其主,登坛交拜。叙太公、周公之好,交致玉帛酬献之礼。既毕,景公曰:"寡人有四方之乐,愿与君共观之。"遂传令先使莱人上前,奏其本土之乐。于是坛下鼓声大振,莱夷三百人,杂执旍旄[32]、羽被[33]、矛戟、剑楯,蜂拥而至,口中呼哨之声,相和不绝。历阶之半,定公色变。孔子全无惧意,趋立于景公之前,举袂而言曰:"吾两君为好会,本行中国之礼,安用夷狄之乐?请命有司去之。"晏子不知黎弥之计,亦奏景公曰:"孔某所言,乃正礼也。"景公大惭,急麾莱夷使退。黎弥伏于坛下,只等莱夷动手,一齐发作;见齐侯打发下来,心中甚愠,乃召本国优人,吩咐:"筵席中间召汝奏乐,要歌《敝笱》[34]之诗,任情戏谑,若得鲁君臣或笑或怒,我这里有重赏。"原来那诗乃文姜淫乱故事,欲以羞辱鲁国。黎弥升阶奏于齐侯曰:"请奏宫中之乐,为两君寿。"景公曰:"宫中之乐,非夷乐也,可速奏之。"黎弥传齐侯之命,倡优侏儒二十馀人,异服涂面,装女扮男,分为二队,拥至鲁侯面前,跳的跳,舞的舞,口中齐歌的都是淫词,且歌且笑。孔子按剑张目,觑定景公奏曰:"匹夫戏诸侯者,罪当死!请齐司马行法!"景公不应。优人戏笑如故。孔子曰:"两国既已通好,如兄弟然,鲁国之司马,即齐之司马也。"乃举袖向下麾之,大呼:"申句须、乐颀何在?"二将飞驰上坛,于男女二队中,各执领班一人,当下斩首,馀人惊走不迭。景公心中骇然。鲁定公随即起身。黎弥初意还想于坛下邀截鲁侯,一来见孔子有此手段,二来见申、乐二将英雄,三来打探得十里之外,即有鲁军屯扎,遂缩颈而退。

　　会散,景公归幕,召黎弥责之曰:"孔某相其君,所行者皆是古人之道,汝偏使寡人入夷狄之俗。寡人本欲修好,今反成仇矣。"黎弥惶恐谢罪,不敢对一语。晏子进曰:"臣闻,小人知其过,谢之以文;君子知其过,谢之以质。今鲁有汶阳之田[35]三处,其一曰谨,乃阳虎所献不义之物;其二曰郓[36],乃昔年所取以寓鲁昭公者;其三曰龟阴[37],乃先君顷公时仗晋力索之于鲁者。那三处皆鲁故物,当先君桓公之日,曹沫登坛劫盟,单取此田。田不归鲁,鲁志不甘,主公乘此机以三田谢过,鲁君臣必喜,而齐、鲁之交固矣。"景公大悦,即遣晏子致三田于鲁。——此周敬王二十四年[38]事也。史臣有诗云:

纷然鼓噪起莱戈,无奈坛前片语何?

知礼之人偏有勇,三田买得两君和。

又诗单赞齐景公能虚心谢过,所以为贤君,几于复霸。诗云:

盟坛失计听黎弥,臣谏君从两得之。

不惜三田称谢过,显名千古播华夷。

这汶阳田原是昔时鲁僖公赐与季友者,今日名虽归鲁,实归季氏。以此季斯心感孔子,特筑城于龟阴,名曰谢城,以旌孔子之功;言于定公,升孔子为大司寇之职。

时齐之南境,忽来一大鸟,约长三尺,黑身白颈,长喙独足,鼓双翼舞于田间,野人逐之不得,飞腾望北而去。季斯闻有此怪,以问孔子。孔子曰:"此鸟名曰商羊[39],生于北海之滨。天降大雨,商羊起舞,所见之地,必有淫雨为灾。齐、鲁接壤,不可不预为之备。"季斯预戒汶上百姓,修堤盖屋。不三日,果然天降大雨,汶水泛滥,鲁民有备无患。其事传布齐邦,景公益以孔子为神。自是孔子博学之名,传播天下,人皆呼为圣人矣。有诗为证:

五典三坟漫究详,谁知萍实辨商羊?

多能将圣由天纵[40],赢得芳名四海扬。

第七十八回

　　季斯访人才于孔子之门,孔子荐仲由[41]、冉求[42]可使从政,季氏俱用为家臣。忽一日,季斯问于孔子曰:"阳虎虽去,不狃复兴,何以制之?"孔子曰:"欲制之,先明礼制。古者臣无藏甲,大夫无百雉之城[43],故邑宰无所凭以为乱。子何不堕其城,撤其武备?上下相安,可以永久。"季斯以为然,转告于孟、叔二氏。孟孙无忌曰:"苟利家国,吾岂恤其私哉?"时少正卯忌孔子师徒用事,欲败其功,使叔孙辄密地送信于公山不狃。不狃欲据城以叛。知孔子素为鲁人所敬重,亦思借助,乃厚致礼币,遗以书曰:

　　　　鲁自三桓擅政,君弱臣强,人心积愤。不狃虽为季宰,实慕公义,愿以费归公为公臣,辅公以锄强暴,俾鲁国复见周公之旧。夫子倘见许,愿移驾过费,面决其事。不腆路犒[44],伏惟不鄙[45]。

孔子谓定公曰:"不狃若叛,未免劳兵。臣愿轻身一往,说其回心改过,何如?"定公曰:"国家多事,全赖夫子主持,岂可去寡人左右耶?"孔子遂却其书币。不狃见孔子不往,遂约会成宰公敛阳,郈宰公若藐,同时起兵为逆。阳与藐俱不从。却说郈邑马正[46]侯犯,勇力善射,为郈人所畏服,素有不臣之志。遂使圉人刺藐杀之,自立为郈宰,发郈众登城为拒命之计。

　　州仇闻郈叛,往告无忌。无忌曰:"吾助子一臂,当共灭此叛奴。"于是孟、叔二家,连兵往讨,遂围郈城。侯犯悉力拒战,攻者多死,不能取胜。无忌教州仇求援于齐。时叔氏家臣驷赤在郈城中,伪附侯犯,侯犯亲信之。赤谓犯曰:"叔氏遣使如齐乞师矣。齐、鲁合兵,不可当也。子何不以郈降齐?齐外虽亲鲁,内实忌之。得郈可以偪鲁,齐必大喜,而倍以他地酬子。总之得地,而可去危以就安，又何不利之有？"侯犯曰："此计甚善！"即遣人乞降于齐，以郈邑献之。齐景公召晏婴问曰："叔孙氏乞兵伐郈，侯犯又以郈来降，寡人将何适从？"晏子对曰："方与鲁讲好，岂可受其叛臣之献乎？助叔孙氏为是。"景公笑曰："郈乃叔孙私邑，于鲁侯无与。况叔孙氏君臣自相鱼肉，鲁之不幸，实齐之幸也。寡人有计在此，当两许其使以误之。"乃使司马穰苴屯兵于界上，以观其变。若侯犯能御叔孙，更分兵据郈，迎侯犯归于齐国；若叔孙胜了侯犯，便说助攻郈城，临时便宜行事。此是齐景公的奸雄处。

却说驷赤见侯犯遣使往齐去了，复谓犯曰："齐新与鲁侯为会，助鲁助郈，未可定也。宜多置兵甲于门，万一事变不测，可以自卫。"侯犯乃一勇之夫，信为好语，遂选精甲利兵，留于门下。驷赤将羽书射于城外，鲁兵拾得，献于州仇。州仇发书看之，书中言："臣赤已安排逆犯十有七八，不日城中当有内变，主君不须挂念。"州仇大喜，报知无忌，严兵以待。数日后，侯犯使者自齐回，言："齐侯已许下矣，愿以他邑相偿。"驷赤入贺侯犯而出，使人宣言于众曰："侯氏将迁郈民以附齐，使者回言齐师将至。奈何！"一时人情汹汹，多有造驷赤处问信者。赤曰："吾亦闻之，齐新与鲁好，不便得地，将迁尔户口，以实聊、摄[47]之虚耳。"自古道："安土重迁。"说了离乡背井，那一个不怕的？众人听说，互相传语，各有怨心。忽一夜，驷赤探知侯犯饮酒方酣，遂命心腹数十人，绕城大呼曰："齐师已至城外矣！吾等速治行李，三日内便要起身。"因继以哭。郈众大惊，俱集于侯氏之门，此时老弱惟有涕泣，那壮者无不咬牙切齿，愤恨侯犯。忽见门内藏甲甚多，正适其用，大家抢得穿着起来，各执兵器，发声喊，将侯犯家四面围住。连守城之兵都反

第七十八回

了侯氏,与众助兴了。驷赤亟入告侯犯曰:"郈众不愿附齐,满城俱变。子更有甲兵否?吾请率而攻之。"犯曰:"甲兵俱被众掠取矣。今日之事,免祸为上。"驷赤曰:"吾舍命送子。"遂出谓众曰:"汝等让一路,容侯氏出奔,侯氏出,齐师亦不至矣。"众人依言,放开一路。驷赤当先,侯犯在后,家属尚有百馀人,车十馀乘,驷赤直送出东门。因引鲁兵入于郈城,安抚百姓。无忌请追侯犯,驷赤曰:"臣已许之免祸矣。"乃纵之不追。遂堕郈城三尺。即用驷赤为郈宰。侯犯奔齐师,穰苴知鲁师已定郈,乃班师还齐。州仇、无忌亦回鲁国。公山不狃初闻侯犯据郈以叛,叔、仲二家往讨,喜曰:"季氏孤矣!乘虚袭鲁,国可得也。"遂尽驱费众,杀至曲阜,叔孙辄为内应,开门纳之。定公急召孔子问计。孔子曰:"公徒弱,不足用也。臣请御君以往季氏。"遂驱车至季氏之宫,宫内有高台,坚固可守,定公居之。少顷,司马申句须、乐颀俱至。孔子命季斯尽出其家甲,以授司马,使伏于台之左右,而使公徒列于台前。公山不狃同叔孙辄商议曰:"我等此举,以扶公室抑私家为名,不奉鲁侯为主,季氏不可克也。"乃齐叩公宫,索定公不得。盘桓许久,知已往季氏,遂移兵来攻。与公徒战,公徒皆散走。忽然左右大噪,申句须、乐颀二将,领着精甲杀至。孔子扶定公立于台上,谓费人曰:"吾君在此,汝等岂不知顺逆之理?速速解甲,既往不咎!"费人知孔子是个圣人,谁敢不听,俱舍兵拜伏台下。公山不狃、叔孙辄势穷,遂出奔吴国去了。

叔孙州仇回鲁,言及郈都已堕。季斯亦命堕了费城,复其初制。无忌亦欲堕成都,成宰公敛阳问计于少正卯,卯曰:"郈、费因叛而堕,若并堕成,何以别子于叛臣乎?汝但云:'成乃鲁国北门

会夹谷孔子却齐　堕三都闻人伏法

之守,若堕成,齐师侵我北鄙,何以御之?'坚持其说,虽拒命不为叛也。"阳从其计,使其徒穿甲而登城,谢叔孙氏曰:"吾非为叔孙氏守,为鲁社稷守也。恐齐兵旦暮猝至,无守御之具,愿捐此性命,与城俱碎,不敢动一砖一土!"孔子笑曰:"阳不辨此语,必'闻人'教之耳。"季斯嘉孔子定费之功,自知不及万分之一,使摄行相事,每事谘谋而行。孔子有所陈说,少正卯辄变乱其词,听者多为所惑。孔子密奏于定公曰:"鲁之不振,由忠佞不分,刑赏不立也。夫护嘉苗者,必去莠草。愿君勿事姑息,请出太庙中斧钺,陈于两观之下。"定公曰:"善。"明日,使群臣参议成城不堕利害,但听孔子裁决。众人或言当堕,或言不当堕。少正卯欲迎合孔子之意,献堕成六便。何谓六便?一,君无二尊;二,归重都城形势;三,抑私门;四,使跋扈家臣无所凭借;五,平三家之心;六,使邻国闻鲁国兴革当理,知所敬重。孔子奏曰:"卯误矣!成已作孤立之势,何能为哉?况公敛阳忠于公室,岂跋扈之比?卯辩言乱政,离间君臣,按法当诛!"群臣皆曰:"卯乃鲁闻人,言或不当,罪不及死。"孔子复奏曰:"卯言伪而辩,行僻而坚[48],徒有虚名惑众,不诛之无以为政。臣职在司寇,请正斧钺之典。"遂命力士缚卯于两观之下,斩之。群臣莫不变色,三家心中亦俱凛然。史臣有诗云:

养高华士太公诛[49],孔子偏将少正除。

不是圣人开正眼,世间尽读两人书[50]。

自少正卯诛后,孔子之意始得发舒,定公与三家皆虚心以听之。孔子乃立纲陈纪,教以礼义,养其廉耻,故民不扰而事治。三月之后,风俗大变。市中鬻羔豚者,不饰虚价。男女行路,分别左右,不乱。遇路有失物,耻非己有,无肯拾取者。四方之客,一入鲁境,皆有常

第七十八回

供,不至缺乏,宾至如归。国人歌之曰:"衮衣章甫[51],来适我所;章甫衮衣,慰我无私。"此歌诗传至齐国,齐景公大惊曰:"吾国必为鲁所并矣!"不知景公如何计较,且看下回分解。

---

〔1〕 "鲁昭公"句:鲁昭公二十五年(前517年)为季氏等权臣所逐,先奔齐,后奔晋,终于客死于乾侯(晋地,今河北成安县东南)。

〔2〕 鲁定公:即姬宋,据《左传》杜注,乃鲁襄公子,昭公之弟。在位十五年(前509—495)。上句言系昭公"庶子",不确。

〔3〕 费(bì 毕):春秋时鲁邑名。在今山东鱼台县旧城西南。

〔4〕 成:一作郕,鲁邑名,在今山东宁阳县东北九十里。

〔5〕 郈(hòu 后):鲁邑名,在今山东东平县东南四十里。

〔6〕 尼山:古山名,在今山东曲阜市东南。

〔7〕 黑帝:传说五天帝中主北方之神,名叶光纪。《史记·天官书》正义:"黑帝,北方叶光纪之帝也。冬万物闭藏,为之动,为之开闭也。"

〔8〕 素王:指有帝王之德而不居其位之人。旧时常称孔子为素王。王充《论衡·定贤》:"孔子不王,素王之业在《春秋》。"

〔9〕 绂(fú 扶):丝带。

〔10〕 海口辅喉:大而深的嘴叫海口。辅,胫骨下端,俗称骼枒骨。喉结大似骼枒叫辅喉。这些都指圣人的奇表异相。《陈书·高帝纪》:"海口河目,圣贤之表既彰。"

〔11〕 反宇:一作反羽。指人头顶四周高而中央低。王充《论衡》:"皋陶马口,孔子反宇。"

〔12〕 更衣:本指换衣。古时休息处备有厕所,宾主入厕即托言更衣。

〔13〕 土缶:一种瓦器,圆腹,小口有盖,用以汲水。

〔14〕 夔:异兽名。《山海经·中山经》:"有兽状如牛,苍身而无角,一

〔15〕 罔象：传说中的水怪。《孔子世家》集解："罔象，食人，一名沐肿。"

〔16〕 羵(fén 坟)羊：传说土中怪羊，雌雄不分。

〔17〕 中都：春秋时鲁邑名，在今山东汶上县西。

〔18〕 周敬王十九年：即公元前501年。

〔19〕 牧圉(yǔ 语)：养牛马之人。

〔20〕 禘(dì 帝)祭：古代各种大祭的总名。分三类，一是夏祭曰禘；二为郊祭以祭天；三为天子诸侯宗庙之大祭。此时属秋，似为祭天。因鲁自惠公时，即僭用郊禘。

〔21〕 蒲圃：鲁都曲阜东门外著名场圃，较大，有四门。

〔22〕 谨、阳关：似应为相距不远之两地。谨，鲁地名，在今山东宁阳县北。阳关，在今山东泰安市西南。两地均为齐鲁分界处。

〔23〕 匡：春秋宋邑名。在今河南睢县西。

〔24〕 "鲁自惠公"二句：指鲁惠公时郊禘祭天，见第四回。

〔25〕 八佾(yì 易)：古代天子专用舞乐。佾，舞列，每列均为八人。天子用八佾，诸侯用六，大夫用四，士用二。

〔26〕 歌《雍》彻：雍为乐曲名。古时撤膳时所奏，一般为天子所奏。《周颂·臣工》注："天子祭于宗庙，歌之以《雍》彻。"

〔27〕 九成：多次演奏，或称九奏、九变。音乐奏完一曲称一成。《尚书·益稷》："箫韶九成。"疏："成，犹终也。每曲一终，必变更奏。"

〔28〕 干戚：盾与斧，皆古兵器。古武舞有操干戚而舞者，称舞干戚。

〔29〕 《周官》：古经典名，即《周礼》。内容系记载周王室及诸侯官制，但与当时实情多不符。

〔30〕 夹谷山：古山名。在今山东莱芜市境内夹谷峪。

〔31〕 莱夷：东夷的一支，分布于今蓬莱、莱州一带。公元前567年并于齐。

〔32〕 旍(jīng 京)旄：指用旄牛尾及鸟羽装饰旗竿的旌旗。

〔33〕 羽袚(bō 剥)：古代演奏乐舞时所执的一种舞具。

〔34〕 《敝笱》：《诗经·齐风》篇名，刺鲁庄公不能防闲文姜。内容见第十四回。

〔35〕 汶阳之田：指汶水北岸一带。汶水源于今山东莱芜市北，经泰安市东南，西流至东平。

〔36〕 郓：鲁地名。在今山东郓城市东。昭公奔齐时曾居于此。

〔37〕 龟阴：鲁地名。在今山东泰安市东。"仗晋力索之于鲁"，此事《左传》亦未作记载。

〔38〕 周敬王二十四年：即公元前496年。

〔39〕 商羊：传说中大鸟名。王充《论衡》："商羊者，知雨之物也。天且雨，屈其一足起舞矣！"

〔40〕 天纵：上天所赋予，而非人力之所能达。《论语·子罕》："固天纵之将圣，又多能也。"

〔41〕 仲由(前542—前480)：春秋卞人，字子路，一字季路。后仕卫，为卫大夫孔悝邑宰。

〔42〕 冉求：春秋鲁人，字子有，亦称冉有。为季孙氏家臣。

〔43〕 百雉之城：指高一丈、长三百丈的城墙。雉，方丈曰堵，三堵曰雉。《左传·隐公元年》："都城过百丈，国之害也。"都城乃分给卿大夫的城邑。

〔44〕 不腆路犒：不丰厚的犒劳之费。

〔45〕 不鄙：鄙有轻贱意，不鄙可引申为不嫌弃。

〔46〕 马正：司马之官。诸侯、卿大夫皆设此官。

〔47〕 聊、摄：聊城与摄城，均齐邑名。聊城在今山东聊城市西。摄城在今山东茌平县西。

〔48〕 行僻而坚：行为邪恶而又固执。

〔49〕 "养高华士"句：姜太公诛养高华士一事，待考。

〔50〕 两人书:指华士和少正卯二人的著作。

〔51〕 衮衣章甫:衮衣指绣龙之礼服,乃帝王公侯所穿。章甫乃古代一种缁布冠,为士庶人所戴。此言无论贵族还是平民。

第七十九回

归女乐黎弥阻孔子　栖会稽文种通宰嚭

话说齐侯自会夹谷归后,晏婴病卒,景公哀泣数日,正忧朝中乏人,复闻孔子相鲁,鲁国大治,惊曰:"鲁相孔子必霸,霸必争地,齐为近邻,恐祸之先及,奈何?"大夫黎弥进曰:"君患孔子之用,何不沮之?"景公曰:"鲁方任以国政,岂吾所能沮乎?"黎弥曰:"臣闻治安之后,骄逸必生。请盛饰女乐,以遗鲁君,鲁君幸而受之,必然怠于政事,而疏孔子。孔子见疏,必弃鲁而适他国,君可安枕而卧矣。"景公大悦,即命黎弥于女闾[1]之中,择其貌美年二十以内者,共八十人,分为十队,各衣锦绣,教之歌舞。其舞曲名《康乐》,声容皆出新制,备态极妍,前所未有。教习已成,又用良马一百二十匹,金勒雕鞍,毛色各别,望之如锦,使人致献鲁侯。使者张设锦棚二处,于鲁南门之外,东棚安放马群,西棚陈列女乐。先致国书于定公,公发书看之。书曰:

> 杵臼顿首启鲁贤侯殿下:孤向者获罪夹谷,愧未忘心。幸贤侯鉴其谢过之诚,克终会好。日[2]以国之多虞,聘问缺然。兹有歌婢十群,可以侑欢,良马三十驷,可以服车。敬致左右,聊申悦慕。伏惟存录!

归女乐黎弥阻孔子　栖会稽文种通宰嚭

且说鲁相国季斯安享太平,忘其所自,侈乐之志,已伏胸中。忽闻齐馈女乐,如此之盛,不胜艳慕。即时换了微服,与心腹数人,乘车潜出南门往看。那乐长方在演习。歌声遏云,舞态生风,一进一退,光华夺目,如游天上。睹仙姬,非复人间思想所及。季斯看了多时,又阅其容色之美,服饰之华,不觉手麻脚软,目睁口呆,意乱神迷,魂消魄夺。鲁定公一日三宣,季斯为贪看女乐,竟不赴召。至次日,方入宫来见定公,定公以国书示之。季斯奏曰:"此齐君美意,不可却也。"定公亦有想慕之意,便问:"女乐何在?可试观否?"季斯曰:"见列高门之外,车驾如往,臣当从行,但恐惊动百官,不如微服为便。"于是君臣皆更去法服,各乘小车,驰出南门,竟到西棚之下。早有人传出:"鲁君易服亲来观乐了!"使者盼咐女子用心献技。那时歌喉转娇,舞袖增艳,十队女子,更番迭进,真乃盈耳夺目,应接不暇,把鲁国君臣二人,喜得手舞足蹈,不知所以。有诗为证:

一曲娇歌一块金,一番妙舞一盘琛[3]。

只因十队女人面,改尽君臣两个心。

从人又夸东棚良马。定公曰:"只此已是极观,不必又问马矣。"是夜,定公入宫,一夜不寐,耳中犹时闻乐声,若美人之在枕畔也。恐群臣议论不一,次早独宣季斯入宫,草就答书,书中备述感激之意。不必尽述。又将黄金百镒,赠与齐使。将女乐收入宫中,以三十人赐季斯,其马付于圉人喂养。定公与季斯新得女乐,各自受用,日则歌舞,夜则枕席,一连三日,不去视朝听政。孔子闻知此事,凄然长叹。时弟子仲子路在侧,进曰:"鲁君怠于政事,夫子可以行矣。"孔子曰:"郊祭已近,倘大礼不废,国犹可为也。"及祭之期,定

945

第七十九回

公行礼方毕，即便回宫，仍不视朝，并胙肉亦无心分给。主胙者叩宫门请命，定公诿之季孙，季孙又诿之家臣。孔子从祭而归，至晚，不见胙肉颁到，乃告子路曰："吾道不行，命也夫！"乃援琴而歌曰：

彼妇之口，可以出走。彼女之谒，可以死败[4]。优哉游哉，聊以卒岁！

歌毕，遂束装去鲁。子路、冉有亦弃官从孔子而行。自此鲁国复衰。史臣有诗云：

几行红粉胜钢刀，不是黎弥巧计高。
天运凌夷成瓦解，岂容鲁国独甄陶[5]。

孔子去鲁适卫，卫灵公喜而迎之，问以战阵之事。孔子对曰："丘未之学也。"次日遂行。过宋之匡邑，匡人素恨阳虎，见孔子之貌相似，以为阳虎复至，聚众围之。子路欲出战，孔子止之曰："某无仇于匡，是必有故，不久当自解。"乃安坐鸣琴。适灵公使人追还孔子，匡人乃知其误，谢罪而去。孔子复还卫国，主于贤大夫蘧瑗之家。

且说灵公之夫人曰南子，宋女也，有美色而淫。在宋时，先与公子朝相通。朝亦男子中绝色，两美相爱，过于夫妇。既归灵公，生蒯聩，已长，立为世子，而旧情不断。时又有美男子曰弥子瑕，素得君之宠爱，尝食桃及半，以其馀，推入灵公之口。灵公悦而啖之，夸于人曰："子瑕爱寡人甚矣！一桃味美，不忍自食，而分啖寡人。"群臣无不窃笑。子瑕恃宠弄权，无所不至。灵公外嬖子瑕，而内惧南子，思以媚之。乃时时召宋朝与夫人相会，丑声遍传，灵公不以为耻。蒯聩深恨其事，使家臣戏阳速因朝见之际，刺杀南子，以灭其丑。南子觉之，诉于灵公。灵公逐蒯聩，聩奔宋，转又奔晋。灵公立蒯瞆之子辄为世子[6]。及孔子再至，南子请见之。知孔子为圣人，倍加敬礼。忽一日，灵公与南子同车而出，使孔子为陪乘。过街市，市人歌曰：

　　同车者色耶？从车者德耶？

孔子叹曰："君之好德不如好色！"乃去卫适宋，与弟子习礼于大树之下。宋司马桓魋，亦以男色得宠于景公，方贵幸用事，忌孔子之来，遂使人伐其树，欲求孔子杀之。孔子微服去宋适郑。将适晋，至河，闻赵鞅杀贤臣窦犨、舜华，叹曰："鸟兽恶伤其类，况人乎？"复返卫。未几，卫灵公卒，国人立辄为君，是为出公[7]。蒯瞆亦借晋援，与阳虎袭戚[8]据之。是时，卫父子争国，晋助蒯瞆，齐助辄。孔子恶其逆理，复去卫适陈，又将适蔡。楚昭王闻孔子在陈、蔡之间，使人聘之。陈、蔡大夫相议，以为楚用孔子，陈、蔡危矣，乃相与发兵围孔子于野。孔子绝粮三日，而弦歌不辍。今开封府陈州界有地名桑落，其地有台，名曰厄台，即孔子当时绝粮处。宋刘敞[9]有诗云：

　　四海栖栖一旅人，绝粮三日死生邻。
　　自是天心劳木铎[10]，岂关陈蔡有愚臣。

忽一晚，有异人长九尺馀，皂衣高冠，披甲持戈，向孔子大咤，声动左右。子路引出与战于庭，其人力大，子路不能取胜。孔子从旁谛视良久，谓子路曰："何不探其胁？"子路遂探其胁，其人力尽手垂，败而仆地，化为大鲇鱼[11]。弟子怪之。孔子曰："凡物老而衰，则群精附焉。杀之则已，何怪之有。"命弟子烹之以充饥。弟子皆喜曰："天赐也！"楚使者发兵以迎孔子。孔子至楚，昭王大喜，将以千社之地[12]封孔子。令尹子西谏曰："昔文王在丰，武王在镐，地仅百里，能修其德，卒以代殷。今孔子之德，不下文武，弟子又皆大贤，若得据土壤，其代楚不难矣。"昭王乃止。孔子知楚不能用，乃复还卫。卫出公欲任以国政，孔子拒之。鲁相国季孙肥亦来召其门人冉有，孔子因而返鲁，鲁以大夫告老之礼待之。于是诸弟子中，子路、子羔[13]仕于卫，子贡[14]、冉有、有若[15]、宓子贱[16]仕于鲁。这都是后话，叙明留作话柄。

　　再说吴王阖闾自败楚之后，威震中原，颇事游乐。乃大治宫室，建长乐宫于国中，筑高台于姑苏山。山在城西南三十里，一名姑胥山。于胥门外为径九曲，以通山路。春夏则治于城外，秋冬则治于城中。忽一日，想起越人伐吴之恨，谋欲报之。忽闻齐与楚交通聘使，怒曰："齐、楚通好，此我北方之忧也！"欲先伐齐，后及越。相国子胥进曰："交聘乃邻国之常，未必助楚害吴，不可遽兴兵旅。今太子波元妃已殁，未有继室，王何不遣使求婚于齐？如其不从，伐之未晚。"阖闾从之。使大夫王孙骆往齐，为太子波求婚。时景公年已老耄，志气衰颓，不能自振。宫中止一幼女未嫁，不忍弃之吴地。无奈朝无良臣，边无良将，恐一拒吴命，兴师来伐，如楚国之受祸，悔之何及！大夫黎弥亦劝景公结婚于吴，勿激其怒。景公不得已，以女少姜许婚。王孙骆回复吴王，王复遣纳币于齐，迎齐女归国。景公爱女畏吴，两念交迫，不觉流泪出涕，叹曰："若平仲、穰苴一人在此，孤岂忧吴人哉？"谓大夫鲍牧曰："烦卿为寡人致女于吴，此寡人之爱女，嘱吴王善视之。"临行，亲扶少姜登车，送出南门而返。鲍牧奉少姜至吴，敬致齐侯之命；因慕子胥之贤，深相结纳。不在话下。

归女乐黎弥阻孔子　栖会稽文种通宰嚭

话说少姜年幼，不知夫妇之乐，与太子波成婚之后，一心只想念父母，日夜号泣。太子波再三抚慰，其哀不止，遂抑郁成病。阖闾怜之，乃改造北门城楼，极其华焕，更其名曰望齐门，令少姜日游其上。少姜凭栏北望，不见齐国，悲哀愈甚，其病转增。临绝命，嘱太子波曰："妾闻虞山[17]之巅，可见东海，乞葬我于此，倘魂魄有知，庶几一望齐国也！"波奏闻其父，乃葬于虞山顶上。今常熟县虞山有齐女墓，又有望海亭是也。有张洪[18]《齐女坟》诗为证。诗曰：

南风初劲北风微[19]，争长诸姬[20]复娶齐。
越境定须千两[21]送，半途应拭万行啼。
望乡不惮登台远，埋恨惟嫌起冢低。
蔓草垂垂犹泣露，倩谁滴向故乡泥？

太子波忆念齐女亦得病，未几卒。阖闾欲于诸公子中，择可立者，意犹未定，欲召子胥决之。太子波前妃生子名夫差，年已二十六岁矣，生得昂藏英伟，一表人材。闻其祖阖闾择嗣，乃先趋见子胥曰："我嫡孙也，欲立太子，舍我其谁！此在相国一言耳。"子胥许之。少顷，阖闾使人召子胥，商议立储之事。子胥曰："立子以嫡，则乱不生。今太子虽不禄，有嫡孙夫差在。"阖闾曰："吾观夫差，愚而不仁，恐不能奉吴之统。"子胥曰："夫差信以爱人，敦于礼义，父死子代，经之明文，又何疑焉？"阖闾曰："寡人听子，子善辅之。"遂立夫差为太孙。夫差至子胥家稽首称谢。

周敬王二十四年[22]，阖闾年老，性益躁，闻越王允常薨，子句践新立，遂欲乘丧伐越。子胥谏曰："越虽有袭吴之罪，然方有大丧，伐之不祥，宜少待之。"阖闾不听，留子胥与太孙夫差守国，自

第七十九回

引伯嚭、王孙骆、专毅等，选精兵三万，出南门望越国进发。越王句践[23]亲自督师御之，诸稽郢为大将，灵姑浮为先锋，畴无馀、胥犴为左右翼，与吴兵相遇于槜李。相距十里，各自安营下寨。两下挑战，不分胜负。阖闾大怒，遂悉众列陈于五台山，戒军中毋得妄动，俟越兵懈怠，然后乘之。句践望见吴阵上队伍整齐，戈甲精锐，谓诸稽郢曰："彼兵势甚振，不可轻敌，必须以计乱之。"乃使大夫畴无馀、胥犴督敢死之士，左五百人，各持长枪，右五百人，各持大戟，一声呐喊，杀奔吴军。吴阵上全然不理，阵脚都用弓弩手把住，坚如铁壁。冲突三次，俱不能入，只得回转。句践无可奈何。诸稽郢密奏曰："罪人可使也。"句践悟。次日，密传军令，悉出军中所携死罪者，共三百人，分为三行，俱袒衣注剑于颈，安步造于吴军。为首者前致辞曰："吾主越王，不自量力，得罪于上国，致辱下讨。臣等不敢爱死，愿以死代越王之罪。"言毕，以次自刎。吴兵从未见如此举动，甚以为怪，皆注目而观之，互相传语，正不知其何故。越军中忽然鸣鼓，鼓声大振。畴无馀、胥犴帅死士二队，各拥大楯，持短兵，呼哨而至。吴兵心忙，队伍遂乱。句践统大军继进，右有诸稽郢，左有灵姑浮，冲开吴阵。王孙骆舍命与诸稽郢相持。灵姑浮奋长刀左冲右突，寻人厮杀，正遇吴王阖闾，灵姑浮将刀便砍。阖闾望后一闪，刀砍中右足，伤其将指[24]，一屦坠于车下。却得专毅兵到，救了吴王。专毅身被重伤。王孙骆知吴王有失，不敢恋战，急急收兵，被越兵掩杀一阵，死者过半。阖闾伤重，即刻班师回寨。灵姑浮取吴王之屦献功，句践大悦。

却说吴王因年老不能忍痛，回至七里之外，大叫一声而死。伯嚭护丧先行，王孙骆引兵断后，徐徐而返。越兵亦不追赶。史臣有

诗论阖闾用兵不息,致有此祸。诗曰:

> 破楚凌齐意气豪,又思吞越起兵刀。
>
> 好兵终在兵中死,顺水叮咛莫放篙。

吴太孙夫差迎丧以归,成服嗣位。卜葬于破楚门外之海涌山,发工穿山为穴,以专诸所用鱼肠之剑殉葬,其他剑甲六千副,金玉之玩,充牣其中。既葬,尽杀工人以殉。三日后,有人望见葬处,有白虎蹲踞其上,因名曰虎丘山,识者以为埋金之气所现。后来秦始皇使人发阖闾之墓,凿山求剑无所得,其凿处遂成深涧,今虎丘剑池是也。专毅伤重亦死,附葬于山后,今亦不知其处矣。夫差既葬其祖,立长子友为太子。使侍者十人,更番立于庭中,每自己出入经由,必大声呼其名而告曰:"夫差!尔忘越王杀尔之祖乎?"即泣而对曰:"唯!不敢忘!"欲以儆惕其心。命子胥、伯嚭练水兵于太湖,又立射棚于灵岩山[25]以训射,俟三年丧毕,便为报仇之举。此周敬王二十四年事也。

是时,晋顷公失政,六卿[26]树党争权,自相鱼肉。荀寅与士吉射相睦,结为婚姻,韩不信、魏曼多忌之。荀跞有宠臣曰梁婴父,跞欲以为卿。婴父恃荀跞之爱,谋逐荀寅而代其位。故荀跞亦与范氏、中行氏相恶。上卿赵鞅有族子名午,封于邯郸。午之母,荀寅之娣,故寅呼午为甥。先年,卫灵公与齐景公合谋叛晋,晋赵鞅帅师伐卫,卫惧,贡户口五百家谢罪,鞅留于邯郸,谓之"卫贡"。未几,鞅欲迁五百家以实晋阳,午恐卫人不服,未即奉命。鞅怒午之抗己,遂诱午至晋阳,执而杀之。荀寅怒赵鞅私杀其甥,因与士吉射商议,欲共伐赵氏,为邯郸午报仇。赵氏有谋臣曰董安于,时

第七十九回

为赵氏守晋阳城,闻二氏之谋,特至绛州,告于赵鞅曰:"范、中行方睦,一旦作乱,恐不可制,主君宜先为之备。"赵鞅曰:"晋国有令,始祸必诛,待其先发而后应之可也。"董安于曰:"与其多害百姓,宁我独死,若有事,安于当之。"鞅不可。安于乃私具甲兵,以伺其变。荀寅、士吉射倡言于众曰:"董安于治兵,将以害我。"于是连兵以伐赵氏,围其宫。却得董安于有备,引兵杀开一条血路,保护赵鞅奔晋阳城。恐二氏来攻,建垒自守。荀跞谓韩不信、魏曼多曰:"赵氏六卿之长,寅与吉射不由君命而擅逐之,政其归二家矣。"韩不信曰:"盍以始祸为罪,而并逐之?"三人遂同请于定公,各率家甲,奉定公以伐二家,寅、吉射悉力拒战,不能取胜。吉射谋劫定公,韩不信遽使人呼于市中曰:"范、中行氏谋反,来劫其君矣!"国人信其言,各执兵器,来救定公。三家借国人之众,杀败范、中行之兵。寅、吉射奔于朝歌以叛。韩不信告于定公曰:"范、中行实为首祸,今已逐矣。赵氏世有大功于晋,宜复鞅位。"定公言无不从,遂召鞅于晋阳,复其爵禄。梁婴父欲代荀寅为卿,荀跞言于赵鞅。鞅问董安于,安于曰:"晋惟政出多门,故祸乱不息。若立婴父,是乃又置一荀寅也!"鞅乃不从。婴父怒,知为董安于所阻,谓荀跞曰:"韩、魏党于赵,智氏之势孤矣。赵氏所恃者,其谋臣董安于也,何不去之?"跞问曰:"去之何策?"婴父曰:"安于私具甲兵,以激成范、中行之变。若论始祸,还是安于为首。"荀跞如婴父之言,以责赵鞅,鞅惧。董安于曰:"臣向者固以死自期矣。臣死而赵氏安,是死贤于生也。"乃退而自缢。赵鞅乃陈其尸于市,使人告于荀跞曰:"安于已伏罪矣。"荀跞乃与赵鞅结盟,各无相害。鞅私祀董安于于家庙之中,以答其劳。寅、吉射久据朝歌,诸侯叛晋者，皆欲借之以害晋。赵鞅屡次兴师攻之，齐、鲁、郑、卫遣使输粟助兵，以救二氏，鞅不能克。直至周敬王三十年，赵鞅合韩、魏、智三家之兵，攻下朝歌，寅、吉射奔邯郸，再奔柏人[27]。未几，柏人城复破，其党范皋夷、张柳朔俱战死；豫让为荀跞子荀甲所获，甲子荀瑶请而活之，遂为智氏之臣。寅、吉射逃奔齐国去讫。可怜荀林父五传至寅[28]，士芳七传至吉射[29]，祖宗俱晋室股肱之臣也，子孙贪横，遂至灭宗，岂不哀哉！晋六卿自此只有赵、韩、魏、智四卿矣。此是后话。髯仙有诗云：

  六卿相并或存亡，总是私门作主张。

  四氏瓜分谋愈急，不如留却范中行。

且说周敬王二十六年春二月，吴王夫差除丧已久，乃告于太庙，兴倾国之兵，使子胥为大将，伯嚭副之，从太湖取水道攻越。越王句践集群臣计议，出师迎敌。大夫范蠡字少伯，出班奏曰："吴耻丧其君，誓矢图报者，三年于兹矣。其志愤，其力齐，不可当也。宜敛兵为坚守之计。"大夫文种字会，奏曰："以愚见，莫若卑词谢罪，以乞其和，俟其兵退而后图之。"句践曰："二卿言守言和，皆非至计。夫吴，吾世仇也，伐而不战，以我不能军矣。"乃悉起国中丁壮，共三万人，迎于椒山[30]之下。初合战，吴兵稍却，杀伤约百十人。句践趋利直进，约行数里，正遇夫差大军，两下布阵大战。夫差立于船头，亲自秉枹击鼓，以激厉将士，勇气十倍。忽北风大起，波涛汹涌，子胥、伯嚭各乘馀皇大舰，顺风扬帆而下，俱用强弓劲弩，箭如飞蝗般射来。越兵迎风，不能抵敌，大败而走，吴兵分三路逐之。越将灵姑浮舟覆溺水而死，胥犴中箭亦亡，吴兵乘胜追逐，杀死不计其数。句践奔至固城[31]自保，吴兵围之数重，绝其汲道。夫差喜曰："不出十日，越兵俱渴死矣。"谁知山顶之上，自有灵泉，泉有嘉鱼，句践命取鱼数百头，以馈吴王，吴王大惊。句践留范蠡坚守，自帅残兵，乘间奔会稽山[32]。点阅甲楯之数，才剩得五千馀人，句践叹曰："自先君至于孤，三十年来，未尝有此败也！悔不听范、文二大夫之言，以至如此。"

吴兵攻固城益急，子胥营于右，伯嚭营于左，范蠡告急，一日三至。越王大恐。文种献谋曰："事急矣！及今请成，犹可及也。"句践曰："吴不许成，奈何？"文种对曰："吴有太宰伯嚭者，其人贪财好色，忌功嫉能，与子胥同朝，而志趣不合。吴王畏事子胥，而昵于嚭。若私诣太宰之营，结其欢心，与定行成之约，太宰言于吴王，无不听。子胥虽知而阻之，亦无及矣。"句践曰："卿见太宰，以何为赂？"种对曰："军中所乏者，女色耳。诚得美女而献之，天若祚越，嚭当见听。"句践乃连夜遣使至都城，命夫人选宫中之有色者得八人，盛其容饰，加以白璧二十双，黄金千镒，夜造太宰之营，求见太宰。嚭初欲拒绝；姑使人探其来状，闻有所赍献，乃召入。嚭倨坐以待之。文种跪而致词曰："寡君句践，年幼无知，不能善事大国，以致获罪。今寡君已悔恨无及。愿举国请为吴臣，而恐王见咎不纳，知太宰以巍巍功德，外为吴之干城[33]，内作王之心膂[34]，寡君使下臣种，先叩首于辕门，借重一言，收寡君于宇下。不腆之仪，聊效薄赘，自此当源源而来矣。"乃以贿单呈上。嚭犹作色谓曰："越国旦暮且破灭矣，凡越所有，何患不归吴？而以此区区者唊我为耶？"种复进曰："越兵虽败，然保会稽者，尚有精卒五千，堪当一战。战而不捷，将尽焚库藏之积，窜身异国，以图楚王之事，安得遽

归女乐黎弥阻孔子　栖会稽文种通宰嚭

为吴有耶？即使吴尽有之，然大半归于王宫，太宰同诸将，不过瓜分一二。孰若主越之成，寡君非委身于王，实委身于太宰也，春秋贡献，未入王宫，先入宰府，是太宰独擅全越之利，诸将不得与焉。况困兽犹斗，背城一战，尚有不可测之事乎？"这一席话，说入伯嚭之心，不觉点头微笑。文种又指单上所开美人曰："此八人者，皆出自越宫，若民间更有美于此者，寡君若生还越国，当竭力搜求，以备太宰扫除之数。"伯嚭起立曰："大夫舍右营[35]而趋左，以某无乘危害人之意也。某来朝当引子先见吾王，以决其议。"遂尽收所献，留种于营中，叙宾主之礼。

次早，同造中军，来见夫差。伯嚭先入，备道越王句践使文种请成之意。夫差勃然曰："越与寡人有不共戴天之恨，安得允其成哉？"嚭对曰："王不记孙武之言乎？'兵凶器，可暂用而不可久也。'越虽得罪于吴，然其下吴者已至矣。其君请为吴臣，其妻请为吴妾，越国之宝器珍玩，尽扫以贡于吴宫，所乞于王者，仅存宗祀一线耳。夫受越之降，厚实也；赦越之罪，显名也。名实俱收，吴可以伯。必欲穷兵力以诛越，彼句践将焚宗庙，杀妻子，沉金玉于江，率死士五千人，致死于吴，得无有所伤于王之左右乎？与其杀是人，孰若得是国之为利？"夫差曰："今文种安在？"嚭对曰："见在幕外候宣。"夫差乃命种入见。种膝行而前，复申前说，加以卑逊。夫差曰："汝君请为臣妾，能从寡人入吴否？"种稽首曰："既为臣妾，死生在君，敢不服事于左右！"嚭曰："句践夫妇愿来吴国，吴名虽赦越，实已得之矣，王又何求焉？"夫差乃许其成。早有人到右营报知子胥。子胥急趋至中军，见伯嚭同文种立于王侧。子胥怒气盈面，问吴王曰："王已许越和乎？"王曰："已许之矣。"子胥连叫曰:"不可,不可!"吓得文种倒退几步,静听其说。子胥谏曰:"越与吴邻,有不两立之势,若吴不灭越,越必灭吴。夫秦、晋之国,我攻而胜之,得其地,不能居;得其车,不能乘。如攻越而胜之,其地可居,其舟可乘,此社稷之利,不可弃也。况又有先王大仇,不灭越,何以谢立庭之誓乎?"夫差语塞不能对,惟以目视伯嚭。伯嚭前奏曰:"相国之言误矣!先王建国,水陆并封,吴、越宜水,秦、晋宜陆。若以其地可居,其舟可乘,谓吴、越必不能共存,则秦、晋、齐、鲁皆陆国也,其地亦可居,其车亦可乘,彼四国者,亦将并而为一乎?若谓先王大仇,必不可赦,则相国之仇楚者更甚,何不遂灭楚国而遽许其和耶?今越王夫妇皆愿服役于吴,视楚仅纳芈胜更不相同,相国自行忠厚之事,而欲王居刻薄之名,忠臣不如是也。"夫差喜曰:"太宰之言有理,相国且退,俟越国贡献至日,当分赠汝。"气得子胥面如土色,叹曰:"吾悔不听被离之言[36],与此佞臣同事!"口中恨恨不绝。只得步出幕府,谓大夫王孙雄曰:"越十年生聚[37],再加以十年之教训,不过二十年,吴宫为沼矣。"雄意殊未深信。子胥含愤,自回右营。

夫差命文种回复越王,再到吴军申谢。夫差问越王夫妇入吴之期,文种对曰:"寡君蒙大王赦而不诛,将暂假归国,悉敛其玉帛子女,以贡于吴,愿大王稍宽其期。其或负心失信,安能逃大王之诛乎?"夫差许诺,遂约定五月中旬,夫妇入臣于吴。遂遣王孙雄押文种同至越国,催促起程。太宰伯嚭屯兵一万于吴山[38]以候之,如过期不至,灭越归报。夫差引大军先回。毕竟越王如何入吴,且看下回分解。

〔1〕 女闾:即妓院。系管仲相齐时所设。

〔2〕 日:从前,往日。

〔3〕 琛(chēn 抻):珍宝。

〔4〕 死败:覆亡。

〔5〕 甄陶:锻炼成器。引申为培育造就人才或推行教化。甄,制造陶器的转轮。

〔6〕 立蒯聩(guì 贵)之子辄为世子:此句欠准确。辄乃灵公之嫡孙,不应称"世子"。据《左传》、《史记》,灵公三十九年(前496)太子蒯聩奔晋。四十三年,灵公欲立其庶子郢为太子,未果而亡,其孙辄继位。故灵公在世时,辄并未被立储。蒯聩,一作蒯瞆。

〔7〕 卫出公:姬辄,灵公孙。曾两次在位:第一次十二年(前492—前481),第二次七年(前476—前470)。

〔8〕 戚:春秋卫地,在今河南濮阳市北。

〔9〕 刘敞(1019—1068):北宋经学家,字原父。累官集贤院学士。长于《春秋》研究,著有《公是集》七十五卷。

〔10〕 木铎:本指以木为舌的大铃。古时宣布政教法令,巡行时振动木铎以引起众人注意。此处借喻孔子宣扬其学说。《论语·八佾》:"天将以夫子为木铎。"

〔11〕 鲇(nián 年)鱼:又名鳀鱼,身滑无鳞,其涎沾污。

〔12〕 千社之地:指很大一块土地。《管子·乘马》:"方六里,名之曰社。"

〔13〕 子羔:孔子弟子,名高柴。事卫出公为大夫。

〔14〕 子贡:孔子弟子,名端木赐,善辞令,并擅长经商。

〔15〕 有若:孔子弟子,字子有。鲁定公时臣。

〔16〕 宓(fú 扶)子贱:孔子弟子,名不齐。曾为单父宰,鸣琴而治。

〔17〕 虞山:山名,在今江苏常熟市西北。

〔18〕 张洪:明代常熟人,字宗海,洪熙间翰林,永乐间为行人使缅甸,曾采摭见闻作《南夷书》。

〔19〕 "南风"句:南风借喻南方之吴国。北风借喻中原齐、晋等大国。

〔20〕 诸姬:指东周各姬姓之国如晋、郑、卫、燕及吴等。此句写吴与中原诸大国争霸。

〔21〕 千两:指千辆车。

〔22〕 周敬王二十四年:即公元前496年。

〔23〕 句践:越王允常子,在位三十二年(前496—前465)。嗣位第三年被吴击败,屈膝求和,入为吴囚三年。放还后二十年,终于灭吴。

〔24〕 将(jiàng浆)指:脚的大指。

〔25〕 灵岩山:又名研石山,在今江苏苏州市西南。夫差于此建馆娃宫。山下有石室,乃夫差囚句践、范蠡之处。

〔26〕 六卿:此时晋之六卿,即韩(不信)、赵(鞅)、魏(曼多)、智(荀跞)、范(士吉射)、中行(荀寅)等六家。

〔27〕 柏人:春秋晋地名。在今河北隆尧县尧城镇。

〔28〕 荀林父五传至寅:指荀林父传荀庚,庚传荀偃,偃传荀吴,吴传荀寅。

〔29〕 士芳七传至吉射:指士芳传士縠,縠传士会,会传士燮,燮传士匄,匄传士鞅,鞅传士吉射。

〔30〕 椒山:古地名,《左传》作夫椒,本书第八十回亦作夫椒。似在会稽(今浙江绍兴市)之北。

〔31〕 固城:疑指城之坚固者,指会稽城。参见《史记·越王句践世家》。

〔32〕 会稽山:山名。在今浙江绍兴市东南十二里。

〔33〕 干城:干即盾,城即城郭。皆起捍卫防御之作用,故用以比喻保卫国家,御敌立功的将领。

〔34〕 心膂:膂指脊椎骨,心膂皆为人身重要部分,借以比喻亲信和骨干。

〔35〕 右营:指伍子胥之营。

〔36〕 被离之言:指被离于伯嚭来奔时,曾相其面,以为性贪专功。见第七十四回。

〔37〕 生聚:指繁衍人口,蓄积物资。

〔38〕 吴山:山名。在今浙江杭州市南。

第 八 十 回

夫差违谏释越　句践竭力事吴

话说越大夫文种,蒙吴王夫差许其行成,回报越王,言:"吴王已班师矣。遣大夫王孙雄随臣到此,催促起程,太宰屯兵江上,专候我王过江。"越王句践不觉双眼流泪。文种曰:"五月之期迫矣!王宜速归,料理国事,不必为无益之悲。"越王乃收泪。回至越都,见市井如故,丁壮萧然[1],甚有惭色。留王孙雄于馆驿,收拾库藏宝物,装成车辆,又括国中女子三百三十人,以三百人送吴王,三十人送太宰,时尚未有行动之日,王孙雄连连催促。句践泣谓群臣曰:"孤承先人馀绪,兢兢业业,不敢怠荒。今夫椒一败,遂至国亡家破,千里而作俘囚,此行有去日,无归日矣!"群臣莫不挥涕。文种进曰:"昔者汤囚于夏台[2],文王系于羑里[3],一举而成王;齐桓公奔莒,晋文公奔翟,一举而成伯。夫艰苦之境,天之所以开王伯也。王善承天意,自有兴期,何必过伤,以自损其志乎?"句践于是即日祭祀宗庙,王孙雄先行一日,句践与夫人随后进发,群臣皆送至浙江[4]之上。范蠡具舟于固陵[5],迎接越王,临水祖道[6]。文种举觞王前,祝曰:

皇天祐助,前沉后扬。祸为德根,忧为福堂[7]。威人者

夫差违谏释越　句践竭力事吴

灭,服从者昌。王虽淹滞[8],其后无殃。君臣生离,感动上皇。众夫哀悲,莫不感伤!臣请荐脯,行酒二觞。

句践仰天叹息,举杯垂涕,默无所言。范蠡进曰:"臣闻,居不幽者志不广;形不愁者思不远。古之圣贤,皆遇困厄之难,蒙不赦之耻,岂独君王哉?"句践曰:"昔尧任舜、禹而天下治,虽有洪水,不为人害。寡人今将去越入吴,以国属诸大夫,大夫何以慰寡人之望乎?"范蠡谓同列曰:"吾闻主忧臣辱,主辱臣死。今主上有去国之忧,臣吴之辱,以吾浙东之士,岂无一二豪杰,与主上分忧辱者乎?"于是诸大夫齐声曰:"谁非臣子?惟王所命!"句践曰:"诸大夫不弃寡人,愿各言尔志:谁可从难?谁可守国?"文种曰:"四境之内,百姓之事,蠡不如臣;与君周旋,临机应变,臣不如蠡。"范蠡曰:"文种自处已审,主公以国事委之,可使耕战足备,百姓亲睦。至于辅危主,忍垢辱,往而必反,与君复仇者,臣不敢辞。"于是诸大夫以次自述。太宰苦成曰:"发君之令,明君之德,统烦理剧,使民知分,臣之事也。"行人[9]曳庸曰:"通使诸侯,解纷释疑,出不辱命,入不被尤,臣之事也。"司直[10]皓进曰:"君非臣谏,举过决疑,直心不挠,不阿亲戚,臣之事也。"司马诸稽郢曰:"望敌设阵,飞矢扬兵,贪进不退,流血滂滂,臣之事也。"司农皋如曰:"躬亲抚民,吊死存疾,食不二味,蓄陈储新,臣之事也。"太史计倪曰:"候天察地,纪历阴阳,福见知吉,妖出知凶,臣之事也。"句践曰:"孤虽入于北国,为吴穷虏,诸大夫怀德抱术,各显所长,以保社稷,孤何忧焉!"乃留众大夫守国,独与范蠡偕行,君臣别于江口,无不流涕。句践仰天叹曰:"死者,人之所畏,若孤之闻死,胸中绝无怵惕。"遂登船径去。送者皆哭拜于江岸下,越王终不返顾。有诗

第 八 十 回

为证：

> 斜阳山外片帆开，风卷春涛动地回。
> 今日一樽沙际别，何时重见渡江来？

越夫人乃据舷而哭，见乌鹊啄江渚之虾，飞去复来，意甚闲适，因哭而歌之，曰：

> 仰飞鸟兮乌鸢[11]，凌玄虚[12]兮翩翩；集洲渚兮优恣[13]，奋健翮兮云间；啄素虾兮饮水，任厥性兮往还。妾无罪兮负地，有何辜兮谴天？风飘飘兮西往，知再返兮何年？心掇掇兮若割，泪泫泫兮双悬！

越王闻夫人怨歌，心中内恸，强笑以慰夫人之心曰："孤之六翮[14]备矣，高飞有日，复何忧哉！"

越王既入吴界，先遣范蠡见太宰伯嚭于吴山，复以金帛女子献之。嚭问曰："文大夫何以不至？"蠡曰："为吾主守国，不得偕来也。"嚭遂随范蠡来见越王，越王深谢其覆庇之德。嚭一力担承，许以返国，越王之心稍安。伯嚭引军押送越王，至于吴下[15]，引入见吴王。句践肉袒伏于阶下，夫人亦随之。范蠡将宝物女子，开单呈献于下。越王再拜稽首曰："东海役臣句践，不自量力，得罪边境。大王赦其深辜，使执箕帚，诚蒙厚恩，得保须臾之命，不胜感戴！句践谨叩首顿首。"夫差曰："寡人若念先君之仇，子今日无生理！"句践复叩首曰："臣实当死，惟大王怜之！"时子胥在旁，目若燎火[16]，声如雷霆，乃进曰："夫飞鸟在青云之上，尚欲弯弓而射之，况近集于庭庑乎？句践为人机险，今为釜中之鱼，命制庖人，故诡词令色，以求免刑诛。一旦稍得志，如放虎于山，纵鲸于海，不复可制矣！"夫差曰："孤闻诛降杀服，祸及三世。孤非爱越而不诛，恐见咎于天耳！"太宰嚭曰："子胥明于一时之计，不知安国之道。吾王诚仁者之言也！"子胥见吴王信伯嚭之佞言，不用其谏，愤愤而退。夫差受越贡献之物，使王孙雄于阖闾墓侧，筑一石室，将句践夫妇贬入其中，去其衣冠，蓬首垢衣，执养马之事。伯嚭私馈食物，仅不至于饥饿。吴王每驾车出游，句践执马箠[17]步行车前，吴人皆指曰："此越王也！"句践低首而已。有诗为证：

  堪叹英雄值坎坷，平生意气尽销磨。

  魂离故苑归应少，恨满长江泪转多。

句践在石室二月，范蠡朝夕侍侧，寸步不离。忽一日，夫差召句践入见，句践跪伏于前，范蠡立于后。夫差谓范蠡曰："寡人闻哲妇[18]不嫁破亡之家，名贤不官灭绝之国。今句践无道，国已将亡，子君臣并为奴仆，羁囚一室，岂不鄙乎？寡人欲赦子之罪，子能改过自新，弃越归吴，寡人必当重用。去忧患而取富贵，子意何如？"时越王伏地流涕，惟恐范蠡之从吴也。只见范蠡稽首而对曰："臣闻亡国之臣，不敢语政；败军之将，不敢语勇。臣在越不忠不信，不能辅越王为善，致得罪于大王，幸大王不即加诛，得君臣相保，入备扫除，出给趋走，臣愿足矣。尚敢望富贵哉？"夫差曰："子既不移其志，可仍归石室。"蠡曰："谨如君命。"夫差起，入宫中。句践与范蠡趋入石室。越王服犊鼻[19]，着樵头[20]，斫剉[21]养马。夫人衣无缘之裳[22]，施左关之襦[23]，汲水除粪洒扫。范蠡拾薪炊爨，面目枯槁。夫差时使人窥之，见其君臣力作，绝无几微怨恨之色，终夜亦无愁叹之声，以此谓其无志思乡，置之度外。

  一日，夫差登姑苏台，望见越王及夫人端坐于马粪之旁，范蠡操箠而立于左，君臣之礼存，夫妇之仪具。夫差顾谓太宰嚭曰：

第八十回

"彼越王不过小国之君,范蠡不过一介之士,虽在穷厄之地,不失君臣之礼,寡人心甚敬之。"伯嚭对曰:"不惟可敬,亦可怜也。"夫差曰:"诚如太宰之言,寡人目不忍见。倘彼悔过自新,亦可赦乎?"嚭对曰:"臣闻无德不复。大王以圣王之心,哀孤穷之士,加恩于越,越岂无厚报?愿大王决意。"夫差曰:"可命太史择吉日,赦越王归国。"伯嚭密遣家人以五鼓投石室,将喜信报知句践。句践大喜,告于范蠡。蠡曰:"请为王占之。今日戊寅,以卯时闻信,戊为囚日,而卯复溇戊。其繇曰:'天网四张,万物尽伤,祥反为殃。'虽有信,不足喜也。"句践闻言,喜变为忧。

却说子胥闻吴王将赦越王,急入见曰:"昔桀囚汤而不诛,纣囚文王而不杀,天道还反,祸转成福,故桀为汤所放,商为周所灭。今大王既囚越君,而不行诛,诚恐夏、殷之患至矣。"夫差因子胥之言,复有杀越王之意,使人召之。伯嚭复先报句践,句践大惊,又告于范蠡。蠡曰:"王勿惧也。吴王囚王已三年矣。彼不忍于三年,而能忍于一日乎?去必无恙。"句践曰:"寡人所以隐忍不死者,全赖大夫之策耳。"乃入城来见吴王,候之三日,吴王并不视朝。伯嚭从宫中出,奉吴王之命,使句践复归石室。句践怪问其故,伯嚭曰:"王惑子胥之言,欲加诛戮,所以相召。适王感寒疾不能起,某入宫问疾,因言'禳灾宜作福事。今越王俯匍待诛于阙下,怨苦之气,上干于天。王宜保重,且权放还石室,待疾愈而图之。'王听某之言,故遣君出城耳。"句践感谢不已。

句践居石室,忽又三月,闻吴王病尚未愈,使范蠡卜其吉凶。蠡布卦已成,对曰:"吴王不死,至己巳日当减,壬申日必全愈。愿大王请求问疾,倘得入见,因求其粪而尝之,观其颜色,再拜称贺,言病起之期。至期若愈，必然心感大王，而赦可望矣。"句践垂泪言曰："孤虽不肖，亦曾南面为君，奈何含污忍辱，为人尝泄便乎？"蠡对曰："昔纣囚西伯于羑里，杀其子伯邑考[24]，烹而饷之，西伯忍痛而食子肉。夫欲成大事者，不矜细行。吴王有妇人之仁，而无丈夫之决，已欲赦越，忽又中变，不如此，何以取其怜乎？"句践即日投太宰府中，见伯嚭曰："人臣之道，主疾则臣忧。今闻主公抱疴不瘳，句践心孤失望，寝食不安，愿从太宰问疾，以伸臣子之情。"嚭曰："君有此美意，敢不转达。"伯嚭入见吴王，曲道句践相念之情，愿入问疾。夫差在沉困之中，怜其意而许之。嚭引句践入于寝室，夫差强目视曰："句践亦来见孤耶？"句践叩首奏曰："囚臣闻龙体失调，如摧肝肺，欲一望颜色而无由也。"言未毕，夫差觉腹涨欲便，麾使出。句践曰："臣在东海，曾事医师，观人泄便，能知疾之瘥剧。"乃拱立于户下。侍人将馀桶近床，扶夫差便讫，将出户外。句践揭开桶盖，手取其粪，跪而尝之。左右皆掩鼻。句践复入叩首曰："囚臣敢再拜敬贺大王，王之疾，至己巳日有瘳，交三月壬申全愈矣。"夫差曰："何以知之？"句践曰："臣闻于医师：'夫粪者，谷味也。顺时气则生，逆时气则死。'今囚臣窃尝大王之粪，味苦且酸，正应春夏发生之气，是以知之。"夫差大悦曰："仁哉句践也！臣子之事君父，孰肯尝粪而决疾者？"时太宰嚭在旁，夫差问曰："汝能乎？"嚭摇首曰："臣虽甚爱大王，然此事亦不能。"夫差曰："不但太宰，虽吾太子亦不能也。"即命句践离其石室，就便栖止，"待孤疾瘳，即当遣伊还国。"句践再拜谢恩而出。自此僦居民舍，执牧养之事如故。

夫差病果渐愈，一一如句践所刻之期。心念其忠，既出朝，命

第八十回

置酒于文台[25]之上,召句践赴宴。句践佯为不知,仍前囚服而来。夫差闻之,即令沐浴,改换衣冠。句践再三辞谢,方才奉命。更衣入谒,再拜稽首。夫差慌忙扶起,即出令曰:"越王仁德之人,焉可久辱!寡人将释其囚役,免罪放还。今日为越王设北面[26]之坐,群臣以客礼事之。"乃揖让使就客坐,诸大夫皆列坐于旁。子胥见吴王忘仇待敌,心中不忿,不肯入坐,拂衣而出。伯嚭进曰:"大王以仁者之心,赦仁者之过。臣闻同声相和,同气相求。今日之坐,仁者宜留,不仁者宜去。相国刚勇之夫,其不坐,殆自惭乎?"夫差笑曰:"太宰之言当矣。"酒三行,范蠡与越王俱起进觞,为吴王寿;口致祝辞曰:

> 皇王在上,恩播阳春;其仁莫比,其德日新。於乎休哉[27]!传德无极;延寿万岁,长保吴国。四海咸承,诸侯宾服;觞酒既升,永受万福!

吴王大悦,是日尽醉方休。命王孙雄送句践于客馆:"三日之内,孤当送尔归国。"至次早,子胥入见吴王曰:"昨日大王以客礼待仇人,果何见也?句践内怀虎狼之心,外饰温恭之貌,大王爱须臾之谀,不虑后日之患,弃忠直而听谗言,溺小仁而养大仇。譬如纵毛于炉炭之上,而幸其不焦;投卵于千钧之下,而望其必全,岂可得耶?"吴王怫然曰:"寡人卧疾三月,相国并无一好言相慰,是相国之不忠也;不进一好物相送,是相国之不仁也。为人臣不仁不忠,要他何用!越王弃其国家,千里来归寡人,献其货财,身为奴婢,是其忠也;寡人有疾,亲为尝粪,略无怨恨之心,是其仁也。寡人若徇相国私意,诛此善士,皇天必不佑寡人矣。"子胥曰:"王何言之相反也。夫虎卑其势,将有击也;狸缩其身,将有取也。越王入臣于吴,怨恨在心,大王何得知之?其下尝大王之粪,实上食大王之心,王若不察,中其奸谋,吴必为擒矣。"吴王曰:"相国置之勿言,寡人意已决!"子胥知不可谏,遂郁郁而退。

至第三日,吴王复命置酒于蛇门[28]之外,亲送越王出城。群臣皆捧觞饯行,惟子胥不至。夫差谓句践曰:"寡人赦君返国,君当念吴之恩,勿记吴之怨。"句践稽首曰:"大王哀臣孤穷,使得生还故国,当生生世世,竭力报效。苍天在上,实鉴臣心,如若负吴,皇天不佑!"夫差曰:"君子一言为定,君其遂行。勉之,勉之!"句践再拜跪伏,流涕满面,有依恋不舍之状。夫差亲扶句践登车,范蠡执御,夫人亦再拜谢恩,一同升辇,望南而去。时周敬王二十九年[29]事也。史臣有诗云:

越王已作釜中鱼,岂料残生出会稽?

可笑夫差无远虑,放开罗网纵鲸鲵。

句践回至浙江之上,望见隔江山川重秀,天地再清,乃叹曰:"孤自意永辞万民,委骨异域,岂期复得返国而奉祀乎?"言罢,与夫人相向而泣,左右皆感动流泪。文种早知越王将至,率守国群臣,城中百姓,拜迎于浙水之上,欢声动地。句践命范蠡卜日到国。蠡屈指曰:"异哉,王之择日也,无如来日最吉。王宜疾趋以应之。"于是策马飞舆,星夜还都。告庙临朝,都不必叙。

句践心念会稽之耻,欲立城于会稽,迁都于此,以自警惕,乃专委其事于范蠡。蠡乃观天文,察地理,规造新城,包会稽山于内。西北立飞翼楼于卧龙山[30],以象天门;东南伏漏石窦,以象地户[31]。外郭周围,独缺西北,扬言:"已臣服于吴,不敢壅塞贡献之道",实阴图进取之便。城既成,忽然城中涌出一山,周围数里,其象如龟,天生草木盛茂,有人认得此山,乃琅琊东武山[32],不知何故,一夕飞至。范蠡奏曰:"臣之筑城,上应天象,故天降昆仑[33],以启越之伯也。"越王大喜,乃名其山曰怪山,亦曰飞来山,亦曰龟山[34]。于山巅立灵台,建三层楼,以望灵物。制度俱备,句践自诸暨[35]迁而居之,谓范蠡曰:"孤实不德,以至失国亡家,身为奴隶,苟非相国及诸大夫赞助,焉有今日?"蠡曰:"此乃大王之福,非臣等之功也。但愿大王时时勿忘石室之苦,则越国可兴,而吴仇可报矣。"句践曰:"敬受教!"于是以文种治国政,以范蠡治军旅,尊贤礼士,敬老恤贫,百姓大悦。越王自尝粪之后,常患口臭。范蠡知城北有山,出蔬菜一种,其名曰蕺[36],可食,而微有气息。乃使人采蕺,举朝食之,以乱其气。后人因名其山曰蕺山[37]。

句践迫欲复仇,乃苦身劳心,夜以继日。目倦欲合,则攻之以蓼[38];足寒欲缩,则渍之以水。冬常抱冰,夏还握火;累薪而卧,不用床褥。又悬胆于坐卧之所,饮食起居,必取而尝之。中夜潜泣,泣而复啸。会稽二字,不绝于口。以丧败之馀,生齿亏减,乃著令使壮者勿娶老妻,老者勿娶少妇。女子十七不嫁,男子二十不娶,其父母俱有罪。孕妇将产,告于官,使医守之。生男赐以壶酒一犬,生女赐以壶酒一豚;生子三人,官养其二,生子二人,官养其一。有死者,亲为哭吊。每出游,必载饭与羹于后车,遇童子,必铺而啜之,问其姓名。遇耕时,躬身秉耒。夫人自织,与民间同其劳苦。七年不收民税。食不加肉,衣不重采。惟问候之使,无一月不至于吴。复使男女入山采葛,作黄丝细布,欲献吴王。尚未及进,

夫差违谏释越　句践竭力事吴

　　吴王嘉句践之顺，使人增其封。于是东至句甬[39]，西至檇李，南至姑蔑[40]，北至平原[41]，纵横八百馀里，尽为越壤。句践乃治葛布十万匹，甘蜜百坛，狐皮五双，晋竹[42]十艘，以答封地之礼。夫差大悦，赐越王羽毛之饰。子胥闻之，称疾不朝。

　　夫差见越已臣服不贰，遂深信伯嚭之言。一日，问伯嚭曰："今日四境无事，寡人欲广宫室以自娱，何地相宜？"嚭奏曰："吴都之下，崇台胜境，莫若姑苏，然前王所筑，不足以当巨览。王不若重将此台改建，令其高可望百里，宽可容六千人，聚歌童舞女于上，可以极人间之乐矣。"夫差然之。乃悬赏购求大木。文种闻之，进于越王曰："臣闻，高飞之鸟，死于美食；深泉之鱼，死于芳饵。今王志在报吴，必先投其所好，然后得制其命。"句践曰："虽得其所好，岂遂能制其命乎？"文种对曰："臣所以破吴者有七术：一曰捐货币，以悦其君臣；二曰贵籴粟槁[43]，以虚其积聚；三曰遗美女，以惑其心志；四曰遗之巧工良材，使作宫室，以罄其财；五曰遗之谀臣，以乱其谋；六曰强其谏臣使自杀，以弱其辅；七曰积财练兵，以承其弊。"句践曰："善哉！今日先行何术？"文种对曰："今吴王方改筑姑苏台，宜选名山神材，奉而献之。"越王乃使木工三千馀人，入山伐木，经年无所得。工人思归，皆有怨望之心，乃歌《木客之吟》曰：

　　　　朝采木，暮采木，朝朝暮暮入山曲，穷岩绝壑徒往复。天不生兮地不育，木客何辜兮，受此劳酷？

每深夜长歌，闻者凄绝。忽一夜，天生神木一双，大二十围，长五十寻[44]，在山之阳者曰梓，在山之阴者曰楠。木工惊眙，以为目未经见，奔告越王。群臣皆贺曰："此大王精诚格天，故天生神木，以

第 八 十 回

慰王衷也。"句践大喜,亲往设祭而后伐之。加以琢削磨砻,用丹青错画为五采龙蛇之文,使文种浮江而至,献于吴王曰:"东海贱臣句践,赖大王之力,窃为小殿,偶得巨材,不敢自用,敢因下吏献于左右。"夫差见木材异常,不胜惊喜。子胥谏曰:"昔桀起灵台[45],纣起鹿台[46],穷竭民力,遂致灭亡。句践欲害吴,故献此木,王勿受之。"夫差曰:"句践得此良材,不自用而献于寡人,乃其好意,奈何逆之?"遂不听,乃将此木建姑苏之台。三年聚材,五年方成,高三百丈,广八十四丈,登台望彻二百里。旧有九曲径以登山,至是更广之。百姓昼夜并作,死于疲劳者,不可胜数。有梁伯龙[47]诗为证:

千仞高台面太湖,朝钟暮鼓宴姑苏。

威行海外三千里,霸占江南第一都。

越王闻之,谓文种曰:"子所云'遗之巧匠良材,使作宫室,以尽其财。'此计已行。今崇台之上,必妙选歌舞以充之,非有绝色,不足侈其心志。子其为寡人谋之!"文种对曰:"兴亡之数,定于上天,既生神木,何患无美女。但搜求民间,恐惊动人心;臣有一计,可阅国中之女子,惟王所择。"不知文种说出甚计,且看下回分解。

〔1〕 萧然:冷落萧条的样子。

〔2〕 汤囚于夏台:夏台,又名钧台,在今河南禹州市南。相传汤曾被夏桀囚于此。

〔3〕 文王系于羑(yǒu 有)里:羑里,古城名,一名牖里,在今河南汤阴县北。《史记·殷本纪》:"纣囚西伯(文王)羑里。"

〔4〕 浙江:江水名。源出新安江、兰溪,下流分段称桐江、富春江、钱塘江。总称为浙江。

〔5〕 固陵:古地名,在今浙江杭州市萧山区西十二里。吴越时称西兴。《水经注》:"昔范蠡筑城于浙江之滨,言可以固守,谓之固陵。"

〔6〕 祖道:祖,道路之神。出行前祭祀路神,后成为饯行的代称。

〔7〕 福堂:福德聚集之处。

〔8〕 淹滞:本指沉抑下僚,此处引申为不走运,倒霉。

〔9〕 行人:古官名,掌朝觐聘问。《周官》有大行人、小行人,属秋官。春秋时各国皆有行人之职,掌各种交际之事。

〔10〕 司直:古官名。掌管监察,纠举不法等事。

〔11〕 乌鸢(yuān 渊):乌鸦、老鹰,均为贪食之鸟。

〔12〕 玄虚:指天空、苍穹。

〔13〕 优恣:优游自在。

〔14〕 六翮(hé 河):翮,鸟羽毛。六翮,代指双翅。

〔15〕 吴下:即吴都姑苏。下,用于名词之后表示处所。

〔16〕 熛(biāo 彪)火:闪动的火焰。

〔17〕 箠(chuí 垂):马鞭。

〔18〕 哲妇:足智多谋之妇女。

〔19〕 犊鼻:即犊鼻裈。指短裤、围裙。

〔20〕 樵头:指樵夫用以束发的头巾,泛指粗布头巾。

〔21〕 斫剉(cuò 错):剁切草料。

〔22〕 无缘之裳:指不缝边的衣服。

〔23〕 左关之襦:疑即左衽。即前襟向左。此亦为死者的葬服。《礼记·丧大记》疏:"生乡(向)右,左手解袖带便也;死则襟乡(向)左,示不复解也。"句践夫人着葬服,以示待死之意。

〔24〕 伯邑考:周文王之长子。被杀事见《礼记·檀弓上》、《淮南子·氾

第 八 十 回

论训》。

〔25〕 文台:应为吴都城内之高台。

〔26〕 北面:坐北朝南,乃君王之位。

〔27〕 於(wū 乌)乎:即呜乎。休哉:美哉。

〔28〕 蛇门:即吴都之南门。见第七十四回。

〔29〕 周敬王二十九年:即公元前 491 年。

〔30〕 卧龙山:山名。在今浙江绍兴市西。

〔31〕 地户:地门。古时相传天有门,地有户;天门在西北,地户在东南。《河图括地象》:"天不足西北,地不足东南。西北为天门,东南为地户。天门无上,地户无下。"

〔32〕 琅玡东武山:琅玡,古郡名,在今山东胶南、诸城市一带。东武山在其郡内,传说后徙于会稽。《神异记》:"琅玡东武山,徙于会稽,压杀百姓。"《搜神记》卷六亦有类似记载。

〔33〕 昆仑:即昆仑山,此处作山的代称。

〔34〕 龟山:山名。在今绍兴市东,亦名宝林山。

〔35〕 诸暨:越之旧都,自越王允常时即定都于此。即今浙江诸暨市。

〔36〕 蕺(jí 集):蕺菜,一名菹菜,俗称鱼腥草,其叶有腥气,可入药。

〔37〕 蕺山:山名。在今浙江绍兴市东北,因多产蕺菜而得名。

〔38〕 蓼(liǎo 了):植物名。有水蓼、马蓼、辣蓼等,味辛辣,有刺激性。

〔39〕 句甬:旧注为东海,但具体地点不详。疑即今浙江舟山群岛。即第八十三回之甬东,又称甬句东。

〔40〕 姑蔑:地名。在浙江西部衢州市东北。《国语·越语》:"句践之地,西至于姑蔑。"

〔41〕 平原:地名,《越绝书》作"武原",在今浙江海盐县。

〔42〕 晋竹:即箭竹。晋,古音箭,故通。

〔43〕 粟槀(gǎo 皋):指干燥易存的粮食。

972

〔44〕 寻:长度单位,八尺曰寻。

〔45〕 灵台:夏桀所筑之灵台,于史无考。《诗经·大雅·灵台》中"经始灵台",乃周文王所筑。地在今西安市西北。

〔46〕 鹿台:纣王所筑著名台观,在今河南汤阴县朝歌镇南,其大三里,高千尺。纣王兵败后,自焚于此。

〔47〕 梁伯龙:即明代著名戏曲家梁辰鱼。著有《浣纱记》,演吴越相争事。

第八十一回

美人计吴宫宠西施　言语科子贡说列国

话说越王句践欲访求境内美女,献于吴王,文种献计曰:"愿得王之近竖百人,杂以善相人者,使挟其术,遍游国中,得有色者,而记其人地,于中选择,何患无人?"句践从其计。半年之中,开报美女,何止二十餘人。句践更使人覆视,得尤美者二人,因图其形以进。那二人是谁?西施,郑旦。那西施乃苎萝山[1]下采薪者之女。其山有东西二村,多施姓者,女在西村,故以西施别之。郑旦亦在西村,与施女毗邻,临江而居,每日相与浣纱于江,红颜花貌,交相映发,不啻如并蒂之芙蓉[2]也。句践命范蠡各以百金聘之。服以绮罗之衣,乘以重帷之车,国人慕美人之名,争欲识认,都出郊外迎候,道路为之壅塞。范蠡乃停西施、郑旦于别馆,传谕:"欲见美人者,先输金钱一文。"设柜收钱,顷刻而满。美人登朱楼,凭栏而立,自下望之,飘飘乎天仙之步虚矣。美人留郊外三日,所得金钱无算,悉辇于府库,以充国用。句践亲送美人别居土城[3],使老乐师教之歌舞,学习步容,俟其艺成,然后敢进吴邦。时周敬王三十一年[4],句践在位之七年也。

先一年,齐景公杵臼薨,幼子荼[5]嗣立。是年楚昭王轸薨,世子章[6]嗣立。其时楚方多故,而晋政复衰,齐自晏婴之死,鲁因孔子之去,国俱不振,独吴国之强,甲于天下。夫差恃其兵力,有荐食山东之志,诸侯无不畏之。就中单说齐景公夫人燕姬,有子而夭,诸公子庶出者,凡六人,阳生最长,荼最幼。荼之母鬻姒贱而有宠,景公因母及子,爱荼特甚,号为安孺子。景公在位五十七年,年已七十馀岁,不肯立世子,欲待安孺子长成,而后立之。何期一病不起,乃属世臣国夏、高张,使辅荼为君。大夫陈乞,素与公子阳生相结,恐阳生见诛,劝使出避。阳生遂与其子壬及家臣阚止,同奔鲁国。景公果使国、高二氏逐群公子,迁于莱邑[7]。景公薨,安孺子荼既立,国夏、高张左右秉政。陈乞阳为承顺,中实忌之。遂于诸大夫面前,诡言:"高、国有谋,欲去旧时诸臣,改用安孺子之党。"诸大夫信之,皆就陈乞求计。陈乞因与鲍牧倡首,率诸大夫家众,共攻高、国,杀高张,国夏出奔莒国。于是鲍牧为右相,陈乞为左相,立国书、高无平以继二氏之祀。安孺子年才数岁,言动随人,不能自立。陈乞有心要援立公子阳生,阴使人召之于鲁。阳生夜至齐郊,留阚止与其子壬于郊外,自己单身入城,藏于陈乞家中。陈乞假称祀先,请诸大夫至家,共享祭馀。诸大夫皆至。鲍牧别饮于他所,最后方到。陈乞候众人坐定,乃告曰:"吾新得精甲,请共观之。"众皆曰:"愿观。"于是力士负巨囊自内门出,至于堂前。陈乞手自启囊,只见一个人,从囊中伸头出来,视之,乃公子阳生也。众人大惊。陈乞扶阳生出,南向立,谓诸大夫曰:"立子以长,古今通典。安孺子年幼,不堪为君,今奉鲍相国之命,请改事长公子。"鲍牧睁目言曰:"吾本无此谋,何得相诬?欺我醉耶?"阳生向鲍牧揖曰:"废兴之事,何国无之?惟义所在。大夫度义可否,何问谋之有无?"陈乞不待言终,强拉鲍牧下拜。诸大夫不得已,皆北面稽首。陈乞同诸大夫歃血定盟。车乘已具,齐奉阳生升车入朝,御殿即位,是为悼公[8]。即日迁安孺子于宫外,杀之。悼公疑鲍牧不欲立己,访于陈乞。乞亦忌牧位在己上,遂阴谮牧与群公子有交,不诛牧,国终不靖。于是悼公复诛鲍牧,立鲍息,以存鲍叔牙之祀。陈乞独相齐国。国人见悼公诛杀无辜,颇有怨言。

再说悼公有妹,嫁与邾子益为夫人。益傲慢无礼,与鲁不睦。鲁上卿季孙斯言于哀公[9],引兵伐邾,破其国,执邾子益,囚于负瑕[10]。齐悼公大怒曰:"鲁执邾君,是欺齐也。"遂遣使乞师于吴,约同伐鲁。夫差喜曰:"吾欲试兵山东,今有名矣!"遂许齐出师。鲁哀公大惧,即释放邾子益复归其国,使人谢齐。齐悼公使大夫公孟绰辞于吴王,言:"鲁已服罪,不敢劳大王之军旅。"夫差怒曰:"吴师行止,一凭齐命,吴岂齐之属国耶?寡人当亲至齐国,请问前后二命之故。"叱公孟绰使退。鲁闻吴王怒齐,遂使人送款与吴,反约吴王同伐齐国。夫差欣然即日起师,同鲁伐齐,围其南鄙。齐举国惊惶,皆以悼公无端召寇,怨言益甚。时陈乞已卒,子陈恒秉政,乘国人不顺,谓鲍息曰:"子盍行大事,外解吴怨,而内以报家门之仇?"息辞以不能。恒曰:"吾为子行之。"乃因悼公阅师,进鸩酒,毒杀悼公,以疾讣于吴军曰:"上国膺受天命,寡君得罪,遂遘暴疾,上天代大王行诛,幸赐矜恤,勿陨社稷,愿世世服事上国。"夫差乃班师而退,鲁师亦归。国人皆知悼公死于非命,因畏爱陈氏,无敢言者。陈恒立悼公之子壬,是为简公[11]。简公欲分陈氏之权,乃以陈恒为右相,阚止为左相。昔人论齐祸皆启于景公。诗曰：

> 从来溺爱智逾昏，继统如何乱弟昆？
> 莫怨强臣与强寇，分明自己凿凶门[12]。

时越王教习美女三年，技态尽善，饰以珠幌，坐以宝车，所过街衢，香风闻于远近，又以美婢旋波、移光等六人为侍女，使相国范蠡进之吴国。夫差自齐回吴，范蠡入见，再拜稽首曰："东海贱臣句践，感大王之恩，不能亲率妻妾，伏侍左右。遍搜境内，得善歌舞者二人，使陪臣纳之王宫，以供洒扫之役。"夫差望见，以为神仙之下降也，魂魄俱醉。子胥谏曰："臣闻夏亡以妹喜，殷亡以妲己，周亡以褒姒。夫美女者，亡国之物，王不可受！"夫差曰："好色，人之同心。句践得此美女不自用，而进于寡人，此乃尽忠于吴之证也。相国勿疑。"遂受之。二女皆绝色，夫差并宠爱之，而妖艳善媚，更推西施为首。于是西施独夺歌舞之魁，居姑苏之台，擅专房之宠，出入仪制，拟于妃后。郑旦居吴宫，妒西施之宠，郁郁不得志，经年而死。夫差哀之，葬于黄茅山[13]，立祠祀之。此是后话。

且说夫差宠幸西施，令于孙雄特建馆娃宫于灵岩之上，铜沟玉槛，饰以珠玉，为美人游息之所。建响屧廊，何为响屧？屧乃鞋名，凿空廊下之地，将大瓮铺平，覆以厚板，令西施与宫人步屧绕之，铮铮有声，故名响屧。今灵岩寺圆照塔前小斜廊，即其址也。高启[14]《馆娃宫》诗云：

> 馆娃宫中馆娃阁，画栋侵云峰顶开。
> 犹恨当时高未极，不能望见越兵来！

王禹偁[15]有《响屧廊》诗云：

廊坏空留响屧名,为因西子绕廊行。

可怜伍相终尸谏[16],谁记当时曳履声!

山上有玩花池,玩月池。又有井,名吴王井,井泉清碧,西施或照泉而妆,夫差立于旁,亲为理发。又有洞名西施洞,夫差与西施同坐于此。洞外石有小陷,今俗名西施迹。又尝与西施鸣琴于山巅,今有琴台。又令人种香于香山,使西施与美人泛舟采香。今灵岩山南望,一水直如矢,俗名箭泾,即采香泾故处。又有采莲泾,在郡城[17]东南,吴王与西施采莲处。又于城中开凿大濠,自南直北,作锦帆以游,号锦帆泾。高启诗云:

吴王在日百花开,画船载乐洲边来。

吴王去后百花落,歌吹无闻洲寂寞。

花开花落年年春,前后看花应几人?

但见枝枝映流水,不知片片堕行尘。

年年风雨荒台畔,日暮黄鹂肠欲断。

岂惟世少看花人,从来此地无花看。

又城南有长洲苑,为游猎之所。又有鱼城养鱼,鸭城畜鸭,鸡陂畜鸡,酒城造酒。又尝与西施避暑于西洞庭[18]之南湾,湾可十馀里,三面皆山,独南面如门阙。吴王曰:"此地可以消夏。"因名消夏湾。张羽[19]又有《苏台歌》云:

馆娃宫中百花开,西施晓上姑苏台。

霞裙翠袂当空举,身轻似展凌风羽。

遥望三江[20]水一杯,两点[21]微茫洞庭树。

转面凝眸未肯回,要见君王射麋处。

城头落日欲栖鸦,下阶戏折棠梨花。

隔岸行人莫倚盼，干将莫邪光粲粲。

夫差自得西施，以姑苏台为家，四时随意出游，弦管相逐，流连忘返。惟太宰嚭、王孙雄常侍左右，子胥求见，往往辞之。

越王句践闻吴王宠幸西施，日事游乐，复与文种谋之。文种对曰："臣闻国以民为本，民以食为天。今岁年谷歉收，粟米将贵，君可请贷于吴，以救民饥。天若弃吴，必许我贷。"句践即命文种以重币贿伯嚭，使引见吴王。吴王召见于姑苏台之宫，文种再拜请曰："越国洿下[22]，水旱不调，年谷不登，人民饥困。愿从大王乞太仓之谷万石，以救目前之馁，明年谷熟，即当奉偿。"夫差曰："越王臣服于吴，越民之饥，即吴民之饥也，吾何爱积谷，不以救之？"时子胥闻越使至，亦随至苏台，得见吴王，及闻许其请谷，复谏曰："不可，不可！今日之势，非吴有越，即越有吴。吾观越王之遣使者，非真饥困而乞籴也，将以空吴之粟也。与之不加亲，不与未成仇，王不如辞之。"吴王曰："句践因于吾国，却行马前，诸侯莫不闻知。今吾复其社稷，恩若再生，贡献不绝，岂复有背叛之虞乎？"子胥曰："吾闻越王早朝晏罢，恤民养士，志在报吴，大王又输粟以助之，臣恐麋鹿将游于姑苏之台矣。"吴王曰："句践业已称臣，乌有臣而伐君者？"子胥曰："汤伐桀，武王伐纣，非臣伐君乎？"伯嚭从旁叱之曰："相国出言太甚，吾王岂桀、纣之比耶？"因奏曰："臣闻葵邱之盟，遏籴有禁，为恤邻也。况越，吾贡献之所自出乎？明岁谷熟，责其如数相偿，无损于吴，而有德于越，何惮而不为也？"夫差乃与越粟万石，谓文种曰："寡人逆群臣之议，而输粟于越，年丰必偿，不可失信！"文种再拜稽首曰："大王哀越而救其饥馁，敢不如约。"文种领谷万石，归越，越王大喜，群臣皆呼："万岁！"句践即以粟颁赐国中之贫民,百姓无不颂德。

次年,越国大熟,越王问于文种曰:"寡人不偿吴粟,则失信;若偿之,则损越而利吴矣。奈何?"文种对曰:"宜择精粟,蒸而与之,彼爱吾粟,而用以布种,吾计乃得矣。"越王用其计,以熟谷还吴,如其斗斛之数。吴王叹曰:"越王真信人也!"又见其谷粗大异常,谓伯嚭曰:"越地肥沃,其种甚嘉,可散与吾民植之。"于是国中皆用越之粟种,不复发生,吴民大饥,夫差犹认以为地土不同,不知粟种之蒸熟也。文种之计亦毒矣!此周敬王三十六年[23]事也。

越王闻吴国饥困,便欲兴兵伐吴。文种谏曰:"时未至也,其忠臣尚在。"越王又问于范蠡,蠡对曰:"时不远矣!愿王益习战以待之。"越王曰:"攻战之具,尚未备乎?"蠡对曰:"善战者,必有精卒,精卒必有兼人之技,大者剑戟,小者弓弩,非得明师教习,不得尽善。臣访得南林有处女,精于剑戟;又有楚人陈音,善于弓矢,王其聘之。"越王分遣二使,持重币往聘处女及陈音。

单说处女不知名姓,生于深林之中,长于无人之野,不由师傅,自然工于击刺。使者至南林,致越王之命,处女即随使北行。至山阴道中,遇一白须老翁,立于车前,问曰:"来者莫非南林处女乎?有何剑术,敢受越王之聘?愿请试之!"处女曰:"妾不敢自隐,惟公指教!"老翁即挽林内之竹,如摘腐草,欲以刺处女。竹折,末堕于地,处女即接取竹末,以刺老翁。老翁忽飞上树,化为白猿,长啸一声而去。使者异之。处女见越王,越王赐坐,问以击刺之道。处女曰:"内实精神,外示安佚,见之如好妇,夺之似猛虎。布形候气,与神俱往,捷若腾兔,追形逐影,纵横往来,目不及瞬。得吾道者,一人当百,百人当万。大王不信,愿得试之。"越王命勇士百人,攒戟以刺处女。处女连接其戟而投之。越王乃服。使教习军士,军士受其教者三千人。岁馀,处女辞归南林,越王再使人请之,已不在矣。或曰:"天欲兴越亡吴,故遣神女下授剑术,以助越也。"

再说楚人陈音,以杀人避仇于越。蠡见其射必命中,言于越王,聘为射师。王问音曰:"请闻弓弩何所而始?"陈音对曰:"臣闻弩生于弓,弓生于弹[24],弹生于古之孝子。古者人民朴实,饥食鸟兽,渴饮雾露,死则裹以白茅,投于中野。有孝子不忍见其父母为禽兽所食,故作弹以守之。时为之歌曰:'断木续竹,飞土逐肉[25]。'至神农皇帝[26]兴,弦木为弧,剡木为矢,以立威于四方。有弧父[27]者,生于楚之荆山,生不见父母,自为儿时,习用弓矢,所射无脱。以其道传于羿[28],羿传于逢蒙[29],逢蒙传于琴氏[30]。琴氏以为诸侯相伐,弓矢不能制服,乃横弓著臂,施机设枢,加之以力,其名曰弩。琴氏传之楚三侯[31],楚由是世世以桃弓棘矢,备御邻国。臣之前人,受其道于楚,五世于兹矣。弩之所向,鸟不及飞,兽不及走。惟王试之!"越王亦遣士三千,使音教习于北郊之外。音授以连弩之法,三矢连续而去,人不能防。三月尽其巧。陈音病死,越王厚葬之,名其山曰陈音山[32]。此是后话。髯仙诗云:

击剑弯弓总为吴,卧薪尝胆泪几枯。

苏台歌舞方如沸,遑问邻邦事有无。

子胥闻越王习武之事,乃求见夫差,流涕而言曰:"大王信越之臣顺,今越用范蠡,日夜训练士卒,剑戟弓矢之艺,无不精良。一旦乘吾间而入,吾国祸不支矣。王如不信,何不使人察之?"夫差

第八十一回

果使人探听越国，备知处女、陈音之事，回报夫差。夫差谓伯嚭曰："越已服矣，复治兵欲何为乎？"嚭对曰："越蒙大王赐地，非兵莫守。夫治兵，乃守国之常事，王何疑焉？"夫差终不释然，遂有兴兵伐越之意。

话分两头。再说齐国陈氏，世得民心，久怀擅国之志。及陈恒嗣位，逆谋愈急，惮高、国之党尚众，思尽去之。乃奏于简公曰："鲁邻国而共吴伐齐，此仇不可忘也。"简公信其言。恒因荐国书为大将，高无平、宗楼副之，大夫公孙夏、公孙挥、闾丘明等皆从。悉车千乘，陈恒亲送其师。屯于汶水之上，誓欲灭鲁方还。时孔子在鲁，删述《诗》《书》。一日，门人琴牢[33]字子张，自齐至鲁，来见其师。孔子问及齐事，知齐兵在境上，大惊曰："鲁乃父母之国，今被兵，不可不救！"因问群弟子："谁能为某出使于齐，以止伐鲁之兵者？"子张、子石[34]俱愿往，孔子不许。子贡离席而问曰："赐可以去乎？"孔子曰："可矣。"子贡即日辞行，至汶上[35]，求见陈恒。恒知子贡乃孔门高弟，此来必有游说之语，乃预作色以待之。子贡坦然而入，旁若无人。恒迎入相见，坐定，问曰："先生此来，为鲁作说客耶？"子贡曰："赐之来，为齐非为鲁也。夫鲁，难伐之国，相国何为伐之？"陈恒曰："鲁何难伐也？"子贡曰："其城薄以卑，其池狭以浅，其君弱，大臣无能，士不习战，故曰'难伐'。为相国计，不如伐吴。吴城高而池广，兵甲精利，又有良将为守，此易攻耳。"恒勃然曰："子所言难易，颠倒不情，恒所不解。"子贡曰："请屏左右，为相国解之。"恒乃屏去从人，前席请教。子贡曰："赐闻忧在外者攻其弱，忧在内者攻其强。赐窃窥相国之势，非能与诸大臣共事者也。今破弱鲁以为诸大臣之功,而相国无与焉。诸大臣之势日盛,而相国危矣!若移师于吴,大臣外困于强敌,而相国专制齐国,岂非计之最便乎?"陈恒色顿解,欣然问曰:"先生之言,彻恒肺腑。然兵已在汶上,若移而向吴,人将疑我,奈何?"子贡曰:"但按兵勿动,赐请南见吴王,使救鲁而伐齐,如是而战吴,不患无词。"陈恒大悦,乃谓国书曰:"吾闻吴将伐齐,吾兵姑驻此,未可轻动,打探吴人动静,须先败吴兵,然后伐鲁。"国书领诺,陈恒遂归齐国。

再说子贡星夜行至东吴,来见吴王夫差,说曰:"吴、鲁连兵伐齐,齐恨入骨髓。今其兵已在汶上,将以伐鲁,其次必及吴。大王何不伐齐以救鲁?夫败万乘之齐,而收千乘之鲁,威加强晋,吴遂霸矣。"夫差曰:"前者齐许世世服事吴国,寡人以此班师。今朝聘不至,寡人正欲往问其罪。但闻越君勤政训武,有谋吴之心,寡人欲先伐越国,然后及齐未晚。"子贡曰:"不可!越弱而齐强,伐越之利小,而纵齐之患大。夫畏弱越而避强齐,非勇也;逐小利而忘大患,非智也;智勇俱失,何以争霸?大王必虑越国,臣请为大王东见越王,使亲橐鞬[36]以从下吏何如?"夫差大悦曰:"诚如此,孤之愿也。"子贡辞了吴王,东行至越。

越王句践闻子贡将至,使候人预为除道,郊迎三十里,馆之上舍,鞠躬而问曰:"敝邑僻处东海,何烦高贤远辱?"子贡曰:"特来吊君!"句践再拜稽首曰:"孤闻祸与福为邻。先生下吊,孤之福矣,请闻其说。"子贡曰:"臣今者见吴王,说以救鲁而伐齐,吴王疑越谋之,其意欲先加诛于越。夫无报人之志,而使人疑之者,拙也;有报人之志,而使人知之者,危也。"句践愕然长跪[37]曰:"先生

第八十一回

何以救我？"子贡曰："吴王骄而好佞，宰嚭专而善谗，君以重器悦其心，以卑辞尽其礼，亲率一军，从于伐齐，彼战而不胜，吴自此削矣；若战而胜，必侈然有霸诸侯之心，将以兵临强晋，如此，则吴国有间，而越可乘也。"句践再拜曰："先生之来，实出天赐。如起死人而肉白骨，孤敢不奉教！"乃赠子贡以黄金百镒，宝剑一口，良马二匹。子贡固辞不受。还见吴王，报曰："越王感大王生全之德，闻大王有疑，意甚悚惧，旦暮遣使来谢矣。"夫差使子贡就馆，留五日，越果遣文种至吴，叩首于吴王之前曰："东海贱臣句践，蒙大王不杀之恩，得奉宗祀，虽肝脑涂地，未能为报！今闻大王兴大义，诛强救弱，故使下臣种，贡上前王所藏精甲二十领，屈卢之矛[38]，步光之剑[39]，以贺军吏。句践请问师期，将悉四境之内，选士三千人，以从下吏。句践愿披坚执锐，亲受矢石，死无所惧。"夫差大悦，乃召子贡谓曰："句践果信义人也。欲率选士三千，以从伐齐之役，先生以为可否？"子贡曰："不可。夫用人之众，又役及其君，亦太过矣。不如许其师而辞其君。"夫差从之。子贡辞吴，复北往晋国，见晋定公，说曰："臣闻无远虑者，必有近忧。今吴之战齐有日矣。战而胜，必与晋争伯，君宜修兵休卒以待之。"晋侯曰："谨受教。"比及子贡反鲁，齐兵已为吴所败矣。不知吴如何败齐，再看下回分解。

---

〔1〕 苎罗山：古山名。在今浙江诸暨市南。

〔2〕 并蒂之芙蓉：指两朵花并排地长在同一根茎上的荷花。

〔3〕 土城：越地名。在会稽东六里。

〔4〕 周敬王三十一年：即公元前489年。

〔5〕 幼子荼：号安孺子，在位仅一年(前489)，故无谥号。

〔6〕 世子章：即楚惠王芈章，越女之子。在位三十二年(前488—前457)。

〔7〕 莱邑：春秋齐邑名。在今山东龙口市东南莱山，为齐边远之邑。

〔8〕 悼公：即齐景公之庶长子吕阳生，在位四年(前488—前485)。

〔9〕 哀公：鲁哀公姬蒋，鲁定公子。在位二十七年(前494—前468)。

〔10〕 负瑕：鲁地名。在今山东省济宁市兖州区西二十五里。

〔11〕 简公：齐简公吕壬，在位四年(前484—前481)。

〔12〕 凶门：旧时办丧事在门外用白绢或白布结扎成门形，以作出丧之用，称为凶门。

〔13〕 黄茅山：山名。在今苏州境内。

〔14〕 高启(1336—1374)：明初著名诗人，字季迪，长洲(今苏州)人，又号青丘子。留有《高太史全集》。

〔15〕 王禹偁(954—1001)：北宋著名文学家，字元之，巨野(今属山东)人。曾任翰林学士等职。著有《小畜集》。

〔16〕 尸谏：以死谏君，古称尸谏。

〔17〕 郡城：此指吴郡郡治。汉初置会稽郡，郡治在吴县，即此时吴都。又称吴郡。

〔18〕 西洞庭：即太湖中之洞庭西山。

〔19〕 张羽(1333—1385)：明初诗人，字来仪，吴兴人。与高启等称吴中四杰。著有《静居集》。

〔20〕 三江：此三江疑指流入太湖诸水。

〔21〕 "两点"句：太湖中有洞庭东山、洞庭西山两岛。

〔22〕 洿下：指地势低下。

〔23〕 周敬王三十六年：即公元前484年。

〔24〕 弹：即弹弓。

〔25〕 "断木续竹"二句：据《吴越春秋》，"断木"当为"断竹"之误。前句言砍竹而以弦系之。下句言奔驰以追逐野兽，获取肉食。这是先民游猎生活写照，是古代较早的一首民歌。

〔26〕 神农皇帝：五帝之一，即炎帝。教民制耒耜以兴农业，尝百草以治疾病。

〔27〕 弧父：传说中古代著名射手。

〔28〕 羿（yì义）：古之善射者。或言夏有穷氏国君，曾代夏政，不修民事，为家臣寒浞所杀。见《左传·襄公四年》。或言唐尧时人。时十日并出，羿射落九日。其妻姮娥奔月。见《楚辞·天问》、《淮南子·本经》。

〔29〕 逄（páng旁）蒙：古代善射者，羿之弟子，尽羿之技，思天下惟羿胜于己，于是杀羿。见《孟子·离娄下》。

〔30〕 琴氏：古代善射者，馀待考。

〔31〕 楚三侯：不详。疑为楚君熊渠之三子，曾僭号为王。见第十回注〔26〕。

〔32〕 陈音山：古山名。在今绍兴市西南四里。

〔33〕 琴牢：春秋卫人，字子开，一字子张，以字配姓又称琴张。

〔34〕 子石：春秋楚人，名公孙龙。孔子弟子。

〔35〕 汶上：即汶水之上。汶水出莱芜市北，经东平至梁山东南入济水。其中一段为齐鲁界河。

〔36〕 櫜（gāo高）鞬：指藏箭和弓的器具。《左传·僖三年》注："櫜以受箭，鞬以受弓。"这里泛指武器。

〔37〕 长跪：古人席地而坐，坐时两膝据地，以臀部着足跟。有所敬则伸直腰股，身躯高于坐时，故称长跪。

〔38〕 屈卢之矛：屈卢系古代造矛良匠之名。后用作良矛代称。

〔39〕 步光之剑：古剑名。曹丕《大墙上蒿行》："吴之辟闾，越之步光。"

第八十二回

杀子胥夫差争歃　纳蒯聩子路结缨

话说周敬王三十六年春,越王句践使大夫诸稽郢帅兵三千,助吴攻齐。吴王夫差遂征九郡[1]之兵,大举伐齐。预遣人建别馆于句曲[2],遍植秋梧,号曰梧宫。使西施移居避暑,俟胜齐回日,即于梧宫过夏方归。吴兵将发,子胥又谏曰:"越在,我心腹之病也;若齐,特疥癣耳。今王兴十万之师,行粮千里,以争疥癣之患,而忘大毒之在腹心,臣恐齐未必胜,而越祸已至也。"夫差怒曰:"孤发兵有期,老贼故出不祥之语,阻挠大计,当得何罪?"意欲杀之。伯嚭密奏曰:"此前王之老臣,不可加诛。王不若遣之往齐约战,假手齐人。"夫差曰:"太宰之计甚善。"乃为书数齐伐鲁慢吴之罪,命子胥往见齐君,冀其激怒而杀子胥也。子胥料吴必亡,乃私携其子伍封同行。至临淄,致吴王之命。齐简公大怒,欲杀子胥。鲍息谏曰:"子胥乃吴之忠臣,屡谏不入,已成水火。今遣来齐,欲齐杀之,以自免其谤。宜纵之使归,令其忠佞自相攻击,而夫差受其恶名矣。"简公乃厚待子胥,报以战期,定于春末。子胥原与鲍牧相识,故鲍息谏齐侯勿杀子胥也。鲍息私叩吴事,子胥垂泪不言,但引其子伍封,使拜鲍息为兄,寄居于鲍氏,今后只称王孙封,勿用伍

第八十二回

姓。鲍息叹曰："子胥将以谏死,故预谋存祀于齐耳。"不说子胥父子分离之苦。

再说吴王夫差,择日于西门出军,过姑苏台午膳,膳毕,忽然睡去,得其异梦。既觉,心中恍惚,乃召伯嚭告曰："寡人昼寝片时,所梦甚多。梦入章明宫[3],见两釜炊而不熟;又有黑犬二只,一噑南,一噑北;又有钢锹二把,插于宫墙之上;又流水汤汤,流于殿堂;后房非鼓非钟,声若锻工;前园别无他植,横生梧桐。太宰为寡人占其吉凶!"伯嚭稽首称贺曰："美哉!大王之梦,应在兴师伐齐矣。臣闻:章明者,破敌成功,声朗朗也。两釜炊而不熟者,大王德盛,气有馀也。两犬噑南噑北者,四夷宾服,朝诸侯也。两锹插宫墙者,农工尽力,田夫耕也。流水入殿堂者,邻国贡献,财货充也。后房声若锻工者,宫女悦乐,声相谐也。前园横生梧桐者,桐作琴瑟,音调和也。大王此行,美不可言。"夫差虽喜其谀,而心中终未快然。复告于王孙骆,骆对曰："臣愚昧,不能通微。城西阳山,有一异士,唤做公孙圣,此人多见博闻,大王心上狐疑,何不召而决之?"夫差曰："子即为我召来。"

骆承命,驰车往迎公孙圣。圣闻其故,伏地涕泣。其妻从旁笑曰："子性太鄙,希见人主,卒闻宣召,涕泪如雨。"圣仰天长叹曰:"悲哉!非汝所知。吾曾自推寿数,尽于今日。今将与汝永别,是以悲耳。"骆催促登车,遂相与驰至姑苏之台。夫差召而见之,告以所梦之详。公孙圣曰："臣知言而必死,然虽死不敢不言。怪哉!大王之梦,应在兴师伐齐也。臣闻:章者,战不胜,走章皇也。明者,去昭昭,就冥冥也[4]。两釜炊而不熟者,大王败走,不火食也。黑犬噑南噑北者,黑为阴类[5],走阴方也。两锹插宫墙者,越兵入吴,掘社稷也。流水入殿堂者,波涛漂没,后宫空也。后房声若锻工者,宫女为俘,长叹息也。前园横生梧桐者,桐作冥器[6],待殉葬也。愿大王罢伐齐之师,更遣太宰嚭解冠肉袒,稽首谢罪于句践,则国可安而身可保矣。"伯嚭从旁奏曰:"草野匹夫,妖言肆毁,合加诛戮!"公孙圣睁目大骂曰:"太宰居高官,食重禄,不思尽忠报主,专事谄谀,他日越兵灭吴,太宰独能保其首领乎?"夫差大怒曰:"野人无识,一味乱言,不诛,必然惑众!"顾力士石番:"可取铁锤击杀此贼!"圣乃仰天大呼曰:"皇天,皇天!知我之冤。忠而获罪,身死无辜,死后不愿葬埋,愿撇我在阳山[7]之下,后作影响[8],以报大王也。"夫差已击杀圣,使人投其尸于阳山之下,数之曰:"豺狼食汝肉,野火烧汝骨,风扬汝骸,形销影灭,何能为声响哉!"伯嚭捧觞趋进曰:"贺大王,妖孽已灭,愿进一觞,兵便可发矣。"史臣有诗云:

> 妖梦先机已兆凶,骄君尚恋伐齐功。
> 吴庭多少文和武,谁似公孙肯尽忠!

夫差自将中军,太宰嚭为副,胥门巢将上军,王子姑曹将下军,兴师十万,同越兵三千,浩浩荡荡,望山东一路进发。先遣人约会鲁哀公合兵攻齐。子胥于中途复命,称病先归,不肯从师。

却说齐将国书,屯兵汶上,闻吴、鲁连兵来伐,聚集诸将商议迎敌。忽报:"陈相国遣其弟陈逆来到。"国书同诸将迎入中军,叩问:"子行此来何意?"陈逆曰:"吴兵长驱,已过嬴、博[9],国家安危,在于呼吸。相国恐诸君不肯用力,遣小将至此督战。今日之事,有进无退,有死无生,军中只许鸣鼓,不许鸣金。"诸将皆曰:"吾等誓决一死敌!"国书传令,拔寨都起,往迎吴军。至于艾

第八十二回

陵[10]，吴将胥门巢上军先到。国书问："谁人敢冲头阵？"公孙挥欣然愿往，率领本部车马，疾驱而出。胥门巢急忙迎敌，两下交锋，约三十馀合，不分胜败。国书一股锐气，按纳不住，自引中军夹攻。军中鼓声如雷，胥门巢不能支，大败而走。国书胜了一阵，意气愈壮，令军士临阵，各带长绳一条，曰："吴俗断发，当以绳贯其首。"一军若狂，以为吴兵旦暮可扫也。胥门巢引败兵来见吴王，吴王大怒，欲斩巢以徇。巢奏曰："臣初至不知虚实，是以偶挫；若再战不胜，甘伏军法！"伯嚭亦力为劝解。夫差叱退，以大将展如代领其军。适鲁将叔孙州仇引兵来会，夫差赐以剑甲各一具，使为向导，离艾陵五里下寨。国书使人下战书，吴王批下："来日决战"。次早，两下各排阵势，夫差命叔孙州仇打第一阵，展如打第二阵，王子姑曹打第三阵。使胥门巢率越兵三千，往来诱敌。自与伯嚭引大军屯于高阜，相机救援。留越将诸稽郢于身旁观战。

却说齐军列阵方完，陈逆令诸将各具含玉[11]，曰："死即入殓！"公孙夏、公孙挥使军中皆歌送葬之词，誓曰："生还者，不为烈丈夫也！"国书曰："诸君以必死自励，何患不胜乎？"两阵对圆，胥门巢先来搦战。国书谓公孙挥曰："此汝手中败将，可便擒之。"公孙挥奋戟而出，胥门巢便走，叔孙州仇引兵接住公孙挥厮杀。胥门巢复身又来，国书恐其夹攻，再使公孙夏出车。胥门巢又走，公孙夏追之，吴阵上大将展如，引兵便接住公孙夏厮杀。胥门巢又回车帮战，恼得齐将高无平、宗楼性起，一齐出阵，王子姑曹挺身独战二将，全无惧怯。两军各自奋力，杀伤相抵。国书见吴兵不退，亲自执桴鸣鼓，悉起大军，前来助战。吴王在高阜处看得亲切，见齐兵十分奋勇，吴兵渐渐失了便宜，乃命伯嚭引兵一万，先去接应。国书见吴兵又至,正欲分军迎敌,忽闻金声大震,钲铎皆鸣。齐人只道吴兵欲退,不防吴王夫差自引精兵三万,分为三股,反以鸣金为号,从刺斜里直冲齐阵,将齐兵隔绝三处。展如、姑曹等,闻吴王亲自临阵,勇气百倍,杀得齐军七零八落。展如就阵上擒了公孙夏,胥门巢刺杀公孙挥于车中,夫差亲射宗楼,中之。闾丘明谓国书曰:"齐兵将尽矣!元帅可微服遁去,再作道理。"国书叹曰:"吾以十万强兵,败于吴人之手,何面目还朝?"乃解甲冲入吴军,为乱军所杀。闾丘明伏于草中,亦被鲁将州仇搜获。夫差大胜齐师,诸将献功,共斩上将国书、公孙挥二人,生擒公孙夏、闾丘明二人,即斩首讫,只单走了高无平、陈逆二人,其他擒斩不计其数,革车八百乘,尽为吴所有,无得免者。夫差谓诸稽郢曰:"子观吴兵强勇,视越何如?"郢稽首曰:"吴兵之强,天下莫当,何论弱越!"夫差大悦,重赏越兵,使诸稽郢先回报捷。齐简公大惊,与陈恒、阚止商议,遣使大贡金币,谢罪请和。夫差主张齐、鲁复修兄弟之好,各无侵害,二国俱听命受盟。夫差乃歌凯而回。史臣有诗曰:

艾陵白骨垒如山,尽道吴王奏凯还。

壮气一时吞宇宙!隐忧谁想伏吴关?

夫差回至句曲新宫,见西施谓曰:"寡人使美人居此者,取相见之速耳。"西施拜贺且谢。时值新秋,桐阴正茂,凉风吹至,夫差与西施登台饮酒甚乐。至夜深,忽闻有众小儿和歌之声,夫差听之。歌曰:

桐叶冷,吴王醒未醒?梧叶秋,吴王愁更愁!

夫差恶之,使人拘群儿至宫,问:"此歌谁人所教?"群儿曰:"有一绯衣童子,不知何来,教我为歌,今不知何往矣。"夫差怒曰:"寡人天之所生,神之所使,有何愁哉?"欲诛众小儿。西施力劝乃止。伯嚭进曰:"春至而万物喜,秋至而万物悲,此天道也。大王悲喜与天同道,何所虑乎?"夫差乃悦。在梧宫三日,即起驾还吴。

吴王升殿,百官迎贺。子胥亦到,独无一言。夫差乃让之曰:"子谏寡人不当伐齐,今得胜而回,子独无功,宁不自羞?"子胥攘臂大怒,释剑而对曰:"天之将亡人国,先逢其小喜,而后授之以大忧。胜齐不过小喜也,臣恐大忧之即至也。"夫差愠曰:"久不见相国,耳边颇觉清净,今又来絮聒耶?"乃掩耳瞑目,坐于殿上。顷间,忽睁眼直视久之,大叫:"怪事!"群臣问曰:"王何所见?"夫差曰:"吾见四人相背而倚,须臾四分而走,又见殿下两人相对,北向人杀南向人。诸卿曾见之否?"群臣皆曰:"不见。"子胥奏曰:"四人相背而走,四方离散之象也。北向人杀南向人,为下贼上,臣弑君。王不知儆省,必有身弑国亡之祸。"夫差怒曰:"汝言太不祥,孤所恶闻!"伯嚭曰:"四方离散,奔走吴庭;吴国霸王,将有代周之事,此亦下贼其上,臣犯其君也。"夫差曰:"太宰之言,足启心胸。相国耄矣,有不足采。"

过数日,越王句践率群臣亲至吴邦来朝,并贺战胜;吴庭诸臣,俱有馈赂。伯嚭曰:"此奔走吴庭之应也。"吴王置酒于文台之上,越王侍坐,诸大夫皆侍立于侧。夫差曰:"寡人闻之,君不忘有功之臣,父不没有力之子。今太宰嚭为寡人治兵有功,吾将赏为上卿。越王孝事寡人,始终不倦,吾将再增其国,以酬助伐之功。于众大夫之意如何?"群臣皆曰:"大王赏功酬劳,此霸王之事也。"于是子胥伏地涕泣曰:"呜呼哀哉!忠臣掩口,谗夫在侧,邪说谀辞,以曲为直。养乱畜奸,将灭吴国,庙社为墟,殿生荆棘。"夫差大怒曰："老贼多诈,为吴妖孽,乃欲专权擅威,倾覆吾国,寡人以前王之故,不忍加诛,今退自谋,无劳再见!"子胥曰:"老臣若不忠不信,不得为前王之臣。譬如龙逢逢桀,比干逢纣。臣虽见诛,君亦随灭,臣与王永辞,不复见矣。"遂趋出。吴王怒犹未息。伯嚭曰:"臣闻子胥使齐,以其子托于齐臣鲍氏,有叛吴之心,王其察之!"夫差乃使人赐子胥以属镂[12]之剑。子胥接剑在手,叹曰:"王欲吾自裁也!"乃徒跣下阶,立于中庭,仰天大呼曰:"天乎,天乎!昔先王不欲立汝,赖吾力争,汝得嗣位。吾为汝破楚败越,威加诸侯。今汝不用吾言,反赐我死!我今日死,明日越兵至,掘汝社稷矣。"乃谓家人曰:"吾死后,可抉吾之目,悬于东门,以观越兵之入吴也!"言讫,自刎其喉而绝。使者取剑还报,述其临终之嘱。夫差往视其尸,数之曰:"胥,汝一死之后,尚何知哉?"乃自断其头,置于盘门[13]城楼之上;取其尸,盛以鸱夷[14]之器,使人载去,投于江中,谓曰:"日月炙汝骨,鱼鳖食汝肉,汝骨变形灰,复何所见!"尸入江中,随流扬波,依潮来往,荡激崩岸。土人惧,乃私捞取,埋之于吴山。后世因改称胥山,今山有子胥庙。陇西居士有古风一篇云:

> 将军自幼称英武,磊落雄才越千古。
> 一旦蒙谗杀父兄,襄流[15]誓济吞荆楚。
> 贯弓亡命欲何之?荥阳睢水[16]空栖迟。
> 昭关锁钥愁无翼,鬓毛一夜成霜丝。
> 浣女沉溪渔丈死,箫声吹入吴人耳。
> 鱼肠作合定君臣,复为强兵进孙子。
> 五战长驱据楚宫,君王含泪逃云中。

第八十二回

掘墓鞭尸吐宿恨，精诚贯日生长虹。
英雄再振匡吴业，夫椒一战栖强越。
釜中鱼鳖宰夫手，纵虎归山还自啮。
姑苏台上西施笑，谗臣称贺忠臣吊。
可怜两世[17]辅吴功，到头翻把属镂报！
鸱夷激起钱塘潮，朝朝暮暮如呼号。
吴越兴衰成往事，忠魂千古恨难消！

夫差既杀子胥，乃进伯嚭为相国。欲增越之封地，句践固辞乃止。于是句践归越，谋吴益急。夫差全不在念，意益骄恣。乃发卒数万，筑邗城[18]，穿沟[19]，东北通射阳湖[20]，西北使江淮水合，北达于沂[21]，西达于济。太子友知吴王复欲与中国会盟，欲切谏，恐触怒，思以讽谏感悟其父。清旦怀丸持弹，从后园而来，衣履俱湿，吴王怪而问之。友对曰："孩儿适游后园，闻秋蝉鸣于高树，往而观之，望见秋蝉趋风长鸣，自谓得所，不知螳螂超枝缘条，曳腰耸距，欲捕蝉而食之；螳螂一心只对秋蝉，不知黄雀徘徊绿阴，欲啄螳螂；黄雀一心只对螳螂，不知孩儿挟弹持弓，欲弹黄雀；孩儿一心只对黄雀，又不知旁有空坎，失足堕陷；以此衣履俱沾湿，为父王所笑。"吴王曰："汝但贪前利，不顾后患，天下之愚，莫甚于此。"友对曰："天下之愚，更有甚者。鲁承周公之后，有孔子之教，不犯邻国，齐无故谋伐之，以为遂有鲁矣，不知吴悉境内之士，暴师千里而攻之。吴国大败齐师，以为遂有齐矣，不知越王将选死士，出三江之口，入五湖之中，屠我吴国，灭我吴宫。天下之愚，莫甚于此！"吴王怒曰："此伍员之唾馀，久已厌闻，汝复拾之，以挠我大计耶？再多言，非吾子也！"太子友悚然辞出。夫差乃使太子友同王子地、王孙弥庸守国,亲帅国中精兵,由邗沟北上,会鲁哀公于橐皋[22],会卫出公于发阳[23],遂约诸侯,大会于黄池[24],欲与晋争盟主之位。

越王句践闻吴王已出境,乃与范蠡计议,发习流[25]二千人,俊士[26]四万,君子[27]六千人,从海道通江以袭吴。前队畴无馀先及吴郊,王孙弥庸出战,不数合,王子地引兵夹攻,畴无馀马蹶被擒。次日,句践大军齐到。太子友欲坚守,王孙弥庸曰:"越人畏吴之心尚在,且远来疲敝,再胜之,必走。即不胜,守犹未晚。"太子友惑其言,乃使弥庸出师迎敌,友继其后。句践亲立于行阵,督兵交战。阵方合,范蠡、泄庸两翼呼噪而至,势如风雨。吴兵精勇惯战者,俱随吴王出征,其国中皆未教之卒,那越国是数年训练就的精兵,弓弩剑戟,十分劲利,又范蠡、泄庸俱是宿将,怎能抵当,吴兵大败。王孙弥庸为泄庸所杀。太子友陷于越军,冲突不出,身中数箭,恐被执辱,自刎而亡。越兵直造城下,王子地把城门牢闭,率民夫上城把守,一面使人往吴王处告急。句践乃留水军屯于太湖,陆营屯于胥闾之间,使范蠡焚姑苏之台,火弥月不息,其馀皇大舟,悉徙于湖中。吴兵不敢复出。

再说吴王夫差与鲁、卫二君,同至黄池,使人请晋定公赴会,晋定公不敢不至。夫差使王孙骆与晋上卿赵鞅议载书名次之先后。赵鞅曰:"晋世主夏盟,又何让焉?"王孙骆曰:"晋祖叔虞,乃成王之弟,吴祖太伯,乃武王之伯祖,尊卑隔绝数辈。况晋虽主盟,会宋会虢,已出楚下,今乃欲踞吴之上乎?"于是彼此争论,连日不决。忽王子地密报至,言:"越兵入吴,杀太子,焚姑苏台,见今围城,势甚危急。"夫差大惊。伯嚭拔剑砍杀使者,夫差问曰:"尔杀使人何意?"伯嚭曰:"事之虚实,尚未可知,留使者泄漏其语,齐、晋将乘危生事,大王安得晏然而归乎?"夫差曰:"尔言是也。然吴、晋争长未定,又有此报,孤将不会而归乎?抑会而先晋乎?"王孙骆进曰:"二者俱不可。不会而归,人将窥我之急;若会而先晋,我之行止,将听命于晋。必求主会,方保无虞。"夫差曰:"欲主会,计将安出?"王孙骆密奏曰:"事在危急,请王鸣鼓挑战,以夺晋人之气。"夫差曰:"善。"是夜出令,中夜士皆饱食秣马,衔枚疾驱,去晋军才一里,结为方阵。百人为一行,一行建一大旗,百二十行为一面。中军皆白舆,白旗,白甲,白羽之矰,望之如白茅吐秀,吴王亲自仗钺,秉素旄,中阵而立。左军面左,亦百二十行。皆赤舆,赤旗,丹甲,朱羽之矰,一望若火,太宰嚭主之。右军面右,亦百二十行。皆黑舆,黑旗,玄甲,乌羽之矰,一望如墨,王孙骆主之。带甲之士,共三万六千人。黎明阵定,吴王亲执枹鸣鼓,军中万鼓皆鸣,钟声、铎声,丁宁、錞于[28],一时齐扣。三军哗吟,响震天地。晋军大骇,不知其故,乃使大夫董褐至吴军请命。夫差亲对曰:"周王有旨,命寡人主盟中夏,以缝诸姬之阙。今晋君逆命争长,迁延不决,寡人恐烦使者往来,亲听命于藩篱之外,从与不从,决于此日!"董褐还报晋侯,鲁、卫二君皆在坐。董褐私谓赵鞅曰:"臣观吴王口强而色惨,中心似有大忧,或者越人入其国都乎?若不许其先,必逞其毒于我。然而不可徒让也,必使之去王号以为名。"赵鞅言于晋侯,使董褐再入吴军,致晋侯之命曰:"君以王命宣布于诸侯,寡君敢不敬奉!然上国以伯肇封,而号曰吴王,谓周室何?君若去王号而称公,惟君所命。"夫差以其言为正,乃敛兵就幕,与诸侯相见,称吴公,先歃。晋侯次之,鲁、卫以次受歃。会毕,即班师从江淮水

996

路而回。于途中连得告急之报，军士已知家国被袭，心胆俱碎，又且远行疲敝，皆无斗志。吴王犹率众与越相持，吴军大败。夫差惧，谓伯嚭曰："子言越必不叛，故听子而归越王。今日之事，子当为我请成于越。不然，子胥属镂之剑犹在，当以属子！"伯嚭乃造越军，稽首于越王，求赦吴罪，其犒军之礼，悉如越之昔日。范蠡曰："吴尚未可灭也，姑许成，以为太宰之惠。吴自今亦不振矣。"句践乃许吴成，班师而归。此周敬王三十八年事也。

明年，鲁哀公狩于大野，叔孙氏家臣钼商获一兽，麋身牛尾，其角有肉，怪而杀之，以问孔子。孔子观之曰："此麟也！"视其角，赤绂犹在，识其为颜母昔日所系，叹曰："吾道其终穷矣！"使弟子取而埋之。今巨野故城东十里有土台，广轮四十馀步，俗呼为获麟堆，即麟葬处。孔子援琴作歌曰：

　　明王作[29]兮麟凤游，今非其时欲何求？麟兮麟兮我心忧！

于是取《鲁史》，自鲁隐公元年，至哀公获麟之岁[30]，共二百四十二年之事，笔削而成《春秋》，与《易》、《诗》、《书》、《礼》、《乐》，号为"六经"。是年，齐右相陈恒知吴为越所破，外无强敌，内无强家，单单只碍一阚止。乃使其族人陈逆、陈豹等，攻杀阚止。齐简公出奔，陈恒追而弑之，尽灭阚氏之党。立简公弟骜，是为平公[31]。陈恒独相。孔子闻齐变，斋三日，沐浴而朝哀公，请兵伐齐，讨陈恒弑君之罪。哀公使告三家，孔子曰："臣知有鲁君，不知有三家。"陈恒亦惧诸侯之讨，乃悉归鲁、卫之侵地，北结好于晋之四卿，南行聘于吴、越。复修陈桓子之政，散财输粟，以赡贫乏，国

第八十二回

人悦服。乃渐除鲍、晏、高、国诸家,及公族子姓,而割国之大半,为己封邑。又选国中女子,长七尺以上者,纳于后房,不下百人,纵其宾客出入不禁,生男子七十馀人,欲以自强其宗。齐都邑大夫宰,莫非陈氏。此是后话。

再说卫世子蒯聩在戚,其子出公辄率国人拒之,大夫高柴谏不听。蒯聩之姊,嫁于大夫孔圉,生子曰孔悝,嗣为大夫,事出公,执卫政。孔氏小臣曰浑良夫,身长而貌美,孔圉卒,良夫通于孔姬。孔姬使浑良夫往戚,问候其弟蒯聩。蒯聩握其手言曰:"子能使我入国为君,使子服冕乘轩,三死无与[32]。"浑良夫归,言于孔姬。孔姬使良夫以妇人之服,往迎蒯聩。昏夜,良夫与蒯聩同为妇装,勇士石乞、孟黡为御,乘温车,诡称婢妾,溷入城中,匿于孔姬之室。孔姬曰:"国家之事,皆在吾儿掌握,今饮于公宫,俟其归,当以威劫之,事乃有济耳。"使石乞、孟黡、浑良夫皆被甲怀剑以俟,伏蒯聩于台上。须臾,孔悝自朝带醉而回,孔姬召而问曰:"父母之族,孰为至亲?"悝曰:"父则伯叔,母则舅氏而已。"孔姬曰:"汝既知舅氏为母至亲,何故不纳吾弟?"孔悝曰:"废子立孙,此先君遗命,悝不敢违也。"遂起身如厕。孔姬使石乞、孟黡候于厕外,俟悝出厕,左右帮定[33],曰:"太子相召。"不由分说,拥之上台,来见蒯聩。孔姬已先在侧,喝曰:"太子在此,孔悝如何不拜!"悝只得下拜。孔姬曰:"汝今日肯从舅氏否?"悝曰:"惟命。"孔姬乃杀豭[34],使蒯聩与悝歃血定盟。孔姬留石乞、孟黡守悝于台上,而以悝命召聚家甲,使浑良夫帅之袭公宫。出公辄醉而欲寝,闻乱,使左右往召孔悝。左右曰:"为乱者,正孔悝也!"辄大惊,即时取宝器,驾轻车,出奔鲁国。群臣不愿附蒯聩者,皆四散逃窜。

仲子路为孔悝家臣,时在城外,闻孔悝被劫,将入城来救。遇大夫高柴自城中出,曰:"门已闭矣！政不在子,不必与其难也。"子路曰:"由已食孔氏之禄,敢坐视乎？"遂疾趋及门,门果闭矣。守门者公孙敢谓子路曰:"君已出奔,子何入为？"子路曰:"吾恶夫食人之禄,而避其难者,是以来也。"适有人自内而出,子路乘门开,遂入城,径至台下,大呼曰:"仲由在此,孔大夫可下台矣！"孔悝不敢应。子路欲取火焚台。蒯聩惧,使石乞、孟黡二人持戈下台,来敌子路。子路仗剑来迎。怎奈乞、黡双戟并举,攒刺子路,又砍断其冠缨。子路身负重伤,将死,曰:"礼,君子死不免冠。"乃整结其冠缨而死。孔悝奉蒯聩即位,是为庄公[35]。立次子疾为太子,以浑良夫为卿。

时孔子在卫,闻蒯聩之乱,谓众弟子曰:"柴也其归乎！由也其死乎！"弟子问其故,孔子曰:"高柴知大义,必能自全。由好勇轻生,昧于取裁,其死必矣。"说犹未了,高柴果然奔归,师弟相见,且悲且喜。卫之使者接踵而至,见孔子曰:"寡君新立,敬慕夫子,敢献奇味。"孔子再拜而受,启视则肉醢。孔子遽命覆之。谓使者曰:"得非吾弟子仲由之肉乎？"使者惊曰:"然也。夫子何以知之？"孔子曰:"非此,卫君必不以见颁也。"遂命弟子埋其醢,痛哭曰:"某尝恐由不得其死,今果然矣！"使者辞去。未几,孔子遂得疾不起,年七十有三岁。时周敬王四十一年夏四月己丑也。史臣有赞云:

尼丘诞圣,阙里[36]生德;七十升堂[37],四方取则。行诛两观[38],摄相夹谷;叹凤遽衰[39],泣麟何促。九流仰

第八十二回

镜[40]，万古钦躅[41]！弟子营葬于北阜之曲，冢大一顷，鸟雀不敢栖止其树。累朝封大成至圣文宣王[42]。今改为大成至圣先师，天下俱立文庙，春秋二祭，子孙世袭为衍圣公[43]不绝。不在话下。

再说卫庄公蒯聩疑孔悝为出公辄之党，醉以酒而逐之，孔悝奔宋。庄公为府藏俱空，召浑良夫计议："用何计策，可复得宝器？"浑良夫密奏曰："亡君亦君之子也，何不召之？"不知庄公曾召出公否，且看下回分解。

---

〔1〕 九郡：周制有郡，但郡小于县，由县统辖。秦汉后郡始成为中央直属最大地方机构。此处借用后代称呼，泛指全吴国。

〔2〕 句曲：古山名，地在今江苏句容市东南，周百五十里，南连天目诸山。

〔3〕 章明宫：吴宫殿名。

〔4〕 "明者"三句：此为反训。昭昭，明亮貌。冥冥，谐音明，晦暗貌。

〔5〕 阴类：旧时认为属于阴性的物类，如月、地、水、女人、夷狄、虫鼠、秋冬、西北、黑色等。

〔6〕 冥器：指棺材，古时多以桐木为棺。

〔7〕 阳山：一名蒸山，在今江苏苏州市西北三十里。

〔8〕 影响：比喻迅速感应，若影之随形，响之应声。

〔9〕 嬴、博：均为齐邑名。嬴在今山东莱芜市西北四十里汶水之北，俗名城子县。博在今山东泰安市东南。

〔10〕 艾陵：春秋齐地，在今山东莱芜市东。

〔11〕 含玉：古代贵族死后入殓之时，口中均含玉石一片。

〔12〕 属镂：良剑名。或言属，同镉，斫也；镂，钢铁也。见《荀子·荣辱》篇杨倞注。或言属镂即独鹿，乃山名，以此山之铁铸剑。故名。

〔13〕 盘门：吴都城南门。见第七十四回。

〔14〕 鸱（chī 吃）夷：即革囊，皮制包裹，其状如鸱鸟（即鹞鹰）。

〔15〕 襄流：即襄河，汉水别名。

〔16〕 荥阳睢水：代指郑、宋二国。伍子胥逃离楚时，曾过此二国。

〔17〕 两世：指吴王阖庐、夫差两世。

〔18〕 邗（hán 寒）城：吴王夫差时修筑，在今扬州市西蜀冈上。

〔19〕 穿沟：此指开凿邗沟。邗沟为古运河之一，夫差为争夺中原而凿。从扬州引江水经高邮至淮安入淮水。

〔20〕 射阳湖：地在今江苏淮安东南，又名古射陂。周围三百馀里。

〔21〕 沂（yí 移）：古水名。源出今山东沂源县，经江苏流入邗沟。

〔22〕 橐皋：春秋时吴邑名。在今安徽巢湖市西北拓皋镇。

〔23〕 发阳：古地名。疑为《春秋·哀十二年》中之"郧"，在今山东莒县南。

〔24〕 黄池：春秋时卫地名，一名黄亭。在今河南封丘市西南，当济水与黄沟交会之处。

〔25〕 习流：指善水战者。

〔26〕 俊士：才能出众之人，借指精兵。

〔27〕 君子：古时称在位者为君子。此处疑指各级将领。《吴越春秋》注："君子，谓君所子养有恩惠者。"意亦相近。

〔28〕 丁宁、錞（chún 淳）于：皆为古代军乐器。丁宁，即铜钲，似钟而小。錞于，形如碓头，亦铜制，与鼓角相和。

〔29〕 明王作：贤明的君王出现。据《孔丛子》，此三字作"唐虞世"。

〔30〕 哀公获麟之岁：即鲁哀公十四年，元前 487 年。自鲁隐公元年（前722）至此时，共二四二年。

第八十二回

〔31〕 平公：齐平公吕骜,在位二十五年(前480—前456)。时陈恒专权,安平(今山东青州)以东尽为田氏封邑。

〔32〕 三死无与：誓词,指可犯三次死刑都免于诛杀。

〔33〕 帮定：即架住。

〔34〕 豭(jiā家)：公猪。

〔35〕 庄公：卫庄公姬蒯聩,在位三年(前480—前478)。

〔36〕 阙里：孔子住址。即今山东曲阜城内阙里街,孔子曾在此讲学。因有两石阙,故名。

〔37〕 七十升堂：人称学问精深为升堂入室。语本《论语·先进》："由也升堂矣,未入于室也。"七十,即指孔子之七十二贤弟子。

〔38〕 行诛两观：指诛少正卯于两观之下。

〔39〕 叹凤遽衰：孔子至楚,有人歌而过孔子曰："凤兮凤兮,何德之衰。"见《论语·微子》。

〔40〕 仰镜：仰慕,效仿。

〔41〕 钦躅(zhuó浊)：敬重追随。

〔42〕 大成至圣文宣王：孔子死后,汉以后皆尊孔子。唐开元二十七年(739)追谥为"文宣王"。宋大中祥符元年(1008)加"玄圣"二字,五年又因避讳改称"至圣文宣王"。元大德十年(1306)封为"大成至圣文宣王"。明因之。

〔43〕 衍圣公：孔子嫡系后裔世袭封号,自汉始。初封侯,后进爵为公。唐开元中封文宣王,至宋仁宗至和二年(1055),始改封孔子四十七世孙为衍圣公,后世沿袭。

第八十三回

诛芈胜叶公定楚　灭夫差越王称霸

话说卫庄公蒯聩因府藏宝货俱被出公辄取去,谋于浑良夫。良夫曰:"太子疾与亡君,皆君之子,君何不以择嗣召之?亡君若归,器可得也。"有小竖闻其语,私告于太子疾。疾使壮士数人,载豭从己,乘间劫庄公,使歃血立誓,勿召亡君,且必杀浑良夫。庄公曰:"勿召辄易耳。业与良夫有盟在前,免其三死,奈何?"太子疾曰:"请俟四罪,然后杀之。"庄公许诺。

未几,庄公新造虎幕[1],召诸大夫落成。浑良夫紫衣[2]狐裘而至,袒裘,不释剑而食。太子疾使力士牵良夫以退。良夫曰:"臣何罪?"太子疾数之曰:"臣见君有常服,侍食必释剑。尔紫衣,一罪也;狐裘,二罪也;不释剑,三罪也。"良夫呼曰:"有盟免三死!"疾曰:"亡君以子拒父,大逆不孝,汝欲召之,非四罪乎?"良夫不能答,俯首受刑。他日,庄公梦厉鬼被发北面而谡曰:"余为浑良夫,叫天无辜!"庄公觉,使下大夫胥弥赦占之,曰:"不害也。"既辞出,谓人曰:"冤鬼为厉,身死国危,兆已见矣。"遂逃奔宋。

蒯聩立二年,晋怒其不朝,上卿赵鞅师师伐卫。卫人逐庄公,庄公奔戎国。戎人杀之,并杀太子疾。国人立公子般师[3]。齐陈恒帅师救卫,执般师立公子起[4]。卫大夫石圃逐起,复迎出公辄为君。辄既复国,逐石圃。诸大夫不睦于辄,逐辄奔越。国人立公子默,是为悼公[5]。自是卫臣服于晋,国益微弱,依赵氏。此段话搁过不提。

再说白公胜自归楚国,每念郑人杀父之仇,思以报之。只为伍子胥是白公胜的恩人,子胥前已赦郑,况郑服事昭王,不敢失礼,故胜含忍不言。及昭王已薨,令尹子西、司马子期奉越女之子章即位,是为惠王。白公胜自以故太子之后,冀子西召己,同秉楚政。子西竟不召,又不加禄,心怀怏怏。及闻子胥已死,曰:"报郑此其时矣!"使人请于子西曰:"郑人肆毒于先太子,令尹所知也。父仇不报,无以为人。令尹倘哀先太子之无辜,发一旅以声郑罪,胜愿为前驱,死无所恨!"子西辞曰:"新王方立,楚国未定,子姑待我。"白公胜乃托言备吴,使心腹家臣石乞,筑城练兵,盛为战具。复请于子西,愿以私卒为先锋,伐郑。子西许之。尚未出师,晋赵鞅以兵伐郑,郑请救于楚。子西帅师救郑,晋兵乃退,子西与郑定盟班师。白公怒曰:"不伐郑而救郑,令尹欺我甚矣!当先杀令尹,然后伐郑。"召其宗人白善于澧阳[6]。善曰:"从子而乱其国,则不忠于君;背子而发其私,则不仁于族。"遂弃禄,筑圃灌园终其身。楚人因名其圃曰:"白善将军药圃。"

白公闻白善不来,怒曰:"我无白善,遂不能杀令尹耶?"即召石乞议曰:"令尹与司马各用五百人,足以当之否?"石乞曰:"未足也。市南有勇士熊宜僚者,若得此人,可当五百人之用。"白公乃同石乞造于市南,见熊宜僚。宜僚大惊曰:"王孙贵人,奈何屈身至此?"白公曰:"某有事,欲与子谋之。"遂告以杀子西之事。宜僚摇首曰:"令尹有功于国,而无仇于僚,僚不敢奉命。"白公怒,拔剑指其喉曰:"不从,先杀汝!"宜僚面不改色,从容对曰:"杀一宜僚,如去蝼蚁,何以怒为?"白公乃投剑于地,叹曰:"子真勇士,吾聊试子耳!"即以车载回,礼为上宾,饮食必共,出入必俱。宜僚感其恩,遂以身许白公。

及吴王夫差会黄池时,楚国畏吴之强,戒饬边人,使修儆备。白公胜托言吴兵将谋袭楚,乃反以兵袭吴边境,颇有所掠。遂张大其功,只说:"大败吴师,得其铠仗兵器若干,欲亲至楚庭献捷,以张国威。"子西不知其计,许之。白公悉出自己甲兵,装作卤获[7]百馀乘,亲率壮士千人,押解入朝献功。惠王登殿受捷,子西、子期侍立于旁。白公胜参见已毕,惠王见阶下立着两筹好汉,全身披挂,问:"是何人?"胜答曰:"此乃臣部下将士石乞、熊宜僚,伐吴有功者。"遂以手招二人。二人举步,方欲升阶,子期喝曰:"吾王御殿,边臣只许在下叩头,不得升阶!"石乞、熊宜僚那肯听从,大踏步登阶。子期使侍卫阻之。熊宜僚用手一拉,侍卫东倒西歪,二人径入殿中。石乞拔剑来砍子西,熊宜僚拔剑来砍子期。白公大喝:"众人何不齐上!"壮士千人,齐执兵器,蜂拥而登。白公绑住惠王,不许转动。石乞生缚子西,百官皆惊散。子期素有勇力,遂拔殿戟,与宜僚交战。宜僚弃剑,前夺子期之戟。子期拾剑,以劈宜僚,中其左肩。宜僚亦刺中子期之腹。二人兀自相持不舍,搅做一团,死于殿庭。子西谓胜曰:"汝糊口吴邦,我念骨肉之亲,召汝还国,封为公爵,何负于汝而反耶?"胜曰:"郑杀吾父,汝与郑讲和,汝即郑也。吾为父报仇,岂顾私恩哉?"子西叹曰:"悔不听沈诸梁

第八十三回

之言[8]也！"白公胜手剑斩子西之头，陈其尸于朝。石乞曰："不弑王，事终不济。"胜曰："孺子者何罪？废之可也。"乃拘惠王于高府[9]，欲立王子启为王。启固辞，遂杀之。石乞又劝胜自立。胜曰："县公[10]尚众，当悉召之。"乃屯兵于太庙。大夫管修率家甲往攻白公，战三日，修众败被杀。圉公阳乘间使人掘高府之墙为小穴，夜潜入，负惠王以出，匿于昭夫人之宫。

叶公沈诸梁闻变，悉起叶众，星夜至楚。及郊，百姓遮道迎之。见叶公未曾甲胄，讶曰："公胡不胄？国人望公之来，如赤子之望父母。万一盗贼之矢，伤害于公，民何望焉？"叶公乃披挂戴胄而进。将近都城，又遇一群百姓，前来迎接。见叶公戴胄，又讶曰："公胡胄？国人望公之来，如凶年之望谷米。若得见公之面，犹死而得生也，虽老稚，谁不为公致死力者！奈何掩蔽其面，使人怀疑，无所用力乎？"叶公乃解胄而进。叶公知民心附己，乃建大旆于车。箴尹固因白公之召，欲率私属入城，既见大旗上"叶"字，遂从叶公守城。兵民望见叶公来到，大开城门，以纳其众。叶公率国人攻白公胜于太庙。石乞兵败，扶胜登车，逃往龙山[11]。欲适他国，未定。叶公引兵追至，胜自缢而死，石乞埋尸于山后。叶公兵至，生擒石乞，问："白公何在？"对曰："已自尽矣！"又问："尸在何处？"石乞坚不肯言。叶公命取鼎镬，扬火沸汤，置于乞前，谓曰："再不言，当烹汝！"石乞自解其衣，笑曰："事成贵为上卿，事不成则就烹，此乃理之当然也。吾岂肯卖死骨以自免乎？"遂跳入镬中，须臾糜烂。胜尸竟不知所在。石乞虽所从不正，亦好汉也！叶公迎惠王复位。时陈国乘楚乱，以兵侵楚。叶公请于惠王，帅师伐陈，灭之。以子西之子宁嗣为令尹，子期之子宽嗣为司马，自己告老归叶。自此楚国危而复安。此周敬王四十二年事也。

是年,越王句践探听得吴王自越兵退后,荒于酒色,不理朝政,况连岁凶荒,民心愁怨。乃复悉起境内士卒,大举伐吴。方出郊,于路上见一大蛙,目睁腹涨,似有怒气。句践肃然,凭轼而起。左右问曰:"君何敬?"句践曰:"吾见怒蛙如欲斗之士,是以敬之。"军中皆曰:"吾王敬及怒蛙,吾等受数年教训,岂反不如蛙乎?"于是交相劝勉,以必死为志。国人各送其子弟于郊境之上,皆泣涕诀别。相语曰:"此行不灭吴,不复相见!"句践复诏于军曰:"父子俱在军中者,父归;兄弟俱在军中者,兄归;有父母无昆弟者,归养;有疾病不能胜兵者,以告,给医药糜粥。"军中感越王爱才之德,欢声如雷。行及江口[12],斩有罪者,以申军法,军心肃然。吴王夫差闻越兵再至,亦悉起士卒,迎敌于江上。越兵屯于江南,吴兵屯于江北。越王将大军分为左右二阵,范蠡率右军,文种率左军。君子之卒六千人,从越王为中阵。

明日,将战于江中。乃于黄昏左侧,令左军衔枚,溯江而上五里,以待吴兵,戒以夜半鸣鼓而进。复令右军衔枚,逾江十里,只等左军接战,右军上前夹攻,各用大鼓,务使鼓声震闻远近。吴兵至夜半,忽闻鼓声震天,知是越军来袭,仓皇举火,尚未看得明白,远远的鼓声又起,两军相应,合围拢来。夫差大惊,急传令分军迎战。不期越王潜引私卒六千,金鼓不鸣,于黑暗中,径冲吴中军。此时天色尚未明,但觉前后左右中央,尽是越军,吴兵不能抵当,大败而走。句践率三军紧紧追之,及于笠泽[13]。复战,吴师又败。一连三战三北,名将王子姑曹、胥门巢等俱死。夫差连夜遁回,闭门自守。句践从横山[14]进兵,即今越来溪是也。筑一城于胥门[15]

第八十三回

之外,谓之越城,欲以困吴。越王围吴多时,吴人大困。伯嚭托疾不出。夫差乃使王孙骆肉袒[16]膝行而前,请成于越王,曰:"孤臣夫差,异日[17]得罪于会稽,夫差不敢逆命,得与君王结成以归。今君王举兵而诛孤臣,孤臣意者,亦望君王如会稽之赦罪!"句践不忍其言,意欲许之。范蠡曰:"君王早朝晏罢,谋之二十年,奈何垂成而弃之?"遂不准其行成。吴使往返七次,种、蠡坚执不肯。遂鸣鼓攻城,吴人不能复战。

种、蠡商议欲毁胥门而入。其夜望见吴南城上有伍子胥头,巨若车轮,目若耀电,须发四张,光射十里。越将士无不畏惧,暂且屯兵。至夜半,暴风从南门而起,疾雨如注,雷轰电掣,飞石扬沙,疾于弓弩。越兵遭者,不死即伤,船索俱解,不能连属。范蠡、文种情急,乃肉袒冒雨,遥望南门,稽颡谢罪。良久,风息雨止,种、蠡坐而假寐,以待天明。梦见子胥乘白马素车而至,衣冠甚伟,俨如生时。开言曰:"吾前知越兵必至,故求置吾头于东门,以观汝之入吴。吴王置吾头于南门,吾忠心未绝,不忍汝从吾头下而入,故为风雨,以退汝军。然越之有吴,此乃天定,吾安能止哉?汝如欲入,更从东门,我当为汝开道,贯城以通汝路。"二人所梦皆同,乃告于越王,使士卒开渠,自南而东。将及蛇、匠二门[18]之间,忽然太湖水发,自胥门汹涌而来,波涛冲击,竟将罗城[19]荡开一大穴,有鱣鲟[20]无数,随涛而入。范蠡曰:"此子胥为我开道也!"遂驱兵入城。其后因穴为门,名曰鱣鲟门,因水多葑草,又名葑门[21]。其水名葑溪。此乃子胥显灵古迹也。

夫差闻越兵入城,伯嚭已降,遂同王孙骆及其三子,奔于阳山。昼驰夜走,腹馁口饥,目视昏眩,左右掇得生稻,剥之以进。吴王嚼之,伏地掬饮沟中之水,问左右曰:"所食者,何物也?"左右对曰:"生稻。"夫差曰:"此公孙圣所言,'不得火食走章皇'也。"王孙骆曰:"饱食而去!前有深谷,可以暂避。"夫差曰:"妖梦已准,死在旦夕,暂避何为?"乃止于阳山,谓王孙骆曰:"吾前戮公孙圣,投于此山之巅,不知尚有灵响否?"骆曰:"王试呼之。"夫差乃大呼曰:"公孙圣!"山中亦应曰:"公孙圣。"三呼而三应。夫差心中恐惧,乃迁于干隧[22]。句践率千人追至,围之数重。夫差作书,系于矢上,射入越军。军人拾取呈上,种、蠡二人同启,视其词曰:"吾闻狡兔死而良犬烹。敌国如灭,谋臣必亡。大夫何不存吴一线,以自为馀地?"文种亦作书系矢而答之曰:"吴有大过者六:戮忠臣伍子胥,大过一也;以直言杀公孙圣,大过二也;太宰谗佞,而听用之,大过三也;齐、晋无罪,数伐其国,大过四也;吴、越同壤而侵伐,大过五也;越亲戕吴之前王,不知报仇,而纵敌贻患,大过六也。有此六大过,欲免于亡,得乎?昔天以越赐吴,吴不肯受。今天以吴赐越,越其敢违天之命!"夫差得书,读至第六款大过,垂泪曰:"寡人不诛句践,忘先王之仇,为不孝之子,此天之所以弃吴也!"王孙骆曰:"臣请再见越王而哀恳之。"夫差曰:"寡人不愿复国,若许为附庸,世世事越,固所愿矣。"骆至越军,种、蠡拒之不得入。句践望见吴使者泣涕而去,意颇怜之,使人谓吴王曰:"寡人念君昔日之情,请置君于甬东[23],给夫妇五百家,以终王之世。"夫差含泪而对曰:"君王幸赦吴,吴亦君之外府也。若覆社稷,废宗庙,而以五百家为?臣,孤老矣,不能从编氓[24]之列,孤有死耳!"越使者去,夫差犹未肯自裁。句践谓种、蠡曰:"二子何不执而诛之?"种、蠡对曰:"人臣不敢加诛于君,愿主公自命之!天诛当行,不可久稽。"句践乃仗步光之剑,立于军前,使人告吴王曰:"世无万岁之君,总之一死,何必使吾师加刃于王耶?"夫差乃太息数声,四顾而望,泣曰:"吾杀忠臣子胥、公孙圣,今自杀晚矣!"谓左右曰:"使死者有知,无面目见子胥、公孙圣于地下,必重罗三幅,以掩吾面!"言罢,拔佩剑自刎。王孙骆解衣以覆吴王之尸,即以组带自缢于傍。句践命以侯礼葬于阳山,使军士每人负土一蘷,须臾,遂成大冢。流其三子于龙尾山[25]。后人名其里为吴山里。诗人张羽有诗叹曰:

　　荒台独上故城西,辇路凄凉草木悲。

　　废墓已无金虎[26]卧,坏墙时有夜乌啼。

　　采香径断来麋鹿,响屟廊空变《黍离[27]》。

　　欲吊伍员何处所?淡烟斜月不堪题!

杨诚斋[28]《苏台吊古》诗云:

　　插天四塔云中出,隔水诸峰雪后新。

　　道是远瞻三百里,如何不见六千人?

胡曾先生咏史诗云:

　　吴王恃霸逞雄才,贪向姑苏醉绿醅。

　　不觉钱塘江上月,一宵西送越兵来。

元人萨都剌[29]诗云:

　　阊门杨柳自春风,水殿幽花泣露红。

　　飞絮年年满城郭,行人不见馆娃宫。

唐人陆龟蒙[30]咏西施云:

　　半夜娃宫作战场,血腥犹杂宴时香。

　　西施不及烧残蜡,犹为君王泣数行。

再说越王入姑苏城,据吴王之宫,百官称贺。伯嚭亦在其列,恃其旧日周旋之恩,面有德色。句践谓曰:"子,吴太宰也,寡人敢相屈乎?汝君在阳山,何不从之?"伯嚭惭而退。句践使力士执而杀之,灭其家,曰:"吾以报子胥之忠也!"

句践抚定吴民,乃以兵北渡江淮,与齐、晋、宋、鲁诸侯,会于舒州[31],使人致贡于周。时周敬王已崩,太子名仁嗣位,是为元王[32]。元王使人赐句践衮冕、圭璧、彤弓、弧矢,命为东方之伯。句践受命,诸侯悉遣人致贺。其时楚灭陈国,惧越兵威,亦遣使修聘。句践割淮上之地以与楚,割泗水之东,地方百里以与鲁,以吴所侵宋地归宋。诸侯悦服,尊越为霸。

越王还吴国,遣人筑贺台于会稽,以盖昔日被栖之耻。置酒吴宫文台之上,与群臣为乐,命乐工作《伐吴》之曲,乐师引琴而鼓之。其词曰:

吾王神武蓄兵威,欲诛无道当何时?大夫种蠡前致词:吴杀忠臣伍子胥,今不伐吴又何须?良臣集谋迎天禧[33],一战开疆千里馀。恢恢功业勒常彝[34],赏无所吝罚不违。君臣同乐酒盈卮。

台上群臣大悦而笑,惟句践面无喜色。范蠡私叹曰:"越王不欲功归臣下,疑忌之端已见矣!"次日,入辞越王曰:"臣闻主辱臣死。向者,大王辱于会稽,臣所以不死者,欲隐忍成越之功也。今吴已灭矣,大王倘免臣会稽之诛,愿乞骸骨,老于江湖。"越王恻然,泣下沾衣,言曰:"寡人赖子之力,以有今日,方思图报,奈何弃寡人而去乎?留则与子共国,去则妻子为戮!"蠡曰:"臣则宜死,妻子何罪?死生惟王,臣不顾矣。"是夜,乘扁舟出齐女门[35],涉三江,入五湖。至今齐门外有地名蠡口,即范蠡涉三江之道也。次日,越王使人召范蠡,蠡已行矣。越王愀然变色,谓文种曰:"蠡可追乎?"文种曰:"蠡有鬼神不测之机,不可追也。"种既出,有人持书一封投之。种启视,乃范蠡亲笔。其书曰:

> 子不记吴王之言乎?"狡兔死,走狗烹;敌国破,谋臣亡。"越王为人,长颈鸟喙,忍辱妒功;可与共患难,不可与共安乐。子今不去,祸必不免!

文种看罢,欲召送书之人,已不知何往矣。种怏怏不乐,然犹未深信其言。叹曰:"少伯何虑之过乎?"

过数日,句践班师回越,携西施以归。越夫人潜使人引出,负以大石,沉于江中,曰:"此亡国之物,留之何为?"后人不知其事,讹传范蠡载入五湖,遂有"载去西施岂无意?恐留倾国误君王"之句。按范蠡扁舟独往,妻子且弃之,况吴宫宠妃,何敢私载乎?又有言范蠡恐越王复迷其色,乃以计沉之于江,此亦谬也。罗隐[36]有诗辨西施之冤云:

> 家国兴亡自有时,时人何苦咎西施!
> 西施若解亡吴国,越国亡来又是谁?

再说越王念范蠡之功,收其妻子,封以百里之地,复使良工铸金,象范蠡之形,置之座侧,如蠡之生也。

却说范蠡自五湖入海,忽一日,使人取妻子去,遂入齐。改名曰鸱夷子皮[37],仕齐为上卿。未几,弃官隐于陶山[38],畜五牝,生息获利千金,自号曰陶朱公。后人所传《致富奇书》,云是陶朱公之遗术也。其后吴人祀范蠡于吴江[39],与晋张翰[40]、唐陆龟蒙为"三高祠[41]"。宋人刘寅[42]有诗云:

人谓吴痴信不虚,建崇越相果何如[43]?

千年亡国无穷恨,只合江边祀子胥。

句践不行灭吴之赏,无尺土寸地分授,与旧臣疏远,相见益稀。计倪佯狂辞职,曳庸等亦多告老,文种心念范蠡之言,称疾不朝。越王左右有不悦文种者,潜于王曰:"种自以功大赏薄,心怀怨望,故不朝耳。"越王素知文种之才能,以为灭吴之后,无所用之,恐其一旦为乱,无人可制。欲除之,又无其名。其时鲁哀公与季、孟、仲三家有隙,欲借越兵伐鲁,以除去三家,乃借朝越为名,来至越国。句践心虞文种,故不为发兵,哀公遂死于越。

再说越王忽一日往视文种之疾,种为病状,强迎王入。王乃解剑而坐,谓曰:"寡人闻之,志士不忧其身之死,而忧其道之不行。子有七术,寡人行其三,而吴已破灭,尚有四术,安所用之?"种对曰:"臣不知所用也。"越王曰:"愿以四术,为我谋吴之前人于地下[44]可乎?"言毕,即升舆而去。遗下佩剑于座。种取视之,剑匣有"属镂"二字,即夫差赐子胥自刎之剑也。种仰天叹曰:"古人云:'大德不报。'吾不听范少伯之言,乃为越王所戮,岂非愚哉!"复自笑曰:"百世而下,论者必以吾配子胥,亦复何恨!"遂伏剑而死。越王知种死,乃大喜,葬种于卧龙山[45],后人因名其山曰种山。葬一年,海水大发,穿山胁,冢忽崩裂,有人见子胥同文种前后逐浪而去。今钱塘江上,海潮重叠,前为子胥,后乃文种也。髯翁有《文种赞》曰:

忠哉文种,治国之杰!三术亡吴,一身殉越。不共蠡行,宁同胥灭。千载生气,海潮叠叠。

句践在位二十七年而薨,周元王之七年[46]也。其后子孙,世称

第八十三回

为霸。

　　话分两头。却说晋国六卿,自范、中行二氏灭后,止存智、赵、魏、韩四卿。智氏、荀氏因与范氏同出于荀,欲别其族,乃循智䓨之旧,改称智氏,时智瑶为政,号为智伯。四家闻田氏弑君专国,诸侯莫讨,于是私自立议,各择便据地,以为封邑。晋出公[47]之邑,反少于四卿,无可奈何。就中单表赵简子名鞅,有子数人,长子名伯鲁。其最幼者,名无恤,乃贱婢所生。有善相人者,姓姑布,名子卿,至于晋,鞅召诸子使相之。子卿曰:"无为将军者。"鞅叹曰:"赵氏其灭矣!"子卿曰:"吾来时遇一少年在途,相从者皆君府中人,此得非君之子耶?"鞅曰:"此吾幼子无恤,所出甚贱,岂足道哉?"子卿曰:"天之所废,虽贵必贱;天之所兴,虽贱必贵。此子骨相,似异诸公子,吾未得详视也。君可召之。"鞅使人召无恤至。子卿望见,遽起拱立曰:"此真将军矣!"鞅笑而不答。他日悉召诸子,叩其学问,无恤有问必答,条理分明,鞅始知其贤。乃废伯鲁而立无恤为適子。

　　一日,智伯怒郑之不朝,欲同赵鞅伐郑。鞅偶患疾,使无恤代将以往。智伯以酒灌无恤,无恤不能饮。智伯醉而怒,以酒斝投无恤之面,面伤出血。赵氏将士俱怒,欲攻智伯。无恤曰:"此小耻,吾姑忍之。"智伯班师回晋,反言无恤之过,欲鞅废之。鞅不从。无恤自此与智伯有隙。赵鞅病笃,谓无恤曰:"异日晋国有难,惟晋阳[48]可恃,汝可识之。"言毕遂卒。无恤代立,是为赵襄子。此乃周贞定王十一年[49]之事。时晋出公愤四卿之专,密使人乞兵于齐、鲁,请伐四卿。齐田氏,鲁三家,反以其谋告于智伯。智伯大怒,同韩康子虎、魏桓子驹、赵襄子无恤,合四家之众,反伐出公。出公出奔于齐。智伯立昭公之曾孙骄为晋君,是为哀公[50]。自此晋之大权,尽归于智伯瑶。瑶遂有代晋之志,召集家臣商议。毕竟智伯成败如何,且看下回分解。

---

〔1〕 虎幕:以虎兽之形为饰的帷幕。《左传·哀公十七年》称为"虎幄",乃卫庄公藉田时所用。

〔2〕 紫衣:周代乃诸侯之服。《左传·哀公十七年》注:"紫衣,君服。"

〔3〕 公子般师:《史记》作公子斑师,襄公之孙,灵公之侄。

〔4〕 公子起:卫灵公子,蒯聩庶弟。

〔5〕 悼公:据《史记》应作公子黔,亦为襄公孙,蒯聩庶弟。出公辄复位,经七年(前476—前470)复又被逐,悼公始立。在位五年(前469—前465)。

〔6〕 澧阳:古邑名。即今湖南澧县。因在澧水之北,故名。

〔7〕 卤获:掳掠。卤,通"虏"。

〔8〕 沈诸梁之言:指叶公沈诸梁言胜为仇人,不宜招回之语,见第七十七回。

〔9〕 高府:据《淮南子·泰族训》,楚宫中藏粮食的府库称为高府。

〔10〕 县公:县宰,春秋时诸国多称县大夫。《左传》杜预注:"楚县大夫皆僭称公。"例如白公、叶公等。

〔11〕 龙山:古山名。在今湖北江陵县西北。

〔12〕 江口:此指钱塘江渡口。

〔13〕 笠泽:水名。即今之吴淞江。

〔14〕 横山:山名。在今苏州西南,背靠太湖,若箕踞之势,又名据湖山。临湖控吴,为军事要地。

〔15〕 胥门:吴都姑苏之西边靠南之城门。见第七十四回。

第八十三回

〔16〕肉袒:脱去上衣,裸露肢体。古人常在谢罪或祭祀时,以这种方式表示惶惧或虔敬。

〔17〕异日:前日,早先。

〔18〕蛇、匠二门:吴都姑苏南面偏东及东面偏南之二城门。

〔19〕罗城:为加强防守,在城墙外加建的凸出形的小城。

〔20〕鱄鲋(zhuān fū 专夫):均鱼名。鱄,一种淡水鱼,味甚美。鲋,河豚。

〔21〕葑(fēng 封)门:今苏州城东面靠南之门。葑为菜名,属蔓青类。

〔22〕干隧:地名,一名遂山。在阳山西南一里。

〔23〕甬东:古地名,一作甬句东,在浙江舟山群岛定海县东之翁山。即第八十回之句甬。

〔24〕编氓:指编入户籍的普通百姓。

〔25〕龙尾山:地名,在今江西婺源县。

〔26〕金虎:器物上的虎形装饰。疑指墓道上的铜牛、铜马之类。

〔27〕《黍离》:《诗经·王风》中篇目,内写周大夫于西周亡后,过故宗庙宫室,见尽生禾黍,感而吟成此诗。后常用以表达亡国后的凄凉景象。

〔28〕杨诚斋:即南宋著名诗人杨万里(1127—1206),字廷秀,号诚斋,吉水(今江西吉安)人。其诗颇有特色,称"诚斋体"。著有《诚斋集》。

〔29〕萨都剌:元代诗人,字天锡,号直斋,雁门(今山西代县)人。工诗词,著有《雁门集》。

〔30〕陆龟蒙:唐代文学家,字鲁望,苏州人。曾任苏、湖二郡从事。后隐居松江甫里,号甫里先生。著有《甫里集》。

〔31〕舒州:春秋时齐邑名,亦作徐州,在今山东滕州。

〔32〕元王:周元王姬仁,敬王子。在位七年(前475—前469)。

〔33〕天禧:天赐好运。

〔34〕勒常彝:指刻功于鼎彝之上。勒,雕刻。彝,盛器,常作祭祀之用。

《左传·襄公十九年》注:"彝,常也,谓钟鼎为宗庙之常器。"

〔35〕 齐女门:即齐门,苏州东北门,后又改名望齐门。见第七十九回。

〔36〕 罗隐(833—909):晚唐文学家。字昭谏,新城(今属浙江)。曾节度判官等职。擅长诗歌小品,著有《罗昭谏集》。

〔37〕 鸱夷子皮:《汉书·货殖传》颜师古注:"自号鸱夷者,多所容受,而可卷怀,与时张弛也。鸱夷,皮之所为,故曰子皮。"

〔38〕 陶山:在陶邑(今山东菏泽市定陶区)境内。陶邑春秋末属宋,战国时属齐,乃当时著名商业城市。

〔39〕 吴江:苏州辖县,在苏州南太湖畔。

〔40〕 张翰:西晋文学家,字季鹰,吴(今苏州)人。曾为齐王司马冏掾吏,知冏将败,因秋风起,思家乡莼鲈味美,遂辞归吴。不久,冏果被杀。

〔41〕 三高祠:在今吴江垂虹桥东。

〔42〕 宋人刘寅:查宋代无诗人名刘寅者。疑指明洪武间进士刘寅。崞县人。

〔43〕 "建崇越相"句:越相指越之相国范蠡。此句言曾建崇功,后来下场又如何呢?

〔44〕 "为我谋"句:吴之前人,指夫差之前吴国各代君王,均已死去。这是要文种死的婉转说法。

〔45〕 卧龙山:又名重山,在今浙江绍兴市东。清康熙南巡曾驻此,改名兴隆山。

〔46〕 周元王之七年:即公元前469年。

〔47〕 晋出公:名姬凿,晋定公子,在位十七年(前474—前458)。被四家讨伐,出奔于齐,死于途中,故谥出。

〔48〕 晋阳:春秋时晋邑名。在今山西太原市西南。

〔49〕 周贞定王十一年:贞定王乃元王子姬介,在位二十八年(前468—前441)。十一年为公元前458年。

〔50〕 哀公:晋哀公姬骄,在位十八年(前457—前440)。

第八十四回

智伯决水灌晋阳　豫让击衣报襄子

话说智伯名瑶，乃智武子跞之孙，智宣子徐吾之子。徐吾欲建嗣，谋于族人智果曰："吾欲立瑶何如？"智果曰："不如宵也。"徐吾曰："宵才智皆逊于瑶，不如立瑶。"智果曰："瑶有五长过人，惟一短耳。美须长大过人，善射御过人，多技艺过人，强毅果敢过人，智巧便给过人，然而贪残不仁，是其一短。以五长凌人，而济之以不仁，谁能容之？若果立瑶，智宗必灭！"徐吾不以为然。竟立瑶为適子。智果叹曰："吾不别族，惧其随波而溺也！"乃私谒太史，求改氏谱，自称辅氏。

及徐吾卒，瑶嗣位，独专晋政。内有智开、智国等肺腑之亲，外有絺疵、豫让等忠谋之士，权尊势重，遂有代晋之志，召诸臣密议其事。谋士絺疵进曰："四卿位均力敌，一家先发，三家拒之。今欲谋晋室，先削三家之势。"智伯曰："削之何道？"絺疵曰："今越国方盛，晋失主盟。主公托言兴兵，与越争霸，假传晋侯之命，令韩、赵、魏三家各献地百里，率其赋以为军资。三家若从命割地，我坐而增三百里之封，智氏益强，而三家日削矣。有不从者，矫晋侯之命，率大军先除灭之。此食果去皮之法也。"智伯曰："此计甚妙！但三家先从那家割起？"𫄨疵曰："智氏睦于韩、魏，而与赵有隙，宜先韩次魏，韩、魏既从，赵不能独异也。"智伯即遣智开至韩虎府中，虎延入中堂，叩其来意。智开曰："吾兄奉晋侯之命，治兵伐越，令三卿各割采地百里，入于公家，取其赋以充公用。吾兄命某致意，愿乞地界回复。"韩虎曰："子且暂回，某来日即当报命。"智开去，韩康子虎召集群下谋曰："智瑶欲挟晋侯以弱三家，故请割地为名。吾欲兴兵先除此贼，卿等以为何如？"谋士段规曰："智伯贪而无厌，假君命以削吾地。若用兵，是抗君也，彼将借以罪我，不如与之。彼得吾地，必又求之于赵、魏。赵、魏不从，必相攻击，吾得安坐而观其胜负。"韩虎然之。

次日，令段规画出地界百里之图，亲自进于智伯。智伯大喜，设宴于蓝台之上，以款韩虎。饮酒中间，智伯命左右取画一轴，置于几上，同虎观之，乃鲁卞庄子刺三虎[1]之图。上有题赞云：

> 三虎啖羊，势在必争。其斗可俟，其倦可乘。一举兼收，卞庄之能！

智伯戏谓韩虎曰："某尝稽诸史册，列国中与足下同名者，齐有高虎，郑有罕虎，今与足下而三矣。"时段规侍侧，进曰："礼，不呼名，惧触讳也。君之戏吾主，毋乃甚乎？"段规生得身材矮小，立于智伯之旁，才及乳下。智伯以手拍其顶曰："小儿何知，亦来饶舌！三虎所啖之馀，得非汝耶？"言毕，拍手大笑。段规不敢对，以目视韩虎。韩佯醉，闭目应曰："智伯之言是也。"即时辞去。智国闻之，谏曰："主公戏其君而侮其臣，韩氏之恨必深，若不备之，祸且至矣。"智伯瞋目大言曰："我不祸人足矣，谁敢兴祸于我？"智国曰："蚋蚁蜂虿[2]，犹能害人，况君相乎？主公不备，异日悔之何

1019

及！"智伯曰："吾将效卞庄子一举刺三虎，蚋蚁蜂虿，我何患哉！"智国叹息而出。史臣有诗云：

> 智伯分明井底蛙，眼中不复置王家。
> 宗英[3]空进兴亡计，避害谁如辅果嘉？

次日，智伯再遣智开求地于魏桓子驹，驹欲拒之。谋臣任章曰："求地而与之，失地者必惧，得地者必骄。骄则轻敌，惧则相亲，以相亲之众，待轻敌之人，智氏之亡可待矣。"魏驹曰："善。"亦以万家之邑献之。

智伯乃遣其兄智宵，求蔡、皋狼[4]之地于赵氏。赵襄子无恤，衔其旧恨，怒曰："土地乃先世所传，安敢弃之？韩、魏有地自予，吾不能媚人也！"智宵回报，智伯大怒，尽出智氏之甲，使人邀韩、魏二家，共攻赵氏，约以灭赵氏之日，三分其地。韩虎、魏驹一来惧智伯之强，二来贪赵氏之地，各引一军，从智伯征进。智伯自将中军，韩军在右，魏军在左，杀奔赵府中，欲擒赵无恤。赵氏谋臣张孟谈预知兵到，奔告无恤曰："寡不敌众，主公速宜逃难！"无恤曰："逃在何处方好？"张孟谈曰："莫如晋阳。昔董安于曾筑公宫于城内[5]，又经尹铎[6]经理一番，百姓受尹铎数十年宽恤之恩，必能效死。先君临终有言：'异日国家有变，必往晋阳。'主公宜速行，不可迟疑。"无恤即率家臣张孟谈、高赫等，望晋阳疾走。智伯勒二家之兵，以追无恤。

却说无恤有家臣原过，行迟落后，于中途遇一神人，半云半雾，惟见上截金冠锦袍，面貌亦不甚分明，以青竹二节授之。嘱曰："为我致赵无恤。"原过追上无恤，告以所见，以竹管呈之。无恤亲剖其竹，竹中有朱书二行："告赵无恤，余霍山[7]之神也。奉上帝命,三月丙戌,使汝灭智氏。"无恤令秘其事。行至晋阳,晋阳百姓感尹铎仁德,携老扶幼,迎接入城,驻扎公宫。无恤见百姓亲附,又见晋阳城堞高固,仓廪充实,心中稍安。即时晓谕百姓,登城守望。点阅军器,戈戟钝敝,箭不满千,愀然不乐,谓张孟谈曰:"守城之器,莫利于弓矢,今箭不过数百,不够分给,奈何?"孟谈曰:"吾闻董安于之治晋阳也,公宫之墙垣,皆以荻蒿[8]楛楚[9],聚而筑之。主公何不发其墙垣,以验虚实?"无恤使人发其墙垣,果然都是箭簳之料。无恤曰:"箭已足矣,奈无金以铸兵器何?"孟谈曰:"闻董安于建宫之时,堂室皆练精铜为柱,卸而用之,铸兵有馀也。"无恤再发其柱,纯是炼过的精铜。即使冶工碎柱,铸为剑戟刀枪,无不精利,人情益安。无恤叹曰:"甚哉,治国之需贤臣也!得董安于而器用备,得尹铎而民心归,天祚赵氏,其未艾乎?"

再说智、韩、魏三家兵到,分作三大营,连络而居,把晋阳围得铁桶相似。晋阳百姓,情愿出战者甚众,齐赴公宫请令。无恤召张孟谈商之。孟谈曰:"彼众我寡,战未必胜,不如深沟高垒,坚闭不出,以待其变。韩、魏无仇于赵,特为智伯所迫耳。两家割地,亦非心愿,虽同兵而实不同心。不出数月,必有自相疑猜之事,安能久乎?"无恤纳其言,亲自抚谕百姓,示以协力固守之意。军民互相劝勉,虽妇女童稚,亦皆欣然愿效死力。有敌兵近城,辄以强弩射之,三家围困岁馀,不能取胜。智伯乘小车周行城外,叹曰:"此城坚如铁瓮,安可破哉?"正怀闷间,行至一山,见山下泉流万道,滚滚望东而逝。拘土人问之,答曰:"此山名曰龙山[10],山腹有巨石如瓮,故又名悬瓮山。晋水[11]东流,与汾水[12]合,此山乃发源之处也。"智伯曰:"离城几何里?"土人曰:"自此至城西门,可十里之遥。"智伯登山以望晋水，复绕城东北，相度了一回，忽然省悟曰："吾得破城之策矣！"即时回寨，请韩、魏二家商议，欲引水灌城。韩虎曰："晋水东流，安能决之使西乎？"智伯曰："吾非引晋水也。晋水发源于龙山，其流如注，若于山北高阜处，掘成大渠，预为蓄水之地，然后将晋水上流坝断，使水不归于晋川，势必尽注新渠。方今春雨将降，山水必大发，俟水至之日，决堤灌城，城中之人，皆为鱼鳖矣。"韩、魏齐声赞曰："此计妙哉！"智伯曰："今日便须派定路数，各司其事。韩公守把东路，魏公守把南路，须早夜用心，以防奔突。某将大营移屯龙山，兼守西北二路，专督开渠筑堤之事。"韩、魏领命辞去。智伯传下号令，多备锹锸，凿渠于晋水之北。次将各处泉流下泻之道，尽皆坝断。复于渠之左右，筑起高堤，凡山坳泄水之处，都有堤坝。那泉源泛溢，奔激无归，只得望北而走，尽注新渠。却将铁杭[13]闸板，渐次增添，截住水口，其水便有留而无去，有增而无减了。今晋水北流一支，名智伯渠，即当日所凿也。一月之后，果然春雨大降，山水骤涨，渠高顿与堤平。智伯使人决开北面，其水从北溢出，竟灌入晋阳城来。有诗为证：

  向闻洪水汨山陵，复见壅泉灌晋城。

  能令阳侯[14]添胆大，便教神禹也心惊。

时城中虽被围困，百姓向来富庶，不苦冻馁。况城基筑得十分坚厚，虽经水浸，并无剥损。过数日，水势愈高，渐渐灌入城中，房屋不是倒塌，便是淹没，百姓无地可栖，无灶可爨，皆构巢而居，悬釜而炊。公宫虽有高台，无恤不敢安居，与张孟谈不时乘竹筏，周视城垣。但见城外水声淙淙，一望江湖，有排山倒峡之势，再加四五尺，便冒过城头了。无恤心下暗暗惊恐。且喜守城军民，昼夜巡警,未尝疏怠,百姓皆以死自誓,更无二心。无恤叹曰:"今日方知尹铎之功矣!"乃私谓张孟谈曰:"民心虽未变,而水势不退,倘山水再涨,阖城俱为鱼鳖,将若之何?霍山神其欺我乎?"孟谈曰:"韩、魏献地,未必甘心,今日从兵,迫于势耳。臣请今夜潜出城外,说韩、魏之君,反攻智伯,方脱此患。"无恤曰:"兵围水困,虽插翅亦不能飞出也。"孟谈曰:"臣自有计,吾主不必忧虑,主公但令诸将多造船筏,利兵器,倘徼天之幸,臣说得行,智伯之头,指日可取矣。"无恤许之。

孟谈知韩康子屯兵于东门,乃假扮智伯军士,于昏夜缒城而出,径奔韩家大寨,只说:"智元帅有机密事,差某面禀。"韩虎正坐帐中,使人召入。其时军中严急,凡进见之人,俱搜简干净,方才放进。张孟谈既与军士一般打扮,身边又无夹带,并不疑心。孟谈既见韩虎,乞屏左右。虎命从人闪开,叩其所以。孟谈曰:"某非军士,实乃赵氏之臣张孟谈也。吾主被围日久,亡在旦夕。恐一旦身死家灭,无由布其腹心,故特遣臣假作军士,夜潜至此,求见将军,有言相告。将军容臣进言,臣敢开口,如不然,臣请死于将军之前。"韩虎曰:"汝有话但说,有理则从。"孟谈曰:"昔日六卿和睦,同执晋政,自范氏、中行氏不得众心,自取覆灭。今存者,惟智、韩、魏、赵四家耳。智伯无故欲夺赵氏蔡、皋狼之地,吾主念先世之遗,不忍遽割,未有得罪于智伯也。智伯自恃其强,纠合韩、魏,欲攻灭赵氏。赵氏亡,则祸必次及于韩、魏矣。"韩虎沉吟未答。孟谈又曰:"今日韩、魏所以从智伯而攻赵者,指望城下之日,三分赵氏之地耳。夫韩、魏不尝割万家之邑,以献智伯乎?世传疆宇,彼尚垂涎而夺之,未闻韩、魏敢出一语相抗也,况他人之地哉?赵氏灭,则

第八十四回

智氏益强。韩、魏能引今日之劳,与之争厚薄乎?即使今日三分赵地,能保智氏异日之不复请乎?将军请细思之!"韩虎曰:"子之意欲如何?"孟谈曰:"依臣愚见,莫若与吾主私和,反攻智伯。均之得地,而智氏之地多倍于赵,且以除异日之患。三君同心,世为唇齿,岂不美哉?"韩虎曰:"子言亦似有理,俟吾与魏家计议。子且去,三日后来取回复。"孟谈曰:"臣万死一生,此来非同容易,军中耳目,难保不泄。愿留麾下三日,以待尊命。"韩虎使人密召段规,告以孟谈所言。段规受智伯之侮,怀恨未忘,遂深赞孟谈之谋。韩虎使孟谈与段规相见,段规留孟谈同幕而居,二人深相结纳。次日,段规奉韩虎之命,亲往魏桓子营中,密告以赵氏有人到军中讲话,如此恁般:"吾主不敢擅便,请将军裁决!"魏驹曰:"狂贼悖嫚,吾亦恨之!但恐缚虎不成,反为所噬耳。"段规曰:"智伯不能相容,势所必然。与其悔于后日,不如断于今日。赵氏将亡,韩、魏存之,其德我必深,不犹愈于与凶人共事乎?"魏驹曰:"此事当熟思而行,不可造次。"段规辞去。

到第二日,智伯亲自行水,遂治酒于悬瓮山,邀请韩、魏二将军,同视水势。饮酒中间,智伯喜形于色,遥指着晋阳城,谓韩、魏曰:"城不没者,仅三版矣!吾今日始知水之可以亡人国也。晋国之盛,表里山河[15],汾、浍[16]、晋、绛[17],皆号巨川。以吾观之,水不足恃,适足速亡耳。"魏驹私以肘撑韩虎,韩虎蹑魏驹之足,二人相视,皆有惧色。须臾席散,辞别而去。絺疵谓智伯曰:"韩、魏二家必反矣!"智伯曰:"子何以知之?"絺疵曰:"臣未察其言,已观其色。主公与二家约,灭赵之日,三分其地。今赵城旦暮必破,二家无得地之喜,而有虑患之色,是以知其必反也。"智伯曰:"吾与

智伯决水灌晋阳　豫让击衣报襄子

二氏方欢然同事，彼何虑焉？"絺疵曰："主公言水不足恃，适速其亡。夫晋水可以灌晋阳，汾水可以灌安邑[18]，绛水可以灌平阳[19]。主公言及晋阳之水，二君安得不虑乎？"至第三日，韩虎、魏驹亦移酒于智伯营中，答其昨日之情。智伯举觞未饮，谓韩、魏曰："瑶素负直性，能吐不能茹[20]。昨有人言，二位将军有中变之意，不知果否？"韩虎、魏驹齐声答曰："元帅信乎？"智伯曰："吾若信之，岂肯面询于将军哉？"韩虎曰："闻赵氏大出金帛，欲离间吾三人，此必谗臣受赵氏之私，使元帅疑我二家，因而懈于攻围，庶几脱祸耳。"魏驹亦曰："此言甚当。不然，城破在迩，谁不愿剖分其土地，乃舍此目前必获之利，而蹈不可测之祸乎？"智伯笑曰："吾亦知二位必无此心，乃絺疵之过虑也。"韩虎曰："元帅今日虽然不信，恐早晚复有言者，使吾两人忠心无以自明，宁不堕谗臣之计乎？"智伯以酒酹地曰："今后彼此相猜，有如此酒！"虎、驹拱手称谢。是日饮酒倍欢，将晚而散。絺疵随后入见智伯曰："主公奈何以臣之言，泄于二君耶？"智伯曰："汝又何以知之？"絺疵曰："适臣遇二君于辕门，二君端目视臣，已而疾走。彼谓臣已知其情，有惧臣之心，故遑遽如此。"智伯笑曰："吾与二子酹酒为誓，各不相猜。子勿妄言，自伤和气。"絺疵退而叹曰："智氏之命不长矣！"乃诈言暴得寒疾，求医治疗，遂逃奔秦国去讫。髯翁有诗咏絺疵云：

韩魏离心已见端，絺疵远识讵能瞒？

一朝托疾飘然去，明月清风到处安。

再说韩虎、魏驹从智伯营中归去，路上二君定计，与张孟谈歃血订约："期于明日夜半，决堤泄水，你家只看水退为信，便引城内军士，杀将出来，共擒智伯。"孟谈领命入城，报知无恤。无恤大

第八十四回

喜，暗暗传令，结束停当，等待接应。至期，韩虎、魏驹暗地使人袭杀守堤军士，于西面掘开水口，水从西决，反灌入智伯之寨。军中惊乱，一片声喊起，智伯从睡梦中惊醒起来，水已及于卧榻，衣被俱湿。还认道巡视疏虞，偶然堤漏，急唤左右快去救水塞堤。须臾，水势益大，却得智国、豫让率领水军，驾筏相迎，扶入舟中。回视本营，波涛滚滚，营垒俱陷，军粮器械，飘荡一空。营中军士，尽从水中浮沉挣命。智伯正在凄惨，忽闻鼓声大震，韩魏两家之兵，各乘小舟，趁着水势杀来，将智家军乱砍。口中只叫："拿智瑶来献者重赏！"智伯叹曰："吾不信絺疵之言，果中其诈！"豫让曰："事已急矣！主公可从山后逃匿，奔入秦邦请兵。臣当以死拒敌。"智伯从其言，遂与智国掉小舟转出山背。谁知赵襄子也料智伯逃奔秦国，却遣张孟谈从韩、魏二家追逐智军，自引一队，伏于龙山之后，凑巧相遇。无恤亲缚智伯，数其罪斩之。智国投水溺死。豫让鼓励残兵，奋勇迎战，争奈寡不敌众，手下渐渐解散。及闻智伯已擒，遂变服逃往石室山中。智氏一军尽没。无恤查是日，正三月丙戌日也。天神所赐竹书，其言验矣。

三家收兵在于一处，将各路坝闸，尽行拆毁，水复东行，归于晋川，晋阳城中之水，方才退尽。无恤安抚居民已毕，谓韩、魏曰："某赖二公之力，保全残城，实出望外。然智伯虽死，其族尚存，斩草留根，终为后患。"韩、魏曰："当尽灭其宗，以泄吾等之恨！"无恤即同韩、魏回至绛州，诬智氏以叛逆之罪，围其家，无男女少长，尽行屠戮，宗族俱尽。惟智果已出姓为辅氏，得免于难，到此方知果之先见矣。韩、魏所献地，各自收回。又将智氏食邑，三分均分，无一民尺土，入于公家。此周贞定王十六年[21]事也。

智伯决水灌晋阳　豫让击衣报襄子

无恤论晋阳之功，左右皆推张孟谈为首，无恤独以高赫为第一。孟谈曰："高赫在围城之中，不闻画一策，效一劳，而乃居首功，受上赏，臣窃不解。"无恤曰："吾在厄困中，众俱慌错，惟高赫举动敬谨，不失君臣之礼。夫功在一时，礼垂万世，受上赏，不亦宜乎？"孟谈愧服。无恤感山神之灵，为之立祠于霍山，使原过世守其祀。又憾智伯不已，漆其头颅为溲便之器。豫让在石室山中，闻知其事，涕泣曰："士为知己者死。吾受智氏厚恩，今国亡族灭，辱及遗骸，吾偷生于世，何以为人？"乃更姓名，诈为囚徒服役者，挟利匕首，潜入赵氏内厕之中，欲候无恤如厕，乘间刺之。无恤到厕，忽然心动，使左右搜厕中，牵豫让出见无恤。无恤乃问曰："子身藏利器，欲行刺于吾耶？"豫让正色答曰："吾智氏亡臣，欲为智伯报仇耳！"左右曰："此人叛逆宜诛！"无恤止之曰："智伯身死无后，而豫让欲为之报仇，真义士也！杀义士者不祥。"令放豫让还家。临去，复召问曰："吾今纵子，能释前仇否？"豫让曰："释臣者，主之私恩；报仇者，臣之大义。"左右曰："此人无礼，纵之必为后患。"无恤曰："吾已许之，可失信乎？今后但谨避之可耳。"即日归治晋阳，以避豫让之祸。

却说豫让回至家中，终日思报君仇，未能就计。其妻劝其再仕韩、魏，以求富贵。豫让怒，拂衣而出。思欲再入晋阳，恐其识认不便，乃削须去眉，漆其身为癞子之状，乞丐于市中。妻往市跟寻，闻呼乞声，惊曰："此吾夫之声也！"趋视，见豫让，曰："其声似而其人非。"遂舍去。豫让嫌其声音尚在，复吞炭变为哑喉，再乞于市。妻虽闻声，亦不复讶。有友人素知豫让之志，见乞者行动，心疑为让，潜呼其名，果是也。乃邀至家中进饮食，谓曰："子报仇之志决矣！然未得报之术也。以子之才，若诈投赵氏，必得重用。此时乘隙行事，唾手而得，何苦毁形灭性，以求济其事乎？"豫让谢曰："吾既臣赵氏，而复行刺，是贰心也。今吾漆身吞炭，为智伯报仇，正欲使人臣怀贰心者，闻吾风而知愧耳！请与子诀，勿复相见。"遂奔晋阳城来，行乞如故，更无人识之者。赵无恤在晋阳观智伯新渠，已成之业，不可复废，乃使人建桥于渠上，以便来往，名曰赤桥。赤乃火色，火能克水，因晋水之患，故以赤桥厌[22]之。桥既成，无恤驾车出观。豫让预知无恤观桥，复怀利刃，诈为死人，伏于桥梁之下。无恤之车，将近赤桥，其马忽悲嘶却步。御者连鞭数策，亦不前进。张孟谈进曰："臣闻良骥不陷其主。今此马不渡赤桥，必有奸人藏伏，不可不察。"无恤停车，命左右搜简。回报："桥下并无奸细，只有一死人僵卧。"无恤曰："新筑桥梁，安得便有死尸？必豫让也。"命曳出视之，形容虽变，无恤尚能识认。骂曰："吾前已曲法赦子，今又来谋刺，皇天岂佑汝哉！"命牵去斩之。豫让呼天而号，泪与血下。左右曰："子畏死耶？"让曰："某非畏死，痛某死之后，别无报仇之人耳！"无恤召回问曰："子先事范氏，范氏为智伯所灭，子忍耻偷生，反事智伯，不为范氏报仇。今智伯之死，子独报之甚切，何也？"豫让曰："夫君臣以义合。君待臣如手足，则臣待君如腹心；君待臣如犬马，则臣待君如路人。某向事范氏，止以众人相待，吾亦以众人报之。及事智伯，蒙其解衣推食，以国士[23]相待，吾当以国士报之。岂可一例而观耶？"无恤曰："子心如铁石不转，吾不复赦子矣！"遂解佩剑，责令自裁。豫让曰："臣闻忠臣不忧身之死，明主不掩人之义。蒙君赦宥，于臣已足。今日臣岂望再活？但两计不成，愤无所泄。请君脱衣与臣击之，以寓报仇之意,臣死亦瞑目矣!"无恤怜其志,脱下锦袍,使左右递与豫让。让掣剑在手,怒目视袍,如对无恤之状,三跃而三砍之,曰:"吾今可以报智伯于地下矣。"遂伏剑而死。至今此桥尚存,后人改名为豫让桥。无恤见豫让自刎,心甚悲之,即命收葬其尸。军士提起锦袍,呈与无恤。无恤视所砍之处,皆有鲜血点污。此乃精诚之所感也。无恤心中惊骇,自是染病。不知性命何如,且看下回分解。

〔1〕 卞庄子刺三虎:卞庄子,鲁国大夫,食邑于卞(山东泗水县东),谥庄。《史记·陈轸传》载其刺双虎事。待其一死一伤,然后刺之。此言三虎,实为借题发挥。

〔2〕 蚋(ruì 瑞)蚁蜂虿(chài 拆四声):指蚊子、蚂蚁、蜜蜂、蝎子一类能伤害人之虫。

〔3〕 宗英:本族精英。指智国、智果等有识之士。

〔4〕 蔡、皋狼:鲍彪本《战国策》及《韩非子·十过》均作蔺、皋狼。《史记·赵世家》亦载有"先王取蔺、郭(皋)狼"。故蔡乃蔺之误。蔺、皋狼均晋地名。蔺在今山西吕梁市离石区西,皋狼在离石区北。

〔5〕 "昔董安于"句:董安于为赵氏守晋阳事,见第七十九回。

〔6〕 尹铎:应为赵鞅家臣。其治晋阳事,此前未曾记载。

〔7〕 霍山:一名太岳山,在今山西霍县西南。

〔8〕 荻蒿:皆野草一类。荻与芦苇同科而异种,叶较阔而韧,枝较坚而直,可作箭杆之用。蒿即青蒿,属艾类。

〔9〕 楛(hù 户)楚:楛,荆类,可作箭杆。楚,木名,即牡荆,枝干坚劲,可作弓。

〔10〕 龙山:即悬瓮山,在今山西太原市西南。晋水即发源于龙山之滴沥泉。

〔11〕 晋水:古水名。分北、中、南三渠。东流入汾河。智伯灌晋阳,即用此水之北渠。

〔12〕 汾水:水名。黄河支流,山西境内主要河流。源于山西宁武县,南流经太原、临汾,至西津县入黄河。

〔13〕 铁枋(fāng 方):铁桩。枋,本指大木桩。

〔14〕 阳侯:传说中的波神。《淮南子·冥览》:"武王伐纣,渡于孟津,阳侯之波,逆流而击。"高诱注:"阳侯,陵阳国侯也。其国近水,溺水而死,其神能为大波……因谓之阳侯之波。"

〔15〕 表里山河:指晋国形势之险要,外有太华、少华诸山,内有黄河环绕。

〔16〕 浍:即今之浍河。源出山西翼城县东,西流经曲沃、侯马入汾水。

〔17〕 绛:即今之绛水。源于山西绛县,经曲沃、安邑、临漪,至蒲关入黄河。

〔18〕 安邑:古邑名。在今山西夏县西北,滨临绛水。魏绛自霍(今霍县西南)迁于此。魏驹居此。

〔19〕 平阳:古邑名。春秋时初为羊舌氏食邑,后归韩。滨临汾水。韩虎居此。案:此二句有误。应更正为"绛水可以灌安邑,汾水可以灌平阳"。

〔20〕 茹:忍受,引申为隐忍不言。

〔21〕 周贞定王十六年:即公元前 453 年。

〔22〕 厌(yā 压):镇压,抑制。

〔23〕 国士:指国中才能出众之人。

第八十五回

乐羊子怒馋中山羹　西门豹乔送河伯妇

话说赵无恤被豫让三击其衣,连打三个寒噤。豫让死后,无恤视衣砍处,皆有血迹,自此患病,逾年不痊。无恤生有五子,因其兄伯鲁为己而废,欲以伯鲁之子周为嗣,而周先死,乃立周之子浣为世子。无恤临终,谓世子赵浣曰:"三卿灭智氏,地土宽饶,百姓悦服。宜乘此时,约韩、魏三分晋国,各立庙社,传之子孙。若迟疑数载,晋或出英主,揽权勤政,收拾民心,则赵氏之祀不保矣。"言讫而瞑。赵浣治丧已毕,即以遗言告于韩虎。时周考王之四年[1],晋哀公薨,子柳立,是为幽公[2]。韩虎与魏、赵合谋,只以绛州、曲沃[3]二邑,为幽公俸食,馀地皆三分入于三家,号曰三晋。幽公微弱,反往三家朝见,君臣之分倒置矣。

再说齐相国田盘,闻三晋尽分公家之地,亦使其兄弟宗人,尽为齐都邑大夫,遣使致贺于三晋,与之通好。自是列国交际,田、赵、韩、魏四家,自出名往来。齐、晋之君,拱手如木偶而已。时周考王封其弟揭于河南王城,以续周公之官职。揭少子班,别封于巩[4]。因巩在王城之东,号曰东周公,而称河南曰西周公,此东西二周[5]之始。考王薨,子午立,是为威烈王[6]。威烈王之世,赵

第八十五回

浣卒,子赵籍代立。而韩虔嗣韩,魏斯嗣魏,田和嗣田,四家相结益深,约定彼此互相推援,共成大事。威烈王二十三年,有雷电击周之九鼎,鼎俱摇动。三晋之君,闻此私议曰:"九鼎乃三代传国之重器,今忽震动,周运其将终矣。吾等立国已久,未正名号,乘此王室衰微之际,各遣使请命于周王,求为诸侯,彼畏吾之强,不敢不许。如此,则名正言顺,有富贵之实,而无篡夺之名,岂不美哉?"于是各遣心腹之使,魏遣田文,赵遣公仲连,韩遣侠累,各赍金帛及土产之物,贡献于威烈王,乞其册命。威烈王问于使者曰:"晋地皆入于三家乎?"魏使田文对曰:"晋失其政,外离内叛,三家自以兵力征讨叛臣,而有其地,非攘之于公家也。"威烈王又曰:"三晋既欲为诸侯,何不自立?乃复告于朕乎?"赵使公仲连对曰:"以三晋累世之强,自立诚有馀。所以必欲禀命者,不敢忘天子之尊耳。王若册封三晋之君,俾世笃忠贞,为周藩屏,于王室何不利焉?"威烈王大悦,即命内史作策命,赐籍为赵侯,虔为韩侯,斯为魏侯,各赐黼冕、圭璧全副。田文等回报,于是赵、韩、魏三家,各以王命宣布国中。赵都中牟[7],韩都平阳,魏都安邑,立宗庙社稷。复遣使遍告列国,列国亦多致贺。惟秦国自弃晋附楚之后,不通中国,中国亦以夷狄待之,故独不遣贺。未几,三家废晋靖公[8]为庶人,迁于纯留[9],而复分其馀地。晋自唐叔传至靖公,凡二十九世,其祀遂绝。髯翁有诗叹云:

  六卿归四四归三,南面称侯自不惭。

  利器莫教轻授柄,许多昏主导奸贪。

又有诗讥周王不当从三晋之命,导人叛逆。诗云:

  王室单微似赘瘤[10],怎禁三晋不称侯?

若无册命终成窃，只怪三侯不怪周。

却说三晋之中，惟魏文侯斯最贤，能虚心下士。时孔子高弟卜商，字子夏，教授于西河[11]，文侯从之受经。魏成荐田子方之贤，文侯与之为友。成又言："西河人段干木，有德行，隐居不仕。"文侯即命驾车往见。干木闻车驾至门，乃窬后垣而避之。文侯叹曰："高士也！"遂留西河一月，日日造门请见，将近其庐，即凭轼起立，不敢倨坐。干木知其诚，不得已而见之。文侯以安车[12]载归，与田子方同为王宾。四方贤士，闻风来归。又有李克、翟璜、田文、任座一班谋士，济济在朝，当时人才之盛，无出魏右。秦人屡次欲加兵于魏，畏其多贤，为之寝兵。文侯尝与虞人[13]期定午时，猎于郊外。其日早朝，值天雨，寒甚，赐群臣酒，君臣各饮，方在浃洽之际，文侯问左右曰："时及午乎？"答曰："时午矣。"文侯遽命撤酒，促舆人速速驾车适野。左右曰："雨，不可猎矣，何必虚此一出乎？"文侯曰："吾与虞人有约，彼必相候于郊，虽不猎，敢不亲往以践约哉？"国人见文侯冒雨而出，咸以为怪，及闻赴虞人之约，皆相顾语曰："我君之不失信于人如此。"于是凡有政教，朝令夕行，无敢违者。

却说晋之东，有国名中山[14]，姬姓，子爵，乃白狄[15]之别种，亦号鲜虞。自晋昭公之世，叛服不常，屡次征讨，赵简子率师围之，始请和，奉朝贡。及三晋分国，无所专属。中山子姬窟，好为长夜之饮，以日为夜，以夜为日，疏远大臣，狎昵群小，黎民失业，灾异屡见。文侯谋欲伐之。魏成进曰："中山西近赵，而南远于魏，若攻而得之，未易守也。"文侯曰："若赵得中山，则北方之势愈重

第八十五回

矣。"翟璜奏曰:"臣举一人,姓乐名羊,本国榖丘[16]人也。此人文武全才,可充大将之任。"文侯曰:"何以见之?"翟璜对曰:"乐羊尝行路,得遗金,取之以归,其妻唾之曰:'志士不饮盗泉[17]之水,廉者不受嗟来之食[18]。此金不知来历,奈何取之,以污素行乎?'乐羊感妻之言,乃抛金于野,别其妻而出,游学于鲁、卫。过一年来归,其妻方织机,问夫:'所学成否?'乐羊曰:'尚未也。'妻取刀断其机丝。乐羊惊问其故。妻曰:'学成而后可行,犹帛成而后可服。今子学尚未成,中道而归,何异于此机之断乎?'乐羊感悟,复往就学,七年不返。今此人见在本国,高自期许,不屑小仕,何不用之?"文侯即命翟璜以辂车[19]召乐羊,左右阻之曰:"臣闻乐羊长子乐舒,见仕中山,岂可任哉?"翟璜曰:"乐羊,功名之士也。子在中山,曾为其君招乐羊,羊以中山君无道不往。主公若寄以斧钺之任[20],何患不能成功乎?"文侯从之。

乐羊随翟璜入朝见文侯,文侯曰:"寡人欲以中山之事相委,奈卿子在彼国何?"乐羊曰:"丈夫建功立业,各为其主,岂以私情废公事哉?臣若不能破灭中山,甘当军令!"文侯大喜曰:"子能自信,寡人无不信子。"遂拜为元帅,使西门豹为先锋,率兵五万,往伐中山。姬窟遣大将鼓须,屯兵楸山[21],以拒魏师。乐羊屯兵于文山[22]。相持月馀,未分胜负。乐羊谓西门豹曰:"吾在主公面前,任军令状而来,今出兵月馀,未有寸功,岂不自愧!吾视楸山多楸树,诚得一胆勇之士,潜师而往,纵火焚林,彼兵必乱,乱而乘之,无不胜矣。"西门豹愿往。其时八月中秋,中山子姬窟,遣使赍羊酒到楸山,以劳鼓须。鼓须对月畅饮,乐而忘怀。约至三更,西门豹率兵卸衔枚突至,每人各持长炬一根,俱枯枝扎成,内灌有引火

乐羊子怒馁中山羹　西门豹乔送河伯妇

药物，四下将楸木焚烧。鼓须见军中火起，延及营寨，带醉率军士救火，只见哔哔喇喇，遍山皆着，没救一头处。军中大乱。鼓须知前营有魏兵，急往山后奔走。正遇乐羊亲自引兵从山后袭来，中山兵大败，鼓须死战得脱。奔至白羊关[23]，魏兵紧追在后，鼓须弃关而走。

乐羊长驱直入，所向皆破。鼓须引败兵见姬窟，言乐羊勇智难敌。须臾，乐羊引兵围了中山，姬窟大怒。大夫公孙焦进曰："乐羊者，乐舒之父，舒仕于本国。君令舒于城上说退父兵，此为上策。"姬窟依计，谓乐舒曰："尔父为魏将攻城，如说得退兵，当封汝大邑。"乐舒曰："臣父前不肯仕中山，而仕于魏。今各为其主，岂臣说之可行哉？"姬窟强之。乐舒不得已，只得登城大呼，请其父相见。乐羊披挂登于辇车，一见乐舒，不等开口，遽责曰："君子不居危国，不事乱朝。汝贪于富贵，不识去就。吾奉君命吊民伐罪，可劝汝君速降，尚可相见。"乐舒曰："降不降在君，非男所得专也。但求父暂缓其攻，容我君臣从容计议。"乐羊曰："吾且休兵一月，以全父子之情。汝君臣可早早定议，勿误大事。"乐羊果然出令，只教软困[24]，不去攻城。姬窟恃着乐羊爱子之心，决不急攻，且图延缓，全无主意。过了一月，乐羊使人讨取降信。姬窟又叫乐舒求宽，乐羊又宽一月。如此三次，西门豹进曰："元帅不欲下中山乎？何以久而不攻也？"乐羊曰："中山君不恤百姓，吾故伐之。若攻之太急，伤民益甚。吾之三从其请，不独为父子之情，亦所以收民心也。"

却说魏文侯左右见乐羊新进，骤得大用，俱有不平之意。及闻其三次辍攻，遂谮于文侯曰："乐羊乘屡胜之威，势如破竹。特因乐舒一语，三月不攻，父子情深，亦可知矣。主公若不召回，恐老师费财，无益于事。"文侯不应，问于翟璜。璜曰："此必有计，主公勿疑。"自此群臣纷纷上书，有言中山将分国之半与乐羊者，有言乐羊谋与中山，共攻魏国者，文侯俱封置箧内。但时时遣使劳苦，预为治府第于都中，以待其归。乐羊心甚感激，见中山不降，遂率将士尽力攻击。中山城坚厚，且积粮甚多，鼓须与公孙焦昼夜巡警，拆城中木石，为捍御之备，攻至数月，尚不能破。恼得乐羊性起，与西门豹亲立于矢石之下，督令四门急攻。鼓须方指挥军士，脑门中箭而死。城中房屋墙垣，渐已拆尽。公孙焦言于姬窟曰："事已急矣！今日止有一计，可退魏兵。"窟问："何计？"公孙焦曰："乐舒三次求宽，羊俱听之，足见其爱子之情矣。今攻击至急，可将乐舒绑缚，置于高竿，若不退师，当杀其子，使乐舒哀呼乞命，乐羊之攻，必然又缓。"姬窟从其言。乐舒在高竿上，大呼："父亲救命！"乐羊见之，大骂曰："不肖子！汝仕于人国，上不能出奇运策，使其主有战胜之功；下不能见危委命，使君决行成之计；尚敢如含乳小儿，以哀号乞怜乎？"言毕，架弓搭矢，欲射乐舒。舒叫苦下城，见姬窟曰："吾父志在为国，不念父子之情。主公自谋战守，臣请死于君前，以明不能退兵之罪。"公孙焦曰："其父攻城，其子不能无罪，合当赐死。"姬窟曰："非乐舒之过也。"公孙焦曰："乐舒死，臣便有退兵之计。"姬窟遂以剑授舒，舒自刎而亡。公孙焦曰："人情莫亲于父子，今将乐舒烹羹以遗乐羊，羊见羹必然不忍，乘其哀泣之际，无心攻战，主公引一军杀出，大战一场，幸而得胜，再作计较。"姬窟不得已而从之。命将乐舒之肉烹羹，并其首送于乐羊曰："寡君以小将军不能退师，已杀而烹之，谨献其羹。小将军尚有妻孥，元帅若再攻城，即当尽行诛戮。"乐羊认得是其子首，大骂曰："不肖子！事无道昏君，固宜取死。"即取羹对使者食之，尽一器。谓使者曰："蒙汝君馈羹，破城日面谢。吾军中亦有鼎镬，以待汝君也。"使者还报。

姬窟见乐羊全无痛子之心，攻城愈急，恐城破见辱，遂入后宫自缢。公孙焦开门出降，乐羊数其谗谄败国之罪，斩之。抚慰居民已毕，留兵五千，使西门豹居守。尽收中山府藏宝玉，班师回魏。魏文侯闻乐羊成功，亲自出城迎劳曰："将军为国丧子，实孤之过也。"乐羊顿首曰："臣义不敢顾私情，以负主公斧钺之寄。"乐羊朝见毕，呈上中山地图，及宝货之数。群臣称贺。文侯设宴于内台之上，亲捧觞以赐乐羊。羊受觞饮之，足高气扬，大有矜功之色。宴毕，文侯命左右挈二箧，封识[25]甚固，送乐羊归第。左右将二箧交割，乐羊想道："箧内必是珍珠金玉之类。主公恐群臣相妒，故封识赠我。"命家人抬进中堂，启箧视之，俱是群臣奏本，本内尽说乐羊反叛之事。乐羊大惊曰："原来朝中如此造谤！若非吾君相信之深，不为所惑，怎得成功？"次日，入朝谢恩，文侯议加上赏。乐羊再拜辞曰："中山之灭，全赖主公力持于内。臣在外稍效犬马，何力之有？"文侯曰："非寡人不能任卿，非卿亦不能副寡人之任也。然将军劳矣，盍就封安食乎？"即以灵寿[26]封羊，称为灵寿君，罢其兵权。翟璜进曰："君既知乐羊之能，奈何不使将兵备边，而纵其安闲乎？"文侯笑而不答。璜出朝以问李克，克曰："乐羊不爱其子，况他人哉？此管仲所以疑易牙也。"翟璜乃悟。

文侯思中山地远，必得亲信之人为守，乃保无虞。乃使其世子击为中山君。击受命而出，遇田子方乘敝车而来。击慌忙下车，拱

第八十五回

立道旁致敬。田子方驱车直过,傲然不顾。击心怀不平,乃使人牵其车索,上前曰:"击有问于子,富贵者骄人乎?贫贱者骄人乎?"子方笑曰:"自古以来,只有贫贱骄人,那有富贵骄人之理?国君而骄人,则不保社稷,大夫而骄人,则不保宗庙。楚灵王以骄亡其国,智伯瑶以骄亡其家,富贵之不足恃明矣。若夫贫贱之士,食不过藜藿[27],衣不过布褐,无求于人,无欲于世,惟好士之主,自乐而就之,言听计合,勉为之留。不然,则浩然长往,谁能禁焉?武王能诛万乘之纣,而不能屈首阳之二士,盖贫贱之足贵如此。"太子击大惭,谢罪而去。文侯闻子方不屈于世子,益加敬礼。

时邺都[28]缺守,翟璜曰:"邺介于上党[29]、邯郸[30]之间,与韩、赵为邻,必得强明之士以守之,非西门豹不可。"文侯即用西门豹为邺都守。豹至邺城,见闾里萧条,人民稀少,召父老至前,问其所苦。父老皆曰:"苦为河伯娶妇。"豹曰:"怪事,怪事!河伯如何娶妇?汝为我详言之。"父老曰:"漳水[31]自沾岭[32]而来,由沙城[33]而东,经于邺,为漳河。河伯即清漳之神也。其神好美妇,岁纳一夫人。若择妇嫁之,常保年丰岁稔,雨水调均。不然,神怒,致水波泛溢,漂溺人家。"豹曰:"此事谁人倡始?"父老曰:"此邑之巫觋[34]所言也。俗畏水患,不敢不从。每年里豪及廷掾[35],与巫觋共计,赋民钱数百万,用二三十万,为河伯娶妇之费,其馀则共分用之。"豹问曰:"百姓任其瓜分,宁无一言乎?"父老曰:"巫觋主祝祷之事,三老[36]廷掾有科敛[37]奔走之劳,分用公费,固所甘心。更有至苦,当春初布种,巫觋遍访人家女子,有几分颜色者,即云'此女当为河伯夫人。'不愿者,多将财帛买免,别觅他女。有贫民不能买免,只得将女与之。巫觋治斋宫于河上,绛帷床席,铺设一新,将此女沐浴更衣,居于斋宫之内。卜一吉日,编苇为舟,使女登之,浮于河,流数十里乃灭。人家苦此烦费。又有爱女者,恐为河伯所娶,携女远窜,所以城中益空。"豹曰:"汝邑曾受漂溺之患否?"父老曰:"赖岁岁娶妇,不曾触河神之怒,但漂溺虽免,奈本邑土高路远,河水难达,每逢岁旱,又有干枯之患。"豹曰:"神既有灵,当嫁女时,吾亦欲往送,当为汝祷之。"

及期,父老果然来禀。西门豹具衣冠亲往河上。凡邑中官属,三老、豪户、里长、父老,莫不毕集,百姓远近皆会,聚观者数千人。三老、里长等,引大巫来见,其貌甚倨。豹观之,乃一老女子也。小巫女弟子二十馀人,衣裳楚楚,悉持巾栉炉香之类,随侍其后。豹曰:"劳苦大巫,烦呼河伯妇来,我欲视之。"老巫顾弟子使唤至。豹视女子,鲜衣素袜,颜色中等。豹谓巫妪及三老、众人曰:"河伯贵神,女必有殊色,方才相称。此女不佳,烦大巫为我入报河伯,但传太守之语:'更当别求好女,于后日送之。'"即使吏卒数人,共抱老巫,投之于河,左右莫不惊骇失色。豹静立俟之,良久曰:"妪年老不干事,去河中许久,尚不回话,弟子为我催之。"复使吏卒抱弟子一人,投于河中。少顷,又曰:"弟子去何久也?"复使弟子一人催之。又嫌其迟,更投一人。凡投弟子三人,入水即没。豹曰:"是皆女子之流,传语不明,烦三老入河,明白言之。"三老方欲辞。豹喝:"快去,即取回覆。"吏卒左牵右拽,不由分说,又推河中,逐波而去。旁观者皆为吐舌。豹簪笔鞠躬[38],向河恭敬以待。约莫又一个时辰,豹曰:"三老年高,亦复不济。须得廷掾、豪长者往告。"那廷掾、里豪,吓得面如土色,流汗浃背,一齐皆叩头求哀,流

第八十五回

血满面,坚不肯起。西门豹曰:"且俟须臾。"众人战战兢兢,又过一刻,西门豹曰:"河水滔滔,去而不返,河伯安在?枉杀民间女子,汝曹罪当偿命!"众人复叩头谢曰:"从来都被巫妪所欺,非某等之罪也。"豹曰:"巫妪已死,今后再有言河伯娶妇者,即令其人为媒,往报河伯。"于是廷掾、里豪、三老,干没[39]财赋,悉追出散还民间。又使父老即于百姓中,询其年长无妻者,以女弟子嫁之,巫风遂绝。百姓逃避者,复还乡里。有诗为证:

> 河伯何曾见娶妻?愚民无识被巫欺。
> 一从贤令除疑网,女子安眠不受亏。

豹又相度地形,视漳水可通处,发民凿渠,各十二处,引漳水入渠,既杀河势,又腹内田亩,得渠水浸灌,无旱干之患,禾稼倍收,百姓乐业。今临漳县有西门渠,即豹所凿也。文侯谓翟璜曰:"寡人听子之言,使乐羊伐中山,使西门豹治邺,皆胜其任,寡人赖之。今西河[40]在魏西鄙,为秦人犯魏之道,卿思何人可以为守?"翟璜沉思半晌,答曰:"臣举一人,姓吴名起,此人大有将才,今自鲁奔魏,主公速召而用之,若迟,则又他适矣。"文侯曰:"起非杀妻以求为鲁将者乎?闻此人贪财好色,性复残忍,岂可托以重任哉?"翟璜曰:"臣所举者,取其能为君成一日之功,若素行不足计也。"文侯曰:"试为寡人召之。"不知吴起如何在魏立功,且看下回分解。

---

[1] 周考王之四年:周考王姬嵬,周定王子。在位十五年(前440—前426)。四年为前437年。

[2] 幽公:晋幽王姬柳,哀公子。在位十八年(433—420)。后为盗贼

所杀。

〔3〕 绛州、曲沃：春秋晋邑名。在今山西翼城、闻喜二地。

〔4〕 巩：东周畿内地，即今河南巩义市。

〔5〕 东西二周：东周末年，周畿内地被分裂为两小国。都于巩者称东周，都于王城者称西周。二周正式形成在周显王二年（前367）。

〔6〕 威烈王：名姬午，在位二十四年（前425—前402）。

〔7〕 中牟：古邑名。在今河南鹤壁市西。赵献侯浣元年，赵自耿（山西河津市南）迁至此。

〔8〕 晋靖公：晋幽公之曾孙，晋烈公姬止孙，晋孝公颀之子，名俱酒。在位二年（前377—前376）。

〔9〕 纯留：古邑名。在今山西省长治市屯留区南。

〔10〕 赘（zhuì 坠）瘤：皮肤上因病长的肿瘤，比喻为多馀无用之物。

〔11〕 西河：此指战国时魏地，在今河南安阳市东。当时黄河流经安阳之东，西河，意即河西。

〔12〕 安车：用一匹马拉的可以乘坐的小车。古代马车多为立乘，而此为坐乘，故称安车。

〔13〕 虞人：古官名。掌管山泽苑囿、田猎等事务。

〔14〕 中山：周代诸侯国名。战国初中山辖境在今河北定县、顺平县、灵寿一带。

〔15〕 白狄：狄族的一支。其据地主要在陕西延安、安塞、宜川一带。

〔16〕 榖丘：战国时魏邑名。在今河南商丘市东南。

〔17〕 盗泉：古泉水名。在今山东泗水县。相传孔子过此，因恶其名，虽渴亦不饮。见《尸子》。

〔18〕 嗟来之食：悯人穷饿，呼使来食。语出《礼记·檀弓下》。后用以比喻带有轻贱性的施舍。

〔19〕 辂车：大车。《文选·东京赋》注："辂，天子之车也。"

第八十五回

〔20〕 斧钺之任:斧钺代指刑罚、杀戮。斧钺之任意谓可专征伐之全权将领。

〔21〕 揪山:古山名。在今河北灵寿县西北。

〔22〕 文山:古山名。在今河北灵寿县北,因山上有周文王庙,故名。

〔23〕 白羊关:古地名。疑在今山西平定县东北之白羊墅。

〔24〕 软困:指围而不攻。

〔25〕 封识:封闭并贴上封条。识,封闭的标志。

〔26〕 灵寿:战国初中山国邑名,在今河北灵寿县西北。

〔27〕 藜藿:藜草和藿菜,均野菜名,乃贫者所食。

〔28〕 邺都:古城邑名,齐桓公始筑城。魏文侯曾都此,故称邺都。在今河北临漳县西南邺镇。

〔29〕 上党:古邑名。战国初韩置,在今山西长治市。

〔30〕 邯郸:古都邑名。战国中曾为赵都,即今河北邯郸市。

〔31〕 漳水:古代河水名。源于山西东南,有清漳水,出黎城县;有浊漳水,出长子县。至涉县二水合流,经安阳、临漳,东北流至大名县入卫河。今河道大多已湮没。

〔32〕 沾岭:山名。在今山西昔阳县南。

〔33〕 沙城:古邑名,即今河北涉县,乃清浊二漳汇合之处。

〔34〕 巫觋(xí习):女巫为巫,男巫为觋。

〔35〕 里豪及廷掾:乡里中豪门大户及地方官府中佐吏。

〔36〕 三老:古官名。战国秦汉时,县设三老,以协助县尹推行政令。

〔37〕 科敛:指科捐摊派。

〔38〕 簪笔鞠躬:古代官员上朝,插笔于冠,以备记事。身曲如磬,以示恭敬,称为鞠躬。这里借以表示庄重恭顺。

〔39〕 干没:指侵吞公家或他人的财物。

〔40〕 西河:战国初魏郡名。辖境在今陕西华阴市以北,黄龙以南,洛河以东,黄河以西地区。与上文子夏教授之西河不同。

第八十六回

吴起杀妻求将　驺忌鼓琴取相

话说吴起卫国人，少居里中，以击剑无赖，为母所责。起自啮其臂出血，与母誓曰："起今辞母，游学他方。不为卿相，拥节旄[1]，乘高车，不入卫城与母相见！"母泣而留之，起竟出北门不顾。往鲁国，受业于孔门高弟曾参[2]，昼研夜诵，不辞辛苦。有齐国大夫田居至鲁，嘉其好学，与之谈论，渊渊不竭，乃以女妻之。起在曾参之门，岁馀，参知其家中尚有老母。一日，问曰："子游学六载，不归省觐，人子之心安乎？"起对曰："起曾有誓词在前：'不为卿相，不入卫城。'"参曰："他人可誓，母安可誓也！"由是心恶其人。未几，卫国有信至，言起母已死。起仰天三号，旋即收泪，诵读如故。参怒曰："吴起不奔母丧，忘本之人！夫水无本则竭，木无本则折。人而无本，能令终乎？起非吾徒矣。"命弟子绝之，不许相见。起遂弃儒学兵法，三年学成，求仕于鲁。鲁相公仪休，常与论兵，知其才能。言于穆公[3]，任为大夫。起禄入既丰，遂多买妾婢，以自娱乐。时齐相国田和谋篡其国，恐鲁与齐世姻，或讨其罪。乃修艾陵之怨[4]，兴师伐鲁，欲以威力胁而服之。鲁相国公仪休进曰："欲却齐兵，非吴起不可。"穆公口虽答应，终不肯用。及闻齐师已拔成邑[5]，休复请曰："臣言吴起可用，君何不行？"穆公曰："吾固知起有将才，然其所娶乃田宗之女，夫至爱莫如夫妻，能保无观望之意乎？吾是以踌躇而不决也。"公仪休出朝，吴起已先在相府候见，问曰："齐寇已深，主公已得良将否？今日不是某夸口自荐，若用某为将，必使齐兵只轮不返。"公仪休曰："吾言之再三，主公以子婚于田宗，以此持疑未决。"吴起曰："欲释主公之疑，此特易耳。"乃归家问其妻田氏曰："人之所贵有妻者，何也？"田氏曰："有外有内，家道始立。所贵有妻，以成家耳。"吴起曰："夫位为卿相，食禄万钟，功垂于竹帛，名留于千古，其成家也大矣，岂非妇之所望于夫者乎？"田氏曰："然。"起曰："吾有求于子，子当为我成之。"田氏曰："妾妇人，安得助君成其功名？"起曰："今齐师伐鲁，鲁侯欲用我为将。以我娶于田宗，疑而不用。诚得子之头，以谒见鲁侯，则鲁侯之疑释，而吾之功名可就矣。"田氏大惊，方欲开口答话。起拔剑一挥，田氏头已落地。史臣有诗云：

一夜夫妻百夜恩，无辜忍使作冤魂？

母丧不顾人伦绝，妻子区区何足论。

于是以帛裹田氏头，往见穆公。奏曰："臣报国有志，而君以妻故见疑。臣今斩妻之头，以明臣之为鲁不为齐也。"穆公惨然不乐，曰："将军休矣！"少顷，公仪休入见，穆公谓曰："吴起杀妻以求将，此残忍之极，其心不可测也。"公仪休曰："起不爱其妻，而爱功名，君若弃之不用，必反而为齐矣。"穆公乃从休言，即拜吴起为大将，使泄柳、申详副之，率兵二万，以拒齐师。起受命之后，在军中与士卒同衣食，卧不设席，行不骑乘，见士卒裹粮负重，分而荷之，有卒病疽，起亲为调药，以口吮其脓血。士卒感起之恩，如同父子，咸摩

吴起杀妻求将　驺忌鼓琴取相

拳擦掌，愿为一战。

却说田和引大将田忌、段朋，长驱而入，直犯南鄙，闻吴起为鲁将，笑曰："此田氏之婿，好色之徒，安知军旅事耶？鲁国合败，故用此人也。"及两军对垒，不见吴起挑战，阴使人觇其作为。见起方与军士中之最贱者，席地而坐，分羹同食。使者还报，田和笑曰："将尊则士畏，士畏则战力。起举动如此，安能用众？吾无虑矣。"再遣爱将张丑，假称愿与讲和，特至鲁军，探起战守之意。起将精锐之士，藏于后军，悉以老弱见客；谬为恭谨，延入礼待。丑曰："军中传闻将军杀妻求将，果有之乎？"起觳觫而对曰："某虽不肖，曾受学于圣门，安敢为此不情之事？吾妻自因病亡，与军旅之命适会其时。君之所闻，殆非其实。"丑曰："将军若不弃田宗之好，愿与将军结盟通和。"起曰："某书生，岂敢与田氏战乎？若获结成，此乃某之至愿也。"起留张丑于军中，欢饮三日，方才遣归，绝不谈及兵事。临行，再三致意，求其申好。丑辞去，起即暗调兵将，分作三路，尾其后而行。田和得张丑回报，以起兵既弱，又无战志，全不挂意。忽然辕门外鼓声大振，鲁兵突然杀至，田和大惊。马不及甲，车不及驾，军中大乱。田忌引步军出迎，段朋急令军士整顿车乘接应。不提防泄柳、申详二军，分为左右，一齐杀入，乘乱夹攻。齐军大败，杀得僵尸满野，直追过平陆[6]方回。鲁穆公大悦，进起上卿。

田和责张丑误事之罪，丑曰："某所见如此，岂知起之诈谋哉。"田和乃叹曰："起之用兵，孙武、穰苴之流也。若终为鲁用，齐必不安。吾欲遣一人至鲁，暗与通和，各无相犯，子能去否？"丑曰："愿舍命一行，将功折罪。"田和乃购求美女二人，加以黄金千镒,令张丑诈为贾客,携至鲁,私馈吴起。起贪财好色,见即受之。谓丑曰:"致意齐相国,使齐不侵鲁,鲁何敢加齐哉?"张丑既出鲁城,故意泄其事于行人。遂沸沸扬扬,传说吴起受贿通齐之事。穆公曰:"吾固知起心不可测也。"欲削起爵究罪。起闻而惧,弃家逃奔魏国,主于翟璜之家。适文侯与璜谋及守西河之人,璜遂荐吴起可用。文侯召起见之,谓起曰:"闻将军为鲁将有功,何以见辱敝邑?"起对曰:"鲁侯听信谗言,信任不终,故臣逃死于此。慕君侯折节下士,豪杰归心,愿执鞭马前。倘蒙驱使,虽肝脑涂地,亦无所恨。"文侯乃拜起为西河守。起至西河,修城治池,练兵训武,其爱恤士卒,一如为鲁将之时。筑城以拒秦,名曰吴城[7]。

时秦惠公[8]薨,太子名出子[9]嗣位。惠公乃简公[10]之子,简公乃灵公[11]之季父。方灵公之薨,其子师隰年幼,群臣乃奉简公而立之。至是三传,及于出子,而师隰年长,谓大臣曰:"国,吾父之国也。吾何罪而见废?"大臣无辞以对,乃相与杀出子而立师隰,是为献公[12]。吴起乘秦国多事之日,兴兵袭秦,取河西五城,韩、赵皆来称贺。文侯以翟璜荐贤有功,欲拜为相国,访于李克。克曰:"不如魏成。"文侯点头。克出朝,翟璜迎而问曰:"闻主公欲卜相,取决于子,今已定乎?何人也?"克曰:"已定魏成。"翟璜忿然曰:"君欲伐中山,吾进乐羊,君忧邺,吾进西门豹,君忧西河,吾进吴起。吾何以不若魏成哉?"李克曰:"成所举卜子夏、田子方、段干木,非师即友。子所进者,君皆臣之。成食禄千锺,什九在外,以待贤士。子禄食皆以自赡。子安得比于魏成哉?"璜再拜曰:"鄙人失言,请侍门下为弟子。"自此魏国将相得人,边鄙安集,三晋之中,惟魏最强。齐相国田和见魏之强,又文侯贤名重于天下,乃深结魏好。遂迁其君康公贷[13]于海上，以一城给其食，馀皆自取。使人于魏文侯处，求其转请于周，欲援三晋之例，列于诸侯。周威烈王已崩，子安王[14]名骄立，势愈微弱。时乃安王之十三年，遂从文侯之请，赐田和为齐侯，是为田太公[15]。自陈公子完奔齐[16]，事齐桓公为大夫，凡传十世，至和而代齐有国。姜氏之祀遂绝。不在话下。

时三晋皆以择相得人为尚，于是相国之权最重。赵相公仲连，韩相侠累。就中单说侠累，微时，与濮阳人严仲子名遂，为八拜之交。累贫而遂富，资其日用，复以千金助其游费。侠累因此得达于韩，位至相国。侠累既执政，颇著威重，门绝私谒。严遂至韩，谒累冀其引进，候月馀不得见。遂自以家财赂君左右，得见烈侯，烈侯大喜，欲贵重之。侠累复于烈侯前言严遂之短，阻其进用。严遂闻之大恨，遂去韩，遍游列国，欲求勇士刺杀侠累，以雪其恨。

行至齐国，见屠牛肆中，一人举巨斧砍牛，斧下之处，筋骨立解，而全不费力。视其斧，可重三十馀斤。严遂异之。细看其人，身长八尺，环眼虬须，颧骨特耸，声音不似齐人。遂邀与相见，问其姓名来历。答曰："某姓聂名政，魏人也，家在轵[17]之深井里。因贱性粗直，得罪乡里，移老母及姊，避居此地，屠牛以供朝夕。"亦询严遂姓字。遂告之，匆匆别去。次早，严遂具衣冠往拜，邀至酒肆，具宾主之礼。酒至三酌，遂出黄金百镒为赠。政怪其厚。遂曰："闻子有老母在堂，故私进不腆，代吾子为一日之养耳。"聂政曰："仲子为老母谋养，必有用政之处，若不明言，决不敢受！"严遂将侠累负恩之事，备细说知，今欲如此恁般。聂政曰："昔专诸有言：'老母在，此身未敢许人。'仲子别求勇士，某不敢虚尊赐。"遂曰："某慕君之高义，愿结兄弟之好，岂敢夺若养母之孝，而求遂其私哉？"聂政被强不过，只得受之。以其半嫁其姊罃，馀金日具肥甘奉母。岁馀，老母病卒，严遂复往哭吊，代为治丧。丧葬既毕，聂政曰："今日之身，乃足下之身也。惟所用之，不复自惜！"仲子乃问报仇之策，欲为具车骑壮士。政曰："相国至贵，出入兵卫，众盛无比，当以奇取，不可以力胜也。愿得利匕首怀之，伺隙图事。今日别仲子前行，更不相见，仲子亦勿问吾事。"

政至韩，宿于郊外，静息三日。早起入城，值侠累自朝中出，高车驷马，甲士执戈，前后拥卫，其行如飞。政尾至相府，累下车，复坐府决事。自大门至于堂阶，皆有兵仗。政遥望堂上，累重席凭案而坐，左右持牒禀决者甚众。俄顷，事毕将退，政乘其懈，口称："有急事告相国。"从门外攘臂直趋，甲士挡之者，皆纵横颠踬。政抢至公座，抽匕首以刺侠累。累惊起，未及离席，中心而死。堂上大乱，共呼："有贼！"闭门来擒聂政。政击杀数人，度不能自脱，恐人识之，急以匕首自削其面，抉出双眼，还自刺其喉而死。早有人报知韩烈侯。烈侯问："贼何人？"众莫能识。乃暴其尸于市中，悬千金之赏，购人告首，欲得贼人姓名来历，为相国报仇。如此七日，行人往来如蚁，绝无识者。此事直传至魏国轵邑，聂姊罃闻之，即痛哭曰："必吾弟也！"便以素帛裹头，竟至韩国，见政横尸市上，抚而哭之，甚哀。市吏拘而问曰："汝于死者何人也？"妇人曰："死者为吾弟聂政，妾乃其姊罃也。聂政居轵之深井里，以勇闻。彼知刺相国罪重，恐累及贱妾，故抉目破面以自晦其名。妾奈何恤一身之死，忍使吾弟终泯没于人世乎？"市吏曰："死者既是汝弟，必知作贼之故。何人主使？汝若明言，吾请于主上，贷汝一死。"荌曰："妾如爱死，不至此矣。吾弟不惜身躯，诛千乘之国相，代人报仇，妾不言其名，是没吾弟之名也；妾复泄其故，是又没吾弟之义也。"遂触市中井亭石柱而死。市吏报知韩烈侯，烈侯叹息，令收葬之。以韩山坚为相国，代侠累之任。

烈侯传子文侯[18]，文侯传哀侯[19]。韩山坚素与哀侯不睦，乘间弑哀侯。诸大臣共诛杀山坚，而立哀侯子若山，是为懿侯[20]。懿侯子昭侯[21]，用申不害为相。不害精于刑名之学[22]，国以大治。此是后话。

再说周安王十五年，魏文侯斯病笃，召太子击于中山。赵闻魏太子离了中山，乃引兵袭而取之。自此魏与赵有隙。太子击归，魏文侯已薨，乃主丧嗣位，是为武侯[23]。拜田文为相国。吴起自西河入朝，自以功大，满望拜相，及闻已相田文，忿然不悦。朝退，遇田文于门，迎而谓曰："子知起之功乎？今日请与子论之。"田文拱手曰："愿闻。"起曰："将三军之众，使士卒闻鼓而忘死，为国立功，子孰与起？"文曰："不如。"起曰："治百官，亲万民，使府库充实，子孰与起？"文曰："不如。"起又曰："守西河而秦兵不敢东犯，韩、赵宾服，子孰与起？"文又曰："不如。"起曰："此三者，子皆出我之下，而位加吾上，何也？"文曰："某叨窃[24]上位，诚然可愧。然今日新君嗣统，主少国疑，百姓不亲，大臣未附，某特以先世勋旧，承乏肺腑，或者非论功之日也。"吴起俯首沉思，良久曰："子言亦是。然此位终当属我。"有内侍闻二人论功之语，传报武侯。武侯疑吴起有怨望之心，遂留起不遣，欲另择人为西河守。吴起惧见诛于武

第八十六回

侯，出奔楚国。

楚悼王熊疑[25]，素闻吴起之才，一见即以相印授之。起感恩无已，慨然以富国强兵自任。乃请于悼王曰："楚国地方数千里，带甲百馀万，固宜雄压诸侯，世为盟主。所以不能加于列国者，养兵之道失也。夫养兵之道，先阜其财，后用其力。今不急之官，布满朝署；疏远之族，糜费公廪。而战士仅食升斗之馀，欲使捐躯殉国，不亦难乎？大王诚听臣计，汰冗官，斥疏族，尽储廪禄，以待敢战之士。如是而国威不振，则臣请伏妄言之诛！"悼王从其计。群臣多谓起言不可用，悼王不听。于是使吴起详定官制，凡削去冗官数百员，大臣子弟，不得夤缘窃禄。又公族五世以上者，令自食其力，比于编氓；五世以下，酌其远近，以次裁之，所省国赋数万。选国中精锐之士，朝夕训练，阅其材器，以上下其廪食，有加厚至数倍者，士卒莫不竞劝。楚遂以兵强，雄视天下。三晋、齐、秦咸畏之。终悼王之世，不敢加兵。及悼王薨，未及殡殓，楚贵戚大臣子弟失禄者，乘丧作乱，欲杀吴起。起奔入宫寝，众持弓矢追之。起知力不能敌，抱王尸而伏。众攒箭射起，连王尸也中了数箭。起大叫曰："某死不足惜，诸臣衔恨于王，僇及其尸，大逆不道，岂能逃楚国之法哉！"言毕而绝。众闻吴起之言，惧而散走。太子熊臧嗣位，是为肃王[26]。月馀，追理射尸之罪，使其弟熊良夫率兵，收为乱者，次第诛之，凡灭七十馀家。髯翁有诗叹云：

　　满望终身作大臣，杀妻叛母绝人伦。
　　谁知鲁魏成流水，到底身躯丧楚人。

又有一诗，说吴起伏王尸以求报其仇，死尚有馀智也。诗云：

　　为国忘身死不辞，巧将贼矢集王尸。

1050

吴起杀妻求将　　驺忌鼓琴取相

虽然王法应诛灭,不报公仇却报私。

　　话分两头。却说田和自为齐侯,凡二年而薨。和传子午[27],午传子因齐。当因齐之立,乃周安王之二十三年[28]也。因齐自恃国富兵强,见吴、越俱称王,使命往来,俱用王号,不甘为下,僭称齐王,是为齐威王[29]。魏侯䓨[30]闻齐称王,曰:"魏何以不如齐?"于是亦称魏王,即孟子所见梁惠王也。

　　再说齐威王既立,日事酒色,听音乐,不修国政。九年之间,韩、魏、鲁、赵悉起兵来伐,边将屡败。忽一日,有一士人,叩阍求见,自称:"姓驺名忌,本国人,知琴。闻王好音,特来求见。"威王召而见之,赐之坐,使左右置几,进琴于前。忌抚弦而不弹。威王问曰:"闻先生善琴,寡人愿闻至音。今抚弦而不弹,岂琴不佳乎?抑有不足于寡人耶?"驺忌舍琴,正容而对曰:"臣所知者,琴理也。若夫丝桐之声,乐工之事,臣虽知之,不足以辱王之听也。"威王曰:"琴理如何,可得闻乎?"驺忌对曰:"琴者,禁也[31]。所以禁止淫邪,使归于正。昔伏羲[32]作琴,长三尺六寸六分,象三百六十六日也。广六寸,象六合[33]也;前广后狭,象尊卑也;上圆下方,法天地也;五弦,象五行[34]也。大弦为君,小弦为臣。其音以缓急为清浊,浊者宽而不弛,君道也;清者廉而不乱,臣道也。一弦为宫,次弦为商,次为角,次为徵,次为羽。文王、武王各加一弦,文弦为少宫[35],武弦为少商,以合君臣之恩也。君臣相得,政令和谐,治国之道,不过如此。"威王曰:"善哉。先生既知琴理,必审琴音,愿先生试一弹之!"驺忌对曰:"臣以琴为事,则审于为琴;大王以国为事,岂不审于为国哉?今大王抚国而不治,何异臣之抚琴而

第八十六回

不弹乎？臣抚琴而不弹，无以畅大王之意；大王抚国而不治，恐无以畅万民之意也。"威王愕然曰："先生以琴谏寡人，寡人闻命矣！"遂留之右室。明日，沐浴而召之，与之谈论国事。驺忌劝威王节饮远色，核名实，别忠佞，息民教战，经营霸王之业。威王大悦，即拜驺忌为相国。

时有辩士淳于髡，见驺忌唾手取相印，心中不服，率其徒往见驺忌。忌接之甚恭。髡有傲色，直入踞上坐，谓忌曰："髡有愚志，愿陈于相国之前，不识可否？"忌曰："愿闻。"淳于髡曰："子不离母，妇不离夫。"忌曰："谨受教，不敢远于君侧。"髡又曰："棘木[36]为轮，涂以猪脂，至滑也，投于方孔则不能运转。"忌曰："谨受教，不敢不顺人情。"髡又曰："弓干虽胶，有时而解；众流赴海，自然而合。"忌曰："谨受教，不敢不亲附于万民。"髡又曰："狐裘虽敝，不可补以黄狗之皮。"忌曰："谨受教，请选择贤者，毋杂不肖于其间。"髡又曰："辐毂[37]不较分寸，不能成车；琴瑟不较缓急，不能成律。"忌曰："谨受教，请修法令而督奸吏。"淳于髡默然，再拜而退。既出门，其徒曰："夫子始见相国，何其倨；今再拜而退，又何屈也？"淳于髡曰："吾示以微言[38]凡五，相国随口而应，悉解吾意。此诚大才，吾所不及！"于是游说之士，闻驺忌之名，无敢入齐者。驺忌亦用淳于髡之言，尽心图治。常访问："邑守中谁贤谁不肖？"同朝之人，无不极口称阿[39]大夫之贤，而贬即墨[40]大夫者。忌述于威王。威王于不意中，时时问及左右，所对大略相同。乃阴使人往察二邑治状，从实回报，因降旨召阿、即墨二守入朝。即墨大夫先到，朝见威王，并无一言发放。左右皆惊讶，不解其故。未几，阿邑大夫亦到。威王大集群臣，欲行赏罚。左右私心揣度，都道："阿大夫今番必有重赏，即墨大夫祸事到矣。"众文武朝见事毕，威王召即墨大夫至前，谓曰："自子之官即墨也，毁言日至。吾使人视即墨，田野开辟，人民富饶，官无留事，东方以宁。由子专意治邑，不肯媚吾左右，故蒙毁耳。子诚贤令！"乃加封万家之邑。又召阿大夫谓曰："自子守阿，誉言日至。吾使人视阿，田野荒芜，人民冻馁。昔日赵兵近境，子不往救。但以厚币精金，赂吾左右，以求美誉。守之不肖，无过于汝！"阿大夫顿首谢罪，愿改过。威王不听，呼力士使具鼎镬。须臾，火猛汤沸，缚阿大夫投鼎中。复召左右平昔常誉阿大夫毁即墨者，凡数十人，责之曰："汝在寡人左右，寡人以耳目寄汝，乃私受贿赂，颠倒是非，以欺寡人。有臣如此，要他何用？可俱就烹！"众皆泣拜哀求。威王怒犹未息，择其平日尤所亲信者十余人，次第烹之。众皆股栗。有诗为证：

　　权归左右主人依，毁誉由来倒是非。

　　谁似烹阿封即墨，竟将公道颂齐威。

于是选贤才改易郡守，使檀子守南城[41]以拒楚，田肦守高唐[42]以拒赵，黔夫守徐州[43]以拒燕，种首为司寇，田忌为司马，国内大治，诸侯畏服。威王以下邳[44]封驺忌，曰："成寡人之志者，吾子也。"号曰成侯。驺忌谢恩毕，复奏曰："昔齐桓、晋文，五霸中为最盛，所以然者，以尊周为名也。今周室虽衰，九鼎犹在，大王何不如周，行朝觐之礼，因假王宠，以临诸侯，桓文之业，不足道矣。"威王曰："寡人已僭号为王，今以王朝王可乎？"驺忌对曰："夫称王者，所以雄长乎诸侯，非所以压天子也。若朝王之际，暂称齐侯，天子必喜大王之谦德，而宠命有加矣。"威王大悦。即命驾往成周，朝见天子。时周烈王之六年[45]。王室微弱，诸侯久不行朝礼，独有

第八十六回

齐侯来朝,上下皆鼓舞相庆。烈王大搜宝藏为赠。威王自周返齐,一路颂声载道,皆称其贤。

且说当时天下,大国凡七:齐、楚、魏、赵、韩、燕、秦。那七国地广兵强,大略相等。馀国如越,虽则称王,日就衰弱,至于宋、鲁、卫、郑,益不足道矣。自齐威王称霸,楚、魏、韩、赵、燕五国,皆为齐下,会聚之间,推为盟主。惟秦僻在西戎,中国摈弃,不与通好。秦献公之世,上天雨金三日,周太史儋私叹曰:"秦之地,周所分也,分五百馀岁当复合,有霸王之君出焉,以金德王天下。今雨金于秦,殆其瑞乎?"及献公薨,子孝公[46]代立,以不得列于中国为耻。于是下令招贤,令曰:"宾客群臣,有能出奇计强秦者,授以尊官,封之大邑。"不知有甚贤臣应募而来,且听下回分解。

---

〔1〕 拥节旄:旌节上缀有牦牛尾饰物者称节旄。古代镇守一方的大将才拥有节旄。

〔2〕 曾参(前505—前435):春秋鲁南武城人,字子舆,孔子弟子。为人至孝,后人称为"宗圣"。

〔3〕 穆公:鲁穆公姬显,鲁元公子,在位三十二年(前407—前376)。

〔4〕 艾陵之怨:指吴与鲁合兵伐齐,败之于艾陵。见第八十二回。

〔5〕 成邑:古邑名,一名郕。在今山东宁阳县东北九十里。

〔6〕 平陆:战国时齐地名。在今山东汶上县北。

〔7〕 吴城:其地在今山西平陆县北。

〔8〕 秦惠公:秦简公子。在位十三年(前399—前387)。

〔9〕 出子:秦惠公子。在位二年(前386—前385)。

〔10〕 简公:秦怀公庶子。在位十五年(前414—前400)。

〔11〕 灵公：秦怀公孙，名不详，在位十年（前424—前415）。

〔12〕 献公：灵公子，名嬴师隰，在位二十三年（前384—前362）。

〔13〕 康公：齐康公吕贷，齐宣公子，姜齐最后一位国君。在位三十六年（前404—前379）。康公十四年（前391），被田和逐至海滨，齐国为田氏占有。

〔14〕 安王：周安王姬骄，威烈王子。在位二十六年（前401—前376）。安王十三年即公元前389年。

〔15〕 田太公：战国时田齐建立者。元前404年继位为齐相，相齐康公。公元前391年迁康公于海滨，遂夺齐国。五年后（前386），周安王封之为诸侯。一年后病故。

〔16〕 陈公子完奔齐：指陈厉公之子完奔齐，仕齐桓公为工正，弃千乘而为臣之事，见第十九回。

〔17〕 轵（zhǐ 咫）：战国初魏邑名。在今河南济源市南。

〔18〕 文侯：名不详。在位十年（前386—前377）。

〔19〕 哀侯：名不详。在位六年（前376—前371）。

〔20〕 懿侯：此据《史记·韩世家》。《六国年表》作庄侯，名若山。在位十二年（前370—前359）。

〔21〕 昭侯：或作"昭釐侯"，见《战国策·韩策》。在位二十六年（前358—前333）。

〔22〕 刑名之学：指战国时法家一派，以申不害为代表。强调循名责实，以强化上下尊卑关系，巩固封建专制政体。

〔23〕 武侯：武侯魏击。在位二十五年（前395—前371）。

〔24〕 叨窃：指自己才不胜任而据有其位，乃自谦之辞。

〔25〕 楚悼王：名熊疑，楚声王子。在位二十一年（前401—前381）。

〔26〕 肃王：名熊臧，楚悼王子。在位十一年（前380—前370）。

〔27〕 午：田午乃田太公子。即位后称齐桓公。在位七年（前384—前379）。

〔28〕 周安王二十三年：即公元前379年。

〔29〕 齐威王：田齐始称王者，桓公子。在位三十七年(前378—前343)。

〔30〕 魏侯䓨：魏武侯子，即位后称魏惠侯。称侯时在位三十六年(前370—前335)。后效齐称惠王，复在位十六年(前334—前319)。魏惠侯九年(前362)，败于秦，乃从安邑迁都大梁。故之后称梁惠王，魏亦称梁。又：明刊叶敬池本有眉批云："齐称王在威王二十五年，实周显王十五年(前354)。魏称王在襄王元年，实周显王三十五年(前334)。梁惠王乃追称也。秦称王在惠文王十年，实周显王四十四年(前325)。韩称王在宣惠王十年，燕称王在易王十年，俱在周显王四十六年(前323)，赵武灵王称王最后。"以上所举，皆符史实。唯魏称王非襄王元年(前318)，而乃惠王后元元年(前334)。见前注。赵称王在武灵王十一年，实周慎靓王六年(前315)，故最后。

〔31〕 琴者，禁也：此说源于《说文》。《白虎通》："琴以禁制淫邪，正人心也。"

〔32〕 伏羲：传说中的部落酋长。始画八卦，教民捕鱼畜牧。

〔33〕 六合：古称天地及东南西北四方曰六合。

〔34〕 五行：古代认为构成天地间各种物质的五种元素，即金木水火土。

〔35〕 少宫：据1978年湖北随县出土的战国初曾侯乙编钟铭文所载：比正声组低八度时为太声组，记以"大"字，如大宫、大商等。比正声组高八度时，记以少字，如少宫、少商等。

〔36〕 棘木：指酸枣木。

〔37〕 辐毂(gǔ古)：辐指车轮连接轴心和车圈的直木条。毂指车轮中间车轴贯入处的圆木。辐毂乃车轮转动的关键部位。

〔38〕 微言：即隐语，指不直述本意而借它辞暗示。亦称"廋词"。

〔39〕 阿：战国时齐邑名。即今东阿县。

〔40〕 即墨：战国齐邑名。故城在今山东平度市东南，在齐国东部。

〔41〕 南城：又称南武城，齐邑。在今山东费县东南。

〔42〕 高唐:战国齐邑。在今山东高唐县东。

〔43〕 徐州:又名平舒,在今河北青县北,为齐、燕交界处。

〔44〕 下邳(pī 匹一声):古邳国,后为战国齐邑。在今江苏邳州市东。

〔45〕 周烈王六年:烈王姬喜,周安王子。在位七年(前375—前369)。六年即公元前370年。

〔46〕 孝公:名嬴渠梁。在位二十四年(前361—前338)。

第八十七回

说秦君卫鞅变法　辞鬼谷孙膑下山

话说卫人公孙鞅[1]原是卫侯之支庶[2],素好刑名之学,因见卫国微弱,不足展其才能,乃入魏国,欲求事相国田文。田文已卒,公叔痤代为相国,鞅遂委身于痤之门。痤知鞅之贤,荐为中庶子[3],每有大事,必与计议。鞅谋无不中,痤深爱之,欲引居大位,未及,而痤病。惠王亲往问疾,见痤病势已重,奄奄一息,乃垂泪而问曰:"公叔恙,万一不起,寡人将托国于何人?"痤对曰:"中庶子卫鞅,其年虽少,实当世之奇才也。君举国而听之,胜痤十倍矣!"惠王默然。痤又曰:"君如不用鞅,必杀之,勿令出境。恐见用于他国,必为魏害。"惠王曰:"诺。"既上车,叹曰:"甚矣,公叔之病也,乃使我托国于卫鞅,又曰'不用则杀之'。夫鞅何能为?岂非昏愦之语哉?"惠王既去,公叔痤召卫鞅至床头,谓曰:"吾适言于君如此。欲君用子,君不许,吾又言,若不用当杀之,君曰'诺'。吾向者先君而后臣,故先以告君,后以告子。子必速行,毋及祸也!"鞅曰:"君既不能用相国之言而用臣,又安能用相国之言而杀臣乎?"竟不去。大夫公子卬与鞅善,卬复荐于惠王,惠王竟不能用。

说秦君卫鞅变法　辞鬼谷孙膑下山

至是，闻秦孝公下令招贤，鞅遂去魏入秦，求见孝公之嬖臣景监。监与论国事，知其才能，言于孝公。公召见，问以治国之道。卫鞅历举羲、农、尧、舜为对，语未及终，孝公已睡去矣。明日，景监入见，孝公责之曰："子之客，妄人耳！其言迂阔无用，子何为荐之？"景监退朝，谓卫鞅曰："吾见先生于君，欲投君之好，庶几重子。奈何以迂阔无用之谈，渎君之听耶？"鞅曰："吾望君行帝道，君不悟也。愿更一见而说之。"景监曰："君意不怿[4]，非五日之后，不可言也。"过五日，景监复言于孝公曰："臣之客，语尚未尽，自请复见，愿君许之。"孝公复召鞅，鞅备陈夏禹画土定赋，及汤武顺天应人之事。孝公曰："客诚博闻强记，然古今事异，所言尚未适于用。"乃麾之使退。景监先候于门，见卫鞅从公宫出，迎而问曰："今日之说何如？"鞅曰："吾说君以王道，犹未当君意也。"景监愠曰："人主得士而用，如弋人治缴[5]，旦暮望获禽耳。岂能舍目前之效，而远法帝王哉？先生休矣！"鞅曰："吾向者未察君意，恐其志高，而吾之言卑，故且探之。今得之矣。若使我更得见君，不忧不入。"景监曰："先生两进言，而两拂吾君，吾尚敢饶舌以干君之怒哉？"明日，景监入朝谢罪，不敢复言卫鞅。景监归舍，鞅问曰："子曾为我复言于君否乎？"监曰："未曾。"鞅曰："惜乎！君徒下求贤之令，而不能用才，鞅将去矣。"监曰："先生何往？"鞅曰："六王扰扰，岂无好贤之主胜于秦君者哉？即不然，岂无委曲进贤胜于吾子者哉？鞅将求之。"景监曰："先生且从容，更待五日，吾当复言。"

又过五日，景监入侍孝公，孝公方饮酒，忽见飞鸿过前，停杯而叹。景监进曰："君目视飞鸿而叹何也？"孝公曰："昔齐桓公有言：

第八十七回

'吾得仲父,犹飞鸿之有羽翼也。'寡人下令求贤,且数月矣,而无一奇才至者。譬如鸿雁,徒有冲天之志,而无羽翼之资,是以叹耳。"景监答曰:"臣客卫鞅,自言有帝、王、伯三术。向者述帝、王之事,君以为迂远难用,今更有伯术欲献,愿君省须臾之暇,请毕其词。"孝公闻"伯术"二字,正中其怀,命景监即召卫鞅。鞅入,孝公问曰:"闻子有伯道,何不早赐教于寡人乎?"鞅对曰:"臣非不欲言也。但伯者之术,与帝王异。帝王之道,在顺民情,伯者之道,必逆民情。"孝公勃然按剑变色曰:"夫伯者之道,安在其必逆人情哉!"鞅对曰:"夫琴瑟不调,必改弦而更张[6]之。政不更张,不可为治。小民狃于目前之安,不顾百世之利,可与乐成,难于虑始。如仲父相齐,作内政而寄军令,制国为二十五乡,使四民各守其业,尽改齐国之旧。此岂小民之所乐从哉?及乎政成于内,敌服于外,君享其名,而民亦受其利,然后知仲父为天下才也。"孝公曰:"子诚有仲父之术,寡人敢不委国而听子!但不知其术安在?"卫鞅对曰:"夫国不富,不可以用兵,兵不强,不可以摧敌。欲富国莫如力田,欲强兵莫如劝战[7]。诱之以重赏,而后民知所趋;胁之以重罚,而后民知所畏。赏罚必信,政令必行,而国不富强者,未之有也。"孝公曰:"善哉!此术寡人能行之。"鞅对曰:"夫富强之术,不得其人不行;得其人而任之不专,不行;任之专而惑于人言,二三其意,又不行。"孝公又曰:"善。"卫鞅请退,孝公曰:"寡人正欲悉子之术,奈何遽退?"鞅对曰:"愿君熟思三日,主意已决,然后臣敢尽言。"鞅出朝,景监又咎之曰:"赖君再三称善,不乘此罄吐其所怀,又欲君熟思三日,无乃为要君耶?"鞅曰:"君意未坚,不如此恐中变耳。"至明日,孝公使人来召卫鞅,鞅谢曰:"臣与君言之矣,非三日后不敢见也。"景监又劝令勿辞,鞅曰:"吾始与君约而遂自失信,异日何以取信于君哉?"景监乃服。至第三日,孝公使人以车来迎。卫鞅复入见,孝公赐坐,请教,其意甚切。鞅乃备述秦政所当更张之事。彼此问答,一连三日三夜,孝公全无倦色。遂拜卫鞅为左庶长,赐第一区,黄金五百镒。谕群臣:"今后国政,悉听左庶长施行。有违抗者,与逆旨同!"群臣肃然。

卫鞅于是定变法之令,将条款呈上孝公,商议停当。未及张挂,恐民不信,不即奉行。乃取三丈之木,立于咸阳[8]市之南门,使吏守之,令曰:"有能徙此木于北门者,予以十金。"百姓观者甚众,皆中怀疑怪,莫测其意,无敢徙者。鞅曰:"民莫肯徙,岂嫌金少耶?"复改令,添至五十金。众人愈疑。有一人独出曰:"秦法素无重赏,今忽有此令,必有计议。纵不能得五十金,亦岂无薄赏!"遂荷其木,竟至北门立之。百姓从而观者如堵。吏奔告卫鞅,鞅召其人至,奖之曰:"尔真良民也,能从吾令!"随取五十金与之,曰:"吾终不失信于尔民矣。"市人互相传说,皆言左庶长令出必行,预相诫谕。次日,将新令颁布,市人聚观,无不吐舌。此周显王十年[9]事也。只见新令上云:

一、定都:秦地最胜,无如咸阳,被山带河,金城千里。今当迁都咸阳,永定王业。一、建县:凡境内村镇,悉并为县。每县设令、丞各一人,督行新法;不职者,轻重议罪。一、辟土:凡郊外旷土,非车马必由之途及田间阡陌[10],责令附近居民开垦成田。俟成熟之后,计步为亩,照常输租。六尺为一步,二百四十步为一亩。步过六尺为欺,没田入官。一、定赋:凡赋税悉照亩起科[11],不用井田什一之制[12]。凡田皆属于官,百姓不得私尺寸。一、本富：男耕女织，粟帛多者，谓之良民，免其一家之役；惰而贫者，没为官家奴仆。弃灰于道[13]，以惰农论。工商则重征之。民有二男，即令分异，各出丁钱。不分异者，一人出两课[14]。一、劝战：官爵以军功为叙，能斩一敌首，即赏爵一级[15]。退一步者即斩。功多者受上爵，车服任其华美不禁。无功者虽富室，止许布褐乘犊。宗室以军功多寡为亲疏。战而无功，削其属籍，比于庶民。凡有私下争斗者，不论曲直，并皆处斩。一、禁奸：五家为保，十家相连，互相觉察。一家有过，九家同举。不举者，十家连坐[16]，俱腰斩。能首奸者，与克敌同赏。告一奸，得爵一级；私匿罪人者，与罪人同。客舍宿人，务取文凭辨验，无验者不许容留。凡民一人有罪，并其室家没官。一、重令：政令既出，不问贵贱，一体遵行。有不遵者，戮以徇。

新令既出，百姓议论纷纷，或言不便，或言便。鞅悉令拘至府中，责之曰："汝曹闻令，但当奉而行之。言不便者，梗令之民也；言便者，亦媚令之民也。此皆非良民！"悉籍其姓名，徙于边境为戍卒。大夫甘龙、杜挚私议新法，斥为庶人。于是道路以目相视，不敢有言。卫鞅乃大发徒卒，筑宫阙于咸阳城中，择日迁都。太子驷不愿迁，且言变法之非。卫鞅怒曰："法之不行，自上犯之。太子君嗣，不可加刑。若赦之，则又非法。"乃言于孝公，坐其罪于师傅。将太傅公子虔劓鼻，太师公孙贾鲸面[17]。百姓相谓曰："太子违令，且不免刑其师傅，况他人乎？"

鞅知人心已定，择日迁都。雍州大姓徙居咸阳者，凡数千家。分秦国为三十一县，开垦田亩，增税至百馀万。卫鞅常亲至渭水阅囚,一日诛杀七百馀人,渭水为之尽赤,哭声遍野,百姓夜卧,梦中皆战。于是道不拾遗,国无盗贼,仓廪充足,勇于公战,而不敢私斗。秦国富强,天下莫比。于是兴师伐楚,取商、於[18]之地。武关[19]之外,拓地六百馀里。周显王遣使册命秦为方伯,于是诸侯毕贺。

是时,三晋惟魏称王,有吞并韩、赵之意,闻卫鞅用于秦国,叹曰:"悔不听公叔痤之言也!"时卜子夏、田子方、魏成、李克等俱卒,乃捐厚币,招来四方豪杰。邹人孟轲字子舆,乃子思门下高弟。子思姓孔名伋,孔子嫡孙。孟轲得圣贤之传于子思,有济世安民之志。闻魏惠王好士,自邹至魏,惠王郊迎,礼为上宾,问以利国之道。孟轲曰:"臣游于圣门,但知有仁义,不知有利。"惠王迂其言,不用,轲遂适齐。潜渊有诗云:

仁义非同功利谋,纷争谁肯用儒流?

子舆空挟图王术,历尽诸侯话不投。

却说周之阳城[20],有一处地面,名曰鬼谷[21]。以其山深树密,幽不可测,似非人之所居,故云鬼谷。内中有一隐者,但自号曰鬼谷子[22],相传姓王名栩,晋平公时人,在云梦山与宋人墨翟,一同采药修道。那墨翟不畜妻子,发愿云游天下,专一济人利物,拔其苦厄,救其危难。惟王栩潜居鬼谷,人但称为鬼谷先生。其人通天彻地,有几家学问,人不能及。那几家学问:一曰数学[23],日星象纬[24],在其掌中,占往察来,言无不验;二曰兵学,六韬三略[25],变化无穷,布阵行兵,鬼神不测;三曰游学,广记多闻,明理审势,出词吐辩,万口莫当;四曰出世学,修真养性,服食导引[26],

第八十七回

却病延年,冲举[27]可俟。那先生既知仙家冲举之术,为何屈身世间?只为要度[28]几个聪明弟子,同归仙境,所以借这个鬼谷栖身。初时偶然入市,为人占卜,所言吉凶休咎,应验如神。渐渐有人慕学其术。先生只看来学者资性,近着那一家学问,便以其术授之。一来成就些人才,为七国之用;二来就访求仙骨,共理出世之事。他住鬼谷,也不计年数。弟子就学者不知多少,先生来者不拒,去者不追。就中单说同时几个有名的弟子:齐人孙宾、魏人庞涓、张仪、洛阳人苏秦。宾与涓结为兄弟,同学兵法;秦与仪结为兄弟,同学游说;各为一家之学。

单表庞涓学兵法三年有馀,自以为能,忽一日,为汲水,偶然行至山下,听见路人传说魏国厚币招贤,访求将相,庞涓心动,欲辞先生下山,往魏国应聘。又恐先生不放,心下踌躇,欲言不言。先生见貌察情,早知其意,笑谓庞涓曰:"汝时运已至,何不下山,求取富贵?"庞涓闻先生之言,正中其怀,跪而请曰:"弟子正有此意,未审此行可得意否?"先生曰:"汝往摘山花一枝,吾为汝占之。"庞涓下山,寻取山花。此时正是六月炎天,百花开过,没有山花。庞涓左盘右转,寻了多时,止觅得草花一茎,连根拔起,欲待呈与师父。忽想道:"此花质弱身微,不为大器。"弃掷于地,又去寻觅了一回。可怪绝无他花,只得转身将先前所取草花,藏于袖中,回复先生曰:"山中没有花。"先生曰:"既没有花,汝袖中何物?"涓不能隐,只得取出呈上。其花离土,又先经日色,已半萎矣。先生曰:"汝知此花之名乎?乃马兜铃[29]也。一开十二朵,为汝荣盛之年数。采于鬼谷,见日而萎。鬼傍着委,汝之出身,必于魏国。"庞涓暗暗称奇。先生又曰:"但汝不合见欺,他日必以欺人之事,还被人欺,不可不戒！吾有八字，汝当记取：'遇羊而荣，遇马而瘁。'"庞涓再拜曰："吾师大教，敢不书绅[30]！"临行，孙宾送之下山，庞涓曰："某与兄有八拜之交，誓同富贵，此行倘有进身之阶，必当举荐吾兄，同立功业。"孙宾曰："吾弟此言果实否？"涓曰："弟若谬言，当死于万箭之下！"宾曰："多谢厚情，何须重誓！"两下流泪而别。孙宾还山，先生见其泪容，问曰："汝惜庞生之去乎？"宾曰："同学之情，何能不惜？"先生曰："汝谓庞生之才，堪为大将否？"宾曰："承师教训已久，何为不可？"先生曰："全未，全未！"宾大惊，请问其故。先生不言。至次日，谓弟子曰："我夜间恶闻鼠声，汝等轮流值宿，为我驱鼠。"众弟子如命。其夜，轮孙宾值宿，先生于枕下，取出文书一卷，谓宾曰："此乃汝祖孙武子《兵法》十三篇。昔汝祖献于吴王阖闾，阖闾用其策，大破楚师。后阖闾惜此书，不欲广传于人，乃置以铁柜，藏于姑苏台屋楹之内。自越兵焚台，此书不传。吾向与汝祖有交，求得其书，亲为注解。行兵秘密，尽在其中，未尝轻授一人。今见子心术忠厚，特以付子。"宾曰："弟子少失父母，遭国家多故，宗族离散。虽知祖父有此书，实未传领。吾师既有注解，何不并传之庞涓，而独授于宾也？"先生曰："得此书者，善用之为天下利，不善用之为天下害。涓非佳士，岂可轻付哉！"宾乃携归卧室，昼夜研诵。三日之后，先生遽向孙宾索其原书。宾出诸袖中，缴还先生。先生逐篇盘问，宾对答如流，一字不遗。先生喜曰："子用心如此，汝祖为不死矣！"

再说庞涓别了孙宾，一径入魏国，以兵法干相国王错，错荐于惠王。庞涓入朝之时，正值庖人进蒸羊于惠王之前，惠王方举箸，涓私喜曰："吾师言'遇羊而荣'，斯不谬矣。"惠王见庞涓一表人物,放箸而起,迎而礼之。庞涓再拜,惠王扶住,问其所学。涓对曰:"臣学于鬼谷先生之门,用兵之道,颇得其精。"因指画敷陈,倾倒胸中,惟恐不尽。惠王问曰:"吾国东有齐,西有秦,南有楚,北有韩、赵、燕,皆势均力敌。而赵人夺我中山,此仇未报,先生何以策之?"庞涓曰:"大王不用微臣则已,如用微臣为将,管教战必胜,攻必取,可以兼并天下,何忧六国哉?"惠王曰:"先生大言,得无难践乎?"涓对曰:"臣自揣所长,实可操六国于掌中,若委任不效,甘当伏罪。"惠王大悦,拜为元帅,兼军师之职。涓子庞英、侄庞葱、庞茅,俱为列将。涓练兵训武,先侵卫、宋诸小国,屡屡得胜。宋、鲁、卫、郑诸君,相约联翩[31]来朝。适齐兵侵境,涓复御却之。遂自以为不世之功,不胜夸诩。

　　时墨翟遨游名山,偶过鬼谷探友。一见孙宾,与之谈论,深相契合。遂谓宾曰:"子学业已成,何不出就功名,而久淹山泽耶?"宾曰:"吾有同学庞涓,出仕于魏,相约得志之日,必相援引,吾是以待之。"墨翟曰:"涓见为魏将,吾为子入魏,以察涓之意。"墨翟辞去,径至魏国。闻庞涓自恃其能,大言不惭,知其无援引孙宾之意。乃自以野服求见魏惠王。惠王素闻墨翟之名,降阶迎入,叩以兵法。墨翟指说大略。惠王大喜,欲留任官职。墨翟固辞曰:"臣山野之性,不习衣冠。所知有孙武子之孙,名宾者,真大将才,臣万分不及也。见今隐于鬼谷,大王何不召之?"惠王曰:"孙宾学于鬼谷,乃是庞涓同门,卿谓二人所学孰胜?"墨翟曰:"宾与涓,虽则同学,然宾独得乃祖秘传,虽天下无其对手,况庞涓乎?"墨翟辞去,惠王即召庞涓问曰:"闻卿之同学有孙宾者,独得孙武子秘传,其才天下无比,将军何不为寡人召之?"庞涓对曰:"臣非不知孙宾之

1066

说秦君卫鞅变法　辞鬼谷孙膑下山

才,但宾是齐人,宗族皆在于齐。今若仕魏,必先齐而后魏,臣是以不敢进言。"惠王曰:"士为知己者死。岂必本国之人,方可用乎?"庞涓对曰:"大王既欲召孙宾,臣即当作书致去。"庞涓口虽不语,心下踌躇:"魏国兵权,只在我一人之手,若孙宾到来,必然夺宠。既魏王有命,不敢不依,且待来时,生计害他,阻其进用之路,却不是好?"遂修书一封,呈上惠王。惠王用驷马高车,黄金白璧,遣人带了庞涓之书,一径望鬼谷来聘取孙宾。宾拆书看之,略曰:

涓托兄之庇,一见魏王,即蒙重用。临岐援引之言,铭心不忘。今特荐于魏王,求即驱驰赴召,共图功业。

孙宾将书呈与鬼谷先生。先生知庞涓已得时大用,今番有书取用孙宾,竟无一字问候其师,此乃刻薄忘本之人,不足计较。但庞涓生性骄妒,孙宾若去,岂能两立?欲待不容他去,又见魏王使命郑重,孙宾已自行色匆匆,不好阻当。亦使宾取山花一枝,卜其休咎。此时九月天气,宾见先生几案之上,瓶中供有黄菊一枝,遂拔以呈上,即时复归瓶中。先生乃断曰:"此花见被残折,不为完好。但性耐岁寒,经霜不坏,虽有残害,不为大凶。且喜供养瓶中,为人爱重。瓶乃范金而成[32]、钟鼎之属。终当威行霜雪,名勒鼎钟矣。但此花再经提拔,恐一时未能得意。仍旧归瓶,汝之功名,终在故土。吾为汝增改其名,可图进取。"遂将孙宾"宾"字,左边加月为"膑"。按字书,膑乃刖刑[33]之名,今鬼谷子改孙宾为孙膑,明明知有刖足之事,但天机不肯泄漏耳。岂非异人哉?髯翁有诗云:

山花入手知休咎,试比蓍龟倍有灵。

却笑当今卖卜者,空将鬼谷画占形。

临行,又授以锦囊一枚,吩咐:"必遇至急之地,方可开看。"孙膑拜辞先生,随魏王使者下山,登车而去。

苏秦、张仪在旁,俱有欣羡之色,相与计议来禀,亦欲辞归,求取功名。先生曰:"天下最难得者聪明之士,以汝二人之质,若肯灰心学道,可致神仙。何苦要碌碌尘埃,甘为浮名虚利所驱逐也!"秦、仪同声对曰:"夫良材不终朽于岩下,良剑不终秘于匣中。日月如流,光阴不再。某等受先生之教,亦欲乘时建功,图个名扬后世耳。"先生曰:"你两人中肯留一人与我作伴否?"秦、仪执定欲行,无肯留者。先生强之不得,叹曰:"仙才之难如此哉!"乃为之各占一课,断曰:"秦先吉后凶,仪先凶后吉。秦说先行,仪当晚达。吾观孙、庞二子,势不相容,必有吞噬之事。汝二人异日,宜互相推让,以成名誉,勿伤同学之情!"二人稽首受教。先生又取书二本,分赠二人。秦仪观之,乃太公《阴符篇》[34]也。秦、仪曰:"此书弟子久已熟诵,先生今日见赐,有何用处?"先生曰:"汝虽熟诵,未得其精。此去若未能得意,只就此篇探讨,自有进益。我亦从此逍遥海外,不复留于此谷矣。"秦、仪既别去,不数日,鬼谷子亦浮海为蓬岛[35]之游,或云已仙去矣。不知孙膑应聘下山,后来如何,且看下回分解。

---

[1] 公孙鞅:战国时卫人,故称卫鞅。先仕于魏,后仕于秦,佐秦变法,因功封于商,亦称商鞅。

[2] 支庶:国君本宗旁族支派。

[3] 中庶子:古代官名。《周礼·夏官》称"诸子",掌诸侯、卿大夫之庶子的教养训诫等事。

〔4〕 怿(yì 义):快乐,高兴。

〔5〕 缴(zhuó 卓):射鸟时系在箭上的生丝绳。

〔6〕 改弦而更张:调整乐器之弦,使声音和谐。比喻改革法度。

〔7〕 劝战:指奖励战功。

〔8〕 咸阳:战国时秦都邑,在今陕西咸阳市东北二十里。因位于九嵕山之南,渭水之北,故名。春秋至战国初,秦都雍。后迁泾阳(今陕西泾阳县西北),又迁至栎阳(今陕西富平县东南)。秦孝公十二年(前350),始迁至咸阳。此时秦都乃在栎阳。此处有误。亦与下文"今当迁都咸阳"、"雍州大姓徙居咸阳者,凡数千家"相矛盾。

〔9〕 周显王十年:即公元前359年,秦孝公三年。秦于此年正式开始变法。

〔10〕 阡陌:田间小路。南北向称阡,东西向称陌。

〔11〕 照亩起科:依照田亩数量以确定租税之多寡。这里意味承认土地私有和贫富差别,说明奴隶制向封建制转化。

〔12〕 井田什一之制:井田制为我国奴隶社会时的一种土地制度。以九百亩为一单位,中间百亩为公田,四周八百亩为私田,八家同养公田。因形如井字,故名。什一,即十分之一,此指什一之税。井田制亦接近什一税。《孟子·滕文公上》:"夏后氏五十而贡,殷人七十而助,周人百亩而彻,其实皆什一也。"

〔13〕 弃灰于道:把灰烬弃在路上。殷代对弃灰于道者断其手,商君对弃灰于道者处黥刑,用以立威治国。《韩非子·内储说》:"殷之法刑弃灰于街者。子贡以为重,问之仲尼,仲尼曰'知治之道也。夫弃灰于街必掩人……虽刑之可也。'"案,孔子的理解,弃灰于道是影响环境卫生,刑弃灰者属环卫法。明代张萱《疑耀·秦法弃灰》:"秦法,弃灰于道者弃市,……偶阅《马经》,马性畏灰,更畏新出之灰,马驹遇之辄死,故石矿之灰,往往令马落驹。秦之禁弃灰也,其为畜马计矣。"此又一说。

第八十七回

〔14〕 课:赋役,抽税。

〔15〕 一级:秦制,从公侯至士共分二十级,斩一敌首,提升一级。首级之名始于此。

〔16〕 连坐:指一人犯禁,其他人一同受罚。古代连坐之法,始于商鞅。

〔17〕 鲸面:即黥面,又称墨刑,即以刀刺人面额而后用黑涅之。

〔18〕 商於(wū 巫):古地区名。包括商(今陕西商县东南)至於(今河南淅川县)之间大片地区。

〔19〕 武关:古关隘名。在今陕西丹凤县东南,战国初秦置。

〔20〕 阳城:古邑名。治所在今河南登封市东南告成镇。

〔21〕 鬼谷:据《史记·苏秦列传》司马贞索隐:"鬼谷,地名也。扶风池阳、颍川阳成并有鬼谷墟。"本书主颍川阳成(城),即登封市东南之鬼谷墟。

〔22〕 鬼谷子:战国时隐士。楚人。有弟子孙膑、庞涓、苏秦、张仪等多人。《隋书·经籍志》纵横家有晋皇甫谧注《鬼谷子》三卷。

〔23〕 数学:指术数之学。

〔24〕 象纬:古称日月五星为象纬。

〔25〕 六韬三略:六韬为古代兵书,分文、武、龙、虎、豹、犬六部分。三略亦古代兵书,旧题汉黄石公撰。《武经七书》中收有此书。

〔26〕 服食导引:服食乃服用丹药。导引乃古医家养生术,指呼吸俯仰,屈伸手足,使血气流通,达到长寿之效。

〔27〕 冲举:指飞升成仙。

〔28〕 度:使人离俗出家或成仙。

〔29〕 马兜铃:俗名天香藤,蔓生,缘木而上。叶落时其实尚垂,状如马项之铃,故名。其藤、实、根皆可入药。

〔30〕 书绅:把要牢记的话写在衣带上,以表示牢记不忘。

〔31〕 联翩:本指群鸟结队而飞之形。此指连续不断,前后相接。

〔32〕 范金而成:按照模子铸成的金属器皿。

〔33〕 刖（yuè月）刑：古代一种砍掉膝盖骨的酷刑。

〔34〕 太公《阴符篇》：即姜太公所注之《阴符经》。《阴符经》，旧题黄帝撰，有姜太公、范蠡、鬼谷子、张良各家之注。经文一卷，不足四百字。内言虚无之道、修炼之术。

〔35〕 蓬岛：即蓬莱岛。相传为海中仙山，乃仙人所居之所。

第八十八回

孙膑佯狂脱祸　庞涓兵败桂陵

话说孙膑行至魏国，即寓于庞涓府中。膑谢涓举荐之恩，涓有德色。膑又述鬼谷先生改宾为膑之事，涓惊曰："膑非佳语，何以改易？"膑曰："先生之命，不敢违也！"次日，同入朝中，谒见惠王，惠王降阶迎接，其礼甚恭。膑再拜奏曰："臣乃村野匹夫，过蒙大王聘礼，不胜惭愧！"惠王曰："墨子盛称先生独得孙武秘传。寡人望先生之来，如渴思饮，今蒙降重[1]，大慰平生！"遂问庞涓曰："寡人欲封孙先生为副军师之职，与卿同掌兵权，卿意如何？"庞涓对曰："臣与孙膑，同窗结义，膑乃臣之兄也，岂可以兄为副？不若权拜客卿[2]，候有功绩，臣当让爵，甘居其下。"惠王准奏，即拜膑为客卿，赐第一区，亚于庞涓。客卿者，半为宾客，不以臣礼加之，外示优崇，不欲分兵权于膑也。自此孙、庞频相往来。庞涓想道："孙子既有秘授，未见吐露，必须用意探之。"遂设席请酒，酒中因谈及兵机。孙子对答如流。及孙子问及庞涓数节，涓不知所出，乃佯问曰："此非孙武子《兵法》所载乎？"膑全不疑虑，对曰："然也。"涓曰："愚弟昔日亦蒙先生传授，自不用心，遂至遗忘。今日借观，不敢忘报。"膑曰："此书经先生注解详明，与原本不同，先生

孙膑佯狂脱祸　庞涓兵败桂陵

止付看三日，便即取去，亦无录本。"涓曰："吾兄还记得否？"膑曰："依稀尚存记忆。"涓心中巴不得便求传授，只是一时难以骤逼。

过数日，惠王欲试孙膑之能，乃阅武于教场，使孙、庞二人，各演阵法。庞涓布的阵法，孙膑一见，即能分说此为某阵，用某法破之。孙膑排成一阵，庞涓茫然不识，私问于孙膑。膑曰："此即'颠倒八门阵'也。"涓曰："有变乎？"膑曰："攻之则变为'长蛇阵'矣。"庞涓探了孙膑说话，先报惠王曰："孙子所布，乃'颠倒八门阵'，可变'长蛇'。"已而，惠王问于孙膑，所对相同。惠王以庞涓之才，不弱于孙膑，心中愈喜。只有庞涓回府，思想："孙子之才，大胜于吾，若不除之，异日必为欺压。"心生一计，于相会中间，私叩孙子曰："吾兄宗族俱在齐邦，今兄已仕魏国，何不遣人迎至此间，同享富贵？"孙膑垂泪言曰："子虽与吾同学，未悉吾家门之事也。吾四岁丧母，九岁丧父，育于叔父孙乔畔。叔父仕于齐康公为大夫。及田太公迁康公于海上，尽逐其故臣，多所诛戮。吾宗族离散，叔与从兄孙平、孙卓，挈吾避难奔周。因遇荒岁，复将吾佣于周北门之外，父子不知所往。吾后来年长，闻邻人言鬼谷先生道高，而心慕之，是以单身往学。又复数年，家乡杳无音信，岂有宗族可问哉！"庞涓复问曰："然则兄长亦还忆故乡坟墓否？"膑曰："人非草木，能忘本原？先生于吾临行，亦言'功名终在故土。'今已作魏臣，此话不须提起矣。"庞涓探了口气，佯应曰："兄长之言甚当，大丈夫随地立功，何必故乡也？"

约过半年，孙膑所言，都已忘怀了。一日，朝罢方回，忽有汉子似山东人语音，问人曰："此位是孙客卿否？"膑随唤入府，叩其来历。那人曰："小子姓丁名乙，临淄人氏，在周客贩。令兄有书托

第 八 十 八 回

某送到鬼谷,闻贵人已得仕魏邦,迂路来此。"说罢,将书呈上。孙膑接书在手,拆而观之,略云:

> 愚兄平、卓字达贤弟宾亲览:吾自家门不幸,宗族荡散,不觉已三年矣。向在宋国为人耕牧,汝叔一病即世,异乡零落,苦不可言。今幸吾王尽释前嫌,招还故里,正欲奉迎吾弟,重立家门。闻吾弟就学鬼谷,良玉受琢,定成伟器。兹因某客之便,作书报闻。幸早为归计,兄弟复得相见!

孙膑得书,认以为真,不觉大哭。丁乙曰:"承贤兄盼咐,劝贵人早早还乡,骨肉相聚。"孙膑曰:"吾已仕于魏,此事不可造次。"乃款待丁乙酒饭,付以回书。前面亦叙思乡之语,后云:"弟已仕魏,未可便归,俟稍有建立,然后徐为首丘之计。"送丁乙黄金一锭为路费。丁乙接了回书,当下辞去。谁知来人不是什么丁乙,乃是庞涓手下心腹徐甲也。庞涓套出孙膑来历姓名,遂伪作孙平、孙卓手书,教徐甲假称齐商丁乙,投见孙子。孙子兄弟自少分别,连手迹都不分明,遂认以为真了。

庞涓诓得回书,遂仿其笔迹,改后数句云:"弟今身仕魏国,心悬故土,不日当图归计。倘齐王不弃微长,自当尽力。"于是入朝私见惠王,屏去左右,将伪书呈上,言:"孙膑果有背魏向齐之心,近日私通齐使,取有回书。臣遣人邀截于郊外,搜得在此。"惠王看毕曰:"孙膑心悬故土,岂以寡人未能重用,不尽其才耶?"涓对曰:"膑祖孙武子为吴王大将,后来仍旧归齐。父母之邦,谁能忘情?大王虽重用膑,膑心已恋齐,必不能为魏尽力。且膑才不下于臣,若齐用为将,必然与魏争雄,此大王异日之患也。不如杀之。"惠王曰:"孙膑应召而来,今罪状未明,遽然杀之,恐天下议寡人之

孙膑佯狂脱祸　庞涓兵败桂陵

轻士也。"涓对曰："大王之言甚善。臣当劝谕孙膑，倘肯留魏国，大王重加官爵，若其不然，大王发到微臣处议罪，微臣自有区处。"

庞涓辞了惠王，往见孙子，问曰："闻兄已得千金家报，有之乎？"膑是忠直之人，全不疑虑，遂应曰："果然。"因备述书中要他还乡之意。庞涓曰："弟兄久别思归，人之至情。兄长何不于魏王前暂给一二月之假，归省坟墓，然后再来？"膑曰："恐主公见疑，不允所请。"涓曰："兄试请之，弟当从旁力赞。"膑曰："全仗贤弟玉成。"是夜，庞涓又入见惠王，奏曰："臣奉大王之命，往谕孙膑，膑意必不愿留，且有怨望之语。若目下有表章请假，主公便发其私通齐使之罪。"惠王点头。次日，孙膑果然进上一通表章，乞假月馀，还齐省墓。惠王见表大怒，批表尾云："孙膑私通齐使，今又告归，显有背魏之心，有负寡人委任之意。可削其官秩，发军师府问罪。"军政司奉旨，将孙膑拿到军师府来见庞涓，涓一见佯惊曰："兄长何为至此！"军政司宣惠王之命。庞涓领旨讫，问膑曰："吾兄受此奇冤，愚弟当于王前力保。"言罢，命舆人驾车，来见惠王。奏曰："孙膑虽有私通齐使之罪，然罪不至死。以臣愚见，不若刖而黥之，使为废人，终身不能退归故土。既全其命，又无后患，岂不两全？微臣不敢自专，特来请旨！"惠王曰："卿处分最善。"庞涓辞回本府，谓孙膑曰："魏王十分恼怒，欲加兄极刑。愚弟再三保奏，恭喜得全性命。但须刖足黥面，此乃魏国法度，非愚弟不尽力也。"孙膑叹曰："吾师云'虽有残害，不为大凶。'今得保首领，此乃贤弟之力，不敢忘报！"庞涓遂唤刀斧手，将孙膑绑住，剔去双膝盖骨。膑大叫一声，昏绝倒地，半响方苏。又用针刺面，成"私通外国"四字，以墨涂之。庞涓假意啼哭，以刀疮药敷膑之膝，用帛缠

1075

裹，使人抬至书馆，好言抚慰，好食将息。约过月馀，孙膑疮口已合，只是膝盖既去，两腿无力，不能行动，只好盘足而坐。髯翁有诗云：

  易名膑字祸先知，何待庞涓用计时？
  堪笑孙君太忠直，尚因全命感恩私。

孙膑已成废人，终日受庞涓三餐供养，甚不过意。庞涓乃求膑传示鬼谷子注解孙武兵书，膑慨然应允。涓给以木简，要他缮写。膑写未及十分之一，有苍头[3]名唤诚儿，庞涓使伏侍孙膑，诚儿见孙子无辜受枉，反有怜悯之意。忽庞涓召诚儿至前，问孙膑缮写日得几何？诚儿曰："孙将军为两足不便，长眠短坐，每日只写得二三策。"庞涓怒曰："如此迟慢，何日写完？汝可与我上紧催促。"诚儿退问涓近侍曰："军师央孙君缮写，何必如此催迫？"近侍曰："汝有所不知。军师与孙君，外虽相恤，内实相忌，所以全其性命，单为欲得兵书耳。缮写一完，便当绝其饮食。汝切不可泄漏！"诚儿闻知此信，密告孙子。孙子大惊："原来庞涓如此无义，岂可传以《兵法》？"又想："若不缮写，他必然发怒，吾命旦夕休矣！"左思右想，欲求自脱之计。忽然想着："鬼谷先生临行时，付我锦囊一个，嘱云：'到至急时，方可开看。'今其时矣！"遂将锦囊启视，乃黄绢一幅，中间写着"诈疯魔"三字。膑曰："原来如此。"当日晚餐方设，膑正欲举箸，忽然昏愦，作呕吐之状，良久发怒，张目大叫曰："汝何以毒药害我？"将瓶瓯悉拉于地，取写过木简，向火焚烧，扑身倒地，口中含糊骂詈不绝。诚儿不知是诈，慌忙奔告庞涓。涓次日亲自来看，膑痰涎满面，伏地呵呵大笑，忽然大哭。庞涓问曰："兄长为何而笑？为何而哭？"膑曰："吾笑者笑魏王欲害我命，吾有十万

孙膑佯狂脱祸　庞涓兵败桂陵

天兵相助，能奈我何？吾哭者哭魏邦没有孙膑，无人作大将也！"说罢，复睁目视涓，磕头不已。口中叫："鬼谷先生，乞救我孙膑一命！"庞涓曰："我是庞某，休得错认了！"膑牵住庞涓之袍，不肯放手，乱叫："先生救命！"庞涓命左右扯脱，私问诚儿曰："孙子病症是几时发的？"诚儿曰："是夜来发的。"涓上车而去，心中疑惑不已。恐其佯狂，欲试其真伪，命左右拖入猪圈中，粪秽狼藉，膑被发覆面，倒身而卧。再使人送酒食与之，诈云："吾小人哀怜先生被刖，聊表敬意，元帅不知也。"孙子已知是庞涓之计，怒目睁狞，骂曰："汝又来毒我耶？"将酒食倾翻地下。使者乃拾狗矢及泥块以进，膑取而啖之。于是还报庞涓，涓曰："此真中狂疾，不足为虑矣。"自此纵放孙膑，任其出入。膑或朝出晚归，仍卧猪圈之内，或出而不返，混宿市井之间。或谈笑自若，或悲号不已。市人认得是孙客卿，怜其病废，多以饮食遗之。膑或食或不食，狂言诞语，不绝于口，无有知其为假疯魔者。庞涓却吩咐地方，每日侵晨，具报孙膑所在，尚不能置之度外也。髯翁有诗叹云：

　　纷纷七国斗干戈，俊杰乘时归网罗。
　　堪恨奸臣怀嫉忌，致令良友诈疯魔。

时墨翟云游至齐，客于田忌之家。其弟子禽滑从魏而至，墨翟问："孙膑在魏得意何如？"禽滑亲将孙子被刖之事，述于墨翟。翟叹曰："吾本欲荐膑，反害之矣！"乃将孙膑之才，及庞涓妒忌之事，转述于田忌。田忌言于威王曰："国有贤臣，而令见辱于异国，大不可也！"威王曰："寡人发兵以迎孙子如何？"田忌曰："庞涓不容膑仕于本国，肯容仕于齐国乎？欲迎孙子，须是如此恁般，密载以归，可保万全。"威王用其谋，即令客卿淳于髡，假以进茶为名，至

第八十八回

魏欲见孙子。淳于髡领旨,押了茶车,捧了国书,竟至魏国。禽滑装做从者随行。到魏都见了魏惠王,致齐侯之命。惠王大喜,送淳于髡于馆驿。禽滑见膑发狂,不与交言,半夜私往候之。膑背靠井栏而坐,见禽滑张目不语。滑垂涕曰:"孙卿困至此乎?吾乃墨子之弟子禽滑也。吾师言孙卿之冤于齐王,齐王甚相倾慕。淳于公此来,非为贡茶,实欲载孙卿入齐,为卿报刖足之仇耳!"孙膑泪流如雨,良久言曰:"某已分死于沟渠,不期今日有此机会。但庞涓疑虑太甚,恐不便挈带,如何?"禽滑曰:"吾已定下计策,孙卿不须过虑。俟有行期,即当相迎。"约定只在此处相会,万勿移动。次日,魏王款待淳于髡,知其善辩之士,厚赠金帛。髡辞了魏王欲行,庞涓复置酒长亭饯行。禽滑先于是夜将温车藏了孙膑,却将孙膑衣服,与厮养[4]王义穿着,披头散发,以泥土涂面,装作孙膑模样。地方已经具报,庞涓以此不疑。淳于髡既出长亭,与庞涓欢饮而别。先使禽滑驱车速行,亲自押后。过数日,王义亦脱身而来。地方但见肮脏衣服,撒做一地,已不见孙膑矣。即时报知庞涓,涓疑其投井而死。使人打捞尸首不得,连连挨访,并无影响。反恐魏王见责,戒左右只将孙膑溺死申报,亦不疑其投齐也。

再说淳于髡载孙膑离了魏境,方与沐浴。既入临淄,田忌亲迎于十里之外。言于威王,使乘蒲车入朝。威王叩以兵法,即欲拜官。孙膑辞曰:"臣未有寸功,不敢受爵。庞涓若闻臣用于齐,又起妒嫉之端,不若姑隐其事,俟有用臣之处,然后效力何如?"威王从之,乃使居田忌之家,忌尊为上客。膑欲偕禽滑往谢墨翟,他师弟二人,已不别而行了。膑叹息不已。再使人访孙平、孙卓信息,杳然无闻,方知庞涓之诈。

孙膑佯狂脱祸　庞涓兵败桂陵

齐威王暇时，常与宗族诸公子驰射赌胜为乐。田忌马力不及，屡次失金。一日，田忌引孙膑同至射圃观射。膑见马力不甚相远，而田忌三棚皆负，乃私谓忌曰："君明日复射，臣能令君必胜。"田忌曰："先生果能使某必胜，某当请于王，以千金决赌。"膑曰："君但请之。"田忌请于威王曰："臣之驰射屡负矣。来日愿倾家财，一决输赢，每棚以千金为采[5]。"威王笑而从之。是日，诸公子皆盛饰车马，齐至场圃，百姓聚观者数千人。田忌问孙子曰："先生必胜之术安在？千金一棚，不可戏也！"孙膑曰："齐之良马，聚于王厩，而君欲与次第角胜，难矣。然臣能以术得之。夫三棚有上中下之别。诚以君之下驷，当彼上驷，而取君之上驷，与彼中驷角，取君之中驷，与彼下驷角；君虽一败，必有二胜。"田忌曰："妙哉！"乃以金鞍锦鞯，饰其下等之马，伪为上驷，先与威王赌第一棚。马足相去甚远，田忌复失千金。威王大笑，田忌曰："尚有二棚，臣若全输，笑臣未晚。"及二棚、三棚，田忌之马果皆胜，多得采物千金。田忌奏曰："今日之胜，非臣马之力，乃孙子所教也。"因述其故。威王叹曰："即此小事，已见孙先生之智矣！"由是益加敬重，赏赐无算。不在话下。

再说魏惠王既废孙膑，责成庞涓恢复中山之事。庞涓奏曰："中山远于魏而近于赵，与其远争，不如近割。臣请为君直捣邯郸，以报中山之恨。"惠王许之。庞涓遂出车五百乘伐赵，围邯郸。邯郸守臣丕选，连战俱败，上表赵成侯。成侯使人以中山赂齐求救。齐威王已知孙子之能，拜为大将。膑辞曰："臣刑馀之人，而使主兵，显齐国别无人才，为敌所笑。请以田忌为将。"威王乃用

第 八 十 八 回

田忌为将，孙膑为军师，常居辎车[6]之中，阴为画策，不显其名。田忌欲引兵救邯郸，膑止之曰："赵将非庞涓之敌，比我至邯郸，其城已下矣。不如驻兵于中道，扬言欲伐襄陵[7]，庞涓必还，还而击之，无不胜也。"忌用其谋。时邯郸候救不至，干选以城降涓，涓遣人报捷于魏王。正欲进兵，忽闻齐遣田忌乘虚来袭襄陵。庞涓惊曰："襄陵有失，安邑震动，吾当还救根本。"乃班师。

离桂陵[8]二十里，便遇齐兵。原来孙膑早已打听魏兵到来，预作准备，先使牙将袁达，引三千人截路厮战。庞涓族子庞葱前队先到，迎住厮杀。约战二十馀合，袁达诈败而走。庞葱恐有计策，不敢追赶，却来禀知庞涓。涓叱曰："谅偏将尚不能擒取，安能擒田忌乎？"即引大军追之。将及桂陵，只见前面齐兵排成阵势，庞涓乘车观看，正是孙膑初到魏国时摆的"颠倒八门阵"。庞涓心疑，想道："那田忌如何也晓此阵法？莫非孙膑已归齐国乎？"当下亦布队成列。只见齐军中闪出大将田旗号，推出一辆戎车，田忌全装披挂，手执画戟，立于车中。田婴挺戈，立于车右。田忌口呼："魏将能事者，上前打话。"庞涓亲自出车，谓田忌曰："齐、魏一向和好，魏、赵有怨，何与齐事？将军弃好寻仇，实为失计！"田忌曰："赵以中山之地献于吾主，吾主命吾帅师救之。若魏亦割数郡之地，付于吾手，吾当即退。"庞涓大怒曰："汝有何本事，敢与某对阵？"田忌曰："你既有本事，能识我阵否？"庞涓曰："此乃'颠倒八门阵'，吾受之鬼谷子，汝何处窃取一二，反来问我？我国中三岁孩童，皆能识之！"田忌曰："汝既能识，敢打此阵否？"庞涓心下踌躇，若说不打，丧了志气，遂厉声应曰："既能识，如何不能打！"庞涓吩咐庞英、庞葱、庞茅曰："记得孙膑曾讲此阵，略知攻打之法。

但此阵能变长蛇,击首则尾应,击尾则首应,击中则首尾皆应,攻者辄为所困。我今去打此阵,汝三人各领一军,只看此阵一变,三队齐进,使首尾不能相顾,则阵可破矣。"庞涓吩咐已毕,自帅选锋五千人,上前打阵。才入阵中,只见八方旗色,纷纷转换,认不出那一门是休、生、伤、杜、景、死、惊、开了。东冲西撞,戈甲如林,并无出路。只闻得金鼓乱鸣,四下呐喊,竖的旗上,俱有军师"孙"字。庞涓大骇曰:"刖夫果在齐国,吾堕其计矣!"正在危急,却得庞英、庞葱两路兵杀进,单单救出庞涓,那五千选锋,不剩一人。问庞茅时,已被田婴所杀,共损军二万馀人。庞涓甚是伤感。原来八卦阵本按八方,连中央戊己,共是九队车马,其形正方。比及庞涓入来打阵,抽去首尾二军为二角,以遏外救,止留七队车马,变为圆阵,以此庞涓迷惑。后来唐朝卫国公李靖[9],因此作六花阵,即从此圆阵布出。有诗为证:

八阵中藏不测机,传来鬼谷少人知。

庞涓只晓长蛇势,那识方圆变化奇?

按今堂邑县[10]东南有地名古战场,乃昔日孙、庞交兵之处也。

却说庞涓知孙膑在军中,心中惧怕,与庞英、庞葱商议,弃营而遁,连夜回魏国去了。田忌与孙膑探知空营,奏凯回齐。此周显王十七年[11]之事。魏惠王以庞涓有取邯郸之功,虽然桂陵丧败,将功准罪。齐威王遂宠任田忌、孙膑,专以兵权委之。驺忌恐其将来代己为相,密与门客公孙阅商量,欲要夺田忌、孙膑之宠。恰好庞涓使人以千金行赂于驺忌之门,要得退去孙膑。驺忌正中其怀,乃使公孙阅假作田忌家人,持十金,于五鼓叩卜者之门,曰:"我奉田忌将军之差,欲求占卦。"卦成,卜者问:"何用?"阅曰:"我将军,田

1081

第八十八回

氏之宗也,兵权在握,威震邻国。今欲谋大事,烦为断其吉凶。"卜者大惊曰:"此悖逆之事,吾不敢与闻!"公孙阅嘱曰:"先生即不肯断,幸勿泄!"公孙阅方才出门,驺忌差人已至,将卜者拿住,说他替叛臣田忌占卦。卜者曰:"虽有人来小店,实不曾占。"驺忌遂入朝,以田忌所占之语,告于威王,即引卜者为证。威王果疑,每日使人伺田忌之举动。田忌闻其故,遂托病辞了兵政,以释齐王之疑。孙膑亦谢去军师之职。明年,齐威王薨,子辟疆即位,是为宣王[12]。宣王素知田忌之冤,与孙膑之能,俱召复故位。

再说庞涓初时,闻齐国退了田忌、孙膑不用,大喜曰:"吾今日乃可横行天下也!"是时韩昭侯[13]灭郑国而都之[14],赵相国公仲侈如韩称贺,因请同起兵伐魏,约以灭魏之日,同分魏地。昭侯应允,回言:"偶值荒馑,俟来年当从兵进讨。"庞涓访知此信,言于惠王曰:"闻韩谋助赵攻魏,今乘其未合,宜先伐韩,以沮其谋。"惠王许之。使太子申为上将军,庞涓为大将,起倾国之兵,向韩国进发。不知胜负如何,且看下回分解。

---

〔1〕 降重:屈尊光临的恭敬辞令。

〔2〕 客卿:战国时官名。他国人在本国做官,其位为卿,但以客礼待之。

〔3〕 苍头:指奴仆。古代奴仆多以深青色巾包头,故称。

〔4〕 厮养:指干粗杂活的仆人。

〔5〕 采:竞赛中所下的赌注。

〔6〕 辎车:有帷盖的大车。

〔7〕 襄陵:古邑名。春秋时宋襄公葬此,故名。战国时属魏。在今河南睢县西。

〔8〕 桂陵:战国时魏地名。在今山东菏泽市西北。

〔9〕 李靖(571—649):唐初军事家,本名药师,三原(今属陕西)人。协助唐朝平定天下,历官兵部尚书、尚书左仆射等职。封卫国公。著有《李卫公兵法》,今佚。

〔10〕 堂邑县:古县名。隋置,治所在今山东聊城市西北堂邑。

〔11〕 周显王十七年:即公元前352年。

〔12〕 宣王:齐宣王田辟疆,威王子,在位十九年(前342—前323)。

〔13〕 韩昭侯:韩懿侯子。或作昭釐侯,名不详。在位二十六年(前358—前333)。

〔14〕 灭郑国而都之:韩灭郑在韩哀侯二年(前375),而非昭侯时事。灭郑后,旋即徙都于新郑,改名郑。

第八十九回

马陵道万弩射庞涓　咸阳市五牛分商鞅

话说庞涓同太子申起兵伐韩,行过外黄[1],有布衣徐生请见太子。太子问曰:"先生辱见寡人,有何见谕?"徐生曰:"太子此行,将以伐韩也。臣有百战百胜之术于此,太子欲闻之否?"申曰:"此寡人所乐闻也。"徐生曰:"太子自度富有过于魏,位有过于王者乎?"申曰:"无以过矣!"徐生曰:"今太子自将而攻韩,幸而胜,富不过于魏,位不过于王也。万一不胜,将若之何?夫无不胜之害,而有称王之荣,此臣所谓百战百胜者也。"申曰:"善哉!寡人请从先生之教,即日班师。"徐生曰:"太子虽善吾言,必不行也。夫一人烹鼎,众人啜汁。今欲啜太子之汁者甚众,太子即欲还,其谁听之?"徐生辞去。太子出令欲班师。庞涓曰:"大王以三军之寄,属于太子,未见胜败,而遽班师,与败北何异?"诸将皆不欲空还。太子申不能自决,遂引兵前进,直造韩都。韩哀侯遣人告急于齐,求其出兵相救。

齐宣王大集群臣,问以:"救韩与不救,孰是孰非?"相国驺忌曰:"韩、魏相并,此邻国之幸也,不如勿救。"田忌、田婴皆曰:"魏胜韩,则祸必及于齐,救之为是。"孙膑独嘿然无语。宣王曰:"军师不发一言,岂救与不救,二策皆非乎?"孙膑对曰:"然也。夫魏国自恃其强,前年伐赵,今年伐韩,其心亦岂须臾忘齐哉?若不救,是弃韩以肥魏,故言不救者非也。魏方伐韩,韩未敝而吾救之,是我代韩受兵。韩享其安,而我受其危,故言救者亦非也。"宣王曰:"然则何如?"孙膑对曰:"为大王计,宜许韩必救,以安其心。韩知有齐救,必悉力以拒魏,魏亦必悉力以攻韩。吾俟魏之敝,徐引兵而往,攻敝魏以存危韩,用力少而见功多,岂不胜于前二策耶?"宣王鼓掌称:"善。"遂许韩使,言:"齐救旦暮且至。"韩昭侯大喜,乃悉力拒魏。前后交锋五六次,韩皆不胜,复遣使往齐,催趱救兵。齐复用田忌为大将,田婴副之,孙子为军师,率车五百乘救韩。

田忌又欲望韩进发,孙膑曰:"不可,不可!吾向者救赵,未尝至赵,今救韩,奈何往韩乎?"田忌曰:"军师之意,将欲如何?"孙膑曰:"夫解纷之术,在攻其所必救。今日之计,惟有直走魏都耳。"田忌从之。乃令三军齐向魏邦进发。庞涓连败韩师,将逼新都[2],忽接本国警报,言:"齐兵复寇魏境,望元帅作速班师!"庞涓大惊,即时传令去韩归魏,韩兵亦不追赶。孙膑知庞涓将至,谓田忌曰:"三晋兵素悍勇而轻齐,齐号为怯,善战者因其势而利导之。《兵法》[3]云:'百里而趋利者蹶上将,五十里而趋利者军半至[4]。'吾军远入魏地,宜诈为弱形以诱之。"田忌曰:"诱之如何?"孙膑曰:"今日当作十万灶,明后日以渐减去,彼见军灶顿减,必谓吾兵怯战,逃亡过半,将兼程逐利。其气必骄,其力必疲,吾因以计取之。"田忌从其计。

再说庞涓兵望西南而行,心念韩兵屡败,正好征进,却被齐人侵扰,毁其成功,不胜之忿。及至魏境,知齐兵已前去了。遗下安营之迹，地甚宽广，使人数其灶，足有十万，惊曰："齐兵之众如此，不可轻敌也！"明日又至前营，查其灶仅五万有馀，又明日，灶仅三万。涓以手加额曰："此魏王之洪福矣！"太子申问曰："军师未见敌形，何喜形于色？"涓答曰："某固知齐人素怯，今入魏地，才三日，士卒逃亡，已过半了，尚敢操戈相角乎？"太子申曰："齐人多诈，军师须十分在意。"庞涓曰："田忌等今番自来送死，涓虽不才，愿生擒忌等，以雪桂陵之耻。"当下传令：选精锐二万人，与太子申分为二队，倍日并行，步军悉留在后，使庞葱率领徐进。孙膑时刻使人探听庞涓消息，回报："魏兵已过沙鹿山[5]，不分早夜，兼程而进。"孙膑屈指计程，日暮必至马陵[6]。那马陵道在两山中间，溪谷深隘，堪以伏兵。道傍树木丛密，膑只拣绝大一株留下，馀树尽皆砍倒，纵横道上，以塞其行。却将那大树向东树身砍白，用黑煤大书六字云："庞涓死此树下！"上面横书四字云："军师孙示。"令部将袁达、独孤陈，各选弓弩手五千，左右埋伏，吩咐："但看树下火光起时，一齐发弩。"再令田婴引兵一万，离马陵三里埋伏，只待魏兵已过，便从后截杀。分拨已定，自与田忌引兵远远屯扎，准备接应。

再说庞涓一路打听齐兵过去不远，恨不能一步赶着，只顾催趱。来到马陵道时，恰好日落西山，其时十月下旬，又无月色。前军回报："有断木塞路，难以进前。"庞涓叱曰："此齐兵畏吾蹑其后，故设此计也。"正欲指麾军士搬木开路，忽抬头看见树上砍白处，隐隐有字迹，但昏黑难辨。命小军取火照之。众军士一齐点起火来。庞涓于火光之下，看得分明，大惊曰："吾中刖夫之计矣！"急教军士："速退！"说犹未绝，那袁达、独孤陈两支伏兵，望见火

马陵道万弩射庞涓　咸阳市五牛分商鞅

光,万弩齐发。箭如骤雨,军士大乱。庞涓身带重伤,料不能脱,叹曰:"吾恨不杀此刖夫,遂成竖子之名!"即引佩剑自刎其喉而绝。庞英亦中箭身亡。军士射死者,不计其数。史官有诗云:

  昔日伪书奸似鬼,今宵伏弩妙如神。
  相交须是怀忠信,莫学庞涓自陨身!

昔庞涓下山时,鬼谷曾言:"汝必以欺人之事,还被人欺。"庞涓用假书之事,欺孙膑而刖之。今日亦受孙膑之欺,堕其减灶之计。鬼谷又言:"遇马而瘁。"果然死于马陵。计庞涓仕魏至身死,刚十二年,应花开十二朵之兆。始见鬼谷之占,纤微必中,神妙不测。

  时太子申在后队,闻前军有失,慌忙屯扎住不行。不提防田婴一军,反从后面杀到,魏兵心胆俱裂,无人敢战,各自四散逃生。太子申势孤力寡,被田婴生擒,缚置车中。田忌和孙膑统大军接应,杀得魏军尸横遍野,轻重军器,尽归于齐。田婴将太子申献功,袁达、独孤陈将庞涓父子尸首献功。孙膑手斩庞涓之头,悬于车上。齐军大胜,奏凯而还。其夜太子申惧辱,亦自刎而死。孙膑叹息不已。大军行至沙鹿山,正逢庞葱步军,孙膑使人挑庞涓之头示之,步军不战而溃。庞葱下车叩头乞命,田忌欲并诛之。孙膑曰:"为恶者止庞涓一人,其子且无罪,况其侄乎?"乃将太子申及庞英二尸,交付庞葱,教他回报魏王:"速速上表朝贡,不然,齐兵再至,宗社不保。"庞葱喏喏连声而去。此周显王二十八年[7]事也。

  田忌等班师回国,齐宣王大喜,设宴相劳,亲为田忌、田婴、孙膑把盏。相国驺忌,自思昔日私受魏赂,欲陷田忌之事,未免于心有愧,遂称病笃,使人缴还相印。齐宣王遂拜田忌为相国,田婴为将军,孙膑军师如故,加封大邑。孙膑固辞不受。手录其祖孙武

第八十九回

《兵书》十三篇,献于宣王曰:"臣以废人,过蒙擢用,今上报主恩,下酬私怨,于愿足矣。臣之所学,尽在此书,留臣亦无用。愿得闲山一片,为终老之计!"宣王留之不得,乃封以石闾之山[8]。孙膑住山岁馀,一夕忽不见,或言鬼谷先生度之出世矣。此是后话。武成王庙[9]有《孙子赞》云:

孙子知兵,翻为盗憎。刖足衔冤,坐筹运能。救韩攻魏,雪耻扬灵。功成辞赏,遁迹藏名。揆之[10]祖武[11],何愧典型!

再说齐宣王将庞涓之首,悬示国门,以张国威。使人告捷于诸侯,诸侯无不耸惧。韩、赵二君,尤感救兵之德,亲来朝贺。宣王欲与韩、赵合兵攻魏。魏惠王大恐,亦遣使通和,请朝于齐。齐宣王约会三晋之君,同会于博望城[12],韩、赵、魏无敢违者。三君同时朝见,天下荣之。宣王遂自恃其强,耽于酒色,筑雪宫于城内,以备宴乐。辟郊外四十里为苑囿,以备狩猎。又听信文学游说之士,于稷门[13]立左右讲室,聚游客数千人,内如驺衍、田骈、接舆、环渊等七十六人,皆赐列第,为上大夫,日事议论,不修实政。嬖臣王驩等用事,田忌屡谏不听,郁郁而卒。

一日,宣王宴于雪宫,盛陈女乐。忽有一妇人,广额深目,高鼻结喉,驼背肥项,长指大足,发若秋草,皮肤如漆,身穿破衣,自外而入。声言:"愿见齐王。"武士止之曰:"丑妇何人,敢见大王!"丑妇曰:"吾乃齐之无盐[14]人也,复姓钟离,名春,年四十馀,择嫁不得。闻大王游宴离宫,特来求见。愿入后宫,以备洒扫。"左右皆掩口而笑曰:"此天下强颜[15]之女子也!"乃奏知宣王。宣王召入。群臣侍宴者，见其丑陋，亦皆含笑。宣王问曰："我宫中妃侍已备，今妇人貌丑，不容于乡里，以布衣欲干千乘之君，得无有奇能乎？"钟离春对曰："妾无奇能，特有隐语[16]之术。"宣王曰："汝试发隐术，为孤度之。若言不中用，即当斩首。"钟离春乃扬目炫齿，举手再四，拊膝[17]而呼曰："殆哉，殆哉！"宣王不解其意，问于群臣，群臣莫能对。宣王曰："春来前，为寡人明言之。"春顿首曰："大王赦妾之死，妾乃敢言。"宣王曰："赦尔无罪。"春曰："妾扬目者，代王视烽火之变。炫齿者，代王惩拒谏之口；举手者，代王挥谗佞之臣；拊膝者，代王拆游宴之台。"宣王大怒曰："寡人焉有四失？村妇妄言！"喝令斩之。春曰："乞申明大王之四失，然后就刑。妾闻秦用商鞅，国以富强，不日出兵函关[18]，与齐争胜，必首受其患。大王内无良将，边备渐弛，此妾为王扬目而视之。妾闻君有诤臣，不亡其国；父有诤子，不亡其家。大王内耽女色，外荒国政，忠谏之士，拒而不纳，妾所以炫齿为王受谏也。且王骥等阿谀取容，蔽贤窃位，驺衍等迂谈阔论，虚而无实。大王信用此辈，妾恐其有误社稷，所以举手为王挥之。王筑宫筑囿，台榭陂池，殚竭民力，虚耗国赋，所以拊膝为王拆之。大王四失，危如累卵，而偷目前之安，不顾异日之患。妾冒死上言，倘蒙采听，虽死何恨！"宣王叹曰："使无钟离氏之言，寡人不得闻其过也！"即日罢宴，以车载春归宫，立为正后。春辞曰："大王不纳妾言，安用妾身？"于是宣王招贤下士，疏远嬖佞，散遣稷下游说之徒，以田婴为相国，以邹人孟轲为上宾，齐国大治。即以无盐之邑封春家，号春为无盐君。此是后话。

第八十九回

话分两头。却说秦相国卫鞅闻庞涓之死,言于孝公曰:"秦、魏比邻之国,秦之有魏,犹人有腹心之疾,非魏并秦,即秦并魏,其势不两存明矣。魏今大破于齐,诸侯叛之,可乘此时伐魏,魏不能支,必然东徙。然后秦据河山之固,东乡以制诸侯,此帝王之业也!"孝公以为然。使卫鞅为大将,公子少官副之,帅兵五万伐魏。师出咸阳,望东进发,警报已至西河。守臣朱仓告急文书,一日三发。惠王大集群臣,问御秦之计。公子卬进曰:"鞅昔日在魏时,与臣相善,臣尝举荐于大王,大王不听。今日臣愿领兵前往,先与讲和。如若不许,然后固守城池,请救韩、赵。"群臣皆赞其策。惠王即拜公子卬为大将,亦率兵五万,来救西河,进屯吴城。那吴城是吴起守西河时所筑,以拒秦者,坚固可守。公子卬正欲修书,遣人往秦寨通问卫鞅,欲其罢兵。守城将士报道:"今有秦相国差人下书,见在城外。"公子卬命缒城而上,发书看之。书曰:

  鞅始与公子相得甚欢,不异骨肉。今各事其主,为两国之将,何忍治兵,自相鱼肉?鄙意欲与公子相约,各去兵车,释甲胄,以衣冠之会,相见于玉泉山[19],乐饮而罢,免使两国肝脑涂地。使千秋而下,称吾两人之交情,同于管、鲍。公子如肯俯从,幸示其期!

公子卬读毕大喜曰:"吾意正欲如此。"遂厚待使者,答以书曰:

  相国不忘夙昔之好,举齐桓故事,以衣裳易兵车,安秦、魏之民,明管、鲍之谊,此卬志也。三日之内,惟相国示期,敢不听命。

卫鞅得了回书,喜曰:"吾计成矣!"复使人入城订定日期,言:"秦兵前营已撤,打发先回,只等会过元帅,便拔寨都起。"复以旱藕、麝香遗之曰："此二物秦地所产，旱藕益人，麝香辟邪，聊志旧情，永以为好。"公子卬谓卫鞅爱己，益信其无他，答书谢之。卫鞅假传军令，使前营尽撤，公子少官率领先行。却暗暗吩咐，一路只说射猎充食，在狐岐山、白雀山等处，四散埋伏。期定是日午末未初，齐到玉泉山下，只听山上放炮为号，便一齐杀入，将来人尽数拿住，不许走漏一人。

至期，侵晨，卫鞅先使人报入城中，言："相国先往玉泉山伺候，随行不满三百人。"公子卬十分相信，亦以辎车[20]载酒食，并乐工一部，乘车赴会，人数与卫鞅相当。卫鞅在山下相迎。公子卬见人从既少，且无军器，坦然不疑。相见之间，各叙昔日交情，并及今日通和之意。魏国从人，无不欢喜。两边俱有酒席，公子卬是地主，先替卫鞅把盏。三献三酬，奏乐三次。卫鞅使军吏席上报时，即命撤了魏国筵席，另用本国酒馔。两个侍酒的，都是秦国有名的勇士，一个唤做乌获，力举千钧。一个唤做任鄙，手格虎豹。卫鞅才举初杯相劝，以目视左右，便去山顶上放起一声号炮，山下亦放炮相应，声震陵谷。公子卬大惊曰："此炮何来？相国莫非见欺否？"卫鞅笑曰："暂欺一次，尚容告罪！"公子卬心慌，便欲奔逃。却被乌获紧紧帮住，转动不得。任鄙指挥左右拿人。公子少官率领军士，拘获车仗人等，真个是滴水不漏。卫鞅吩咐将公子卬上了囚车，先递回秦国报捷。却将所获随行人众，解其束缚，赐酒压惊，仍用原来车仗，教他："只说主帅赴会回来。赚开城门，另有重赏；如若不从，即时斩首！"那一行从人，都是小辈，谁不怕死，尽皆依允。却教乌获假作公子卬坐于车中，任鄙作护送使臣，单车随后。城上认得是自家人从，即时开门。那两员勇将，一齐发作，将城门

第八十九回

一拳一脚，打个粉碎，关阖不得，军士上前者，都被打倒。背后卫鞅亲率大军，飞也似赶来。城中军民乱窜，卫鞅纵军士乱杀一阵，遂占了吴城。朱仓闻知主帅被虏，度西河难守，弃城而遁。卫鞅长驱而入，直逼安邑。惠王大惧，使大夫龙贾往秦军行成。卫鞅曰："魏王不能用吾，吾故出仕秦国。蒙秦王尊为卿相，食禄万钟，今以兵权交付，若不灭魏，有负重托。"龙贾曰："吾闻良鸟恋旧林，良臣怀故主。魏王虽不能用足下，然父母之邦，足下安得无情？"卫鞅沉思半晌，谓龙贾曰："若要我班师，除非将河西之地，尽割于秦方可。"龙贾只得应诺，回奏惠王。惠王从之，即令龙贾奉河西地图，献于秦军买和。卫鞅按图受地，奏凯而归。公子卬遂降于秦。魏惠王以安邑地近于秦，难守，遂迁都大梁去讫。自此称为梁国。

秦孝公嘉卫鞅之功，封为列侯，以前所取魏地商、于等十五邑，为鞅食邑，号为商君。后世称为商鞅为此也。鞅谢恩归第，谓家臣曰："吾以卫之支庶，挟策归秦，为秦更治，立致富强。今又得魏地七百里，封邑十五城，大丈夫得志，可谓极矣。"宾客齐声称贺。内有一士厉声而前曰："千人诺诺[21]，不如一士谔谔[22]。尔等居商君门下，岂可进谄而陷主乎？"众人视之，乃上客赵良也。鞅曰："先生谓众人之谄，试言吾之治秦，与五羖大夫孰贤？"良曰："五羖大夫之相穆公也，三置晋君，并国二十，使其主为西戎伯主。及其自奉，暑不张盖，劳不坐乘，死之日，百姓悲哭，如丧考妣[23]。今君相秦八载，法令虽行，刑戮太惨，民见威而不见德，知利而不知义。太子恨君刑其师傅，怨入骨髓。民间父兄子弟，久含怨心。一旦秦君晏驾，君之危若朝露，尚可贪商、于之富贵，而自夸大丈夫乎？君何不荐贤人以自代？辞禄去位，退耕于野，尚可望自全也。"商君默然不乐。

后五月，秦孝公得疾而薨。群臣奉太子驷即位，是为惠文公[24]。商鞅自负先朝旧臣，出入傲慢。公子虔初被商鞅劓鼻，积恨未报，至是，与公孙贾同奏于惠文公曰："臣闻大臣太重者国危，左右太重者身危。商鞅立法治秦，秦邦虽治，然妇人童稚，皆言商君之法，莫言秦国之法。今又封邑十五，位尊权重，后必谋叛。"惠文公曰："吾恨此贼久矣！但以先王之臣，反形未彰，故姑容旦夕。"乃遣使者收商鞅相印，退归商、于。鞅辞朝，具驾出城，仪仗队伍，犹比诸侯。百官饯送，朝署为空。公子虔、公孙贾密告惠文公，言："商君不知悔咎，僭拟王者仪制，如归商、于，必然谋叛。"甘龙、杜挚证成其事。惠文公大怒，即令公孙贾引武士三千，追赶商鞅，枭首回报。公孙贾领命出朝。当时百姓连街倒巷，皆怨商君。一闻公孙贾引兵追赶，攘臂相从者，何止数千馀人。

商鞅车驾出城，已百馀里，忽闻后面喊声大振，使人探听，回报："朝廷发兵追赶。"商鞅大惊，知是新王见责，恐不免祸，急卸衣冠下车，扮作卒隶逃亡。走至函关，天色将昏，往旅店投宿。店主索照身之帖，鞅辞无有。店主曰："商君之法，不许收留无帖之人，犯者并斩！吾不敢留。"商鞅叹曰："吾设此法，乃自害其身也。"乃冒夜前行，混出关门，径奔魏国。魏惠王恨商鞅诱虏公子卬，割其河西之地，于是欲囚商鞅以献秦。鞅复逃回商、於，谋起兵攻秦，被公孙贾追至缚归。惠文公历数其罪，吩咐将鞅押出市曹，五牛分尸。百姓争啖其肉，须臾而尽。于是尽灭其族。可怜商鞅变立新法，使秦国富强。今日受车裂之祸，岂非过刻之报乎？此周显王三十一年[25]事也。髯翁有诗云：

第八十九回

商于封邑未经年，五路分尸亦可怜！

惨刻从来凶报至，劝君熟读《省刑》篇[26]。

自商鞅之死，百姓歌舞于道，如释重负。六国闻之，亦皆相庆。甘龙、杜挚先被革职，今皆复官。拜公孙衍为相国。衍劝惠文公西并巴蜀，称王以号召天下，要列国悉如魏国割地为贽，如有违者，即发兵伐之。惠文公遂称王，遣使者遍告列国，都要割地为贺。诸侯俱犹豫未决。惟楚威王[27]熊商，任用昭阳，新败越兵，杀越王无疆[28]，尽有越地，地广兵强，与秦为敌。秦使至楚，被楚王叱咤而去。于是洛阳苏秦挟兼并之策，以说秦王。不知苏秦如何说秦，且看下回分解。

---

〔1〕外黄：古邑名。治所在今河南民权县西北。

〔2〕新都：指韩都郑（今河南新郑）。韩灭郑后，将原都阳翟（今河南禹州市）迁于郑，称新都。

〔3〕《兵法》：此指《孙子兵法》。其《军争》云："五十里而争利，则蹶上将军，其军半至。三十里而争利，则三分之二至。"与此小异。

〔4〕"百里"二句：百里、五十里，均指每日行军里数。趋利，跑去争利。蹶，跌倒，损伤。军半至，指全军损伤一半。

〔5〕沙鹿山：古山名。在今河南濮阳市之沙麓。

〔6〕马陵：古地名。在今河北大名县东南。

〔7〕周显王二十八年：即公元前341年。

〔8〕石闾之山：古山名。在今山东泰安市南。

〔9〕武成王庙：唐肃宗上元元年（760），追封姜太公为武成王，在长安及各州设庙祭享。上列范蠡、孙膑等为七十二哲。

〔10〕 揆之:测度,比较。

〔11〕 祖武:先祖的行迹、事迹。亦可作祖父孙武解。

〔12〕 博望城:古邑名。在今山东聊城市北。

〔13〕 稷门:齐都临淄西面南首之城门,因在稷山之下而得名。

〔14〕 无盐:战国齐邑名,秦置县。治所在今山东东平县东。

〔15〕 强颜:厚颜,指不识羞耻。

〔16〕 隐语:指不直述本意而借它词暗示的话。与第八十六回之"微言"意同。

〔17〕 拊膝:拍打膝盖。

〔18〕 函关:即函谷关。在今河南灵宝市南。战国时秦之东关。

〔19〕 玉泉山:古山名。疑在今河南三门峡市陕州区境内。

〔20〕 辒(yóu由)车:轻车。

〔21〕 诺诺:表示顺从之意的应答之词。

〔22〕 谔谔:直言相告,不苟合取容之态。

〔23〕 考妣:已故之父母称考妣。

〔24〕 惠文公:即惠文王。在位二十七年。前十三年只称公,十四年(前324)后改称王。

〔25〕 周显王三十一年:即公元前338年。

〔26〕 《省刑》篇:先秦古籍无此书名或篇名。疑为作者虚拟。

〔27〕 楚威王:战国时楚国国君。楚宣王熊良夫(前369—前340在位)子。在位十一年(前339—前329)。

〔28〕 越王无疆:越国最后的一个君王。越王之侯子,无颛弟。公元前355年即位,公元前334年为楚所灭,身被杀。

第九十回

苏秦合从相六国　张仪被激往秦邦

话说苏秦、张仪，辞鬼谷下山，张仪自往魏国去了。苏秦回至洛阳家中，老母在堂，一兄二弟，兄已先亡，惟寡嫂在，二弟乃苏代、苏厉也。一别数年，今日重会，举家欢喜，自不必说。过了数日，苏秦欲出游列国，乃请于父母，变卖家财，为资身之费。母、嫂及妻，俱力阻之，曰："季子不治耕获，力工商，求什一之利，乃思以口舌博富贵，弃见成之业，图未获之利，他日生计无聊，岂可悔乎？"苏代、苏厉亦曰："兄如善于游说之术，何不就说周王，在本乡亦可成名，何必远出？"苏秦被一家阻挡，乃求见周显王，说以自强之术。显王留之馆舍。左右皆素知苏秦出于农贾之家，疑其言空疏无用，不肯在显王前保举。

苏秦在馆舍羁留岁馀，不能讨个进身。于是发愤回家，尽破其产，得黄金百镒，制黑貂裘为衣，治车马仆从，遨游列国，访求山川地形，人民风土，尽得天下利害之详。如此数年，未有所遇。闻卫鞅封商君，甚得秦孝公之心，乃西至咸阳，而孝公已薨，商君亦死，乃求见惠文王。惠文王宣秦至殿，问曰："先生不远千里而来敝邑，有何教诲？"苏秦奏曰："臣闻大王求诸侯割地，意者欲安坐而

苏秦合从相六国　张仪被激往秦邦

并天下乎？"惠文王曰："然。"秦曰："大王东有关河[1]，西有汉中[2]，南有巴蜀[3]，北有胡貉[4]，此四塞之国也。沃野千里，奋击百万，以大王之贤，士民之众，臣请献谋效力，并诸侯，吞周室，称帝而一天下，易如反掌。岂有安坐而能成事者乎？"惠文王初杀商鞅，心恶游说之士，乃辞曰："孤闻毛羽不成，不能高飞。先生所言，孤有志未逮，更俟数年，兵力稍足，然后议之。"苏秦乃退。复将古三王五霸攻战而得天下之术，汇成一书，凡十馀万言，次日献上秦王。秦王虽然留览，绝无用苏秦之意。再谒秦相公孙衍，衍忌其才，不为引进。

　　苏秦留秦复岁馀，黄金百镒，俱已用尽，黑貂之裘亦敝坏，计无所出。乃货其车马仆从，以为路资，担囊徒步而归。父母见其狼狈，辱骂之。妻方织布，见秦来，不肯下机相见。秦饿甚，向嫂求一饭，嫂辞以无柴，不肯为炊。有诗为证：

　　　　富贵途人成骨肉，贫穷骨肉亦途人。
　　　　试看季子貂裘敝，举目虽亲尽不亲。

秦不觉堕泪，叹曰："一身贫贱，妻不以我为夫，嫂不以我为叔，母不以我为子，皆我之罪也！"于是简书箧中，得太公《阴符》一篇，忽悟曰："鬼谷先生曾言：'若游说失意，只须熟玩此书，自有进益。'"乃闭户探讨，务穷其趣，昼夜不息。夜倦欲睡，则引锥自刺其股，血流遍足。既于《阴符》有悟，然后将列国形势，细细揣摩，如此一年，天下大势，如在掌中。乃自慰曰："秦有学如此，以说人主，岂不能出其金玉锦绣，取卿相之位者乎？"遂谓其弟代、厉曰："吾学已成，取富贵如寄[5]，弟可助吾行资，出说列国。倘有出身之日，必当相引。"复以《阴符》为弟讲解。代与厉亦有省悟，乃各出黄

第九十回

金,以资其行。

秦辞父母妻嫂,欲再往秦国,思想:"当今七国之中,惟秦最强,可以辅成帝业。可奈秦王不肯收用。吾今再去,倘复如前,何面复归故里?"乃思一摈秦之策,必使列国同心协力,以孤秦势,方可自立。于是东投赵国。时赵肃侯[6]在位,其弟公子成为相国,号奉阳君。苏秦先说奉阳君,奉阳君不喜。秦乃去赵,北游于燕,求见燕文公[7],左右莫为通达。居岁馀,资用已罄,饥饿于旅邸。旅邸之人哀之,贷以百钱,秦赖以济。适值燕文公出游,秦伏谒道左。文公问其姓名,知是苏秦,喜曰:"闻先生昔年以十万言献秦王,寡人心慕之,恨未得能读先生之书。今先生幸惠教寡人,燕之幸也。"遂回车入朝,召秦入见,鞠躬请教。苏秦奏曰:"大王列在战国,地方二千里,兵甲数十万,车六百乘,骑六千匹,然比于中原,曾未及半。乃耳不闻金戈铁马之声,目不睹覆车斩将之危,安居无事,大王亦知其故乎?"燕文公曰:"寡人不知也。"秦又曰:"燕所以不被兵者,以赵为之蔽耳。大王不知结好于近赵,而反欲割地以媚远秦,不愚甚耶?"燕文公曰:"然则如何?"秦对曰:"依臣愚见,不若与赵从亲,因而结连列国,天下为一,相与协力御秦,此百世之安也。"燕文公曰:"先生合从[8]以安燕国,寡人所愿,但恐诸侯不肯为从耳。"秦又曰:"臣虽不才,愿面见赵侯,与定从约。"燕文公大喜,资以金帛路费,高车驷马,使壮士送秦至赵。

适奉阳君赵成已卒,赵肃侯闻燕国送客来至,遂降阶而迎曰:"上客远辱,何以教我?"苏秦奏曰:"秦闻天下布衣贤士,莫不高贤君之行义,皆愿陈忠于君前,奈奉阳君妒才嫉能,是以游士裹足而不进,卷口而不言。今奉阳君捐馆舍[9],臣故敢献其愚忠。臣闻保国莫如安民,安民莫如择交。当今山东之国,惟赵为强。赵地方二千馀里,带甲数十万,车千乘,骑万匹,粟支数年。秦之所最忌害者,莫如赵。然而不敢举兵伐赵者,畏韩、魏之袭其后也。故为赵南蔽者,韩、魏也。韩、魏无名山大川之险,一旦秦兵大出,蚕食二国,二国降,则祸次于赵矣。臣尝考地图,列国之地,过秦万里,诸侯之兵,多秦十倍,设使六国合一,并力西向,何难破秦。今为秦谋者,以秦恐吓诸侯,必须割地求和。夫无故而割地,是自破也。破人与破于人,二者孰愈?依臣愚见,莫如约列国君臣会于洹水[10],交盟定誓,结为兄弟,联为唇齿。秦攻一国,则五国共救之,如有败盟背誓者,诸侯共伐之。秦虽强暴,岂敢以孤国与天下之众争胜负哉?"赵肃侯曰:"寡人年少,立国日浅,未闻至计。今上客欲纠诸侯以拒秦,寡人敢不敬从!"乃佩以相印,赐以大第,又以饰车百乘,黄金千镒,白璧百双,锦绣千匹,使为"从约长"。

苏秦乃使人以百金往燕,偿旅邸人之百钱。正欲择日起行,历说韩、魏诸国。忽赵肃侯召苏秦入朝,有急事商议。苏秦慌忙来见肃侯。肃侯曰:"适边吏来报:秦相国公孙衍出师攻魏,擒其大将龙贾,斩首四万五千,魏王割河北十城以求和。衍又欲移兵攻赵。将若之何?"苏秦闻言,暗暗吃惊:"秦兵若到赵,赵君必然亦效魏求和,合从之计不成矣!"正是人急计生,且答应过去,另作区处。乃故作安闲之态,拱手对曰:"臣度秦兵疲敝,未能即至赵国,万一来到,臣自有计退之。"肃侯曰:"先生且暂留敝邑,待秦兵果然不到,方可远离寡人耳。"这句话,正中苏秦之意,应诺而退。苏秦回至府第,唤门下心腹,唤做毕成,至于密室,吩咐曰:"吾有同学故人,名曰张仪,字馀子,乃大梁人氏。我今予汝千金,汝可扮作商

第九十回

贾,变姓名为贾舍人,前往魏邦,寻访张仪。倘相见时,须如此如此。若到赵之日,又须如此如此。汝可小心在意。"贾舍人领命,连夜望大梁而行。

话分两头。却说张仪自离鬼谷归魏,家贫,求事魏惠王不得。后见魏兵屡败,乃挈其妻去魏游楚,楚相国昭阳留之为门下客。昭阳将兵伐魏,大败魏师,取襄陵等七城。楚威王嘉其功,以和氏之璧赐之。何谓和氏之璧?当初楚厉王[11]之末年,有楚人卞和,得玉璞于荆山[12],献于厉王。王使玉工相之,曰:"石也!"厉王大怒,以卞和欺君,刖其左足。及楚武王即位,和复献其璞。玉工又以为石。武王怒,刖其右足。及楚文王[13]即位,卞和又欲往献,奈双足俱刖,不能行动。乃抱璞于怀,痛哭于荆山之下,三日三夜,泣尽继之以血。有晓得卞和的,问曰:"汝再献再刖,可以止矣。尚希赏乎?又何哭为?"和曰:"吾非为求赏也。所恨者,本良玉而谓之石,本贞士而谓之欺,是非颠倒,不得自明,是以悲耳!"楚文王闻卞和之泣,乃取其璞,使玉人剖之,果得无瑕美玉,因制为璧,名曰"和氏之璧"。今襄阳府南漳县荆山之颠有池,池旁有石室,谓之抱玉岩,即卞和所居,泣玉处也。楚王怜其诚,以大夫之禄给卞和,终其身。此璧乃无价之宝,只为昭阳灭越败魏,功劳最大,故以重宝赐之。昭阳随身携带,未尝少离。

一日,昭阳出游于赤山[14],四方宾客从行者百人。那赤山下有深潭,相传姜太公曾钓于此。潭边建有高楼,众人在楼上饮酒作乐,已及半酣。宾客慕和璧之美,请于昭阳,求借观之。昭阳命守藏竖于车箱中取出宝椟至前,亲自启钥,解开三重锦袱,玉光烁烁,

苏秦合从相六国　张仪被激往秦邦

照人颜面。宾客次第传观，无不极口称赞。正赏玩间，左右言："潭中有大鱼跃起。"昭阳起身凭栏而观，众宾客一齐出看。那大鱼又跃起来，足有丈馀，群鱼从之跳跃。俄焉云兴东北，大雨将至，昭阳吩咐："收拾转程。"守藏竖欲收和璧置椟，已不知传递谁手，竟不见了。乱了一回，昭阳回府，教门下客搜查盗璧之人。门下客曰："张仪赤贫，素无行。要盗璧除非此人。"昭阳亦心疑之。使人执张仪笞掠之，要他招承。张仪实不曾盗，如何肯服。笞至数百，遍体俱伤，奄奄一息。昭阳见张仪垂死，只得释放。旁有可怜张仪的，扶仪归家。其妻见张仪困顿模样，垂泪而言曰："子今日受辱，皆由读书游说所致，若安居务农，宁有此祸耶？"仪张口向妻使视之，问曰："吾舌尚在乎？"妻笑曰："尚在。"仪曰："舌在，便是本钱，不愁终困也。"于是将息半愈，复还魏国。

贾舍人至魏之时，张仪已回魏半年矣。闻苏秦说赵得意，正欲往访。偶然出门，恰遇贾舍人休车于门外，相问间，知从赵来。遂问："苏秦为赵相国，信果真否？"贾舍人曰："先生何人，得无与吾相国有旧耶？何为问之？"仪告以同学兄弟之情。贾舍人曰："若是，何不往游？相国必当荐扬。吾贾事已毕，正欲还赵，若不弃嫌微贱，愿与先生同载。"张仪欣然从之。既至赵郊，贾舍人曰："寒家在郊外，有事只得暂别。城内各门俱有旅店，安歇远客，容卑人过几日相访。"张仪辞贾舍人下车，进城安歇。次日，修刺求谒苏秦。秦预诫门下人，不许为通。候至第五日，方得投进名刺。秦辞以事冗，改日请会。仪复候数日，终不得见，怒欲去。地方店主人拘留之，曰："子已投刺相府，未见发落，万一相国来召，何以应之？虽一年半载，亦不敢放去也。"张仪闷甚，访贾舍人何在，人亦无

第九十回

知者。

又过数日，复书刺往辞相府。苏秦传命："来日相见。"仪向店主人假借衣履停当，次日，侵晨往候。苏秦预先排下威仪，阖其中门，命客从耳门而入。张仪欲登阶，左右止之曰："相国公谒未毕，客宜少待。"仪乃立于庑下，睨视堂前官属拜见者甚众。已而，禀事者又有多人。良久，日将昃，闻堂上呼曰："客今何在？"左右曰："相君召客。"仪整衣升阶，只望苏秦降坐相迎，谁知秦安坐不动。仪忍气进揖，秦起立，微举手答之，曰："馀子别来无恙？"仪怒气勃勃，竟不答言。左右禀进午餐。秦复曰："公事匆冗，烦馀子久待，恐饥馁，且草率一饭，饭后有言。"命左右设坐于堂下。秦自饭于堂上，珍羞满案。仪前不过一肉一菜，粗粝之餐而已。张仪本待不吃，奈腹中饥甚，况店主人饭钱先已欠下许多，只指望今日见了苏秦，便不肯荐用，也有些金资赍发，不想如此光景。正是：在他矮檐下，谁敢不低头！出于无奈，只得含羞举箸。遥望见苏秦杯盘狼藉，以其余肴分赏左右，比张仪所食，还盛许多。仪心中且羞且怒。食毕，秦复传言："请客上堂。"张仪举目观看，秦仍旧高坐不起。张仪忍气不过，走上几步，大骂："季子，我道你不忘故旧，远来相投，何竟辱我至此！同学之情何在？"苏秦徐徐答曰："以馀子之才，只道先我而际遇了，不期穷困如此。吾岂不能荐于赵侯，使子富贵？但恐子志衰才退，不能有为，贻累于荐举之人。"张仪曰："大丈夫自能取富贵，岂赖汝荐乎？"秦曰："你既能自取富贵，何必来谒？念同学情分，助汝黄金一笏[15]，请自方便！"命左右以金授仪。仪一时性起，将金掷于地下，愤愤而出。苏秦亦不挽留。

仪回至旅店，只见自己铺盖，俱已移出在外。仪问其故。店主

苏秦合从相六国　张仪被激往秦邦

人曰："今日足下得见相君,必然赠馆授餐,故移出耳。"张仪摇头,口中只说："可恨,可恨!"一头脱下衣履,交还店主人。店主人曰："莫非不是同学,足下有些妄扳么?"张仪扯住主人,将往日交情,及今日相待光景,备细述了一遍。店主人曰："相君虽然倨傲,但位尊权重,礼之当然。送足下黄金一笏,亦是美情,足下收了此金,也可打发饭钱,剩些作归途之费。何必辞之?"张仪曰："我一时使性,掷之于地,如今手无一钱,如之奈何?"

正说话间,只见前番那贾舍人走入店门,与张仪相见,道："连日少候,得罪! 不知先生曾见过苏相国否?"张仪将怒气重复吊起,将手往店案上一拍,骂道："这无情无义的贼! 再莫提他!"贾舍人曰："先生出言太重,何故如此发怒?"店主人遂将相见之事,代张仪叙述一遍："今欠帐无还,又不能作归计,好不愁闷!"贾舍人曰："当初原是小人撺掇先生来的,今日遇而不遇,却是小人带累了先生,小人情愿代先生偿了欠帐,备下车马,送先生回魏。先生意下何如?"张仪曰："我亦无颜归魏了。欲往秦邦一游,恨无资斧。"贾舍人曰："先生欲游秦,莫非秦邦还有同学兄弟么?"张仪曰："非也。当今七国中,惟秦最强,秦之力,可以困赵。我往秦,幸得用事,可报苏秦之仇耳!"贾舍人曰："先生若往他国,小人不敢奉承。若欲往秦,小人正欲往彼探亲,依旧与小人同载,彼此得伴,岂不美哉?"张仪大喜曰："世间有此高义,足令苏秦愧死!"遂与贾舍人为八拜之交。贾舍人替张仪算还店钱,见有车马在门,二人同载,望西秦一路而行。路间为张仪制衣装,买仆从,凡仪所须,不惜财费。及至秦国,复大出金帛,赂秦惠文王左右,为张仪延誉。

时惠文王方悔失苏秦,闻左右之荐,即时召见,拜为客卿,与之

第九十回

谋诸侯之事。贾舍人乃辞去。张仪垂泪曰："始吾困陋至甚,赖子之力,得显用秦国,方图报德,何遽言去耶？"贾舍人笑曰："臣非能知君,知君者,乃苏相国也。"张仪愕然良久,问曰："子以资斧给我,何言苏相国耶？"贾舍人曰："相国方倡'合从'之约,虑秦伐赵败其事,思可以得秦之柄者,非君不可。故先遣臣伪为贾人,招君至赵,又恐君安于小就,故意怠慢,激怒君。君果萌游秦之意。相君乃大出金资付臣,吩咐恣君所用,必得秦柄而后已。今君已用于秦,臣请归报相君。"张仪叹曰："嗟乎！吾在季子术中,而吾不觉,吾不及季子远矣。烦君多谢季子,当季子之身,不敢言'伐赵'二字,以此报季子玉成之德也。"

贾舍人回报苏秦,秦乃奏赵肃侯曰："秦兵果不出矣。"于是拜辞往韩,见韩宣惠公[16]曰："韩地方九百馀里,带甲数十万,然天下之强弓劲弩,皆从韩出。今大王事秦,秦必求割地为贽,明年将复求之。夫韩地有限,而秦欲无穷,再三割则韩地尽矣。俗谚云：'宁为鸡口,勿为牛后。'以大王之贤,挟强韩之兵,而有'牛后'之名,臣窃羞之！"宣惠公蹴然曰："愿以国听于先生,如赵王约。"亦赠苏秦黄金百镒。苏秦乃过魏,说魏惠王曰："魏地方千里,然而人民之众,车马之多,无如魏者,于以抗秦有馀也。今乃听群臣之言,欲割地而臣事秦,倘秦求无已,将若之何？大王诚能听臣,六国从亲,并力制秦,可使永无秦患。臣今奉赵王之命,来此约从。"魏惠王曰："寡人愚不肖,自取败辱。今先生以长策下教寡人,敢不从命！"亦赠金帛一车。苏秦复造齐国,说齐宣王曰："臣闻临淄之涂,车毂击,人肩摩,富盛天下莫比,乃西面而谋事秦,宁不耻乎？

苏秦合从相六国　张仪被激往秦邦

且齐地去秦甚远，秦兵必不能及齐，事秦何为？臣愿大王从赵约，六国和亲，互相救援。"齐宣王曰："谨受教！"苏秦乃驱车西南说楚威王曰："楚地五千馀里，天下莫强。秦之所患，莫如楚。楚强则秦弱，秦强则楚弱。今列国之士，非从则衡。夫合从则诸侯将割地以事楚，连衡则楚将割地以事秦，此二策者，相去远矣！"楚威王曰："先生之言，楚之福也。"

秦乃北行回报赵肃侯，行过洛阳，诸侯各发使送之，仪仗旌旄，前遮后拥，车骑辎重，连接二十里不绝，威仪比于王者。一路官员，望尘下拜。周显王闻苏秦将至，预使人扫除道路，设供帐于郊外以迎之。秦之老母，扶杖旁观，啧啧惊叹；二弟及妻嫂侧目不敢仰视，俯伏郊迎。苏秦在车中谓其嫂曰："嫂向不为我炊，今又何恭之过也？"嫂曰："见季子位高而金多，不容不敬畏耳！"苏秦喟然叹曰："世情看冷暖，人面逐高低。吾今日乃知富贵之不可少也！"于是以车载其亲属，同归故里。起建大宅，聚族而居，散千金以赡宗党。今河南府城内有苏秦宅遗址，相传有人掘之，得金百锭，盖当时所埋也。秦弟代、厉羡其兄之贵盛，亦习《阴符》，学游说之术。

苏秦住家数日，乃发车徃赵。赵肃侯封为武安君，遣使约齐、楚、魏、韩、燕五国之君，俱到洹水相会。苏秦同赵肃侯预至洹水，筑坛布位，以待诸侯。燕文公先到，次韩宣惠公到。不数日，魏惠王、齐宣王、楚威王陆续俱到。苏秦先与各国大夫相见，私议坐次。论来楚、燕是个老国，齐、韩、赵、魏，都是更姓新国。但此时战争之际，以国之大小为叙：楚最大，齐次之，魏次之，次赵，次燕，次韩。内中楚、齐、魏已称王，赵、燕、韩尚称侯，爵位相悬，相叙不便。于是苏秦建议，六国一概称王。赵王为约主，居主位。楚王等以次居

第九十回

客位，先与各国会议停当。至期，各登盟坛，照位排立。苏秦历阶而上，启告六王曰："诸君山东大国，位皆王爵，地广兵多，足以自雄。秦乃牧马贱夫[17]，据咸阳之险，蚕食列国，诸君能以北面之礼事秦乎？"诸侯皆曰："不愿事秦，愿奉先生明教。"苏秦曰："合从摈秦之策，向者已悉陈于诸君之前矣，今日但当刑牲歃血，誓于神明，结为兄弟，务期患难相恤。"六王皆拱手曰："谨受教！"秦遂捧盘，请六王以次歃血，拜告天地，及六国祖宗，一国背盟，五国共击。写下誓书六通，六国各收一通，然后就宴。赵王曰："苏秦以大策奠安六国，宜封高爵，俾其往来六国，坚此从约。"五王皆曰："赵王之言是也！"于是六王合封苏秦为"从约长"，兼佩六国相印，金牌宝剑，总辖六国臣民。又各赐黄金百镒，良马十乘。苏秦谢恩。六王各散归国。苏秦随赵肃侯归赵。——此乃周显王三十六年[18]事也。史官有诗云：

> 相要洹水誓明神，唇齿相依骨肉亲。
> 假使合从终不解，何难协力灭孤秦？

是年，魏惠王、燕文王俱薨，魏襄王[19]、燕易王[20]嗣立。不知后事如何，且看下回分解。

---

〔1〕 关河：指函谷关与黄河，为秦之东界。

〔2〕 汉中：古邑名。此时属楚，楚怀王时曾置郡。地在今陕西南郑市。

〔3〕 巴蜀：即巴国和蜀国。巴在今四川东部，蜀在今四川西部。蜀此时已并于秦，巴在惠文王九年（前316）始并于秦。

〔4〕 胡貉（mò 漠）：泛指北方少数民族。

〔5〕 如寄：犹言易得。此句言取富贵如同取回自己寄存的东西一样容易。《广雅》："寄，客也。"引申为身外之物。

〔6〕 赵肃侯：名赵语，赵成侯种（374—350 在位）子，在位二十四年（前349—前326）。

〔7〕 燕文公：姬姓，名不详。在位二十九年（前361—前333）。

〔8〕 合从（zòng 纵）：从，通"纵"。古代以东西为横，南北为纵。合从，即南北连合，西向抗秦。

〔9〕 捐馆舍：舍弃所居之屋舍，为一般人死亡之婉转说法。

〔10〕 洹（huán 环）水：古水名。源出河南林县隆虑山，东流经安阳市到内黄县北入卫河。今名安阳河。此处似指洹水干流与支流交汇之处，即安阳。

〔11〕 楚厉王：楚国并无厉王。且楚至武王始称王。武王熊通之前的楚君熊昫，并未称王。此处据《韩非子·和氏》篇。而《淮南子·览冥训》则作武王、文王和成王。

〔12〕 荆山：古山名，为楚国之名山。在今湖北南漳县西。

〔13〕 楚文王：武王即位在公元前740年，文王即位在公元前689年，相距已五十二年。再加上武王之前的所谓厉王，则已近六十年。卞和三献，历时不应如此之久。和氏璧来源，系根据传闻之辞。

〔14〕 赤山：古山名。湖北枣阳市东北，有赤鼻山。疑指此。

〔15〕 笏（hù 户）：铸金银为条板，形似笏。一笏一般为五十两，相当于后世之一锭。

〔16〕 韩宣惠公：韩昭侯（前362—前333 在位）子。在位二十一年（前332—前312）。即位十年后称王，改称韩宣惠王。

〔17〕 牧马贱夫：指秦之先祖非子，养马于犬丘之事，见第四回。

〔18〕 周显王三十六年：即公元前333年。

〔19〕 魏襄王：魏惠王子。据《史记考证》，名嗣。其嗣位及在位年年月，均有异说。此处据《史记·六国年表》，在位十六年（前334—前319）。但据

第 九 十 回

《国策》等书,这十六年系魏侯瑶称魏惠王之年代(见第八十六回注[30])。魏襄王在位二十三年(前318—前296)。襄王之后无哀王。参见下回注[10]。

[20] 燕易王:名不详。在位十二年(前332—前321)。

第九十一回

学让国燕哙召兵　伪献地张仪欺楚

话说苏秦既合从六国，遂将从约写一通，投于秦关。关吏送与秦惠文王观之，惠文王大惊，谓相国公孙衍曰："若六国为一，寡人之进取无望矣！必须画一计散其从约，方可图大事。"公孙衍曰："首从约者，赵也。大王兴师伐赵，视其先救赵者，即移兵伐之。如是，则诸侯惧而从约可散矣。"时张仪在座，意不欲伐赵，以负苏秦之德。乃进曰："六国新合，其势未可猝离也。秦如伐赵，则韩军宜阳[1]，楚军武关，魏军河外[2]，齐涉清河[3]，燕悉锐师以助战。秦师拒斗不暇，何暇他移哉？夫近秦之国无如魏，而燕在北最远。大王诚遣使以重赂求成于魏，以疑各国之心。而与燕太子结婚，如此，则从约自解矣。"惠文王称善，乃许魏还襄陵等七城以讲和。魏亦使人报秦之聘，复以女许配秦太子。

赵王闻之，召苏秦责之曰："子倡为从约，六国和亲，相与摈秦。今未逾年，而魏、燕二国皆与秦通，从约之不足恃明矣。倘秦兵猝然加赵，尚可望二国之救乎？"苏秦惶恐谢曰："臣请为大王出使燕国，必有以报魏也。"秦乃去赵适燕，燕易王以为相国。时易王新即位，齐宣王乘丧伐之，取十城。易王谓苏秦曰："始先君以国听子,六国和亲。今先君之骨未寒,而齐兵压境,取我十城,如洹水之誓何?"苏秦曰:"臣请为大王使齐,奉十城以还燕。"燕易王许之。苏秦见齐宣王曰:"燕王者,大王之同盟,而秦王之爱婿也。大王利其十城,不惟燕怨齐,秦亦怨齐矣。得十城而结二怨,非计也。大王听臣计,不如归燕之十城,以结燕、秦之欢。齐得燕、秦,于以号召天下不难矣。"宣王大悦,乃以十城还燕。

易王之母文夫人,素慕苏秦之才,使左右召秦入宫,因与私通。易王知之而不言。秦惧,乃结好于燕相国子之,与联儿女之姻。又使其弟苏代、苏厉与子之结为兄弟,欲以自固。燕夫人屡召苏秦,秦益惧,不敢往。乃说易王曰:"燕、齐之势,终当相并。臣愿为大王行反间于齐。"易王曰:"反间如何?"秦对曰:"臣伪为得罪于燕,而出奔齐国,齐王必重用臣。臣因败齐之政,以为燕地。"易王许之,乃收秦相印,秦遂奔齐。齐宣王重其名,以为客卿。秦因说宣王以田猎钟鼓之乐。宣王好货,因使厚其赋敛;宣王好色,因使妙选宫女;欲俟齐乱,而使燕乘之。宣王全然不悟,相国田婴,客卿孟轲极谏,皆不听。宣王薨,子湣王[4]地立。初年颇勤国政,娶秦女为王后,封田婴为薛公[5],号靖郭君。苏秦客卿,用事如故。

话分两头。再说张仪闻苏秦去赵,知从约将解,不与魏襄陵七邑之地。魏襄王怒,使人索地于秦。秦惠王[6]使公子华为大将,张仪副之,帅师伐魏,攻下蒲阳[7]。仪请于秦王,复以蒲阳还魏。又使公子繇质于魏,与之结好。张仪送之。魏襄王深感秦王之意。张仪因说曰:"秦王遇魏甚厚,得城不取,又纳质焉。魏不可无礼于秦,宜谋所以谢之。"襄王曰:"何以为谢?"张仪曰:"土地之外,非秦所欲也。大王割地以谢秦,秦之爱魏必深。若秦、魏合兵以图诸侯,大王之取偿于他国者,必十倍于今之所献也。"襄王惑其言。乃献少梁[8]之地以谢秦,又不敢受质。秦王大悦。因罢公孙衍,用张仪为相。

时楚威王已薨,子熊槐立,是为怀王[9]。张仪乃遣人致书怀王,迎其妻子,且言昔日盗璧之冤。楚怀王面责昭阳曰:"张仪贤士,子何不进于先君,而迫之使为秦用也?"昭阳嘿然甚愧,归家发病死。怀王惧张仪用秦,复申苏秦合从之约,结连诸侯。而苏秦已得罪于燕,去燕奔齐。张仪乃见秦王,辞相印,自请往魏。惠文王曰:"君舍秦往魏何意?"仪对曰:"六国溺于苏秦之说,未能即解。臣若得魏柄,请令魏先事秦,以为诸侯之倡。"惠文王许之。仪遂投魏,魏襄王果用为相国。仪因说曰:"大梁南邻楚,北邻赵,东邻齐,西邻韩,而无山川之险可恃,此四分五裂之道也。故非事秦,国不得安。"魏襄王计未定。张仪阴使人招秦伐魏,大败魏师,取曲沃。髯翁有诗云:

> 仕齐却为燕邦去,相魏翻因秦国来。
>
> 虽则从横分两路,一般反覆小人才。

襄王怒,益不肯事秦,谋为合从,仍推楚怀王为从约长。于是苏秦益重于齐。

时齐相国田婴病卒,子田文嗣为薛公,号为孟尝君。田婴有子四十馀人,田文乃贱妾之子,以五月五日生。初生时,田婴戒其妾弃之勿育。妾不忍弃,乃私育之。既长五岁,妾乃引见田婴。婴怒其违命。文顿首曰:"父所以见弃者何故?"婴曰:"世人相传五月五日为凶日,生子者长与户齐,将不利于父母。"文对曰:"人生受命于天,岂受命于户耶?若必受命于户,何不增而高之?"婴不能

第九十一回

答,然暗暗称奇。及文长十馀岁,便能接应宾客,宾客皆乐与之游,为之延誉。诸侯使者至齐,皆求见田文。于是田婴以文为贤,立为適子,遂继薛公之爵,号孟尝君。孟尝君既嗣位,大筑馆舍,以招天下之士。凡士来投者,不问贤愚,无不收留。天下亡人有罪者皆归之。孟尝君虽贵,其饮食与诸客同。一日,待客夜食,有人蔽其火光。客疑饭有二等,投箸辞去。田文起坐,自持饭比之,果然无二。客叹曰:"以孟尝君待士如此,而吾过疑之,吾真小人矣!尚何面目立其门下?"乃引刀自刭而死。孟尝君哭临其丧甚哀,众客无不感动。归者益众,食客尝满数千人。诸侯闻孟尝君之贤,且多宾客,皆尊重齐,相戒不敢犯其境。正是:

虎豹踞山群兽远,蛟龙在水怪鱼藏。

堂中有客三千辈,天下人人畏孟尝。

再说张仪相魏三年,而魏襄王薨,子哀王[10]立。楚怀王遣使吊丧,因征兵伐秦,哀王许之。韩宣惠王、赵武灵王[11]、燕王哙[12]皆乐于从兵。楚使者至齐,齐湣王集群臣问计。左右皆曰:"秦甥舅之亲,未有仇隙,不可伐。"苏秦主合从之约,坚执以为可伐。孟尝君独曰:"言可伐与不可伐,皆非也。伐则结秦之仇,不伐则触五国之怒。以臣愚计,莫如发兵而缓其行,兵发则不与五国为异同,行缓则可观望为进退。"湣王以为然。即使孟尝君帅兵二万以往。孟尝君方出齐郊,遽称病延医疗治,一路耽搁不行。

却说韩、赵、魏、燕四王,与楚怀王相会于函谷关外,刻期进攻。怀王虽为"从约长",那四王各将其军,不相统一。秦守将樗里疾大开关门,陈兵索战,五国互相推诿,莫敢先发。相持数日,樗里疾出奇兵,绝楚饷道,楚兵乏食,兵士皆哗。樗里疾乘机袭之,楚兵败走。于是四国皆还。孟尝君未至秦境,而五国之师已撤矣。此乃孟尝君之巧计也。孟尝君回齐,齐湣王叹曰:"几误听苏秦之计!"乃赠孟尝君黄金百斤,为食客费,益爱重之。苏秦自愧以为不及。楚怀王恐齐、秦交合,乃遣使厚结于孟尝君,与齐申盟结好,两国聘使往来不绝。

自齐宣王之世,苏秦专贵宠用,左右贵戚,多有妒者。及湣王时,秦宠未衰。今日湣王不用苏秦之计,却依了孟尝君,果然伐秦失利,孟尝君受多金之赏。左右遂疑湣王已不喜苏秦矣,乃募壮士,怀利匕首,刺苏秦于朝。匕首入秦腹,秦以手按腹而走,诉于湣王。湣王命擒贼,贼已逸去不可得。苏秦曰:"臣死之后,愿大王斩臣之头,号令于市曰:'苏秦为燕行反间于齐,今幸诛死。有人知其阴事来告者,赏以千金。'如是,则贼可得也。"言讫,拔去匕首,血流满地而死。湣王依其言,号令苏秦之头于齐市中。须臾,有人过其头下,见赏格,自夸于人曰:"杀秦者,我也!"市吏因执之以见湣王。王令司寇以严刑鞫之,尽得主使之人,诛灭凡数家。史官论苏秦虽身死,犹能用计自报其仇,可为智矣!而身不免见刺,岂非反覆不忠之报乎?苏秦死后,其宾客往往泄苏秦之谋,言:"秦为燕而仕齐。"湣王始悟秦之诈,自是与燕有隙,欲使孟尝君将兵伐燕。苏代说燕王,纳质子以和齐。燕王从之,使苏厉引质子来见湣王。湣王恨苏秦不已,欲囚苏厉。苏厉呼曰:"燕王欲以国依秦,臣之兄弟陈大王之威德,以为事秦不如事齐,故使臣纳质请平。大王奈何疑死者之心,而加生者之罪乎?"湣王悦,乃厚待苏厉。厉遂委质为齐大夫。苏代留仕燕国。史官有《苏秦赞》曰:

  季子周人,师事鬼谷。揣摩既就,《阴符》伏读。合从离横,佩印者六。晚节不终,燕齐反覆。

再说张仪见六国伐秦无成,心中暗喜,及闻苏秦已死,乃大喜曰:"今日乃吾吐舌之时矣。"遂乘间说魏哀王曰:"以秦之强,御五国而有馀,此其不可抗明矣。本倡合从之议者苏秦,而秦且不保其身,况能保人国乎?夫亲兄弟共父母者,或因钱财争斗不休,况异国哉?大王犹执苏秦之议,不肯事秦,倘列国有先事秦者,合兵攻魏,魏其危矣。"哀王曰:"寡人愿从相国事秦,诚恐秦不见纳,奈何?"张仪曰:"臣请为大王谢罪于秦,以结两国之好。"哀王乃饰车从,遣张仪入秦求和。于是秦、魏通好。张仪遂留秦,仍为秦相。

再说燕相国子之身长八尺,腰大十围[13],肌肥肉重,面阔口方,手绰[14]飞禽,走及奔马,自燕易王时,已执国柄。及燕王哙嗣位,荒于酒色,但贪逸乐,不肯临朝听政,子之遂有篡燕之意。苏代、苏厉与子之相厚,每对诸侯使者,扬其贤名。燕王哙使苏代如齐,问候质子,事毕归燕。燕王哙问曰:"闻齐有孟尝君,天下之大贤也,齐王有此贤臣,遂可以霸天下乎?"代对曰:"不能。"哙问曰:"何故不能?"代对曰:"知孟尝君之贤,而任之不专,安能成霸?"哙曰:"寡人独不得孟尝君为臣耳,何难专任哉!"苏代曰:"今相国子之,明习政事,是即燕之孟尝君也。"哙乃使子之专决国事。

忽一日,哙问于大夫鹿毛寿曰:"古之人君多矣,何以独称尧舜?"鹿毛寿亦是子之之党,遂对曰:"尧舜所以称圣者,以尧能让天下于舜,舜能让天下于禹也。"哙曰:"然则禹何为独传于子?"鹿毛寿曰:"禹亦尝让天下于益[15],但使代理政事,而未尝废其太子。故禹崩之后,太子启竟夺益之天下。至今论者谓禹德衰,不及尧舜，以此之故。"燕王曰："寡人欲以国让于子之，事可行否？"鹿毛寿曰："王如行之，与尧舜何以异哉？"哙遂大集群臣，废太子平，而禅国于子之。子之佯为谦逊，至于再三，然后敢受。乃郊天祭地，服衮冕，执圭，南面称王，略无惭色。哙反北面列于臣位，出就别宫居住。苏代、鹿毛寿俱拜上卿。将军市被心中不忿，乃帅本部军士，往攻子之，百姓亦多从之。两下连战十馀日，杀伤数万人，市被终不胜，为子之所杀。鹿毛寿言于子之曰："市被所以作乱者，以故太子平在也。"子之因欲收太子平。太傅郭隗与平微服共逃于无终山[16]避难。平之庶弟公子职，出奔韩国。国人无不怨愤。

齐湣王闻燕乱，乃使匡章为大将，率兵十万，从渤海进兵。燕人恨子之入骨，皆箪食壶浆，以迎齐师，无有持寸兵拒战者。匡章出兵，凡五十日，兵不留行，直达燕都，百姓开门纳之。子之之党，见齐兵众盛，长驱而入，亦皆耸惧奔窜。子之自恃其勇，与鹿毛寿率兵拒战于大衢。兵士渐散，鹿毛寿战死，子之身负重伤，犹格杀百馀人，力竭被擒。燕王哙自缢于别宫。苏代奔周。匡章因毁燕之宗庙，尽收燕府库中宝货，将子之置囚车中，先解去临淄献功。燕地三千馀里，大半俱属于齐。匡章留屯燕都，以徇属邑。此周赧王[17]元年事也。齐湣王亲数子之之罪，凌迟[18]处死，以其肉为醢，遍赐群臣。子之为王才一岁有馀，痴心贪位，自取丧灭，岂不愚哉！

燕人虽恨子之，见齐王意在灭燕，众心不服，乃共求故太子平，得之于无终山，奉以为君，是为昭王[19]。郭隗为相国。时赵武灵王不忿齐之并燕，使大将乐池迎公子职于韩，欲奉立为燕王，闻太子平已立，乃止。郭隗传檄燕都，告以恢复之义，各邑已降齐者，一时皆叛齐为燕。匡章不能禁止,遂班师回齐。昭王仍归燕都,修理宗庙,志复齐仇。乃卑身厚币,欲以招来贤士,谓相国郭隗曰:"先王之耻,孤早夜在心。若得贤士,可与共图齐事者,孤愿以身事之,惟先生为孤择其人。"郭隗曰:"古之人君,有以千金使涓人[20]求千里之马。途遇死马,旁人皆环而叹息,涓人问其故,答曰:'此马生时,日行千里,今死,是以惜之。'涓人乃以五百金买其骨,囊负而归。君大怒曰:'此死骨何用,而废弃吾多金耶?'涓人答曰:'所以费五百金者,为千里马之骨故也。此奇事,人将竞传,必曰:"死马且得重价,况活马乎?"马今至矣。'不期年,得千里之马三匹。今王欲致天下贤士,请以隗为马骨,况贤于隗者,谁不求价而至哉?"于是昭王特为郭隗筑宫,执弟子之礼,北面听教,亲供饮食,极其恭敬。复于易水[21]之旁,筑起高台,积黄金于台上,以奉四方贤士,名曰招贤台,亦曰黄金台[22]。于是燕王好士,传布远近。剧辛自赵往,苏代自周往,邹衍自齐往,屈景自卫往。昭王悉拜为客卿,与谋国事。元刘因[23]有《黄金台诗》云:

燕山不改色,易水无剩声。

谁知数尺台,中有万古情!

区区后世人,犹爱黄金名。

黄金亦何物,能为贤重轻?

周道日东渐,二老[24]皆西行。

养民以致贤,王业自此成。

话分两头。再说齐湣王既胜燕,杀燕王哙与子之,威震天下,秦惠文王患之。而楚怀王为"从约长",与齐深相结纳,置符[25]

为信。秦王欲离齐、楚之党，召张仪问计。张仪奏曰："臣凭三寸不烂之舌，南游于楚，伺便进言，必使楚王绝齐而亲于秦。"惠文王曰："寡人听子。"张仪乃辞相印游楚。知怀王有嬖臣，姓靳名尚，在王左右，言无不从。乃先以重贿纳交于尚，然后往见怀王。怀王重张仪之名，迎之于郊，赐坐而问曰："先生辱临敝邑，有何见教？"张仪曰："臣之此来，欲合秦、楚之交耳！"楚怀王曰："寡人岂不愿纳交于秦哉？但秦侵伐不已，是以不敢求亲也。"张仪对曰："今天下之国虽七，然大者无过楚、齐，与秦而三耳。秦东合于齐则齐重，南合于楚则楚重。然寡君之意，窃在楚而不在齐。何也？以齐为婚姻之国，而负秦独深也。寡君欲事大王，虽仪亦愿为大王门阑之厮[26]。而大王与齐通好，犯寡君之所忌。大王诚能闭关而绝齐，寡君愿以商君所取楚商、于之地六百里，还归于楚，使秦女为大王箕帚妾。秦、楚世为婚姻兄弟，以御诸侯之患。惟大王纳之！"怀王大悦曰："秦肯还楚故地，寡人又何爱于齐？"群臣皆以楚复得地，合词称贺。独一人挺然出奏曰："不可，不可！以臣观之，此事宜吊不宜贺！"楚怀王视之，乃客卿陈轸也。怀王曰："寡人不费一兵，坐而得地六百里，群臣贺，子独吊，何故？"陈轸曰："王以张仪为可信乎？"怀王笑曰："何为不信？"轸曰："秦所以重楚者，以有齐也。今若绝齐，则楚孤矣。秦何重于孤国，而割六百里之地以奉之耶？此张仪之诡计也。倘绝齐而张仪负王，不与王地，齐又怨王，而反附于秦，齐、秦合而攻楚，楚亡可待矣！臣所谓宜吊者，为此也。王不如先遣一使随张仪往秦受地，地入楚而后绝齐未晚。"大夫屈平[27]进曰："陈轸之言是也。张仪反覆小人，决不可信！"嬖臣靳尚曰："不绝齐，秦肯与我地乎？"怀王点头曰："张仪不负寡人

第九十一回

明矣。陈子闭口勿言，请看寡人受地。"遂以相印授张仪，赐黄金百镒，良马十驷，命北关守将勿通齐使。一面使逢侯丑随张仪入秦受地。

张仪一路与逢侯丑饮酒谈心，欢若骨肉。将近咸阳，张仪诈作酒醉，失足坠于车下。左右慌忙扶起，仪曰："吾足胫损伤，急欲就医。"先乘卧车入城，表奏秦王，留逢侯丑于馆驿。仪闭门养病，不入朝。逢侯丑求见秦王，不得，往候张仪，只推未愈。如此三月，丑乃上书秦王，述张仪许地之言。惠文王复书曰："仪如有约，寡人必当践之。但闻楚与齐尚未决绝，寡人恐受欺于楚，非得张仪病起，不可信也。"逢侯丑再往张仪之门，仪终不出。乃遣人以秦王之言，还报怀王。怀王曰："秦犹谓楚之绝齐未甚耶？"乃遣勇士宋遗假道于宋，借宋符直造齐界，辱骂湣王。湣王大怒，遂遣使西入秦，愿与秦共攻楚国。张仪闻齐使者至，其计已行，乃称病愈入朝。遇逢侯丑于朝门，故意讶曰："将军胡不受地，乃尚淹吾国耶？"丑曰："秦王专候相国面决，今幸相国玉体无恙，请入言于王，早定地界，回覆寡君。"张仪曰："此事何须关白[28]秦王耶？仪所言者，乃仪之俸邑六里，自愿献于楚王耳。"丑曰："臣受命于寡君，言商、于之地六百里，未闻只六里也。"张仪曰："楚王殆误听乎？秦地皆百战所得，岂肯以尺土让人？况六百里哉？"

逢侯丑还报怀王。怀王大怒曰："张仪果是反覆小人，吾得之，必生食其肉！"遂传旨发兵攻秦。客卿陈轸进曰："臣今日可以开口乎？"怀王曰："寡人不听先生之言，为狡贼所欺，先生今日有何妙计？"陈轸曰："大王已失齐助，今复攻秦，未见利也。不如割两城以赂秦，与之合兵而攻齐，虽失地于秦，尚可取偿于齐。"怀王曰："本欺楚者，秦也，齐何罪焉？合秦而攻齐，人将笑我。"即日拜屈匄为大将，逢侯丑副之，兴兵十万，取路天柱山[29]西北而进，径袭蓝田[30]。秦王命魏章为大将，甘茂为副，起兵十万拒之。一面使人征兵于齐。齐将匡章亦率师助战。屈匄虽勇，怎当二国夹攻，连战俱北。秦齐之兵，追至丹阳[31]，屈匄聚残兵复战，被甘茂斩之。前后获首级八万有馀，名将逢侯丑等死者七十馀人，尽取汉中[32]之地六百里，楚国震动。韩、魏闻楚败，亦谋袭楚。楚怀王大惧，乃使屈平如齐谢罪。使陈轸如秦军，献二城以求和。魏章遣人请命于秦王，惠文王曰："寡人欲得黔中[33]之地，请以商、于地易之，如允，便可罢兵。"魏章奉秦王之命，使人言于怀王。怀王曰："寡人不愿得地，愿得张仪而甘心焉！如上国肯以张仪畀楚，寡人情愿献黔中之地为谢。"不知秦王肯放张仪入楚否，且看下回分解。

――――――

〔1〕 宜阳：战国时韩地，在今河南宜阳县。

〔2〕 河外：即河东。《通鉴》胡注："秦盖以河东为河外。"这里主要指郑（今郑州）、滑（今河南滑县东）诸州。战国时属魏。

〔3〕 清河：古水名。战国时齐与宋之界河，齐之西界。今已湮没。

〔4〕 湣王：齐湣王田地。在位四十年（前323—前284）。

〔5〕 薛：本古国名。其治所在今山东滕州南。春秋后期薛国迁于下邳，其故都薛邑遂为齐所并。

〔6〕 秦惠王：即秦惠文王之单称。

〔7〕 蒲阳：战国时魏邑名。在今山西隰县。

〔8〕 少梁：古邑名。在今陕西韩城市南。西周时为梁国，春秋时为秦所

1119

第九十一回

灭,称少梁。后属晋。战国初属魏,魏文侯筑城于此。

〔9〕 怀王:楚怀王熊槐。在位三十年(前328—前299)。

〔10〕 哀王:此据《史记》中《魏世家》及《六国年表》,哀王名不详。在位二十三年(前318—前296)。但据《世本》、《国策》等,魏国无哀王。这段时期为魏襄王在位期。

〔11〕 赵武灵王:名赵雍,赵肃侯子。在位二十七年(前325—前299)。

〔12〕 燕王哙:燕易王子。在位九年(前320—前312)。因将王位让与其相国子之,燕大乱,自缢而死,故无谥号。

〔13〕 十围:围乃长度单位,或以两手合抱为围,或以一尺(两手手指长度)为围,此处似为后者。十围,约为一丈左右。

〔14〕 绰(chāo超):抓取。

〔15〕 益:或称伯益、伯翳。古代嬴姓各族祖先。为夏禹所提拔,佐禹治水有功。禹去世时传位给他,他推让不就。一说被禹子启所杀。

〔16〕 无终山:古山名。在今天津市蓟州区北。战国燕地。

〔17〕 周赧(nǎn 蝻)王:名姬延,东周最后一位国王。周慎靓王姬定(前320—前315在位)子。在位五十九年(前314—前256)。最后降秦被贬,不久即死。

〔18〕 凌迟:最残酷的死刑,又名剐刑,指分割人的肉体致死。

〔19〕 昭王:燕昭王姬平,燕王哙子。在位三十三年(前311—前279)。

〔20〕 涓人:亦名中涓。宫中主洒扫清洁之人,也泛指亲信内侍。

〔21〕 易水:古水名,源出河北易县,东南流入涞水。今大部已干涸。

〔22〕 黄金台:古地名,又称金台、燕台。故址在今河北易县东南易水南岸。

〔23〕 刘因(1249—1293):字梦吉,号静修,河北容城人。元代著名理学家和诗人。曾任赞善大夫。著有《静修集》二十二卷。

〔24〕 二老:指伯夷、吕望。《孟子·离娄上》:"伯夷辟纣,居北海之滨。

闻文王作,兴曰:'盍归乎来!吾闻西伯善养老者。'太公辟纣,居东海之滨,闻文王作,兴曰:'盍归乎来!吾闻西伯善养老者。'二老者,天下之大老也,而归之,是天下之父归之也。"扬雄《解嘲》:"昔三仁去而殷墟,二老归而周炽。"

〔25〕 符:古代各国用以传达命令、调兵遣将的凭证。以竹木或金玉为之。上书文字,剖而为二,用时相合以为征信。

〔26〕 门阑之厮:门下的奴仆,谦词。

〔27〕 屈平:即古代著名大诗人屈原。名平,字原。楚国公族,曾官左徒、三闾大夫等职,后终以政见不容于时,楚国日受秦之侵削,愤而投汨罗江自杀。著有《离骚》等作品二十五篇。

〔28〕 关白:禀报,通知。

〔29〕 天柱山:古山名。在今陕西山阳县东南八十里,一名牛山。

〔30〕 蓝田:古邑名,战国秦地。即今陕西蓝田县。

〔31〕 丹阳:古地区名。今陕西、河南两省间丹江以北一带。

〔32〕 汉中:郡名。战国楚怀王置。治所在今陕西汉中市南郑区。辖境在今陕西秦岭以南汉中平原一带。

〔33〕 黔中:古郡名。战国楚置。辖境约今贵州大部、湖南西部及四川南部。

第九十二回

赛举鼎秦武王绝胫　莽赴会楚怀王陷秦

话说楚怀王恨张仪欺诈，愿白献黔中之地，只要换张仪一人。左右忌嫉张仪者，皆曰："以一人而易数百里之地，利莫大焉！"秦惠文王曰："张仪吾股肱之臣，寡人宁不得地，何忍弃之？"张仪自请曰："微臣愿往！"惠文王曰："楚王含盛怒以待先生，往必见杀，故寡人不忍遣也。"张仪奏曰："杀臣一人，而为秦得黔中之地，臣死有馀荣矣！况未必死乎？"惠文王曰："先生何计自脱？试为寡人言之。"张仪曰："楚夫人郑袖，美而有智，得王之宠。臣昔在楚时，闻楚王新幸一美人，郑袖谓美人曰：'大王恶人以鼻气触之，子见王必掩其鼻。'美人信其言。楚王问于郑袖曰：'美人见寡人，辄掩鼻，何也？'郑袖曰：'嫌大王体臭，故恶闻之。'楚王大怒，命劓美人之鼻。袖遂专宠。又有嬖臣靳尚，媚事郑袖，内外用事。而臣与靳尚相善，臣自料能借其庇，可以不死。大王但诏魏章等留兵汉中，遥为进取之势，楚必然不敢杀臣矣。"秦王乃遣仪行。

仪既至楚国，怀王即命使者执而囚之，将择日告于太庙，然后行诛。张仪别遣人打靳尚关节。靳尚入言于郑袖曰："夫人之宠不终矣，奈何！"郑袖曰："何故？"靳尚曰："秦不知楚王之怒张仪，故遣使楚。今闻楚王欲杀仪，秦将还楚侵地，使亲女下嫁于楚，以美人善歌者为媵，以赎张仪之罪。秦女至，楚王必尊而礼之，夫人虽欲擅宠，得乎？"郑袖大惊曰："子有何计，可止其事？"靳尚曰："夫人若为不知者，而以利害言于大王，使出张仪还秦，事宜可已。"郑袖乃中夜涕泣，言于怀王曰："大王欲以地易张仪，地未入秦，而张仪先至，是秦之有礼于大王也。秦兵一举而席卷汉中，有吞楚之势，若杀张仪以怒之，必将益兵攻楚。我夫妇不能相保，妾心如刺，饮食不甘者累日矣。且人臣各为其主，张仪天下智士，其相秦国久，与秦偏厚，何怪其然？大王若厚待仪，仪之事楚，亦犹秦也。"怀王曰："卿勿忧，容寡人从长计议。"靳尚复乘间言曰："杀一张仪，何损于秦？而又失黔中数百里之地。不如留仪，以为和秦之地。"怀王意亦惜黔中之地，不肯与秦，于是出张仪，因厚礼之。张仪遂说怀王以事秦之利。怀王即遣张仪归秦，通两国之好。

屈平出使齐国而归，闻张仪已去，乃谏曰："前大王见欺于张仪，仪至，臣以为大王必烹食其肉，今赦之不诛，又欲听其邪说，率先事秦。夫匹夫犹不忘仇雠，况君乎？未得秦欢，而先触天下之公愤，臣窃以为非计也。"怀王悔，使人驾轺车追之，张仪已星驰出郊二日矣。张仪既还秦，魏章亦班师而归。史臣有诗云：

张仪反覆为嬴秦，朝作俘囚暮上宾。

堪笑怀王如木偶，不从忠计听谗人。

张仪谓秦王曰："仪万死一生，得复见大王之面。楚王诚畏秦甚，虽然，不可使臣失信于楚。大王诚割汉中之半，以为楚德，与为婚姻，臣请借楚为端，说六国连袂以事秦。"秦王许之。遂割汉中五县，遣人往楚修好。因求怀王之女为太子荡妃，复以秦女许妻怀

第九十二回

王之少子兰。怀王大喜,以为张仪果不欺楚也。秦王念张仪之劳,封以五邑,号武信君。因具黄金白璧,高车驷马,使以连衡[1]之术,往说列国。

张仪东见齐湣王,曰:"大王自料土地孰与秦广?甲兵孰与秦强?从人为齐计者,皆谓齐去秦远,可以无患。此但狃目前,不顾后患。今秦、楚嫁女娶妇,结昆弟之好,三晋莫不悚惧,争献地以事秦。大王独与秦为仇,秦驱韩、魏攻齐之南境,悉赵兵渡黄河,以乘临淄、即墨之敝,大王虽欲事秦,尚可得乎?今日之计,事秦者安,背秦者危!"齐湣王曰:"寡人愿以国听于先生。"乃厚赠张仪。仪复西说赵王曰:"敝邑秦王,有敝甲凋兵,愿与君会于邯郸之下,使微臣先闻于左右。大王所恃者,苏秦之约耳。秦背燕逃齐,又以反诛,一身不保,而人犹信之,误矣!今秦、楚结婚,齐献鱼盐之地[2],韩、魏称东藩之臣,是五国为一也。大王欲以孤赵抗五国之锋,万无一幸!故臣为大王计,莫如事秦。"赵王许诺。仪复北往燕国,说燕昭王曰:"大王所最亲者,莫如赵。昔赵襄子尝以其姊为代王[3]夫人,襄子欲并代国,约与代王为好会,令工人制为长柄金斗,方宴,厨人进羹,反斗柄以击代王,破胸而死,遂袭据代国。其姊闻之,泣而呼天,因摩笄以自刺。后人因号其山曰摩笄山[4]。夫亲姊犹欺之以取利,况他人哉?今赵王已割地谢过于秦,将入朝秦王于渑池[5]。一旦驱赵而攻燕,则易水长城,非大王之有也!"燕昭王恐惧,愿献恒山[6]之东五城以和秦。

张仪连衡之说既行,将归报秦。未至咸阳,秦惠文王已病薨,太子荡即位,是为武王[7]。齐湣王初听张仪之说,以为三晋皆已献地事秦,故不敢自异。及闻仪说齐之后,方往说赵,以仪为欺,大

赛举鼎秦武王绝脰　莽赴会楚怀王陷秦

怒。又闻秦惠文王之薨,乃使孟尝君致书列国,约共背秦复为合从。疑楚已结婚于秦,恐其不从,先欲伐之。楚怀王遣其太子横为质于齐,齐兵乃止。湣王自为从约长,连结诸侯,约能得张仪者,赏以十城。秦武王生性粗直,自为太子时,素恶张仪之多诈。群臣先忌仪宠者,至是皆谗谮之。仪惧祸,乃入见武王曰:"仪有愚计,愿效于左右。"武王曰:"君计安出?"张仪曰:"闻齐王甚憎仪,仪之所在,必兴师伐之。仪愿辞大王,东往大梁,齐之伐梁,必矣。梁、齐兵连而不解,大王乃乘间伐韩,通三川[8]以窥周室,此王业也。"武王以为然。乃具革车三十乘,送张仪入大梁。魏哀王用为相国,以代公孙衍之位。衍乃去魏入秦。齐湣王知仪相魏,果然大怒,兴师伐魏。魏哀王大惧,谋于张仪。仪乃使其舍人冯喜,伪为楚客,往见湣王曰:"闻大王甚憎张仪,信乎?"湣王曰:"然。"冯喜曰:"大王如憎仪,愿无伐魏也。臣适从咸阳来,闻仪去秦时,与秦王有约,言'齐王恶仪,仪所在,必兴师伐之。'故秦王具车乘,送仪于魏,欲以挑齐、魏之斗。齐、魏兵连而不解,秦乃得乘间而图事于北方。王今伐魏,中仪计。王不如无伐,使秦不信张仪,仪虽在魏,亦无能为矣。"湣王遂罢兵不伐魏。魏哀王益厚张仪。逾年,张仪病卒于魏。是岁,齐无盐后死。

却说秦武王长大多力,好与勇士角力为戏。乌获、任鄙自先世已为秦将,武王复宠任之,益其禄秩。有齐人孟贲,字说,以力闻,水行不避蛟龙,陆行不避虎狼,发怒吐气,声响动天。尝于野外见两牛相斗,孟贲从中以手分之,一牛伏地,一牛犹触不止。贲怒,左手按牛头,以右手拔其角,角出牛死。人畏其勇,莫敢与抗。闻秦

第九十二回

王招致天下勇力之士，乃西渡黄河。岸上人待渡者甚众，常日，以次上船。贲最后至，强欲登船先渡。船人怒其不逊，以楫击其头曰："汝用强如此，岂孟说耶？"贲瞋目而视，发植目裂，举声一喝，波涛顿作。舟中之人，惶惧颠倒，尽扬播入于河。贲振桡顿足，一去数丈，须臾过岸，竟入咸阳，来见武王。武王试知其勇，亦拜大官，与乌获、任鄙，并见宠任。时周赧王六年[9]，秦武王之二年也。

秦以六国皆有相国之名，不屑与同，乃特置丞相[10]，左右各一人，以甘茂为左丞相，樗里疾为右丞相。魏章忿其不得相位，奔梁国去了。武王思张仪之言，谓樗里疾曰："寡人生于西戎，未睹中原之盛。若得通三川，一游巩、洛之间，虽死无恨！二卿谁能为寡人伐韩乎？"樗里疾曰："王之伐韩，欲取宜阳以通三川之道也。宜阳路险而远，劳师费财，梁、赵之救将至，臣窃以为不可。"武王复问于甘茂，茂曰："臣请为王使梁，约共伐韩。"武王大喜，使甘茂往说梁王，梁王许秦助兵。甘茂初与樗里疾相左，恐从中阻挠其事，先遣副使向寿回报秦王，言："魏已听命矣。然虽如此，劝王勿伐韩为便。"秦武王疑其言，乃亲往迎甘茂，至息壤[11]，与甘茂相遇。武王曰："相国许为寡人约魏攻韩，今魏人听命，相国又曰：'勿伐韩为便。'何也？"甘茂曰："夫越千里之险，以攻劲韩之大邑，此不可以岁月计也。昔曾参居费，鲁人有与曾参同姓名者杀人，人奔告其母曰：'曾参杀人！'其母方织，应曰：'吾子不杀人。'织如故。未几，又一人奔告曰：'曾参杀人！'其母停梭而思，曰：'吾子必无此事。'复织如故。少顷，又一人奔告曰：'杀人者，果曾参也！'其母投杼下机[12]，逾墙走匿。夫以曾参之贤，其母信之，然而三人言杀人，而慈母亦疑矣。今臣之贤，不及曾参，王之信臣，未必如曾参之母,而谤臣杀人者,恐不止三人,臣恐大王之投杼也。"武王曰:"寡人不听人言也,请与子盟!"于是君臣歃血为誓,藏誓书于息壤。遂发兵五万,使甘茂为大将,向寿副之。

兵至宜阳,围其城五月,宜阳守臣固守不能拔。右相樗里疾言于武王曰:"秦师老矣,不撤回,恐有变。"武王召甘茂班师。甘茂乃为书一函,以谢武王。武王启函视之,书中惟"息壤"二字。武王悟曰:"甘茂固尝言之,是寡人之过也。"更益兵五万,使乌获往助甘茂。韩王亦使大将公叔婴率师救宜阳,大战于城下。乌获持铁戟一双,重一百八十斤,独入韩军,军士皆披靡,莫敢御者。甘茂与向寿各率一军,乘势并进。韩兵大败,斩首七万有馀。乌获一跃登城,手攀城堞,堞毁,获堕于石上,折肋而死。秦兵乘之,遂拔宜阳。韩王恐惧,乃使相国公仲侈,持宝器入秦乞和。武王大喜,许之。诏甘茂班师,留向寿安戢宜阳地方。使右丞相樗里疾先往三川开路。随后引任鄙、孟贲一班勇士起程,直入雒阳。

周赧王遣使郊迎,亲具宾主之礼。秦武王谢弗敢见,知九鼎在太庙之傍室,遂往观之。见九位宝鼎一字排列,果然整齐。那九鼎是禹王收取九州的贡金,各铸成一鼎,载其本州山川人物,及贡赋田土之数,足耳俱有龙文,又谓之"九龙神鼎"。夏传于商,为镇国之重器。及周武王克商,迁之于雒邑。迁时,用卒徒牵挽,舟车负载,分明是九座小铁山相似,正不知重多少斤两。武王周览了一回,赞叹不已。鼎腹有荆、梁、雍、豫、徐、扬、青、兖、冀等九字分别,武王指雍字一鼎叹曰:"此雍州,乃秦鼎也!寡人当携归咸阳耳。"因问守鼎吏曰:"此鼎曾有人能举之否?"吏叩首对曰:"自有鼎以来,未曾移动。闻人传说每鼎有千钧之重,谁人能举?"武王遂问

第九十二回

任鄙、孟贲曰："二卿多力，能举此鼎否？"任鄙知武王恃力好胜，辞曰："臣力止可胜百钧，此鼎十倍之重，臣不能胜。"孟贲攘臂而前曰："臣请试之，若不能举，休得见罪。"即命左右取青丝为巨索，宽宽的系于鼎耳之上，孟贲将腰带束紧，揎起双袖，用两枝铁臂，套入丝络，狠狠的喝一声："起！"那鼎离起约有半尺，仍还于地。用力过猛，眼珠迸出，目眦流血。武王笑曰："卿大费力。既然卿能举起此鼎，寡人难道不如！"任鄙谏曰："大王万乘之躯，不可轻试！"武王不听。即时卸下锦袍玉带，束缚腰身，更用大带扎缚其袖。任鄙拖袖固谏。武王曰："汝自不能，乃妒寡人耶？"鄙遂不敢复言。武王大踏步向前，亦将双臂套入丝络，想道："孟贲止能举起，我偏要行动数步，方可夸胜。"乃尽生平神力，屏一口气，喝声："起！"那鼎亦离地半尺。方欲转步，不觉力尽失手，鼎坠于地，正压在武王右足上，趷札一声，将胫骨压个平断[13]。武王大叫："痛哉！"登时闷绝。左右慌忙扶归公馆。血流床席，痛极难忍，捱至夜半而薨。武王自言："得游巩雒，虽死无恨。"今日果然死于雒阳，前言岂非谶乎？周赧王闻变大惊，急备美棺，亲往视殓，哭吊尽礼。樗里疾奉其丧以归。武王无子，迎其异母弟稷嗣位，是为昭襄王[14]。樗里疾讨举鼎之罪，磔孟贲，族灭其家；以任鄙能谏，用为汉中太守。疾复宣言于朝曰："通三川者，甘茂之谋也！"甘茂惧为疾所害，遂奔魏国，后死于魏。

再说秦昭襄王闻楚送质子于齐，疑其背秦而向齐，乃使樗里疾为大将，兴兵伐楚。楚使大将景快迎战，兵败被杀。楚怀王恐惧。昭襄王乃遣使遗怀王书，略云：

始寡人与王约为兄弟，结为婚姻，相亲久矣。王弃寡人而纳质于齐，寡人诚不胜其愤！是以侵王之边境，然非寡人之情也。今天下大国，惟楚与秦，吾两君不睦，何以令于诸侯？寡人愿与王会于武关，面相订约，结盟而散。还王之侵地，复遂前好，惟王许之。王如不从，是明绝寡人也，寡人不能以兵退矣。

怀王览书，即召群臣计议曰："寡人欲勿往，恐激秦之怒；欲往，恐被秦之欺。二者孰善？"屈原进曰："秦，虎狼之国也。楚之见欺于秦，非一二次矣，王往必不归。"相国昭睢曰："灵均乃忠言也！王其勿行。速发兵自守，以防秦兵之至。"靳尚曰："不然。楚惟不能敌秦，故兵败将死，舆地[15]日削。今欢然结好，而复拒之，倘秦王震怒，益兵伐楚，奈何？"怀王之少子兰，娶秦女为妇，以为婚姻可恃，力劝王行，曰："秦、楚之女，互相嫁娶，亲莫过于此。彼以兵来，尚欲请和，况欢然求为好会乎？上官大夫[16]所言最当，王不可不听。"怀王因楚兵新败，心本畏秦，又被靳尚、子兰二人撺掇不过，遂许秦王赴会。择日起程，只有靳尚相随。

秦昭王使其弟泾阳君悝，乘王车羽旄，侍卫毕具，诈为秦王，居武关。使将军白起引兵一万，伏于关内，以劫楚王。使将军蒙骜引兵一万，伏于关外，以备非常。一面遣使者为好语前迎楚王，往来不绝。楚怀王信之不疑，遂至武关之下。只见关门大开，秦使者复出迎曰："寡君候大王于关内三日矣。不敢辱车从于草野，请至敝馆，成宾主之礼。"怀王已至秦国，势不容辞，遂随使者入关。怀王刚刚进了关门，一声炮响，关门已紧闭矣。怀王心疑，问使者曰："闭关何太急也？"使者曰："此秦法也。战争之世，不得不然。"怀

第九十二回

王问："尔王何在？"对曰："先在公馆伺候车驾。"即叱御者速驰。约行二里许，望见秦王侍卫，排列公馆之前，使者吩咐停车。馆中一人出迎，怀王视之，虽然锦袍玉带，举动却不像秦王。怀王心下踌躇，未肯下车。那人鞠躬致词曰："大王勿疑，臣实非秦王，乃王弟泾阳君也。请大王至馆，自有话讲。"怀王只得就馆。泾阳君与怀王相见。方欲就坐，只听得外面一片声喊起，秦兵万馀，围住公馆。怀王曰："寡人赴秦王之约，奈何以兵见困耶？"泾阳君曰："无伤也。寡君适有微恙，不能出门，又恐失信于君王，故使微臣悃奉迎君王。屈至咸阳，与寡君一会。以些少军卒，为君侍卫，万勿推辞。"那时不由楚王做主，拥之登车。留蒙骜一军于关上。泾阳君陪乘，白起领兵四下拥卫，西望咸阳而去。靳尚逃归楚国。怀王叹曰："悔不听昭睢、屈平之言，乃为靳尚所误！"流泪不已。

怀王既至咸阳，昭襄王大集群臣及诸侯使者于章台[17]之上。秦王南面上坐，使怀王北面参谒，如藩臣礼。怀王大怒，抗声大言曰："寡人信婚姻之好，轻身赴会。今君王假称有疾，诱寡人至于咸阳，复不以礼相接，此何意也？"昭襄王曰："向者蒙君许我黔中之地，已而不果。今日相屈，欲遂前约耳！倘君王朝许割地，暮即送王归楚矣。"怀王曰："秦纵欲得地，亦当善言，何必诡计如此？"昭襄王曰："不如此，君必不从。"怀王曰："寡人愿割黔中矣！请与君王为盟，以一将军随寡人至楚受地，何如？"昭襄王曰："盟不可信也。必须先遣使回楚，将地界交割分明，方与王饯行耳。"秦之群臣，皆前劝怀王。怀王益怒曰："汝诈诱我至此，复强要我以割地，寡人死即死耳，不受汝胁也！"昭襄王乃留怀王于咸阳城中，不放回国。

赛举鼎秦武王绝脰　莽赴会楚怀王陷秦

再说靳尚逃回，报与昭睢，如此恁般："秦王欲得楚黔中之地，拘留在彼。"昭睢曰："吾王在秦不得还，而太子又质于齐，倘齐人与秦合谋，复留太子，则楚国无君矣！"靳尚曰："公子兰见在，何不立之？"昭睢曰："太子之立已久，今王犹在秦，遽弃其命，舍嫡立庶，异日王幸归国，何以自解？吾今诈讣于齐，以请太子，齐必信从。"靳尚曰："吾不能为君御难，此行当效微劳耳！"昭睢即遣靳尚使齐，诈称楚王已薨，迎太子奔丧嗣位。齐湣王谓其相国孟尝君田文曰："楚国无君，吾欲留太子以求淮北之地，何如？"孟尝君曰："不可。楚王固非一子，吾留太子，而彼以地来赎，可也。倘彼别立一人为王，我无尺寸之利，而徒抱不义之名，将安用之？"湣王以为然。乃以礼归太子横于楚。横即楚王位，是为顷襄王[18]。子兰、靳尚用事如故。遣使告于秦曰："赖社稷神灵，国已有王矣！"秦王空留怀王，不可得地，乃大惭怒，使白起为将，蒙骜副之，帅师十万攻楚，取十五城而归。楚怀王留秦岁馀，秦守者久而懈怠，怀王变服，逃出咸阳，欲东归楚国。秦王发兵追之，怀王不敢东行，遂转北路，间道走赵。不知赵国肯纳怀王否，且看下回分解。

---

〔1〕　连衡：即连横，东西为横。指山东六国分别事秦，乃张仪所倡导，与"合纵"相对抗。秦国借此蚕食六国，统一天下。

〔2〕　鱼盐之地：指齐地，因齐国滨海，有鱼盐之利。

〔3〕　代：周时国名。在今河北蔚（yù 遇）县一带。

〔4〕　摩笄山：古山名。在今河北涞源县东北一百五十里。笄，即簪。此事见《史记》、《国策》。本书未载。

〔5〕 渑池:古邑名。此时属秦。即今河南渑池县。

〔6〕 恒山:山名。为五岳中北岳。主峰在今山西浑源县东南。

〔7〕 武王:秦武王嬴荡,在位四年(前310—前307)。

〔8〕 三川:指伊河、洛河、黄河一带为三川之地。属东周畿内。

〔9〕 周赧王六年:即公元前309年。

〔10〕 丞相:古代中央政权最高行政长官,协助皇帝处理国家政务。其地位与相国及后来之宰相相当。而相国之名始于赵武灵王,此时六国并未普遍采用。

〔11〕 息壤:古地名。地址不详,或曰在今河南宜阳县以西。后代常以息壤之盟作为信誓盟约的代表。

〔12〕 杼(zhù 著):织布的梭子。

〔13〕 平断:即今所谓粉碎性骨折。

〔14〕 昭襄王:名嬴稷,一名则。其母乃楚人,后尊为宣太后。昭襄王在位五十六年(前306—前251)。

〔15〕 舆地:土地。《史记·三王世家》索隐:"谓地为舆者,天地有覆载之德,故谓天为盖,谓地为舆。"

〔16〕 上官大夫:战国时楚之官名。亦有认为上官乃姓者。上官大夫与靳尚并非一人。

〔17〕 章台:秦宫名。战国时建,以宫内有章台而名。在陕西西安市长安区故城西南隅。

〔18〕 顷襄王:名熊横,怀王子,在位三十六年(前298—前263)。

第九十三回

赵主父饿死沙丘宫　孟尝君偷过函谷关

话说赵武灵王身长八尺八寸,龙颜鸟噣[1],广鬓虬髯,面黑有光,胸开三尺,气雄万夫,志吞四海。即位五年,娶韩女为夫人,生子曰章,立为太子。至十六年,因梦美人鼓琴,心慕其貌,次日,向群臣言之。大夫胡广自言其女孟姚,善于琴。武灵王召见于大陵之台,容貌宛如梦中所见。因使鼓琴,大悦之,纳于宫中,谓之吴娃,生子曰何。及韩后薨,竟立吴娃为后,废太子章,而立何为太子。

武灵王自念赵国北边于燕,东边于胡,西边于林胡[2]、楼烦[3],与赵为邻,而秦止一河之隔,居四战之地。恐日就微弱,乃身自胡服,革带皮靴,使民皆效胡俗,窄袖左衽[4],以便骑射。国中无贵贱,莫不胡服者。废车乘马,日逐射猎,兵以益强。武灵王亲自帅师略地,至于常山[5],西极云中[6],北尽雁门[7],拓地数百里。遂有吞秦之志,欲取路云中,自九原[8]而南,竟袭咸阳。以诸将不可专任,不若使其子治国事,而出其身经略四方。乃使群臣大朝于东宫,传位于太子何,是为惠王[9]。武灵王自号曰主父。——主父者,犹后世称太上皇也。——使肥义为相国,李兑为太傅,公子成为司马。封长子章以安阳[10]之地,号安阳君,使田不礼为之相。此周赧王十七年[11]事也。主父欲窥秦之山川形势,及观秦王之为人,乃诈称赵国使者赵招,赍国书来告立君于秦国。携工数人,一路图其地形;竟入咸阳,来谒秦王。昭襄王问曰:"汝王年齿几何?"对曰:"尚壮。"又问曰:"既在壮年,何以传位于子?"对曰:"寡君以嗣位之人,多不谙事,欲及其身,使娴习之。寡君虽为主父,然国事未尝不主裁也。"昭襄王曰:"汝国亦畏秦乎?"对曰:"寡君不畏秦,不胡服习骑射矣。今驰马控弦之士,十倍昔年,以此待秦,或者可终徼盟好。"昭襄王见其应对凿凿,甚相敬重。使者辞出就馆。昭襄王睡至中夜,忽思赵使者形貌魁梧轩伟,不似人臣之相,事有可疑,展转不寐。天明,传旨宣赵招相见。其从人答曰:"使人患病,不能入朝,请缓之。"过三日,使者尚不出。昭襄王怒,遣吏迫之。吏直入舍中,不见使者,止获从人,自称真赵招,乃解到昭襄王面前。王问:"汝既是真赵招,使者的系何人?"对曰:"实吾王主父也。主父欲睹大王威容,故诈称使者而来,今已出咸阳三日矣。特命臣招待罪于此。"昭襄王大惊,顿足曰:"主父大欺吾也!"即使泾阳君同白起领精兵三千,星夜追之。至函谷关,守关将士言:"赵国使者,于三日前已出关矣。"泾阳君等回复秦王,秦王心跳不宁者数日,乃以礼遣赵招还国。髯翁有诗云:

分明猛虎踞咸阳,谁敢潜窥函谷关?

不道龙颜赵主父,竟从堂上认秦王。

次年,主父复出巡云中,自代而西,收兵于楼烦。筑城于灵寿[12],以镇中山,名赵王城。吴娃亦于肥乡[13]筑城,号夫人城。

是时赵之强,甲于三晋。其年,楚怀王自秦来奔,惠王与群臣计议,恐触秦怒,且主父远在代地,不敢自专,遂闭关不纳。怀王计穷,欲南奔大梁。秦兵追及之,复与泾阳君俱至咸阳。怀王愤甚,呕血斗馀,遂发病,未几而薨。秦乃归其丧于楚。楚人怜怀王为秦所欺,客死于外,百姓往迎丧者,无不痛哭,如悲亲戚。诸侯咸恶秦之无道,复为合从以摈秦。

楚大夫屈原痛怀王之死,由子兰、靳尚误之。今日二人,仍旧用事,君臣贪于苟安,绝无报秦之志。乃屡屡进谏,劝顷襄王进贤远佞,选将练兵,以图雪怀王之耻。子兰悟其意,使靳尚言于顷襄王曰:"原自以同姓[14]不得重用,心怀怨望,且每向人言大王忘秦仇为不孝,子兰等不主张伐秦为不忠。"顷襄王大怒,削屈原之职,放归田里。原有姊名媭,已远嫁,闻原被放,乃归家,访原于夔[15]之故宅。见原被发垢面,形容枯槁,行吟于江畔,乃喻之曰:"楚王不听子言,子之心已尽矣!忧思何益?幸有田亩,何不力耕自食,以终馀年乎?"原重遵姊意,乃秉耒而耕,里人哀原之忠者,皆为助力。月馀,姊去,原叹曰:"楚事至此,吾不忍见宗室之亡灭!"忽一日,晨起,抱石自投汨罗江[16]而死。其日乃五月五日。里人闻原自溺,争棹小舟,出江拯救,已无及矣。乃为角黍投于江中以祭之,系以彩线,恐为蛟龙所攫食也。又龙舟竞渡之戏,亦因拯救屈原而起。至今自楚至吴,相沿成俗。屈原所耕之田,获米如白玉,因号曰"玉米田"。里人私为原立祠,名其乡曰姊归乡。今荆州府有归州,亦因姊归得名也。至宋元丰[17]中,封原为清烈公,兼为其姊立庙,号姊归庙,后复加封原为忠烈王。髯翁有过《忠烈王庙诗》云:

第九十三回

峨峨庙貌立江傍,香火争趋忠烈王。

佞骨不知何处朽,龙舟岁岁吊沧浪。

再说赵主父出巡云中,回至邯郸,论功行赏,赐通国百姓酒铺五日。是日,群臣毕集称贺。主父使惠王听朝,自己设便坐于傍,观其行礼。见何年幼,服衮冕南面为王,长子章魁然丈夫,反北面拜舞于下,兄屈于弟,意甚怜之。朝既散,主父见公子胜在侧,私谓曰:"汝见安阳君乎?虽随班拜舞,似有不甘之色。吾分赵地为二,使章为代王,与赵相并,汝以为何如?"赵胜对曰:"王昔日已误矣!今君臣之分已定,复生事端,恐有争变!"主父曰:"事权在我,又何虑哉?"主父回宫,夫人吴娃见其色变,问曰:"今日朝中有何事?"主父曰:"吾见故太子章,以兄朝弟,于理不顺。欲立为代王,胜又言其不便,吾是以踌躇而未决也。"吴娃曰:"昔晋穆侯生二子,长曰仇,弟曰成师。穆侯薨,子仇嗣立,都于翼,封其弟成师于曲沃。其后曲沃益强,遂尽灭仇之子孙,并吞翼国。此主父所知也。成师为弟,尚能戕兄,况以兄而临弟,以长而临少乎?吾母子且为鱼肉矣!"主父惑其言,遂止。

有侍人旧曾服事故太子章于东宫者,闻知主父商议之事,乃私告于章。章与田不礼计之。不礼曰:"主父分王二子,出自公心,特为妇人所阻耳。王年幼,不谙事,诚乘间以计图之,主父亦无如何也。"章曰:"此事惟君留意,富贵共之!"太傅李兑与肥义相善,密告曰:"安阳君强壮而骄,其党甚众,且有怨望之心。田不礼刚狠自用,知进而不知退。二人为党,行险侥幸,其事不远。子任重而势尊,祸必先及,何不称病,传政于公子成,可以自免。"肥义曰:

赵主父饿死沙丘宫　孟尝君偷过函谷关

"主父以王属义，尊为相国，谓义可托安危也。今未见祸形，而先自避，不为荀息所笑乎？"李兑叹曰："子今为忠臣，不得复为智士矣。"因泣下。久之，别去。肥义思李兑之言，夜不能寐，食不下咽，展转踌躇，未得良策。乃谓近侍高信曰："今后若有召吾王者，必先告我。"高信曰："诺。"

忽一日，主父与王同游于沙丘[18]，安阳君章亦从行。那沙丘有台，乃商纣王所筑。有离宫二所，主父与王各居一宫，相去五六里，安阳君之馆适当其中。田不礼谓安阳君曰："王出游在外，其兵众不甚集。若假以主父之命召王，王必至。吾伏兵于中途，要而杀之，因奉主父以抚其众，谁敢违者！"章曰："此计甚妙！"即遣心腹内侍，伪为主父使者，夜召惠王曰："主父卒然病发，欲见王面，幸速往！"高信即走告相国肥义，义曰："王素无病，事可疑也。"乃入谓王曰："义当以身先之，俟无他故，王乃可行。"又谓高信曰："紧闭宫门，慎勿轻启。"肥义与数骑随使者先行，至中途，伏兵误以为王，群起尽杀之。田不礼举火验视，乃肥义也。田不礼大惊曰："事已变矣！及其机未露，宜悉众乘夜袭王，幸或可胜。"于是奉安阳君以攻王。高信因肥义吩咐，已预作准备。田不礼攻王宫不能入。至天明，高信使从军乘屋发矢，贼多伤死者。矢尽，乃飞瓦下掷之。田不礼命取巨石系于木，以撞宫门，哗声如雷。惠王正在危急，只听得宫外喊声大举，两队军马杀来，贼兵大败，纷纷而散。原来是公子成、李兑在国中商议，恐安阳君乘机为乱，各率一枝军前来接应，正遇着贼围王宫，解救了此难。

安阳君兵败，谓田不礼曰："今当如何？"不礼曰："急走主父处涕泣哀求，主父必然相庇，吾当力拒追兵。"章从其言，乃单骑奔主

第九十三回

父宫中，主父果然开门匿之，殊无难色。田不礼驱残兵再与成、兑交战，众寡不敌，不礼被兑斩之。兑度安阳君无处托身，必然往投主父，乃引兵前围主父之宫。打开宫门，李兑仗剑当先开路，公子成在后，入见主父，叩头曰："安阳君反叛，法所不宥，愿主父出之。"主父曰："彼未尝至吾宫中，二卿可他觅也。"兑、成再四告禀，主父并不纵口[19]。李兑曰："事已至此，当搜简一番，即不得贼，谢罪未晚。"公子成曰："君言是也。"乃呼集亲兵数百人，遍搜宫中，于复壁中得安阳君，牵之以出。李兑遽拔剑击断其头。公子成曰："何急也？"兑曰："若遇主父，万一见夺，抗之则非臣礼，从之则为失贼，不如杀之。"公子成乃服。李兑提安阳君之首，自宫内出，闻主父泣声，复谓公子成曰："主父开宫纳章，心已怜之矣！吾等以章故，围主父之宫，搜章而杀之，无乃伤主父之心？事平之后，主父以围宫加罪，吾辈族灭矣！王年幼不足与计，吾等当自决也。"乃吩咐军士："不许解围。"使人诈传惠王之令曰："在宫人等，先出者免罪；后出者即系贼党，夷其族！"从官及内侍等，闻王令，争先出宫，单单剩得主父一人。主父呼人，无一应者，欲出，则门已下钥矣。一连围了数日，主父在宫中饿甚，无从取食。庭中树有雀巢，乃探其卵生啖之，月馀饿死。髯仙有诗叹曰：

胡服行边靖虏尘，雄心直欲并西秦。

吴娃一脉能胎祸，梦里琴声解误人。

主父既死，外人未知。李兑等尚不敢入，直待三月有馀，方才启钥入视，主父尸身已枯瘪矣。公子成奉惠王往沙丘宫，视殓发丧，葬于代地。今灵丘县[20]，以葬武灵王得名也。惠王回国，以公子成为相国，李兑为司寇。未几，公子成卒，惠王以公子胜曾阻主父分王之谋,乃用为相国,封以平原,号为平原君。

平原君亦好士,有孟尝君之风。既贵,益招致宾客,坐食者常数千人。平原君之府第,有画楼,置美人于上。其楼俯临民家,民家之主人有躄疾[21],晓起蹒跚而出汲,美人于楼上望见,大笑。少顷,躄者造平原君之门,请见。公子胜揖而进之。躄者曰:"闻君之喜士,士所以不远千里集于君之门者,以君贵士而贱色也。臣不幸有罢癃[22]之病,不良于行。君之后宫,乃临而笑臣。臣不甘受妇人之辱,愿得笑臣者之头!"胜笑应曰:"诺。"躄者去。平原君笑曰:"愚哉此竖也!以一笑之故,遂欲杀吾美人乎?"平原君门下有个常规:主客[23]者,每月一进客籍,稽客之多少,料算钱谷出入之数。前此客有增无减,至是日渐引去,岁馀客减半。公子胜怪之,乃鸣钟大会诸客,问曰:"胜所以待诸君者,未尝敢失礼,乃纷纷引去,何也?"客中一人前对曰:"君不杀笑躄之美人,众皆怫然[24],以君爱色而贱士,所以去耳。臣等不日亦将辞矣!"平原君大惊,引罪曰:"此胜之过也!"即解佩剑,令左右斩楼上美人之头,自造躄者之门,长跪[25]请罪。躄者乃喜。于是门下皆称颂平原君之贤,宾客复聚如初。时人为三字语云:

食我饱,衣我温,息其馆,游其门。齐孟尝,赵平原,佳公子,贤主人。

时秦昭襄王闻平原君斩美人谢躄之事,一日,与向寿述之,嗟叹其贤。向寿曰:"尚不及齐孟尝君之甚也!"秦王曰:"孟尝君如何?"向寿曰:"孟尝君自其父田婴存日,即使主家政,接待宾客。宾客归之如云,诸侯咸敬慕之,请于田婴以为世子。及嗣为薛公,宾客益盛，衣食与己无二，供给繁费，为之破产。士从齐来者，人人以为孟尝君亲己，无有间言。今平原容美人笑躄而不诛，直待宾客离心，乃斩头以谢，不亦晚乎？"秦王曰："寡人安得一见孟尝君，与之同事哉？"向寿曰："王如欲见孟尝君，何不召之？"秦王曰："彼齐相国也，召之安肯来乎？"向寿曰："王诚以亲子弟为质于齐，以请孟尝君，齐信秦，不敢不遣。王得孟尝君，即以为相，齐亦必相王之亲子弟。秦、齐互相，其交必合，然后共谋诸侯不难矣。"秦王曰："善！"乃以泾阳君悝为质于齐："愿易孟尝君来秦，使寡人一见其面，以慰饥渴之想。"

宾客闻秦召，皆劝孟尝君必行。时苏代适为燕使于齐，谓孟尝君曰："今代从外来，见土偶人与木偶人相与语，木偶人谓土偶人曰：'天方雨，子必败矣！奈何！'土偶人笑曰：'我生于土，败则仍还于土耳。子遭雨漂流，吾不知其所底也！'秦，虎狼之国，楚怀王犹不返，况君乎？若留君不遣，臣不知君之所终矣。"孟尝君乃辞秦不欲行。匡章言于湣王曰："秦之效质而求见孟尝君，欲亲齐也。孟尝君不往，失秦欢矣！虽然，留秦之质，犹为不信秦也。王不如以礼归泾阳君于秦，而使孟尝君聘秦，以答秦之礼。如是，则秦王必听信孟尝君，而厚于齐。"湣王以为然。谓泾阳君曰："寡人行将遣相国文，行聘于上国，以候秦王之颜色，岂敢烦贵人为质？"即备车乘送泾阳君还秦，而使孟尝君行聘于秦。

孟尝君同宾客千馀人，车骑百馀乘，西入咸阳，谒见秦王。秦王降阶迎之，握手为欢，道平生相慕之意。孟尝君有白狐裘，毛深二寸，其白如雪，价值千金，天下无双。以此为私礼，献于秦王。秦王服此裘入宫，夸于所幸燕姬。燕姬曰："此裘亦常有，何以足贵?"秦王曰:"狐非数千岁色不白。今之白裘,皆取狐腋下一片,补缀而成。此乃纯白之皮,所以贵重,真无价之珍也。齐乃山东大国,故有此珍服耳。"时天气尚暖,秦王解裘付主藏吏,吩咐珍藏,以俟进御。择日将立孟尝君为丞相。

樗里疾忌孟尝君见用,恐夺其相权,乃使其客公孙奭说秦王曰:"田文,齐族也,今相秦,必先齐而后秦。夫以孟尝君之贤,其筹事无不中,又加以宾客之众,而借秦权以阴为齐谋,秦其危矣!"秦王以其言问于樗里疾。疾对曰:"奭言是也。"秦王曰:"然则遣之乎?"疾对曰:"孟尝君居秦月馀,其宾客千人,尽已得秦巨细之事,若遣之归齐,终为秦害,不如杀之。"秦王惑其言,命幽孟尝君于馆舍。泾阳君在齐时,孟尝君待之甚厚,日具饮食,临行,复馈以宝器数事,泾阳君甚德之。至是,闻秦王之谋,私见孟尝君言其事。孟尝君惧而问计。泾阳君曰:"王计尚未决也。宫中有燕姬者,最得王心,所言必从。君携有重器,吾为君进于燕姬,求其一言,放君还国,则祸可免矣。"孟尝君以白璧二双,托泾阳君献于燕姬求解。燕姬曰:"妾甚爱白狐裘,闻山东大国有之,若有此裘,妾不惜一言,不愿得璧也。"泾阳君回报孟尝君。孟尝君曰:"只有一裘,已献秦王,何可复得?"遍问宾客:"有能复得白狐裘者否?"众皆束手莫对。最下坐有一客,自言:"臣能得之。"孟尝君曰:"子有何计得裘?"客曰:"臣能为狗盗。"孟尝君笑而遣之。客是夜装束如狗,从窦中潜入秦宫库藏,为狗吠声。主藏吏以为守狗,不疑。客伺吏睡熟,取身边所藏钥匙,逗开藏柜,果得白狐裘,遂盗之以出,献于孟尝君。孟尝君使泾阳君转献燕姬,燕姬大悦。值与王夜饮方欢,遂进言曰:"妾闻齐有孟尝君,天下之大贤也!孟尝君方为齐相,不

第九十三回

欲来秦。秦请而致之,不用则已矣,乃欲加诛?夫请人国之相,而无故诛之,又有戮贤之名,妾恐天下贤士,将裹足而避秦也!"秦王曰:"善。"明日御殿,即命具车马,给驿券[26],放孟尝君还齐。孟尝君曰:"吾侥幸燕姬之一言,得脱虎口,万一秦王中悔,吾命休矣。"客有善为伪券者,为孟尝君易券中名姓,星驰而去。至函谷关,夜方半,关门下钥已久。孟尝君虑追者或至,急欲出关。关开闭,俱有常期,人定即闭,鸡鸣始开。孟尝君与宾客咸拥聚关内,心甚惶迫。忽闻鸡鸣声自客队中出。孟尝君怪而视之,乃下客一人,能效鸡声者。于是群鸡尽鸣。关吏以为天且晓,即起验券开关。孟尝君之众,复星驰而去。谓二客曰:"吾之得脱虎口,乃狗盗鸡鸣之力也!"众宾客自愧无功,从此不敢怠慢下坐之客。髯翁有赞曰:

> 明珠弹雀,不如泥丸;白璧疗饥,不如壶餐。狗吠裘得,鸡鸣关启。虽为圣贤,不如彼鄙。细流纳海,累尘成冈。用人惟器,勿陋孟尝。

樗里疾闻孟尝君得放归国,即趋入朝,见昭襄王曰:"王即不杀田文,亦宜留以为质,奈何遣之?"秦王大悔,即使人驰急传追孟尝君,至函谷关,索出客籍阅之,无齐使田文姓名。使者曰:"得无从间道,尚未至乎?"候半日,杳无影响。乃言孟尝君状貌及宾客车马之数。关吏曰:"若然,则今早出关者是矣。"使者曰:"还可追否?"关吏曰:"其驰如飞,今已去百里之远,不可追也。"使者乃还报秦王。王叹曰:"孟尝君有鬼神不测之机,果天下贤士也!"后秦王索狐白裘于主藏吏不得,及见燕姬服之,因叩其故,知其为孟尝君之客所盗,复叹曰:"孟尝君门下,如通都之市,无物不有。吾秦国未有其比！"竟以裘赐燕姬，不罪主藏吏。不知孟尝君归国如何，且看下回分解。

---

〔1〕 龙颜鸟噣(zhòu 宙)：眉骨圆起，口吻突出。噣，通咮，鸟喙。古代称眉骨突起呈弧形曰龙颜。

〔2〕 林胡：古部族名，又称澹林。分布于今山西朔县北至内蒙古达拉特旗一带。

〔3〕 楼烦：古部族名。精骑射。分布于山西宁武、岢岚等地。后活动于今陕北及内蒙古南部。与林胡、东胡并称为北边三胡。

〔4〕 窄袖左衽：即少数民族服装。与古代中原地区宽袍长袖右衽不同。衽，衣襟。衣襟向左，袖窄而短，有利骑射。

〔5〕 常山：即恒山。因避汉文帝刘恒讳改。

〔6〕 云中：古郡名。赵武灵王置。在今内蒙古卓资县以西、土默特右旗以东大片地区。

〔7〕 雁门：古郡名。赵武灵王置。在今山西大同市以西大片地区。

〔8〕 九原：古邑名。战国时属赵。在今内蒙古包头市西。

〔9〕 惠王：亦称赵惠文王，在位三十三年（前298—前266）。

〔10〕 安阳：战国时赵邑名。在今河北阳原县东南。

〔11〕 周赧王十七年：即公元前298年。

〔12〕 灵寿：战国时赵邑名。在今河北灵寿县西。

〔13〕 肥乡：战国时赵邑名。故城在今河北邯郸市肥乡区西二十里。

〔14〕 同姓：楚国之屈、景、昭三姓，均为王族，故称同姓。

〔15〕 夔：春秋时国名。今湖北省秭归东有夔子城，即其故址。

〔16〕 汨罗江：水名。源于湖南平江，西流至汨罗市入湘江。

〔17〕 元丰：北宋神宗年号，共八年（1078—1085）。

第九十三回

〔18〕 沙丘:古地名。在今河北广宗县西北太平台。相传殷纣王曾在此筑台,畜养禽兽。赵王曾在此修离宫,即沙丘宫。

〔19〕 绕口:改口。

〔20〕 灵丘:古县名。今属山西。在山西东北。

〔21〕 躄(bì 避)疾:腿病而跛行。

〔22〕 罴癃(pí lóng 皮龙):本指驼背,此言有残疾。

〔23〕 主客:春秋战国时家臣官名,掌接待宾客诸事。

〔24〕 咈(fú 服)然:反对的样子。

〔25〕 跽(jì 计):与跪相近。古人席地而坐,两膝着地,两股贴于足跟上。股不着脚跟上为跪,跪而耸身直腰曰跽。

〔26〕 驿券:通过关塞、征发驿马的凭证。

第九十四回

冯谖弹铗客孟尝　齐王纠兵伐桀宋

话说孟尝君自秦逃归,道经于赵,平原君赵胜,出迎于三十里外,极其恭敬。赵人素闻人传说孟尝之名,未见其貌,至是,争出观之。孟尝君身材短小,不逾中人。观者或笑曰:"始吾慕孟尝君,以为天人,必魁然有异。今观之,但渺小丈夫耳!"和而笑者复数人。是夜,凡笑孟尝君者皆失头。平原君心知孟尝门客所为,不敢问也。

再说齐湣王既遣孟尝君往秦,如失左右手,恐其遂为秦用,深以为忧。乃闻其逃归,大喜,仍用为相国,宾客归者益众。乃置为客舍三等:上等曰"代舍",中等曰"幸舍",下等曰"传舍"。代舍者,言其人可以自代也;上客居之,食肉乘舆。幸舍者,言人可任用也;中客居之,但食肉不乘舆。传舍者,脱粟之饭,免其饥馁;出入听其自便,下客居之。前番鸡鸣、狗盗及伪券有功之人,皆列于代舍。所收薛邑俸入,不足以给宾客,乃出钱行债于薛,岁收利息,以助日用。

一日,有一汉子,状貌修伟,衣敝褐,蹑草屦,自言姓冯,名谖,齐人,求见孟尝君。孟尝君揖之与坐,问曰:"先生下辱,有以教文乎？"谖曰："无也。窃闻君好士，不择贵贱，故不揣以贫身自归耳。"孟尝君命置传舍。十馀日，孟尝君问于传舍长曰："新来客何所事？"传舍长答曰："冯先生贫甚，身无别物，止存一剑。又无剑囊，以蒯緱[1]系之于腰间。食毕，辄弹其剑而歌曰：'长铗[2]归来兮，食无鱼！'"孟尝君笑曰："是嫌吾食俭也。"乃迁之于幸舍，食鱼肉。仍使幸舍长候其举动："五日后，来告我。"居五日，幸舍长报曰："冯先生弹剑而歌如故，但其辞不同矣。曰：'长铗归来兮，出无车！'"孟尝君惊曰："彼欲为我上客乎？其人必有异也。"又迁之代舍。复使代舍长伺其歌否。谖乘车日出夜归，又歌曰："长铗归来兮，无以为家！"代舍长诣孟尝君言之。孟尝君蹙额曰："客何无餍之甚乎？"更使伺之，谖不复歌矣。

居一年有馀，主家者来告孟尝君："钱谷只勾一月之需。"孟尝君查贷券，民间所负甚多，乃问左右曰："客中谁能为我收债于薛者？"代舍长进曰："冯先生不闻他长，然其人似忠实可任。向者自请为上客，君其试之。"孟尝君请冯谖与言收债之事。冯谖一诺无辞，遂乘车至薛，坐于公府。薛民万户，多有贷者，闻薛公使上客来征息，时输纳甚众，计之得息钱十万。冯谖将钱多市牛酒，预出示："凡负孟尝君息钱者，勿论能偿不能偿，来日悉会府中验券。"百姓闻有牛酒之犒，皆如期而来。冯谖一一劳以酒食，劝使酣饱。因而旁观，审其中贫富之状，尽得其实。食毕，乃出券与合之，度其力饶，虽一时不能，后可相偿者，与为要约，载于券上；其贫不能偿者，皆罗拜哀乞宽期。冯谖命左右取火，将贫券一笥，悉投火中烧之，谓众人曰："孟尝君所以贷钱于民者，恐尔民无钱以为生计，非为利也。然君之食客数千，俸食不足，故不得已而征息以奉宾客。今有力者更为期约,无力者焚券蠲免。君之施德于尔薛人,可谓厚矣。"百姓皆叩头欢呼曰:"孟尝君真吾父母也!"

早有人将焚券事报知孟尝君。孟尝君大怒,使人催召谖,谖空手来见,孟尝君假意问曰:"客劳苦,收债毕乎?"谖曰:"不但为君收债,且为君收德!"孟尝君色变,让之曰:"文食客三千人,俸食不足,故贷钱于薛,冀收馀息,以助公费。闻客得息钱,多具牛酒,与众乐饮,复焚券之半,犹曰:'收德',不知所收何德也?"谖对曰:"君请息怒,容备陈之。负债者多,不具牛酒为欢,众疑,不肯齐赴,无以验其力之饶乏。力饶者与为期约。其乏者虽严责之,亦不能偿;久而息多,则逃亡耳。区区之薛,君之世封,其民乃君所与共安危者也。今焚无用之券,以明君之轻财而爱民。仁义之名,流于无穷,此臣所谓为君收德者矣。"孟尝君迫于客费,心中殊不以为然。然已焚券,无可奈何,勉为放颜,揖而谢之。史臣有诗云:

逢迎言利号佳宾,焚券先虞触主嗔。

空手但收仁义返,方知弹铗有高人。

却说秦昭襄王悔失孟尝君,又见其作用可骇,想道:"此人用于齐国,终为秦害!"乃广布谣言,流于齐国,言:"孟尝君名高天下,天下知有孟尝君,不知有齐王,不日孟尝君且代齐矣!"又使人说楚顷襄王曰:"向者六国伐秦,齐兵独后。因楚王自为从约长,孟尝君不服,故不肯同兵。及怀王在秦,寡君欲归之,孟尝君使人劝寡君勿归怀王。以太子见质于齐,欲秦杀怀王,彼得留太子以要地于齐[3]。故太子几不得归,而怀王竟死于秦。寡君之得罪于楚,皆孟尝君之故也。寡君以楚之故,欲得孟尝君而杀之,会逃归不获。今复为齐相专权,旦暮篡齐,秦、楚自此多事矣。寡君愿悔

第九十四回

前之过，与楚结好，以女为楚王妇，共备孟尝君之变。幸大王裁听！"楚王惑其言，竟通和于秦，迎秦王之女为夫人，亦使人布流言于齐。齐湣王疑之，遂收孟尝君相印，黜归于薛。宾客闻孟尝君罢相，纷纷散去。惟冯谖在侧，为孟尝君御车。未至薛，薛百姓扶老携幼相迎，争献酒食，问起居。孟尝君谓谖曰："此先生所谓为文收德者也！"冯谖曰："臣意不止于此。倘借臣以一乘之车，必令君益重于国，而俸邑益广。"孟尝君曰："惟先生命！"

过数日，孟尝君具车马及金币，谓冯谖曰："听先生所往。"冯谖驾车，西入咸阳，求见昭襄王，说曰："士之游秦者，皆欲强秦而弱齐；其游齐者，皆欲强齐而弱秦。秦与齐势不两雄，其雄者，乃得天下。"秦王曰："先生何策可使秦为雄而不为雌乎？"冯谖曰："大王知齐之废孟尝君否？"秦王曰："寡人曾闻之，而未信也。"冯谖曰："齐之所以重于天下者，以有孟尝君之贤也。今齐王惑于谗毁，一旦收其相印，以功为罪，孟尝君怨齐必深。乘其怀怨之时，而秦收之以为用，则齐国之阴事，以将尽输于秦。用以谋齐，齐可得也，岂特为雄而已哉？大王急遣使，载重币，阴迎孟尝君于薛，时不可失！万一齐王悔悟而复用之，则两国之雌雄未可定矣。"时樗里疾方卒，秦王急欲得贤相，闻谖言大喜，乃饰良车十乘，黄金百镒，命使者以丞相之仪从，迎孟尝君。冯谖曰："臣请为大王先行报孟尝君，使之束装，毋淹来使。"冯谖疾驱至齐，未暇见孟尝君，先见齐王，说曰："齐、秦之互为雌雄，王所知也。得人者为雄，失人者为雌。今臣闻道路之言，秦王幸孟尝君之废，阴遣良车十乘，黄金百镒，迎孟尝君为相。倘孟尝君西入相秦，反其为齐谋者以为秦谋，则雄在秦，而临淄、即墨危矣！"湣王色动，问曰："然则如何？"

冯谖曰:"秦使旦暮且至薛,大王乘其未至,先复孟尝君相位,更其邑封,孟尝君必喜而受之。秦使者虽强,岂能不告于王,而擅迎人之相国哉?"湣王曰:"善。"然口虽答应,意未深信。使人至境上,探其虚实,只见车骑纷纷而至,询之,果秦使也。使者连夜奔告湣王,湣王即命冯谖,持节迎孟尝君,复其相位,益封孟尝君千户。秦使者至薛,闻孟尝君已复相齐,乃转辕而西。孟尝君既复相位,前宾客去者复归。孟尝君谓冯谖曰:"文好客无敢失礼,一日罢相,客皆弃文而去;今赖先生之力,得复其位,诸客有何面目复见文乎?"冯谖答曰:"夫荣辱盛衰,物之常理。君不见大都之市乎?旦则侧肩争门而入,日暮为墟矣,为所求不在焉。夫富贵多士,贫贱寡交,事之常也。君又何怪乎?"孟尝君再拜曰:"敬闻命矣。"乃待客如初。

是时,魏昭王[4]与韩釐王[5]奉周王之命,合从伐秦。秦使白起将兵迎之,大战于伊阙[6],斩首二十四万,虏韩将公孙喜,取武遂[7]地二百里;遂伐魏,取河东地四百里。昭襄王大喜,以七国皆称王,不足为异,欲别立帝号,以示贵重。而嫌于独尊,乃使人言于齐湣王曰:"今天下相王,莫知所归。寡人意欲称西帝,以主西方;尊齐为东帝,以主东方。平分天下,大王以为何如?"湣王意未决,问于孟尝君。孟尝君曰:"秦以强横见恶于诸侯,王勿效之。"逾一月,秦复遣使至齐,约共伐赵。适苏代自燕复至,湣王先以并帝之事,请教于代。代对曰:"秦不致帝于他国,而独致于齐,所以尊齐也。却之,则拂秦之意,直受之,则取恶于诸侯。愿王受之而勿称。使秦称之,而西方之诸侯奉之。王乃称帝,以王东方,未晚也。使

第九十四回

秦称之,而诸侯恶之,王因以为秦罪。"湣王曰:"敬受教。"又问:"秦约伐赵,其事何如?"苏代曰:"兵出无名,事故不成。赵无罪而伐之,得地则为秦利,齐无与焉。今宋方无道,天下号为桀宋[8]。王与其伐赵,不如伐宋。得其地可守,得其民可臣,而又有诛暴之名,此汤武之举也。"湣王大悦,乃受帝号而不称。厚待秦使,而辞其伐赵之请。秦昭襄王称帝才二月,闻齐仍称王,亦去帝号,不敢称。

话分两头。却说宋康王[9]乃宋辟公辟兵之子,剔成之弟,其母梦徐偃王[10]来托生,因名曰偃。生有异相,身长九尺四寸,面阔一尺三寸,目如巨星,面有神光,力能屈伸铁钩。于周显王四十一年[11],逐其兄剔成而自立。立十一年,国人探雀巢,得鷇卵[12],中有小鹯[13],以为异事,献于君偃。偃召太史占之。太史布卦奏曰:"小而生大,此反弱为强,崛起霸王之象。"偃喜曰:"宋弱甚矣,寡人不兴之,更望何人。"乃多检壮丁,亲自训练,得劲兵十万馀。东伐齐,取五城;南败楚,拓地三百馀里;西又败魏军,取二城;灭滕[14],有其地。因遣使通好于秦,秦亦遣使报之。自是宋号强国,与齐、楚、三晋相并。偃遂称为宋王。自谓天下英雄,无与为比,欲速就霸王之业。每临朝,辄令群臣齐呼万岁。堂上一呼,堂下应之,门外侍卫亦俱应之,声闻数里。又以革囊盛牛血,悬于高竿,挽弓射之。弓强矢劲,射透革囊,血雨从空乱洒,使人传言于市曰:"我王射天得胜。"欲以恐吓远人。又为长夜之饮,以酒强灌群臣,而阴使左右以热水代酒自饮。群臣量素洪者,皆潦倒大醉,不能成礼;惟康王惺然[15]。左右献谀者,皆曰:"君王酒量如海,饮千石不醉也。"又多取妇人为淫乐,一夜御数十女,使人传言:"宋王精神兼数百人,从不倦怠。"以此自炫。

一日,游封父之墟[16],遇见采桑妇甚美,筑青陵之台以望之。访其家,乃舍人韩凭之妻息氏也。王使人喻凭以意,使献其妻。凭与妻言之,问其愿否。息氏作诗以对曰:

　　南山有鸟,北山张罗;鸟自高飞,罗当奈何？

宋王慕息氏不已,使人即其家夺之。韩凭见息氏升车而去,心中不忍,遂自杀。宋王召息氏共登青陵台,谓之曰:"我宋王也,能富贵人,亦能生杀人。况汝夫已死,汝何所归？若从寡人,当立为王后。"息氏复作诗以对曰:

　　鸟有雌雄,不逐凤凰;妾是庶人,不乐宋王。

宋王曰:"卿今已至此,虽欲不从寡人,不可得也!"息氏曰:"容妾沐浴更衣,拜辞故夫之魂,然后侍大王巾栉耳。"宋王许之。息氏沐浴更衣讫,望空再拜,遂从台上自投于地。宋王急使人揽其衣,不及,视之,气已绝矣。简其身畔,于裙带得书一幅,书云:"死后,乞赐遗骨与韩凭合葬于一冢,黄泉感德!"宋王大怒,故为二冢,隔绝埋之,使其东西相望,而不相亲。埋后三日,宋王还国。忽一夜,有文梓木[17]生于二冢之傍,旬日间,木长三丈许,其枝自相附结成连理[18]。有鸳鸯一对,飞集于枝上,交颈悲鸣。里人哀之曰:"此韩凭夫妇之魂所化也!"遂名其树曰:"相思树"。髯仙有诗叹云:

　　相思树上两鸳鸯,千古情魂事可伤!

　　莫道威强能夺志,妇人执性抗君王。

群臣见宋王暴虐,多有谏者。宋王不胜其渎,乃置弓矢于座侧,凡进谏者,辄引弓射之。尝一日间射杀景成、戴乌、公子勃等三人。

自是举朝莫敢开口。诸侯号曰桀宋。

时齐湣王用苏代之说，遣使于楚、魏，约共攻宋，三分其地。兵既发，秦昭王闻之，怒曰："宋新与秦欢，而齐伐之，寡人必救宋，无再计。"齐湣王恐秦兵救宋，求于苏代。代曰："臣请西止秦兵，以遂王伐宋之功。"乃西见秦王曰："齐今伐宋矣，臣敢为大王贺。"秦王曰："齐伐宋，先生何以贺寡人乎？"苏代曰："齐王之强暴，无异于宋。今约楚、魏而攻宋，其势必欺楚、魏。楚、魏受其欺，必向西而事秦。是秦损一宋以饵齐，而坐收楚、魏之二国也，王何不利焉？敢不贺乎？"秦王曰："寡人欲救宋何如？"代答曰："桀宋犯天下之公怒，天下皆幸其亡，而秦独救之，众怒且移于秦矣。"秦王乃罢兵不救宋。

齐师先至宋郊，楚、魏之兵亦陆续来会。齐将韩聂，楚将唐昧，魏将芒卯，三人做一处商议。唐昧曰："宋王志大气骄，宜示弱以诱之。"芒卯曰："宋王淫虐，人心离怨，我三国皆有丧师失地之耻，宣传檄文，布其罪恶，以招故地之民，必有反戈而向宋者。"韩聂曰："二君之言皆是也。"乃为檄数桀宋十大罪。一、逐兄篡位，得国不正；二、灭滕兼地，桀强凌弱；三、好攻乐战，侵犯大国；四、革囊射天，得罪上帝；五、长夜酣饮，不恤国政；六、夺人妻女，淫荡无耻；七、射杀谏臣，忠良结舌；八、僭拟王号，妄自尊大；九、独媚强秦，结怨邻国；十、慢神虐民，全无君道。檄文到处，人心耸惧。三国所失之地，其民不乐附宋，皆逐其官吏，登城自守，以待来兵。于是所向皆捷，直逼睢阳。宋王偃大阅车徒，亲领中军，离城十里结营，以防攻突。韩聂先遣部下将闾丘俭，以五千人挑战。宋兵不出。闾丘俭使军士声洪者数人，登辒车朗诵桀宋十罪。宋王偃大怒，命将军卢曼出敌。略战数合,间丘俭败走,卢曼追之,俭尽弃其车马器械,狼狈而奔。宋王偃登垒,望见齐师已败,喜曰:"败齐一军,则楚、魏俱丧气矣!"乃悉师出战,直逼齐营。韩聂又让一阵,退二十里下寨,却教唐昧、芒卯二军,左右取路,抄出宋王大营之后。

次日,宋王偃只道齐兵已不能战,拔寨都进,直攻齐营。间丘俭打着韩聂旗号,列阵相持。自辰至午,合战三十馀次。宋王果然英勇,手斩齐将二十馀员,兵士死者百馀人。宋将卢曼亦死于阵。间丘俭复大败而奔,委弃车仗器械无数。宋兵争先掠取。忽有探子报道:"敌兵袭攻睢阳城甚急!探是楚、魏二国军马。"宋王大怒,忙教整队回军。行不上五里,刺斜里一军突出,大叫:"齐国上将韩聂在此!无道昏君,还不速降!"宋王左右将戴直、屈志高,双车齐出。韩聂大展神威,先将屈志高斩于车下。戴直不敢交锋,保护宋王,且战且走。回至睢阳城下,守将公孙拔认得自家军马,开门放入。三国合兵攻打,昼夜不息。忽见尘头起处,又有大军到来,乃是齐湣王恐韩聂不能成功,亲帅大将王蠋、太史敫等,引生军三万前来,军势益壮。

宋军知齐王亲自领兵,人人丧胆,个个灰心。又兼宋王不恤士卒,昼夜驱率男女守瞭,绝无恩赏,怨声籍籍。戴直言于王偃曰:"敌势猖狂,人心已变,大王不如弃城,权避河南,更图恢复。"宋王此时,一片图王定霸之心,化为秋水。叹息了一回,与戴直半夜弃城而遁。公孙拔遂竖起降旗,迎湣王入城。湣王安抚百姓,一面令诸军追逐宋王。宋王走至温邑[19],为追兵所及,先擒戴直斩之。宋王自投于神农涧[20]中,不死,被军士牵出,斩首,传送睢阳。齐、楚、魏遂共灭宋国,三分其地。

第九十四回

楚、魏之兵既散,湣王曰:"伐宋之役,齐力为多;楚、魏安得受地?"遂引兵衔枚尾唐眛之后,袭败楚师于重丘[21]。乘胜逐北,尽收取淮北之地。又西侵三晋,屡败其军。楚、魏恨湣王之负约,果皆遣使附秦,秦反以为苏代之功矣。湣王既兼有宋地,气益骄恣,使嬖臣夷维,往合卫、鲁、邹三国之君,要他称臣入朝。三国惧其侵伐,不敢不从。湣王曰:"寡人残燕灭宋,辟地千里;败梁割楚,威加诸侯。鲁、卫尽已称臣,泗上无不恐惧。且晚提一旅兼并二周,迁九鼎于临淄,正号天子,以令天下,谁敢违者!"孟尝君田文谏曰:"宋王偃惟骄,故齐得而乘之,愿大王以宋为戒!夫周虽微弱,然号为共主。七国攻战,不敢及周,畏其名也。大王前去帝号不称,天下以此多齐之让。今忽萌代周之志,恐非齐福!"湣王曰:"汤放桀,武王伐纣,桀、纣非其主乎?寡人何不如汤武?惜子非伊尹、太公耳!"于是复收孟尝君相印。

孟尝君惧诛,乃与其宾客走大梁,依公子无忌以居。那公子无忌,乃是魏昭王之少子,为人谦恭好士,接人惟恐不及。尝朝膳,有一鸠为鹞所逐,急投案下,无忌蔽之,视鹞去,乃纵鸠。谁知鹞隐于屋脊,见鸠飞出,逐而食之。无忌自咎曰:"此鸠避患而投我,乃竟为鹞所杀,是我负此鸠也!"竟日不进膳。令左右捕鹞,共得百馀头,各置一笼以献。无忌曰:"杀鸠者止一鹞,吾何可累及他禽!"乃按剑于笼上,祝曰:"不食鸠者,向我悲鸣,我则放汝。"群鹞皆悲鸣。独至一笼,其鹞低头不敢仰视,乃取而杀之。遂开笼放其馀鹞。闻者叹曰:"魏公子不忍负一鸠,忍负人乎?"由是士无贤愚,归之如市。食客亦三千馀人,与孟尝君、平原君相亚。

1154

冯谖弹铗客孟尝　齐王纠兵伐桀宋

魏有隐士,姓侯名嬴,年七十馀,家贫,为大梁夷门监者[22]。无忌闻其素行修洁,且好奇计,里中尊敬之,号为侯生。于是驾车往拜,以黄金二十镒为贽。侯生谢曰:"嬴安贫自守,不妄受人一钱。今且老矣,宁为公子而改节乎?"无忌不能强。欲尊礼之,以示宾客,乃置酒大会。是日,魏宗室将相诸贵客毕集堂中,坐定,独虚左[23]第一席。无忌命驾亲往夷门,迎侯生赴会。侯生登车,无忌揖之上坐,生略不谦逊。无忌执辔在傍,意甚恭敬。侯生又谓无忌曰:"臣有客朱亥,在市屠中,欲往看之,公子能枉驾同一往否?"无忌曰:"愿与先生偕往。"即命引车枉道入市。及屠门,侯生曰:"公子暂止车中,老汉将下看吾客。"侯生下车,入亥家,与亥对坐肉案前,絮语移时。侯生时时睨视公子,公子颜色愈和,略无倦怠。时从骑数十馀,见侯生絮语不休,厌之,多有窃骂者。侯生亦闻之,独视公子色终不变。乃与朱亥别,复登车,上坐如故。无忌以午牌出门,比回府,已申末矣。诸贵客见公子亲往迎客,虚左以待,正不知甚处有名的游士,何方大国的使臣,俱办下一片敬心伺候。及久不见到,各各心烦意懒。忽闻报说:"公子迎客已至。"众贵客敬心复萌,俱起坐出迎,睁眼相看。及客到,乃一白须老者,衣冠敝陋,无不骇然。无忌引侯生遍告宾客。诸贵客闻是夷门监者,意殊不以为然。无忌揖侯生就首席,侯生亦不谦让。酒至半酣,无忌手捧金卮为寿于侯生之前。侯生接卮在手,谓无忌曰:"臣乃夷门抱关吏也。公子枉驾下辱,久立市中,毫无怠色。又尊臣于诸贵之上,于臣似为过分。然所以为此,欲成公子下士之名耳!"诸贵客皆窃笑。席散,侯生遂为公子上客。侯生因荐朱亥之贤,无忌数往候见,朱亥绝不答拜。无忌亦不以为怪,其折节下士如此。

第九十四回

　　今日孟尝君至魏，独依无忌，正合着古语"同声相应，同气相求"八个字，自然情投意合。孟尝君原与赵平原君公子胜交厚，因使无忌结交于赵胜。无忌将亲姊嫁于平原君为夫人。于是魏、赵通好，而孟尝君居间为重。齐湣王自孟尝君去后，益自骄矜，日夜谋代周为天子。时齐境多怪异：天雨血，方数百里，沾人衣，腥臭难当；又地坼数丈，泉水涌出；又有人当关而哭，但闻其声，不见其形。由是百姓惶惶，朝不保夕。大夫狐咺、陈举先后进谏，且请召还孟尝君。湣王怒而杀之，陈尸于通衢，以杜谏者。于是王蠋、太史敫等，皆谢病弃职，归隐乡里。不知湣王如何结果，且看下回分解。

----

〔1〕 蒯(kuǎi 扐)缑：以草绳缠绕剑把。蒯，草名。缑，把剑之处。此言其剑无物可装，故以草绳缠之。

〔2〕 长铗(jiá 颊)：长剑。此处借长剑以自代。

〔3〕 要地于齐：应为"要地于楚"之误。即借太子为要挟，逼楚割地。

〔4〕 魏昭王：名魏遬，魏襄王子。在位十九年（前295—前277）。

〔5〕 韩釐王：名韩咎。韩襄王（前311—前296）子。在位二十三年（前295—前273）。

〔6〕 伊阙：古山名。又名阙塞山、龙门山。因两山相对如阙门，伊水流经其间，故名。在今洛阳市南。属东周畿内地。

〔7〕 武遂：战国时韩地。在今山西垣曲县东南。

〔8〕 桀宋：指宋康王。桀，凶暴。《谥法》："贼人多杀曰桀。"

〔9〕 宋康王：名子偃。在位四十三年（前328—前286），一说四十七年（前331—前286）。原称公，即位十一年后始称王。为宋最后一位国君。

〔10〕 徐偃王：西周穆王时徐国国君，子爵，仁义著称，得朱弓矢，以为天

瑞,故自称徐偃王,江淮诸侯从者三十六国。穆王令楚伐之,偃王爱民不斗,遂为楚败。

〔11〕 周显王四十一年:即公元前328年。

〔12〕 蜕卵:指即将孵化之卵。

〔13〕 鹯(zhān毡):一种猛禽,似鹞鹰。

〔14〕 滕:春秋战国时诸侯国名。周文王子错叔绣始封。地在今山东滕州西南四十里古滕城。

〔15〕 惺然:清醒的样子。

〔16〕 封父:夏代国名,至周时已亡。故址在河南封丘市封父亭。

〔17〕 文梓木:梓木为一种优质木料,纹理清晰。文,同纹。

〔18〕 连理:指异根草木,枝干连生。

〔19〕 温邑:战国宋邑。在今河南温县西南。

〔20〕 神农涧:水渠名。在今河南温县境内。

〔21〕 重丘:古邑名。在今河南泌(bì必)阳县东北。

〔22〕 夷门监者:夷门乃大梁城东门。监者,看守城门的役吏。

〔23〕 虚左:古时乘车以左位为尊,此处借指酒席中上位。

第九十五回

说四国乐毅灭齐　驱火牛田单破燕

话说燕昭王自即位之后,日夜以报齐雪耻为事。吊死问孤[1],与士卒同甘苦,尊礼贤士,四方豪杰,归者如市。有赵人乐毅,乃乐羊之孙,自幼好讲兵法。当初乐羊封于灵寿,子孙遂家焉。赵主父沙丘之乱,乐毅挈家去灵寿,奔大梁,事魏昭王,不甚信用。闻燕王筑黄金台,招致天下贤士,欲往投之,乃谋出使于燕。见燕昭王说以兵法,燕王知其贤,待以客礼。乐毅谦让不敢当。燕王曰:"先生生于赵,仕于魏,在燕固当为客。"乐毅曰:"臣之仕魏,以避乱也。大王若不弃微末,请委质为燕臣。"燕王大喜,即拜毅为亚卿,位于剧辛诸人之上。乐毅悉召其宗族居燕,为燕人。

其时齐国强盛,侵伐诸侯。昭王深自韬晦[2],养兵恤民,待时而动。及湣王逐孟尝君,恣行狂暴,百姓弗堪。而燕国休养多年,国富民稠,士卒乐战。于是昭王进乐毅而问曰:"寡人衔先人之恨,二十八年于兹矣!常恐一旦溘先朝露[3],不及剚刃[4]于齐王之腹,以报国耻,终夜痛心。今齐王骄暴自恃,中外离心,此天亡之时。寡人欲起倾国之兵,与齐争一旦之命,先生何以教之?"乐毅对曰:"齐国地大人众,士卒习战,未可独攻也。王必欲伐之,必与

说四国乐毅灭齐　驱火牛田单破燕

天下共图之。今燕之比邻,莫密于赵,王宜首与赵合,则韩必从。而孟尝君相魏,方恨齐,宜无不听。如是,而齐可攻也。"燕王曰:"善。"乃具符节,使乐毅往说赵国。

平原君赵胜为言于惠文王,王许之。适秦国使者在赵,乐毅并说秦使者以伐齐之利。使者还报秦王。秦王忌齐之盛,惧诸侯背秦而事齐,于是复遣使者报赵,愿共伐齐之役。剧辛往说魏王,见孟尝君,孟尝君果主发兵,复为约韩与共事。俱与订期。于是燕王悉起国中精锐,使乐毅将之。秦将白起,赵将廉颇,韩将暴鸢,魏将晋鄙,各率一军,如期而至。于是燕王命乐毅并护五国之兵,号为乐上将军,浩浩荡荡,杀奔齐国。齐湣王自将中军,与大将韩聂迎战于济水之西。乐毅身先士卒,四国兵将,无不贾勇争奋,杀得齐兵尸横原野,流血成渠。韩聂被乐毅之弟乐乘所杀。诸军乘胜逐北,湣王大败,奔回临淄,连夜使人求救于楚,许尽割淮北之地为赂。一面检点军民,登城设守。秦、魏、韩、赵乘胜,各自分路收取边城,独乐毅自引燕军,长驱深入,所过宣谕威德,齐城皆望风而溃,势如破竹,大军直逼临淄。

湣王大惧,遂与文武数十人,潜开北门而遁。行至卫国,卫君郊迎称臣。既入城,让正殿以居之,供具甚敬。湣王骄傲,待卫君不以礼。卫诸臣意不能平,夜往掠其辎重。湣王怒,欲俟卫君来见,责以捕盗。卫君是日竟不朝见,亦不复给廪饩。湣王甚愧,候至日昃饿甚,恐卫君图己,与夷维数人,连夜逃去。从臣失主,一时皆四散奔走。湣王不一日,逃至鲁关,关吏报知鲁君。鲁君遣使者出迎,夷维谓曰:"鲁何以待吾君?"对曰:"将以十太牢[5]待子之君。"夷维曰:"吾君,天子也。天子巡狩,诸侯辟宫[6],朝夕亲视膳于堂下,天子食已,乃退而听朝,岂止十牢之奉而已!"使者回复鲁君,鲁君大怒,闭关不纳。复至邹,值邹君方死,湣王欲入行吊。夷维谓邹人曰:"天子下吊,主人必背其殡棺,立西阶,北面而哭,天子乃于阼阶[7]上,南面而吊之。"邹人曰:"吾国小,不敢烦天子下吊。"亦拒之不受。湣王计穷。夷维曰:"闻莒州[8]尚完,何不往?"乃奔莒州,金兵城守,以拒燕军。乐毅遂破临淄,尽收取齐之财物祭器,并查旧日燕国重器前被齐掠者,大车装载,俱归燕国。燕昭王大悦,亲至济上,大犒三军,封乐毅于昌国[9],号昌国君。燕昭王返国,独留乐毅于齐,以收齐之馀城。

齐之宗人有田单者,有智术,知兵。湣王不能用,仅为临淄市掾[10]。燕王入临淄,城中之人,纷纷逃窜。田单与同宗逃难于安平[11],尽截去其车轴之头,略与毂平,而以铁叶裹轴,务令坚固。人皆笑之。未几,燕兵来攻安平,城破,安平人复争窜,乘车者挤拥,多因轴头相触,不能疾驱,或轴折车覆,皆为燕兵所获。惟田氏一宗,以铁笼坚固,且不碍,竟得脱,奔即墨去讫。

乐毅分兵略地,至于画邑[12],闻故太傅王蠋家在画邑,传令军中,环画邑三十里,不许入犯。使人以金币聘蠋,欲荐于燕王。蠋辞老病,不肯往。使者曰:"上将军有令:'太傅来,即用为将,封以万家之邑;不行,且引兵屠邑!'"蠋仰天叹曰:"忠臣不事二君,烈女不更二夫。齐王疏斥忠谏,故吾退而耕于野。今国破君亡,吾不能存,而又劫吾以兵,吾与其不义而存,不若全义而亡!"遂自悬其头于树上,举身一奋,颈绝而死。乐毅闻之叹息,命厚葬之,表其墓曰:"齐忠臣王蠋之墓。"乐毅出兵六个月,所攻下齐地共七十馀城,皆编为燕之郡县,惟莒州与即墨坚守不下。毅乃休兵享士,除

说四国乐毅灭齐　驱火牛田单破燕

其暴令,宽其赋役,又为齐桓公、管夷吾立祠设祭,访求逸民,齐民大悦。乐毅之意,以为齐止二城,在掌握之中,终不能成大事,且欲以恩结之,使其自降,故不极其兵力。此周赧王三十一年[13]事也。

却说楚顷襄王,见齐使者来请救兵,许尽割淮北之地,乃命大将淖齿,率兵二十万,以救齐为名,往齐受地。谓淖齿曰:"齐王急而求我,卿往彼可相机而行,惟有利于楚,可以便宜从事。"淖齿谢恩而出,率兵从齐湣王于莒州。湣王德淖齿,立以为相国,大权皆归于齿。齿见燕兵势盛,恐救齐无功,获罪二国,乃密遣使私通乐毅,欲弑齐王,与燕中分齐国,使燕人立己为王。乐毅回报曰:"将军诛无道,以自立功名,桓文之业,不足道也。所请惟命!"淖齿大悦,乃大陈兵于鼓里,请湣王阅兵。湣王既至,遂执而数其罪曰:"齐有亡征三:雨血者,天以告也;地坼者,地以告也;有人当阙而哭,人以告也。王不知省戒,戮忠废贤,希望非分。今全齐尽失,而偷生于一城,尚欲何为?"湣王俯首不能答。夷维拥王而哭,淖齿先杀夷维,乃生擢王筋,悬于屋梁之上,三日而后气绝。湣王之得祸,亦惨矣哉!淖齿回莒州,欲罪王世子杀之,不得。齿乃为表奏燕王,自陈其功,使人送于乐毅,求其转达。是时莒州与临淄,阴自相通,往来无禁。

却说齐大夫王孙贾,年十二岁,丧父,止有老母。湣王怜而官之。湣王出奔,贾亦从行,在卫相失,不知湣王下处,遂潜自归家。其老母见之,问曰:"齐王何在?"贾对曰:"儿从王于卫,王中夜逃出,已不知所之矣。"老母怒曰:"汝朝去而晚回,则吾倚门而望。汝暮出而不还,则吾倚闾而望。君之望臣,何异母之望子?汝为齐

1161

第九十五回

王之臣,王昏夜出走,汝不知其处,尚何归乎?"贾大愧,复辞老母,踪迹齐王,闻其在莒州,趋往从之。比至莒州,知齐王已为淖齿所杀。贾乃袒其左肩,呼于市中曰:"淖齿相齐而弑其君,为臣不忠,有愿与吾诛讨其罪者,袒吾左袒!"市人相顾曰:"此人年幼,尚有忠义之心,吾等好义者,皆当从之。"一时左袒者,四百余人。时楚兵虽众,皆分屯于城外。淖齿居齐王之宫,方酣饮,使妇人奏乐为欢。兵士数百人,列于宫外。王孙贾率领四百人,夺兵士器仗,杀入宫中,擒淖齿剁为肉酱,因闭城坚守。楚兵无主,一半逃散,一半投降于燕国。

再说齐世子法章,闻齐王遇变,急更衣为穷汉,自称临淄人王立,逃难无归,投太史敫家为佣工,与之灌园,力作辛苦,无人知其为贵介者。太史敫有女,年及笄,偶游园中,见法章之貌,大惊曰:"此非常人,何以屈辱于此?"使侍女叩其来历。法章惧祸,坚不肯吐。太史女曰:"白龙鱼服[14],畏而自隐,异日富贵,不可言也。"时时使侍女给其衣食,久益亲近。法章因私露其迹于太史女。女遂与订夫妇之约,因而私通,举家俱不知也。

时即墨守臣病死,军中无主,欲择知兵者,推戴为将,而难其人。有人知田单铁笼得全之事,言其才可将,乃共拥立为将军。田单身操版锸[15],与士卒同操作;宗族妻妾,皆编于行伍之间。城中人畏而爱之。

再说齐诸臣四散奔逃,闻王蠋死节之事,叹曰:"彼已告[16]者,尚怀忠义之心,我辈见立齐朝,坐视君亡国破,不图恢复,岂得为人!"乃共走莒州,投王孙贾,相与访求世子。岁余,法章知其诚,乃出自言曰:"我实世子法章也。"太史敫报知王孙贾,乃具法

说四国乐毅灭齐　驱火牛田单破燕

驾迎之,即位,是为襄王[17]。告于即墨,相约为犄角,以拒燕兵。乐毅围之,三年不克。乃解围退九里,建立军垒,令曰:"城中民有出樵采者,听之,不许擒拿。其有困乏饥饿者食之,寒者衣之。"欲使感恩悦附。不在话下。

且说燕大夫骑劫,颇有勇力,亦喜谈兵,与太子乐资相善,觊得兵权。谓太子曰:"齐王已死,城之不拔者,惟莒与即墨耳。乐毅能于六月间,下齐七十余城,何难于二邑?所以不肯即拔者,以齐人未附,欲徐以恩威结齐,不久当自立为齐王矣。"太子乐资述其言于昭王。昭王怒曰:"吾先王之仇,非昌国君不能报,即使真欲王齐,于功岂不当耶?"乃笞乐资二十,遣使持节至临淄,即拜乐毅为齐王。毅感泣,以死自誓,不受命。昭王曰:"吾固知毅之本心,决不负寡人也。"昭王好神仙之术,使方士[18]炼金石为神丹,服之,久而内热发病,遂薨。太子乐资嗣位,是为惠王[19]。

田单每使细作入燕窥觇事情。闻骑劫谋代乐毅,及燕太子被笞之事,叹曰:"齐之恢复,其在燕后王乎!"及燕惠王立,田单使人宣言于燕国曰:"乐毅久欲王齐,以受燕先王厚恩,不忍背,故缓攻二城,以待其事。今新王即位,且与即墨连和,齐人所惧,惟恐他将来,则即墨残矣。"燕惠王久疑乐毅,及闻流言与骑劫之言相合,因信为然。乃使骑劫往代乐毅,而召毅归国。毅恐见诛,曰:"我赵人也。"遂弃其家,西奔赵国。赵王封乐毅于观津[20],号望诸[21]君。

骑劫既代将,尽改乐毅之令,燕军俱愤怨不服。骑劫住垒三日,即率师往攻即墨,围其城数匝,城中设守愈坚。田单晨起谓城中人曰："吾夜来梦见上帝告我云：齐当复兴，燕当即败。不日当有神人为我军师，战无不克。"有一小卒悟其意，趋近单前，低语曰："臣可以为师否？"言毕，即疾走。田单急起持之，谓人曰："吾梦中所见神人，即此是也！"乃为小卒易衣冠，置之幕中上坐，北面而师事之。小卒曰："臣实无能。"田单曰："子勿言。"因号为"神师"。每出一约束，必禀命于神师而行。谓城中人曰："神师有令：'凡食者必先祭其先祖于庭，当得祖宗阴力相助。'"城中人从其教。飞鸟见庭中祭品，悉翔舞下食。如此早暮二次，燕军望见，以为怪异。闻有神君下教，因相与传说，谓齐得天助，不可敌，敌之违天，皆无战心。单复使人扬乐毅之短曰："昌国君太慈，得齐人不杀，故城中不怕。若劓其鼻而置之前行，即墨人苦死矣！"骑劫信之，将降卒尽劓其鼻。城中人见降者割鼻，大惧，相戒坚守，惟恐为燕人所得。田单又扬言："城中人家，坟墓皆在城外，倘被燕人发掘，奈何？"骑劫又使兵卒尽掘城外坟墓，烧死人，暴骸骨。即墨人从城上望见，皆涕泣，欲食燕人之肉。相率来军门，请出一战，以报祖宗之仇。田单知士卒可用，乃精选强壮者五千人，藏匿于民间，其馀老弱，同妇女轮流守城。遣使送款于燕军，言："城中食尽，将以某日出降。"骑劫谓诸将曰："我比乐毅何如？"诸将皆曰："胜毅多倍！"军中悉踊跃呼："万岁！"田单又收民间金得千镒，使富家私遗燕将，嘱以城下之日，求保全家小。燕将大喜，受其金，各付小旗，使插于门上，以为记认。全不准备，呆呆的只等田单出降。

单乃使人收取城中牛共千馀头，制为绛缯[22]之衣，画以五色龙文，披于牛体，将利刃束于牛角，又将麻苇灌下膏油，束于牛尾，拖后如巨帚，于约降前一日，安排停当。众人皆不解其意。田单椎牛具酒,候至日落黄昏,召五千壮卒饱食,以五色涂面,各执利器,跟随牛后。使百姓凿城为穴,凡数十处,驱牛从穴中出,用火烧其尾帚。火热渐迫牛尾,牛怒,直奔燕营。五千壮卒,衔枚随之。燕军信为来日受降入城,方夜,皆安寝。忽闻驰骤之声,从梦中惊起,那帚炬千馀,光明照耀,如同白日,望之皆龙文五采,突奔前来,角刃所触,无不死伤,军中扰乱。那一伙壮卒,不言不语,大刀阔斧,逢人便砍,虽只五千个人,慌乱之中,恰像几万一般。况且向来听说神师下教,今日神头鬼脸,不知何物。田单又亲率城中人鼓噪而来,老弱妇女,皆击铜器为声,震天动地,一发胆都吓破了,脚都吓软了,那个还敢相持!真个人人逃窜,个个奔忙,自相蹂踏,死者不计其数。骑劫乘车落荒而走,正遇田单,一戟刺死,燕军大败。此周赧王三十六年[23]事也。史官有诗云:

  火牛奇计古今无,毕竟机乘骑劫愚。
  假使金台不易将,燕齐胜负竟何如?

田单整顿队伍,乘势追逐,战无不克。所过城邑,闻齐兵得胜,燕将已死,尽皆叛燕而归齐。田单兵势日盛,掠地直逼河上,抵齐北界,燕所下七十馀城,复归于齐。众军将以田单功大,欲奉为王。田单曰:"太子法章自在莒州,吾疏族,安敢自立?"于是迎法章于莒。王孙贾为法章御车,至于临淄,收葬湣王,择日告庙临朝。襄王谓田单曰:"齐国危而复安,亡而复存,皆叔父之功也!叔父知名始于安平,今封叔父为安平君,食邑万户。"王孙贾拜爵亚卿。迎太史女为后,是为君王后。那时太史敫方知其女先以身许法章,怒曰:"汝不取媒而自嫁,非吾种也!"终身誓不复相见。齐襄王使人益其官禄,皆不受。惟君王后岁时遣人候省,未尝缺礼。此是

第九十五回

后话。

时孟尝君在魏,让相印于公子无忌。魏封无忌为信陵君。孟尝君退居于薛,比于诸侯,与平原君、信陵君相善。齐襄王畏之,复遣使迎为相国。孟尝君不就。于是与之连和通好,孟尝君往来于齐、魏之间。其后,孟尝君死,无子,诸公子争立。齐、魏共灭薛,分其地。

再说燕惠王自骑劫兵败,方知乐毅之贤,悔之无及。使人遗毅书谢过,欲招毅还国。毅答书不肯归。燕王恐赵用乐毅以图燕,乃复以毅子乐间,袭封昌国君,毅从弟乐乘为将军,并贵重之。毅遂合燕、赵之好,往来其间。二国皆以毅为客卿。毅终于赵。时廉颇为赵大将,有勇,善用兵,诸侯皆惮之。秦兵屡侵赵境,赖廉颇力拒,不能深入。秦乃与赵通好。不知后事何如,且看下回分解。

---

〔1〕 吊死问孤:吊问死者,慰问无父的孤儿。指关心人民疾苦。

〔2〕 韬晦:隐匿真实意图,不作显露。

〔3〕 溘(kè刻)先朝露:突然死亡。朝露,比喻人生短促。先朝露,短命死亡的婉转说法。

〔4〕 剸(tuán团)刃:用刀割断。

〔5〕 太牢:宴会或祭祀时并用牛、羊、猪三牲各一,称为一太牢。

〔6〕 辟宫:避开正宫,寝于他处,以示不敢宁居。

〔7〕 阼(zuò坐)阶:东面台阶。古代宫殿两阶,无中间道。一般宾主相见,主人立东阶,宾客自西阶升降。但天子下吊诸侯,则只能走东阶。

〔8〕 莒(jǔ举)州:即莒邑。原为莒国都城,后为楚灭。战国时,莒复归于齐,在今山东莒县。

〔9〕 昌国:战国齐邑名。在今山东淄博市东南。

〔10〕 市掾:管理市场的佐吏。

〔11〕 安平:古邑名。本为纪国之酅邑,后为齐并,改名安平。故址在今山东益都西北。

〔12〕 画邑:齐邑名。春秋时称棘邑。在今淄博市临淄区西北。

〔13〕 周赧王三十一年:即公元前284年。

〔14〕 白龙鱼服:指白龙变化为鱼之外形,比喻贵人失势,身陷贫困之境。典出刘向《说苑·正谏》:"昔白龙下清泠之渊,化为鱼,渔者豫且射中其目。"

〔15〕 版锸(chā插):筑墙用的木板和铁锹,指亲身参与筑墙以加固城防。

〔16〕 告:告老引退。

〔17〕 襄王:齐襄王田法章,在位十九年(前283—前265)。

〔18〕 方士:方术之士。古代炼丹求仙,以求长生不老之人。

〔19〕 惠王:燕惠王,姬姓。在位七年(前278—前272)。

〔20〕 观津:古邑名。战国时赵地。在今河北武邑县东。

〔21〕 望诸:古泽名。在今河北武邑县境内。

〔22〕 绛缯:深红色的丝织品。

〔23〕 周赧王三十六年:即公元前279年。

第九十六回

蔺相如两屈秦王　马服君单解韩围

却说赵惠文王宠用一个内侍，姓缪名贤，官拜宦者令，颇干预政事。忽一日，有外客以白璧来求售，缪贤爱其玉色光润无瑕，以五百金得之，以示玉工。玉工大惊曰："此真和氏之璧也！楚相昭阳因宴会偶失此璧，疑张仪偷盗，捶之几死，张仪以此入秦。后昭阳悬千金之赏，购求此璧，盗者不敢出献，竟不可得。今日无意中落于君手，此乃无价之宝，须什袭[1]珍藏，不可轻示于人也。"缪贤曰："虽然，良玉何以遂为无价？"玉工曰："此玉置暗处，自然有光，能却尘埃，辟邪魅，名曰夜光之璧。若置之座间，冬月则暖，可以代炉，夏月则凉，百步之内，蝇蚋不入。有此数般奇异，他玉不及，所以为至宝。"缪贤试之，果然。乃制为宝椟，藏于内笥。早有人报知赵王，言："缪中侍得和氏璧。"赵王问缪贤取之，贤爱璧不即献。赵王怒，因出猎之便，突入贤家，搜其室，得宝椟，收之以去。

缪贤恐赵王治罪诛之，欲出走。其舍人蔺相如牵衣问曰："君今何往？"贤曰："吾将奔燕。"相如曰："君何以受知于燕王，而轻身往投也？"缪贤曰："吾昔年尝从大王与燕王相会于境上，燕王私握吾手曰：'愿与君结交。'以此相知，故欲往。"相如谏曰："君误矣！

夫赵强而燕弱,而君得宠于赵王,故燕王欲与君结交。非厚君也,因君以厚于赵王也。今君得罪于王,亡命走燕。燕畏赵王之讨,必将束缚君以媚于赵王,君其危矣。"缪贤曰:"然则如何?"相如曰:"君无他大罪,惟不早献璧耳!若肉袒负斧锧,叩首请罪,王必赦君。"缪贤从其计,赵王果赦贤不诛。贤重相如之智,以为上客。

再说玉工偶至秦国,秦昭襄王使之治玉,玉工因言及和氏之璧,今归于赵。秦王问:"此璧有甚好处?"玉工如前夸奖。秦王想慕之甚,思欲一见其璧。时昭襄王之母舅魏冉为丞相,进曰:"王欲见和璧,何不以西阳[2]十五城易之?"秦王讶曰:"十五城,寡人所惜也,奈何易一璧哉?"魏冉曰:"赵之畏秦久矣!大王若以城易璧,赵不敢不以璧来,来则留之。是易城者名也,得璧者实也。王何患失城乎?"秦王大喜,即为书致赵王,命客卿胡伤为使。书略曰:

寡人慕和氏璧有日矣,未得一见。闻君王得之,寡人不敢轻请,愿以西阳十五城奉酬。惟君王许之。

赵王得书,召大臣廉颇等商议。欲予秦,恐其见欺,璧去城不可得;欲勿予,又恐触秦之怒。诸大臣或言不宜与,或言宜与,纷纷不决。李克曰:"遣一智勇之士,怀璧以往;得城则授璧于秦,不得城仍以璧归赵,方为两全。"赵王目视廉颇,颇俯首不语。宦者令缪贤进曰:"臣有舍人姓蔺名相如,此人勇士,且有智谋。若求使秦,无过此人。"赵王即命缪贤召蔺相如至,相如拜谒已毕,赵王问曰:"秦王请以十五城易寡人之璧,先生以为可许否?"相如曰:"秦强赵弱,不可不许。"赵王曰:"倘璧去城不可得,如何?"相如对曰:"秦以十五城易璧,价厚矣。如是赵不许璧,其曲在赵。赵不待人城而

第九十六回

即献璧,礼恭矣。如是而秦不予城,其曲在秦。"赵王曰:"寡人欲求一人使秦,保护此璧。先生能为寡人一行乎?"相如曰:"大王必无其人,臣愿奉璧以往。若城入于赵,臣当以璧留秦;不然,臣请完璧归赵。"赵王大喜,即拜相如为大夫,以璧授之。相如奉璧西入咸阳。

秦昭襄王闻璧至,大喜,坐章台[3]之上,大集群臣,宣相如入见。相如留下宝椟,只用锦袱包裹,两手捧定,再拜奉上秦王。秦王展开锦袱观看,但见纯白无瑕,宝光闪烁,雕镂之处,天成无迹,真希世之珍矣。秦王饱看了一回,啧啧叹息。因付左右群臣递相传示,群臣看毕,皆罗拜称:"万岁!"秦王命内侍重将锦袱包裹,传与后宫美人玩之,良久送出,仍归秦王案上。蔺相如从旁伺候良久,并不见说起偿城之话。相如心生一计,乃前奏曰:"此璧有微瑕,臣请为大王指之。"秦王命左右以璧传与相如。相如得璧在手,连退数步,靠在殿柱之上,睁开双目,怒气勃不可遏,谓秦王曰:"和氏之璧,天下之至宝也。大王欲得璧,发书至赵,寡君悉召群臣计议,群臣皆曰:'秦自负其强,以空言求璧,恐璧往,城不可得,不如勿许。'臣以为布衣之交,尚不相欺,况万乘之君乎?奈何以不肖之心待人,而得罪于大王?于是寡君乃斋戒五日,然后使臣奉璧拜送于庭,敬之至也。今大王见臣,礼节甚倨,坐而受璧,左右传观,复使后宫美人玩弄,亵渎殊甚。以此知大王无偿城之意矣,臣所以复取璧也。大王必欲迫臣,臣头今与璧俱碎于柱,宁死不使秦得璧!"于是持其璧睨柱,欲以击柱。秦王惜璧,恐其碎之,乃谢曰:"大夫无然!寡人岂敢失信于赵?"即召有司取地图来,秦王指示,从某处至某处,共十五城予赵。相如心中暗想:"此乃秦王欲

1170

诳取璧,非真情。"乃谓秦王曰:"寡君不敢爱希世之宝,以得罪于大王,故临遣臣时,斋戒五日,遍召群臣,拜而遣之。今大王亦宜斋戒五日,陈设车辂文物[4],具左右威仪[5],臣乃敢上璧。"秦王曰:"诺。"乃命斋戒五日,送相如于公馆安歇。相如抱璧至馆,又想道:"我曾在赵王面前夸口:'秦若不偿城,愿完璧归赵。'今秦王虽然斋戒,倘得璧之后,仍不偿城,何面目回见赵王?"乃命从者穿粗褐衣,装作贫人模样,将布袋缠璧于腰,从径路窃走。附奏于赵王曰:"臣恐秦欺赵,无意偿城,谨遣从者归璧大王。臣待罪于秦,死不辱命!"赵王曰:"相如果不负所言矣。"

再说秦王假说斋戒,实未必然。过五日,升殿陈设礼物,令诸侯使者皆会,共观受璧,欲以夸示列国。使赞礼引赵国使臣上殿。蔺相如从容徐步而入。谒见已毕,秦王见相如手中无璧,问曰:"寡人已斋戒五日,敬受和璧,今使者不持璧来,何故?"相如奏曰:"秦自穆公以来,共二十馀君,皆以诈术用事。远则杞子欺郑[6],孟明欺晋[7];近则商鞅欺魏[8],张仪欺楚[9]。往事历历,从无信义。臣今者惟恐见欺于王,以负寡君,已令从者怀璧从间道还赵矣。臣当死罪!"秦王怒曰:"使者谓寡人不敬,故寡人斋戒受璧。使者以璧归赵,是明欺寡人也!"叱左右前缚相如。相如面不改色,奏曰:"大王请息怒,臣有一言。今日之势,秦强赵弱,但有秦负赵之事,决无赵负秦之理。大王真欲得璧,先割十五城予赵,随一介之使,同臣往赵取璧,赵岂敢得城而留璧,负不信之名,以得罪于大王哉?臣自知欺大王之罪,罪当万死。臣已寄奏寡君,不望生还矣。请就鼎镬之烹,令诸侯皆知秦以欲璧之故,而诛赵使,曲直有所在矣。"秦王与群臣面面相觑,不能吐一语。诸侯使者旁观,

第 九 十 六 回

皆为相如危惧。左右欲牵相如去,秦王喝住,谓群臣曰:"即杀相如,璧未可得,徒负不义之名,绝秦、赵之好。"乃厚待相如,礼而归之。髯翁读史至此,论秦人攻城取邑,列国无可奈何,一璧何足为重?相如之意,只恐被秦王欺赵得璧,便小觑了赵国,将来难以立国,倘索地索贡,不可复拒,故于此显个力量,使秦王知赵国之有人也。

蔺相如既归,赵王以为贤,拜上大夫。其后秦竟不予赵城,赵亦不与秦璧。秦王心中终不释然于赵,复遣使约赵王于西河外渑池[10]之地,共为好会。赵王曰:"秦以会欺楚怀王,锢之咸阳,至今楚人伤心未已。今又来约寡人为会,得无以怀王相待乎?"廉颇与蔺相如计议曰:"王若不行,示秦以弱。"乃共奏曰:"臣相如愿保驾前往。臣颇愿辅太子居守。"赵王喜曰:"相如且能完璧,况寡人乎?"平原君赵胜奏曰:"昔宋襄公以乘车赴会,为楚所劫。鲁君与齐会于夹谷,具左右司马以从。今保驾虽有相如,请精选锐卒五千扈从,以防不虞。再用大军,离三十里屯扎,方保万全。"赵王曰:"五千锐卒,何人为将?"赵胜对曰:"臣所知田部吏[11]李牧者,真将才也。"赵王曰:"何以见之?"赵胜对曰:"李牧为田部吏,取租税,臣家过期不纳,牧以法治之,杀臣司事者九人。臣怒责之,牧谓臣曰:'国之所恃者,法也。今纵君家而不奉公,则法削,法削则国弱,而诸侯加兵,赵且不保其国,君安得保其家乎?以君之贵,奉公如法,法立而国强,长保富贵,岂不善耶?'此其识虑非常,臣是以知其可将也。"赵王即用李牧为中军大夫,便率精兵五千扈从同行。平原君以大军继之。廉颇送至境上,谓赵王曰:"王入虎狼之秦,其事诚不测!今与王约:度往来道路,与夫会遇之礼毕,为期不过三十日耳。若过期不归,臣请如楚国故事,立太子为王,以绝秦人之望。"赵王许诺。遂至渑池,秦王亦到,各归馆驿。

至期,两王以礼相见,置酒为欢。饮至半酣,秦王曰:"寡人窃闻赵王善于音乐,寡人有宝瑟在此,请赵王奏之。"赵王面赤,然不敢辞。秦侍者将宝瑟进于赵王之前,赵王为奏《湘灵》一曲,秦王称善不已。鼓毕,秦王曰:"寡人闻赵之始祖烈侯[12]好音,君王真得家传矣。"乃顾左右召御史[13],使载其事。秦御史秉笔取简,书曰:"某年月日,秦王与赵王会于渑池,令赵王鼓瑟。"蔺相如前进曰:"赵王闻秦王善于秦声,臣谨奉盆缶,请秦王击之,以相娱乐。"秦王怒,色变不应。相如即取盛酒瓦器,跪请于秦王之前,秦王不肯击。相如曰:"大王恃秦之强乎?今五步之内,相如得以颈血溅大王矣!"左右曰:"相如无礼!"欲前执之。相如张目叱之,须发皆张,左右大骇,不觉倒退数步。秦王意不悦,然心惮相如,勉强击缶一声。相如方起,召赵御史亦书于简曰:"某年月日,赵王与秦王会于渑池,令秦王击缶。"秦诸臣意不平,当筵而立,请于赵王曰:"今日赵王惠顾,请王割十五城为秦王寿!"相如亦请于秦王曰:"礼尚往来,赵既进十五城于秦,秦不可不报。亦愿以秦之咸阳为赵王寿!"秦王曰:"吾两君为好,诸君不必多言。"乃命左右,更进酒献酬,假意尽欢而罢。

秦客卿胡伤等密劝拘留赵王及蔺相如,秦王曰:"谍者言:'赵设备甚密。'万一其事不济,为天下笑。"乃益敬重赵王,约为兄弟,永不侵伐。使太子安国君之子,名异人者,为质于赵。群臣皆曰:"约好足矣,何必送质?"秦王笑曰:"赵方强,未可图也。不送质,则赵不相信。赵信我,其好方坚,我乃得专事于韩矣。"群臣乃服。

1173

第九十六回

赵王辞秦王而归，恰三十日。赵王曰："寡人得蔺相如，身安于秦山，国重于九鼎。相如功最大，群臣莫及。"乃拜为上相，班在廉颇之右[14]。廉颇怒曰："吾有攻城野战之大功，相如徒以口舌微劳，位居吾上。且彼乃宦者舍人，出身微贱，吾岂甘为之下乎？今见相如，必击杀之！"相如闻廉颇之言，每遇公朝，托病不往，不肯与颇相会。舍人俱以相如为怯，窃议之。偶一日，蔺相如出外，廉颇亦出，相如望见廉颇前导，忙使御者引车避匿傍巷中去，俟廉颇车过方出。舍人等益忿，相约同见相如，谏曰："臣等抛井里，弃亲戚，来君之门下者，以君为一时之丈夫，故相慕悦而从之。今君与廉将军同列，班况在右。廉君口出恶言，君不能报，避之于朝，又避之于市，何畏之甚也？臣等窃为君羞之！请辞去！"相如固止之曰："吾所以避廉将军者有故，诸君自不察耳！"舍人等曰："臣等浅近无知，乞君明言其故。"相如曰："诸君视廉将军孰若秦王？"诸舍人皆曰："不若也。"相如曰："夫以秦王之威，天下莫敢抗，而相如廷叱之，辱其群臣。相如虽驽，独畏一廉将军哉？顾吾念之，强秦所以不敢加兵于赵者，徒以吾两人在也。今两虎共斗，势不俱生，秦人闻之，必乘间而侵赵。吾所以强颜引避者，国计为重，而私仇为轻也。"舍人等乃叹服。

未几，蔺氏之舍人，与廉氏之客，一日在酒肆中，不期而遇，两下争坐。蔺氏舍人曰："吾主君以国家之故，让廉将军；吾等亦宜体主君之意，让廉氏客。"于是廉氏益骄。河东人虞卿游赵，闻蔺氏舍人述相如之语，乃说赵王曰："王今日之重臣，非蔺相如、廉颇乎？"王曰："然。"虞卿曰："臣闻前代之臣，师师济济[15]，同寅协恭[16]，以治其国。今大王所恃重臣二人，而使自相水火，非社稷之福也。夫蔺氏愈益让,而廉氏不能谅其情。廉氏愈益骄,而蔺氏不敢折其气。在朝则有事不共议,为将则有急不相恤,臣窃为大王忧之!臣请合廉、蔺之交,以为大王辅。"赵王曰:"善。"虞卿往见廉颇,先颂其功,廉颇大喜。虞卿曰:"论功则无如将军矣。论量则还推蔺君。"廉颇勃然曰:"彼懦夫以口舌取功名,何量之有哉?"虞卿曰:"蔺君非懦士也,其所见者大。"因述相如对舍人之言,且曰:"将军不欲托身于赵则已,若欲托身于赵,而两大臣一让一争,恐盛名之归,不在将军也。"廉颇大惭曰:"微先生之言,吾不闻过。吾不及蔺君远矣。"因使虞卿先道意于相如,颇肉袒负荆[17],自造于蔺氏之门,谢曰:"鄙人志量浅狭,不知相国能宽容至此,死不足赎罪矣!"因长跪庭中。相如趋出引起曰:"吾二人比肩事主,为社稷臣,将军能见谅,已幸甚,何烦谢为。"廉颇曰:"鄙性粗暴,蒙君见容,惭愧无地!"因相持泣下。相如亦泣。廉颇曰:"从今愿结为生死之交,虽刎颈不变!"颇先下拜,相如答拜。因置酒筵款待,极欢而罢。后世称刎颈之交,正谓此也。无名子有诗云:

引车趋避量诚洪,肉袒将军志亦雄。

今日纷纷竞门户,谁将国计置胸中!

赵王赐虞卿黄金百镒,拜为上卿。

是时,秦大将军白起击破楚军,收郢都。置南郡。楚顷襄王败走,东保于陈。大将魏冉[18]复攻取黔中,置黔中郡,楚益衰削。乃使太傅黄歇,侍太子熊完,入质于秦以求和。白起等复攻魏,至于大梁。梁遣大将暴鸢迎战,败绩,斩首四万,魏献三城以和。秦封白起为武安君[19]。未几,客卿胡伤复攻魏,败魏将芒卯,取南阳,置南阳郡。秦王以赐魏冉,号为穰侯[20]。复遣胡伤帅师二十万伐韩,围阏与[21]。韩釐王[22]遣使求救于赵。赵惠文王聚集群臣商议:"韩可救与否?"蔺相如、廉颇、乐乘皆言:"阏与道险且狭,救之不便。"平原君赵胜曰:"韩、魏唇齿相蔽,不救则还戈即向赵矣!"赵奢嘿然无言。赵王独问之,奢对曰:"道险且狭,譬如两鼠斗于穴中,将勇者胜。"赵王乃选军五万,使奢帅之救韩。出邯郸东门三十里,传令立壁垒下寨。安插已定,又出令曰:"有言及军事者斩!"闭营高卧,军中寂然。秦军鼓噪勒兵,声如震霆,阏与城中,屋瓦皆为振动。军吏一人来报,秦兵如此恁般。赵奢以为犯令,立斩之以徇。留二十八日不行,日使人增垒潜沟,为自固计。秦将胡伤,闻有赵兵来救,不见其来,再使谍人探听,报云:"赵果有救兵,乃大将赵奢也。出邯郸城三十里,即立垒下寨不进。"胡伤未信,更使亲近左右,直入赵军,谓赵奢曰:"秦攻阏与,旦暮且下矣,将军能战,即速来!"赵奢曰:"寡君以邻邦告急,遣某为备,某何敢与秦战乎?"因具酒食厚款之,使周视壁垒。秦使者还报胡伤,胡伤大喜曰:"赵兵去国才三十里,而坚壁不进,乃增垒自固,已无战情,阏与必为吾有矣。"遂不为御赵之备,一意攻韩。

赵奢既遣秦使,约三日,度其可至秦军,遂出令选骑兵善射惯战者万人为前锋,大军在后,衔枚卷甲,昼夜兼行。二日一夜及韩境,去阏与城十五里,复立军垒。胡伤大怒,留兵一半围城,悉起老营之众,前来迎敌。赵营军士许历书一简,上为"请谏"二字,跪于营前。赵奢异之,命刊去前令,召入曰:"汝欲何言?"许历曰:"秦人不意赵师卒至,此其来气盛。元帅必厚集其阵,以防冲突,不然必败。"赵奢曰:"诺。"即传令列阵以待。许历又曰:"《兵法》:'得

蔺相如两屈秦王　马服君单解韩围

地利者胜。'阏与形势,惟北山最高,而秦将不知据守,此留以待元帅也,宜速据之。"赵奢又曰:"诺。"即命许历引军万人,屯据北山岭上,凡秦兵行动,一望而知。胡伤兵到,便来争山。山势崎岖,秦兵胆大的,有几个上前,都被赵军飞石击伤。胡伤咆哮大怒,指挥军将四下寻路。忽闻鼓声大振,赵奢引军杀到,胡伤命分军拒敌。赵奢将射手万人,分为二队,左右各五千人,向秦军乱射。许历驱万人,从山顶上趁势杀下,喊声如雷,前后夹攻。杀得秦军如天崩地裂,没处躲闪,大败而奔。胡伤马蹶坠下,几为赵兵所获,却遇兵尉斯离引军刚到,抵死救出。赵奢追至五十里,秦军屯扎不住,只得望西逃奔,遂解阏与之围。韩釐王亲自劳军,致书称谢赵王。赵王封奢为马服君[23],位与蔺相如、廉颇相并。赵奢荐许历之才,以为国尉[24]。

　　赵奢子赵括,自少喜谈兵法,家传《六韬》、《三略》之书,一览而尽;尝与父奢论兵,指天画地,目中无人,虽奢亦不能难也。其母喜曰:"有子如此,可谓将门出将矣!"奢蹴然不悦曰:"括不可为将。赵不用括,乃社稷之福耳!"母曰:"括尽读父书,其谈兵自以为天下莫及,子曰'不可为将。'何故?"奢曰:"括自谓天下莫及,此其所以不可为将也。夫兵者,死地,战战兢兢,博谘于众,犹惧有遗虑;而括易言之!若得兵权,必果于自用,忠谋善策,无由而入,其败必矣。"母以奢之语告括,括曰:"父年老而怯,宜有是言也!"后二岁,赵奢病笃,谓括曰:"兵凶战危,古人所戒。汝父为将数年,今日方免败衄之辱,死亦瞑目。汝非将才,切不可妄居其位,自坏家门!"又嘱括母曰:"异日若赵王召括为将,汝必述吾遗命辞之。丧师辱国,非细事也!"言讫而终。赵王念奢之功,以括嗣马服君

第九十六回

之职。未知后事如何，且看下回分解。

---

〔1〕 什袭：把物品重重叠叠包裹起来加以珍藏。

〔2〕 西阳：古邑名。在今河南光山县西南。清本多作酉阳，即今重庆酉阳县，距赵国极远。此据叶本改。但西阳在战国时属楚。与赵不相邻。疑仍有误。

〔3〕 章台：秦宫台观。在今咸阳市故城西南角渭水南岸。章台并非正式接见外臣之处，秦王于此召见相如，乃是对赵国使臣的轻视。

〔4〕 车辂文物：指车辆及各种文物，借以表示接见场地的隆重。

〔5〕 威仪：泛指各种仪仗。

〔6〕 杞子欺郑：参见第四十四回。

〔7〕 孟明欺晋：参见第四十五回。

〔8〕 商鞅欺魏：参见第八十九回。

〔9〕 张仪欺楚：参见第九十一回。

〔10〕 西河外渑池：西河本指潼关以上一段黄河，此处泛指黄河。渑池在黄河之南。战国初属韩，此时属秦。赵国地处黄河之北，故称为"外"。

〔11〕 田部吏：古代征收田赋的官吏。《通鉴·周赧王四十四年》注："田部吏，部收田之租税者也。"

〔12〕 烈侯：名赵籍，献侯赵浣子。韩、赵、魏三家分晋后，由周封为诸侯。《史记·赵世家》记有"烈侯好音"之事。

〔13〕 御史：古官名。战国时掌文书及记事。

〔14〕 班在廉颇之右：指排班在廉颇之上。时廉颇已拜上卿，而相如朝会时位次在廉之右边。古人以右为尊。

〔15〕 师师济济：师师，端整的样子。济济，众多的样子。

〔16〕 同寅协恭：语出《尚书·皋陶谟》："同寅协恭，和衷哉。"传："使同

敬合恭而和善。"寅,敬也。意即同具敬畏之心。但后来多称同僚为同寅,协恭意指友好合作。

〔17〕 肉袒负荆:脱掉上衣,背上荆杖。表示愿意接受鞭挞。荆,木名,一名楚。可制为打人的鞭子。

〔18〕 魏冉:秦昭王母宣太后之异父弟,因昭王初立,年幼,宣太后乃授冉为政。

〔19〕 武安:战国邑名。在今山西陵川县。白起攻赵曾屯兵于此。

〔20〕 穰:地名。本为韩邑,后为秦攻占,乃置县,即今河南邓县,属南阳郡。上句将南阳郡赐魏冉,并非指全郡。

〔21〕 阏(yù 愈)与:战国韩邑。在今山西和顺县。

〔22〕 韩釐王:名咎。韩襄王仓(前311—前296在位)子。在位二十三年(前295—前273)。

〔23〕 马服君:马服,山名。在今河北邯郸市西北,赵王封赵奢于此。一说:马,兵之首。马服,言其能服马。

〔24〕 国尉:古官名。职位仅次于将军。

第九十七回

死范睢计逃秦国　假张禄廷辱魏使

话说大梁人范睢字叔,有谈天说地之能,安邦定国之志。欲求事魏王,因家贫,不能自通。乃先投于中大夫须贾门下,用为舍人。当初,齐湣王无道,乐毅纠合四国,一同伐齐,魏亦遣兵助燕。及田单破燕复齐,齐襄王法章即位,魏王恐其报复,同相国魏齐计议,使须贾至齐修好。贾使范睢从行。齐襄王问于须贾曰:"昔我先王,与魏同兵伐宋,声气相投。及燕人残灭齐国,魏实与焉。寡人念先王之仇,切齿腐心! 今又以虚言来诱寡人,魏反复无常,使寡人何以为信?"须贾不能对。范睢从旁代答曰:"大王之言差矣! 先寡君之从于伐宋,以奉命也。本约三分宋国,上国背约,尽收其地,反加侵虐。是齐之失信于敝邑也! 诸侯畏齐之骄暴无厌,于是昵就燕人,济西之战[1],五国同仇,岂独敝邑? 然敝邑不为已甚,不敢从燕于临淄,是敝邑之有礼于齐也。今大王英武盖世,报仇雪耻,光启前人之绪。寡君以为桓、威之烈,必当再振,可以上盖湣王之愆,垂休无穷,故遣下臣贾来修旧好。大王但知责人,不知自反,恐湣王之覆辙,又见于今矣。"齐襄王愕然起谢曰:"是寡人之过也!"即问须贾:"此位何人?"须贾曰:"臣之舍人范睢也。"齐王顾盼良

死范睢计逃秦国　假张禄廷辱魏使

久，乃送须贾于公馆，厚其廪饩。使人阴说范睢曰："寡君慕先生人才，欲留先生于齐，当以客卿相处，万望勿弃！"范睢辞曰："臣与使者同出，而不与同入，不信无义，何以为人？"齐王益爱重之，复使人赐范睢黄金十斤及牛酒。睢固辞不受。使者再四致齐王之命，坚不肯去。睢不得已，乃受牛酒而还其金。使者叹息而去。

早有人报知须贾，须贾召范睢问曰："齐使者为何而来？"范睢曰："齐王以黄金十斤及牛酒赐臣，臣不敢受。再四相强，臣止留其牛酒。"须贾曰："所以赐子者何故？"范睢曰："臣不知。或者以臣在大夫之左右，故敬大夫以及臣耳。"须贾曰："赐不及使者而独及子，必子与齐有私也。"范睢曰："齐王先曾遣使，欲留臣为客卿，臣峻拒之。臣以信义自矢，岂敢有私哉？"须贾疑心益甚。使事既毕，须贾同范睢还魏，贾遂言于魏齐曰："齐王欲留舍人范睢为客卿，又赐以黄金牛酒，疑以国中阴事告齐，故有此赐也。"魏齐大怒，乃会宾客，使人擒范睢，即席讯之。

睢至，伏于阶下。魏齐厉声问曰："汝以阴事告齐乎？"范睢曰："怎敢？"魏齐曰："汝若无私于齐，齐王安用留汝？"睢曰："留果有之，睢不从也。"魏齐曰："然则黄金牛酒之赐，子何受之？"睢曰："使者十分相强，睢恐拂齐王之意，勉受牛酒。其黄金十斤，实不曾收。"魏齐咆哮大喝曰："卖国贼！还要多言！即牛酒之赐，亦岂无因？"呼狱卒缚之，决脊[2]一百，使招承通齐之语。范睢曰："臣实无私，有何可招？"魏齐益怒曰："为我笞杀此奴，勿留祸种！"狱卒鞭笞乱下，将牙齿打折。睢血流被面，痛极难忍，号呼称冤。宾客见相国盛怒之下，莫敢劝止。魏齐教左右一面用巨觥行酒，一面教狱卒加力，自辰至未，打得范睢遍体皆伤，血肉委地，咭喇一响，

1181

胁骨亦断,睢大叫失声,闷绝而死。

可怜信义忠良士,翻作沟渠枉死人!

传语上官须仔细,莫将屈棒打平民。

潜渊居士又有诗云:

张仪何曾盗楚璧?范叔何曾卖齐国?

疑心盛气总难平,多少英雄受冤屈!

左右报曰:"范睢气绝矣。"魏齐亲自下视,见范睢断胁折齿,身无完肤,直挺挺在血泊中不动。齐指骂曰:"卖国贼死得好!好教后人看样!"命狱卒以苇薄卷其尸,置之坑厕间,使宾客便溺其上,勿容他为干净之鬼。

看看天晚,范睢命不该绝,死而复苏,从苇薄中张目偷看,只有一卒在旁看守。范睢微叹一声。守卒闻之,慌忙来看。范睢谓曰:"吾伤重至此,虽暂醒,决无生理。汝能使我死于家中,以便殡殓。家有黄金数两,尽以相谢。"守卒贪其利,谓曰:"汝仍作死状,吾当入禀。"时魏齐与宾客皆大醉,守卒禀曰:"厕间死人腥臭甚,合当发出。"宾客皆曰:"范睢虽然有罪,相国处之亦已足矣。"魏齐曰:"可出之于郊外,使野鸢饱其馀肉也。"言罢,宾客皆散,魏齐亦回内宅。守卒捱至黄昏人静,乃私负范睢至其家。睢妻小相见,痛苦自不必说。范睢命取黄金相谢,又卸下苇薄,付与守卒,使弃野外,以掩人之目。守卒去后,妻小将血肉收拾干净,缚裹伤处,以酒食进之。范睢徐谓其妻曰:"魏齐恨我甚,虽知吾死,尚有疑心。我之出厕,乘其醉耳。明日复求吾尸不得,必及吾家,吾不得生矣。吾有八拜兄弟郑安平,在西门之陋巷,汝可乘夜送我至彼,不可泄漏。俟月馀,吾创愈当逃命于四方也。我去后,家中可发哀,如吾

死范雎计逃秦国　假张禄廷辱魏使

死一般，以绝其疑。"其妻依言，使仆人先往报知郑安平。郑安平即时至雎家看视，与其家人同携负以去。

次日，魏齐果然疑心范雎，恐其复苏，使人视其尸所在。守卒回报："弃野外无人之处，今惟苇薄在，想为犬豕衔去矣。"魏齐复使人睏其家，举哀带孝，方始坦然。再说范雎在郑安平家，敷药将息，渐渐平复。安平乃与雎共匿于具茨山[3]。范雎更姓名曰张禄，山中人无知其为范雎者。过半岁，秦谒者[4]王稽奉昭襄王之命，出使魏国，居于公馆。郑安平诈为驿卒，伏侍王稽，应对敏捷，王稽爱之。因私问曰："汝知国有贤人，未出仕者乎？"安平曰："贤人何容易言也！向有一范雎者，其人智谋之士，相国箠之至死。"言未毕，王稽叹曰："惜哉！此人不到我秦国，不得展其大才！"安平曰："今臣里中有张禄先生，其才智不亚于范雎，君欲见其人否？"王稽曰："既有此人，何不请来相会？"安平曰："其人有仇家在国中，不敢昼行。若无此仇，久已仕魏，不待今日矣。"王稽曰："夜至不妨，吾当候之。"郑安平乃使张禄亦扮做驿卒模样，以深夜至公馆来谒。王稽略叩以天下大势。范雎指陈了了，如在目前。王稽喜曰："吾知先生非常人，能与我西游于秦否？"范雎曰："臣禄有仇于魏，不能安居，若能挈行，实乃至愿。"王稽屈指曰："度吾使事毕，更须五日。先生至期，可待我于三亭冈[5]无人之处，当相载也。"过五日，王稽辞别魏王，群臣俱饯送于郊外，事毕俱别。王稽驱车至三亭冈上，忽见林中二人趋出，乃张禄、郑安平也。王稽大喜，如获奇珍，与张禄同车共载。一路饮食安息，必与相共，谈论投机，甚相亲爱。

不一日，已入秦界。至湖关[6]，望见对面尘头起处，一群车骑

第九十七回

自西而来。范睢问曰："来者谁人？"王稽认得前驱，曰："此丞相穰侯，东行郡邑耳。"原来穰侯名魏冉，乃是宣太后之弟。宣太后芈氏，楚女，乃昭襄王之母。昭襄王即位时，年幼未冠，宣太后临朝决政，用其弟魏冉为丞相，封穰侯。次弟芈戎，亦封华阳君[7]，并专国用事。后昭襄王年长，心畏太后，乃封其弟公子悝为泾阳君[8]，公子市为高陵君[9]，欲以分芈氏之权。国中谓之"四贵"，然总不及丞相之尊也。丞相每岁时，代其王周行郡国，巡察官吏，省视城池，较阅车马，抚循百姓，此是旧规。今日穰侯东巡，前导威仪，王稽如何不认得。范睢曰："吾闻穰侯专秦权，妒贤嫉能，恶纳诸侯宾客。恐其见辱，我且匿车箱中以避之。"须臾，穰侯至，王稽下车迎谒。穰侯亦下车相见，劳之曰："谒君国事劳苦！"遂共立于车前，各叙寒温。穰侯曰："关东近有何事？"王稽鞠躬对曰："无有。"穰侯目视车中曰："谒君得无与诸侯宾客俱来乎？此辈仗口舌游说人国，取富贵，全无实用！"王稽又对曰："不敢。"穰侯既别去，范睢从车箱中出，便欲下车趋走。王稽曰："丞相已去，先生可同载矣。"范睢曰："臣潜窥穰侯之貌，眼多白而视邪，其人性疑而见事迟。向者目视车中，固已疑之。一时未即搜索，不久必悔，悔必复来，不若避之为安耳。"遂呼郑安平同走。王稽车仗在后，约行十里之程，背后马铃声响，果有二十骑从东如飞而来，赶着王稽车仗，言："吾等奉丞相之命，恐大夫带有游客，故遣复行查看，大夫勿怪。"因遍索车中，并无外国之人，方才转身。王稽叹曰："张先生真智士，吾不及也！"乃命催车前进，再行五六里，遇着了张禄、郑安平二人，邀使登车，一同竟入咸阳。髯翁有诗咏范睢去魏之事云：

死范雎计逃秦国　假张禄廷辱魏使

料事前知妙若神，一时智术少俦伦。

信陵空养三千客，却放高贤遁入秦！

王稽朝见秦昭襄王，复命已毕，因进曰："魏有张禄先生，智谋出众，天下奇才也。与臣言秦国之势，危于累卵，彼有策能安之，然非面对不可。臣故载与俱来。"秦王曰："诸侯客好为大言，往往如此。姑使就客舍。"乃馆于下舍，以需召问。逾年不召，忽一日，范雎出行市上，见穰侯方征兵出征，范雎私问曰："丞相征兵出征，将伐何国？"有一老者对曰："欲伐齐纲、寿[10]也。"范雎曰："齐兵曾犯境乎？"老者曰："未曾。"范雎曰："秦与齐东西悬绝，中间隔有韩、魏，且齐不犯秦，秦奈何涉远而伐之？"老者引范雎至僻处，言曰："伐齐非秦王之意。因陶山[11]在丞相封邑中，而纲、寿近于陶，故丞相欲使武安君为将，伐而取之，以自广其封耳。"范雎回舍，遂上书于秦王。略曰：

羁旅臣张禄，死罪，死罪！奏闻秦王殿下：臣闻明主立政，有功者赏，有能者官，劳大者禄厚，才高者爵尊。故无能者不敢滥职，而有能者亦不得遗弃。今臣待命于下舍，一年于兹矣。如以臣为有用，愿借寸阴之暇，悉臣之说。如以臣为无用，留臣何为？夫言之在臣，听之在君。臣言而不当，请伏斧锧之诛未晚。毋以轻臣故，并轻举臣之人也。

秦王已忘张禄，及见其书，即使人以传车[12]召至离宫相见。秦王犹未至。范雎先到，望见秦王车骑方来，佯为不知，故意趋入永巷[13]。宦者前行逐之，曰："王来。"范雎谬言曰："秦独有太后、穰侯耳，安得有王！"前行不顾。正争嚷间，秦王随后至，问宦者："何为与客争论？"宦者述范雎之语。秦王亦不怒，遂迎之入于内

第九十七回

宫,待以上客之礼。范雎逊让。秦王屏去左右,长跪而请曰:"先生何以幸教寡人?"范雎曰:"唯唯。"少顷,秦王又跪请如前。范雎又曰:"唯唯。"如此三次。秦王曰:"先生卒不幸教寡人,岂以寡人为不足语耶?"范雎对曰:"非敢然也。昔者吕尚钓于渭滨,及遇文王,一言而拜为尚父,卒用其谋,灭商而有天下。箕子[14]、比干,身为贵戚,尽言极谏,商纣不听,或奴或诛,商遂以亡。此无他,信与不信之异也。吕尚虽疏,而见信于文王,故王业归于周,而尚亦享有侯封,传之世世。箕子、比干虽亲,而不见信于纣,故身不免死辱,而无救于国。今臣羁旅之臣,居至疏之地,而所欲言者,皆兴亡大计,或关系人骨肉之间。不深言,则无救于秦;欲深言,则箕子、比干之祸随于后,所以王三问而不敢答者,未卜王心之信不信何如耳?"秦王复跪请曰:"先生,是何言也!寡人慕先生大才,故屏去左右,专意听教。事凡可言者,上及太后,下及大臣,愿先生尽言无隐。"秦王这句话,因是进永巷时,闻宦者述范雎之言,"秦止有太后、穰侯,不闻有王"之语,心下疑惑,实落的要请教一番。这边范雎犹恐初见之时,万一语不投机,便绝了后来进言之路。况且左右窃听者多,恐其传说,祸且不测。故且将外边事情,略说一番,以为引火之煤。乃对曰:"大王以尽言命臣,臣之愿也!"遂下拜,秦王亦答拜。然后就坐开言曰:"秦地之险,天下莫及,其甲兵之强,天下亦莫敌。然兼并之谋不就,伯王之业不成,岂非秦之大臣,计有所失乎?"秦王侧席[15]问曰:"请言失计何在?"范雎曰:"臣闻穰侯将越韩、魏而攻齐,其计左矣。齐去秦甚远,有韩、魏以间之。王少出师,则不足以害齐,若多出师,则先为秦害。昔魏越赵而伐中山,即克其地,旋为赵有。何者,以中山近赵而远魏也。今伐齐而

死范睢计逃秦国　假张禄廷辱魏使

不克,为秦大辱。即伐齐而克,徒以资韩、魏,于秦何利焉?为大王计,莫比远交而近攻。远交以离人之欢,近攻以广我之地。自近而远,如蚕食叶,天下不难尽矣。"秦王又曰:"远交近攻之道何如?"范睢曰:"远交莫如齐、楚,近攻莫如韩、魏,既得韩、魏,齐、楚能独存乎?"秦王鼓掌称善,即拜范睢为客卿,号为张卿。用其计东伐韩、魏,止白起伐齐之师不行。魏冉与白起一相一将,用事日久,见张禄骤然得宠,俱有不悦之意。惟秦王深信之,宠遇日隆,每每中夜独召计事,无说不行。

　　范睢知秦王之心已固,请间,尽屏左右,进说曰:"臣蒙大王过听,引与共事,臣虽粉骨碎身,无以为酬。虽然,臣有安秦之计,尚未敢尽效于王也。"秦王跪问曰:"寡人以国托于先生,先生有安秦之计,不以此时辱教,尚何待乎?"范睢曰:"臣前居山东时,闻齐但有孟尝君,不闻有齐王;闻秦但有太后、穰侯、华阳君、高陵君、泾阳君,不闻有秦王。夫制国之谓王,生杀予夺,他人不敢擅专。今太后恃国母之尊,擅行不顾者四十馀年。穰侯独相秦国,华阳辅之,泾阳、高陵,各立门户,生杀自由,私家之富,十倍于公。大王拱手而享其空名,不亦危乎?昔崔杼擅齐,卒弑庄公;李兑擅赵,终戕主父。今穰侯内仗太后之势,外窃大王之威,用兵则诸侯震恐,解甲则列国感恩,广置耳目,布王左右,臣见王之独立于朝,非一日矣。恐千秋万岁而后,有秦国者,非王之子孙也!"秦王闻之,不觉毛骨悚然,再拜谢曰:"先生所教,乃肺腑至言,寡人恨闻之不早。"遂于次日,收穰侯魏冉相印,使就国。穰侯取牛车于有司,徙其家财,千有馀乘,奇珍异宝,皆秦内库所未有者。明日,秦王复逐华阳、高陵、泾阳三君于关外,安置太后于深宫,不许与闻政事。遂以范睢

1187

为丞相,封以应城[16],号为应侯。秦人皆谓张禄为丞相,无人知为范雎。惟郑安平知之,雎戒以勿泄,安平亦不敢言。时秦昭襄王之四十一年,周赧王之四十九年也。

是时,魏昭王已薨,子安釐王[17]即位,闻知秦王新用张禄丞相之谋,欲伐魏国,急集群臣计议。信陵君无忌曰:"秦兵不加魏者数年矣。今无故兴师,明欺我不能相持也。宜严兵固圉[18]以待之。"相国魏齐曰:"不然。秦强魏弱,战必无幸。闻丞相张禄,乃魏人也,岂无香火之情哉?倘遣使赍厚币,先通张相,后谒秦王,许以纳质讲和,可保万全。"安釐王初即位,未经战伐,乃用魏齐之策,使中大夫须贾出使于秦。

须贾奉命,竟至咸阳,下于馆驿。范雎知之,喜曰:"须贾至此,乃吾报仇之日矣。"遂换去鲜衣,妆作寒酸落魄之状,潜出府门,来到馆驿,徐步而入,谒见须贾。须贾一见,大惊曰:"范叔固无恙乎?吾以汝被魏相打死,何以得命在此?"范雎曰:"彼时将吾尸首掷于郊外,次早方苏,适遇有贾客过此,闻呻吟声,怜而救之。苟延一命,不敢回家,因间关[19]来至秦国。不期复见大夫之面于此。"须贾曰:"范叔岂欲游说于秦乎?"雎曰:"某昔日得罪魏国,亡命来此,得生为幸,尚敢开口言事耶?"须贾曰:"范叔在秦,何以为生?"雎曰:"为佣糊口耳。"须贾不觉动了哀怜之意,留之同坐,索酒食赐之。时值冬天,范雎衣敝,有战栗之状。须贾叹曰:"范叔一寒如此哉!"命取一绨袍[20]与穿。范雎曰:"大夫之衣,某何敢当?"须贾曰:"故人何必过谦!"范雎穿袍,再四称谢。因问:"大夫来此何事?"须贾曰:"今秦相张君方用事,吾欲通之,恨无其人。

死范睢计逃秦国　假张禄廷辱魏使

孺子在秦久,岂有相识,能为我先容于张君者哉？"范睢曰："某之主人翁与丞相善,臣尝随主人翁至于相府。丞相好谈论,反复之间,主人不给,某每助之一言。丞相以某有口辩,时赐酒食,得亲近。君若欲谒张君,某当同往。"须贾曰："既如此,烦为订期。"范睢曰："丞相事忙,今日适暇,何不即去？"须贾曰："吾乘大车驾驷马而来,今马损足,车轴折,未能即行。"范睢曰："吾主人翁有之,可假也。"

范睢归府,取大车驷马至馆驿前,报须贾曰："车马已备,某请为君御。"须贾欣然登车,范睢执辔。街市之人,望见丞相御车而来,咸拱立两旁,亦或走避。须贾以为敬己,殊不知其为范睢也。既至府前,范睢曰："大夫少待于此,某当先入,为大夫通之。若丞相见许,便可入谒。"范睢径进府门去了。须贾下车,立于门外,候之良久,只闻府中鸣鼓之声,门上喧传："丞相升堂。"属吏舍人,奔走不绝,并不见范睢消息。须贾因问守门者曰："向有吾故人范叔,入通相君,久而不出,子能为我召之乎？"守门者曰："君所言范叔,何时进府？"须贾曰："适间为我御车者是也。"门下人曰："御车者乃丞相张君,彼私到驿中访友,故微服而出。何得言范叔乎？"须贾闻言,如梦中忽闻霹雳,心坎中突突乱跳,曰："吾为范睢所欺,死期至矣！"常言道："丑媳妇少不得见公婆。"只得脱袍解带,免冠徒跣,跪于门外,托门下人入报,但言："魏国罪人须贾在外领死！"良久,门内传丞相召入。

须贾愈加惶悚,俯首膝行,从耳门[21]而进,直至阶前,连连叩首,口称："死罪！"范睢威风凛凛,坐于堂上,问曰："汝知罪么？"须贾俯伏应曰："知罪！"范睢曰："汝罪有几？"须贾曰："擢贾之发,以

1189

数贾之罪，尚犹未足！"范睢曰："汝罪有三：吾先人邱墓在魏，吾所以不愿仕齐，汝乃以吾有私于齐，妄言于魏齐之前，致触其怒，汝罪一也；当魏齐发怒，加以笞辱，至于折齿断胁，汝略不谏止，汝罪二也；及我昏愦，已弃厕中，汝复率宾客而溺我。昔仲尼不为已甚，汝何太忍乎？汝罪三也。今日至此，本该断头沥血，以酬前恨。汝所以得不死者，以绨袍恋恋，尚有故人之情，故苟全汝命，汝宜知感。"须贾叩头称谢不已。范睢麾之使去，须贾匍匐而出。于是秦人始知张禄丞相，乃魏人范睢，假托来秦。

次日，范睢入见秦王，言："魏国恐惧，遣使乞和，不须用兵，此皆大王威德所致。"秦王大喜。范睢又奏曰："臣有欺君之罪，求大王怜恕，方才敢言。"秦王曰："卿有何欺？寡人不罪。"范睢奏曰："臣实非张禄，乃魏人范睢也。自少孤贫，事魏中大夫须贾为舍人。从贾使齐，齐王私馈臣金，臣坚却不受，须贾谤于相国魏齐，将臣捶击至死。幸而复苏，改名张禄，逃奔入秦，蒙大王拔之上位。今须贾奉使而来，臣真姓名已露，便当仍旧，伏望吾王怜恕！"秦王曰："寡人不知卿之受冤如此。今须贾既到，便可斩首，以快卿之愤。"范睢奏曰："须贾为公事而来，自古两国交兵，不斩来使，况求和乎？臣岂敢以私怨而伤公义！且忍心杀臣者，魏齐，不全关须贾之事。"秦王曰："卿先公后私，可谓大忠矣。魏齐之仇，寡人当为卿报之。来使从卿发落。"范睢谢恩而退。秦王准了魏国之和。须贾入辞范睢，睢曰："故人至此，不可无一饭之敬。"使舍人留须贾于门中，吩咐大排筵席。须贾暗暗谢天道："惭愧，惭愧！难得丞相宽洪大量，如此相待，忒过礼了！"范睢退堂。须贾独坐门房中，有军牢守着，不敢转动。自辰至午，渐渐腹中空虚，须贾想道：

死范雎计逃秦国　假张禄廷辱魏使

"我前日在馆驿中,见成饮食相待。今番答席,故人之情,何必过礼?"少顷,堂上陈设已完。只见府中发出一单,遍邀各国使臣,及本府有名宾客。须贾心中想道:"此是请来陪我的了。但不知何国何人?少停坐次亦要斟酌,不好一概僭妄。"须贾方在踌躇,只见各国使人及宾客纷纷而到,径上堂阶。管席者传板报道:"客齐!"范雎出堂相见,叙礼已毕,送盏定位。两庑下鼓乐交作,竟不呼召须贾。须贾那时又饥又渴,又苦又愁,又羞又恼,胸中烦懑,不可形容。三杯之后,范雎开言:"还有一个故人在此,适才倒忘了。"众客齐起身道:"丞相既有贵相知,某等礼合伺候。"范雎曰:"虽则故人,不敢与诸公同席。"乃命设一小坐于堂下,唤魏客到,使两黥徒夹之以坐。席上不设酒食,但置炒熟料豆[22],两黥徒[23]手捧而喂之,如喂马一般。众客甚不过意,问曰:"丞相何恨之深也?"范雎将旧事诉说一遍。众客曰:"如此亦难怪丞相发怒。"须贾虽然受辱,不敢违抗,只得将料豆充饥,食毕,还要叩谢。范雎瞋目数之曰:"秦王虽然许和,但魏齐之仇,不可不报。留汝蚁命,归告魏王,速斩魏齐头送来,将我家眷,送入秦邦,两国通好。不然,我亲自引兵来屠大梁,那时悔之晚矣。"唬得须贾魂不附体,喏喏连声而出。不知魏国可曾斩魏齐头来献,且看下回分解。

---

〔1〕　济西之战:指乐毅率五国之兵,与齐将韩聂迎战于济水之西。见第九十五回。

〔2〕　决脊:古时一种鞭打背部的刑罚。决,鞭打。

〔3〕　具茨(cí慈)山:又名大隗(guī归)山。战国时魏地。《水经注》:

"黄帝登具茨之山。"即指此。地在今河南禹州市北。

〔4〕 谒者：古官名，秦始置。掌朝觐宾客及奉诏出使诸事。

〔5〕 三亭冈：古地名。在今河南尉氏县西南。

〔6〕 湖关：古关塞名。在今河南灵宝市西。乃入函谷关后第一座隘口。

〔7〕 华阳：战国时秦县名。在今陕西洋县北华阳镇。

〔8〕 泾阳：战国时秦县名。在今陕西泾阳县西北。

〔9〕 高陵：战国时秦县名。在今陕西西安市高陵区西南。

〔10〕 纲、寿：均齐邑名。纲在今山东宁阳县东北，寿在今山东东平县西南。

〔11〕 陶山：古山名，战国齐地。在今山东省肥城县西北。

〔12〕 传车：即驿车。

〔13〕 永巷：本指皇后妃嫔的住地，即后宫。此指入内宫之道。

〔14〕 箕子：商纣王叔父，封国于箕，故称箕子。因累谏纣王不听，乃佯狂为奴，为纣所囚。

〔15〕 侧席：倾身而坐。《后汉书·章帝纪》注："侧席，谓不正坐，所以待贤良也。"

〔16〕 应城：应，本国名，姬姓，故城在今河南宝丰县西南。

〔17〕 安釐王：名魏圉。在位三十四年（前276—前243）。

〔18〕 固圉（yǔ语）：固守边防。圉，边陲。

〔19〕 间关：指道路崎岖难行。《汉书·王莽传》师古注："间关，犹言崎岖展转也。"

〔20〕 绨（tí提）袍：厚绸袍。后人常以绨袍比喻故旧之情。

〔21〕 耳门：正院的侧门。

〔22〕 料豆：喂牲口的黑豆。

〔23〕 黥徒：脸上刺字的罪犯。

1192

第九十八回

质平原秦王索魏齐　败长平白起坑赵卒

话说须贾得命,连夜奔回大梁,来见魏王,述范睢吩咐之语。那送家眷是小事,要斩相国之头,干碍体面,难于启齿。魏王踌躇未决。魏齐闻知此信,弃了相印,连夜逃往赵国,依平原君赵胜去了。魏王乃大饰车马,将黄金百镒,采帛千端,送范睢家眷至咸阳。又告明:"魏齐闻风先遁,今在平原君府中,不干魏国之事。"范睢乃奏闻秦王。秦王曰:"赵与秦一向结好,渑池会上,结为兄弟,又将王孙异人为质于赵,欲以固其好也。前秦兵伐韩,围阏与,赵遣李牧救韩,大败秦兵[1],寡人向未问罪。今又擅纳丞相之仇人,丞相之仇,即寡人之仇,寡人决意伐赵,一则报阏与之恨,二者索取魏齐。"乃亲师师二十万,命王龁为大将,伐赵,拔三城。

是时,赵惠文王方薨,太子丹立,是为孝成王[2]。孝成王年少,惠文太后用事,闻秦兵深入,甚惧。时蔺相如病笃告老,虞卿代为相国。使大将廉颇帅师御敌,相持不决。虞卿言于惠文太后曰:"事急矣!臣请奉长安君[3]为质于齐以求救。"太后许之。原来惠文王之太后,乃齐湣王之女。其年齐襄王新薨,太子建[4]即位,年亦少,君王后[5]太史氏用事。两太后姑嫂之亲,亲情和睦。长

第九十八回

安君又是惠文太后最爱之少子,往质于齐,君王后如何不动心?于是即命田单为大将,发兵十万,前来救赵。秦将王齕言于秦王曰:"赵多良将,又有平原君之贤,未易攻也。况齐救将至,不如全师而归。"秦王曰:"不得魏齐,寡人何面见应侯乎?"乃遣使谓平原君曰:"秦之伐赵,为取魏齐耳!若能献出魏齐,即当退兵。"平原君对曰:"魏齐不在臣家,大王无误听人言也。"使者三往,平原君终不肯认。秦王心中闷闷不悦。欲待进兵,又恐齐、赵合兵,胜负难料;欲待班师,魏齐如何可得?再四踌躇,生出一个计策来。乃为书谢赵王,略曰:

> 寡人与君,兄弟也。寡人误闻道路之言,魏齐在平原君所,是以兴兵索之。不然,岂敢轻涉赵境?所取三城,谨还归于赵。寡人愿复前好,往来无间。

赵王亦遣使答书,谢其退兵还城之意。田单闻秦师已退,亦归齐去讫。

秦王回至函谷关,复遣人以一缄致平原君赵胜。胜拆书看之,略曰:

> 寡人闻君之高义,愿与君为布衣之交。君幸过寡人,寡人愿与君为十日之饮。

平原君将书来见赵王。赵王集群臣计议,相国虞卿进曰:"秦,虎狼之国也。昔孟尝君入秦,几乎不返。况彼方疑魏齐在赵,平原君不可往!"廉颇曰:"昔蔺相如怀和氏璧单身入秦,尚能完归赵国,秦不欺赵。若不往,反起其疑。"赵王曰:"寡人亦以此为秦王美意,不可违也。"遂命赵胜同秦使西入咸阳。秦王一见,欢若平生,日日设宴相待。盘桓数日,秦王因极欢之际,举卮向赵胜曰:"寡人有请于君,君若见诺,乞饮此酌。"胜曰:"大王命胜,何敢不从!"因引卮尽之。秦王曰:"昔周文王得吕尚以为太公,齐桓公得管夷吾以为仲父。今范君亦寡人之太公、仲父也!范君之仇魏齐,托在君家,君可使人归取其头,以毕范君之恨,即寡人受君之赐!"赵胜曰:"臣闻之:'贵而为友者,为贱时也;富而为友者,为贫时也。'夫魏齐,臣之友也。即使真在臣所,臣亦不忍出之,况不在乎?"秦王变色曰:"君必不出魏齐,寡人不放君出关!"赵胜曰:"关之出与不出,事在大王。且王以饮相召,而以威劫之,天下知曲直之所在矣。"秦王知平原君不肯负魏齐,遂与之俱至咸阳,留于馆舍。使人遗赵王书,略曰:

> 王之弟平原君在秦,范君之仇魏齐在平原君之家,魏齐头且至,平原君夕返。不然,寡人且举兵临赵,亲讨魏齐,又不出平原君于关,惟王谅之!

赵王得书大恐,谓群臣曰:"寡人岂为他国之亡臣,易吾国之镇公子[6]?"乃发兵围平原君家,索取魏齐。平原君宾客多与魏齐有交,乘夜纵之逃出,往投相国虞卿。虞卿曰:"赵王畏秦,甚于豺虎,此不可以言语争也。不如仍走大梁,信陵君招贤纳士,天下亡命者皆归之。又且平原君之厚交,必然相庇。虽然,君罪人不可独行,吾当与君同往!"即解相印,为书以谢赵王,与魏齐共变服为贱者,逃出赵国。既至大梁,虞卿乃伏魏齐于郊外,慰之曰:"信陵君慷慨丈夫,我往投之,必立刻相迎,不令君久待也。"虞卿徒步至信陵君之门,以刺通。主客者入报,信陵君方解发就沐,见刺,大惊曰:"此赵之相国,安得无故至此?"使主客者辞以主人方沐,暂请入坐,因叩其来魏之意。虞卿情急,只得将魏齐得罪于秦始末,及

第九十八回

自家捐弃相印，相随投奔之意，大略告诉一番。主客者复入言之。信陵君心中畏秦，不欲纳魏齐，又念虞卿千里相投一段意思，不好直拒，事在两难，犹豫不决。虞卿闻信陵君有难色，不即出见，大怒而去。信陵君问于宾客曰："虞卿之为人何如？"时侯生在旁，大笑曰："何公子之暗于事也？虞卿以三寸舌取赵王相印，封万户侯，及魏齐穷困而投虞卿，虞卿不爱爵禄之重，解绶相随，天下如此人有几？公子犹未定其贤否耶？"信陵君大惭，急挽发加冠，使舆人驾车疾驱郊外追之。

再说魏齐悬悬而望，待之良久，不见消息，想曰："虞卿言信陵君慷慨丈夫，一闻必立刻相迎。今久而不至，事不成矣！"少顷，只见虞卿含泪而至曰："信陵君非丈夫也，乃畏秦而却我。吾当与君间道入楚。"魏齐曰："吾以一时不察，得罪于范叔，一累平原君，再累吾子，又欲子间关跋涉，乞残喘于不可知之楚，我安用生为？"即引佩剑自刎。虞卿急前夺之，喉已断矣。虞卿正在悲伤，信陵君车骑随到。虞卿望见，遂趋避他所，不与相见。信陵君见魏齐尸首，抚而哭之曰："无忌之过也！"时赵王不得魏齐，又走了相国虞卿，知两人相随而去，非韩即魏，遣飞骑四出追捕。使者至魏郊，方知魏齐自刎。即奏知魏王，欲请其头，以赎平原君归国。信陵君方命殡殓魏齐尸首，意犹不忍。使者曰："平原君与君一体也。平原之爱魏齐，与君又一心也。魏齐若在，臣何敢言？今惜已死，无知之骨，而使平原君长为秦虏，君其安乎？"信陵君不得已，乃取其首，用匣盛之，交封赵使，而葬其尸于郊外。髯翁有诗咏魏齐云：

无端辱士听须贾，只合捐生谢范睢。

残喘累人还自累，咸阳函首恨教迟！

质平原秦王索魏齐　败长平白起坑赵卒

虞卿既弃相印，感慨世情，遂不复游宦，隐于白云山中，著书自娱，讥刺时事，名曰《虞氏春秋》。髯翁亦有诗云：

不是穷愁肯著书，千秋高尚记虞兮。

可怜有用文章手，相印轻抛徇魏齐！

赵王将魏齐之首，星夜送至咸阳，秦王以赐范雎。范雎命漆其头为溺器，曰："汝使宾客醉而溺我，今令汝九泉之下，常含我溺也。"秦王以礼送平原君还赵，赵用为相国，以代虞卿之位。范雎又言于秦王曰："臣布衣下贱，幸受知于大王，备位卿相，又为臣报切齿之仇，此莫大之恩也。但臣非郑安平，不能延命于魏，非王稽，不能获进于秦。愿大王贬臣爵秩，加此二臣，以毕臣报德之心，臣死无所恨！"秦王曰："丞相不言，寡人几忘之！"即用王稽为河东守，郑安平为偏将军。于是专用范雎之谋，先攻韩、魏，遣使约好于齐、楚。范雎谓秦王曰："吾闻齐之君王后贤而有智，当往试之。"乃命使者以玉连环献于君王后曰："齐国有人能解此环者，寡人愿拜下风！"君王后命取金锤在手，即时击断其环，谓使者曰："传语秦王，老妇已解此环讫矣。"使者还报。范雎曰："君王后果女中之杰，不可犯也。"于是与齐结盟，各无侵害，齐国赖以安息。

单说楚太子熊完为质于秦，秦留之十六年不遣。适秦使者约好于楚，楚使者朱英，与俱至咸阳报聘。朱英因述楚王病势已成，恐遂不起。太傅黄歇言于熊完曰："王病笃而太子留于秦，万一不讳[7]，太子不在榻前，诸公子必有代立者，楚国非太子有矣。臣请为太子谒应侯而请之。"太子曰："善。"黄歇遂造相府说范雎曰："相君知楚王之病乎？"范雎曰："使者曾言之。"黄歇曰："楚太子久

第 九 十 八 回

于秦,其与秦将相无不交亲者,倘楚王薨而太子得立,其事秦必谨。相君诚以此时归之于楚,太子之感相君无穷也!若留之不遣,楚更立他公子,则太子在秦,不过咸阳一布衣耳。况楚人惩于太子之不返,异日必不复委质事秦。夫留一布衣,而绝万乘之好,臣窃以为非计也。"范雎首肯曰:"君言是也。"即以黄歇之言,告于秦王,秦王曰:"可令太子傅黄歇先归问疾;病果笃,然后来迎太子。"黄歇闻太子不得同归,私与太子计议曰:"秦王留太子不遣,欲如怀王故事,乘急以求割地也。楚幸而来迎,则中秦之计;不迎,则太子终为秦虏矣。"太子跪请曰:"太傅计将若何?"黄歇曰:"以臣愚见,不如微服而逃。今楚使者报聘将归,此机不可失也!臣请独留,以死当之。"太子泣曰:"事若成,楚国当与太傅共之。"黄歇私见朱英,与之通谋,朱英许之。太子熊完乃微服为御者,与楚使者朱英执辔,竟出函谷关,无人知觉。黄歇守旅舍,秦王遣归问疾。黄歇曰:"太子适患病,无人守视,俟病稍愈,臣即当辞朝矣。"过半月,度太子已出关久,乃求见秦王,叩首谢罪曰:"臣歇恐楚王一旦不讳,太子不得立,无以事君,已擅遣之,今出关矣。歇本欺君之罪,请伏斧锧!"秦王大怒曰:"楚人乃多诈如此!"叱左右囚黄歇,将杀之。丞相范雎谏曰:"杀黄歇不能复还太子,而徒绝楚欢,不如嘉其忠而归之。楚王死,太子必嗣位,太子嗣位,歇必为相,楚君臣俱感秦德,其事秦必矣。"秦王以为然,乃厚赐黄歇,遣之归楚。史臣有诗云:

更衣执辔去如飞,险作咸阳一布衣。
不是春申有先见,怀王馀涕又重挥。

歇归三月,而楚顷襄王薨,太子熊完立,是为考烈王[8]。进太

1198

傅黄歇为相国,以淮北地十二县封春申君[9]。黄歇曰:"淮北地边齐,请置为郡,以便城守。臣愿远封江东。"考烈王乃改封黄歇于故吴之地。歇修阖闾故城,以为都邑;濬河于城内,四纵五横,以通太湖之水;改破楚门为昌门。时孟尝君虽死,而赵有平原君,魏有信陵君,方以养士相尚,黄歇慕之,亦招致宾客,食客常数千人。平原君赵胜常遣使至春申君家,春申君馆之于上舍。赵使者欲夸示楚人,用玳瑁[10]为簪,以珠玉饰刀剑之室。及见春申君客三千馀人,其上客皆以明珠为履,赵使大惭。春申君用宾客之谋,北兼邹、鲁之地,用贤士荀卿为兰陵[11]令,修举政法,练习兵士,楚国复强。

话分两头。再说秦昭襄王已结齐、楚,乃使大将王龁帅师伐韩,从渭水运粮,东入河洛,以给军饷。拔野王城[12],上党往来路绝[13]。上党守臣冯亭,与其吏民议曰:"秦据野王,则上党非韩有矣。与其降秦,不如降赵。秦怒赵得地,必移兵于赵,赵受兵,必亲韩,韩、赵同患,可以御秦。"乃遣使持书并上党地图,献于赵孝成王。时孝成王之四年,周赧王之五十三年[14]也。赵王夜卧得一梦,梦衣偏裻[15]之衣,有龙自天而下,王乘之,龙即飞去,未至于天而坠,见两旁有金山、玉山二座,光辉夺目。王觉,召大夫赵禹,以梦告之。赵禹对曰:"偏衣者,合也;乘龙上天,升腾之象;坠地者,得地也;金玉成山者,货财充溢也。大王目下必有广地增财之庆,此梦大吉。"赵王喜,复召筮史敢占之。敢对曰:"偏衣者,残也;乘龙上天,不至而坠者,事多中变,有名无实也;金玉成山,可观而不可用也。此梦不吉,王其慎之!"赵王心惑赵禹之言,不以筮史为然。后三日,上党太守冯亭使者至赵。赵王发书观之,略曰:

第九十八回

秦攻韩急,上党将入于秦矣!其吏民不愿附秦,而愿附赵,臣不敢违吏民之欲,谨将所辖十七城,再拜献之于大王。惟大王辱收之!

赵王大喜曰:"禹所言广地增财之庆,今日验矣!"平阳君赵豹[16]谏曰:"臣闻无故之利,谓之祸殃,王勿受也。"赵王曰:"人畏秦而怀赵,是以来归,何谓无故?"赵豹对曰:"秦蚕食韩地,拔野王,绝上党之道,不令相通,自以为掌握中物,坐而得之,一旦为赵所有,秦岂能甘心哉?秦力其耕,而赵收其获,此臣所谓无故之利也。且冯亭所以不入地于秦,而入之于赵者,将嫁祸于赵,以舒韩之困也。王何不察耶?"赵王不以为然,再召平原君赵胜决之。胜对曰:"发百万之众,而攻人国,逾年历岁,未得一城。今不费寸兵斗粮,得十七城,此莫大之利,不可失也。"赵王曰:"君此言,正合寡人之意。"乃使平原君率兵五万,往上党受地,封冯亭以三万户,号华陵君,仍为守。其县令十七人,各封以三千户,皆世袭称侯。冯亭闭门而泣,不与平原君相见。平原君固请之,亭曰:"吾有三不义,不可以见使者。为主守地不能死,一不义也;不由主命,擅以地入赵,二不义也;卖主地以得富贵,三不义也。"平原君叹曰:"此忠臣也!"候其门,三日不去。冯亭感其意,乃出见,犹垂涕不止;愿交割地面,别选良守。平原君再三抚慰曰:"君之心事,胜已知之。君不为守,无以慰吏民之望。"冯亭乃领守如故,竟不受封。平原君将别,冯亭谓曰:"上党所以归赵者,以力不能独抗秦也。望公子奏闻赵王,大发士卒,急遣名将,为御秦计。"平原君回报赵王。赵王置酒贺得地,徐议发兵,未决,秦大将王龁进兵围上党。冯亭坚守两月,赵援兵犹未至,乃率其吏民奔赵。时赵王拜廉颇为上将,率兵二十万来援上党。行至长平关[17]，遇冯亭，方知上党已失，秦兵日近。乃就金门山下，列营筑垒，东西各数十，如列星之状，别分兵一万，使冯亭守光狼城[18]，又分兵二万，使都尉盖负、盖同分领之，守东西二鄣城[19]，又使裨将赵茄远探秦兵。

却说赵茄领军五千，哨探出长平关外，约二十里，正遇秦将司马梗，亦行探来到。赵茄欺司马梗兵少，直前搏战。正在交锋，秦第二哨张唐兵又到。赵茄心慌手慢，被司马梗一刀斩之，乱杀赵兵。廉颇闻前哨有失，传谕各垒用心把守，勿与秦战；且使军士掘地深数丈以注水，军中都不解其意。王龁大军已到，距金门山[20]十里下寨。先分军攻二鄣城，盖负、盖同出战皆败没。王龁乘胜攻光狼城，司马梗奋勇先登，大军继之。冯亭复败走，奔金门山大营，廉颇纳之。秦兵又来攻垒，廉颇传令："出战者，虽胜亦斩！"王龁攻之不入，乃移营逼之，去赵营仅五里，挑战几次，赵兵终不出。王龁曰："廉颇老将，其行军持重，未可动也。"偏将王陵献计曰："金门山下有流涧，名曰杨谷[21]，秦、赵之军，共取汲于此涧。赵垒在涧水之南，而秦垒踞其西，水势自西而流于东南，若绝断此涧，使水不东流，赵人无汲，不过数日军必乱，乱而击之，无不胜矣。"王龁以为然，使军士将涧水筑断。至今杨谷名为绝水，为此也。谁知廉颇预掘深坎，注水有馀，日用不乏。

秦、赵相持四个月，王龁不得一战，无可奈何。遣使入告于秦王，秦王召应侯范雎计议，范雎曰："廉颇更事久，知秦军强，不轻战，彼以秦兵道远，不能持久，欲以老我而乘其隙。若此人不去，赵终未可入也。"秦王曰："卿有何计，可以去廉颇乎？"范雎屏左右言曰："要去廉颇，须用反间之计，如此恁般，非费千金不可。"秦王大喜,即以千金付范雎,乃使其心腹门客,从间道入邯郸,用千金贿赂赵王左右,布散流言曰:"赵将惟马服君最良,闻其子赵括勇过其父,若使为将,诚不可当!廉颇老而怯,屡战俱败,失亡赵卒三四万,今为秦兵所逼,不日将出降矣。"赵王先闻赵茄等被杀,连失三城,使人往长平催颇出战。廉颇主坚壁之谋,不肯出战,赵王已疑其怯,及闻左右反间之言,信以为实,遂召赵括问曰:"卿能为我击秦军乎?"括对曰:"秦若使武安君为将,尚费臣筹画;如王龁不足道矣。"赵王曰:"何以言之?"赵括曰:"武安君数将秦军,先败韩、魏于伊阙,斩首二十四万;再攻魏,取大小六十一城;又南攻楚,拔鄢[22]、郢,定巫、黔[23];又复攻魏,走芒卯,斩首十三万;又攻韩,拔五城,斩首五万;又斩赵将贾偃,沉其卒二万人于河;战必胜,攻必取,其威名素著,军士望风而栗。臣若与对垒,胜负居半,故尚费筹画。如王龁新为秦将,乘廉颇之怯,故敢于深入;若遇臣,如秋叶之遇风,不足当迅扫也。"赵王大悦,即拜赵括为上将,赐黄金彩帛,使持节往代廉颇,复益劲军二十万。

括阅军毕,车载金帛,归见其母。母曰:"汝父临终遗命,戒汝勿为赵将,汝今日何不辞之?"括曰:"非不欲辞,奈朝中无如括者!"母乃上书谏曰:"括徒读父书,不知通变,非将才,愿王勿遣!"赵王召其母至,亲叩其说。母对曰:"括父奢为将,所得赏赐,尽以与军吏;受命之日,即宿于军中,不问及家事,与士卒同甘苦;每事必博谘于众,不敢自专。今括一旦为将,东乡而朝,军吏无敢仰视;所赐金帛,悉归私家。为将岂宜如此?括父临终,尝戒妾曰:'括若为将,必败赵兵!'妾谨识其言,愿王别选良将,切不可用括!"赵王曰："寡人意已决矣。"母曰："王即不听妾言,倘兵败,妾一家请无连坐。"赵王许之。赵括遂引军出邯郸,望长平进发。

再说范雎所遣门客,犹在邯郸,备细打听,尽知赵括向赵王所说之语,赵王已拜为大将,择日起程,遂连夜奔回咸阳报信。秦王与范雎计议曰："非武安君不能了此事也!"乃更遣白起为上将,王龁副之,传令军中秘密其事:"有人泄漏武安君为将者斩!"再说赵括至长平关,廉颇验过符节,即将军籍交付赵括。独引亲军百馀人,回邯郸去讫。赵括将廉颇约束,尽行更改,军垒合并成大营。时冯亭在军中,固谏不听。括又以自己所带将士,易去旧将。严谕:"秦兵若来,各要奋勇争先。如遇得胜,便行追逐,务使秦军一骑不返!"白起既入秦军,闻赵括更易廉颇之令,先使卒三千人出营挑战。赵括辄出万人来迎,秦军大败奔回。白起登壁上望赵军,谓王龁曰："吾知所以胜之矣!"赵括胜了一阵,不禁手舞足蹈,使人至秦营下战书。白起使王龁批："来日决战。"因退军十里,复营于王龁旧屯之处。赵括喜曰："秦兵畏我矣!"乃椎牛飨士,传令:"来日大战,定要生擒王龁,与诸侯做个笑话!"白起安营已定,大集诸将听令。使将军王贲、王陵率万人列阵,与赵括更迭交战,只要输不要赢,引得赵兵来攻秦壁,便算一功。再唤大将司马错、司马梗二人,各引兵一万五千,从间道绕出赵军之后,绝其粮道。又遣大将胡伤引兵二万,屯于左近,只等赵人开壁出逐秦军,即便杀出,要将赵军截为二段。又遣大将蒙骜、王翦各率轻骑五千,伺候接应。白起与王龁坚守老营。正是:安排地网天罗计,待捉龙争虎斗人。

再说赵括吩咐军中,四鼓造饭,五鼓结束,平明列阵前进。行

第九十八回

不五里，遇见秦兵，两阵对圆，赵括使先锋傅豹出马。秦将王贲接战，约三十馀合，王贲败走，傅豹追之。赵括复遣王容率军帮助。又遇秦将王陵，略战数合，王陵又败。赵括见赵兵连胜，自率大军来追。冯亭又谏曰："秦人多诈，其败不可信也。元帅勿追！"赵括不听，追奔十馀里，及于秦壁。王贲、王陵绕营而走，秦壁不开。赵括传令一齐攻打，连打数日，秦军坚守不可入。赵括使人催取后军，移营齐进。只见赵将苏射飞骑而来，报曰："后营被秦将胡伤引兵冲出遏住，不得前来！"赵括大怒曰："胡伤如此无礼，吾当亲往！"使人探听秦军行动，回报道："西路军马不绝，东路无人。"赵括麾军从东路而转。行不上二三里，大将蒙骜一军从刺斜里杀出，大叫："赵括你中了我武安君之计，还不投降！"赵括大怒，挺戟欲战蒙骜；偏将王容出曰："不劳元帅，容某建功。"王容便接住蒙骜交锋。王翦一军又至，赵兵折伤颇众。赵括料难取胜，鸣金收军，就便择水草处安营。冯亭又谏曰："军气用锐，今我兵虽失利，苟能力战，尚可脱归本营，并力拒敌。若在此安营，腹背受困，将来不可复出！"赵括又不听。使军士筑成长垒，坚壁自守。一面飞奏赵王求援，一面催取后队粮饷。谁知运粮之路，又被司马错、司马梗引兵塞断。白起大军遮其前，胡伤、蒙骜等大军截其后，秦军每日传武安君将令，招赵括投降。赵括此时方知白起真在军中，唬得心胆俱裂。

再说秦王得武安君捷报，知赵括兵困长平，亲命驾来至河内，尽发民家壮丁，凡年十五以上，皆令从军，分路掠取赵人粮草，遏绝救兵。赵括被秦军围困，凡四十六日，军中无粮，士卒自相杀食，赵括不能禁止。乃将军将分为四队：傅豹一队向东，苏射一队向西，冯亭一队向南，王容一队向北。吩咐四队，一齐鸣鼓，夺路杀出，如一路打通，赵括便招引三路齐走。谁知武安君白起，又预选射手，环赵垒埋伏，凡遇赵垒中出来者，不拘兵将便射。四队军马，冲突三四次，俱被射回。又过一月，赵括不胜其愤，精选上等锐卒五千人，俱穿重铠，乘坐骏马；赵括握戟当先，傅豹、王容紧帮在后，冒围突出。王翦、蒙骜二将齐上，赵括大战数合，不能透围。复身欲归长垒，马蹶坠地，中箭而亡。赵军大乱，傅豹、王容俱死。苏射引冯亭共走，冯亭曰："吾三谏不从，今至于此，天也！又何逃乎？"乃自刎而亡。苏射奔脱，往胡地去讫。

白起竖起招降旗，赵军皆弃兵解甲，投拜呼："万岁！"白起使人揭赵括之首，往赵营招抚。营中军士尚二十馀万，闻主帅被杀，无人敢出拒战，亦皆愿降。甲胄器械，堆积如山，营中辎重，悉为秦有。白起与王龁计议曰："前秦已拔野王，上党在掌握中，其吏民不乐为秦，而愿归赵。今赵卒先后降者，总合来将近四十万之众，倘一旦有变，何以防之？"乃将降卒分为十营，使十将以统之，配以秦军二十万，各赐以牛酒，声言："明日武安君将汰选赵军，凡上等精锐能战者，给以器械，带回秦国，随征听用；其老弱不堪，或力怯者，俱发回赵。"赵军大喜。是夜，武安君密传一令于十将："起更时分，但是秦兵，都要用白布一片裹首。凡首无白布者，即系赵人，当尽杀之。"秦兵奉令，一齐发作。降卒不曾准备，又无器械，束手受戮。其逃出营门者，又有蒙骜、王翦等引军巡逻，获住便砍。四十万军，一夜俱尽。血流淙淙有声，杨谷之水，皆变为丹，至今号为丹水[24]。武安君收赵卒头颅，聚于秦垒之间，谓之头颅山。因以为台，其台崔嵬[25]桀起，亦号白起台。台下即杨谷也。后来大唐

第九十八回

玄宗皇帝[26]巡幸至此,凄然长叹,命三藏高僧[27],设水陆[28]七昼夜,超度坑卒亡魂,因名其谷曰省冤谷。此是后话。史臣有诗云:

> 高台百尺尽头颅,何止区区万骨枯!
> 矢石无情缘斗胜,可怜降卒有何辜?

通计长平之战,前后斩馘首共四十五万人,连王龁先前投下降卒,并皆诛戮。止存年少者二百四十人未杀,放归邯郸,使宣扬秦国之威。不知赵国存亡何如,且看下回分解。

---

[1] "赵遣李牧救韩"二句:见第九十六回。"李牧"应为赵奢之误。

[2] 孝成王:名赵丹。在位二十一年(前265—前245)。

[3] 长安君:惠文太后最小的儿子。封于长安。《史记索隐》:"赵亦有长安,今其地阙。"

[4] 太子建:即齐王建,乃田齐最后一个国君。在位四十四年(前464—前221)。在位期间,不修战备,不助五国御秦。后被迫投降,国灭,故无谥号。

[5] 君王后:即太史敫女,齐襄王后专称。

[6] 镇公子:可作国家栋梁的公子。

[7] 不讳:死亡的婉转说法。

[8] 考烈王:名熊完,一名熊元。在位二十五年(前262—前238)。

[9] 春申君:即黄歇。先封淮北十二县,后封于江东。以春申江(即今黄浦江)而得名。

[10] 玳瑁:海中龟类动物,其角质板可制装饰品。

[11] 兰陵:战国时楚邑名。在今山东兰陵县西南。

〔12〕 野王城：战国时韩邑名。在今河南沁阳市。

〔13〕 "上党"句：上党为韩郡，治所在壶关（今山西长治北）。当时韩都郑（今河南新郑市），野王城正处上党与郑之中间，故上党至韩都之道被截断。

〔14〕 周赧王五十三年：即公元前262年。

〔15〕 偏裻（dū督）：左右颜色不同之衣叫偏，衣缝在背称裻。

〔16〕 平阳君赵豹：豹，赵王之宗室。封于平阳。平阳在今山西临汾市西南。

〔17〕 长平关：赵关塞名。在今山西高平市北。

〔18〕 光狼城：战国赵地名。在今山西高平市西。

〔19〕 东西二鄣城：据《史记正义》引《括地志》："赵鄣故城，一名都尉城，今名赵东城，在高平县西二十五里。又有故榖城。此二城即二鄣也。"高平，今属山西省。

〔20〕 金门山：古山名。疑即山西高平市北丹朱岭。

〔21〕 杨谷：古水名。即丹水，又名绝水。

〔22〕 鄢：战国楚邑名。在今湖北宜城市东南。

〔23〕 巫、黔：均为战国时楚邑或郡名。巫邑在今四川巫山县北。黔指黔中郡。

〔24〕 丹水：古水名。源于山西高平市北丹朱岭，东南流经晋城，至河南泌阳南入沁河。

〔25〕 崔嵬：高耸的样子。

〔26〕 大唐玄宗皇帝：名李隆基。在位四十五年（712—756）。

〔27〕 三藏高僧：此指某一高僧。佛教以经、律、论为三藏，凡通晓三藏的僧人均可称为三藏法师。如唐玄奘即是。但玄奘死于唐高宗麟德元年（664），未能活到玄宗时代。

〔28〕 水陆：水陆道场简称。指设斋供奉，以超度水陆众鬼的法会。亦称水陆斋。

第九十九回

武安君含冤死杜邮　吕不韦巧计归异人

话说赵孝成王初时接得赵括捷报,心中大喜。已后闻赵军困于长平,正欲商量遣兵救援。忽报:"赵括已死,赵军四十馀万,尽降于秦,被武安君一夜坑杀,止放二百四十人还赵。"赵王大惊,群臣无不悚惧。国中子哭其父,父哭其子,兄哭其弟,弟哭其兄,祖哭其孙,妻哭其夫,沿街满市,号痛之声不绝。惟赵括之母不哭,曰:"自括为将时,老妾已不看作生人矣。"赵王以赵母有前言,不加诛,反赐粟帛以慰之。又使人谢廉颇。赵国正在惊惶之际,边吏又报道:"秦兵攻下上党,十七城皆已降秦。今武安君亲率大军前进,声言欲围邯郸。"赵王问群臣:"谁能止秦兵者?"群臣莫应。平原君归家,遍问宾客,宾客亦无应者。

适苏代客于平原君之所,自言:"代若至咸阳,必能止秦兵不攻赵。"平原君言于赵王,赵王大出金币,资之入秦。苏代往见应侯范雎,雎揖之上坐,问曰:"先生何为而来?"苏代曰:"为君而来。"范雎曰:"何以教我?"苏代曰:"武安君已杀马服子乎?"雎应曰:"然。"代曰:"今且围邯郸乎?"雎又应曰:"然。"代曰:"武安君用兵如神,身为秦将,所收夺七十馀城,斩首近百万,虽伊尹、吕望之功,不加于此。今又举兵而围邯郸,赵必亡矣!赵亡,则秦成帝业,秦成帝业,则武安君为佐命之元臣,如伊尹之于商,吕望之于周。君虽素贵,不能不居其下也!"范睢愕然前席曰:"然则如何?"苏代曰:"君不如许韩、赵割地以和于秦。夫割地以为君功,而又解武安君之兵柄,君之位,则安于泰山矣!"范睢大喜。明日即言于秦王曰:"秦兵在外日久,已劳苦,宜休息。不如使人谕韩、赵,使割地以求和。"秦王曰:"惟相国自裁。"于是范睢复大出金帛,以赠苏代之行,使之往说韩、赵。韩、赵二王惧秦,皆听代计。韩许割垣雍[1]一城,赵许割六城,各遣使求和于秦。秦王初嫌韩止一城太少,使者曰:"上党十七县,皆韩物也!"秦王乃笑而受之。召武安君班师。白起连战皆胜,正欲进围邯郸,忽闻班师之诏,知出于应侯之谋,乃大恨。自此白起与范睢有隙。

白起宣言于众曰:"自长平之败,邯郸城中,一夜十惊,若乘胜往攻,不过一月可拔矣。惜乎应侯不知时势,主张班师,失此机会!"秦王闻之,大悔曰:"起既知邯郸可拔,何不早奏?"乃复使起为将,欲使伐赵。白起适有病不能行,乃改命大将王陵。陵率军十万伐赵,围邯郸城。赵王使廉颇御之。颇设守甚严,复以家财募死士,时时夜缒城往砍秦营。王陵兵屡败。时武安君病已愈,秦王欲使代王陵。武安君奏曰:"邯郸实未易攻也。前者大败之后,百姓震恐不宁,因而乘之,彼守则不固,攻则无力,可剋期而下。今二岁馀矣,其痛已定,又廉颇老将,非赵括比。诸侯见秦之方和于赵,而复攻之,皆以秦为不可信,必将合从而来救,臣未见秦之胜也!"秦王强之行,白起固辞。秦王复使应侯往请。武安君怒应侯前阻其功,遂称疾。秦王问应侯曰:"武安君真病乎?"应侯曰:"病之真否未可知,然不肯为将,其志已坚。"秦王怒曰:"起以秦别无他将,必须彼耶?昔长平之胜,初用兵者王龁也,龁何遽不如起?"乃益兵十万,命王龁往代王陵。王陵归国,免其官。王龁围邯郸,五月不能拔。

武安君闻之,谓其客曰:"吾固言邯郸未易攻,王不听吾言,今竟如何?"客有与应侯客善者,泄其语。应侯言于秦王,必欲使武安君为将。武安君遂伪称病笃。秦王大怒,削武安君爵土,贬为士伍,迁于阴密[2],立刻出咸阳城中,不许暂停。武安君叹曰:"范蠡有言:'狡兔死,走狗烹。'吾为秦攻下诸侯七十馀城,故当烹矣!"于是出咸阳西门,至于杜邮[3],暂歇,以待行李。应侯复言于秦王曰:"白起之行,其心怏怏不服,大有怨言,其托病非真,恐适他国为秦害。"秦王乃遣使赐以利剑,令自裁。使者至杜邮,致秦王之命。武安君持剑在手,叹曰:"我何罪于天,而至此!"良久曰:"我固当死!长平之役,赵卒四十馀万来降,我挟诈一夜尽坑之,彼诚何罪?我死固其宜矣!"乃自刭而死。时秦昭襄王之五十年十一月,周赧王之五十八年[4]也。秦人以白起死非其罪,无不怜之,往往为之立祠。后至大唐末年,有天雷震死牛一只,牛腹有白起二字。论者谓白起杀人太多,故数百年后,尚受畜生雷震之报。杀业之重如此,为将者可不戒哉!

秦王既杀白起,复发精兵五万,令郑安平将之,往助王龁,必攻下邯郸方已。赵王闻秦益兵来攻,大惧,遣使分路求救于诸侯。平原君赵胜曰:"魏,吾姻家,且素善,其救必至。楚大而远,非以合从说之不可,吾当亲往。"于是约其门下食客,欲得文武备具者二

武安君含冤死杜邮　吕不韦巧计归异人

十人同往。三千馀人内，文者不武，武者不文，选来选去，止得一十九人，不足二十之数。平原君叹曰："胜养士数十年于兹矣，得士之难如此哉？"有下坐客一人，出言曰："如臣者，不识可以备数乎？"平原君问其姓名，对曰："臣姓毛名遂，大梁人，客君门下三年矣。"平原君笑曰："夫贤士处世，譬如锥之处于囊中，其颖立露。今先生处胜门下三年，胜未有所闻，是先生于文武一无所长也。"毛遂曰："臣今日方请处囊中耳！使早处囊中，将突然尽脱而出，岂特露颖而已哉？"平原君异其言，乃使凑二十人之数。即日辞了赵王，望陈都进发。

既至，先通春申君黄歇。歇素与平原君有交，乃为之转通于楚考烈王。平原君黎明入朝，相见礼毕，楚王与平原君坐于殿上，毛遂与十九人俱叙立于阶下。平原君从容言及合从却秦之事。楚王曰："合从之约，始事者赵，后听张仪游说，其约不坚。先怀王为从约长，伐秦不克。齐湣王复为从约长，诸侯背之。至今列国以'从'为讳，此事如团沙，未易言也。"平原君曰："自苏秦倡合从之议，六国约为兄弟，盟于洹水，秦兵不敢出函谷关者十五年。其后，齐、魏受犀首[5]之欺，欲其伐赵。怀王受张仪之欺，欲其伐齐。所以从约渐解。使三国坚守洹水之誓，不受秦欺，秦其奈之何哉？齐湣王名为合从，实欲兼并，是以诸侯背之，岂合从之不善哉？"楚王曰："今日之势，秦强而列国俱弱，但可各图自保，安能相为？"平原君曰："秦虽强，分制六国则不足；六国虽弱，合制秦则有馀。若各图自保，不思相救，一强一弱，胜负已分，恐秦师之日进也。"楚王又曰："秦兵一出而拔上党十七城，坑赵卒四十馀万，合韩、赵二国之力，不能敌一武安君。今又进逼邯郸，楚国僻远，能及于事乎?"平原君曰:"寡君任将非人,致有长平之失。今王陵、王龁二十馀万之众,顿于邯郸之下,先后年馀,不能损赵之分毫。若救兵一集,可以大挫其锋,此数年之安也。"楚王曰:"秦新通好于楚,君欲寡人合从救赵,秦必迁怒于楚,是代赵而受怨矣。"平原君曰:"秦之通好于楚者,欲专事于三晋。三晋既亡,楚其能独立哉?"楚王终有畏秦之心,迟疑不决。

毛遂在阶下顾视日晷[6],已当午矣。乃按剑历阶而上,谓平原君曰:"从之利害,两言可决。今自日出入朝,日中而议犹未定,何也?"楚王怒问曰:"彼何人?"平原君曰:"此臣之客毛遂。"楚王曰:"寡人与汝君议事,客何得多言?"叱之使去。毛遂走上几步,按剑而言曰:"合从乃天下大事,天下人皆得议之!吾君在前,叱者何也?"楚王色稍舒,问曰:"客有何言?"毛遂曰:"楚地五千馀里,自文、武称王,至今雄视天下,号为盟主。一旦秦人崛起,数败楚兵,怀王囚死。白起小竖子,一战再战,鄢、郢尽没,被逼迁都。此百世之怨,三尺童子,犹以为羞,大王独不念乎?今日合从之议,为楚,非为赵也!"楚王曰:"唯唯。"遂曰:"大王之意已决乎?"楚王曰:"寡人意已决矣!"毛遂呼左右,取歃血盘至,跪进于楚王之前曰:"大王为从约长,当先歃,次则吾君,次则臣毛遂。"于是从约遂定。毛遂歃血毕,左手持盘,右手招十九人曰:"公等宜共歃于堂下!公等所谓因人成事[7]者也。"楚王既许合从,即命春申君将八万人救赵。平原君归国,叹曰:"毛先生三寸之舌,强于百万之师!胜阅人多矣,乃今于毛先生而失之,胜自今不敢复相天下士矣。"自是以遂为上客。正是:

  橹檣空大随人转,秤锤虽小压千斤。

利锥不与囊中处，文武纷纷十九人。

时魏安釐王遣大将晋鄙帅兵十万救赵。秦王闻诸侯救至，亲至邯郸督战，使人谓魏王曰："秦攻邯郸，且暮且下矣。诸侯有敢救者，必移兵先击之！"魏王大惧，遣使者追及晋鄙军，戒以勿进。晋鄙乃屯于邺下[8]。春申君亦即屯兵于武关，观望不进。此段事权且放过。

却说秦王孙异人，自秦、赵会渑池之后，为质于赵。那异人乃安国君之次子。安国君名柱，字子傒，昭襄王之太子也。安国君有子二十馀人，皆诸姬所出，非適子。所宠楚妃，号为华阳夫人，未有子。异人之母，曰夏姬，无宠，又早死。故异人质赵，久不通信。当王齮伐赵，赵王迁怒于质子，欲杀异人。平原君谏曰："异人无宠，杀之何益？徒令秦人借口，绝他日通和之路。"赵王怒犹未息，乃安置异人于丛台[9]，命大夫公孙乾为馆伴，使出入监守，又削其廪禄。异人出无兼车[10]，用无馀财，终日郁郁而已。

时有阳翟人姓吕，名不韦，父子为贾，平日往来各国，贩贱卖贵，家累千金。其时适在邯郸，偶于途中望见异人，生得面如傅粉，唇若涂朱，虽在落寞之中，不失贵介之气。不韦暗暗称奇，指问旁人曰："此何人也？"答曰："此乃秦王太子安国君之子，质于赵国，因秦兵屡次犯境，我王几欲杀之。今虽免死，拘留丛台，资用不给，无异穷人。"不韦私叹曰："此奇货，可居也！"乃归问其父曰："耕田之利几倍？"父曰："十倍。"又问："贩卖珠玉之利几倍？"父曰："百倍。"又问："若扶立一人为王，掌握山河，其利几倍？"父笑曰："安得王而立之？其利千万倍，不可计矣。"不韦乃以百金结交公孙

1213

第九十九回

乾。往来渐熟,因得见异人,佯为不知,问其来历,公孙乾以实告。一日,公孙乾置酒请吕不韦,不韦曰:"座间别无他客,既是秦国王孙在此,何不请来同坐?"公孙乾从其命,即请异人与不韦相见,同席饮酒。至半酣,公孙乾起身如厕,不韦低声而问异人曰:"秦王今老矣。太子所爱者华阳夫人,而夫人无子。殿下兄弟二十馀人,未有专宠,殿下何不以此时求归秦国,事华阳夫人,求为之子,他日有立储之望。"异人含泪对曰:"某岂望及此!但言及故国,心如刀刺,恨未有脱身之计耳。"不韦曰:"某家虽贫,请以千金为殿下西游,往说太子及夫人,救殿下还朝,如何?"异人曰:"若如君言,倘得富贵,与君共之!"言甫毕,公孙乾到,问曰:"吕君何言?"不韦曰:"某问王孙以秦中之玉价,王孙辞我以不知也。"公孙乾更不疑惑,命酒更酌,尽欢而散。

自此不韦与异人时常相会,遂以五百金密付异人,使之买嘱左右,结交宾客。公孙乾上下俱受异人金帛,串做一家,不复疑忌。不韦复以五百金市买奇珍玩好,别了公孙乾,竟至咸阳。探得华阳夫人有姊,亦嫁于秦,先买嘱其家左右,通话于夫人之姊,言:"王孙异人在赵,思念太子夫人,有孝顺之礼,托某转送。这些小之仪,亦是王孙奉候姨娘者。"遂将金珠一函献上。姊大喜,自出堂,于帘内见客,谓不韦曰:"此虽王孙美意,有劳尊客远涉。今王孙在赵,未审还想故土否?"不韦答曰:"某与王孙公馆对居,有事輒与某说,某尽知其心事,日夜思念太子夫人,言自幼失母,夫人便是他嫡母,欲得回国奉养,以尽孝道。"姊曰:"王孙向来安否?"不韦曰:"因秦兵屡次伐赵,赵王每每欲将王孙来斩,喜得臣民尽皆保奏,幸存一命,所以思归愈切。"姊曰:"臣民何故保他?"不韦曰:"王孙

1214

贤孝无比，每遇秦王太子及夫人寿诞，及元旦朔望之辰，必清斋沐浴，焚香西望拜祝，赵人无不知之。又且好学重贤，交结诸侯宾客，遍于天下，天下皆称其贤孝。以此臣民，尽行保奏。"不韦言毕，又将金玉宝玩，约值五百金，献上曰："王孙不得归侍太子夫人，有薄礼权表孝顺，相求王亲转达！"姊命门下客款待不韦酒食，遂自入告于华阳夫人。夫人见珍玩，以为"王孙真念我！"心中甚喜。夫人姊回复吕不韦，不韦因问姊曰："夫人有子几人？"姊曰："无有。"不韦曰："吾闻以色事人者，色衰而爱弛。今夫人事太子甚爱而无子，及此时宜择诸子中贤孝者为子，百岁[11]之后，所立子为王，终不失势。不然，他日一旦色衰爱弛，悔无及矣！今异人贤孝，又自附于夫人，自知中男不得立，夫人诚拔以为適子，夫人不世世有宠于秦乎？"姊复述其言于华阳夫人。夫人曰："客言是也。"一夜，与安国君饮正欢，忽然涕泣，太子怪而问之。夫人曰："妾幸得充后宫，不幸无子，君诸子中惟异人最贤，诸侯宾客来往，俱称誉之不容口。若得此子为嗣，妾身有托。"太子许之。夫人曰："君今日许妾，明日听他姬之言，又忘之矣。"太子曰："夫人倘不相信，愿刻符为誓！"乃取玉符，刻"適嗣异人"四字，而中剖之，各留其半，以此为信。夫人曰："异人在赵，何以归之？"太子曰："当乘间请于王也。"

时秦昭襄王方怒赵，太子言于王，王不听。不韦知王后之弟杨泉君方贵幸，复贿其门下，求见杨泉君。说曰："君之罪至死，君知之乎？"杨泉君大惊曰："吾何罪？"不韦曰："君之门下，无不居高官，享厚禄，骏马盈于外厩，美女充于后庭。而太子门下，无富贵得势者。王之春秋高矣，一旦山陵崩[12]，太子嗣位，其门下怨君必

第九十九回

甚,君之危亡可待也!"杨泉君曰:"为今之计当如何?"不韦曰:"鄙人有计,可以使君寿百岁,安于泰山,君欲闻否?"杨泉君跪请其说。不韦曰:"王年高矣,而子傒又无適男,今王孙异人贤孝闻于诸侯,而弃在于赵,日夜引领思归。君诚请王后言于秦王,而归异人,使太子立为適子,是异人无国而有国,太子之夫人无子而有子,太子与王孙之德王后者,世世无穷,君之爵位可长保也。"杨泉君下拜曰:"谨谢教!"即日以不韦之言告于王后,王后因为秦王言之。秦王曰:"俟赵人请和,吾当迎此子归国耳。"太子召吕不韦问曰:"吾欲迎异人归秦为嗣,父王未准,先生有何妙策?"不韦叩首曰:"太子果立王孙为嗣,小人不惜千金家业,赂赵当权,必能救回。"太子与夫人俱大喜,将黄金三百镒付吕不韦,转付王孙异人为结客之费。王后亦出黄金二百镒,总付不韦。夫人又为异人制衣服一箱,亦赠不韦黄金共百镒。预拜不韦为异人太傅,使传语异人:"只在旦晚,可望相见,不必忧虑。"不韦辞归,回至邯郸,先见父亲,说了一遍。父亲大喜。次日,即备礼谒见公孙乾。然后见王孙异人,将王后及太子夫人一段说话,细细详述。又将黄金五百镒及衣服献上。异人大喜,谓不韦曰:"衣服我留下,黄金烦先生收去,倘有用处,但凭先生使费,只要救得我归国,感恩不浅!"

再说不韦向取下邯郸美女,号为赵姬,善于歌舞。知其怀娠两月,心生一计,想道:"王孙异人回国,必有继立之分。若以此姬献之,倘然生得一男,是我嫡血。此男承嗣为王,嬴氏的天下,便是吕氏接代,也不枉了我破家做下这番生意。"因请异人和公孙乾来家饮酒,席上珍羞百味,笙歌两行,自不必说。酒至半酣,不韦开言:"卑人新纳一小姬,颇能歌舞,欲令奉劝一杯,勿嫌唐突。"即命二青衣丫环,唤赵姬出来。不韦曰:"汝可拜见二位贵人。"赵姬轻移莲步,在氍毹[13]上叩了两个头。异人与公孙乾慌忙作揖还礼。不韦令赵姬手捧金卮,向前为寿。杯到异人,异人抬头看时,果然标致。怎见得?

> 云鬓轻挑蝉翠,蛾眉淡扫春山,朱唇点一颗樱桃,皓齿排两行白玉。微开笑靥,似褒姒欲媚幽王;缓动金莲,拟西施堪迷吴主。万种娇容看不尽,一团妖冶画难工。

赵姬敬酒已毕,舒开长袖,即在氍毹上舞一个《大垂手》、《小垂手》[14]。体若游龙,袖如素蜺,宛转似羽毛之从风,轻盈与尘雾相乱。喜得公孙乾和异人目乱心迷,神摇魂荡,口中赞叹不已。赵姬舞毕,不韦命再斟大觥奉劝,二人一饮而尽。赵姬劝酒完了,入内去讫。宾主复互相酬劝,尽量极欢。公孙乾不觉大醉,卧于坐席之上。异人心念赵姬,借酒装面,请于不韦曰:"念某孤身质此,客馆寂寥,欲与公求得此姬为妻,足满平生之愿。未知身价几何?容当奉纳。"不韦佯怒曰:"我好意相请,出妻献妾,以表敬意,殿下遂欲夺吾所爱,是何道理?"异人跼蹐无地,即下跪曰:"某以客中孤苦,妄想要先生割爱,实乃醉后狂言,幸勿见罪!"不韦慌忙扶起曰:"吾为殿下谋归,千金家产尚且破尽,全无吝惜,今何惜一女子。但此女年幼害羞,恐其不从,彼若情愿,即当奉送,备铺床拂席之役。"异人再拜称谢,候公孙乾酒醒,一同登车而去。其夜,不韦向赵姬言曰:"秦王孙十分爱你,求你为妻,你意若何?"赵姬曰:"妾既以身事君,且有娠矣,奈何弃之,使事他姓乎?"不韦密告曰:"汝随我终身,不过一贾人妇耳。王孙将来有秦王之分,汝得其宠,必为王后。天幸腹中生男,即为太子,我与你便是秦王之父母,富贵

第九十九回

俱无穷矣。汝可念夫妇之情,曲从吾计,不可泄漏!"赵姬曰:"君之所谋者大,妾敢不奉命!但夫妻恩爱,何忍割绝?"言讫泪下。不韦抚之曰:"汝若不忘此情,异日得了秦家天下,仍为夫妇,永不相离,岂不美哉。"二人遂对天设誓。当夜同寝,恩情倍常,不必细述。

次日,不韦到公孙乾处,谢夜来简慢之罪。公孙乾曰:"正欲与王孙一同造府,拜谢高情,何反劳枉驾?"少顷,异人亦到,彼此交谢。不韦曰:"蒙殿下不嫌小妾丑陋,取侍巾栉,某与小妾再三言之,已勉从尊命矣。今日良辰,即当送至寓所陪伴。"异人曰:"先生高义,粉骨难报!"公孙乾曰:"既有此良姻,某当为媒。"遂命左右备下喜筵。不韦辞去,至晚,以温车载赵姬与异人成亲。髯翁有诗云:

新欢旧爱一朝移,花烛穷途得意时。

尽道王孙能夺国,谁知暗赠吕家儿!

异人得了赵姬,如鱼似水,爱眷非常。约过一月有馀,赵姬遂向异人曰:"妾获侍殿下,天幸已怀胎矣。"异人不知来历,只道自己下种,愈加欢喜。那赵姬先有了两月身孕,方嫁与异人,嫁过八个月,便是十月满足。当产之期,腹中全然不动。因怀着个混一天下的真命帝王,所以比常不同,直到十二个月周年,方才产下一儿。产时红光满室,百鸟飞翔。看那婴儿,生得丰准[15]长目,方额重瞳,口中含有数齿,背项有龙鳞一搭。啼声洪大,街市皆闻。其日,乃秦昭襄王四十八年[16]正月朔旦。异人大喜曰:"吾闻应运之王,必有异征,是儿骨相非凡,又且生于正月,异日必为政于天下。"遂用赵姬之姓,名曰赵政。后来政嗣为秦王,兼并六国,即秦始皇也。当时吕不韦闻得赵姬生男，暗暗自喜。

至秦昭襄王五十年，赵政已长成三岁矣。时秦兵围邯郸甚急，不韦谓异人曰："赵王倘复迁怒于殿下，奈何？不如逃奔秦国，可以自脱。"异人曰："此事全仗先生筹画。"不韦乃尽出黄金共六百斤，以三百斤遍赂南门守城将军，托言曰："某举家从阳翟来，行贾于此，不幸秦寇生发，围城日久。某思乡甚切，今将所存资本，尽数分散各位。只要做个方便人情，放我一家出城，回阳翟去，感恩不浅！"守将许之。复以百斤献于公孙乾，述己欲回阳翟之意，反央公孙乾与南门守将说个方便。守将和军卒都受了贿赂，落得做个顺水人情。不韦预教异人将赵氏母子，密寄于母家。是日，置酒请公孙乾说道："某只在三日内出城，特具一杯话别。"席间将公孙乾灌得烂醉。左右军卒，俱大酒大肉，恣其饮啖，各自醉饱安眠。至夜半，异人微服混在仆人之中，跟随不韦父子行至南门，守将不知真假，私自开钥，放他出城而去。论来王龁大营，在于西门，因南门是走阳翟的大路，不韦原说还乡，所以只讨南门。三人共仆从结队连夜奔走，打大弯转欲投秦军。至天明，被秦国游兵获住。不韦指异人曰："此秦国王孙，向质于赵，今逃出邯郸，来奔本国，汝辈可速速引路！"游兵让马匹与三人骑坐，引至王龁大营。王龁问明来历，请入相见，即将衣冠与异人更换，设宴管待。王龁曰："大王亲在此督战，行宫去此不过十里。"乃备车马，转送入行宫。秦昭襄王见了异人，不胜之喜，曰："太子日夜想汝，今天遣吾孙脱于虎口也。便可先回咸阳，以慰父母之念。"异人辞了秦王，与不韦父子登车，竟至咸阳。不知父子相见如何，且看下回分解。

第九十九回

〔1〕 垣雍：战国时韩邑名。在今河南原阳县西。

〔2〕 阴密：战国时秦邑名。在今甘肃灵台县西南。

〔3〕 杜邮：秦地名。在秦都咸阳西，即今陕西咸阳市东北孝里亭。

〔4〕 周赧王五十八年：即公元前257年。

〔5〕 犀首：本魏官名，为将军之名号。因公孙衍曾为犀首将军，故此处借指衍。齐、魏受公孙衍欺而伐赵一事，本书未载。

〔6〕 日晷（guǐ 轨）：古代仪器名。通过测量日影以定时刻。

〔7〕 因人成事：依赖他人之力而成就事业。暗讽这些人无用。

〔8〕 邺下：即魏邑邺城。今河北临漳县西南。称邺下亦犹吴之称吴下。下，有处所之意。

〔9〕 丛台：战国时赵台观名，相传为赵武灵王所筑。故址在今河北邯郸市东北。

〔10〕 兼车：两辆车。即主车与副车。

〔11〕 百岁：讳言死，婉称百岁。

〔12〕 山陵崩：暗帝王死亡。因古称帝王死曰崩，而山陵高且固，故借以代指帝王。

〔13〕 氍毹（qú yú 渠余）：毛或毛麻混纺之地毯。

〔14〕 大垂手、小垂手：舞蹈名。《乐府解题》："大垂手、小垂手，皆言舞而垂其手也。"

〔15〕 丰准：高大的鼻子。

〔16〕 秦昭襄王四十八年：即周赧王五十六年，公元前259年。

第 一 百 回

鲁仲连不肯帝秦　信陵君窃符救赵

话说吕不韦同着王孙异人,辞了秦王,竟至咸阳。先有人报知太子安国君。安国君谓华阳夫人曰:"吾儿至矣!"夫人并坐中堂以待之。不韦谓异人曰:"华阳夫人乃楚女,殿下既为之子,须用楚服入见,以表依恋之意。"异人从之。当下改换衣装,来至东宫,先拜安国君,次拜夫人。泣涕而言曰:"不肖男久隔亲颜,不能侍养,望二亲恕儿不孝之罪!"夫人见异人头顶南冠,足穿豹舄[1],短袍革带,骇而问曰:"儿在邯郸,安得效楚人装束?"异人拜禀曰:"不孝男日夜思想慈母,故特制楚服,以表忆念。"夫人大喜曰:"妾,楚人也,当自子之[2]!"安国君曰:"吾儿可改名曰子楚。"异人拜谢。安国君问子楚:"何以得归?"子楚将赵王先欲加害,及赖得吕不韦破家行贿之事,细述一遍。安国君即召不韦劳之曰:"非先生,险失我贤孝之儿矣。今将东宫俸田二百顷,及第宅一所,黄金五十镒,权作安歇之资。待父王回国,加官赠秩。"不韦谢恩而出。子楚就在华阳夫人宫中居住。不在话下。

再说公孙乾直至天明酒醒,左右来报:"秦王孙一家不知去向!"使人去问吕不韦,回报:"不韦亦不在矣。"公孙乾大惊曰:"不

第 一 百 回

韦言三日内起身,安得夜半即行乎?"随往南门诘问。守将答曰:"不韦家属出城已久,此乃奉大夫之命也。"公孙乾曰:"可有王孙异人否?"守将曰:"但见吕氏父子,及仆从数人,并无王孙在内。"公孙乾跌足叹曰:"仆从之内,必有王孙,吾乃堕贾人之计矣!"乃上表赵王,言:"臣乾监押不谨,致质子异人逃去,臣罪无所辞!"遂伏剑自刎而亡。髯翁有诗叹曰:

> 监守晨昏要万全,只贪酒食与金钱。
> 醉乡回后王孙去,一剑须知悔九泉。

秦王自王孙逃回秦国,攻赵益急。赵君再遣使求魏进兵。客将军新垣衍献策曰:"秦所以急围赵者有故。前此与齐湣王争强为帝,已而复归帝不称,今湣王已死,齐益弱,惟秦独雄,而未正帝号,其心不慊,今日用兵侵伐不休,其意欲求为帝耳。诚令赵发使尊秦为帝,秦必喜而罢兵,是以虚名而免实祸也。"魏王本心惮于救赵,深以其谋为然。即遣新垣衍随使者至邯郸,以此言奏知赵王。赵王与群臣议其可否。众议纷纷未决,平原君方寸已乱,亦漫无主裁。时有齐人鲁仲连者,年十二岁时,曾屈辩士田巴[3],时人号为"千里驹"。田巴曰:"此飞兔也,岂止千里驹而已!"及年长,不屑仕宦,专好远游,为人排难解纷。其时适在赵国围城之中,闻魏使请尊秦为帝,勃然不悦,乃求见平原君曰:"路人言君将谋帝秦,有之乎?"平原君曰:"胜乃伤弓之鸟,魄已夺矣,何敢言事。此魏王使将军新垣衍来赵言之耳!"鲁仲连曰:"君乃天下贤公子,乃委命于梁客耶?今新垣衍将军何在?吾当为君责而归之!"平原君因言于新垣衍。衍虽素闻鲁仲连先生之名,然知其舌辩,恐乱其

鲁仲连不肯帝秦　信陵君窃符救赵

议,辞不愿见。平原君强之,遂邀鲁仲连俱至公馆,与衍相见。衍举眼观看仲连,神清骨爽,飘飘乎有神仙之度,不觉肃然起敬。谓曰:"吾观先生之玉貌,非有求于平原君者也,奈何久居此围城之中,而不去耶?"鲁仲连曰:"连无求于平原君,窃有请于将军也。"衍曰:"先生何请乎?"仲连曰:"请助赵而勿帝秦。"衍曰:"先生何以助赵?"仲连曰:"吾将使魏与燕助之,若齐、楚固已助之矣。"衍笑曰:"燕则吾不知,若魏,则吾乃大梁人也,先生又乌能使吾助赵乎?"仲连曰:"魏未睹秦称帝之害也。若睹其害,则助赵必矣!"衍曰:"秦称帝,其害如何?"仲连曰:"秦乃弃礼义而上首功[4]之国也。恃强挟诈,屠戮生灵,彼并为诸侯,而犹若此,倘肆然称帝,益济其虐。连宁蹈东海而死,不忍为之民也!而魏乃甘为之下乎?"衍曰:"魏岂甘为之下哉?譬如仆者,十人而从一人,宁智力不若主人哉?诚畏之耳!"仲连曰:"魏自视若仆耶?吾将使秦王烹醢魏王矣!"衍怫然曰:"先生又恶能使秦王烹醢魏王乎?"仲连曰:"昔者九侯[5]、鄂侯[6]、文王,纣之三公也。九侯有女而美,献之于纣。女不好淫,触怒纣,纣杀女而醢九侯。鄂侯谏之,并烹鄂侯。文王闻之窃叹,纣复拘之于羑里,几不免于死。岂三公之智力不如纣耶?天子之行于诸侯,固如是也。秦肆然称帝,必责魏入朝。一旦行九侯、鄂侯之诛,谁能禁之?"新垣衍沉思未答,仲连又曰:"不特如此。秦肆然称帝,又必将变易诸侯之大臣,夺其所憎,而树其所爱。又将使其子女谗妾[7]为诸侯之室,魏王安能晏然而已乎?即将军又何以保其爵禄乎?"新垣衍乃蹶然而起,再拜谢曰:"先生真天下士也!衍请出复吾君,不敢再言帝秦矣。"秦王闻魏使者来议帝秦事,甚喜,缓其攻以待之。及闻帝议不成,魏使已去,叹曰:

"此围城中有人,不可轻视!"乃退屯于汾水,戒王龁用心准备。

再说新垣衍去后,平原君又使人至邺下求救于晋鄙,鄙以王命为辞。平原君乃为书让[8]信陵君无忌曰:"胜所以自附为婚姻者,以公子高义,能急人之困耳!今邯郸旦暮降秦,而魏救不前,岂胜平生所以相托之意乎?令姊忧城破,日夜悲泣。公子纵不念胜,独不念姊耶?"信陵君得书,数请魏王求敕晋鄙进兵。魏王曰:"赵自不肯帝秦,乃仗他人力却秦耶?"终不许。信陵君又使宾客辩士,百般巧说,魏王只是不从。信陵君曰:"吾义不可以负平原君。吾宁独赴赵,与之俱死!"乃具车骑百馀乘,遍约宾客,欲直犯秦军,以徇平原君之难,宾客愿从者千馀人。行过夷门,与侯生辞别。侯生曰:"公子勉之!臣年老不能从行,勿怪,勿怪!"信陵君屡目侯生,侯生并无他语。信陵君怏怏而去。约行十馀里,心中自念:"吾所以待侯生者,自谓尽礼。今吾往奔秦军,行就死地,而侯生无一言半辞为我谋,又不阻我之行,甚可怪也!"乃约住宾客,独引车还见侯生。宾客皆曰:"此半死之人,明知无用,公子何必往见!"信陵君不听。

却说侯生立在门外,望见信陵君车骑,笑曰:"嬴固策[9]公子之必返矣。"信陵君曰:"何故?"侯生曰:"公子遇嬴厚,公子入不测之地,而臣不送,必恨臣,是以知公子必返。"信陵君乃再拜曰:"始无忌自疑有所失于先生,致蒙见弃,是以还请其故耳。"侯生曰:"公子养客数十年,不闻客出一奇计,而徒与公子犯强秦之锋,如以肉投饿虎,何益之有?"信陵君曰:"无忌亦知无益,但与平原君交厚,义不独生。先生何以策之?"侯生曰:"公子且入坐,容老臣徐计。"乃屏去从人，私叩曰："闻如姬得幸于王，信乎？"信陵君曰："然。"侯生曰："嬴又闻如姬之父，昔年为人所杀，如姬言于王，欲报父仇，求其人，三年不得。公子使客斩其仇头，以献如姬。此事果否？"信陵君曰："果有此事。"侯生曰："如姬感公子之德，愿为公子死，非一日矣。今晋鄙之兵符，在王卧内，惟如姬力能窃之。公子诚一开口，请于如姬，如姬必从。公子得此符，夺晋鄙军，以救赵而却秦，此五霸之功也。"信陵君如梦初觉，再拜称谢。乃使宾客先待于郊外，而独身回车至家，使所善内侍颜恩，以窃符之事，私乞于如姬。如姬曰："公子有命，虽使妾蹈汤火，亦何辞乎？"是夜，魏王饮酒酣卧，如姬即盗虎符授颜恩，转致信陵君之手。信陵君既得符，复往辞侯生。侯生曰："将在外，君命有所不受。公子即合符，而晋鄙不信，或从便宜，复请于魏王，事不谐矣。臣之客朱亥，此天下力士，公子可与俱行。晋鄙见从甚善，若不听，即令朱亥击杀之。"信陵君不觉泣下。侯生曰："公子有畏耶？"信陵君曰："晋鄙老将无罪，倘不从，便当击杀，吾是以悲，无他畏也。"于是与侯生同诣朱亥家，言其故。朱亥笑曰："臣乃市屠小人，蒙公子数下顾，所以不报者，谓小礼无所用。今公子有急，正亥效命之日也。"侯生曰："臣义当从行，以年老不能远涉，请以魂送公子！"即自刭于车前。信陵君十分悲悼，乃厚给其家，使为殡殓。自己不敢留滞，遂同朱亥登车望北而去。髯仙有诗云：

魏王畏敌诚非勇，公子捐生亦可嗤！

食客三千无一用，侯生奇计仗如姬。

却说魏王于卧室中失了兵符，过了三日之后，方才知觉，心中好不惊怪。盘问如姬，只推不知。乃遍搜宫内，全无下落。却教颜

第 一 百 回

恩将宫娥内侍,凡直内寝者,逐一拷打。颜恩心中了了,只得假意推问,又乱了一日。魏王忽然想着公子无忌,屡次苦苦劝我救晋鄙进兵,他手下宾客,鸡鸣狗盗者甚多,必然是他所为。使人召信陵君,回报:"四五日前,已与宾客千馀,车百乘出城,传闻救赵去矣。"魏王大怒,使将军卫庆,率军三千,星夜往追信陵去讫。

再说邯郸城中盼望救兵,无一至者,百姓力竭,纷纷有出降之议,赵王患之。有传舍吏子李同,说平原君曰:"百姓日乘城为守,而君安享富贵,谁肯为君尽力乎?君诚能令夫人以下,编于行伍之间,分功而作,家中所有财帛,尽散以给将士,将士在危苦之乡,易于感恩,拒秦必甚力。"平原君从其计。募得敢死之士三千人,使李同领之,缒城而出,乘夜斫营,杀秦兵千馀人。王齕大惊,亦退三十里下寨。城中人心稍定。李同身带重伤,回城而死。平原君哭之恸,命厚葬之。

再说信陵君无忌行至邺下,见晋鄙曰:"大王以将军久暴露于外,遣无忌特来代劳。"因使朱亥捧虎符与晋鄙验之。晋鄙接符在手,心下踌躇,想道:"魏王以十万之众托我,我虽固陋,未有败衄之罪,今魏王无尺寸之书,而公子徒手捧符,前来代将,此事岂可轻信?"乃谓信陵君曰:"公子暂请消停几日,待某把军伍造成册籍,明白交付何如?"信陵君曰:"邯郸势在垂危,当星夜赴救,岂得复停时刻?"晋鄙曰:"实不相瞒,此军机大事,某还要再行奏请,方敢交军。"说犹未毕,朱亥厉声喝曰:"元帅不奉王命,便是反叛了!"晋鄙方问得一句:"汝是何人?"只见朱亥袖中出铁锤,重四十斤,向晋鄙当头一击,脑浆迸裂,登时气绝。信陵君握符谓诸将曰:"魏王有命,使某代晋鄙将军救赵。晋鄙不奉命,今已诛死。三军

鲁仲连不肯帝秦　信陵君窃符救赵

安心听令,不得妄动!"营中肃然。比及卫庆追至邺下,信陵君已杀晋鄙,将其军矣。卫庆料信陵君救赵之志已决,便欲辞去。信陵君曰:"君已至此,看我破秦之后,可还报吾王也。"卫庆只得先打密报,回复魏王,遂留军中。信陵君大犒三军,复下令曰:"父子俱在军中者,父归;兄弟俱在军中者,兄归;独子无兄弟者,归养;有疾病者,留就医药。"是时告归者约十分之二,得精兵八万人,整齐步伍,申明军法。信陵君率宾客,身为士卒先,进击秦营。王龁不意魏兵卒至,仓卒拒战。魏兵贾勇而前,平原君亦开城接应,大战一场。王龁折兵一半,奔汾水大营。秦王传令解围而去。郑安平以二万人别营于东门,为魏兵所遏,不能归,叹曰:"吾原是魏人!"乃投降于魏。春申君闻秦师已解,亦班师而归。韩王乘机复取上党。此秦昭襄王之五十年,周赧王五十八年[10]之事也。

赵王亲携牛酒劳军,向信陵君再拜曰:"赵国亡而复存,皆公子之力,自古贤人,未有如公子者也。"平原君负弩矢,为信陵君前驱。信陵君颇有自功之色。朱亥进曰:"人有德于公子,公子不可忘,公子有德于人,公子不可不忘也。公子矫王命,夺晋鄙军以救赵,于赵虽有功,而于魏未为无罪,公子乃自以为功乎?"信陵君大惭曰:"无忌谨受教!"比入邯郸城,赵王亲扫除宫室,以迎信陵君,执主人之礼甚恭。揖信陵君就西阶[11],信陵君谦让不敢当客,踽踽然[12]细步循东阶而上。赵王献觞为寿,颂公子存赵之功。信陵君踽踽逊谢曰:"无忌有罪于魏,无功于赵。"宴毕归馆,赵王谓平原君曰:"寡人欲以五城封魏公子,见公子谦让之至,寡人自愧,遂不能出诸口。请以鄗[13]为公子汤沐之邑[14],烦为致之。"平原君致赵王之命,信陵君辞之再四,方才敢受。信陵君自以得罪魏

第 一 百 回

王,不敢归国,将兵符付将军卫庆,督兵回魏,而身留赵国。其宾客之留魏者,亦弃魏奔赵,依信陵君。赵王又欲封鲁仲连以大邑,仲连固辞,赠以千金,亦不受,曰:"与其富贵而诎于人,宁贫贱而得自由也。"信陵君与平原君共留之。仲连不从,飘然而去,真高士矣!史臣有赞云:

> 卓哉鲁连,品高千载!不帝强秦,宁蹈东海。排难辞荣,逍遥自在;视彼仪秦,相去十倍!

时赵有处士毛公者,隐于博徒;有薛公者,隐于卖浆之家[15]。信陵君素闻其贤名,使朱亥传命访之,二人匿不肯见。忽一日,信陵君踪迹二人,知毛公在薛公之家,不用车马,单使朱亥一人跟随,微服徒步,假作买浆之人,直造其所,与二人相见。二人方据垆共饮,信陵君遂直入,自通姓名,叙向来倾慕之意。二人走避不及,只得相见,四人同席而饮,尽欢方散。自此以后,信陵君时时与毛、薛二公同游。平原君闻之,谓其夫人曰:"向者吾闻令弟天下豪杰,公子中无与为比。今乃日逐从博徒卖浆者同游,交非其类,恐损名誉!"夫人见信陵君述平原君之言。信陵君曰:"吾向以为平原君贤者,故宁负魏王,夺兵来救。今平原所与宾客,徒尚豪举,不求贤士也。无忌在国时,常闻赵有毛公、薛公,恨不得与之同游。今日为之执鞭,尚恐其不屑于我,平原君乃以为羞,何云好士乎?平原君非贤者,吾不可留!"即日命宾客束装,欲适他国。平原君闻信陵君束装,大惊,谓夫人曰:"胜未敢失礼于令弟,为何陡然弃我而去?夫人知其故乎?"夫人曰:"吾弟以君非贤,故不愿留耳。"因述信陵君之语。平原君掩面叹曰:"赵有二贤人,信陵君且知之,而吾不知,吾不及信陵君远矣!以彼形此,胜乃不得比于人类。"乃躬造馆舍，免冠顿首，谢其失言之罪。信陵君然后复留于赵。平原君门下士闻知其事，去而投信陵君者大半。四方宾客来游赵者，咸归信陵，不复闻平原君矣。髯翁有诗云：

卖浆纵博岂嫌贫，公子豪华肯辱身。

可笑平原无远识，却将富贵压贤人！

再说魏王接得卫庆密报，言："公子无忌果窃兵符，击杀晋鄙，代领其众，前行救赵。并留臣于军中，不遣归国。"魏王怒甚，便欲收信陵君家属，又欲尽诛其宾客之在国者。如姬乃跪而请曰："此非公子之罪，乃贱妾之罪，妾当万死！"魏王咆哮大怒，问曰："窃符者乃汝乎？"如姬曰："妾父为人所杀，大王为一国之主，不能为妾报仇，而公子能报之。妾感公子深恩，恨无地自效！今见公子以念姊之故，日夜哀泣，贱妾不忍，故擅窃虎符，使发晋鄙之军，以成其志。妾闻同室相斗者，被发冠缨而往救之[16]。赵与魏犹同室也。大王忘昔日之义，而公子赴同室之急，倘幸而却秦全赵，大王威名扬于远近，义声腾于四海，妾虽碎尸万段，亦何所恨乎？若收信陵君家属，诛其宾客，信陵兵败，甘服其罪，倘其得胜，将何以处之？"魏王沉吟半晌，怒气稍定，问曰："汝虽窃符，必有传送之人。"如姬曰："递送者，颜恩也。"魏王命左右缚颜恩至，问曰："汝何敢送兵符于信陵？"恩曰："奴婢不曾晓得什么兵符。"如姬目视颜恩曰："向日我着你送花胜[17]与信陵夫人，这盒内就是兵符了。"颜恩会意，乃大哭曰："夫人吩咐，奴婢焉敢有违？那时只说送花胜去，盒子重重封固，奴婢岂知就里？今日屈死奴婢也！"如姬亦泣曰："妾有罪自当，勿累他人。"魏王喝教将颜恩放绑，下于狱中，如姬贬入冷宫，一面使人探听信陵君胜负消息，再行定夺。

第 一 百 回

约过了二月有馀,卫庆班师回朝,将兵符缴上,奏道:"信陵君大败秦军,不敢还国,已留身赵都,多多拜上大王:'改日领罪!'"魏王问交兵之状,卫庆备细述了一遍,群臣皆罗拜称贺,呼:"万岁!"魏王大喜,即使左右召如姬于冷宫,出颜恩于狱,俱恕其罪。如姬参见谢恩毕,奏曰:"救赵成功,使秦国畏大王之威,赵王怀大王之德,皆信陵君之功也。信陵君乃国之长城,家之宗器[18],岂可弃之于外邦?乞大王遣使召回本国,一以全亲亲之情,一以表贤贤之义。"魏王曰:"彼免罪足矣,何得云功乎?"但吩咐:"信陵君名下应得邑俸,仍旧送去本府家眷支用,不准迎归。"自是魏、赵俱太平无话。

再说秦昭襄王兵败归国,太子安国君率王孙子楚出迎于郊,齐奏吕不韦之贤。秦王封为客卿,食邑千户。秦王闻郑安平降魏,大怒,族灭其家。郑安平乃是丞相应侯范雎所荐,秦法凡荐人不效者,与所荐之人同罪,郑安平降敌,既已族诛,范雎亦该连坐了;于是范雎席藁[19]待罪。不知性命如何,且看下回分解。

---

〔1〕 豹舄(xì 细):豹皮之鞋。单底为履,复底而着木者为舄。

〔2〕 当自子之:我自然会把你当作儿子。

〔3〕 田巴:齐之辩士。《战国策·齐策》称他尝辩于徂丘,毁五帝,罪三王,一旦而服千人。

〔4〕 上首功:崇尚斩战杀人数量多少之功劳。首,指首级。

〔5〕 九侯:商纣时诸侯名。《国策》作"鬼侯",此据《史记》。其封地在今河北临漳县境。

〔6〕 鄂侯：商纣时诸侯名。其封地在今山西乡宁县境。

〔7〕 谗妾：泛指巧言善佞，专门忌贤妒能的妾妇。

〔8〕 让：责备。

〔9〕 策：计算。

〔10〕 周赧王五十八年：即公元前257年。

〔11〕 西阶：堂的西阶，乃尊礼之位。《礼记·曲礼》："主人就东阶，客就西阶。客若降等，则就主人之阶。"故信陵君辞西阶，就东阶。

〔12〕 踽踽（jǔ举）然：踽，同"伛"。躬腰貌，表示谦虚，恭敬。

〔13〕 鄗（hào浩）：春秋晋邑，战国属赵。在今河北柏乡县北。

〔14〕 汤沐之邑：古代君王赐给功臣的封邑，邑内收入供其本人奉养之用。汤沐，洗澡清洁。

〔15〕 卖浆之家：即卖酒人家。

〔16〕 "同室"二句：语出《孟子·离娄下》，原文为："今有同室之人斗者，救之，虽被发冠缨而救之可也。"同室之人，代指家人亲属。被发，指未梳未簪。冠缨，指冠和缨并加于头，皆形容急迫匆忙。

〔17〕 花胜：古代妇女花形首饰，剪彩为之。

〔18〕 宗器：宗庙礼乐之器，如祭器、乐器之类。借喻其对宗族关系极为重要。

〔19〕 席藁（gǎo稿）：用禾秆编成的席叫藁。坐卧于藁上自视为罪人，乃是古人表示请罪的一种方式。

第一百一回

秦王灭周迁九鼎　廉颇败燕杀二将

话说郑安平以兵降魏，应侯范雎是个荐主，法当从坐，于是席藁待罪。秦王曰："任安平者，本出寡人之意，与丞相无干。"再三抚慰，仍令复职。群臣纷纷议论，秦王恐范雎心上不安，乃下令国中曰："郑安平有罪，族灭勿论。如有再言其事者，即时斩首！"国人乃不敢复言。秦王赐范雎食物，比常有加。应侯甚不过意，欲说秦王灭周称帝，以此媚之。于是使张唐为大将，伐韩，欲先取阳城[1]，以通三川之路。

再说楚考烈王闻信陵君大破秦军，春申君黄歇无功，班师而还，叹曰："平原合从之谋，非妄言也！寡人恨不得信陵君为将，岂忧秦人哉！"春申君有惭色，进曰："向者合从之议，大王为长。今秦兵新挫，其气已夺，大王诚发使约会列国，并力攻秦，更说周王，奉以为主，挟天子以声诛讨，五伯之功，不足道矣。"楚王大喜，即遣使如周，以伐秦之谋，告赧王。赧王已闻秦王欲通三川，意在伐周，今日伐秦，正合着《兵法》"先发制人"之语，如何不从？楚王乃与五国定从约，刻期大举。

时周赧王一向微弱，虽居天子之位，徒守空名，不能号令。韩、

秦王灭周迁九鼎　廉颇败燕杀二将

赵分周地为二，以雒邑之河南王城[2]为西周，以巩附成周为东周，使两周公治之。赧王自成周迁于王城，依西周公以居，拱手而已。至是，欲发兵攻秦，命西周公签丁为伍，仅得五六千人，尚不能给车马之费。于是访国中有钱富民，借贷以为军资，与之立券，约以班师之日，将所得卤获，出息偿还。西周公自将其众，屯于伊阙，以待诸侯之兵。时韩方被兵，自顾不暇；赵初解围，馀畏未息；齐与秦和好，不愿同事；惟燕将乐闲、楚将景阳，二枝兵先到，俱列营观望。秦王闻各国人心不一，无进取之意，益发兵助张唐攻下阳城；别遣将军嬴摎，耀兵十万于函谷关之外。燕、楚之兵，约屯三月有馀，见他兵不集，军心懈怠，遂各班师。西周公亦引兵归。赧王出兵一番，徒费无益。富民俱执券索偿，日攒聚宫门，哗声直达内寝。赧王惭愧，无以应之，乃避于高台之上。后人因名其台曰"避债台"。

却说秦王闻燕、楚兵散，即命嬴摎与张唐合兵，取路阳城，以攻西周。赧王兵粮两缺，不能守御，欲奔三晋。西周公进曰："昔太史儋言：'周秦五百岁而合，有伯王者出。'今其时矣！秦有混一之势，三晋不日亦为秦有，王不可以再辱。不如捧土自归，犹不失宋、杞之封也。"赧王无计可施，乃率群臣子侄，哭于文武之庙，三日，捧其所存舆图，亲诣秦军投献，愿束身归咸阳。嬴摎受其献，共三十六城，户三万。西周所属地已尽，惟东周仅存。嬴摎先使张唐护送赧王君臣子孙入秦奏捷，自引军入雒阳城，经略地界。赧王谒见秦王，顿首谢罪。秦王意怜之，以梁城[3]封赧王，降为周公，比于附庸。原日西周公降为家臣。东周公贬爵为君，是为东周君。赧王年老，往来周秦，不胜劳苦。既至梁城，不逾月病死。秦王命除其国。又命嬴摎发雒阳丁壮，毁周宗庙，运其祭器，并要搬运九鼎，

1233

第一百一回

安放咸阳。周民不愿役秦者,皆逃奔巩城,依东周公以居。亦见人心之不肯忘周矣!

将迁鼎之前一日,居民闻鼎中有哭泣之声。及运至泗水,一鼎忽从舟中飞沉于水底,嬴樛使人没水求之,不见有鼎,但见苍龙一条,鳞鬣怒张,顷刻波涛顿作,舟人恐惧,不敢触之。嬴樛是夜梦周武王坐于太庙,召樛至,责之曰:"汝何得迁吾重器,毁吾宗庙?"命左右鞭其背三百。嬴樛梦觉,即患背疽,扶病归秦,将八鼎献上秦王,并奏明其状。秦王查阅所失之鼎,正豫州之鼎也。秦王叹曰:"地皆入秦,鼎独不附寡人乎?"欲多发卒徒,更往取之。嬴樛谏曰:"此神物有灵,不可复取。"秦王乃止。嬴樛竟以疽死。秦王以八鼎及祭器,陈列于秦太庙之中,郊祀上帝于雍州,布告列国,俱要朝贡称贺,不来宾者伐之。韩桓惠王首先入朝,稽首称臣。齐、楚、燕、赵皆遣国相入贺。独魏国使者,尚未见到。秦王命河东守王稽,引兵袭魏。王稽素与魏通,私受金钱,遂泄其事。魏王惧,遣使谢罪,亦使太子增为质于秦,委国听令。自此六国,俱宾服于秦。时秦昭襄王之五十二年[4]也。秦王究通魏之事,召王稽诛之。范雎益不自安。

一日,秦王临朝叹息。范雎进曰:"臣闻主忧则臣辱,主辱则臣死。今大王临朝而叹,由臣等不职之故,不能为大王分忧,臣敢请罪!"秦王曰:"夫物不素具,不可以应卒[5]。今武安君诛死,而郑安平背畔,外多强敌,而内无良将,寡人是以忧也。"范雎且惭且惧,不敢对而出。

时有燕人蔡泽者,博学善辩,自负甚高,乘敝车游说诸侯,无所遇。至大梁,遇善相者唐举,问曰:"吾闻先生曾相赵国李兑,言:'百日之内,持国秉政。'果有之乎?"唐举曰:"然。"蔡泽曰:"如仆者,先生以为何如?"唐举熟视而笑,谓曰:"先生鼻如蝎虫,肩高于项,魋颜[6]蹙眉,两膝挛曲,吾闻圣人不相[7],殆先生乎?"蔡泽知唐举戏之,乃曰:"富贵吾所自有,吾所不知者寿耳!"唐举曰:"先生之寿,从今以往者四十三年!"蔡泽笑曰:"吾饭粱啮肥,乘车跃马,怀黄金之印,结紫绶于腰,揖让人主之前者,四十三年足矣!尚何求乎?"及再游韩、赵,不得意,返魏,于郊外遇盗,釜甑皆为夺去,无以为炊,息于树下,复遇唐举。举戏曰:"先生尚未富贵耶?"蔡泽曰:"方且觅之。"唐举曰:"先生金水之骨[8],当发于西。今秦丞相应侯,用郑安平、王稽皆得重罪,应侯惭惧之甚,必急于卸担。先生何不一往,而困守于此?"蔡泽曰:"道远难至,奈何?"唐举解囊中,出数金赠之。

蔡泽得其资助,遂西入咸阳。谓旅邸主人曰:"汝饭必白粱,肉必甘肥,俟吾为丞相时,当厚酬汝。"主人曰:"客何人,乃望作丞相耶?"泽曰:"吾姓蔡名泽,乃天下雄辩有智之士,特来求见秦王。秦王若一见我,必然悦我之说,逐应侯而以吾代之,相印立可悬于腰下也。"主人笑其狂,为人述之。应侯门客闻其语,述于范雎。范雎曰:"五帝三代之事,百家之说,吾莫不闻,众口之辩,遇我而屈,彼蔡泽者,恶能说秦王而夺吾相印乎?"乃使人往旅邸召蔡泽。主人谓泽曰:"客祸至矣!客宣言欲代应侯为相,今应府相召,先生若往,必遭大辱。"蔡泽笑曰:"吾见应侯,彼必以相印让我,不须见秦王也。"主人曰:"客太狂,勿累我。"

蔡泽布衣蹑屦[9],往见范雎。雎踞坐以待之。蔡泽长揖不

第一百一回

拜。范雎亦不命坐,厉声诘之曰:"外边宣言,欲代我为丞相者是汝耶?"蔡泽端立于旁曰:"正是!"范雎曰:"汝有何辞说,可以夺我爵位?"蔡泽曰:"吁!君何见之晚也。夫四时之序,成功者退,将来者进。君今日可以退矣!"范雎曰:"吾不自退,谁能退之?"蔡泽曰:"夫人生百体坚强,手足便利,聪明圣智,行道施德于天下,岂非世所敬慕为贤豪者与?"范雎应曰:"然。"蔡泽又曰:"既已得志于天下,而安乐寿考,终其天年,簪缨世禄,传之子孙,世世不替,与天地相终始,岂非世所谓吉祥善事者与?"范雎曰:"然。"蔡泽曰:"若夫秦有商君,楚有吴起,越有大夫种,功成而身不得其死,君亦以为可愿否?"范雎心中暗想:"此人谈及利害,渐渐相逼,若说不愿,就堕其说术之中了。"乃佯应之曰:"有何不可愿也。夫公孙鞅事孝公,尽公无私,定法以治国中,为秦将拓地千里。吴起事楚悼王,废贵戚以养战士,南平吴越,北却三晋。大夫种事越王,能转弱为强,并吞劲吴,为其君报会稽之怨。虽不得其死,然大丈夫杀身成仁,视死如归,功在当时,名垂后世,何不可愿之有哉?"此时范雎虽然嘴硬,却也不安于坐,起立而听之。蔡泽对曰:"主圣臣贤,国之福也。父慈子孝,家之福也。为孝子者,谁不愿得慈父?为贤臣者,谁不愿得明君? 比干忠而殷亡,申生孝而国乱,身虽恶死,而无济于君父,何也? 其君父非明且慈也。商君、吴起、大夫种亦不幸而死耳,岂求死以成后世之名哉? 夫比干剖而微子[10]去,召忽戮而管仲生,微子、管仲之名,何至出比干、召忽之下乎? 故大丈夫处世,身名俱全者,上也;名可传而身死者,其次也;惟名辱而身全,斯为下耳。"这段话说得范雎胸中爽快,不觉离席,移步下堂,口中称:"善!"

秦王灭周迁九鼎　廉颇败燕杀二将

蔡泽又曰："君以商君、吴起、大夫种杀身成仁为可愿也，然孰与闳夭[11]之事文王，周公之辅成王乎？"范雎曰："商君等弗如也。"蔡泽曰："然则今王之信任忠良，惇厚故旧，视秦孝公、楚悼王奚若？"范雎沉吟少顷，曰："未知何如。"蔡泽曰："君自量功在国家，算无失策，孰与商君、吴起、大夫种？"范雎又曰："吾弗如！"蔡泽曰："今王之亲信功臣，既不能有过于秦孝公、楚悼王、越王句践，而君之功绩，又不若商君、吴起、大夫种，然而君之禄位过盛，私家之富，倍于三子，如是而不思急流勇退，为自全计，彼三子者，且不能免祸，而况于君乎？夫翠鹄[12]、犀象[13]，其处势非不远于死，而竟以死者，惑于饵也。苏秦、智伯之智，非不足以自庇，而竟以死者，惑于贪利不止也。君以匹夫，徒步知遇秦王，位为上相，富贵已极，怨已雠[14]而德已报矣。犹然贪恋势利，进而不退，窃恐苏秦、智伯之祸，在所不免。语云：'日中必移，月满必亏。'君何不以此时归相印，择贤者而荐之？所荐者贤，而荐贤之人益重，君名为辞荣，实则卸担。于是乎寻川岩之乐，享乔松之寿，子孙世世，长为应侯，孰与据轻重之势，而蹈不可知之祸哉？"范雎曰："先生自谓雄辩有智，今果然也。雎敢不受命！"于是乃延之上坐，待以客礼，遂留于宾馆，设酒食款待。

次日入朝，奏秦王曰："客新有从山东来者，曰蔡泽，其人有王伯之才，通时达变，足以寄秦国之政。臣所见之人甚众，更无其匹，臣万不及也。臣不敢蔽贤，谨荐之于大王。"秦王召蔡泽见于便殿，问以兼并六国之计。蔡泽从容条对，深合秦王之意，即日拜为客卿。范雎因谢病，请归相印。秦王不准。雎遂称病笃不起。秦王乃拜蔡泽为丞相，以代范雎，封刚成君。雎老于应。

第 一 百 一 回

话分两头。却说燕自昭王复国,在位三十三年,传位于惠王。惠王在位七年,传于武成王。武成王在位十四年,传于孝王。孝王在位三年,传于燕王喜[15]。喜即位,立其子丹为太子。燕王喜之四年,秦昭襄王之五十六年也。是岁,赵平原君赵胜卒,以廉颇为相国,封信平君。燕王喜以赵国接壤,使其相国栗腹,往吊平原君之丧,因以五百金为赵王酒资,约为兄弟。栗腹冀赵王厚贿。赵王如常礼相待,栗腹意不怿。归报燕王曰:"赵自长平之败,壮者皆死,其孤尚幼。且相国新丧,廉颇已老,若出其不意,分兵伐之,赵可灭也。"燕王惑其言,召昌国君乐闲问之。闲对曰:"赵东邻燕,西接秦境,南错韩、魏,北连胡貊,四野之地,其民习兵,不可轻伐。"燕王曰:"吾以三倍之众而伐一,何如?"乐闲曰:"未可。"燕王曰:"以五倍伐一,何如?"乐闲不应。燕王怒曰:"汝以父坟墓在赵,不欲攻耶?"乐闲曰:"王如不信,臣请试之。"群臣阿燕王之意,皆曰:"天下焉有五而不能胜一者?"大夫将渠独切谏曰:"王且勿言众寡,而先言曲直。王方与赵交欢,以五百金为赵王寿,使者还报,而即攻之,不信不义,师必无功。"燕王不以为然。使栗腹为大将,乐乘佐之,率兵十万攻鄗[16]。使庆秦为副将,乐闲佐之,率兵十万攻代。燕王亲率兵十万为中军,在后接应。方欲升车,将渠手揽王绶,垂泪言曰:"即伐赵,愿大王勿亲往,恐震惊左右。"燕王怒,以足蹴将渠。渠即抱王足而泣曰:"臣之留大王者,忠心也。王若不听,燕祸至矣!"燕王愈怒,命囚将渠于狱,俟凯旋日杀之。三军分路而进,旌旗蔽野,杀气腾空,满望踏平赵土,大拓燕疆。

赵王闻燕兵将至,集群臣问计。相国廉颇进曰:"燕谓我丧败之馀,士伍不充,若大赍国中,使民十五岁以上者,悉持兵佐战,军声一振,燕气自夺。栗腹喜功,原无将略,庆秦无名小子,乐闲、乐乘以昌国君之故,往来燕、赵,不为尽力,燕军可立破也。"乃荐雁门李牧,其才可将。赵王用廉颇为大将,引兵五万,迎栗腹于鄗,用李牧为副将,引兵五万,迎庆秦于代。

却说廉颇兵至房子城[17],知栗腹在鄗,乃尽匿其丁壮于铁山,但以老弱列营。栗腹探知,喜曰:"吾固知赵卒不堪战也!"乃率众急攻鄗城。鄗城人知救兵已至,坚守十五日不下。廉颇率大军赴之,先出疲卒数千人挑战。栗腹留乐乘攻城,亲自出阵,只一合,赵军不能抵当,大败而走。栗腹指麾将士,追逐赵军。约六七里,伏兵齐起,当先一员大将,驰车而出,大叫:"廉颇在此!来将早早受缚!"栗腹大怒,挥刀迎敌。廉颇手段高强,所领俱是选的精卒,一可当百。不数合,燕军大败,廉颇生擒栗腹。乐乘闻主将被擒,解围欲走。廉颇使人招之,乐乘遂奔赵军。恰好李牧救代得胜,斩了庆秦,遣人报捷;乐闲率馀众保于清凉山,廉颇使乐乘为书招闲,闲亦降赵。燕王喜知两路兵俱败没,遂连夜奔回中都。廉颇长驱直入,筑长围以困之。燕王遣使乞和。乐闲谓廉颇曰:"本倡伐赵之谋者,栗腹也。大夫将渠有先几之明,苦谏不听,被羁在狱。若欲许和,必须要燕王以将渠为相国,使他送款,方可。"廉颇从其说。燕王出于无奈,即召将渠于狱中,授相印。将渠辞曰:"臣不幸言而中,岂可幸国之败以为利哉!"燕王曰:"寡人不听卿言,自取辱败,今将求成于赵,非卿不可。"将渠乃受相印,谓燕王曰:"乐乘、乐闲,虽身投于赵,然其先世有大功于燕,大王宜归其妻子,使其不忘燕德,则和议可速成矣。"燕王从之。将渠乃如赵军,为燕

第一百一回

王谢罪，并送还乐闲、乐乘家属。廉颇许和，因斩栗腹之首，并庆秦之尸，归之于燕，即日班师还赵。赵王封乐乘为武襄君，乐闲仍称昌国君如故。以李牧为代郡守。时剧辛为燕守蓟州，燕王以剧辛素与乐毅同事昭王，使为书以招二乐。乐乘、乐闲以燕王不听忠言，竟留于赵。将渠虽为燕相，不出燕王之意，未及半载，托病辞印。燕王遂用剧辛代之。此段话且搁过一边。

再说秦昭襄王在位五十六年，年近七十，至秋得病而薨。太子安国君柱立，是为孝文王。立赵女为王后，子楚为太子。韩王闻秦王之丧，首先服衰绖入吊，视丧事，如臣子之礼。诸侯皆遣将相大臣来会葬。孝文王除丧[18]之三日，大宴群臣，席散回宫而死。国人皆疑客卿吕不韦欲子楚速立为王，乃重贿左右，置毒药于酒中，秦王中毒而死。然心惮不韦，无敢言者。于是不韦同群臣奉子楚嗣位，是为庄襄王。奉华阳夫人为太后。立赵姬为王后。子赵政为太子，去赵字单名政。蔡泽知庄襄王深德吕不韦，欲以为相，乃托病以相印让之。不韦遂为丞相，封文信侯，食河南雒阳十万户。不韦慕孟尝、信陵、平原、春申之名，耻其不如，亦设馆招致宾客，凡三千馀人。

再说东周君闻秦连丧二王，国中多事，乃遣宾客往说诸国，欲合从以伐秦。丞相吕不韦，言于庄襄王曰："西周已灭，而东周一线若存，自谓文武之子孙，欲以鼓动天下，不如尽灭之，以绝人望。"秦王即用不韦为大将，率兵十万伐东周，执其君以归，尽收巩城等七邑。周自武王己酉受命，终于东周君壬子，历三十七王，共八百七十三年，而祀绝于秦。有歌诀为证：

秦王灭周迁九鼎　廉颇败燕杀二将

周武成康昭穆共，懿孝夷厉宣幽终，以上盛周十二主，二百五十二年逢。东迁平桓庄釐惠，襄顷匡定简灵继，景悼敬元贞定哀，思考威烈安烈序、显子慎靓赧王亡，东周廿六凑成双，系出喾子后稷弃，太王王季文王昌。首尾三十有八主，八百七十年零四，卜年卜世数过之，宗社灵长古无二。

秦王乘灭周之盛，复遣蒙骜袭韩，拔成皋[19]、荥阳，置三川郡[20]，地界直逼大梁矣。秦王曰："寡人昔质于赵，几为赵王所杀，此仇不可不报！"乃再遣蒙骜攻赵，取榆次[21]等三十七城，置太原郡[22]。遂南定上党，因攻魏高都[23]，不拔，秦王复遣王龁将兵五万助战。魏兵屡败，如姬言于魏王曰："秦所以急攻魏者，欺魏也。所以欺魏者，以信陵君不在也。信陵君贤名闻于天下，能得诸侯之力。大王若使人卑辞厚币，召之于赵，使其合从列国，并力御秦，虽有蒙骜等百辈，何敢正眼视魏哉！"魏王势在危急，不得已从其计，遣颜恩为使，持相印，益以黄金彩币，往赵迎信陵君。遗以书，略曰：

公子昔不忍赵国之危，今乃忍魏国之危乎？魏急矣！寡人举国引领以待公子之归也。公子幸勿计寡人之过！

信陵君虽居赵国，宾客探信，往来不绝。闻魏将遣使迎己，恨曰："魏王弃我于赵，十年于兹矣。今事急而召我，非中心念我也！"乃悬书于门下："有敢为魏王通使者死！"宾客皆相戒，莫敢劝其归者。颜恩至魏半月，不得见公子。魏王复遣使者催促，音信不绝。颜恩欲求门下客为言，俱辞不敢通。欲候信陵君出外，于路上邀之。信陵君为回避魏使，竟不出门。颜恩无可奈何。毕竟信陵君肯归魏否，且看下回分解。

第 一 百 一 回

――――――――――

〔1〕 阳城:春秋时郑邑,战国属韩。在今河南登封市东南告成镇。

〔2〕 雒邑之河南王城:雒邑包括王城、成周二城。王城在瀍水西南,成周在瀍水之东。二城相距十八里。河南指瀍水之南。

〔3〕 梁城:古邑名。在今山西新绛县境内。

〔4〕 秦昭襄王五十二年:即公元前 255 年。

〔5〕 应卒(cù 促):指应付仓卒之变。

〔6〕 魋(cuī 崔)颜:指额角突出。

〔7〕 圣人不相:指圣人相貌奇特不同一般。

〔8〕 金水之骨:古代相士五行生克之说。西方属金,金生水。故下句言"当发于西"。

〔9〕 蹑屩(juē 撅):穿着草鞋。

〔10〕 微子:商纣王之庶兄,名启。因数谏纣王不听,去国。后周公诛武庚,乃以微子统率殷族,封于宋,为宋国始祖。

〔11〕 闳(hóng 宏)夭:周文王时贤臣。文王被囚,闳夭以物赎归,后又助武王伐纣。

〔12〕 翠鹄(hú 胡):翠色水鸟。

〔13〕 犀象:即犀牛,其形似象,故有此称。

〔14〕 雠:同"仇",用作动词,报复。

〔15〕 燕王喜:燕国最后一位国君。在位三十三年(前 254—前 222)。后被秦虏杀,燕亡。故无谥号。

〔16〕 鄗(hào 浩):古邑名,战国属赵。在今河北柏乡县北。

〔17〕 房子城:战国时赵地。在今河北高邑县西南。

〔18〕 除丧:这里指期年之丧。昭襄王死于公元前 251 年秋。第二年(即前 250 年)十月,孝文王除服改元,三日后病故。

1242

〔19〕 成皋：战国韩邑名。在今河南荥阳西。

〔20〕 三川郡：本韩宣王时置。以境内有河、洛、伊三水而得名。秦攻占后治所在雒阳。辖境为灵宝以西、黄河以南，伊、洛二水流域一带。

〔21〕 榆次：战国时赵邑名。今属山西晋中市榆次区。

〔22〕 太原郡：秦郡名。庄襄王三年（前246）置。治所在晋阳。辖境当今五台山、管涔山以南，霍山以北地区。

〔23〕 高都：战国魏邑名。在今山西晋城市。

第一百二回

华阴道信陵败蒙骜　胡卢河庞煖斩剧辛

话说颜恩欲见信陵君不得，宾客不肯为通，正无奈何。适博徒毛公和卖浆薛公来访公子，颜恩知为信陵君上客，泣诉其事。二公曰："君第戒车，我二人当力劝之。"颜恩曰："全仗！全仗！"二公入见信陵君曰："闻公子车驾将返宗邦，吾二人特来奉送。"信陵君曰："那有此事？"二公曰："秦兵围魏甚急，公子不闻乎？"信陵君曰："闻之。但无忌辞魏十年，今已为赵人，不敢与闻魏事矣。"二公齐声曰："公子，是何言也！公子所以重于赵，名闻于诸侯者，徒以有魏也。即公子之能养士，致天下宾客者，亦借魏力也。今秦攻魏日急，而公子不恤。设使秦一旦破大梁，夷先王之宗庙，公子纵不念其家，独不念祖宗之血食乎？公子复何面目寄食于赵也？"言未毕，信陵君蹴然起立，面发汗，谢曰："先生责无忌甚正！无忌几为天下罪人矣。"即日命宾客束装，自入朝往辞赵王。赵王不舍信陵君归去，持其臂而泣曰："寡人自失平原，倚公子如长城，一朝弃寡人而去，寡人谁与共社稷耶？"信陵君曰："无忌不忍先王宗庙见夷于秦，不得不归。倘邀君之福，社稷不泯，尚有相见之日。"赵王曰："公子向以魏师存赵，今公子归赴国难，寡人敢不悉赋以从！"

华阴道信陵败蒙骜　胡卢河庞煖斩剧辛

乃以上将军印，授公子，使将军庞煖为副，起赵军十万助之。信陵君既将赵军，先使颜恩归魏报信，然后分遣宾客，致书于各国求救。燕、韩、楚三国，俱素重信陵之人品，闻其为将，莫不喜欢，悉遣大将引兵至魏，听其节制。燕将将渠，韩将公孙婴，楚将景阳，惟齐国不肯发兵。

却说魏王正在危急，得颜恩报说："信陵君兼将燕、赵、韩、楚之师，前来救魏。"魏王如渴时得浆，火中得水，喜不可言。使卫庆悉起国中之师，出应公子。时蒙骜围郯州[1]，王齕围华州[2]，信陵君曰："秦闻吾为将，必急攻。郯、华东西相距五百馀里，吾以兵缀蒙骜之兵于郯，而率奇兵赴华。若王齕兵败，则蒙骜亦不能自固矣。"众将皆曰："然。"乃使卫庆以魏师合楚师，筑为连垒，以拒蒙骜。虚插信陵君旗号，坚壁勿战。而身帅赵师十万，与燕、韩之兵，星驰华州。信陵君集诸将计议曰："少华山[3]东连太华，西临渭河，秦以舟师运粮，俱泊渭水，而少华木多荆杞，可以伏兵。若以一军往渭劫粮，王齕必悉兵来救，吾伏兵于少华，邀而击之，无不胜矣。"即命赵将庞煖，引一支军往渭河，劫其粮艘。使韩将公孙婴，燕将将渠，各引一支军，声言接应劫粮之兵，只在少华山左右伺候，共击秦军。信陵君亲率精兵三万，伏于少华山下。庞煖引军先发，早有伏路秦兵，报入王齕营中，言："魏信陵君为将，遣兵径往渭口。"王齕大惊曰："信陵善于用兵，今救华，不接战，而劫渭口之粮，是欲绝我根本也！吾当亲往救之。"遂传令："留兵一半围城，馀者悉随吾救渭。"将近少华山，山中闪出一队大军，打着"燕相国将渠"旗号。王齕传令列成阵势，便接住将渠交锋。战不数合，又是一队大军到来，打着"韩大将公孙婴"旗号，王齕急分兵迎敌。

1245

第一百二回

军士报道:"渭河粮船,被赵将庞煖所劫。"王龁道:"事已如此,且只顾厮杀,若杀退燕、赵二军,又作计较。"三国之兵,搅做一团,自午至酉,尚未鸣金。信陵君度秦兵已疲,引伏兵一齐杀出,大叫:"信陵君亲自领兵在此!秦将早早来降,免污刀斧!"王龁虽是个惯战之将,到此没有三头六臂,如何支持得来?况秦兵素闻信陵君威名,到此心胆俱裂,人人惜命,个个奔逃。王龁大败,折兵五万有馀,又尽丧其粮船,只得引残兵败将,向路南而遁,进临潼关[4]去讫。信陵君引得胜之兵,仍分三队,来救郑州。

却说蒙骜谍探信陵君兵往华州,乃将老弱立营,虚建"大将蒙"旗帜,与魏、楚二军相持;尽驱精锐,衔枚疾走,望华州一路迎来,指望与王龁合兵。谁知信陵君已破走了王龁,恰好在华阴界上相遇。信陵君亲冒矢石,当先冲敌。左有公孙婴,右有将渠,两下大杀一阵。蒙骜折兵万馀,鸣金收军。当下扎住大寨,整顿军马,打点再决死敌。这边魏将卫庆、楚将景阳,探知蒙骜不在军中,攻破秦营老弱,解了郑州之围,也望华阴一路追袭而来。正遇蒙骜列阵将战,两下夹攻,蒙骜虽勇,怎当得五路军马,腹背受敌,又大折一阵,急急望西退走。信陵君率诸军,直追至函谷关下,五国扎下五个大营,在关前扬威耀武。如此月馀,秦兵紧闭关门,不敢出应。信陵君方才班师。各国之兵,亦皆散回本国。史臣论此事,以为信陵君之功,皆毛公、薛公之功也!有诗云:

  兵马临城孰解围?合从全仗信陵归。
  当时劝驾谁人力?却是埋名两布衣。

魏安釐王闻信陵君大破秦军,奏凯而回,不胜之喜,出城三十里迎接。兄弟别了十年,今日相逢,悲喜交集,乃并驾回朝。论功

华阴道信陵败蒙骜　胡卢河庞煖斩剧辛

行赏,拜为上相,益封五城,国中大小政事,皆决于信陵君。赦朱亥擅杀晋鄙之罪,用为偏将。此时信陵君之威名,震动天下,各国皆具厚币,求信陵君兵法。信陵君将宾客平日所进之书,纂括为二十一篇,阵图七卷,名曰《魏公子兵法》。

却说蒙骜与王龁领着败兵,合做一处,来见秦庄襄王,奏曰:"魏公子无忌,合从五国,兵多将广,所以臣等不能取胜。损兵折将,罪该万死!"秦王曰:"卿等屡立战功,开疆拓土,今日之败,乃是众寡不敌,非卿等之罪也。"刚成君蔡泽进曰:"诸国所以合从者,徒以公子无忌之故。今王遣一使修好于魏,且请无忌至秦面会,俟其入关,即执而杀之,永绝后患,岂不美哉!"秦王用其谋,遣使至魏修好,并请信陵君。冯谖曰:"孟尝、平原,皆为秦所羁,幸而得免,公子不可复蹈其辙。"信陵君亦不愿行,言于魏王,使朱亥为使,奉璧一双以谢秦。秦王见信陵君不至,其计不行,心中大怒。蒙骜密奏秦王曰:"魏使者朱亥,即锤击晋鄙之人也。此魏之勇士,宜留为秦用。"秦王欲封朱亥官职,朱亥坚辞不受。秦王益怒。令左右引朱亥置虎圈中。圈有斑斓大虎,见人来即欲前攫。朱亥大喝一声:"畜生何敢无礼!"迸开双睛,如两个血盏,目眦尽裂,迸血溅虎。虎蹲伏股慄,良久不敢动。左右乃复引出。秦王叹曰:"乌获、任鄙,不是过矣!若放之归魏,是与信陵君添翼也。"愈欲迫降之。亥不从。命拘于驿舍,绝其饮食。朱亥曰:"吾受信陵君知遇,当以死报之!"乃以头触屋柱,柱折而头不破。于是以手自探其喉,绝咽而死,真义士哉!

秦王既杀朱亥,复谋于群臣曰:"朱亥虽死,信陵君用事如故,寡人意欲离间其君臣,诸卿有何良策?"刚成君蔡泽进曰:"昔信陵

第一百二回

君窃符救赵,得罪魏王,魏王弃之于赵,不许相见。后因秦兵围急,不得已而召之。虽然纠连四国,得成大功,然信陵君有震主之嫌,魏王岂无疑忌之意?信陵君锤杀晋鄙,鄙死,宗族宾客,怀恨必深。大王若捐金万斤,密遣细作至魏,访求晋鄙之党,奉以多金,使之布散流言,言诸侯畏信陵君之威,皆欲奉之为魏王,信陵君不日将行篡夺之事。如此,则魏王必疏无忌而夺其权。信陵君不用事,天下诸侯,亦皆解体。吾因而用兵,无足为吾难矣。"秦王曰:"卿计甚善!然魏既败吾军,其太子增犹质吾国,寡人欲因而杀之,以泄吾恨,何如?"蔡泽对曰:"杀一太子,彼复立一太子,何损于魏?不若借太子使为反间于魏。"秦王大悟,待太子增加厚。一面遣细作持万金往魏国行事;一面使其宾客皆与太子增往来相善,因而密告太子曰:"信陵君在外十年,交结诸侯,诸侯之将相,莫不敬且惮之。今为魏大将,诸侯兵皆属焉,天下但知有信陵君,不知有魏王也。虽吾秦国,亦畏信陵君之威,欲立为王,与之连和。信陵君若立,必使秦杀太子,以绝民望。即不然,太子亦将终老于秦矣。奈何!"太子增涕泣求计。客曰:"秦方欲与魏通和,太子何不致一书于魏王,使其请太子归国?"太子增曰:"虽请之,秦安肯释我而归耶?"客曰:"秦王之欲奉信陵,非其本意,特畏之耳。若太子愿以国事秦,固秦之愿也,何患请而不从哉?"太子增乃为密书,书中备言诸侯归心信陵,秦亦欲拥立为王等语。后乃叙已求归之意,将书付客,托以密致魏王。于是秦王乃修书二封:一封致魏王归朱亥之丧,托言病死;一封奉贺信陵君,另有金币等物。

却说魏王因晋鄙宾客布散流言,固已心疑。及秦使捧国书来,欲与魏息兵修好,叩其来意,都是敬慕信陵之语。又接得太子增家信,心中愈加疑惑。使者再将书币,送信陵府中,故意泄漏其语,使魏王闻之。却说信陵君闻秦使讲和,谓宾客曰:"秦非有兵戎之事,何求于魏?此必有计!"言未毕,阍人报秦使者在门,言:"秦王亦有书奉贺。"信陵君曰:"人臣义无私交,秦王之书币,无忌不敢受。"使者再三致秦王之意,信陵君亦再三却之。恰好魏王遣使来到,要取秦王书来看。信陵君曰:"魏王既知有书,若说吾不受,必不肯信。"遂命驾车将秦王书币,原封不动,送上魏王,言:"臣已再三辞之,不敢启封。今蒙王取览,只得呈上,但凭裁处!"魏王曰:"书中必有情节,不启不明。"乃发书观之,略曰:

  公子威名,播于天下,天下侯王,莫不倾心于公子者。指日当正位南面,为诸侯领袖;但不知魏王让位当在何日?引领望之!不腆之赋,预布贺忱,惟公子勿罪!

魏王览毕,付与信陵君观看。信陵君奏曰:"秦人多诈,此书乃离间我君臣,臣所以不受者,正虑书中不知何语,恐堕其术中耳。"魏王曰:"公子既无此心,便可于寡人面前,作书复之。"即命左右取纸笔,付信陵君作回书。略云:

  无忌受寡君不世之恩,糜首莫酬,南面之语,非所以训人臣也。蒙君辱贶,昧死以辞!

书付秦使,并金币带回。魏王亦遣使谢秦,并言:"寡君年老,欲请太子增回国。"秦王许之。太子增既回魏,复言信陵不可专任。信陵君虽则于心无愧,度王心中芥蒂[5],终未释然。遂托病不朝,将相印兵符,俱缴还魏王,与宾客为长夜之饮,多近妇女,日夜为乐,惟恐不及。史臣有诗云:

  侠气凌今古,威名动鬼神;

第 一 百 二 回

　　一身全赵魏,百战却嬴秦。

　　镇国同坚础[6],危词[7]似吠狺[8];

　　英雄无用处,酒色了残春。

　　再说秦庄襄王在位三年,得疾,丞相吕不韦入问疾。因使内侍以缄书密致王后,追述往日之誓。后旧情未断,遂召不韦与之私通。不韦以医药进王,王病一月而薨。不韦扶太子政即位,此时年仅一十三岁。尊庄襄后为太后,封其母弟成蟜为长安君,国事皆决于不韦,比于太公,号为尚父。不韦父死,四方诸侯宾客,吊者如市,车马填塞道路。视秦王之丧,愈加众盛。正是权倾中外,威振诸侯。不在话下。

　　秦王政元年[9],吕不韦知信陵君退废,始复议用兵。使大将蒙骜,同张唐伐赵,攻下晋阳。三年,再遣蒙骜同王龁攻韩,韩使公孙婴拒之。王龁曰:"吾一败于赵,再败于魏,蒙秦王赦而不诛,此行当以死报!"遂帅其私属千人,直犯韩营,龁力战而死。韩兵乱,蒙骜乘之,大败韩师,杀公孙婴,取韩十二城以归。自信陵君废,而赵、魏之好亦绝。赵孝成王使廉颇伐魏,围繁阳,未克,而孝成王薨。太子偃嗣立,是为悼襄王[10]。时廉颇已克繁阳[11],乘胜进取。而大夫郭开,素以谄佞为廉颇所嫉,常因侍宴面叱之。郭开衔怨在心,谮于悼襄王,言:"廉颇已老,不任事,伐魏久而无功。"乃使武襄君乐乘,往代廉颇。廉颇怒曰:"吾自事惠文王为将,于今四十馀年,未有挫失,乐乘何人,而能代我?"遂勒兵攻乘,乘惧走归国。廉颇遂奔魏,魏王虽尊为客将,疑而不用。廉颇由是遂居大梁。

华阴道信陵败蒙骜　胡卢河庞煖斩剧辛

秦王政四年，十月，蝗虫从东方来，蔽天，禾稼不收，疫病大作。吕不韦与宾客议令百姓纳粟千石，拜爵一级。后世纳粟之例，自此而起。是年，魏信陵君伤于酒色，得疾而亡。冯谖哭泣过哀，亦死，宾客自到从死者百馀人。足见信陵君之能得士矣！明年，魏安釐王亦薨，太子增嗣立，是为景湣王[12]。

秦知魏新丧君，又信陵君已死，思报败绩之仇，遣大将蒙骜攻魏，拔酸枣[13]等二十城，置东郡[14]。未几，又拔朝歌[15]，又攻下濮阳。卫元君[16]乃魏王之婿，东走野王，阻山而居。景湣王叹曰："使信陵君尚在，当不令秦兵纵横至此也！"于是遣使与赵通好。赵悼襄王亦患秦侵伐无已，方欲使人往纠列国，重寻信陵、平原二君合从之约。忽边吏报道："今有燕国，拜剧辛为大将，领兵十万，来犯北界。"那剧辛原是赵人，先在赵时，原与庞煖有交。后来庞煖仕赵，剧辛投奔燕昭王，昭王用为蓟郡守。及燕王喜被赵将廉颇围困都城，赖将渠讲和而罢，深以为耻。将渠相燕，原出于赵人所命，非燕王之意，虽则助信陵君战秦有功，到底君臣之间，未能十分相信。将渠为相岁馀[17]，即托病归其印绶。燕王乃召剧辛于蓟，用为相国，共图报赵之事。奈心惮廉颇，不敢动掸。今日廉颇奔魏，庞煖为将，剧辛意颇轻之，乃迎合燕王之意，奏曰："庞煖庸才，非廉颇之比。况秦兵已拔晋阳，赵人疲敝，乘衅攻之，栗腹之耻可雪也。"燕王大悦曰："寡人正有此意，相国能为寡人一行乎？"剧辛曰："臣熟知地利，若蒙见委，定当生擒庞煖，献于大王之前。"燕王大悦，遂使剧辛将兵十万伐赵。赵王闻报，即召庞煖计议。煖曰："剧辛自恃宿将，必有轻敌之心。今李牧见守代郡，使引军南行，从庆都[18]一路来，以断其后，臣以一军迎战，彼腹背受敌，可

第一百二回

成擒矣。"赵王从计而行。

却说剧辛渡易水,取路中山,直犯常山[19]地界,兵势甚锐。庞煖帅大军屯于东垣[20],深沟高垒,以待其来。剧辛曰:"我军深入,若彼坚壁不战,成功无日矣。"问帐下:"谁敢挑战?"骁将栗元,乃栗腹之子,欲报父仇,欣然愿往。剧辛曰:"更得一人帮助方可。"末将武阳靖请行。剧辛给锐卒万人,使犯赵师。庞煖使乐乘、乐闲,张两翼以待,而亲率军迎战。两下交锋,约二十馀合,一声炮响,两翼并进,俱用强弓劲弩,乱射燕军。武阳靖中箭而亡。栗元不能抵当,回车便走。庞煖同二将从后掩杀,一万锐卒,折去三千有馀。剧辛大怒,急催大军亲自接应。庞煖已自还营去了。剧辛攻垒不能入,乃使人下书,约明日于阵前,单车相见。庞煖允之,两下各自准备。

至次日,彼此列成阵势,盼咐:"不许施放冷箭。"庞煖先乘单车立于阵前,请剧将军会面。剧辛亦乘单车而出。庞煖在车中欠身曰:"且喜将军齿发无恙。"剧辛曰:"忆昔别君去赵,不觉距今已四十馀年,某已衰老,君亦苍颜。人生如白驹过隙,信然也。"庞煖曰:"将军向以昭王礼士,弃赵奔燕,一时豪杰景附,如云之从龙,风之从虎。今金台草没,无终墓木已拱,苏代、邹衍,相继去世,昌国君亦归吾国,燕之气运,亦可知矣!老将军年逾六十,孤立于衰王之庭,犹贪恋兵权,持凶器而行危事,欲何为乎?"剧辛曰:"某受燕王三世[21]厚恩,粉骨难报,趁吾馀年,欲为国家雪栗腹之耻!"庞煖曰:"栗腹无故攻吾鄗邑,自取丧败。此乃燕之犯赵,非赵之犯燕也。"两下在军前反覆酬答,庞煖忽大呼曰:"有人得剧辛之首者,赏三百金!"剧辛曰:"足下何轻吾太甚?吾岂不能取君之首耶?"庞煖曰:"君命在身,各尽其力可耳!"剧辛大怒,把令旗一麾,栗元便引军杀出。这里乐乘、乐闲,双车接战,燕军渐失便宜。剧辛驱军大进,庞煖亦以大军迎之。两下混杀一场,燕军比赵损折更多,天晚各鸣金收兵。剧辛回营,闷闷不悦。欲待回军,又在燕王面前夸了大口;欲待不回,又难取胜,正自踌躇。忽有守营军士报道:"赵国遣人下书,见在辕门之外,未敢擅投。"剧辛命取书到,其书再三缄封甚固。发而观之,略曰:

代州守李牧,引军袭督亢[22],截君之后。君宜速归,不然无及。某以昔日交情,不敢不告!

剧辛曰:"庞煖欲摇动我军心耳!纵使李牧兵至,吾何惧哉!"命以书还其使人,来日再决死敌。赵使者已去,栗元进曰:"庞煖之言,不可不信。万一李牧果引军袭吾之后,腹背受敌,何以处之?"剧辛笑曰:"吾亦虑及于此。适才所言,稳住军心;汝今密传军令,虚扎营寨,连夜撤回,吾亲自断后,以拒追兵。"栗元领计去了。谁知庞煖探听燕营虚设,同乐乘、乐闲,分三路追来。剧辛且战且走,行至龙泉河[23],探子报道:"前面旌旗塞路,闻说是代郡军马。"剧辛大惊曰:"庞煖果不欺我!"遂不敢北进,引兵东行,欲取阜城[24]一路,奔往辽阳[25]。庞煖追及,大战于胡卢河[26]。剧辛兵败,叹曰:"吾何面目为赵囚乎?"自刎而亡。此燕王喜十三年,秦王政之五年[27]也。髯翁有诗叹云:

金台应聘气昂昂,共翼昭王复旧疆。

昌国功名今在否? 独将白首送沙场!

栗元被乐闲擒而斩之。获首二万馀,馀俱奔溃,或降,赵兵大胜。庞煖约会李牧,一齐征进,取武遂[28]、方城[29]之地。燕王亲诣

1253

第一百二回

将渠之门,求其为使,伏罪乞和。庞煖看将渠面情,班师奏凯而回。李牧仍守代郡去讫。赵悼襄王郊迎庞煖,劳之曰:"将军武勇若此,廉、蔺犹在赵也!"庞煖曰:"燕人已服,宜及此时合从列国,并力图秦,方保无虞。"不知合从事如何,且看下回分解。

---

〔1〕 郑州:古邑名。春秋郑地,战国后期属魏。即今河南郏县。

〔2〕 华州:古邑名。应作华邑。春秋郑地,战国属魏。在今河南新郑市北。

〔3〕 少华山:山名。在今陕西渭南市华州区东南,和太华(即西岳华山)峰势相连而稍低,故名少华。

〔4〕 临潼关:不详。疑指今陕西西安市临潼区。秦时称骊邑。临潼之名始于北宋。且地在函谷关之西,靠近秦都咸阳。又:本回叙信陵君败秦战斗中涉及的不少地名均与临潼一样不符当时形势。如少华、太华、渭河、渭口均在函谷关以西,不可能成为当时战斗地点。五国联军始终未能越过函谷关。这大约是作者把华州误会为今陕西华县所致。

〔5〕 芥蒂:指细小梗塞物,比喻积在胸中的怨恨或不快。

〔6〕 坚础:坚固的柱下石礅。

〔7〕 危词:阴险狡诈的言词。

〔8〕 吠狺(yín 银):犬吠之声。

〔9〕 秦王政:即秦始皇。在位三十七年(前246—前210)。九年(前228)始亲政。十七年至二十六年(前230—前221),先后攻灭山东六国,建立统一的封建国家。

〔10〕 悼襄王:名赵偃。在位九年(前244—前236)。

〔11〕 繁阳:战国时魏地,在繁水之阳。在今河南内黄县东北二十七里。

〔12〕 景湣王:名魏增。在位十六年(前242—前227)。

〔13〕 酸枣：春秋郑邑，战国属魏。在今河南延津县西南。

〔14〕 东郡：秦王政五年（前242）置。治所在濮阳。辖境约在今河南东北及山东西南部。

〔15〕 朝歌：古邑名。曾为商代后期国都，春秋时曾为卫之都城。在今河南淇县。

〔16〕 卫元君：卫之国君，卫嗣君之子。在位二十五年（前267—前243）。卫本称公，卫声公子姬遫始贬号称卫成侯。成侯之孙因卫国仅有濮阳一地，又自贬号为"君"，即卫嗣君。

〔17〕 将渠为相岁馀：此处与上回"未及半载，托病辞印"的叙述相矛盾。

〔18〕 庆都：战国赵地名，在今河北唐县东北。

〔19〕 常山：古山名，战国时属燕。在今河北元氏县西北。

〔20〕 东垣：古邑名。战国初属中山，后并于赵。在今河北正定县南。

〔21〕 三世：借指多世。剧辛曾为昭王、惠王、武成王、孝王及燕王喜等五世大臣。

〔22〕 督亢：古地区名。战国时属燕。约当今河北涿州、固安、新城等地。中有陂泽，支渠四通，富灌溉之利。

〔23〕 龙泉河：古河流名。在今北京房山区良乡西北四十五里有龙泉山，下有泉水，终年不竭，东流入盐沟河。

〔24〕 阜城：战国时燕邑名。在今河北阜城县东二十里。

〔25〕 辽阳：古邑名，地址不详。赵曾置辕阳邑，后魏改辽阳。在今山西左权县。疑指此。

〔26〕 胡卢河：古河流名。在今河北宁晋县东南，今名临晋泊，纵横各三十里。旧为滏、漳、滹沱诸水所汇。

〔27〕 秦王政五年：即公元前242年。

〔28〕 武遂：战国时燕地名。即今河北保定市徐水区西之遂城。

〔29〕 方城：战国时燕地名。在今河北固安县南十七里。

第一百三回

李国舅争权除黄歇　樊於期传檄讨秦王

话说庞煖欲乘败燕之威，合从列国，为并力图秦之计。除齐附秦外，韩、魏、楚、燕，各出锐师，多者四五万，少亦二三万，共推春申君黄歇为上将。歇集诸将议曰："伐秦之师屡出，皆以函谷关为事，秦人设守甚严，未能得志。即我兵亦素知仰攻之难，咸有畏缩之心。若取道蒲坂[1]，由华州[2]而西，径袭渭南[3]，因窥潼关，《兵法》所谓'出其不意'也。"诸将皆曰："然。"遂分兵五路，俱出蒲关，望骊山[4]一路进发，直攻渭南，不克，围之。秦丞相吕不韦使将军蒙骜、王翦、桓齮、李信、内史腾，各将兵五万人，五枝军兵，分应五国。不韦自为大将，兼统其军，离潼关五十里分为五屯，如列星之状。王翦言于不韦曰："以五国悉锐，攻一城而不克，其无能可知矣。三晋近秦，习与秦战。而楚在南方，其来独远，且自张仪亡后，三十馀年不相攻伐。诚选五营之锐，合以攻楚，楚必不支。楚之一军破，馀四军将望风而溃矣。"不韦以为然。于是使五屯设垒建帜如常，暗地各抽精兵一万，约以四鼓齐起，往袭楚寨。时李信以粮草稽迟，欲斩督粮牙将甘回，众将告求得免，但鞭背百馀。甘回挟恨，夜奔楚军，以王翦之计告之。春申君大惊，欲驰报各营，恐其不及，遂即时传令，拔寨俱起，夜驰五十馀里，方敢缓缓而行。比及秦兵到时，楚寨已撤矣。王翦曰："楚兵先遁，必有泄吾谋者。计虽不成，然兵已至此，不可空回。"遂往袭赵寨。壁垒坚固，攻不能入。庞煖仗剑立于军门，有敢擅动者即斩。秦兵乱了一夜，至天明，燕、韩、魏俱合兵来救，蒙骜等方才收兵。庞煖怪楚兵不至，使人探之，知其先撤。叹曰："合从之事，今后休矣！"诸将皆请班师，于是韩、魏之兵，先回本国。庞煖怒齐独附秦，挟燕兵伐之，取饶安[5]一城而返。

再说春申君奔回郢城，四国各遣人来问曰："楚为从长，奈何不告而先回，敢请其故？"考烈王责让黄歇，歇惭惧不容。时有魏人朱英，客于春申君之门，知楚方畏秦，乃说春申君曰："人皆以楚强国，及君而弱，英独谓不然。先君之时，秦去楚甚远，西隔巴蜀，南隔两周，而韩、魏又眈眈乎拟其后，是以三十年无秦患。此非楚之强，其势然也。今两周已并于秦，而秦方修怨于魏，魏旦暮亡，则陈、许为通道，恐秦、楚之争，从此方始。君之责让，正未已也。何不劝楚王东徙寿春[6]，去秦较远，绝长淮以自固，可以少安。"黄歇然其谋，言于考烈王，乃择日迁都。按楚先都郢，后迁于郡[7]，复迁于陈，今又迁于寿春，凡四迁矣。史臣有诗云：

周为东迁王气歇，楚因屡徙霸图空。

从来避敌为延敌，莫把迁岐托古公[8]。

再说考烈王在位已久，尚无子息，黄歇遍求妇人宜子者以进，终不孕。有赵人李园，亦在春申君门下，为舍人。有妹李嫣色美，欲进于楚王，恐久后以无子失宠，心下踌躇："必须将妹先献春申君，待其有娠，然后进于楚王，幸而生子，异日得立为楚王，乃吾甥

第 一 百 三 回

也。"又想:"吾若自献其妹,不见贵重。还须施一小计,要春申君自来求我。"于是给五日假归家,故意过期,直待第十日方至。黄歇怪其来迟。李园对曰:"臣有女弟名嫣,颇有姿色,齐王闻之,遣使来求。臣与其使者饮酒数日,是以失期。"黄歇想道:"此女名闻齐国,必是个美色。"遂问曰:"已受其聘否?"园对曰:"方且议之,聘尚未至也。"黄歇曰:"能使我一见乎?"园曰:"臣在君之门下,即吾女弟,谁非君妾婢之流,敢不如命。"乃盛饰其妹,送至春申君府中。黄歇一见大喜,是夜即赐李园白璧二双,黄金三百镒,留其妹侍寝。未三月,即便怀孕。

李园私谓其妹嫣曰:"为妾与为夫人孰贵?"嫣笑曰:"妾安得比夫人?"园又曰:"然则为夫人与为王后孰贵?"嫣又笑曰:"王后贵盛!"李园曰:"汝在春申君府中,不过一宠妾耳!今楚王无子,幸汝有娠,倘进于楚王,他日生子为王,汝为太后,岂不胜于为妾乎?"遂教以说词,使于枕席之间,如此这般,春申君必然听从。李嫣一一领记。夜间侍寝之际,遂进言于黄歇曰:"楚王之贵幸君,虽兄弟不如也。今君相楚二十馀年,而王未有子,千秋百岁后,将更立兄弟。兄弟于君无恩,必将各立其所亲幸之人,君安得长有宠乎?"黄歇闻言,沉思未答。嫣又曰:"妾所虑不止于此也。君贵,用事久,多失礼于王之兄弟,兄弟诚立,祸且及身,岂特江东封邑不可保而已哉?"黄歇愕然曰:"卿言是也,吾虑不及此!今当奈何?"李嫣曰:"妾有一计,不惟免祸,而且多福。但妾负愧,难于自吐,又恐君不我听,是以妾未敢言。"黄歇曰:"卿为我画策,何为不听?"李嫣曰:"妾今自觉有孕矣,他人莫知也。幸妾侍君未久,诚以君之重,而进妾于楚王,王必幸妾。妾赖天佑生男,异日必为嫡

李国舅争权除黄歇　樊於期传檄讨秦王

嗣,则是君之子为王也。楚国尽可得,孰与身临不测之罪乎?"黄歇如梦初觉,如醉初醒,喜曰:"天下有智妇人,胜于男子。卿之谓矣。"

次日,即召李园告之以意,密将李嫣出居别舍。黄歇入言于楚王曰:"臣所闻李园妹名嫣者有色,相者皆以为宜子,当贵,齐王方遣人求之,王不可不先也。"楚王即命内侍宣取李嫣入宫。嫣善媚,楚王大宠爱之。及产期,双生二男,长曰捍,次曰犹。楚王喜不可言,遂立李嫣为王后,长子捍为太子。李园为国舅,贵幸用事,与春申君相并。园为人多诈术,外奉春申君益谨,而中实忌之。及考烈王二十五年[9],病久不愈。李园想起其妹怀娠之事,惟春申君知之,他日太子为王,不便相处,不如杀之,以灭其口。乃使人各处访求勇力之士,收置门下,厚其衣食,以结其心。朱英闻而疑之,曰:"李园多蓄死士,必为春申君故也。"乃入见春申君曰:"天下有无妄[10]之福,有无妄之祸,又有无妄之人,君知之乎?"黄歇曰:"何谓无妄之福?"朱英曰:"君相楚二十馀年矣。名为相国,与楚王无二。今楚王病久不愈,一旦宫车晏驾[11],少主嗣位,而君辅之,如伊尹、周公,俟王之年长,而反其政;若天与人归,遂南面即真。此所谓无妄之福也。"黄歇曰:"何谓无妄之祸?"朱英曰:"李园,王之舅也,而君位在其上,外虽柔顺,内实不甘。且同盗相妒[12],势所必至也。闻其阴蓄死士,为日已久,何所用之?楚王一薨,李园必先入据权,而杀君以灭口。此所谓无妄之祸也。"黄歇曰:"何谓无妄之人?"朱英曰:"李园以妹故,宫中声息,朝夕相通。而君宅于城外,动辄后时。诚以郎中令[13]相处,某得领袖诸郎,李园先入,臣为君杀之。此所谓无妄之人也。"黄歇掀髯大笑

第一百三回

曰:"李园弱人耳,又事我素谨,安有此事?足下得无过虑乎?"朱英曰:"君今日不用吾言,悔之晚矣。"黄歇曰:"足下且退,容吾察之。如有用足下之处,即来相请。"朱英去三日,不见春申君动静,知其言不见用,叹曰:"吾不去,祸将及矣!鸱夷子皮之风可追也。"乃不辞而去,东奔吴下,隐于五湖之间。髯翁有诗云:

  红颜带子入王宫,盗国奸谋理不容。

  天启春申无妄祸,朱英焉得令郎中?

朱英去十七日,而考烈王薨。李园预与宫殿侍卫相约:"一闻有变,当先告我。"至是闻信,先入宫中,吩咐秘不发丧,密令死士伏于棘门之内。捱至日没,方使人徐报黄歇。黄歇大惊,不谋于宾客,即刻驾车而行。方进棘门[14],两边死士突出,口呼:"奉王后密旨,春申君谋反宜诛!"黄歇知事变,急欲回车。手下已被杀散。遂斩黄歇之头,投于城外,将城门紧闭,然后发丧。拥立太子捍嗣位,是为楚幽王[15],时年才六岁。李园自立为相国,独专楚政。奉李嫣为王太后。传令尽灭春申君之族,收其食邑。哀哉!自李园当国,春申君宾客尽散,群公子皆疏远不任事。少主寡后,国政日紊,楚自此不可为矣。

话分两头。再说吕不韦愤五国之攻秦,谋欲报之,曰:"本造谋者,赵将庞煖也。"乃使蒙骜同张唐督兵五万伐赵。三日后,再令长安君成蟜,同樊於期率兵五万为后继。宾客间于不韦曰:"长安君年少,恐不可为大将。"不韦微笑曰:"非尔所知也!"

且说蒙骜前军出函谷关,取路上党,径攻庆都[16],结寨于都山。长安君大军营于屯留[17],以为声援。赵使相国庞煖为大将,

李国舅争权除黄歇　樊於期传檄讨秦王

扈辄副之,率军十万拒敌,许庞煖便宜行事。庞煖曰:"庆都之北,惟尧山[18]最高,登尧山可望都山[19],宜往据之。"使扈辄引军二万先行。比至尧山,先有秦兵万人,在彼屯扎,被扈辄冲上杀散,就于山头下寨。蒙骜使张唐引军二万,前来争山,庞煖大军亦到,两边于山下列成阵势,大战一场。扈辄在山头用红旗为号,张唐往东,旗便往东指,张唐往西,旗便从西指。赵军只望红旗指处,围裹将来。庞煖下令:"有人擒得张唐者,封以百里之地。"赵军无不死战。张唐奋尽平生之勇,不能透出重围。却得蒙骜军到,接应出来,同回都山大寨。庆都知救兵已到,守御益力。蒙骜等不能取胜,遣张唐往屯留,催取后队军兵。

却说长安君成蟜,年方十七岁,不谙军务,召樊於期议之。於期素恶不韦纳妾盗国之事,请屏去左右,备细与成蟜叙述一遍,言:"今王非先王骨血,惟君乃是適子。文信侯今日以兵权托君,非好意也。恐一旦事泄,君与今王为难,故阳示恩宠,实欲出君于外。文信侯出入宫禁,与王太后宣淫不禁。夫妻父子,聚于一窟,所忌者独君耳。若蒙骜兵败无功,将借此以为君罪。轻则削籍,重则刑诛。嬴氏之国,化为吕氏,举国人皆知其必然,君不可不为之计。"成蟜曰:"非足下说明,某不知也。为今计当奈何?"樊於期曰:"今蒙骜兵困于赵,急未能归,而君手握重兵,若传檄以宣淫人之罪,明宫闱之诈,臣民谁不愿奉適嗣以主社稷者!"成蟜忿然按剑作色曰:"大丈夫死则死耳!宁能屈膝为贾人子下乎?惟将军善图之!"樊於期伪向使者言:"大军即日移营,多致意蒙将军,用心准备。"使者去后,樊於期草就檄文,略曰:

长安君成蟜布告中外臣民知悉:传国之义,適统为尊;覆

第一百三回

宗之恶,阴谋为甚。文信侯吕不韦者,以阳翟之贾人,窥咸阳之主器[20]。今王政,实非先王之嗣,乃不韦之子也。始以怀娠之妾,巧惑先君;继以奸生之儿,遂蒙血胤[21]。恃行金为奇策,邀反国为上功。两君之不寿有由,是可忍也?三世之大权在握,孰能御之!朝岂真王,阴已易嬴而为吕;尊居假父,终当以臣而篡君。社稷将危,神人胥怒!某叨为嫡嗣,欲讫天诛。甲胄干戈,载义声而生色;子孙臣庶,念先德以同驱。檄文到日,磨厉以须;车马临时,市肆勿变。

樊於期将檄文四下传布。秦人多有闻说吕不韦进妾之事者,及见檄内怀娠奸生等语,信其为实。虽然畏文信侯之威,不敢从兵,却也未免观望之意。时彗星先见东方,复见北方,又见西方,占者谓国中当有兵起,人心为之摇动。樊於期将屯留附县丁壮,悉编军伍,攻下长子[22]、壶关[23],兵势益盛。张唐知长安君已反,星夜奔往咸阳告变。秦王政见檄文大怒,召尚父吕不韦计议。不韦曰:"长安君年少,不办为此,此乃樊於期所为也。於期有勇无谋,兵出即当就擒,不必过虑。"乃拜王翦为大将,桓齮、王贲为左右先锋,率军十万,往讨长安君。

再说蒙骜与庞煖相持,等待长安君接应不到,正疑讶间,接得檄文,如此悖谬,大惊曰:"吾与长安君同事,今攻赵无功,而长安君复造反,吾安得无罪?若不反戈以平逆贼,何以自解?"乃传令班师,将军马分为三队,亲自断后,缓缓而行。庞煖探听秦军移动,预选精兵三万,使扈辄从间道伏于太行山林木深处,嘱曰:"蒙骜老将,必亲自断后,待秦兵过且尽,从后邀击,方保全胜。"蒙骜见前军径去无碍,放心前行。一声炮响,伏兵突出,蒙骜便与扈辄交

李国舅争权除黄歇　　樊於期传檄讨秦王

战。良久，庞煖兵从后追及，秦兵前去者，已无斗志，遂大溃。蒙骜身带重伤，复犹力战杀数十人，复亲射庞煖中其胁，赵军围之数重，乱箭射之，矢如蝟毛，可惜秦国一员名将，今日死于太行山之下。庞煖得胜，班师回赵，箭疮不痊，未几亦死。此事搁过不提。

再说张唐、王翦等兵至屯留，成峤大惧。樊於期曰："王子今日乃骑虎之势，不得复下。况悉三城之兵，不下十五万，背城一战，未卜胜负，何惧之有！"乃列阵于城下以待。王翦亦列阵相对，谓樊於期曰："国家何负于汝，乃诱长安君造逆耶？"樊於期在车上欠身答曰："秦政乃吕不韦奸生之子，谁不知之？吾等世受国恩，何忍见嬴氏血食为吕氏所夺？长安君先王血胤，所以奉之。将军若念先王之祀，一同举义，杀向咸阳，诛淫人，废伪主，扶立长安君为王，将军不失封侯之位，同享富贵，岂不美哉。"王翦曰："太后怀妊十月，而生今王，其为先君所出无疑。汝乃造谤，污蔑乘舆[24]，为此灭门之事，尚自巧言虚饰，摇惑军心。拿住之时，碎尸万段！"樊於期大怒，瞋目大呼，挥长刀直入秦军。秦军见其雄猛，莫不披靡。樊於期左冲右突，如入无人之境。王翦麾军围之，凡数次，皆斩将溃围而出，秦兵损折极多。是日天晚，各自收军。王翦屯兵于伞盖山，思想："樊於期如此骁勇，急切难收，必须以计破之。"乃访帐下："何人与长安君相识？"有末将杨端和，乃屯留人，自言："曾在长安君门下为客。"王翦曰："我修书一封与汝，汝可送与长安君，劝他早图归顺，无自取死。"杨端和曰："小将如何入得城去？"王翦曰："俟交锋之时，乘其收军，汝可效敌军打扮，混入城中。只看攻城至急，便往见长安君，必然有变。"端和领计。王翦当下修书，缄讫，付与端和自去伺候行事。再召桓齮引一军攻长子城，王贲引一

第 一 百 三 回

军攻壶关城,王翦自攻屯留,三处攻打,使他不能来应。樊於期谓成蟜曰:"今乘其分军之时,决一胜负。若长子、壶关不守,秦兵势大,更难敌矣。"成蟜年幼畏懦,涕泣言曰:"此事乃将军倡谋,但凭主裁,勿误我事。"樊於期抽选精兵万馀,开门出战。王翦佯让一阵,退军十里,屯于伏龙山。於期得胜入城,杨端和已混入去了。因他原是本城之人,自有亲戚收留安歇。不在话下。成蟜问樊於期曰:"王翦军马不退如何?"樊於期答曰:"今日交锋,已挫其锐,明日当悉兵出战,务要生擒王翦,直入咸阳,扶立王子为君,方遂吾志。"不知胜负如何,且看下回分解。

---

〔1〕 蒲坂:古邑名。战国属魏。在今山西永济市西蒲州。隔黄河与潼关相对。

〔2〕 华州:此处指今陕西渭南市华州区。与上回之古华邑不同。

〔3〕 渭南:古邑名。即今陕西渭南市。

〔4〕 骊山:山名。主峰在今陕西西安市临潼区东南。

〔5〕 饶安:战国时齐邑名。在今河北盐山县西南。

〔6〕 寻春:战国楚邑名。在今安徽寿县。

〔7〕 鄀(ruò 若):本古国名,允姓,后灭于楚,在今湖北宜城市东南。春秋时曾为楚都,但在都郢之前。战国时楚自郢迁陈,自陈迁巨阳(今安徽太和东南),自巨阳始迁寿春。凡五迁。此处叙述有误。

〔8〕 古公:指古公亶父,即周文王的祖父。原居豳,因戎狄侵逼,乃迁于岐山之下,发展生产,使周族逐渐强大。

〔9〕 考烈王二十五年:即公元前 238 年。

〔10〕 无妄:即意外,指不期然而然者。

〔11〕 宫车晏驾:本意为皇帝的车驾晚出。比喻帝王死亡。

〔12〕 同盗相妒:暗指李园妹先孕后进考烈王一事。

〔13〕 郎中令:古官名。战国后期始置,掌宫廷门户。

〔14〕 棘(jǐ 几)门:棘通戟,古代宫门插有戟,故称宫门为戟门。一说,棘门为寿春城门。

〔15〕 楚幽王:名熊悍,或名熊悼。在位十年(前237—前228)。

〔16〕 庆都:战国赵邑名。在今河北唐县东北。

〔17〕 屯留:战国赵邑名。在今山西省长治市屯留区南。

〔18〕 尧山:古山名。在今河北顺平县西北。

〔19〕 都山:古山名。应在今河北省顺平县附近。河北迁安、抚宁间有都山,但与尧山相距甚远,疑非是。

〔20〕 主器:帝王符玺之器,借指王位。

〔21〕 血胤:嫡亲后代。

〔22〕 长子:秦县名。今属山西。

〔23〕 壶关:秦县名。今山西黎城县东北。

〔24〕 乘舆:舆指君王之车。此借车以代君王。

第一百四回

甘罗童年取高位　嫪毐伪腐乱秦宫

话说王翦退军十里，吩咐深沟高垒，分守险阨，不许出战。却发军二万，往助桓齮、王贲，催他早早收功。樊於期连日悉锐出战，秦兵只是不应。於期以王翦为怯，正想商议分兵往救长子、壶关二处，忽哨马报道："二城已被秦兵攻下！"於期大惊，乃立屯于城外，以安长安君之意。

却说桓齮、王贲闻王翦移营伏龙山，引兵来见，言："二城俱已收复，分兵设守，诸事停妥。"王翦大喜曰："屯留之势孤矣！只擒得樊於期，便可了事。"言未毕，守营卒报道："今有将军辛胜，奉秦王之命来到，已在营外。"王翦迎入帐中，问其来意。辛胜曰："一者，以军士劳苦，命赍犒赏颁赐；二者，秦王深恨樊於期，传语将军：必须生致其人，手剑斩首，以快其恨！"王翦曰："将军此来，正有用处。"遂将来物犒赏三军。然后发令，使桓齮、王贲各引一军，分作左右埋伏，却教辛胜引五千人马，前去搦战，自己引大军准备攻城。

再说成蟜闻长子、壶关二城不守，使人急召樊於期入城商议。樊於期曰："只在旦晚，与决一战，若战而不胜，当与王子北走燕、赵，连合诸侯，共诛伪主，以安社稷。"成蟜曰："将军小心在意。"樊於期复还本营。哨马报:"秦王新遣将军辛胜,今来索战。"樊於期曰:"无名小卒,吾先除之。"遂率军开营出迎。略战数合,辛胜倒退。樊於期恃勇前进,约行五里,桓齮、王贲两路伏兵杀出,於期大败。急收军回,王翦兵已布满城下。於期大奋神威,杀开一条血路,城中开门接应入去了。王翦合兵围城,攻打甚急。樊於期亲自巡城,昼夜不倦。

杨端和在城中,见事势甚危,乘夜求见长安君成蟜,称:"有机密事求见。"成蟜见是旧日门下之客,欣然唤入。端和请屏左右,告曰:"秦之强,君所知也。虽六国不能取胜,君乃欲以孤城抗之,必无幸矣。"成蟜曰:"樊於期言:'今王非先王所出。'导我为此,非吾初意也。"端和曰:"樊於期恃匹夫之勇,不顾成败,欲以君行侥幸之事。今传檄郡县,无有应者,而王将军攻围甚急,城破之后,君何以自全乎?"成蟜曰:"吾欲奔燕、赵,合从诸国,足下以为可否?"端和曰:"合从之事,赵肃侯、齐湣王、魏信陵、楚春申俱曾为之,方合旋散,其不可成明矣。六国谁非畏秦者?君所在之国,秦遣一介责之,必将缚君以献,君尚可望活乎?"成蟜曰:"足下为吾计当如何?"端和曰:"王将军亦知君为樊於期所诱,有密书一封,托致于君。"遂将书呈上。成蟜发而观之,略曰:

> 君亲则介弟,贵则侯封,奈何听无稽之言,行不测之事,自取丧灭,岂不惜哉?首难者樊於期,君能斩其首,献于军前,束手归罪,某当保奏,王必恕君。若迟回不决,悔无及矣!

成蟜看毕,流泪而言曰:"樊将军忠直之士,何忍加诛?"端和叹曰:"君所谓妇人之仁也!若不见从,臣当辞去。"成蟜曰:"足下且暂劳作伴,不可远离,所言俟从容再议。"端和曰:"愿君勿泄吾言也。"

次日,樊於期驾车来见成蟜曰:"秦兵势盛,人情惶惧,城旦暮不保,愿同王子出避燕、赵,更作后图。"成蟜曰:"吾宗族俱在咸阳,今远避他国,知其纳否?"樊於期曰:"诸国皆苦秦暴,何愁不纳?"正话间,外报:"秦兵在南门索战。"樊於期催并数次曰:"王子今不行,后将不可出矣。"成蟜犹豫不决。樊於期只得绰刀登车,驰出南门,复与秦兵交锋。杨端和劝成蟜登城观战。只见樊於期鏖战良久,秦兵益进,於期不能抵当,奔回城下,高叫:"开门!"杨端和仗剑立于成蟜之旁,厉声曰:"长安君已全城归降矣!樊将军请自便。有敢开门者斩!"袖中出一旗,旗上有个"降"字。左右皆端和亲戚,便将降旗竖起,不由成蟜做主,成蟜惟垂泣而已。樊於期叹口气曰:"孺子不足辅也!"秦兵围於期数重,因秦王之命,欲生致於期,不敢施放冷箭。於期复杀开一条血路,遥望燕国而去。王翦追之不及。杨端和使成蟜开门,以纳秦兵。将成蟜幽于公馆,遣辛胜往咸阳报捷,兼请长安君发落。秦太后脱笄代长安君请罪,求免其死,且转乞吕不韦言之。秦王政怒曰:"反贼不诛,骨肉皆将谋叛矣!"遂遣使命王翦即枭斩成蟜于屯留。凡军吏从蟜者,皆取斩。合城百姓,尽迁于临洮[1]之地。一面悬赏格购樊於期:"有能擒献者,赏以五城。"使者至屯留,宣秦王之命。成蟜闻不蒙赦,自缢于馆舍。翦仍枭其首,悬于城门。军吏死者凡数万人。百姓迁徙,城中一空。此秦王政七年[2]事也。髯翁有诗云:

非种侵苗[3]理合锄,万全须看势何如?

屯留困守终无济,罪状空传一纸书。

是时秦王政年已长成,生得身长八尺五寸,英伟非常,质性聪明,志气超迈,每事自能主张,不全由太后、吕不韦做主。既定长安君之乱,乃谋复蒙骜之仇,集群臣议伐赵。刚成君蔡泽进曰:"赵者,燕之世仇也。燕之附赵,非其本心。某请出使于燕,使燕王效质称臣,以孤赵之势。然后与燕共伐赵,我因以广河间[4]之地,此莫大之利也。"秦王以为然,即遣蔡泽往燕。泽说燕王曰:"燕、赵皆万乘之国也,一战而栗腹死,再战而剧辛亡,大王忘两败之仇,而与赵共事,西向以抗强秦,胜则利归于赵,不胜则祸归于燕,是为燕计者过也。"燕王曰:"寡人非甘心于赵,其奈力不敌何?"蔡泽曰:"今秦王欲修五国合从之怨,臣窃以为燕与赵世仇,其从兵殆非得已,大王若遣太子为质于秦,以信臣之言,更请秦之大臣一人,以为燕相,则燕、秦之交,固于胶漆[5],合两国之力,于以雪耻于赵不难矣。"燕王听其言,遂使太子丹为质于秦,因请大臣一人,以为燕相。吕不韦欲遣张唐,使太史卜之,大吉。张唐托病不肯行。不韦驾车亲自往请,张唐辞曰:"臣屡次伐赵,赵怨臣深矣!今往燕,必经赵过,臣不可往。"不韦再三强之,张唐坚执不从。

不韦回府中,独坐堂上纳闷。门下客有甘罗者,乃是甘茂之孙,时年仅十二岁;见不韦有不悦之色,进而问曰:"君心中有何事?"不韦曰:"孺子何知,而来问我?"甘罗曰:"所贵门下士者,谓其能为君分忧任患也。君有事而不使臣得闻,虽欲效忠无地矣。"不韦曰:"吾向者令刚成君使燕,燕太子丹已入质矣。今欲使张卿相燕,占得吉,而彼坚不肯行,吾所以不快者此耳!"甘罗曰:"此小事,何不早言?臣请行之。"不韦怒,连叱曰:"去,去!我亲往请之而不得,岂小子所能动耶?"甘罗曰:"昔项橐[6]七岁为孔子师。今臣生十二岁,长于橐五年,试臣而不效,叱臣未晚。奈何轻量天

第 一 百 四 回

下之士,遽以颜色相加哉?"不韦奇其言,改容谢之曰:"孺子能令张卿行者,事成当以卿位相屈。"甘罗欣然辞去,往见张唐。唐虽知为文信侯门客,见其年少轻之,问曰:"孺子何以见辱?"甘罗曰:"特来吊君耳!"张唐曰:"某有何事可吊?"甘罗曰:"君之功,自谓比武安君何如?"唐曰:"武安君南挫强楚,北威燕、赵,战胜攻取,破城堕邑,不计其数,某功不及十之一也。"甘罗曰:"然则应侯之用于秦也,视文信侯孰专?"张唐曰:"应侯不及文信侯之专。"甘罗曰:"君明知文信侯之权重于应侯乎?"张唐曰:"何为不知。"甘罗曰:"昔应侯欲使武安君攻赵,武安君不肯行,应侯一怒,而武安君遂出咸阳,死于杜邮。今文信侯自请君相燕,而君不肯行。此武安君所以不容于应侯者,而谓文信侯能容君乎?君之死期不远矣。"张唐悚然有惧色,谢曰:"孺子教我!"乃因甘罗以请罪于不韦,即日治装。

将行,甘罗谓不韦曰:"张唐听臣之说,不得已而往燕,然中情不能不畏赵也。愿假臣车五乘,为张唐先报赵。"不韦已知其才,乃入言于秦王曰:"有甘茂之孙甘罗,年虽少,然名家之子孙,甚有智辩。今者张唐称病,不肯相燕,甘罗一说而即行。复请先报赵王,惟王遣之!"秦王宣甘罗入见,身才五尺,眉目秀美如画,秦王已自喜欢,问曰:"孺子见赵王何以措词?"甘罗对曰:"察其喜惧,相机而进。言若波兴,随风而转,不可以预定也。"秦王给以良车十乘,仆从百人,从之使赵。

赵悼襄王已闻燕、秦通好,正怕二国合计谋赵,忽报秦使者来到,喜不可言,遂出郊二十里,迎接甘罗。及见其年少,暗暗称奇,问曰:"向为秦通三川之路者,亦甘氏,于先生为何人?"甘罗曰:

"臣祖也。"赵王曰:"先生年几何?"对曰:"十二岁。"赵王曰:"秦廷年长者,不足使乎?何以及先生?"甘罗曰:"秦王用人,各因其任。年长者任以大事,年幼者任以小事。臣年最幼,故为使于赵耳。"赵王见其言辞磊落,又暗暗称奇。问曰:"先生下辱敝邑,有何见教?"甘罗曰:"大王闻燕太子丹入质于秦乎?"赵王曰:"闻之。"甘罗又曰:"大王闻张唐相燕乎?"赵王曰:"亦闻之。"甘罗曰:"夫燕太子丹入质于秦,是燕不欺秦也。张唐相燕,是秦不欺燕也。燕、秦不相欺,而赵危矣!"赵王曰:"秦所以亲燕者何意?"甘罗曰:"秦之亲燕,欲相与攻赵,而广河间之地也。大王不如割五城献秦,以广河间,臣请言于寡君,止张唐之行,绝燕之好,而与赵为欢。夫以强赵攻弱燕,而秦不为救,此其所得,岂止五城而已哉?"赵王大悦,赐甘罗黄金百镒,白璧二双,以五城地图付之,使还报秦王。秦王喜曰:"河间之地,赖孺子而广矣!孺子之智,大于其身。"乃止张唐不遣,张唐亦深感之。赵闻张唐不行,知秦不助燕,乃命庞煖、李牧合兵伐燕,取上谷[7]三十城,赵得十九城,而以十一城归秦。秦王封甘罗为上卿,复以向时所封甘茂田宅赐之。今俗传甘罗十二为丞相,正谓此也。有诗为证:

片言纳地广河间,上谷封疆又割燕。

许大功劳出童子,天生智慧岂因年?

又有诗云:

甘罗早达子牙迟,迟早穷通各有时。

请看春花与秋菊,时来自发不愆期。

燕太子丹在秦,闻秦之背燕而与赵,如坐针毡,欲逃归,又恐不得出关,乃求与甘罗为友,欲资其谋,为归燕之计。忽一夕,甘罗梦紫衣

第 一 百 四 回

吏持天符来,言:"奉上帝命,召归天上。"遂无疾而卒。高才不寿,惜哉!太子丹遂留于秦矣。

话分两头。却说吕不韦以阳[8]伟善战,得宠于庄襄后,出入宫闱,素无忌惮。及见秦王年长,英明过人,始有惧意。奈太后淫心愈炽,不时宣召入甘泉宫[9]。不韦怕一旦事发,祸及于己,欲进一人以自代,想可以称太后之意者,而难其人。闻市人嫪大,其阳具有名,里中淫妇人争事之。秦语呼人之无士行者曰毒,因称为嫪毒。偶犯淫罪,不韦曲赦之,留为府中舍人。秦俗:农事毕,国中纵倡乐三日,以节其劳。凡百戏任人陈设,有一长一艺,人所不能者,全在此日施逞。吕不韦以桐木为车轮,使嫪毒以其阳具穿于桐轮之中,轮转而具不伤,市人皆掩口大笑。太后闻其事,私问于不韦,似有欣羡之意。不韦曰:"太后欲见其人乎?臣请进之。"太后笑而不答,良久曰:"君戏言耶?此外人,安得入内?"不韦曰:"臣有一计在此。使人发其旧罪,下之腐刑[10],太后行重赂于行刑者,诈为阉割,然后以宦者给事宫中,乃可长久。"太后大悦曰:"此计甚妙!"乃以百金授不韦,不韦密召嫪毒,告之以故。毒性淫,欣然自以为奇遇矣。不韦果使人发其他淫罪,论以腐刑。因以百金分赂主刑官吏,取驴阳具及他血,诈作阉割,拔其须眉。行刑者故意将驴阳传示左右,尽以为嫪毒之具。传闻者莫不骇异。嫪毒既诈腐如宦者状,遂杂于内侍之中以进。太后留侍宫中。夜令侍寝,试之,大畅所欲,以为胜不韦十倍也。明日,厚赐不韦,以酬其功。不韦乃幸得自脱。

太后与嫪毒相处如夫妇。未几怀妊,太后恐生产时不可隐,诈

甘罗童年取高位　嫪毐伪腐乱秦宫

称病,使嫪毐行金赂卜者,使诈言宫中有祟,当避西方二百里之外。秦王政颇疑吕不韦之事,亦幸太后稍远去,绝其往来,乃曰:"雍州去咸阳西二百馀里,且往时宫殿俱在,太后宜居之。"于是太后徙雍城,嫪毐为御而往。既去咸阳,居雍故宫,名曰大郑宫[11]。嫪毐与太后,益相亲不忌。两年之中,连生二子,筑密室藏而育之。太后私与毐约,异日王崩,以其子为后[12],外人颇有知者,但无人敢言。太后奏称嫪毐代王侍养有功,请封以土地。秦王奉太后之命,封毐为长信侯,予以山阳[13]之地。毐骤贵,愈益恣肆。太后每日赏赐无算,宫室舆马,田猎游戏,任其所欲,事无大小,皆决于毐。毐蓄家僮数千人,宾客求宦达,愿为舍人者,复千馀人。又贿结朝贵为己党,趋权者争附之,声势反过于文信侯矣。

秦王政九年春,彗星见,其长竟天,太史占之曰:"国中当有兵变也。"按秦襄公立鄜畤以祀白帝[14],后德公迁都于雍,遂于雍立郊天之坛,秦穆公又立宝夫人祠,岁岁致祭,遂为常规。后来虽再迁咸阳,此规不废。太后居于雍城,秦王政每岁以郊祀之期,至雍朝见太后。因举祀典,自有祈年宫[15]驻驾。是春复当其期,适有彗星之变,临行,使大将王翦耀兵于咸阳三日,同尚父吕不韦守国。桓齮引兵三万,屯于岐山,然后起驾。时秦王已二十二岁,犹未冠。太后命于德公之庙,行冠礼,佩剑,赐百官大酺[16]五日。太后亦与秦王宴于大郑故宫。也是嫪毐享福太过,合当生出事来。毐与左右贵臣,赌博饮酒。至第四日,嫪毐与中大夫颜泄,连博失利,饮酒至醉,复求覆局。泄亦醉,不从。嫪毐直前扭颜泄,批其颊。泄不让,亦摘去嫪毐冠缨。毐怒甚,瞋目大叱曰:"吾乃今王之假父[17]也!尔媭人[18]子,何敢与我抗乎?"颜泄惧,走出,恰遇秦

1273

第 一 百 四 回

王政从太后处饮酒出宫。颜泄伏地叩头,号泣请死。秦王政是有心机之人,不发一言,但令左右扶至祈年宫,然后问之。颜泄将嫪毐批颊,及自称假父之语,述了一遍。因奏:"嫪毐实非宦者,诈为腐刑,私侍太后。见今产下二子,在于宫中,不久谋篡秦国。"秦王政闻之,大怒,密以兵符往召桓齮,使引兵至雍。

有内史肆、佐弋竭[19]二人,素受太后及嫪毐金钱,与为死党。知其事,急奔嫪毐府中告之。毐已酒醒,大惊,夜叩大郑宫,求见太后,诉以如此这般:"今日之计,除非乘桓齮兵未到,尽发宫骑卫卒,及宾客舍人,攻祈年宫,杀却今王,我夫妻尚可相保。"太后曰:"宫骑安肯听吾令乎?"嫪毐曰:"愿借太后玺,假作御宝用之。托言:'祈年宫有贼,王有令,召宫骑齐往救驾。'宜无不从。"太后是时主意亦乱,曰:"惟尔行之。"遂出玺付毐。毐伪作秦王御书,加以太后玺文,遍召宫骑卫卒,本府宾客舍人,自不必说。乱至次日午牌,方才取齐。嫪毐与内史肆、佐弋竭,分将其众,围祈年宫。秦王政登台,问各军犯驾之意。答曰:"长信侯传言行宫有贼,特来救驾。"秦王曰:"长信侯便是贼!宫中有何贼耶?"宫骑卫卒等闻之,一半散去;一半胆大的,便反戈与宾客舍人相斗。秦王下令:"有生擒嫪毐者,赐钱百万;杀之而以其首献者,赐钱五十万;得逆党一首者,赐爵一级;舆隶下贱,赏格皆同。"于是宦者及牧圉诸人,皆尽死出战。百姓传闻嫪毐造反,亦来持梃助力。宾客舍人死者数百人。嫪毐兵败,夺路斩开东门出走,正遇桓齮大兵,活活的束手就缚,并内史肆、佐弋竭等皆被擒,付狱吏拷问得实。秦王政乃亲往大郑宫搜索,得嫪毐奸生二子于密室之中,使左右置于布囊中扑杀之。太后暗暗心痛,不敢出救,惟闭门流涕而已。秦王竟不

1274

朝谒其母,归祈年宫。以太史占星有验,赐钱十万。狱吏献嫪毐招词,言:"毐伪腐入宫,皆出文信侯吕不韦之计。其同谋死党,如内史肆、佐弋竭等,凡二十馀人。"秦王命车裂嫪毐于东门之外,夷其三族。肆、竭等皆枭首示众。诸宾客舍人,从叛格斗者,诛死;即不预谋乱者,亦远迁于蜀地,凡迁四千馀家。太后用玺党逆,不可为国母,减其禄奉,迁居于棫阳宫[20],此乃离宫之最小者。以兵三百人守之,凡有人出入,必加盘诘。太后此时,如囚妇矣,岂不丑哉。

秦王政平了嫪毐之乱,回驾咸阳。尚父吕不韦惧罪,伪称疾,不敢出谒。秦王欲并诛之,问于群臣。群臣多与交结,皆言:"不韦扶立先王,有大功于社稷。况嫪毐未尝面质,虚实无凭,不宜从坐。"秦王乃赦不韦不诛,但免相,收其印绶。桓齮擒反贼有功,加封进级。是年夏四月,天发大寒,降霜雪,百姓多冻死。民间皆议:"秦王迁谪太后,子不认母,故有此异。"大夫陈忠进谏曰:"天下无无母之子,宜迎归咸阳,以尽孝道,庶几天变可回。"秦王大怒,命剥去其衣,置其身于蒺藜[21]之上,而捶杀之,陈其尸于阙下,榜曰:"有以太后事来谏者,视此!"秦臣相继来谏者不止。不知可能感悟秦王否,且看下回分解。

〔1〕 临洮(táo 陶):战国秦邑名。在今甘肃岷县。

〔2〕 秦王政七年:即公元前 240 年。

〔3〕 非种侵苗:杂草侵入生长禾苗之地。比喻秦王政以非嬴氏血统而入主秦国。

第一百四回

〔4〕 河间:古地区名。因处于古黄河与永定河之间而得名。约当今河北省河间、献县、东光、阜城一带。战国时属赵。

〔5〕 胶漆:胶与漆,均可用于粘固。比喻亲密无间。

〔6〕 项橐(tuó 驼):春秋时人。相传其七岁时而能难倒孔子,使孔子尊之为师。见《淮南子·说林》、《新序·杂事五》等。

〔7〕 上谷:古郡名。战国时燕置。在今河北张家口以东,延庆以西地区。又:上句言赵"命庞煖、李牧合兵……"而庞煖在太行山射杀蒙骜,自身中箭,"箭疮不痊,未几亦死"。(见第一百三回)与此处叙述相矛盾。

〔8〕 阳:男性生殖器。

〔9〕 甘泉宫:秦离宫名,一称林光宫,在今陕西淳化县西北甘泉山,故名。

〔10〕 腐刑:即宫刑,古代一种酷刑,即阉割男性生殖器。

〔11〕 大郑宫:秦都雍时之故宫。

〔12〕 后:君王。

〔13〕 山阳:战国时邑名。在今河南焦作市东南。

〔14〕 "秦襄公"句:参见第四回。

〔15〕 祈年宫:即蕲年宫。秦惠公所建,在雍(今陕西宝鸡市凤翔区东南)。秦孝公时称橐泉宫。

〔16〕 大酺:聚会宴饮。《史记》张守节正义:"天下欢乐大饮酒也。"

〔17〕 假父:义父或继父均可称假父。此处作继父解。

〔18〕 窭(jù 具)人:穷而低贱之人。

〔19〕 内史肆、佐弋竭:内史、佐弋,皆秦官名。内史,掌治理京师。佐弋,少府官,佐助弋射之事。肆、竭,人名。

〔20〕 棫(yù 预)阳宫:秦离宫名。秦昭王时所建。故址在今陕西扶风县东北。

〔21〕 蒺藜:本植物名。亦指古代用木或铁制的带刺的障碍物,原用于军事上阻挡敌军前进。后来逐步用之于刑具,称为钉板。

第一百五回

茅焦解衣谏秦王　李牧坚壁却桓齮

话说秦大夫陈忠死后，相继而谏者不止，秦王辄戮之，陈尸阙下，前后凡诛杀二十七人，尸积成堆。时齐王建来朝于秦，赵悼襄王亦至，相与置酒咸阳宫甚欢，及见阙下死尸，问其故，莫不叹息私议秦王之不孝也。时有沧州人茅焦，适游咸阳，寓旅店，同舍偶言及此事，焦愤然曰："子而囚母，天地反覆矣。"使主人具汤水："吾将沐浴，明早叩阍入谏秦王。"同舍笑曰："彼二十七人者，皆王平日亲信之臣，尚且言而不听，死不旋踵[1]，岂少汝一布衣耶？"茅焦曰："谏者自二十七人而止，则秦王遂不听矣；若二十七人而不止，王之听不听，未可知也。"同舍皆笑其愚。次早五鼓，向主人索饭饱食。主人牵衣止之，茅焦绝衣而去。同寓者度其必死，相与剖分其衣囊。

茅焦来至阙下，伏尸大呼曰："臣齐客茅焦，愿上谏大王！"秦王使内侍出问曰："客所谏者何事？得无涉王太后语耶？"茅焦曰："臣正为此而来。"内侍还报曰："客果为太后事来谏也。"秦王曰："汝可指阙下积尸告之。"内侍谓茅焦曰："客不见阙下死人累累耶？何不畏死若是！"茅焦曰："臣闻天有二十八宿[2]，降生于地，

1277

第一百五回

则为正人。今死者已有二十七人矣,尚缺其一,臣所以来者,欲满其数耳。古圣贤谁人不死,臣又何畏哉?"内侍复还报。秦王大怒曰:"狂夫故犯吾禁!"顾左右:"炊镬汤于庭,当生煮之。彼安得全尸阙下,为二十七人满数乎?"于是秦王按剑而坐,龙眉倒竖,口中沫出,怒气勃勃不可遏,连呼:"召狂夫来就烹!"

内侍往召茅焦,茅焦故意踽踽[3]作细步,不肯急趋。内侍促之速行,茅焦曰:"我见王即死矣!缓吾须臾何害?"内侍怜之,乃扶掖而前。茅焦至阶下,再拜叩头奏曰:"臣闻之,有生者不讳其死,有国者不讳其亡;讳亡者不可以得存,讳死者不可以得生。夫死生存亡之计,明主之所究心也。不审大王欲闻之否?"秦王色稍降,问曰:"汝有何计,可试言之?"茅焦对曰:"夫忠臣不进阿顺之言,明主不蹈狂悖之行。主有悖行而臣不言,是臣负其君也;臣有忠言而君不听,是君负其臣也。大王有逆天之悖行,而大王不自知,微臣有逆耳之忠言,而大王又不欲闻。臣恐秦国从此危矣。"秦王悚然良久,色愈降,乃曰:"子所言何事?寡人愿闻之。"茅焦曰:"大王今日不以天下为事乎?"秦王曰:"然。"茅焦曰:"今天下之所以尊秦者,非独威力使然;亦以大王为天下之雄主,忠臣烈士,毕集秦庭故也。今大王车裂假父,有不仁之心;囊扑两弟,有不友之名;迁母于棫阳宫,有不孝之行;诛戮谏士,陈尸阙下,有桀纣之治。夫以天下为事,而所行如此,何以服天下乎?昔舜事嚚母[4]尽道,升庸为帝;桀杀龙逄,纣戮比干,天下叛之。臣自知必死,第恐臣死之后,更无有继二十八人之后,而复以言进者。怨谤日腾,忠谋结舌,中外离心,诸侯将叛,惜哉,秦之帝业垂成,而败之自大王也。臣言已毕,请就烹!"乃起立解衣趋镬,秦王急走下殿,左手扶住茅焦,右手麾左右曰:"去汤镬!"茅焦曰:"大王已悬榜拒谏,不烹臣,无以立信。"秦王复命左右收起榜文。又命内侍与茅焦穿衣,延之坐,谢曰:"前谏者,但数寡人之罪,未尝明悉存亡之计。天使先生开寡人之茅塞,寡人敢不敬听!"茅焦再拜进曰:"大王既俯听臣言,请速备驾,往迎太后;阙下死尸,皆忠臣骨血,乞赐收葬!"秦王即命司里,收取二十七人之尸,各具棺椁,同葬于龙首山[5],表曰:"会忠墓"。是日秦王亲自发驾,往迎太后,即令茅焦御车,望雍州进发。南屏先生读史诗云:

　　二十七人尸累累,解衣趋镬有茅焦。

　　命中不死终须活,落得忠名万古标。

车驾将至棫阳宫,先令使者传报。秦王膝行而前,见了太后,叩头大哭,太后亦垂泪不已。秦王引茅焦谒见太后,指曰:"此吾之颍考叔[6]也。"是晚,秦王就在棫阳宫歇宿。次日,请太后登辇前行,秦王后随,千乘万骑,簇拥如云,路观者无不称颂秦王之孝。回至咸阳,置酒甘泉宫中,母子欢饮。太后别置酒以宴茅焦,谢曰:"使吾母子复得相会,皆茅君之力也。"秦王乃拜茅焦为太傅,爵上卿。又恐不韦复与宫闱相通,遣出都城,往河南本国居住。列国闻文信侯就国,各遣使问安,争欲请之,处以相位,使者络绎于道。秦王恐其用于他国,为秦之害,乃手书一缄,以赐不韦。略曰:

　　君何功于秦,而封户十万?君何亲于秦,而号称尚父?秦之施于君者厚矣!嫪毐之逆,由君始之。寡人不忍加诛,听君就国。君不自悔祸,又与诸侯使者交通,非寡人所以宽君之意也。其与家属徙居蜀郡,以郫[7]之一城,为君终老。

吕不韦接书读讫,怒曰:"吾破家扶立先王,功孰与我?太后先事我而得孕,王我所出也,亲孰与我?王何相负之甚也!"少顷,又叹曰:"吾以贾人子,阴谋人国,淫人之妻,杀人之君[8],灭人之祀,皇天岂容我哉?今日死晚矣!"遂置鸩于酒中,服之而死。门下客素受其恩者,相与盗载其尸,偷葬于北邙山下,与其妻合冢。今北邙道西有大冢,民间传称吕母冢,盖宾客讳言不韦葬处也。

秦王闻不韦已死,求其尸不得,乃尽逐其宾客。因下令大索国中,凡他方游客,不许留居咸阳,已仕者削其官,三日内皆要逐出境外,容留之家,一体治罪。有楚国上蔡[9]人李斯,乃名贤荀卿之弟子,广有学问,向游秦国,事吕不韦为舍人。不韦荐其才能于秦王,拜为客卿。今日逐客令下,李斯亦在逐中,已被司里[10]驱出咸阳城外。斯于途中写就表章,托言机密事,使邮传[11]上之秦王。略曰:

> 臣闻:太山不让土壤,故能成其高;河海不择细流,故能就其深;王者不却众庶,故能成其德。昔穆公之霸也,西取繇余于戎,东得百里奚于宛,迎蹇叔于宋,求丕豹、公孙枝于晋;孝公用商鞅,以定秦国之法;惠王用张仪,以散六国之从;昭王用范雎,以获兼并之谋:四君皆赖客以成其功,客亦何负于秦哉?大王必欲逐客,客将去秦而为敌国之用,求其效忠谋于秦者,不可得矣。

秦王览其书,大悟,遂除逐客之令,使人驰车往追李斯,及于骊山之下。斯乃还入咸阳,秦王命复其官,任用如初。

李斯因说秦王曰:"昔秦穆公兴霸之时,诸侯尚众,周德未衰,故未可行兼并之术。自孝公以来,周室卑微,诸侯相并,仅存六国,秦之役属诸侯,非一代矣。夫以秦之强,大王之贤,扫荡诸国,如拂灶尘。乃不及此时汲汲图功,坐待诸侯复强,相聚合从,悔之何及!"秦王曰:"寡人欲并吞六国,计将安出?"李斯曰:"韩近秦而弱,请先取韩,以惧诸国。"秦王从其计,使内史腾为将,率师十万攻韩。时韩桓惠王已薨,太子安[12]即位。有公子非者,善于刑名法律之学,见韩之削弱,数上书于韩王安,韩王不能用。及秦兵伐韩,韩王惧,公子非自负其才,欲求用于秦国,乃自请于韩王,愿为使聘秦,以求息兵。韩王从之。公子非西见秦王,言韩王愿纳地为东藩;秦王大喜。非因说之曰:"臣有计可以破天下之从,而遂秦兼并之谋。大王用臣之谋,若赵不举,韩不亡,楚、魏不臣,齐、燕不附,愿斩臣之头,以徇于国,为人臣不忠者之戒。"因献其所著《说难》、《孤愤》、《五蠹》、《说林》等书,五十馀万言。秦王读而善之,欲用为客卿,与议国事。李斯忌其才,谮于秦王曰:"诸侯公子,各亲其亲,岂为他人用哉?秦攻韩,韩王急而遣非入秦,安知不如苏秦反间之计?非不可任也。"秦王曰:"然则逐之乎?"李斯曰:"昔魏公子无忌,赵公子平原,皆曾留秦,秦不用,纵之还国,卒为秦患。非有才,不如杀之,以剪韩之翼。"秦王乃囚韩非于云阳[13],将杀之。非曰:"吾何罪?"狱吏曰:"一栖不两雄。当今之世,有才者非用即诛,何必罪乎?"非乃慷慨赋诗曰:

　　《说》果难,《愤》何已?《五蠹》未除,《说林》何取!膏以香消,麝以脐死[14]。

是夜,非以冠缨自勒其喉而死。韩王闻非死,益惧,请以国内附称臣。秦王乃诏内史腾罢兵。

　　秦王一日与李斯议事,夸韩非之才,惜其已死。李斯乃进曰:"臣举一人,姓尉名缭,大梁人也,深通兵法,其才胜韩非十倍。"秦

第一百五回

王曰："其人安在？"李斯曰："今在咸阳。然其人自负甚高，不可以臣礼屈也。"秦王乃以宾礼召之。尉缭见秦王，长揖不拜。秦王答礼，置之上座，呼为先生。尉缭因进说曰："夫列国之于强秦，譬犹郡县也，散则易尽，合则难攻。夫三晋合而智伯亡，五国合而齐湣走。大王不可不虑。"秦王曰："欲使散而不复合，先生计将安出？"尉缭对曰："今国家之计，皆决于豪臣，豪臣岂尽忠智，不过多得财物为乐耳。大王勿爱府库之藏，厚赂其豪臣，以乱其谋，不过亡三十万金，而诸侯可尽。"秦王大悦，尊尉缭为上客，与之抗礼。衣服饮食，尽与己同，时时造其馆，长跪请教。尉缭曰："吾细察秦王为人，丰准长目，鸷膺豺声，中怀虎狼之心，残刻少恩，用人时轻为人屈，不用亦轻弃人。今天下未一，故不惜屈身于布衣，若得志，天下皆为鱼肉矣！"一夕，不辞而去。馆吏急报秦王。秦王知失臂手，遣轺车四出追还，与之立誓，拜为太尉，主兵事。其弟子皆拜大夫。于是大出内帑金钱，分遣宾客使者，奔走列国，视其宠臣用事者，即厚赂之，探其国情。

秦王复问尉缭以并兼次第。尉缭曰："韩弱易攻，宜先；其次莫如赵、魏。三晋既尽，即举兵而加楚。楚亡，燕、齐又安往乎？"秦王曰："韩已称藩，而赵王尝置酒咸阳宫，未有加兵之名，奈何？"尉缭曰："赵地大兵强，且有韩、魏为助，未可一举而灭也。韩内附称藩，则赵失助之半矣。王若患伐赵无名，请先加兵于魏。赵王有宠臣郭开者，贪得无厌，臣遣弟子王敖往说魏王，使赂郭开而请救于赵王，赵必出兵，吾因以为赵罪，移兵击之。"秦王曰："善。"乃命大将桓齮，率兵十万，出函谷关，声言伐魏。复遣尉缭弟子王敖往魏，付以黄金五万斤，恣其所用。王敖至魏，说魏王曰："三晋所以

茅焦解衣谏秦王　李牧坚壁却桓齮

能抗强秦者,以唇齿互为蔽也。今韩已纳地称藩,而赵王亲诣咸阳,置酒为欢。韩、赵连袂而事秦,秦兵至魏,魏其危矣。大王何不割邺城以赂赵,而求救于赵?赵如发兵守邺,是赵代魏为守也。"魏王曰:"先生度必得之赵王乎?"王敖谬言曰:"赵之用事者郭开,臣素与相善,自能得之。"魏王从其言,以邺郡三城地界,并国书付与王敖,使往赵国求救。王敖先以黄金三千斤,交结郭开,然后言三城之事。郭开受魏金,谓悼襄王曰:"秦之伐魏,欲并魏也;魏亡,则及于赵矣。今彼割邺郡之三城以求救,王宜听之。"悼襄王使扈辄率师五万,往受其地。秦王遂命桓齮进兵攻邺。扈辄出兵拒之,大战于东崮山〔15〕。扈辄兵败。桓齮乘胜追逐,遂拔邺,连破九城。扈辄兵保于宜安〔16〕,遣人告急于赵王。赵王聚群臣共议,众皆曰:"昔年惟廉颇能御秦兵,庞氏、乐氏,亦称良将,今庞煖已死,而乐氏亦无人矣。惟廉颇尚在魏国,何不召之?"

郭开与廉颇有仇,恐其复用,乃谮于赵王曰:"廉将军年近七旬,筋力衰矣。况前有乐乘之隙,若召而不用,益增怨望。大王姑使人觇视,倘其未衰,召之未晚。"赵王惑其言,遣内侍唐玖以貔貅〔17〕名甲一副,良马四匹劳问,因而察之。郭开密邀唐玖至家,具酒相饯,出黄金二十镒为寿。唐玖讶其太厚,自谦无功,不敢受。郭开曰:"有一事相烦,必受此金,方敢启齿。"玖乃收其金,问:"郭大夫有何见谕?"郭开曰:"廉将军与某素不相能。足下此去,倘彼筋力衰颓,自不必言。万一尚壮,亦求足下增添几句,只说老迈不堪,赵王必不复召,此即足下之厚意也。"唐玖领令,竟往魏国,见了廉颇,致赵王之命。廉颇问曰:"秦兵今犯赵乎?"唐玖曰:"将军何以料之?"廉颇曰:"某在魏数年,赵王无一字相及。今忽有名甲

1283

第 一 百 五 回

良马之赐，必有用某之处，是以知之。"唐玖曰："将军不恨赵王耶？"廉颇曰："某方日夜思用赵人，况敢恨赵王也？"乃留唐玖同食，故意在他面前施逞精神，一饭斗米俱尽，啖肉十馀斤，狼餐虎咽，吃了一饱。因披赵王所赐之甲，一跃上马，驰骤如飞。复于马上舞长戟数回，乃跳下马。谓唐玖曰："某何如少年时？烦多多拜上赵王，尚欲以馀年报效！"唐玖明明看见廉颇精神强壮，奈私受了郭开贿赂，回至邯郸，谓赵王曰："廉将军虽然年老，尚能食肉善饭。然有脾疾，与臣同坐，须臾间，遗矢[18]三次矣。"赵王叹曰："战斗时岂堪遗矢？廉颇果老矣！"遂不复召，但益发军以助扈辄。时赵悼襄王之九年，秦王政之十一年[19]也。其后楚王闻知廉颇在魏，使人召之。颇复奔楚为楚将，以楚兵不如赵，郁郁不得志而死。哀哉！史臣有诗云：

老成名将说廉颇，遗矢谗言奈若何？

请看吴亡宰嚭死，郭开何事取金多！

时王敖犹在赵，谓郭开曰："子不忧赵亡耶？何不劝王召廉颇也？"郭开曰："赵之存亡，一国事也。若廉颇，独我之仇，岂可使复来赵国？"王敖知其无为国之心，复探之曰："万一赵亡，君将焉往？"郭开曰："吾将于齐、楚之间，择一国而托身焉。"王敖曰："秦有并吞天下之势，齐、楚犹赵、魏也。为君计，不如托身于秦。秦王恢廓大度，屈己下贤，于人无所不容。"郭开曰："子魏人，何以知秦王之深也？"王敖曰："某之师尉缭子，见为秦太尉，某亦仕秦为大夫。秦王知君能得赵权，故命某交欢于子，所奉黄金，实秦王之赠也。若赵亡，君必来秦，当以上卿授子。赵之美田宅，惟君所欲。"郭开曰："足下果肯相荐，倘有见谕，无不奉承。"王敖复以黄金七

茅焦解衣谏秦王　李牧坚壁却桓齮

千斤，付开曰："秦王以万金见托，欲交结赵国将相，今尽以付君，后有事，当相求也。"郭开大喜曰："开受秦王厚赠，若不用心图报，即非人类。"王敖乃辞郭开归秦，以所馀金四万斤反命曰："臣以一万金了郭开，以一郭开了赵也。"秦王知赵不用廉颇，更催桓齮进兵。赵悼襄王忧惧，一疾而薨。

悼襄王適子名嘉。赵有女娼，善歌舞，悼襄王悦之，留于宫中，与之生子，名迁。悼襄王爱娼，因及迁，乃废適子嘉而立庶子迁为太子，使郭开为太傅。迁素不好学，郭开又导以声色狗马之事，二人相得甚欢。及悼襄王已薨，郭开奉太子迁[20]即位。以三百户封公子嘉，留于国中。郭开为相国用事。桓齮乘赵丧，袭破赵军于宜安，斩扈辄，杀十万馀人，进逼邯郸。赵王迁自为太子时，闻代守李牧之能，乃使人乘急传，持大将军印召牧。牧在代，有选车千五百乘，选骑万三千匹，精兵五万馀人；留车三百乘，骑三千，兵万人守代，其馀悉以自随，屯于邯郸城外；单身入城，谒见赵王。赵王问以却秦之术。李牧奏曰："秦乘累胜之威，其锋甚锐，未易挫也。愿假臣便宜，无拘文法，方敢受命。"赵王许之。又问："代兵堪战乎？"李牧曰："战则未足，守则有馀。"赵王曰："今悉境内劲卒，尚可十万，使赵葱、颜聚各将五万，听君节制。"李牧拜命而行，列营于肥累[21]，置壁垒，坚守不战。日椎牛享士，使分队较射。军士日受赏赐，自求出战，牧终不许。桓齮曰："昔廉颇以坚壁拒王龁，今李牧亦用此计也。"乃分兵一半，往袭甘泉市[22]。赵葱请救之。李牧曰："彼攻而我救，是致于人也，兵家所忌。不如往攻其营。彼方有事甘泉市，其营必虚，又见我坚壁已久，不为战备。若袭破

1285

第一百五回

其营。则桓齮之气夺矣。"遂分兵三路,夜袭其营。营中不意赵兵猝至,遂大溃败,杀死有名牙将十馀员,士卒无算。败兵奔往甘泉市,报知桓齮。桓齮大怒,悉兵来战。李牧张两翼以待之,代兵奋勇当先。交锋正酣,左右翼并进,桓齮不能抵当,大败,走归咸阳。赵王以李牧有却秦之功,曰:"牧乃吾之白起也!"亦封为武安君,食邑万户。秦王政怒桓齮兵败,废为庶人。复使大将王翦、杨端和,各将兵分道伐赵。不知胜负如何,且看下回分解。

---

〔1〕 不旋踵:不转动脚跟。引申为迅速。

〔2〕 二十八宿(xiù 秀):中国古代天文学家把日月所经过的天区,即黄道带的恒星分为二十八个星座,称为二十八宿。

〔3〕 踽踽(jǔ 举):小步慢行的样子。

〔4〕 舜事嚚(yín 银)母:嚚,愚蠢。舜母死,有后母冥顽,虐待舜。但"舜顺适不失子道"(《史记·五帝本纪》)。

〔5〕 龙首山:一名龙首原。在今西安市境内,北起渭河,南止樊川,长六十馀里。

〔6〕 颖考叔:指郑庄公逐母,而颖考叔能劝其与母和好之事。见第四回。

〔7〕 郫(pí 皮):古邑名。即今四川省成都市郫都区。

〔8〕 杀人之君:指秦孝文王除丧之三日,即中毒而死。见第一百一回。

〔9〕 上蔡:古邑名。战国时属楚。今属河南省。

〔10〕 司里:古官名。掌外来宾客馆舍和民居。《国语·周语》:"敌国宾至,关尹以告……司里授馆。"

〔11〕 邮传:又称驿传,驿站。既供来往官员住宿,也可以传递文书。

〔12〕 太子安：即位后称韩王安，在位九年（前238—前230）。国并于秦。为韩最后一位国君，故无谥号。

〔13〕 云阳：秦县名。在今陕西淳化县西北。

〔14〕 麝以脐死：麝，鹿属，似鹿而小，腹部阴囊附近有香腺，其分泌物特香，可制麝香。人们为取得麝香而捕杀麝，故言麝以脐死。

〔15〕 东崤山：古山名。应在今河北南部。地址不详。

〔16〕 宜安：战国赵邑名。在今河北石家庄市藁城区西南。

〔17〕 猹貌（táng ní 唐泥）：兽名。疑类犀牛。古代铠甲多用其图象为饰，亦用其皮为铠甲。

〔18〕 矢：同屎。

〔19〕 秦王政之十一年：即公元前236年。

〔20〕 太子迁：即位后称赵王迁。在位八年（前235—前228）。赵灭后其兄嘉立国于代，谥赵王迁为幽缪王。

〔21〕 肥累：战国时赵地。在今河北石家庄市藁城区西七里。《史记》作"肥下"。

〔22〕 甘泉市：战国时赵地，具体地址待考。

第一百六回

王敖反间杀李牧　田光刎颈荐荆轲

话说赵王迁五年[1]，代中地震，墙屋倾倒大半，平地裂开百三十步，邯郸大旱。民间有童谣曰：

秦人笑，赵人号，以为不信，视地生毛。

明年，地果生白毛，长尺馀。郭开蒙蔽，不使赵王闻之。时秦王再遣大将王翦、杨端和分道伐赵。王翦从太原一路进兵，杨端和从常山[2]一路进兵。复遣内史腾引军十万，屯于上党，以为声援。时燕太子丹为质于秦，见秦兵大举伐赵，知祸必及于燕，阴使人致书于燕王，使为战守之备。又教燕王诈称有疾，使人请太子归国。燕王依其计，遣使至秦。秦王政曰："燕王不死，太子未可归也。欲归太子，除是乌头白，马生角，方可！"太子丹仰天大呼，怨气一道，直冲霄汉，乌头皆白。秦王犹不肯遣。太子丹乃易服毁面，为人佣仆，赚出函谷关，星夜往燕国去讫。今真定府定州[3]南，有台名闻鸡台，即太子丹逃秦时，闻鸡早发处也。秦王方图韩、赵，未暇讨燕丹逃归之罪。

再说赵武安君李牧，大军屯于灰泉山[4]，连营数里，秦两路车马，皆不敢进。秦王闻此信，复遣王敖至王翦军中，王敖谓翦曰：

王敖反间杀李牧　田光刎颈荐荆轲

"李牧北边名将,未易取胜。将军姑与通和,但勿定约。使命往来之间,某自有计。"王翦果使人往赵营讲和。李牧亦使人报之。王敖至赵,再打郭开关节,言:"李牧与秦私自讲和,约破赵之日,分王代郡。若以此言进于赵王,使以他将易去李牧。某言于秦王,君之功劳不小。"郭开已有外心,遂依王敖说话,密奏赵王。赵王阴使左右往察其情,果见李牧与王翦信使往来,遂信以为实然,谋于郭开。郭开奏曰:"赵葱、颜聚,见在军中,大王诚遣使持兵符,即军中拜赵葱为大将,替回李牧。只说用为相国,牧必不疑。"赵王从其言,遣司马尚持节至灰泉山军中,宣赵王之命。李牧曰:"两军对垒,国家安危,悬于一将,虽有君命,吾不敢从!"司马尚私告李牧曰:"郭开谮将军欲反,赵王入其言,是以相召,言拜相者,欺将军之言也。"李牧忿然曰:"开始谮廉颇,今复谮吾,吾当提兵入朝,先除君侧之恶,然后御秦可也。"司马尚曰:"将军称兵犯阙,知者以为忠,不知者反以为叛,适令谗人借为口实。以将军之才,随处可立功名,何必赵也。"李牧叹曰:"吾尝恨乐毅、廉颇为赵将不终,不意今日乃及自己!"又曰:"赵葱不堪代将,吾不可以将印授之。"乃悬印于幕中,中夜微服遁去,欲往魏国。赵葱感郭开举荐之恩,又怒李牧不肯授印,乃遣力士急捕李牧。得于旅人之家,乘其醉,缚而斩之,以其首来献。可怜李牧一时名将,为郭开所害,岂不冤哉! 史臣有诗云:

却秦守代著威名,大厦全凭一木撑。

何事郭开贪外市,致令一旦坏长城!

司马尚不敢复命,窃妻孥奔海上去讫。赵葱遂代李牧挂印为大将,颜聚为副。代兵素服李牧,见其无辜被害,不胜愤怒,一夜间逾山

第一百六回

越谷,逃散俱尽,赵葱不能禁也。

却说秦兵闻李牧死,军中皆酌酒相贺。王翦、杨端和两路军马,刻期并进。赵葱与颜聚计议,欲分兵往救太原、常山二处。颜聚曰:"新易大将,军心不安,若合兵犹足以守,一分则势弱矣。"言未毕,哨马报:"王翦攻狼孟[5]甚急,破在旦夕!"赵葱曰:"狼孟一破,彼将长驱井陉[6],合攻常山,而邯郸危矣!不得不往救之。"遂不听颜聚之谏,传令拔寨俱起。王翦觇探明白,预伏兵大谷。遣人于高阜了望,只等赵葱兵过一半,放起号炮,伏兵一齐杀出,将赵兵截做两段,首尾不能相顾。王翦引大军倾江倒峡般杀来,赵葱迎敌,兵败,为王翦所杀。颜聚收拾败军,奔回邯郸。秦兵遂拔狼孟,由井陉进兵,攻取下邑[7]。杨端和亦收取常山馀地,进围邯郸。秦王政闻两路兵俱已得胜,因命内史腾移兵往韩受地。韩王安大惧,尽献其城,入为秦臣。秦以韩地为颍川郡[8]。此韩王安之九年,秦王政之十七年也。韩自武子万[9]受邑于晋,三世至献子厥,始执晋政。厥三传至康子虎,始灭智氏。虎再传至景侯虔,始为诸侯。虔六传至宣惠王,始称王。四传至王安,而国入于秦。自韩虎六年,至宣惠王九年,凡为侯共八十年;自宣惠王十年,至王安九年国灭,凡为王九十四年。自此,六国只存其五矣。史臣有赞云:

> 万封韩原,贤裔惟厥;计全赵孤,阴功不泄。始偶六卿,终分三穴;从约不守,稽首秦阙。韩非虽使,无救亡灭!

再说秦兵围邯郸,颜聚悉兵拒守,赵王迁恐惧,欲遣使邻邦求救。郭开进曰:"韩王已入臣,燕、魏方自保不暇,安能相救?以臣愚见,秦兵势大,不如全城归顺,不失封侯之位。"王迁欲听之。公子嘉伏地痛哭曰:"先王以社稷宗庙传于王,何可弃也?臣愿与颜聚竭力效死！万一城破，代郡数百里，尚可为国，奈何束手为人俘囚乎？"郭开曰："城破则王为虏，岂能及代哉？"公子嘉拔剑在手，指郭开曰："覆国谗臣，尚敢多言！吾必斩之！"赵王劝解方散。王迁回宫，无计可施，惟饮酒取乐而已。

郭开欲约会秦兵献城，奈公子嘉率其宗族宾客，帮助颜聚加意防守，水泄不漏，不能通信。其时岁值连荒，城外民人逃尽。秦兵野无所掠，惟城中广有积粟，食用不乏，急切不下。乃与杨端和计议，暂退兵五十里外，以就粮运。城中见秦兵退去，防范稍弛，日启门一次，通出入。郭开乘此隙，遣心腹出城，将密书一封，送入秦寨。书中大意云："某久有献城之意，奈不得其便。然赵王已十分畏惧，倘得秦王大驾亲临，某当力劝赵王行衔璧舆榇[10]之礼。"王翦得书，即遣人驰报秦王。秦王亲帅精兵三万，使大将李信扈驾，取太原路，来至邯郸，复围其城，昼夜攻打。城上望见大旆有"秦王"字，飞报赵王。赵王愈恐。郭开曰："秦王亲提兵至此，其意不破邯郸不已，公子嘉、颜聚辈不足恃也。愿大王自断于心！"赵王曰："寡人欲降秦，恐见杀如何？"郭开曰："秦不害韩王，岂害大王哉？若以和氏之璧，并邯郸地图出献，秦王必喜。"赵王曰："卿度可行，便写降书。"郭开写就降书，又奏曰："降书虽写，公子嘉必然阻挡。闻秦王大营在西门，大王假以巡城为名，乘驾到彼，竟自开门送款，何愁不纳？"赵王一向昏迷，惟郭开之言是听，到此危急之际，益无主持，遂依其言。

颜聚方在北门点视，闻报赵王已出西门，送款于秦，大惊。公子嘉亦飞骑而至，言："城上奉赵王之命，已竖降旗，秦兵即刻入城矣。"颜聚曰："吾当以死据住北门，公子收敛公族，火速到此，同奔

第一百六回

代地,再图恢复。"公子嘉从其计,即率其宗族数百人,同颜聚奔出北门,星夜往代。颜聚劝公子嘉自立为代王[11],以令其众。表李牧之功,复其官爵,亲自设祭,以收代人之心。遣使东与燕合,屯军于上谷[12],以备秦寇。代国赖以粗定。不在话下。

再说秦王政准赵王迁之降,长驱入邯郸城,居赵王之宫。赵王以臣礼拜见,秦王坐而受之,故臣多有流涕者。明日,秦王弄和氏之璧,笑谓群臣曰:"此先王以十五城易之而不得者也!"于是秦王出令,以赵地为巨鹿郡[13],置守;安置赵王于房陵[14];封郭开为上卿。赵王方悟郭开卖国之罪,叹曰:"使李牧在此,秦人岂得食吾邯郸之粟耶?"那房陵四面有石室,如房屋一般。赵王居石室之中,闻水声淙淙,问左右。对曰:"楚有四水,江、汉、沮、漳[15],此名沮水,出房山达于汉江。"赵王凄然叹曰:"水乃无情之物,尚能自达于汉江,寡人羁因在此,望故乡千里,岂能至哉!"乃作山水之讴云:

> 房山为宫兮,沮水为浆。不闻调琴奏瑟兮,惟闻流水之汤汤!水之无情兮,犹能自致于汉江。嗟余万乘之主兮,徒梦怀乎故乡!夫谁使余及此兮?乃谗言之孔张!良臣淹没兮,社稷沦亡。余听不聪兮!敢怨秦王?

终夜无聊,每一发讴,哀动左右,遂发病不起。代王嘉闻王迁死,谥为幽谬王。有诗为证:

> 吴主丧邦由伯嚭,赵王迁死为贪开。
> 若教贪佞能疏远,万岁金汤[16]永不隳。

秦王班师回咸阳,暂且休兵养士。郭开积金甚多,不能携带,乃俱窖于邯郸之宅第。事既定,自言于秦王,请休假回赵,搬取家财。秦王笑而许之。既至邯郸，发窖取金，载以数车，中途为盗所杀，取金而去。或云："李牧之客所为也。"呜呼！得金卖国，徒杀其身，愚哉！

再说燕太子丹逃回燕国，恨秦王甚，乃散家财，大聚宾客，谋为报秦之举。访得勇士夏扶、宋意，皆厚待之。有秦舞阳，年十三，白昼杀仇人于都市，市人畏不敢近。太子赦其罪，收致门下。秦将樊於期得罪奔燕，匿深山中。至是闻太子好客，亦出身自归。丹待为上宾，于易水之东，筑一城以居之，名曰樊馆。太傅鞠武谏曰："秦虎狼之国，方蚕食诸侯，即使无隙，犹将生事。况收其仇人以为射的，如批龙之逆鳞，其伤必矣。愿太子速遣樊将军入匈奴以灭口。请西约三晋，南连齐、楚，北结匈奴，然后乃可徐图也。"太子丹曰："太傅之计，旷日弥久。丹心如焚炙，不能须臾安息。况樊将军穷困来归，是丹哀怜之交也。丹岂以强秦之故，而远弃樊将军于荒漠？丹有死，不能矣。愿太傅更为丹虑之！"鞠武曰："夫以弱燕而抗强秦，如以毛投炉，无不焚也；以卵投石，无不碎也。臣智浅识寡，不能为太子画策。所识有田光先生，其人智深而勇沉，且多识异人。太子必欲图秦，非田光先生不可。"太子丹曰："丹未得交于田先生，愿因太傅而致之。"鞠武曰："敬诺。"

鞠武即驾车往田光家中，告曰："太子丹敬慕先生，愿就而决事，愿先生勿却！"田光曰："太子，贵人也，岂敢屈车驾哉？即不以光为鄙陋，欲共计事，光当往见，不敢自逸。"鞠武曰："先生不惜枉驾，此太子之幸也。"遂与田光同车，造太子宫中。太子丹闻田光至，亲出宫迎接，执辔下车，却行[17]为导，再拜致敬，跪拂其席。

第一百六回

田光年老，偻行登上坐，旁观者皆窃笑。太子丹屏左右，避席而请曰："今日之势，燕、秦不两立，闻先生智勇足备，能奋奇策，救燕须臾之亡乎？"田光对曰："臣闻骐骥盛壮之时，一日而驰千里，及其衰老，驽马先之。今鞠太傅但知臣盛壮之时，不知臣已衰老矣。"太子丹曰："度先生交游中，亦有智勇如先生少壮之时，可代为先生持筹者乎？"田光摇首曰："大难，大难！虽然，太子自审门下客，可用者有几人？光请相之。"太子丹乃悉召夏扶、宋意、秦舞阳至，与田光相见。田光一一相过，问其姓名，谓太子曰："臣窃观太子客，俱无可用者。夏扶血勇之人，怒则面赤；宋意脉勇之人，怒则面青；秦舞阳骨勇之人，怒则面白。夫怒形于面，而使人觉之，何以济事？臣所知有荆卿者，乃神勇之人，喜怒不形，似为胜之。"太子丹曰："荆卿何名？何处人氏？"田光曰："荆卿者，名轲，本庆氏，齐大夫庆封之后也。庆封奔吴，家于朱方，楚讨杀庆封，其族奔卫，为卫人。以剑术说卫元君，元君不能用。及秦拔魏东地，并濮阳为东郡[18]，而轲复奔燕，改氏曰荆，人呼为荆卿，性嗜酒，燕人高渐离者，善击筑[19]，轲爱之，日与饮于燕市中。酒酣，渐离击筑，荆卿和而歌之，歌罢，辄涕泣而叹，以为天下无知己。此其人沉深有谋略，光万不如也。"太子丹曰："丹未得交于荆卿，愿因先生而致之。"田光曰："荆卿贫，臣每给其酒资，是宜听臣之言。"太子丹送田光出门，以自己所乘之车奉之，使内侍为御。光将上车，太子嘱曰："丹所言，国之大事也，愿先生勿泄于他人。"田光笑曰："老臣不敢。"

田光上车，访荆轲于酒市中。轲与高渐离同饮半酣，渐离方调筑。田光闻筑音，下车直入，呼荆卿。渐离携筑避去。荆轲与田光

王敖反间杀李牧　田光刎颈荐荆轲

相见,邀轲至其家中,谓曰:"荆卿尝叹天下无知己,光亦以为然。然光老矣,精衰力耗,不足为知己驱驰。荆卿方壮盛,亦有意一试其胸中之奇乎?"荆轲曰:"岂不愿之,但不遇其人耳。"田光曰:"太子丹折节重客,燕国莫不闻之。今者不知光之衰老,乃以燕、秦之事谋及于光。光与卿相善,知卿之才,荐以自代,愿卿即过太子宫。"荆轲曰:"先生有命,轲敢不从!"田光欲激荆轲之志,乃抚剑叹曰:"光闻之:长者为行,不使人疑。今太子以国事告光,而嘱光勿泄,是疑光也。光奈何欲成人之事,而受其疑哉!光请以死自明,愿足下急往报于太子。"遂拔剑自刎而死。

荆轲方悲泣,而太子复遣使来视:"荆先生来否?"荆轲知其诚,即乘田光来车,至太子宫。太子接待荆轲,与田光无二。既相见,问:"田先生何不同来?"荆轲曰:"光闻太子有私嘱之语,欲以死明其不言,已伏剑死矣!"太子丹抚膺恸哭曰:"田先生为丹而死,岂不冤哉!"良久收泪,纳轲于上座,太子丹避席顿首。轲慌忙答礼。太子丹曰:"田先生不以丹为不肖,使丹得见荆卿,天与之幸,愿荆卿勿见鄙弃。"荆轲曰:"太子所以忧秦者,何也?"丹曰:"秦譬犹虎狼,吞噬无厌,非尽收天下之地,臣海内之王,其欲未足。今韩王尽已纳地为郡县矣。王翦大兵复破赵,虏其王。赵亡,次必及燕。此丹之所以卧不安席,临食而废箸者也。"荆轲曰:"以太子之计,将举兵与角胜负乎?抑别有他策耶?"太子丹曰:"燕小弱,数困于兵。今赵公子嘉自称代王,欲与燕合兵拒秦。丹恐举国之众,不当秦之一将,虽附以代王,未见其势之盛也。魏、齐素附于秦,而楚又远不相及,诸侯畏秦之强,无肯合从者。丹窃有愚计,诚得天下之勇士,伪使于秦,诱以重利,秦王贪得,必相近,因乘间劫之,使悉反诸侯侵地,如曹沫之于齐桓公,则大善矣。倘不从,则刺杀之。彼大将握重兵,各不相下,君亡国乱,上下猜疑,然后连合楚、魏,共立韩、赵之后,并力破秦,此乾坤再造之时也!惟荆卿留意焉。"荆轲沉思良久,对曰:"此国之大事也,臣驽下,恐不足当任使。"太子丹前顿首固请曰:"以荆卿高义,丹愿委命于卿,幸毋让!"荆轲再三谦逊,然后许诺。于是尊荆轲为上卿,于樊馆之右,复筑一城,名曰荆馆,以奉荆轲。太子丹日造门下问安,供以太牢。间进车骑美女,恣其所欲,惟恐其意之不适也。轲一日与太子游东宫,观池水,有大龟出池旁,轲偶拾瓦投龟,太子丹捧金丸进之以代瓦。又一日共试骑,太子丹有马日行千里,轲偶言马肝味美,须臾,庖人进肝,所杀即千里马也。丹又言及秦将樊於期得罪秦王,见在燕国。荆轲请见之。太子治酒于华阳之台,请荆轲与樊於期相会,出所幸美人奉酒,复使美人鼓琴娱客。荆轲见其两手如玉,赞曰,"美哉手也!"席散,丹使内侍以玉盘送物于轲,轲启视之,乃断美人之手。自明于轲,无所吝惜。轲叹曰:"太子遇轲厚,乃至此乎?当以死报之!"不知荆轲如何报恩,且看下回分解。

〔1〕 赵王迁五年:即公元前231年。

〔2〕 常山:即北岳恒山,汉时避文帝刘恒讳改。其峰脉绵延至今河北曲阳。

〔3〕 定州:明代州名,北魏置。其辖境约今河北定县、曲阳、深泽等地。

〔4〕 灰泉山:古山名。应在今河北中部,地址不详。

〔5〕 狼孟:战国时赵地名。今山西阳曲县。

〔6〕 井陉：太行山关隘名。在今河北井陉县北，是由太行山进入华北平原的隘口。

〔7〕 下邑：国都属县。《春秋·庄公二十八年》孔疏："国都为上，邑为下。"此指赵都邯郸附近之城邑。

〔8〕 颍川郡：郡名。秦王政十七年（前230）置。辖境约今河南省中部，以有颍水而得名。治所在阳翟（今河南禹州市）。

〔9〕 武子万：即姬万。乃曲沃桓叔之子，因受封于韩原（今陕西韩城市西南），后谥为韩武子，成为韩之始祖，韩厥之祖父。

〔10〕 衔璧舆榇（chèn 趁）：古代国君死后，口含玉。故国君出降，衔璧以示国亡当死。舆榇，指载棺以随。《左传·僖公六年》："许男面缚衔璧，大夫衰绖，士舆榇。"

〔11〕 代王：代王韩嘉，赵襄悼王嫡子。赵亡奔代，赵之亡大夫共立嘉为王。在位六年（前227—前222）。终并于秦。

〔12〕 上谷：战国赵地。在今河北怀来县南。

〔13〕 巨鹿郡：秦郡名。应为秦始皇二十五年（前222年）置。辖境约今河北省中南部。治所在今河北巨鹿县。

〔14〕 房陵：原楚邑名，此时已为秦有。在今湖北省房县。

〔15〕 沮、漳：均古水名。地在今湖北省中部。沮水源出保康县西南，漳水源出湖北南漳县西南。二水东南流至当阳市汇合，称沮漳河。南流至荆州入长江。

〔16〕 金汤：金喻其坚，汤喻沸热而不可近。故古代以金汤比喻防守坚固。

〔17〕 却行：倒退而行。是表示极其恭敬的样子。

〔18〕 东郡：秦郡名。秦王政五年（前242）置。辖境约今河南省北部及山东西部一带。治所在濮阳（今河南濮阳市西南）。

〔19〕 筑（zhú 竹）：弦乐器名，似琴，有十三弦。弹者以左手扼之，右手用竹尺击之。

第一百七回

献地图荆轲闹秦庭　论兵法王翦代李信

话说荆轲平日，常与人论剑术，少所许可，惟心服榆次[1]人盖聂，自以为不及，与之深结为友。至是，轲受燕太子丹厚恩，欲西入秦劫秦王，使人访求盖聂。欲邀请至燕，与之商议。因盖聂游踪未定，一时不能勾来到。太子丹知荆轲是个豪杰，旦暮敬事，不敢催促。忽边人报道："秦王遣大将王翦，北略地至燕南界。代王嘉遣使相约，一同发兵，共守上谷以拒秦。"太子丹大惧，言于荆轲曰："秦兵旦暮渡易水，足下虽欲为燕计，岂有及哉？"荆轲曰："臣思之熟矣！此行倘无以取信于秦王，未可得近也。夫樊将军得罪于秦，秦王购其首，黄金千斤，封邑万家。而督亢膏腴之地，秦人所欲。诚得樊将军之首，与督亢之地图，奉献秦王。彼必喜而见臣，臣乃得有以报太子。"丹曰："樊将军穷困来归，何忍杀之？若督亢地图，所不敢惜！"荆轲知太子丹不忍，乃私见樊於期曰："将军得祸于秦，可谓深矣。父母宗族，皆为戮殁，今闻购将军之首，金千斤，邑万家，将军将何以雪其恨乎？"樊於期仰天太息，流涕而言曰："某每一念及秦政，痛彻心髓！愿与之俱死，恨未有其地耳。"荆轲曰："今有一言，可以解燕国之患，报将军之仇者，将军肯听之乎？"

献地图荆轲闹秦庭　论兵法王翦代李信

於期亟问曰："计将安出？"荆轲踌躇不语。於期曰："荆卿何以不言？"轲曰："计诚有之，但难于出口。"於期曰："苟报秦仇，虽粉骨碎身，某所不恤，又何出口之难乎？"荆轲曰："某之愚计，欲前刺秦王，而恐其不得近也。诚得将军之首，以献于秦。秦王必喜而见臣，臣左手把其袖，右手斫其胸，则将军之仇报，而燕亦得免于灭亡之患矣。将军以为何如？"樊於期卸衣偏袒，奋臂顿足，大呼曰："此臣之日夜切齿腐心而恨其无策者也，今乃得闻明教。"即拔佩剑刎其喉，喉绝而颈未断，荆轲复以剑断之。有诗为证：

闻说奇谋喜欲狂，幽魂先已赴咸阳。

荆卿若遂屠龙计，不枉将军剑下亡。

荆轲使人飞报太子曰："已得樊将军首矣！"太子丹闻报，驰车至，伏尸而哭极哀，命厚葬其身，而以其首置木函中。荆轲曰："太子曾觅利匕首乎？"太子丹曰："有赵人徐夫人匕首，长一尺八寸，甚利，丹以百金得之。使工人染以毒药，曾以试人，若出血沾丝缕，无不立死。装以待荆卿久矣！未知荆卿行期何日？"荆轲曰："臣有所善客盖聂未至，欲俟之以为副。"太子丹曰："足下之客，如海中之萍，未可定也。丹之门下，有勇士数人，惟秦舞阳为最，或可以副行乎？"荆轲见太子十分急切，乃叹曰："今提一匕首，入不测之强秦，此往而不返者也。臣所以迟迟，欲俟吾客，本图万全。太子既不能待，请行矣。"于是太子丹草就国书，只说献督亢之地并樊将军之首，俱付荆轲。以千金为轲治装。秦舞阳为副使，同行。临发之日，太子丹与相厚宾客知其事者，俱白衣素冠，送至易水之上，设宴饯行。高渐离闻荆轲入秦，亦持豚肩斗酒而至，荆轲使与太子丹相见，丹命入席同坐。酒行数巡，高渐离击筑，荆轲和而歌，为变徵[2]之声。歌曰：

　　风萧萧兮易水寒，壮士一去兮不复还！

声甚哀惨，宾客及随从之人，无不涕泣，有如临丧。荆轲仰面呵气，直冲霄汉，化成白虹一道，贯于日中，见者惊异。轲复慷慨为羽声[3]，歌曰：

　　探虎穴兮入蛟宫，仰天嘘气兮成白虹！

其声激烈雄壮，众莫不瞋目奋励，有如临敌。于是太子丹复引卮酒，跪进于轲。轲一吸而尽，牵舞阳之臂，腾跃上车，催鞭疾驰，竟不反顾。太子丹登高阜以望之，不见而止，凄然如有所失，带泪而返。晋处士陶靖节[4]有诗曰：

　　燕丹善养士，志在报强嬴。
　　招集百夫良，岁暮得荆卿。
　　君子死知己，提剑出燕京。
　　素骥鸣广陌，慷慨送我行。
　　雄发指危冠，猛气冲长缨。
　　饮饯易水上，四座列群英。
　　左席击悲筑，右席唱高声。
　　萧萧哀风逝，淡淡寒波生。
　　商音更流涕，羽奏壮士惊。
　　心知去不归，且有后世名。

荆轲既至咸阳，知中庶子[5]蒙嘉有宠于秦王，先以千金赂之，求为先容[6]。蒙嘉入奏秦王曰："燕王怖大王之威，不敢举兵，以逆军吏，愿举国为内臣，比于诸侯之列，给贡职如郡县，以奉守先人之宗庙。恐惧不敢自陈，谨斩樊於期之首，及献燕督亢之地图，燕

献地图荆轲闹秦庭　论兵法王翦代李信

王亲自函封,拜送使者于庭。今上卿荆轲,见在馆驿候旨,惟大王命之。"秦王闻樊於期已诛,大喜,乃朝服,设九宾之礼,召使者至咸阳宫相见。荆轲藏匕首于袖,捧樊於期头函,秦舞阳捧督亢舆地图匣,相随而进。将次升阶,秦舞阳面白如死人,似有振恐之状。侍臣曰:"使者色变为何?"荆轲回顾舞阳而笑,上前叩首谢曰:"一介秦舞阳,乃北番蛮夷之鄙人。生平未尝见天子,故不胜振慑悚息[7],易其常度。愿大王宽宥其罪,使得毕使于前。"秦王传旨,止许正使一人上殿。左右叱舞阳下阶。秦王命取头函验之,果是樊於期之首,问荆轲:"何不早杀逆臣来献?"荆轲奏曰:"樊於期得罪天子,窜伏北漠,寡君悬千金之赏,购求得之。欲生致于大王,诚恐中途有变,故断其首,冀以稍纾大王之怒。"荆轲辞语从容,颜色愈和,秦王不疑。

时秦舞阳捧地图匣,俯首跪于阶下。秦王谓荆轲曰:"取舞阳所持地图来,与寡人观之!"荆轲从舞阳手中,取过图函,亲自呈上。秦王展图,方欲观看。荆轲匕首已露,不能掩藏,当下未免着忙。左手把秦王之袖,右手执匕首刺其胸。未及身,秦王大惊,奋身而起,袖绝。因那时五月初旬天气,所穿罗縠[8]单衣,故易裂也。王座旁设有屏风,长八尺,秦王超而过之,屏风仆地。荆轲持匕首在后紧追。秦王不能脱身,绕柱而走。原来秦法:群臣侍殿上者,不许持尺寸之兵。诸郎中宿卫之官[9],执兵戈者,皆陈列于殿下。非奉宣召,不敢擅自入殿。今仓卒变起,不暇呼唤。群臣皆以手共搏轲。轲勇甚,近者辄仆。有侍医夏无且,亦以药囊击轲。轲奋臂一挥,药囊俱碎。虽然荆轲勇甚,群臣没奈他何。却也亏着要打发众人,所以秦王东奔西走,不曾被荆轲拿住。秦王所佩宝剑,

1301

名"鹿卢",长八尺,欲拔剑击轲。剑长,靶不能脱。有小内侍赵高急唤曰:"大王何不背剑而拔之?"秦王悟,依其言,把剑推在背后,前边便短,容易拔出。秦王勇力,不弱于荆轲。匕首尺馀,止可近刺,剑长八尺,可以远击。秦王得剑在手,其胆便壮,遂直前来砍荆轲,断其左股。荆轲扑身倒于左边铜柱之旁,不能起立,乃举匕首以掷秦王。秦王闪开,那匕首在秦王耳边过去,直刺入右边铜柱之中,火光迸出。秦王复以剑击轲,轲以手接剑,三指俱落,连被八创。荆轲倚柱而笑,向秦王箕踞[10]骂曰:"幸哉汝也!吾欲效曹沫故事,以生劫汝,反诸侯侵地。不意事之不就,被汝幸免,岂非天乎!然汝恃强力,吞并诸侯,享国亦岂长久耶?"左右争上前攒杀之。秦舞阳在殿下,知荆轲动手,也要向前,却被郎中等众人击杀。此秦王政二十年事也。可惜荆轲受了燕太子丹多时供养,特地入秦,一事无成。不惟自害其身,又枉害了田光、樊於期、秦舞阳三人性命,断送燕丹父子,岂非剑术之不精乎?髯翁有诗云:

　　独提匕首入秦都,神勇其如剑术疏!
　　壮士不还谋不就,樊君应与觅头颅。

秦王心战目眩,呆坐半日,神色方才稍定。往视荆轲,轲双目圆睁,宛如生人,怒气勃勃。秦王惧,命取荆轲、秦舞阳之尸,及樊於期之首,同焚于市中。燕国从者皆枭首,分悬国门。遂起驾还内宫。宫中后妃闻变,俱前来问安,因置酒压惊称贺。有一胡姬,乃赵王宫人,秦王破赵,选入宫,善琴有宠,列在妃位。秦王使鼓琴解闷。胡姬援琴而奏之,其声曰:

　　罗縠单衣兮可裂而绝,八尺屏风兮可超而越,
　　鹿卢之剑兮可负而拔,嗤彼凶狡兮身亡国灭!

秦王爱其敏捷,赐缯绮[11]一箧。是夜尽欢,因宿于胡姬之宫。后来胡姬生子,即胡亥也,是为二世皇帝[12]。此是后话。

次早,秦王视朝,论功行赏,首推夏无且,以黄金二百镒赐之,曰:"无且爱我,以药囊投荆轲也。"次唤小内侍赵高曰:"'背剑而拔之',赖汝教我。"亦赐黄金百镒。群臣中手搏荆轲者,视有伤轻重加赏。殿下郎中人等,击杀秦舞阳者,亦俱有赐。蒙嘉误为荆轲先容,凌迟处死,灭其家。蒙骜先已病死,其子蒙武,见为裨将,以不知情,特赦之。秦王怒气未息,乃益发兵,使王贲将之,助其父王翦攻燕。

燕太子丹不胜其愤,悉众迎战于易水之西。燕兵大败,夏扶、宋意皆战死。丹奔蓟城,鞠武被杀。王翦合兵围之,十月城破。燕王喜谓太子丹曰:"今日破国亡家,尽由于汝!"丹对曰:"韩、赵之灭,岂亦丹罪耶?今城中精兵,尚有二万,辽东负山阻河,犹足固守,父王宜速往!"燕王喜不得已,登车开东门而出。太子丹尽驱其精兵,亲自断后,护送燕王东行,退保辽东,都平壤[13]。王翦攻下蓟城,告捷于咸阳。王翦积劳成病,一面上表告老。秦王曰:"太子丹之仇,寡人不能忘,然王翦诚老矣。"使将军李信代领其众,以追燕王父子。召王翦归,赐予甚厚。翦谢病,老于频阳[14]。燕王闻李信兵至,遣使求救于代王嘉。嘉乃报燕王书,略曰:

　　秦所以急攻燕者,以怨太子丹故也。王能杀丹以谢于秦,秦怒必解,燕之社稷,幸得血食。

燕王喜犹豫未忍,太子丹惧诛,乃与其宾客,自匿于桃花岛[15]。李信屯兵首山[16],使人持书数太子丹之罪。燕王喜大惧,佯召太子丹计事,以酒灌醉,缢杀之,然后断其首。燕王喜哭之恸。时夏

1303

第一百七回

五月,忽然天降大雪,平地深二尺五寸,寒凛如严冬,人谓太子丹怨气所致也。燕王将太子丹之首,函送李信军中,为书谢罪。李信驰奏秦王,且言:"五月大雪,军人苦寒多病,求暂许班师。"秦王谋于尉缭,尉缭奏曰:"燕栖于辽,赵栖于代,譬之游魂,不久自散。今日之计,宜先下魏,次及荆楚。二国既定,燕、代可不劳而下。"秦王曰:"善。"乃诏李信收兵回国。再命王贲为大将,引军十万,出函谷关攻魏。

时魏景湣王已薨,太子假[17]立三年矣。自秦攻燕时,魏王假增筑大梁之城,内外俱浚深沟,预修守备。使人结好齐王,说以利害,言:"魏与齐乃唇齿之国,唇亡则齿寒。魏亡,则祸必及于齐。愿同心协力,互相救援。"齐自君王后薨,其弟后胜,为相国用事,多受秦黄金,力言:"秦必不负齐,今若与魏合从,必触秦怒。"齐王建惑其言,遂辞魏使。王贲连战皆胜,进围大梁。值天道多雨,王贲乘油幙车[18],访求水势,知黄河在城之西北,而汴河从荥阳发源来,亦经由城西而过,乃命军士于西北开渠,引二河之水,筑堤壅其下流。军士冒雨兴工,王贲亲自持盖催督。及渠成,雨一连十日不止,水势浩大,贲命决堤通沟,内外沟俱泛溢。城被浸三日,颓坏者数处,秦兵遂乘之而入。魏王假方与群臣议书降表,为王贲所虏,上囚车,与宫属俱送至咸阳。假中途病死。王贲尽取魏地,为三川郡[19]。并收野王地,废卫君角[20]为庶人。按魏自晋献公之世,毕万受封,万生芒季,芒季生武子犨,犨佐晋文公成霸,犨复四传至桓子侈,灭范氏、中行氏、智氏,侈生文侯斯,与韩、赵三分晋国,凡七传而至王假,国灭,共有国二百年。史臣赞云:

毕公之苗，因国为姓，胤裔繁昌，世戴忠正。文始建侯，武益强盛[21]；惠王好战[22]，大梁不竞。信陵养士，神气稍振。景湣式微，再传而陨。

时秦王政二十二年[23]事也。是年，秦王用尉缭之策，复谋伐楚，问于李信曰："将军度伐楚之役，用几何人而足？"李信对曰："不过用二十万人。"复召老将王翦问之。翦对曰："信以二十万人攻楚，必败。以臣愚见，非六十万人不可。"秦王私念曰："老人固宜怯，不如李将军壮勇。"遂罢王翦不用。命李信为大将，蒙武副之，率兵二十万伐楚。李信攻平舆[24]，蒙武攻寝丘[25]。信年少骁勇，一鼓攻下平舆城，于是引兵而西，攻下申城[26]，遣人持书，约蒙武会于城父[27]，欲合兵以捣郢城[28]。

话分两头。却说楚自李园杀春申君黄歇，立幽王捍，捍即黄歇与李氏所生之子也。幽王立十年而薨，无子。其时李园亦卒。群臣乃立宗人公子犹，是为哀王。哀王立二月，而其庶兄负刍[29]，袭杀哀王，遂自立为王。负刍在位三年，闻秦兵深入楚地，乃拜项燕为大将，率兵二十馀万，水陆并进。探知李信兵出申城，自率大军迎于西陵[30]，使副将屈定，设七伏于鲁台山诸处。李信恃勇前进，遇项燕，两下交锋，战酣之际，七路伏兵俱起，李信不能抵敌，大败而走。项燕逐之，凡三日三夜不息，杀都尉七人，军士死者无算。李信率残兵退保冥阨[31]，项燕复攻破之。李信弃城而遁。项燕追及平舆，尽复故地。蒙武未至城父，闻李信兵败，亦退入赵界，遣使告急。

秦王大怒，尽削李信官邑，亲自命驾造频阳，来见王翦，问曰：

第 一 百 七 回

"将军策李信以二十万人攻楚必败,今果辱秦军矣。将军虽病,能为寡人强起,将兵一行乎?"王翦再拜谢曰:"老臣罢病悖乱,心力俱衰,惟大王更择贤将而任之。"秦王曰:"此行非将军不可,将军幸勿却!"王翦对曰:"大王必不得已而用臣,非六十万人不可。"秦王曰:"寡人闻:古者大国三军,次国二军,小国一军,军不尽行,未尝缺乏。五霸威加诸侯,其制国不过千乘,以一乘七十五人计之,从未及十万之额。今将军必用六十万,古所未有也。"王翦对曰:"古者约日而阵[32],皆阵而战,步伐俱有常法,致武而不重伤[33],声罪而不兼地。虽干戈之中,寓礼让之意。故帝王用兵,从不用众。齐桓公作内政[34],胜兵[35]不过三万人,犹且更番而用。今列国兵争,以强凌弱,以众暴寡。逢人则杀,遇地则攻,报级[36]动曰数万,围城动经数年。是以农夫皆操戈刃,童稚亦登册籍,势所必至,虽欲用少而不可得。况楚国地尽东南,号令一出,百万之众可具,臣谓六十万,尚恐不相当,岂复能减于此哉?"秦王叹曰:"非将军老于兵,不能透彻至此,寡人听将军矣!"遂以后车载王翦入朝,即日拜为大将,以六十万授之,仍用蒙武为副。

临行,秦王亲至坝上[37]设饯。王翦引卮,为秦王寿曰:"大王饮此,臣有所请。"秦王一饮而尽,问曰:"将军何言?"王翦出一简于袖中,所开写咸阳美田宅数处,求秦王:"批给臣家。"秦王曰:"将军若成功而回,寡人方与将军共富贵,何忧于贫?"王翦曰:"臣老矣,大王虽以封侯劳臣,譬如风中之烛,光耀几时?不如及臣目中,多给美田宅,为子孙业,世世受大王之恩耳。"秦王大笑,许之。既至函谷关,复遣使者求园池数处。蒙武曰:"老将军之请乞,不太多乎?"王翦密告曰:"秦王性强厉而多疑,今以精甲六十万畀我,是空国而托我也。我多请田宅园池,为子孙业,所以安秦王之心耳。"蒙武曰:"老将军高见,吾所不及。"不知王翦伐楚如何,且看下回分解。

---

〔1〕 榆次:战国时赵地。在今山西晋中市榆次区。

〔2〕 变徵(zhǐ只):古代音律分宫、商、角、变徵、徵、羽、变宫七声。变徵相当于今之 F 调。此调音节苍凉,适于悲歌。

〔3〕 羽声:相当于 A 调。此调音节高亢,故其声激昂慷慨。

〔4〕 陶靖节:即晋宋间大诗人陶渊明(365—427),世称靖节先生。此诗名《咏荆轲》,文句略有变动,并删去末尾共十句。

〔5〕 中庶子:古官名。为东宫太子属官,掌宫廷中及诸臣嫡庶版籍。

〔6〕 先容:事先致意,介绍推荐。

〔7〕 振慑悚息:震动畏惧,惶恐不安的样子。

〔8〕 罗縠(hú胡):绫罗绉纱。

〔9〕 郎中宿卫之官:指守护宫禁的近侍及值班卫士。

〔10〕 箕踞:古时坐于席上,足向后,形似跪,臀部紧贴足后跟,以示恭敬。若前伸两足,手据膝,形如箕状,则称箕踞,乃傲慢不敬之状。

〔11〕 缯绮(zèng qǐ 赠启):有花纹的丝织品。

〔12〕 二世皇帝:名胡亥。秦始皇次子。始皇死,赵高、李斯定计害死长子扶苏,立胡亥为帝。在位三年(前209—前207)。引发陈胜、吴广起义。后赵高逼其自杀。

〔13〕 平壤:朝鲜古都邑名,即今平壤市。离当时燕国甚远,燕王喜只奔辽东,后被虏,国亡。下回言秦军过鸭绿江,破平壤,皆与史实不符。

〔14〕 频阳:战国时秦邑名。在今陕西富平县东南,因在频水之北而得名。王翦乃频阳人,故归老于此。

第一百七回

〔15〕桃花岛:古地名,在今辽宁省兴城市滨海。

〔16〕首山:又称都山,在今河北抚宁、迁安一带。

〔17〕太子假:魏景湣王(前242—前228在位)太子,即位后称魏王假,是魏国最后一位国君。在位三年(前227—前225)。灭于秦,故无谥号。

〔18〕油幙车:车幔上涂过油的车子,可以在雨中行驶。

〔19〕三川郡:古郡名。本韩宣王置,秦灭魏后,辖区扩充为河南中部一带,治所在雒阳(今洛阳市东北)。

〔20〕卫君角:卫国最后国君,卫元君子。据《史记》,卫君角至秦二世元年(前209)始被废为庶人。

〔21〕武益强盛:指魏武侯击,七年伐齐至桑丘,十一年三家灭晋,十五年败赵于北蔺,十六年伐楚取鲁阳。

〔22〕惠王好战:魏惠王宠用庞涓,曾多次攻伐邻国,但两次为齐孙膑所败,商鞅复用诈术擒公子卬,致从安邑徙都大梁以避秦。

〔23〕秦王政二十二年:即公元前225年。

〔24〕平舆:战国楚地名。在今河南平舆县北。

〔25〕寝丘:战国楚地名,在今河南固始县东南。

〔26〕申城:古申国地,战国时楚邑。在今河南南阳市北。

〔27〕城父:战国楚地,在今安徽亳州境内。

〔28〕邾城:古邑名。战国时楚地。楚宣王灭邾国(在今山东邹城市),迁其君于此,故名。在今湖北黄冈市西北。

〔29〕负刍:楚国最后国君。在位五年(前227—前223)。

〔30〕西陵:战国楚地。在今湖北黄冈市西北。但西陵距申城太远,疑为西阳(河南光山县西南)之误。

〔31〕冥阨:战国楚地,为著名关隘。即今河南南阳市西南平靖关。

〔32〕约日而阵:指交战双方预先商定好日期才布阵。

〔33〕致武而不重(chóng虫)伤:使用武力,但不刺杀已伤敌兵。

〔34〕 内政：指国内政治措施。《国语·齐语》："管子对曰：'作内政而寄军令焉。'"韦昭注："内政，国政也。"

〔35〕 胜兵：犹精兵也。

〔36〕 报级：以斩敌首级来报功。

〔37〕 坝上：亦作霸上、浿上。地名。在浿水之西，即白鹿原。在今陕西西安市长安区东。

第一百八回

兼六国混一舆图　号始皇建立郡县

话说王翦代李信为大将，率军六十万，声言伐楚。项燕守东冈[1]以拒之，见秦兵众多，遣使驰报楚王，求添兵助将。楚王复起兵二十万，使将军景骐将之，以助项燕。却说王翦兵屯于天中山[2]，连营十馀里，坚壁固守。项燕日使人挑战，终不出。项燕曰："王翦老将，怯战固其宜也。"王翦休士洗沐，日椎牛设飨，亲与士卒同饮食。将吏感恩，愿为效力，屡屡请战，辄以醇酒灌之。如此数月，士卒日间无事，惟投石、超距[3]为戏。按范蠡《兵法》：投石者，用石块重十二斤，立木为机发之，去三百步为胜，不及者为负；其有力者，能以手飞石，则多胜一等。超距者，横木高七八尺，跳跃而过，以此赌胜。王翦每日使各营军吏，默记其胜负，知其力之强弱。外益收敛为自守之状，不许军人以楚界樵采。获得楚人，以酒食劳之放还。相持岁馀，项燕终不得一战。以为王翦名虽伐楚，实自保耳，遂不为战备。

王翦忽一日，大享将士，言："今日与诸君破楚。"将士皆磨拳擦掌，争先奋勇。乃选骁勇有力者，约二万人，谓之壮士，别为一军，为冲锋。而分军数道，吩咐楚军一败，各自分头略地。项燕不意王翦猝至,仓皇出战。壮士蓄力多时,不胜技痒,大呼陷阵,一人足敌百人。楚兵大败,屈定战死。项燕与景骐,率败兵东走,翦乘胜追逐,再战于永安城[4],复大败之。遂攻下西陵,荆襄大震。王翦使蒙武分军一半,屯于鄂渚[5]。传檄湖南各郡,宣布秦王威德。自率大军径趋淮南[6],直捣寿春;一面遣人往咸阳报捷。项燕往淮上募兵未回,王翦乘虚急攻,城遂破。景骐自刎于城楼,楚王负刍被虏。秦王政发驾亲至樊口[7]受俘,责负刍以弑君之罪,废为庶人。命王翦合兵鄂渚,以收荆襄,于是湖湘一带郡县,望风惊溃。

再说项燕募得二万五千人,来至徐城[8],适遇楚王之同母弟昌平君逃难奔来,言:"寿春已破,楚王掳去,不知死活。"项燕曰:"吴越有长江为限,地方千馀里,尚可立国。"乃率其众渡江,奉昌平君为楚王,居于兰陵[9],缮兵城守。

再说王翦已定淮北淮南之地,谒秦王于鄂渚。秦王夸奖其功,然后言曰:"项燕又立楚王于江南,奈何?"王翦曰:"楚之形势,在于江淮。今全淮皆为吾有,彼残喘仅存,大兵至,即就缚耳。何足虑哉。"秦王曰:"王将军年虽老,志何壮也!"明日,秦王驾回咸阳,仍留王翦兵,使平江南。王翦令蒙武造船于鹦鹉洲。逾年船成,顺流而下,守江军士不能御,秦兵遂登陆。留兵十万屯黄山,以断江口。大军自朱方[10]进围兰陵,四面列营,军声震天。凡夫椒山[11]、君山[12]、荆南山[13]诸处,兵皆布满,以绝越中救兵。项燕悉城中兵,战于城下。初合,秦兵稍却。王翦驱壮士分为左右二队,各持短兵,大呼突入其阵。蒙武手斩裨将一人,复生擒一人,秦兵勇气十倍。项燕复大败,奔入城中,筑门固守。王翦用云梯仰攻,项燕用火箭射之,烧其梯。蒙武曰:"项燕釜中之鱼也。若筑

第 一 百 八 回

垒与城齐,周围攻急,我众彼寡,守备不周,不一月,其城必破。"王翦从其计,攻城愈急。昌平君亲自巡城,为流矢所中,军士扶回行宫,夜半身死。项燕泣曰:"吾所以偷生在此,为芈氏一脉未绝也。今日尚何望乎?"乃仰天长号者三,引剑自刎而死。城中大乱,秦兵遂登城启门,王翦整军而入,抚定居民。遂率大军南下,至于锡山,军士埋锅造饭,掘地得古碑,上刻有十二字云:

有锡兵,天下争;无锡宁,天下清。

王翦召土人问之,言:"此山乃惠山[14]之东峰,自周平王东迁于雒,此山遂产铅锡,因名锡山。四十年来,取用不竭。近日出产渐少。此碑亦不知何人所造。"王翦叹曰:"此碑出露,天下从此渐宁矣!岂非古人先窥其定数,故埋碑以示后乎?今后当名此地为无锡。"今无锡县名,实始于此。王翦兵过姑苏,守臣以城降。遂渡浙江,略定越地。越王子孙,自越亡以后,散处甬江[15]、天台[16]之间,依海而居。自称君长,不相统属。至是,闻秦王威德,悉来纳降。王翦收其舆图户口,飞报秦王,并定豫章之地,立九江、会稽二郡[17]。楚祝融之祀遂绝。此秦王政二十四年[18]事也。按楚自周桓王十六年,武王熊通,始强大称王,自此岁岁并吞小国。五传至庄王旅始称霸,又五传至昭王珍,几为吴灭。又六传至威王商,兼有吴越,于是江淮尽属于楚,几占天下之半。怀王槐任用奸臣靳尚,见欺于秦,始渐衰弱。又五传至负刍,而国并于秦。史臣有赞云:

鬻熊之嗣,肇封于楚。通王旅霸[19],大开南土。子围篡嫡,商臣弑父。天祸未悔,凭奸自怙。昭困奔亡,怀迫囚苦。襄烈遂衰,负刍为虏。

1312

王翦灭楚,班师回咸阳,秦王赐黄金千镒。翦告老,仍归频阳。秦王乃拜其子王贲为大将,攻燕王于辽东。秦王命之曰:"将军若平辽东,乘破竹之势,便可收代,无烦再举。"王贲兵渡鸭绿江,围平壤城。破之,虏燕王喜。送入咸阳,废为庶人。按燕自召公肇封,九世至惠侯,而周厉王奔彘;八传至庄公,而齐桓公伐山戎,为燕辟地五百里,燕始强大。又十九传至文公,而苏秦说以合从之术,其子易王始称王,列于七国。易王传哙,为齐所灭,哙子昭王复国,又四传至喜而国亡。史臣有赞云:

  召伯治陕,甘棠怀德。易王僭号,齿[20]于六国。哙以懦亡,平以强获[21]。一谋不就,辽东并失。传四十三,年八九伯[22]。姬姓后亡,召公之泽。

王贲既灭燕,遂移师西攻代。代王嘉兵败,欲走匈奴,贲追及于猫儿庄[23],擒而囚之。嘉自杀。尽得云中、雁门之地。此秦王政二十五年事。按赵自造父仕周,世为周大夫。幽王无道,叔带奔晋,事晋文侯,始建赵氏。五世至赵夙,事献公,再传至赵衰,事文公。衰子盾事襄、成、景三公。晋主霸,赵氏世为霸佐,盾子朔中绝,朔子武复立。又二传至简子鞅,鞅传襄子毋卹,与韩、魏三分晋国。毋卹传其侄桓子浣,浣传子籍,始称侯,谥烈。六传至武灵王而胡服。又四传至王迁被虏,而公子嘉自立为代王,守赵祀,嘉王代六年而国灭。自此六国遂亡其五,惟齐尚在。史臣有赞云:

  赵氏之世,与秦同祖;周穆平徐,乃封造父。带始事晋,夙初有土;武世晋卿,籍为赵主。胡服虽强,内乱外侮;颇牧不用,王迁囚虏。云中六载,馀焰一吐。

王贲捷书至咸阳,秦王大喜,赐王贲手书,略曰:

第 一 百 八 回

将军一出而平燕及代,奔驰二千馀里。方之乃父,劳苦功高,不相上下。虽然,自燕而齐,归途南北便道也。齐在,譬如人身尚缺一臂,愿以将军之馀威,震电及之。将军父子,功于秦无两!

王贲得书,遂引兵取燕山[24],望河间[25]一路南行。

却说齐王建听相国后胜之言,不救韩、魏,每灭一国,反遣使入秦称贺。秦复以黄金厚赂使者,使者归,备述秦王相待之厚。齐王以为和好可恃,不修战备。及闻五国尽灭,王建内不自安。与后胜商议,始发兵守其西界,以防秦兵掩袭。却不提防王贲兵过吴桥[26],直犯济南[27]。齐自王建即位,四十四年,不被兵革,下安于无事,从不曾演习武艺。况且秦兵强暴,素闻传说,今日数十万之众,如泰山般压将下来,如何不怕,何人敢与他抵对?王贲由历下[28]、淄川[29],迳犯临淄,所过长驱直捣,如入无人之境。临淄城中,百姓乱奔乱窜,城门不守。后胜束手无计,只得劝王建迎降。王贲兵不血刃,两月之间,尽得山东之地。秦王闻捷,传令曰:"齐王建用后胜计,绝秦使,欲为乱。今幸将士用命,齐国就灭。本当君臣俱戮,念建四十馀年恭顺之情,免其诛死,可与妻子迁于共城[30],有司日给斗粟,毕其馀生。后胜就本处斩首。"王贲奉命诛后胜,遣吏卒押送王建,安置共城。惟茅屋数间,在太行山下,四围皆松柏,绝无居人。宫眷虽然离散,犹数十口,只斗粟不敷,有司又不时给。王建止一子,尚幼,中夜啼饥。建凄然起坐,闻风吹松柏之声,想起:"在临淄时,何等富贵!今误听奸臣后胜,至于亡国,饥饿穷山,悔之何及!"遂泣下不止,不数日而卒。宫人俱逃,其子不知所终。传言谓王建因饿而死，齐人闻而哀之，因为歌曰：

> 松耶柏耶？饥不可为餐。谁使建极耶？嗟任人之匪端！

后人传此为"松柏之歌"，盖咎后胜之误国也。按齐始祖陈完，乃陈厉公佗之子，于周庄王十五年，避难奔齐，遂仕齐，讳陈为田氏。数传至田桓子无宇，又再传至僖子乞，以厚施得民心，田氏日强，乞子恒弑齐君，又三传至太公和，遂篡齐称侯，又三传至威王而益强，称王号，又四传至王建而国亡矣。史臣有赞云：

> 陈完避难，奔于太姜[31]。物莫两盛，妫替田昌[32]。和始擅命[33]，威遂称王。孟尝延客，田单救亡。相胜利贿[34]，认贼为祥。哀哉王建，松柏苍苍。

时秦王政之二十六年[35]也。时六国悉并于秦，天下一统。秦王以六国曾并称王号，其名不尊。欲改称帝，昔年亦曾有东西二帝之议，不足以传后世，威四夷。乃采上古君号，惟三皇五帝，功德在三王之上，惟秦德兼三皇，功迈五帝，遂兼二号称"皇帝"。追尊其父庄襄王为太上皇。又以为周公作谥法，子得议父，臣得议君，为非礼，今后除谥法不用。"朕为始皇帝，后世以数计之，二世，三世，以至于百千万世，传之无穷。"天子自称曰"朕"；臣下奏事称"陛下"。召良工琢和氏之璧为传国玺，其文曰："受命于天，既寿永昌"。又推终始五德之传，以为周得火德，惟水能灭火，秦应水德之运，衣服旌旗皆尚黑。水数六，故器物尺寸，俱用六数。以十月朔为正月，朝贺皆于是月。"正"、"政"音同，皇帝御讳不可犯，改"正"字音为"征"。征者，非吉祥之事，然出自始皇之意，人不敢言。

第一百八回

尉缭见始皇意气盈满，纷更不休，私叹曰："秦虽得天下，而元气衰矣！其能永乎？"与弟子王敖一夕遁去，不知所往。始皇问群臣曰："尉缭弃朕而去，何也？"群臣皆曰："尉缭佐陛下定四海，功最大，亦望裂土分封，如周之太公、周公。今陛下尊号已定，而论功之典不行，彼失意，是以去耳。"始皇曰："周室分茅之制[36]，尚可行乎？"群臣皆曰："燕、齐、楚、代，地远难周，不置王无以镇之。"李斯议曰："周封国数百，同姓为多，其后子孙，自相争杀无已。今陛下混一海内，皆为郡县，虽有功臣，厚其禄俸，无尺土一民之擅，绝兵革之原，岂非久安长治之术哉？"始皇从其议，乃分天下为三十六郡。那三十六郡：

内史郡	汉中郡	北地郡	陇西郡
上郡	太原郡	河东郡	上党郡
云中郡	雁门郡	代郡	三川郡
邯郸郡	南阳郡	颍川郡	齐郡（即琅邪郡）
薛郡（即泗水郡）	东郡	辽西郡	辽东郡
上谷郡	渔阳郡	钜鹿郡	右北平郡
九江郡	会稽郡	鄣郡	闽中郡
南海郡	象郡	桂林郡	巴郡
蜀郡	黔中郡	南郡	长沙郡

是时北边有胡患，故渔阳、上谷等郡[37]，辖地最少，设戍镇守。南方水乡安靖，故九江、会稽等郡，辖地最多。皆出李斯调度。每郡置守、尉[38]一人，监御史[39]一人。收天下甲兵，聚于咸阳销之，铸金人十二，每人重千石，置宫庭中，以应"临洮长人"之瑞[40]。徙天下豪富于咸阳，共二十万户。又于咸阳北坂，仿六国宫室，建

造离宫六所。又作阿房之宫。进李斯为丞相,赵高为郎中令。诸将帅有功者,如王贲、蒙武等,各封万户,其他或数千户,俱准其所入之赋,官为给之。于是焚书坑儒,游巡无度,筑万里长城以拒胡,百姓嗷嗷,不得聊生。及二世,暴虐更甚,而陈胜、吴广之徒,群起而亡之矣。史臣有《列国歌》曰:

> 东迁强国齐郑最,荆楚渐横开桓文,楚庄宋襄和秦穆,迭为王霸得专征。晋襄景悼称世霸,平哀齐景思代兴[41]。晋楚两衰吴越进,阖闾句践何纵横?春秋诸国难尽数,几派源流略可寻。鲁卫晋燕曹郑蔡,与吴姬姓同宗盟[42]。齐由吕尚宋商裔,禹后杞越颛项荆。秦亦项裔陈祖舜,许始太岳各有生。及交战国七雄起,韩赵魏氏晋三分。魏与韩皆周同姓,赵先造父同嬴秦。齐吕改田即陈后,黄歇代楚熊暗倾[43]。宋亡于齐鲁入楚,吴越交胜总归荆。周鼎既迁合从散,六国相随渐属秦。

髯仙读《列国志》,有诗云:

> 卜世虽然八百年,半由人事半由天。
> 绵延过历缘忠厚,陵替随波为倒颠。
> 六国媚秦甘北面,二周失祀恨东迁。
> 总观千古兴亡局,尽在朝中用佞贤。

---

[1] 东冈:古地名。疑在河南、安徽之间。地址待考。

[2] 天中山:又名天台山。在今河南汝南县北。

[3] 投石、超距:古代军中竞技名。投石即抛掷石块,有似今之铅球。

第一百八回

超距类似今之跳高。

〔4〕 永安城：今安徽阜阳市西有永安镇，疑指此。

〔5〕 鄂渚：战国楚地名。在今湖北武汉市长江之中。

〔6〕 淮南：古地区名。指安徽境内淮水以南一带。

〔7〕 樊口：古地名。在今湖北鄂州市鄂城区西北。因位于樊山脚下，为樊港入长江之口，故名。

〔8〕 徐城：古徐国地。在今江苏泗洪县南。

〔9〕 兰陵：此指南兰陵，东晋时侨置县名。在今江苏常州市西北。

〔10〕 朱方：春秋吴邑名，战国时属楚。今江苏丹徒市地。

〔11〕 夫椒山：古山名。在今江苏无锡市。

〔12〕 君山：古山名。在今江苏江阴市。以春申君而得名。

〔13〕 荆南山：古山名。在今江苏宜兴市。

〔14〕 惠山：亦称慧山、九龙山。在今江苏无锡市西。相传西域僧人慧照居此，故名。

〔15〕 甬江：本越国地名。在今浙江余姚市一带。

〔16〕 天台：本越国地名。在今浙江天台县。

〔17〕 九江、会稽二郡：秦郡名。九江郡辖区约今安徽、河南淮河以南、湖北黄冈以东及江西大部。治所在寿春（今安徽寿县）。会稽郡辖区为江苏长江以南、安徽东南及浙江北部。治所在吴县（今苏州市）。

〔18〕 秦王政二十四年：即公元前223年。

〔19〕 通王旅霸：指楚武王熊通开始称王。楚庄王芈旅为春秋五霸之一。

〔20〕 齿：并列。

〔21〕 平以强获：指燕王哙之子昭王姬平，能招揽贤才得以强大，伐齐报仇。

〔22〕 年八九伯：伯，通"百"。燕自召公受封之时（前1027）至被秦所灭（前222），共八百多年。为列国中享国之较长者。

〔23〕 猫儿庄：古地名。在今内蒙古察哈尔右翼前旗东南。

〔24〕 燕山：古山脉名，即今河北及北京市北部之燕山山脉。

〔25〕 河间：古地区名。在今河北省献县、河间、东光、交河一带。因处古黄河及永定河之间而得名。

〔26〕 吴桥：古地名。乃齐之北界。在今河北省吴桥县东。

〔27〕 济南：古地区名。指古济水（今为黄河所夺）以南地区。

〔28〕 历下：古邑名。春秋战国时齐地。在今山东济南市西，因南对历山，城在山下而得名。

〔29〕 淄川：古县名。隋置。在今山东淄博市南。

〔30〕 共城：古邑名。原为共伯封国，后属卫，在今河南卫辉市。

〔31〕 太姜：原齐国为姜太公（子牙）所封之国，故以代齐。

〔32〕 妫替田昌：田齐昌盛，而田氏本宗之陈国（妫姓）反而日益衰微。

〔33〕 擅命：擅自发号施令。指齐相田和迁齐康公于海上，遂夺齐国。

〔34〕 相胜利贿：指齐王建的相国后胜，收取秦之贿赂，不作防御。

〔35〕 秦王政之二十六年：即公元前221年。这一年应为春秋战国结束，天下统一于秦。

〔36〕 分茅之制：分封诸侯时，用白茅裹着泥土授与被封者，象征授与土地和权力。故称分茅之制，亦即封建制。

〔37〕 渔阳、上谷等郡：秦北方郡名。渔阳郡辖区为今北京、天津及附近地区。治所在今北京市密云区西南。上谷郡本战国时燕置，辖区为河北省西北部，治所在沮阳（今河北怀来县东南）。

〔38〕 守、尉：即郡守与郡尉。郡守负责行政，郡尉负责军事及治安。

〔39〕 监御史：古官名，主管各郡监察。

〔40〕 "临洮长人"之瑞：据《史记·秦始皇本纪》司马贞索隐："始皇二十六年，有长人见于临洮。"故作金人十二以象之。

〔41〕 "平哀"句：指晋平公时，晋国衰微，齐景公欲代为中原盟主。

1319

〔42〕"与吴"句：指鲁、卫、晋、燕、曹、郑、蔡诸国与吴国均为姬姓。

〔43〕"黄歇"句：指黄歇得李园妹，怀孕后始献与楚考烈王，生楚幽王，幽王已非熊姓。

【附 录】

《东周列国志》人物索引

说 明

一、本索引所列人物上起西周宣王、下迄秦统一六国。此前或此后之人物均不收录。

二、本索引所收录之人物,均为有言行活动者,仅列举其姓名者不录[1]。

三、由于这段时期,人物姓氏处于急骤变化时期,特别是上层人物,不仅有姓有氏,而且不少人姓氏并不止一个,加上名、字、排行、谥号,故一人数名多称现象甚多[2],故本索引以通名、异名以别之。

四、本索引"官职"一栏,为简略计,仅举其一,不及其馀,并不意味他只担任过这一官职。

五、本索引按人物"通名"之笔划顺序排列。笔划相同者则按回目分别其先后。

---

[1] 例如第五十回(585页)有"于是叔孙氏之外,另有叔氏。叔老、叔弓、叔辄、叔鞅、叔诣,皆其后也"。上文列举叔氏五人,有氏名,无言行,故不录。

[2] 例如士会,又可称士季、士随、随会、随季、范会、范武子、随武子等七八个名字。

附　　　　录

	通　名	异　名	官　职	关　系	出现回目
二画	卜齮		鲁闵大夫		22
	卜商	子夏	魏文侯师	孔子门人	85、87
三画	卫武公	姬和		卫庄公父	1、2
	卫桓公	姬完		卫武公孙	4、5
	卫庄公	姬杨		卫武公子	5
	子铖		陈桓大夫		6
	卫宣公	姬晋		桓公弟，庄公子	6、11、12
	大良		北戎元帅		8
	小良		北戎元帅		8
	卫惠公	姬朔		卫宣公子	11、12、14、19、23
	卫戴公	姬申		宣公孙,公子硕与宣姜子	12、23
	卫文公	姬毁		戴公同母弟	12、23、31、39
	子突		周庄王下士		14
	卫姬	长卫姬		齐桓妾,卫惠女,无亏母	17、20、24、31、32、33
	子禽			周釐王大夫	19
	卫懿公	姬赤		惠公子	20、22、23
	卫姬	少卫姬		长卫姬妹,齐桓妾,公子元母	20、32
	子文	令尹子文、斗子文、斗谷於菟	楚成令尹	斗伯比子,斗若敖孙	20、23、24、39、41、69
	子元	王子善、令尹子元、公子元	楚成令尹	楚武王子,楚文王弟	20
	兀律古		孤竹国相		21
	于伯		卫懿公将		23
	子臧			郑文公嫡次子	24
	山祈		晋惠大夫		29
	士会	士季、范武子、随季、士随、随会……	晋文大夫	士蒍之孙	36、37、40、47、48、49、50、51、54、56

1322

续 表

	通 名	异 名	官 职	关 系	出现回目
	士泄		郑文公将	郑文公子	37
	小东		周襄王宫婢		37、38
	卫成公	姬郑、卫郑		卫文公子	38、39、40、41、42、43、49、66
	于朗		曹共公大夫		39
	门尹般		宋成大夫		40
	小子憖		秦穆大将	秦穆公次子	40、41
	子人九		郑文大夫		41
	士荣		卫成大夫		42
	子车奄息		秦穆大夫		47
	子车仲行		秦穆大夫	奄息弟	47
	子车鍼虎		秦穆大夫	奄息弟	47
	士縠		晋文大夫	士蒍之子	47、48
三	工尹齐		楚庄副将		54
	士燮	范叔、范文子、范孟	晋景大夫	士会之子	56、58、59
	士匄	伯瑕、范匄、范宣子	晋悼大夫	士燮之子	58、59、60、61、62、63、64
画	士鲂		晋悼大夫	士会少子	59、60、61
	士渥浊		晋悼太傅		59
	士鞅	范献、范鞅子	晋悼大夫	士匄之子	61、62、63、64、71、72、75
	卫定公	姬臧		卫穆公子	61
	卫献公	姬衎		卫定公子	61、62、65、66
	卫殇公	子叔、公孙剽		卫穆公孙,公子黑肩之子	61、62、65
	工偻		齐庄高唐守		62
	子疆		楚康别将		66
	子服何		鲁哀大夫		67
	子山			齐诸公子	67
	子商			齐诸公子	67
	子周			齐诸公子	67

1323

续表

	通名	异名	官职	关系	出现回目
三画	卫灵公	姬元		卫襄公子	68、79
	于征师		陈哀大夫		69
	子服惠伯	公子服椒	鲁昭大夫	仲孙蔑之孙，子服何祖父	70
	干将		吴人，冶剑者		74
	子蒲		秦哀大将		77
	子虎		秦哀大将		77
	卫出公	姬辄		灵公孙、公子蒯聩之子	79、82、83
	士芿		晋献大夫	士会祖父	79
	子羔	高柴	仕于卫	孔子门人	79
	子贡	端木赐	鲁、卫之相	孔子门人	79、81
	士吉射	范吉射、范昭子	晋顷六卿	士鞅子	79
	卫庄公	蒯聩		灵公、南子之子	79、82、83
	子石	公孙龙		孔子门人	81
	卫悼公	姬黚		庄公庶弟	83
	子期	公子结	楚惠司马	楚平王庶子	76、77、83
	子思	孔汲		孔子嫡孙	87
	子之		燕易王相国		91
	子兰			楚怀王少子	92
	卫君	即卫怀君			95
	卫庆		魏安釐将		100
	卫元君			魏景闵王婿	102、106
	卫君角			卫元君子	107
四画	方叔		周宣王大臣		1
	尹吉甫		周宣王大臣		1、2
	犬戎主				3、4
	公子成		郑武大夫		3
	太宰让		鲁惠大夫		4
	太史敦		秦文公太史		4

续表

	通名	异名	官职	关系	出现回目
四画	公子吕	子封	郑庄上卿	郑宗室	4、5、6、7
	公孙滑			郑武公孙、段之子	4、5
	公孙阏	子都	郑庄大夫		4、6、7
	公子州吁		自立卫君	卫庄公庶子	5、6
	太子狐			周平王子	5
	公子翚	羽父	鲁隐大夫	鲁惠公庶子	5、6、7、9
	孔父嘉	孔父	宋殇大司马	孔丘祖先	5、6、7、8
	公子佗	公子他、伍父	陈桓大夫	陈文公子，桓公弟	6、9、10
	公子元		郑庄大夫	公子吕弟	7、9、10
	公孙获		郑庄大夫		7
	公子元		齐僖大夫		8
	公孙戴仲		齐僖大夫		8
	公子仪		曾为郑君	郑庄公子	8、10、13、19
	公子亹		曾为郑君	郑庄公子	8、10、12、13
	太子免			陈桓公子	9、10
	少师		随侯大夫		10
	文姜			齐僖公女，鲁桓公妻	8、9、12、13、14、15、19、22
	斗伯比		楚武令尹	令尹子文之父	10、17、20
	斗丹		楚武大夫		10、17
	邓曼			郑庄元妃，世子忽母	10
	公子柔		鲁桓大夫		11
	公子溺		鲁桓大夫		11、13
	公子游		宋庄大夫	宋闵公从弟	11、17
	公子彭生		齐僖大夫		11、13、14
	公孙无知		曾为齐君	齐庄公孙，夷仲年子	11、14、15、25、26
	公子阏		郑昭大夫		11、19
	公父定叔		郑昭臣	共叔段之孙	11、19
	无盐	钟离春		齐宣王后	12、89、92

1325

续表

通 名	异 名	官 职	关 系	出现回目
公子寿			卫宣与齐姜之子	12、23
公子硕	昭伯		卫宣庶子	12、23
公子偃		鲁庄大夫		13、16、17
公子牙		鲁庄庶弟		13
王子克			周庄王弟，周桓王次子	11、13、24
王姬			周桓王女，齐襄夫人	13、14
王子成父		齐桓大司马		13、15、16、18、20、21
斗祈		楚武令尹		14、17
公子纠			齐襄庶长子	15、16、36
仇牧		宋闵大夫		17
公子游		曾为宋君	宋闵从弟	17
公子目夷	子鱼	宋襄公相	宋桓庶长子，宋襄庶兄	17、24、32、33、34、35
公孙耳		卫惠大夫	卫武公之孙	17
公子结		陈宣大夫		17
斗伯比		楚文大夫	斗若敖子，子文父	17、20
斗廉	射师	楚文大夫	斗章兄	17、20、23
王子颓	子颓		周庄王与姚姬之子	19、24、26、37、44
巴君				19
公子御寇			陈宣公世子	19
公子完	田敬仲、陈完、陈定	齐桓工正	陈厉公子，齐田氏之祖	19、24、32、108
少姬			晋献妾、骊姬妹、卓子母	20
开方	公子开方	齐桓大夫	卫懿公子	20、21、23、29、30、31、32
斗御疆		楚成大夫	斗班之父	20
斗梧		楚成大夫		20
王孙游		楚成大夫		20
王孙嘉		楚成大夫		20
斗班		楚成申公		20

四画

续　表

	通　名	异　名	官　职	关　系	出现回目
四画	斗若敖			子文祖父	20
	斗章		楚成大夫	斗廉弟	20、23
	风氏			鲁庄公妾，公子申母	22
	公子般		曾为鲁君	鲁庄、孟任子	22
	公子奚斯	子鱼	鲁僖大夫		22
	孔婴齐		卫懿将		23
	公子无亏		曾为齐君	齐桓公长子	23、32、33、39
	孔叔		郑文大夫		23、24
	王子带	太叔、叔带、甘叔	周襄王封甘公	周惠王次子，周襄王庶弟	24、29、37、38、42
	王子虎		周惠下士周襄卿士	周襄王子	24、41、42
	公孙敖		鲁僖大夫	庆父之子	24
	公子戊		曹昭大夫		24
	犬戎主				25
	公子絷		秦穆大夫		25、26、28、30、36、38、40
	公孙枝	子桑	秦穆大夫		25、26、28、30、35、36、38、44、45、47、105
	内史廖		秦穆史官		26
	内子孟			里克之妻	27
	介子推		晋大夫		27、31、35、36、37、40
	王子党		周襄大夫		28
	长桑君			扁鹊之师	32
	王姬			齐桓公夫人	32
	公子雍		秦穆大夫	齐桓公第六子	32、39、40
	公子荡		宋襄大夫		33、34
	公孙固		宋襄大将		33、34、35、39、41

1327

续 表

	通　名	异　名	官职	关　系	出现回目
四画	斗勃	子上	楚成令尹		33、34、40、41、46
	文芈			楚成王妹、郑文公夫人	34
	斗般	子扬、斗班	楚庄令尹	子文之子	34、41、46、51
	邓惛		晋令狐邑宰		36
	公子雍		秦穆大夫	晋文、杜祁之子	36、44、47
	介母			介子推母	37
	毛卫		周襄大夫		38
	元咺		卫成大夫		39、41、42、66
	公子遂	仲遂、东门遂、仲孙遂	鲁僖大夫	鲁庄庶子	34、39、48、49、50
	斗宜申	子西、司马子西	楚成司马		34、40、41、46
	斗越椒	伯棼	楚成大将	斗伯比之孙	40、41、46、48、50、51
	元角			元咺之子	41、42
	尹武公		周襄上卿		41、46
	长牂		卫成大夫		42
	公子瑕	公子适	曾为卫君		43
	公子仪			公子瑕同母弟	43
	孔达		卫成上卿	孔父嘉之后	43
	公子乐			晋文、辰嬴子	44、47
	王孙满		周匡大夫		44、51
	公子归生	子家	郑穆大夫		46、50、51、52
	斗克黄	斗生	楚穆箴尹	子文之孙、斗般之子	46、51
	公子职			楚成王少子	46
	公子成		宋成大夫	宋庄公子	46
	公孙杵臼		赵盾门客		47、57、59
	公子茷		楚穆大夫		48
	公子庞		郑穆大夫		48
	公子丰			郑穆公子、印段父	48、52
	公子印		宋昭司马		48、49

《东周列国志》人物索引

续 表

	通 名	异 名	官 职	关 系	出现回目
	王姬			周襄王姐、宋襄公夫人、宋成公母	49
	公孙寿		宋昭司城	公子荡之子、荡意诸之父	49
	公孙孔叔		宋昭大夫	宋襄公之孙	49
	公孙钟离		宋昭大夫	宋襄公之孙	49
	公子须		宋文司城	宋文公母弟	49
	公孙友		宋昭左师	公子目夷之子	49
	公子恶			鲁文公、姜氏嫡长子	49、50
	公子视			恶同母弟	49、50
	公子叔肸			鲁文公庶子	49、50
四	公孙敖		鲁文大夫	孟孙氏后，庆公之子	49
	公孙兹		鲁文大夫	叔孙氏后，叔牙之子	49
	公冉务人		叔孙彭生家臣		50
	公子婴齐		鲁成大夫	叔肸之子	50
画	公子侧	子反	楚庄将		51、53、54、55、58、59
	公子婴齐	子重	楚庄令尹	楚庄王弟	51、53、54、55、57、58、59、60、68
	公子宋	子公	郑灵公卿		51、52
	斗贲皇	苗贲皇	晋景大夫	斗越椒子	51、58
	斗旗			斗越椒从弟	51
	公子去疾	子良	郑襄大夫	郑穆公子	52、53
	公子喜	子罕	郑襄大夫	郑穆公子	52
	公子骓	子驷	郑襄大夫	郑穆公子	52、60、61
	公子发	子国	郑襄大夫	郑穆公子	52、61
	公子嘉	子孔	郑襄大夫	郑穆公子	52、60、61、62
	公子偃	子游	郑襄大夫	郑穆公子	52
	公子舒	子印	郑襄大夫	郑穆公子	52
	公子羽		郑襄大夫	郑穆公子	52

续 表

	通　名	异　名	官　职	关　系	出现回目
	公子然		郑襄大夫	郑穆公子	52
	公子志		郑襄大夫	郑穆公子	52
	公子蛮			郑灵公庶兄	52
	孔宁		陈灵大夫		52、53
	公子少西	子夏	陈司马	陈定公子、夏御叔之父	52
	公子谷臣			楚庄王次子	53、54、57
	孔子				52、56、78、79、81
	公子张			郑穆公孙	54
	公孙归父		鲁宣大夫	东门遂之子	56
	公子罢		楚共大夫		58
	长鱼矫		晋厉大夫		58、59、62
四	公子壬夫	子辛	楚共令尹	公子侧之弟	58、59、60
	王尹襄		楚共大夫		58
	公子贞	子囊	楚共令尹	壬夫之弟	60、61、62
	公子杨干			晋悼同母弟	60
画	公孙辄	子耳	郑僖卿	郑穆公孙，公子去疾子	60、61
	公孙虿	子蟜	郑僖大夫	郑穆公孙，公子偃之子	60、61
	公孙舍之	子展	郑僖卿	郑穆公孙，公子喜之子	60、61、62
	公孙夏	子西	郑僖大夫	郑穆公孙，公子骈之子	61
	公孙侨	子产	郑简卿	郑穆公孙，公子发之子	61、66、68、72
	公孙良霄	伯有	郑简大夫	公子去疾之孙，公孙辄之子	61、67
	公子党		吴诸樊大将		61
	公子无地		秦景大将		61
	公子黑肩		卫定大夫	卫穆公子，卫定公弟	61
	公孙丁		卫献射师		61、62、65

续表

	通　名	异　名	官　职	关　系	出现回目
四画	公子鱄	子鲜		卫献公同母弟	62、65、66
	太子牙	公子牙		齐灵公、仲子之子	62
	公子午	子庚	楚共令尹	楚庄王子	62
	中行喜		晋平大夫		62、63
	公孙傲		齐庄勇爵		63、64
	王何		齐庄龙爵		63、65、67
	王孙挥		齐庄大将		64
	太史伯		齐景史官		65
	太史仲		齐景史官太史伯弟		65
	太史叔		齐景史官太史伯弟		65
	太史季		齐景史官太史伯弟		65
	公孙免馀		卫献大夫		65、66
	公孙无地		卫献大夫		65、66
	公孙臣		卫献大夫	公孙无地兄弟	65、66
	孔羁		卫献大夫		65
	太叔仪		卫献卿	卫成公子、卫文公孙	65、66
	公子铖		秦景大夫	秦景公弟	66
	王子围	公子围	楚康令尹	楚共王庶子、楚康王弟	66、67
	允常		越王	勾践之父	66、67、73、75
	王子晋	子乔		周灵王长子	67
	公孙黑	子晳	郑简大夫	公子骈之子	67
	公孙泄		郑简大夫	公子嘉之子	67
	公孙楚	子南	郑简大夫	郑穆公孙	67
	丰氏			郑公子丰之后，公子围妻	67
	公子慕			楚王熊麇之子	67
	公子平夏			楚王熊麇之子	67

续 表

通 名	异 名	官 职	关 系	出现回目
斗成然	子旗	楚灵郊尹	斗韦龟之子	67、69、70
王黑		齐景大夫		68
公子留		曾为陈君	陈哀次子	68、69
公子胜			陈哀第三子	69
公子招	司徒招	陈哀司徒	陈哀公弟	69
公子过		陈哀少傅		69
公孙吴		陈哀大夫	陈哀公孙，偃师之子	69
公孙归生		蔡灵大夫		69
斗韦龟		楚灵大夫	斗成然父，子文玄孙	69
公子罢敌			楚灵王子	70
公子鲂		楚平司马		70、71
王僚	州于	吴王	吴王夷昧之子	71、73、75、87
公子蒲		秦哀大夫		71、77
太子痤			宋平公子	72
公子寅		宋元大夫		72
公子御戎		宋元大夫	宋平公子	72
公子辰			宋元公母弟	72
公子地			宋元公子	72
专诸		吴勇士		73
尹文公固		周景王卿		73
公子申	子西	楚昭令尹	楚平王庶长子	73、75、76、77、83
专毅		吴阖闾上卿	专诸之子	73、75、76、79
风胡子		楚相剑者		75
公孙哲		唐国大夫		75
公孙姓		蔡昭大夫		75
太子波			吴阖闾子	75、79
公子乾			蔡昭公次子	75、76
公子夫概		吴阖闾先锋	阖闾母弟	75、76、77
公子山			阖闾庶子	76、77

四画

续表

通 名	异 名	官 职	关 系	出现回目
公子结	子期	楚昭大夫	楚平王庶子	75、76、77
斗巢		楚昭大将		76、77
王孙由于		楚昭大夫		76、77
王孙圉		楚昭大夫		76
斗辛		楚昭大夫	斗成然子	76、77
斗怀		楚昭大夫	斗成然子、斗辛弟	76、77
太子衍			鲁昭公子	78
公子务人			鲁昭公子、太及衍母弟	78
公山不狃		鲁季孙费邑宰		78
公敛阳		鲁孟孙成邑宰		78
公若藐		鲁叔孙郈邑宰		78
少正卯		鲁隐大夫		78
少姜			齐景公女，吴太子波妻	79
夫差		吴王	吴阖闾太孙，太子波之子	79、80、81、82、83
勾践		越王	越允常子	79、80、81、82、83、101
文种	文会、大夫种	越勾践大夫		79、80、81、82、83、101
王孙雄		吴夫差大夫		79、80、81
公子朝	宋朝	宋景公时公子	南子情夫	79
王孙骆		吴阖闾大夫		79、82、83
太子友		夫差子		79、82、83
计倪		越勾践太史		80、83
公子荼	安孺子	曾为齐君	齐景公幼子	81
公孙夏		齐简大夫		81、82
公孙挥		齐简大夫		81、82
公孙圣		吴昇士		82
王子姑曹		吴夫差大将		82、83

1333

附　　录

续　表

	通　名	异　名	官　职	关　系	出现回目
	王子地		吴夫差大夫		82
	王孙弥庸		吴夫差大夫		82
	孔圉	孔文子	卫灵大夫		82
	孔悝		卫出正卿	孔圉子	82
	孔姬			卫庄公姐、孔悝之母	82
	公孙敢		卫都守门者		82
	太子疾			卫庄次子	82、83
	公子般师		曾为卫君	卫襄公之孙	83
	公子起		曾为卫君	卫灵公子	83
	王子启			楚平庶子	83
	尹铎		赵鞅家臣		84
	公仲连		赵烈侯臣		85
	公孙焦		中山国大夫		85
	公宜休		鲁穆相国		86
四	太史儋		周烈王太史		86
	公叔痤		魏惠王相国		87
	公子卬		魏惠大夫		87、89
画	公子虔		秦孝公太傅		87、89
	公孙贾		秦孝太师		87、89
	王错		魏惠相国		87
	公孙阅		齐邹忌门客		88
	太子申			魏惠王子	88、89
	王驩		齐宣王嬖臣		89
	公子少官		秦孝副将		89
	乌获		秦孝力士		89、92
	无疆		越王	句践六代孙	89
	公孙衍	犀首	秦惠文王相		90、91、92、99
	公子成		赵相国	赵肃侯弟	90、93
	卞和		楚人		90
	文夫人			燕易王母	91
	公子华	奉阳君	秦惠王大将		91

1334

续 表

	通 名	异 名	官 职	关 系	出现回目
四画	公子縣			秦惠王公子	91
	公子职			燕王哙庶子	91
	公叔婴		韩襄王大将		92
	太子章	安阳君		赵武灵王子	93
	公孙奭		秦昭襄王相	樗里疾门客	93
	公孙喜		韩釐王将		94
	公子勃		宋康王臣		94
	公孙拔		宋康王将		94
	王蠋		齐闵王大将		94、95
	太史敫		齐闵王大将		94、95
	王孙贾		齐闵大夫		95
	王稽		秦昭襄王使者		97、101
	太史敫女	君王后		齐襄王后、齐王建母	95、98、107
	公子悝	泾阳君		秦昭襄王弟	97
	公子市	高陵君		秦昭襄王弟	97
	王翦		秦昭襄王大将		98、99、103、104、105、106、107、108
	长安君			赵惠文王少子、赵孝成王弟	98
	王龁		秦昭襄大将		98、99、100
	王陵		秦昭襄偏将		98、99
	王贲		秦昭襄偏将		98
	王容		赵李成将		98
	毛遂		赵平原君食客		99
	公孙乾		赵孝成王大夫		99、100
	毛公		赵邯郸博徒		100、102
	太子丹			燕王喜子	101、104、106
	壬子		东周君		101
	公孙婴		韩釐王将		102
	内史腾		秦王政将		103、105、106
	王贲		秦王政大将	王翦子	103、104、107

1335

续表

	通 名	异 名	官 职	关 系	出现回目
四画	内史肆		秦王政臣		104
	王敖			尉缭门人	105、106、108
	公子嘉	代王嘉	封为代王	赵悼襄王嫡子	105、106、107、108
五画	召虎		宣王大宗伯		1、2
	申伯	申侯	宣王卿士		1、2、3
	左儒		宣王下大夫		1、2
	申后			申伯之女、幽王妻	2、3
	古里赤		犬戎大将		3
	石碏		卫桓大夫		5、6
	东宫得臣			齐庄公太子	5
	后妫			陈国女、卫庄公次妃	5
	石厚		卫州吁上卿	石碏之子	5、6、7
	宁翊		卫州吁使者		5
	右宰丑		卫桓右宰		6、7
	右公子职		卫宣大夫		12、14
	左公子泄		卫宣大夫		12、14
	宁跪		卫宣大夫		12
	申繻		鲁桓大夫		13
	石之纷如		齐襄心腹力士		13
	东郭牙		齐襄大夫		15、16、18
	宁越		齐桓大夫		15、16
	召忽		齐公子纠之傅		15、16、101
	宁戚		齐桓大夫		18、19、29、32
	召伯廖		周惠王卿		19、20、24、29
	石速		周惠王膳夫		19
	申生	太子申生、共世子		晋献公太子	20、25、27、29、63、101

续表

	通　名	异名	官职	关系	出现回目
	史苏		晋献太史		20、25、31
	东关五		晋献大夫		20、25、27、28
	世子华			郑文公太子	20、24
	宁速	宁庄子	卫懿大夫	宁跪之孙	22、24、31、32、65
	石骀仲		卫大夫	石碏之后	23
	石祁子		卫懿大夫	石骀仲之子	23
	礼孔		卫懿大夫		23
	弘演		卫懿大夫		23
	白乙丙	蹇丙	秦穆公元帅	蹇叔子	26、30、40、44、46、47、48
	司马说		晋惠大夫		31
	头须		晋重耳守藏小吏		31、37
五	卢医	秦越人、扁鹊			32
	乐仆尹		宋襄大夫		34
	召公过		周襄王大夫		38
	左鄢父		周襄大夫		38
画	宁俞	宁武子	卫成大夫	宁速子	39、41、42、65
	石癸		郑文将		40
	司马瞒		卫成大夫		42
	石申父		郑文大夫		44
	白部胡		翟君		45、46
	白暾		翟君	白部胡弟	45、46、47
	申无畏	申舟	楚穆司马		48、50、55
	乐耳		郑穆大夫		48
	乐伯		楚庄大将		51、53、54
	申犀		楚庄大夫	申无畏子	55
	司马乐豫		宋昭司马		49
	世子舍		曾为齐君	齐昭公太子	49
	仪行父		陈灵大夫		52、53
	乐婴齐		宋文大夫		55

1337

续 表

	通 名	异 名	官 职	关 系	出现回目
五画	石稷		卫穆副将	石碏曾孙	56
	卢蒲就魁			齐顷嬖人	56
	石㚟		郑简大夫		61
	北宫括		卫献大夫	卫成公曾孙	61
	宁殖		卫献亚卿	宁俞孙、宁相子	61、62、65
	乐王鲋	叔鱼	晋平大夫		63
	卢蒲癸		齐庄龙爵		63、65、66
	东郭偃		齐崔杼家臣		63、65、66、67
	申鲜虞		齐庄大将		64、65
	卢蒲嫳			卢蒲癸之弟	65、66、67
	宁喜		卫殇左相	宁殖之子	65、66
	石恶		卫殇大夫	石稷之孙	65、66
	北宫遗		卫殇大夫	北宫括之子、卫成公玄孙	65
	世子角			卫殇公子	65
	右宰榖		卫殇大夫		65
	印段			郑公子丰之子	67
	申无宇		楚芊尹	申舟之子	67、68、69
	世子有			蔡灵公子	69
	世子禄			楚灵王子	70
	司马督		楚灵大将		70
	史猈		楚公子弃疾家臣		70
	申亥		楚人	申无宇子	70
	世子建	太子建		楚平王子	70、71、72、73
	古冶子		齐景勇士		70、71
	司马督		楚灵司马		70
	田开疆		齐景勇士		71
	田穰苴	司马穰苴	齐景司马		71
	世子朱		曾为蔡君	蔡平公子	71
	东国	蔡悼侯		蔡平公庶子	71

续　表

	通　名	异　名	官　职	关　系	出现回目
五画	白公胜	芈胜		楚平太子建之子	71、72、73、77、83
	申包胥		楚贵族	申无宇之族	72、76
	世子栾			宋元公子	72
	乐大心		宋元大将		72
	东皋公		昭关隐者		72
	左诚		昭关小卒		72
	甘平公鳅		周景王卿		73
	召庄公奂		周景王卿		73
	召嚚			召奂子	73
	右姬			吴阖闾宠姬	75
	左姬			吴阖闾宠姬	75
	世子无为			蔡昭公子	75
	史皇		楚囊瓦部将		76
	申句须		鲁定大夫		78
	乐颀		鲁定大夫		78
	冉求	子有	鲁季氏家臣	孔子门人	78
	处女		越善剑者		81
	石乞		卫勇士		82
	石番		齐力士		82
	石圃		卫大夫		83
	石乞		楚白公家臣		83
	白善		楚白公胜宗人		83
	宁		楚惠令尹	楚令尹子西之子	83
	田盘		齐相国	齐田桓子	85
	东周公	姬般		周考王弟揭之子	85
	田文		魏文侯臣		85、86
	田子方		魏文侯友		85、87
	乐羊	灵寿君	魏文大将		85
	乐舒		中山国臣	乐羊子	85

1339

续表

	通 名	异 名	官 职	关 系	出现回目
五画	田和	田太公	齐宣公相国		86
	田居		齐大夫		86
	田氏			田居女、吴起妻	86
	申详		鲁穆将		86
	田忌		齐康公大将		86、88、89
	申不害		韩昭侯相		86
	田盼		齐威王高唐守		86
	甘龙		秦孝公大夫		87、89
	丕选		赵邯郸守		88
	田婴	薛公、靖郭君	齐威王将		88、89、91、93
	田骈		齐威稷门学士		89
	龙贾		魏惠王大夫		89、90
	田文	薛公、孟尝君	齐湣王相国	田婴子	91、92、93、94、95、97、101、108
	师被		燕王哙将		91
	乐池		赵武灵大将		91
	甘茂		秦惠文左相		91、92、104
	冯喜			张仪舍人	92
	白起	武安君	秦昭襄大将		92、94、95、96、98、99、100、101
	田不礼		赵太子章相		93
	平原君	公子胜、赵胜	赵惠文王相	赵惠文王弟	93、94、96、98、99、100、101
	冯谖		孟尝君门客		94、102
	卢曼		宋康王将		94
	乐毅	昌国君、望诸君	燕昭王大将	乐羊之孙	95、96
	乐乘	武襄君	燕、赵将军	乐毅从弟	95、96、101、102
	田单	安平君	齐襄王大将	齐田氏宗人	95、97、108
	乐闲	昌国君	燕惠王将	乐毅子	95、101、102
	冯亭	华陵君	韩釐王上党守		98
	司马梗		秦昭襄大将		98

续 表

	通 名	异 名	官 职	关 系	出现回目
五画	司马错		秦昭襄大将		98
	田巴		辩士		100
	甘回		秦昭襄牙将		103
	甘罗		秦王政上卿	甘茂之孙	104
	田光		燕丹门客		106
六画	仲山甫		宣王太宰		1、2
	吕章		申侯大夫		3
	齐僖公	吕禄甫		齐庄公子	5、6、7、8、9、11、12
	庄姜			齐庄公女、卫庄公夫人	5
	夷仲年		齐僖大夫	齐僖公弟	6、7
	许庄公				7
	百里		许庄大夫		7
	仲子			鲁宣公继室	7
	华督	太宰督、华父督	宋殇太宰	宋戴公孙、宋殇公堂叔	8、11、17
	齐襄公	吕诸儿		齐僖公子	9、11、12、13、14、25
	夷姜			卫庄公妾、后为宣公夫人	12
	齐姜	宣姜		卫宣公妻	9、12
	邢妃			卫宣公元配	12
	庆父			鲁桓公庶长子、鲁庄庶兄	13、22
	西虢公伯		周庄王卿		14、19
	齐桓公	公子小白、小白		齐襄公次子	15、16、17、18、19、20、21、22、23、24、28、29、30、31、32、34、36、51、67、69、77、78、80、86、95、98、107
	仲孙湫		齐桓大夫		15、17、18、22

1341

续表

	通　名	异　名	官　职	关　系	出现回目
	华家		宋桓司马	华督子	17
	师叔	子人师	郑厉大夫		19、20、24
	边伯		周釐大夫	王子颓党	19
	曲沃伯	成师、桓叔		晋文侯嫡弟	20、93
	曲沃庄伯	姬鲜		曲沃桓叔子	20
	曲沃武公	姬称代		庄伯子、晋献公父	20
	齐姜	姜氏		晋献公继室、申生之母	20
	优施		晋献公优人		20、25、27
	毕万		晋献大夫		20、107
	虎儿斑		无终国大将		21
	华龙滑		卫懿太史		23
	许穆公夫人			卫公子硕、宣姜之女	12
六画	江君		江国国君		23
	许穆公	姬新臣			23、24
	许僖公	姬业		穆公子	24、33、41
	百佗		许穆大夫	百里子	24
	华秀老		宋桓大夫	华督之孙	24、34、40
	舟之侨		虢、晋大夫		25、36、37、40、41、42
	百里奚	井伯、五羖大夫	虞大夫、秦穆左庶长		25、26、29、30、36、38、43、44、45、89、105
	西乞术		秦穆三帅之一		26、30、44、46、48
	芊郑父	芊郑	晋献大夫		27、28、29、30
	先轸	子载、原轸	晋文元帅		27、37、39、40、41、42、44、45、46
	吕饴甥	子金、吕省	晋惠卿		20、27、28、29、30、31、35、36、37
	共华		晋献右行大夫		28、29
	祁举		晋献大夫		29

续表

	通　名	异　名	官　职	关　系	出现回目
六画	共赐			共华之弟	29
	丕豹		秦穆大夫	丕郑父之子	29、30、36、105
	庆郑		晋惠大夫		30、31
	齐姜	姜氏		重耳夫人	31、34、37
	齐惠公	公子元		齐桓公、少卫姬子	32、33、49、50、53
	齐孝公	公子昭		齐桓公、郑姬子	24、32、33、34、39
	齐昭公	公子潘		齐桓公、葛嬴子	32、33、39、41、42、49
	齐懿公	公子商人		齐桓公、密姬子	32、33、49
	成得臣	子玉、令尹子玉	楚成令尹		33、34、35、39、40、41、45
	向訾守		宋襄大夫		34
	伯芈			郑文公女	34
	怀嬴			公子圉妻、重耳妻	35、37
	吕氏			卫僖负羁妻	35、39
	羊舌职		晋文大夫	羊舌肸父	36、55、56、59
	先蔑	士伯	晋文大夫		36、37、41、42、43、47、48
	孙炎		卫成大夫		39、40、41、42
	祁瞒		晋文将		37、39、40、41、42
	孙伯纠		晋文大夫		37、40
	羊舌突		晋文大夫	羊舌职父	40
	成大心	孙伯	楚成大夫	成得臣子	40、41、46
	百畴		许将	百佗后	40
	成嘉		楚成大夫	成得臣子	41
	阳处父		晋襄大夫		44、45、46、47
	先都	子会	晋襄大夫	先轸弟	36、44、47、48
	仲归		楚成大夫		46
	先且居		晋襄元帅	先轸子	45、46、47

1343

续表

	通　名	异　名	官　职	关　系	出现回目
六画	江芈			楚成王妹、嫁江君	46
	先克		晋襄大夫	先且居子	47、48
	华耦		宋昭大夫、司马	华督曾孙、华秀老子	48、49
	先縠	原縠、彘子	晋灵大夫	先克子	48、53、54
	许昭公	姬锡我		许僖公子	49
	许伯		楚庄将		53、54
	许偃		楚庄将		53、54
	华御事		宋昭司寇	华督孙、华家子	48
	华元	右师华元	宋昭右师	华督曾孙、华御事子	49、54、58
	仲孙蔑	孟孙蔑、孟献子	鲁宣大夫	庆父曾孙、公孙敖之孙、孟孙谷之子	49、56、57、60、78
	庄姬			晋成公女、赵朔妻	51、57
	孙叔敖	蒍敖	楚庄令尹	蒍贾子	51、53、54、76
	巩朔		晋景大夫		54、57
	伍参		楚庄大夫		53、54
	伍举		楚灵大夫	伍参子	54、67、70
	伍奢	连公	楚平太师	伍举子	54、70、71、72
	伍尚	棠君	楚平棠邑宰	伍奢长子	54、70、71、72
	伍员	伍子胥	吴夫差相国	伍奢次子	54、71、72、73、74、75、76、77、79、80、81、82、83
	孙安			孙叔敖子	54
	齐顷公	吕无野		齐惠公子	53、56、57、78
	优孟		楚庄优人		54
	孙良夫		卫穆上卿		56、57
	向禽		卫穆将		56
	仲叔于奚		卫新筑大夫		56

续表

	通 名	异 名	官 职	关 系	出现回目
六画	成夫人			晋成公夫人、庄姬、景公母	57
	江忠		晋景内侍		58
	夷羊五		晋厉嬖臣		58、59
	匠丽氏		晋厉嬖臣		58、59
	祁奚		晋悼大夫		59、60、63
	向为人		宋平大夫，后奔楚		59、60
	向带		宋平大夫后奔楚		59、60
	老佐		宋平大夫		60
	向戌		宋平左师	宋桓公玄孙	60、66、67
	祁午		晋悼中军尉	祁奚之子	60、61、63、64、67
	齐灵公	吕环		齐顷公子	60、62
	羊舌赤	伯华	晋悼大夫	羊舌职之子	60、63、64
	羊舌肸	叔向	晋悼大夫	羊舌职次子	60、61、63、64、66、68、70、71
	夷昧		吴王	吴王寿梦第三子	60、66、67、71
	孙林父	孙文子	卫献大夫	孙良夫之子	61、62、65、66
	孙蒯			孙林父子	61、65、66
	孙嘉			林父次子	61、65、66
	师曹		卫献乐师		61
	戎子			齐灵公嬖妾	62
	仲子			齐灵妾、戎子娣、公子牙母	62
	夙沙卫		齐灵寺人、公子牙少傅		62
	庆封		齐庄上卿		62、63、64、65、66、67、69
	州绰		晋平将		62、63
	邢蒯		栾盈党羽		62、63、64
	州宾		栾盈家臣	州绰弟	62、63、64
	羊舌虎	叔虎		羊舌职庶子,羊舌赤、肸弟	62、63

续表

	通 名	异 名	官 职	关 系	出现回目
六画	阳毕		晋平大夫	阳处父孙	62、63
	牟登		晋荀吴部将		64
	牟刚		晋荀吴部将	牟登子	64
	牟劲		晋荀吴部将	牟刚之弟	64
	华周		齐庄勇士		64
	庆舍			庆封子	65、67
	孙襄			孙林父幼子	65
	齐景公	吕杵臼		齐灵公子	65、66、68、70、71、78、79、81
	齐恶		卫献大夫		65、66
	庆姜			庆舍女、卢蒲癸妻	67
	庆嗣			庆封族人	67
	庆遗			庆封族人	67
	庆绳			庆封族人	67
	许悼公				67
	师涓		卫灵乐师		68
	华亥		宋平右师	华元之后	69
	阳丐	子瑕、公孙瑕	楚灵令尹	楚穆王曾孙	69、70、73
	观从	子玉	楚平卜尹		70
	羊舌鲋		晋昭司马	羊舌肸弟	70
	庄贾		齐景大夫		71
	羊舌食我		晋顷大夫	羊舌肸子	71
	祁胜		晋祁盈家臣		71
	祁盈		晋顷大夫	祁午子	71
	邬臧		晋顷陪臣	祁盈家臣	71
	齐女			楚世子建之妻	71
	向胜		宋元大夫	向戌子	72
	向行		宋元大夫	向戌子	72
	向宁		宋元大夫	向戌子	72

续表

	通　名	异　名	官　职	关　系	出现回目
六画	向罗			向宁子	72
	华向		宋元大夫	华元之后	72
	华定		宋元大夫	华元之后	72
	华费遂		宋元大司马	华元之后	72
	华䝙			华费遂长子	72
	华多僚			华费遂次子	72
	华登			华费遂三子	72
	华启			华定子	72
	华无戚			华亥子	72
	庆忌			吴王僚子	73、74、75
	刘献公	刘挚	周景王卿士		70
	刘卷	伯蚡	周景王卿士	刘献公子	73、75
	阳令终			楚令尹阳丐子	74
	阳完			楚令尹阳丐子	74
	阳佗			楚令尹阳丐子	74
	孙武		吴王阖闾将军	齐人	75、76、87
	阳虎		鲁公山不狃家臣		78、79
	仲孙玃	孟僖子	鲁昭世卿	仲孙蔑之子	78
	阳越			阳虎从弟	78
	仲由	子路	卫孔悝家臣	孔子门人	78、82
	有若		鲁臣	孔子门人	79
	戏阳速		卫蒯聩家臣		79
	曳庸		越句践行人		80、83
	西施		越美女	吴王夫差姬	81、82、83
	齐悼公	吕阳生		齐景庶长子	81
	伍封	王孙封		伍员子	82
	齐简公	吕壬		齐悼公子	82

1347

续表

	通　名	异　名	官　职	关　系	出现回目
六画	任章		魏桓子谋臣		84
	圉公阳		楚惠大夫		83
	齐太公	田和	田齐始君		85、108
	齐恒公	田午		田和子	86
	任座		魏文侯臣		85
	西门豹		魏文邺郡守		85
	齐康公		姜齐最末君	齐简公侄	86、88
	齐威王	田因齐、田午子			86、108
	孙膑	孙宾	齐威将大	孙武之孙	87、88、89
	孙乔		齐康大夫	孙膑之叔	88
	孙平			孙膑从兄	88
	孙卓			孙膑从兄	88
	齐宣王	田辟疆		齐威王子	88、89、90、91
	朱仓		魏惠西河守		89
	任鄙		秦孝力士		89、92
	毕成	贾舍人（变名）	苏秦门客		90
	齐闵王	田地		齐宣王子	91、92、94、95、97、100、104、105
	匡章		齐闵大将		91、93
	向寿		秦武大将		92、93
	芒卯		魏昭将		94、96、98
	夷维		齐闵嬖臣		94、95
	朱亥		魏安釐偏将		94、100、102
	许历		赵军士		96
	齐襄王	田法章		齐闵王子	95、97、98
	齐王建	田建		齐襄王子	98、105、108
	朱英		楚顷襄使者		98
	华阳夫人		楚人	安国君宠妃	99、100、101
	吕不韦	文信侯	秦庄襄相国	秦始皇之尚父	99、100、101、102、103、104、105

续 表

	通 名	异 名	官 职	关 系	出现回目
六画	庆秦		燕王喜将		101
	如姬			魏安釐王妃	100、101
	成峤	长安君		秦王政母弟	102、103、104
	朱英		魏人	春申君家食客	103
	庆都		赵悼襄王上党守将		103
	司马尚		赵王迁司马		106
	后胜		齐王建相国	君王后弟	107
	芒季			晋毕万子，魏犨父	107
七画	伯阳父		宣王太史		1、2
	杜伯		宣王上大夫		1、2
	姒大妻			褒姒养母	2
	伯服			褒姒之子	2、3、24
	李丁		犬戎右先锋		3、4
	宋穆公	子和		宋宣公弟	5
	宋宣公	子力			5
	宋庄公	子冯、公子冯		宋穆公子	5、6、7、8、10、11
	宋殇公	子与夷		宋宣公子	5、6、8
	陈桓公	妫鲍			6、8、9、10
	巫史		郑巫者		7
	穷大夫		鲁隐大夫		7
	伯爰诸		陈桓大夫		9、10
	陈厉公	妫跃		陈桓公庶子	10
	连氏			齐襄公侧室、连称从妹	13、14、15
	伯姬			纪侯妻、鲁庄公姊妹	14
	叔姬			纪侯妾、伯姬妹	14
	宋闵公	子捷		宋庄公子	14、17
	陈宣公	妫杵臼		陈庄公弟	14、18、23
	连称		齐襄将	连氏从兄	13、14、15

续 表

	通 名	异 名	官 职	关 系	出现回目
七画	宋桓公	子御说		宋闵公嫡弟宋庄次子	11、17、18、23、24
	芮国		周庄大夫	王子颓之傅	19
	苏子		苏国君	周武王司寇苏忿生后	19
	杜原款		晋献大夫	申生之傅	20、27、29
	里克		晋献大夫	申生之傅	20、25、27、28、29、37
	宋桓公夫人			公子硕、宣姜女、宋襄母	12
	连挚		齐桓牙将		21
	伯氏		齐桓大夫		24、30
	陈妫	惠后、惠太后		周惠王次妃太叔带母	24、37、38
	宋襄公	兹父、世子兹父		宋桓嫡长子	24、32、33、34、35、39、49、69
	吾离		姜戎国君		26
	赤斑		西戎国君		26、46
	怀嬴			秦穆公女、晋怀、晋文夫人	31、35、37
	宋华子			齐桓公第六如夫人	32
	陈穆公	妫款		陈宣公子	33、41
	宋成公	子王臣		宋襄公子	34、40、41、42、48、49
	芈氏			郑文公夫人、楚成王妹	34
	苍葛		周襄阳樊守臣		38
	赤风子			赤丁之子	38
	赤丁		翟国大将		38
	芮吕臣		楚成大夫		34、39、40、41、42
	芮贾	伯嬴	楚穆令尹	芮吕臣子、孙叔敖父	39、41、46、48、50、51

续 表

	通 名	异 名	官 职	关 系	出现回目
七画	陈共公	妫朔		陈穆公子	42、48
	冶厪		卫成大夫		42、43
	医衍		晋文医生		43
	杞子		秦穆副将		43、44、96
	杨孙		秦穆副将		43、44
	佚之狐		郑文大夫		43
	弄玉			秦穆幼女	47
	宋昭公	子杵臼		宋成公子	48、49
	宋文公	子鲍、公子鲍		宋昭公庶弟	49、55
	陈灵公	妫平国		陈共公子	49、52、53
	邴原		齐桓大夫		49
	邴歜		齐昭大夫	邴原子	49
	声姜			齐桓女、鲁僖公夫人、鲁文公母	49
	声己			戴己娣、公孙敖妾、难之母	49
	苏从		楚庄大夫		50、51
	灵辄		晋义士		50
	陈成公	妫午		陈灵公子	53、60
	宋共公	子固		宋文公子	55、58
	杜回		秦桓大将		55、58
	邴夏		齐顷将		56
	伯宗		晋景大夫	孙伯纠子	55、58
	寿梦		吴国君		57、58、60、61、65、75
	伯州犁		楚共太宰	伯宗子	58、67、70
	狄虒弥		鲁成大夫		60
	张老		晋悼大夫		59、60、61
	谷阳		楚公子侧仆人		59
	宋平公	子成		宋共公子	60

续表

	通　名	异　名	官　职	关　系	出现回目
七画	陈哀公	妫弱		陈成公子	60、68、69
	妘斑		偪阳国大夫		60
	伯骈		郑简大夫		61
	灵皋		晋梗阳巫者		62
	张君臣		晋平司马	张老子	62
	辛俞		栾盈家臣		62、63
	邴师		齐庄男爵		63、64、65
	张孟趯		晋平大夫		64
	陈须无	陈文子	齐庄大夫	陈敬仲曾孙	65、66、67
	陈无宇	陈桓子、田桓子	齐景大夫	陈须无子	66、67、68、69、71、108
	芈麇		楚王	楚康王同母弟	67
	罕虎	子皮	郑简上卿	公孙舍之之子	67、84
	良止		郑简大夫	公子良霄之子	67
	芈氏			蔡灵公夫人、楚宗室女	67
	伯姬			鲁女、宋平公夫人	67
	陈孔奂		陈哀大夫		69
	陈惠公	妫吴		陈世子偃师之子	70
	张骼		晋昭大夫	张老之孙	70
	沈尹戌		楚平左司马		72、73、74、75、76
	宋元公	子佐		宋平公庶子	72
	沈子逞		沈国君		73
	伯郤宛	子恶	楚平右尹	伯州犁子	70、73、74
	伯嚭	太宰嚭	吴夫差太宰	楚伯郤宛子	74、75、76、77、79、80、81、82、83、105
	吴勾卑		楚沈尹戌家臣		76

1352

续　表

	通　名	异　名	官　职	关　系	出现回目
七画	沈诸梁	叶公	楚昭大臣	沈尹戌子	76、77、83
	宋木		楚昭大将		76、77
	季芈			楚昭妹	76、77
	扶臧			吴公子夫概之子	77
	宋景公	子头曼		宋元公子	79
	灵姑浮		越王句践大将		79
	张柳朔		范、中行二氏党羽		79
	陈乞	陈僖子	齐景大夫	陈元宇孙	81、108
	陈恒		齐简大夫	陈乞子	81、82、108
	陈音		楚善弓矢者		81
	陈逆	子行	齐简大夫	陈恒弟	82
	陈豹		齐简大夫	陈恒族人、陈须无孙	82
	伯有			赵简子长子	83
	张孟谈		赵襄子谋臣		84
	伯鲁			赵襄子兄	85
	李克		魏文侯臣		85、87
	吴起		魏西河守		85、86、101
	张丑		田齐将领		86
	严仲子	严遂		侠累之友	86
	阿大夫		齐即墨大夫		86
	杜挚		秦孝大夫		87、89
	张仪	馀子、武信君	秦惠文相		87、90、91、92、95、105
	苏秦	季子、武安君	六国相		87、89、90、91、101
	苏代		燕易大夫	苏秦弟	90、91、93、99
	苏厉		齐湣大夫	苏秦弟	90、91
	张仪妻				90
	邹衍		燕昭臣		91、102

1353

附 录

续 表

	通 名	异 名	官 职	关 系	出现回目
	陈轸		楚怀客卿		91
	宋遗		楚怀勇士		91
	吴娃			赵武灵王继室、赵惠文王母	93
	李兑		赵惠文王太傅		93、96、97、101
	宋康王	子偃、桀宋		宋辟公之子	94
	宋辟公				94
	陈举		齐闵大夫		94
	李牧		赵惠文将		96、98、101、102、105
	芈戎	华阳君		秦宣太后弟	97
七	张唐		秦昭襄将		98、101、102、103、104
	苏射		赵孝成将		98
	杨泉君			秦昭襄后弟	99
	辛垣衍		魏安釐客将军		100
画	李同			赵孝成传舍吏子	100
	李信		秦王政将		103
	李园		楚春申君舍人		103、107
	李嫣			李园妹、楚考烈王后	103
	犹			楚考烈王子、幽王弟	103
	杨端和		秦王政将		103、104、105、106
	辛胜		秦王政将		104
	佐弋谒		秦王政臣		104
	陈忠		秦王政大夫		104、105
	李斯		秦王政丞相		105、108
	李信		秦王政大将		106、107、108
	宋意		燕太子丹勇士		106

续 表

	通 名	异 名	官 职	关 系	出现回目
八画	周宣王	太子靖			1、2、47
	周幽王	宫涅		宣王子	2、3、24、25
	周平王	宜臼		幽王子	2、3、4、5、25
	郑伯友	郑桓公	幽王司徒	宣王弟、幽王叔	2、3、37
	周公咺		幽王大臣		3
	郑庄公	寤生		郑武公子	4、5、6、7、8、9、10、19
	周公黑肩		平王大臣	周公咺子	5、6、9、11、13
	郑昭公	世子忽		郑庄公子	5、6、7、8、10、11、12、13
	周桓王	姬林		平王孙	5、6、9、10、11、24
	季梁		随大夫		10
	屈瑕		楚熊通大夫		10
	周庄王	姬佗		桓王子	11、13、17、18、19、24
	郑武公	世子掘突		郑桓公子	3、4
	季友	公子友、季文子	鲁宣公相	鲁庄公嫡弟	13、22、23、78
	孟阳		齐襄嬖臣		13、14
	屈重		楚武王莫敖		14、17
	周公忌父		周庄大夫		14、19
	周僖王	姬胡齐		周庄王子	17、18、19
	郕子克		郕国君		18
	单蔑	单子	周僖大夫		18、19
	周惠王	姬阆		周僖王子	19、20、24
	郑文公	姬捷、郑捷		郑厉公子	19、20、23、33、34、35、37、41、42、43、44
	易牙	雍巫	齐桓嬖臣		17、18、24、29、30、31、32、33、40

续表

	通　名	异　名	官　职	关　系	出现回目
八画	狐姬			晋献公妾、重耳之母	20
	卓子		曾为晋君	晋献公、少姬之子	20、27、28、42
	狐毛		晋文大夫	狐突子、重耳舅	20、31、34、35、36、37、39、40、41、44
	屈完		楚成大夫		20、23、24、67
	孟任			鲁庄公妾、公子般母	22
	叔姜			哀姜之娣、公子启母	22
	叔牙			鲁庄庶弟、庆父同母弟	22
	季友	公子友、季子	鲁庄卿	鲁桓公幼子、鲁庄公幼弟	22
	叔颜		邢侯		23
	周公孔		周惠太宰		24、29、37、38
	郑穆公	子兰、公子兰		郑文公子	24、43、44、48、49、51
	周襄王	世子郑		周惠王子	24、27、29、33、34、36、37、38、39、40、41、42、43、44、46、47
	狐突	伯行、伯氏	晋献大夫	狐毛、狐偃之父	25、27、29、31、35、36、37
	孟明视		秦穆三帅	百里溪子	26、30、31、43、44、46、47、48、58、96
	狐偃	子犯、舅犯	晋文大夫	狐毛弟、重耳舅	27、28、31、34、35、36、37、38、39、40、41、42、44
	狐射姑	狐季、季佗、贾季、贾佗	晋文大夫	狐偃之子	27、35、37、38、44、45、47、48
	泠至		秦穆大夫		28、29、30
	叔坚		晋献大夫		29

1356

续 表

	通　名	异　名	官　职	关　系	出现回目
八画	叔隗		翟女	赵衰妻、赵盾母	31、37
	季隗		翟女	重耳之妻	31、37
	郑姬			齐桓公第三如夫人	32
	国懿仲		齐桓世卿		32、33、40
	郑文公				33
	郑先都		晋文大夫		33
	叔芈			郑文公次女	34
	叔兴		周襄内史		37、41
	叔隗	隗后		翟君女、周襄王继后	37、38
	叔武	夷叔、太叔	曾摄君位	卫成公弟	39、41、42
	叔侯	申公	楚成将		39、40
	宛春		楚成将		40
	茅茷		晋文大夫		40
	国归父		齐孝上卿	国懿仲子	40、41、49
	周颛		卫成大夫		42、43
	周公阅		周襄太宰		43
	弦高		郑商人		44
	狐鞫居		晋襄大夫	狐射姑弟	45、46
	狐溱		晋襄大夫	狐毛之子	45
	叔孙得臣		鲁文大夫	叔孙彭生弟	47、49、50
	叔孙侨如		鲁成大夫	叔孙得臣子	47、56、65
	侨如		翟国大将		47、69
	臾骈		晋襄司马		47、48、50
	范山		楚穆大夫		48
	单伯		周匡大夫		49
	周匡王	姬班		周顷王子	49、50、51
	季孙行父	季文子	鲁文上卿	公子友之子	22、49、50、56、57
	叔仲彭生		鲁文太傅	叔孙氏后、公子兹之子	49、50

续表

	通 名	异 名	官 职	关 系	出现回目
八画	季无佚		鲁僖大夫	季孙行父之父、季友之子	49
	孟孙谷		鲁文大夫	公孙敖子	49
	孟孙难		鲁文卿	孟孙谷弟	49
	屈荡		楚庄大夫		50、51、53、54、58
	屈巫	子灵、巫臣	楚庄大夫	屈荡子	53、57、60
	泄冶		陈灵大夫		52、53
	国佐父	国佐	齐顷上卿	国归父子	56、57
	郑襄公	公子坚		郑穆公子,灵公庶兄	48、52、53、54、57
	郑灵公	姬夷		郑穆公世子	51、52
	郑丘缓		晋景公将		56
	狐庸	巫狐庸、屈狐庸	吴相国	屈巫子	57、60、66
	郑绰公	姬费		郑襄公子	57
	周简王	姬夷		周定王子	58、59、60
	苗贲皇	斗贲皇	晋厉将	楚斗越椒子、奔晋	51、58
	单襄公		周顷王卿		59
	孟张		晋厉寺人		59
	郑成公	姬睔		郑悼公弟	58、59、60
	周灵王	姬泄心、髭王		周简王子	60、61、62、63、64、65、66、67
	鱼石		宋平大夫、奔楚		59、60
	鱼府		宋平大夫、奔楚		59、60
	郑僖公	姬髡顽		郑成公子	60
	孟乐		无终国大夫		60
	郑简公	姬嘉		郑僖公弟	60、61、66、67、68
	叔梁纥		鲁成大夫	孔子之父	60、78
	季札			吴寿梦第四子	61、65、66、73
	武		秦景庶长		61

续表

通　名	异　名	官　职	关　系	出现回目
定姜			卫定公夫人、献公母	61
析归父		齐灵将		62、63
孟姜	孟姜女		杞梁妻	64
国夏		齐灵世卿	国佐父之子	65、78、81
屈建	子木	楚康令尹		66、67
周景王	姬贵		周灵王次子	67、68、69、70、73
驷带		郑简大夫	郑穆公曾孙	67
屈申		楚灵大夫	屈荡之子	67
屈生		楚灵大夫	屈建之子	67
孟姬			鲁女、齐灵公妾、齐景公母夫人	68
郑姬			陈哀公元妃	69
狐父		晋昭大夫		69
郑丹	子革	楚灵右尹	郑穆公孙、子然之子,奔楚	67、69、70
奋扬		楚平东宫司马		70、71
季孙意如		鲁昭上卿	季孙行父孙、季孙纥子	70、71、78
叔孙婼		鲁昭上卿	叔孙豹之子	71
孟嬴	无祥公主、伯嬴		秦哀长妹、楚平夺为妻、楚昭母	71、76、77
武城黑		楚平大夫		72、75、76
宜僚		宋元寺人		72
郑定公	姬宁		郑简公子	72、73、77
单穆公旗	单旗	周景卿士		73
周悼王	姬猛		周景王子	73

八画

1359

续表

	通　名	异　名	官　职	关　系	出现回目
	郚肸		周景庶子朝党羽		73
	周敬王	姬丐、东王		周景王嫡次子、悼王弟	73、75、77、78、79、80、81、82、83
	欧冶子		冶剑者		73、75
	季桓子	季孙斯	鲁定上卿	季孙意如子	78、81
	孟孙无忌	孟懿子、孟孙何忌	鲁定卿	仲孙蔑孙、仲孙貜子	78
	叔孙州仇		鲁定卿	叔孙婼之孙、叔孙不敢子	78、82
	叔孙辄			叔孙州仇庶子	78
	林楚		鲁季氏门客		78
	苦越		鲁季氏家臣		78
八画	驷赤		鲁叔孙氏家臣		78
	弥子瑕		卫灵公宠臣		79
	季孙肥	季康子	鲁定卿	季孙斯之子	79
	范皋夷		晋范中行党羽		79
	范蠡	少伯、鸱夷子皮、陶朱公	越句践大夫		79、80、81、82、83、103
	苦成		越句践太宰		80
	郑旦		越美人	吴夫差姬妾	81
	国书		齐悼世卿	国夏子	81、82
	郲子	郲子益、郲隐公		齐悼妹婿	81
	孟公悼		齐悼大夫		81
	宗楼		齐简大臣		81、82
	泄庸		越句践大将		82
	孟黡		卫勇士		82
	固		楚惠箴尹		83
	周元王	姬仁		周敬王子	83
	姑布子卿		相士		83

1360

续 表

通 名	异 名	官 职	关 系	出现回目
周贞定王	姬介		周元王子	83、84
周考王	姬嵬		周贞定王子	85
周威烈王	姬午		周考王子	85
侠累		韩景侯臣		85
泄柳		鲁穆将		86
周安王	姬骄		周威烈王子	86
驺忌	成侯	齐威王相国		86、88、89
孟轲	子舆			87
庞涓		魏惠军师		87、88、89
庞英		魏惠将	庞涓子	87、88
庞葱		魏惠将	庞涓侄	87、88
庞茅		魏惠将	庞涓侄	87、88
诚儿			庞涓苍头	88
驺衍		齐稷门学士		89
环渊		齐稷门学士		89
周显王	姬扁		周烈王喜弟	90、94
屈景		燕昭臣		91
屈平	屈原、灵均			91、92、93
屈须			屈原姊	93
屈匄		楚怀大将		91
郑袖			楚怀夫人	92
孟贲		齐勇士		92
周赧王	姬延		周慎靓王定子	92、94、95、97、98、99、101
景史		楚怀大将		92
肥义		赵惠相国		93
景成		宋康王臣		94
屈志高		宋康王将		94
狐咺		齐闵大夫		94
范雎	范叔、张禄、应侯	秦昭襄丞相		97、98、99、100、101、104、105

(八画)

续表

	通 名	异 名	官 职	关 系	出现回目
八画	郑安平		秦昭襄将	范睢友	97、99、100、101
	景阳		楚考烈将		101、102
	庞煖		赵孝成将		102、103
	武阳靖		燕王喜将		102
	茅焦		秦王政太傅		105
	景骐		楚王负刍大将		108
	屈定		楚王负刍大将		108
九画	赵叔带		周幽王大夫	晋大夫赵氏之祖	2、108
	洪德			周大夫褒珦之子	2
	段	共叔段、太叔段、京城大叔		郑武公子、庄公弟	4、5
	姜后			周宣王后	1、2
	姜氏			申侯女、郑武公妻、庄公、叔段母	4、5
	祝冉		郑庄大夫		8、9、10、11
	南宫长万		宋庄大将		10、11、17、18、69
	急子			卫宣公、夷姜之子	12、23
	施伯		鲁庄大夫		13、15、16、18、39
	荣叔		周庄大夫		13
	竖貂	竖刁、寺人貂	齐桓宠臣		17、18、21、23、29、30、31、32、33
	姚姬	王姚		周庄王嬖妾、王子颓母	19
	祝跪		周庄大夫	王子颓党羽	19
	莒医		莒国医生	文姜情夫	19
	哀姜			齐襄女、鲁庄公夫人	19、20

1362

《东周列国志》人物索引

续表

	通 名	异 名	官 职	关 系	出现回目
九画	赵夙		晋献大夫		20、108
	鄾夫人			斗伯比舅母	20
	鄾子		鄾国君	斗伯比舅父	20
	鄾女			鄾夫人女、斗伯比妻	20
	皇子		齐之高士		22
	秋亚		鲁之勇士		22
	姜氏			周惠王后、世子郑母	24
	荀息	荀叔	晋献大夫		25、27、28、29、12
	宫之奇		虞国大夫		25
	勃鞮	寺人勃鞮	晋献寺人		27、31、36、39
	赵衰	子馀、赵成子、赵季、成季	晋文大夫	重耳之师、赵夙之子	27、31、34、35、36、37、38、39、40、41、42、44、45、46、47、59、108
	胥臣	季子、司空季子、白季	晋文大夫		27、35、36、37、38、39、40、41、44、45、47
	郤芮		晋惠大夫		27、28、29、30、31、35、36、37、63
	郤乞		晋惠大夫		29、30、37
	城西巫者		晋曲沃人		29
	郤步扬		晋惠大夫		30、36、37、39、40、42
	郤溱		晋文大夫		36、37、38、39、40
	荀林父	荀伯、中行桓子	晋文大夫、中行将	荀息子	36、39、40、41、42、47、48、49、53、54、55、56、79
	赵盾	赵孟、赵宣子	晋襄大夫	赵衰、叔隗子	37、47、48、49、50、51、52、59、108
	扁鹊		名医		32、72
	赵同	原同、原叔	晋成大夫	赵衰、赵姬子	37、51、54、57
	赵括	屏季	晋成大夫	赵衰、赵姬子	37、51、54、57
	赵婴齐	赵婴、楼婴	晋成大夫	赵衰、赵姬子	37、51、54、57

1363

续表

	通 名	异 名	官 职	关 系	出现回目
九画	封氏		郑乡民		38
	封二郎		郑乡民	封氏弟	38
	郤縠		晋文元帅		39
	赵姬	伯姬		晋文公长女、赵衰妻	37、51
	柳下惠	展获、展子禽	鲁贤者、士师		39
	侯獳		曹共小臣		43
	胥婴		晋襄大夫	胥臣子	44、45
	郤缺	冀缺、郤成子	晋成元帅	郤芮子	44、48、49、52、63
	侯宣多		郑文大夫		44
	胥甲		晋灵大夫	胥臣子	48
	胥克		晋灵下军佐	胥甲子	48
	荡意诸		宋昭司城	公孙寿子	48、49
	荡虺		宋文司马	荡意诸弟	49
	赵穿		晋襄大夫	赵盾从弟、晋襄公婿	48、50、51
	绕朝		秦康大夫		48
	昭姬	叔姬	鲁女	齐昭夫人	49、50
	姜氏	哀姜、出姜		齐昭公女、鲁文公夫人	49、50
	赵朔		晋成大夫	赵盾子、晋成公婿	49、50、51、54、57、108
	赵旃	赵叟	晋景部将	赵穿子	51、54、57
	养由基		楚庄将		51、55、58、61、66
	赵胜		晋悼大夫	赵旃子	57、59、64
	郤锜		晋景大夫	郤克子	57、58、59、62
	郤克		晋景大夫	郤缺子	54、56
	皇戌进	皇戌	郑襄大夫		54、57
	郤雍			郤克族人	55、56
	荀首		晋景大夫	荀林父弟	54、57
	祖姬			魏犨妾	55

续 表

	通 名	异 名	官 职	关 系	出现回目
九画	郤犨		晋厉大夫	郤克从弟	58、59、62
	郤至	温季、季子	晋厉大夫	郤步扬孙、郤克族侄	58、59、62
	郤乞		晋厉大夫	郤至弟	58
	郤毅		晋厉大夫	郤犨子	58
	胥童		晋厉嬖臣	胥甲孙、胥克子	58、59、62
	赵武		晋悼司寇	赵朔子	57、59、60、61、62、64、66、67、70、107
	姚句耳		郑成大夫		58
	荀偃	伯游、中行偃、中行献子	晋厉大夫	荀庚子、荀林父孙	58、59、60、61、62
	荀宾		晋悼大夫		59
	荀骓		晋景大夫		57
	荀䓨	子羽、知䓨、知武子	晋景大夫	荀首子	54、57、58、59、60、61
	荀庚	中行伯	晋景大夫	荀林父子	60
	荀吴	中行吴、中行穆子	晋平大夫	荀偃子	62、63、64、69、70
	荀会		晋悼大夫		60、61
	胥午		晋平大夫		63
	赵鞅	赵简子	晋六卿	赵武孙、赵成子	72、78、79、82、83、85、108
	封具		齐庄勇爵		63、65
	晏氂		齐庄将		64
	南史氏		齐景史官		65
	穿封戌		楚康大夫		66、69、70
	皇颉		郑将		66、69
	闾丘婴		齐景大夫		67
	须务牟			楚公子弃疾家臣	70
	费无极		楚平大夫		70、73、74、77
	莒子		莒国君		71

续 表

	通 名	异 名	官 职	关 系	出现回目
九画	荀寅	中行寅、中行文子	晋顷大夫	荀吴之子	72、75、79
	荀跞	智跞、智文子	晋顷大夫	荀盈之子、荀罃之孙	71、72、73、78、79、80
	皇甫讷			楚东皋公好友	72
	掩馀			吴庆忌母弟	73、75
	南宫极		周景大将		73
	胡子髡		胡国君		73
	要离		吴勇士		74、75
	钟建		楚昭大夫		76、77
	胡子豹		胡国君		77
	施氏			叔梁纥前妻	78
	侯犯		鲁郈邑马正		78
	南子			宋女、卫灵公夫人	79
	胥犴		越句践将		79
	赵午			赵鞅族子	79
	荀甲	智宣子、智徐吾		荀跞子	79、84
	荀瑶	智伯	晋六卿	荀跞之孙、荀甲子	79、83、84、101、105
	闾丘明		齐简大夫	闾丘婴之子	81、82
	胥门巢		吴夫差大将		82、83
	浑良夫		卫孙氏小臣		82、83
	胥弥赦		卫庄下大夫		83
	赵襄子	无恤	晋六卿	赵鞅之子	83、84、85、92、108
	段规		韩虎谋士		84
	荀宵			荀瑶之兄	84
	赵周			赵襄子兄伯鲁之子	85
	赵桓子	赵浣	晋三家之主	伯鲁之孙、赵周之子	85、108

续 表

	通 名	异 名	官 职	关 系	出现回目
九画	赵烈侯	赵籍		赵浣之子	85、96、108
	段干木		魏文贤臣		85
	段朋		田齐大将		86
	种首		齐威王司寇		86
	鬼谷子		周阳城隐者		87、88、90
	赵成侯	赵种		烈侯孙、敬侯子	88
	独狐陈		齐宣牙将		89
	赵良		秦商鞅门客		89
	赵肃侯	赵语		赵成侯子	90、104
	昭阳		楚威王相		89、90、96
	昭睢		楚怀王相	昭阳子	92
	赵武灵王	赵雍、主父		赵肃侯子	91、93、95、97、108
	泾阳君	嬴悝		秦昭襄王弟	92、93
	赵惠文王	赵何		武灵王、吴娃子	93、95、98
	胡广		赵武灵大夫	武灵王后吴娃之父	93
	赵招		赵惠文王使臣		93
	闾丘俭		齐闵将		94
	信陵君	魏无忌	魏安釐王相	魏昭王少子	94、95、98、100、101、102、104
	侯嬴	侯生	魏大梁夷门监者		94、100
	胡伤		秦昭襄客卿		96、98
	赵括母			赵奢妻	96、98、99
	赵奢	马服君	赵惠文大将		96、98
	赵括	马服君	赵惠文大将	赵奢子	96、98、99
	须贾		魏昭中大夫		97、98
	宣太后	芈氏		秦昭襄王母	97
	赵孝成王	赵丹		赵惠文王子	98、99、100、102

续 表

	通 名	异 名	官 职	关 系	出现回目
九画	荀卿		楚考烈兰陵令		98、105
	赵禹		赵孝成大夫		98
	赵豹	平阳君	赵孝成大臣		98
	赵茄		赵孝成裨将		98
	赵姬	庄襄王后、庄襄太后		秦公子异人妻、秦王政母	99、101、102、104、105
	将渠		燕王喜大夫		101、102
	赵悼襄王	赵偃		赵孝成王子	102、104、105
	项橐			孔子之师	104
	赵王迁	幽谬王		赵悼襄王次子	105、106、108
	赵葱		赵王迁将		105、106
	荆轲	荆卿	卫刺客	庆封之后	106、107
	赵高		秦王政内侍		107、108
	胡姬			秦政姬、胡亥母	107
	胡亥		秦二世皇帝	秦王政子	107、108
	项燕		楚负刍大将		107、108
十画	晋文侯	姬仇			3、20、38
	秦襄公	嬴开			3、4
	秦文公			襄公子	4
	高渠弥		郑庄大夫		5、6、7、8、9、12、13
	原繁		郑庄大夫		9、11、13、19
	秦子		鲁桓将		11、15
	姬克			周桓王子、周庄王弟	11
	徒人费		齐襄宦者		14
	高傒		齐襄世卿		15、19、22
	宾须无		齐桓大夫		16、19、21、23、29
	息侯		息国君		17
	息妫			息侯妻	17、19
	晋昭侯	姬伯		晋文侯子	20
	晋孝侯	姬平		晋昭侯弟	20

1368

续表

通 名	异 名	官 职	关 系	出现回目
晋鄂侯	姬郄		晋孝侯弟	20
晋哀侯	姬光		晋鄂侯子	20
晋小子侯	姬缗		晋哀侯弟	20
晋献公	姬佹诸		曲沃武公子	20、24、25、27、36、37、39、107
贾姬			晋献公元妃	20
贾君			晋献公继妃	20、28、29
奚齐			晋献公、骊姬子	20、25、27、28、42
党臣		鲁庄大夫	鲁公子般外祖	22
晋惠公	姬夷吾		晋献公庶子	20、27、28、29、30、31、35、36、37、45、58
晋文公	姬重耳		晋献公庶长子	20、27、28、29、31、34、35、36、37、38、39、40、41、42、43、44、51、56、58、59、60、66、67、80
骊姬			骊戎之女、晋献公宠妾	20、25、26、27、28
郭偃		晋献太卜		20、25、30、35、37、38、43、44、45、46
速买		令支国大将		21
高黑		齐桓牙将		21
徐子		徐国君		23
徐嬴			齐桓第二如夫人	23
秦穆公	嬴任好			25、26、28、29、30、35、36、37、41、42、43、44、45、46、47、58、69、77、89、90、104、105
贾华		晋献大夫		27、29
壶叔		重耳从亡者		27、31、35、36、37

十画

附　录

续　表

	通　名	异　名	官　职	关　系	出现回目
	高虎		齐桓世卿	高傒子	30、32、33、39、84
	家仆徒		晋惠大夫		30、31、36、37
	秦康公	嬴罃		秦穆公子	30、35、36、47、48、49、55
	栾枝		晋文大夫		36、37、38、39、40、41、45、47、62、64
	栾盾		晋文大夫	栾枝子	36、45、48
	原伯贯		周襄卿士		38
	晋襄公	姬驩		晋文公、偪姞子	37、44、45、46、47、56、58、59
	徐姬			齐桓夫人	32
	晏娥儿			齐桓宫女	32
十	徐嬴			晋文公初娶妻	37
	展喜			柳下惠之弟	39
	逢孙		秦穆副将		43、44
	烛武		郑文亚卿		43、44
二	晋成公	姬黑臀		晋文公幼子	44、51、52
	莱驹		晋襄大夫		45
	狼曋		晋襄小校		45、46、62、64
画	晋灵公	姬夷皋		晋襄公、穆嬴子	47、50、51、59
	息公子朱		楚穆大将		48
	高倾		齐懿世卿	高虎子	49
	钮麂		晋屠岸贾家客		50
	夏御叔		陈共公司马	公子少西之子	52
	夏征舒	子南、夏南	陈灵司马	夏御叔、夏姬之子	52、53
	夏姬			郑穆公女、夏御叔妻	52、53、57
	荷华		夏姬侍女		52、53

1370

续　表

	通　名	异　名	官　职	关　系	出现回目
十画	唐狡		楚庄副将		51、53
	晋景公	姬獳		晋成公子	52、54、55、56、57、58、59
	栾书	栾武子	晋景大夫	栾盾之子	54、56、57、58、59、62、64
	秦共公	嬴稻		秦康公子	55
	秦桓公	嬴荣		秦共公子	55、58
	高固		齐惠世卿	高倾子	56
	高和		秦太医		58
	高缓		秦太医		58
	晋厉公	姬州蒲		晋景公子	58、59、62
	栾黡	栾桓子	晋厉大夫	栾书子	58、59、60、61、62、64
	贾辛		晋悼大夫		59
	晋悼公	姬周		晋襄公孙、姬谈子	59、60、61、62、75
	姬谈			晋襄庶长子	59
	栾纠		晋悼大夫		59
	铎遏寇		晋悼大夫		59
	诸樊		吴王	寿梦长子	60、61、63、65
	馀祭		吴王	寿梦次子	60、61、62
	秦堇父		鲁成勇将		60
	栾祁			士匄女、栾黡妻	61、62
	秦景公	嬴后		秦桓公子	61
	高厚		齐灵世卿	高固子	62
	栾盈		晋悼大夫	栾黡子	61、62、64
	晋平公	姬彪		晋悼公子	62、63、65、66、67、68
	郭最		齐灵将		62、63、64
	晏婴	平仲	齐景大夫		62、63、65、66、67、68、70、78、79、81

续 表

通 名	异 名	官 职	关 系	出现回目
栾宾		曲沃桓叔相	栾枝祖父	62、64
栾成			栾枝父	62
栾乐			栾盈族人	62、63、64
栾鲂		晋平大夫	栾盈族人	62、63、64
贾举		齐庄勇爵		63、64、65
铎甫		齐庄勇爵		63
栾荣			栾乐、栾盈党羽	64
贾竖		齐庄近侍		64、65
铎父		齐庄勇爵		63、65
高止		齐庄世卿	高厚之子	65、67、68
息桓		楚康大夫		66
高虿	子尾	齐景大夫	齐惠公子子高之子	67、68
栾灶	子雅	齐景大夫	齐惠公之孙	67
栾施	子旗	齐景大夫	栾灶子	67、68、69
高竖			高止之子	67、68
高酀			高傒后	67
徐吾犯		郑简大夫		67
徐君		徐国之君		67、70、71
高强	子良	齐景大夫	高虿之子	67、68、69
晋昭公	姬夷		晋平公子	68、69、70、71、85
倚相		楚灵左史		70
夏啮		陈人	夏征舒玄孙	70、73
郯子		郯国君		71
晋顷公	姬去疾		晋昭公子	71、73、79
秦哀公			秦景公子	71、77
贾氏			伍员之妻	72
浣纱女子				73
姬匄			周景王嫡次子	73
被离		吴国市吏		73

(十画)

续表

	通　名	异　名	官　职	关　系	出现回目
十画	姬朝			周景王庶长子	73
	宾孟		周景大夫		73
	晋陈		楚昭大夫		74
	烛庸			王僚母弟	73、75
	唐成公		唐国君		75、76、77
	晋定公	姬午		晋顷公子	75、82
	桓魋		宋景司马		79
	诸稽郢		越句践司马		79、80、82
	高柴	子羔	卫出大夫	孔子门人	79、82
	皋如		越句践司农		80
	荼	安孺子		齐景公庶幼子	81
	高张		齐景世卿	高郾子	81
	高无平		齐简世卿	高张子	81、82
	展如		齐简大将		82
	钽商		鲁叔孙家臣		82
	宽		楚惠司马	楚司马子期子	83
	晋出公	姬凿		晋定公子	83
	晋哀公	姬骄		晋昭公曾孙、晋出公弟	83、85
	绤疵		智伯谋士		84
	高黑		赵襄子谋臣		84
	原过		赵襄子家臣		84
	晋幽公	姬柳		晋哀公子	85
	姬揭	西周公	封于王城	周考王弟、东周公姬班父	85
	姬班	东周公	封于王城巩	姬揭子	85
	晋靖公	姬俱酒		晋幽公曾孙	85
	姬窟		中山国君		85
	秦简公	嬴卓子		秦怀公子、秦灵公叔	86
	秦惠公			秦简公子	86、105

1373

续 表

通 名	异 名	官 职	关 系	出现回目
秦灵公			秦怀公孙	86
秦献公	嬴师隰		秦灵公子	86
聂政		魏人		86
聂罃			聂政姊	86
秦孝公	嬴渠梁		秦献公子	86、89、91、105
袁达		齐威牙将		88、89
秦惠文王	嬴驷		秦孝公子	87、89、90、91
徐甲			庞涓心腹	88
徐生		魏人		89
郭槐		燕王哙太傅		91
剧辛		燕昭大臣		91、95、101、102
逢侯丑		楚怀大夫		91
秦武王	嬴荡		秦惠文王子	91、92
秦昭襄王	嬴稷		秦武王异母弟	92、93、94、95、97、98、100、101、102、105
高信		赵惠文相肥义近侍		93
剔成			宋康王兄	94
息氏			宋康臣韩冯妻	94
唐昧		楚顷襄将		94
晋鄙		魏安釐大将		95、99、100、102
秦庄襄王	嬴子楚、异人		秦孝文王子	96、98、99、100、101、108
秦孝文王	嬴柱、安国君、子傒		秦昭襄王子	96、99、100、101
夏妃			安国君妃、异人生母	99
秦始皇	赵政、嬴政、秦王政		秦庄襄王异人、赵姬之子	99、102、104、105、106、107、108
唐举		大梁相者		101
郭开		赵襄悼佞臣		102、105、106
栗腹		燕王喜相国		101、102
栗元		燕王喜将	栗腹子	102

十画

续 表

	通 名	异 名	官 职	关 系	出现回目
十画	桓齮		秦王政将		103、104、105
	秦德公		春秋初秦君	秦宁公子、秦武公弟	104
	唐玖		赵襄悼内侍		105
	夏扶		燕丹勇士		106
	秦舞阳		燕丹勇士		106、107
	高渐离		燕击筑者	荆轲之友	106
	徐夫人		铸剑者		107
	夏无且		秦王政侍医		107
十一画	祭公易		周幽大臣		2、3
	祭足	仲、祭仲	郑庄大夫		4、6、7、8、9、10、11、12、19
	曼伯		郑庄大夫		9
	随侯		随国君		10
	黄子		黄国君		10、23
	猛获		宋庄大将		11、17
	梁子		鲁桓将		11、15
	祭氏	雍姬		祭足女、雍纠妻	11、67
	强鉏		祭足家臣		11
	曹沫		鲁庄大夫		13、15、18、78
	曹刿		鲁庄大夫		16、17、19、39
	萧叔大心		宋附庸国君		17
	婧			管仲爱妾	18
	曹庄公	射姑			18
	堵叔		郑厉大夫		19、20
	阎敖		楚那处守将		19
	梁五		晋献大夫		20、25、27、28
	密卢	令支子	令支国君		21
	黄花元帅		孤竹国大将		21
	圉人荦		鲁庄圉人		22
	渠孔		卫懿大夫		23

续表

通名	异名	官职	关系	出现回目
黄夷		卫懿将		23
聃伯		郑文大夫		23、24
曹昭公般	曹伯			23
屠岸夷		晋惠大夫		28、29、30、31
骓遄		晋献大夫		28、29
梁繇靡		晋献大夫		28、30、31、36、37、45
御孙		鲁庄大夫		19
圉	惠世子、晋怀公	曾为晋君	晋惠公、梁伯女之子	28、31、35、36
累虎		晋献大夫		29
特宫		晋献大夫		29
梁伯		梁国君		30、35
屠岸贾		晋灵大夫	贾岸夷孙、屠击子	31、50、51、56、57、58、59
密姬			齐桓如夫人	32
崔夭		齐孝大夫		32、33、40
婴齐	滕子婴齐	滕国君		33
曹共公襄			曹昭公子	33、35、39、41、43
屠击		晋文大夫	屠岸夷子	37、42、45、50
堵俞弥		郑文大夫		37
偪姞			重耳继妻	37
桃子		周襄大夫		37、38
梁弘		晋襄大夫	梁由靡子	45
职			楚成少子	46
萧史	箫史		秦穆公婿	47
梁益耳		晋灵大夫		47、48
阎职		齐懿大夫		49
婴儿	潞子婴儿	潞氏部落长		55
萧太夫人			萧君女、齐惠公夫人、齐顷公母	56、57
萧君同叔			萧夫人父	56、57

十一画

续表

	通　名	异　名	官　职	关　系	出现回目
十一画	清沸魋		晋厉力士		59
	崔杼		齐庄上卿	崔夭子	60、62、63、64、65、66、67、69、97
	尉止		郑人		61
	庾公差		卫孙林父家臣		61、62
	黄渊		栾盈党羽		62、63
	章铿		晋赵武门客		62、63
	偻堙		齐庄勇爵		63、65
	崔成			崔杼子	63、65、66
	崔强			崔杼子	63、65、66
	崔明			崔杼、棠姜子	63、66
	常寿		越王允常大夫		67
	偃师			陈哀公世子	68、69
	梁内		晋昭大夫		70
	梁丘据		齐景大夫		71、78
	渔丈人	芦中人	鄂渚渔人		72、73
	章羽	徐子章羽	徐国君		75
	渔大夫		郑定大夫	渔丈人子	77
	随侯		随国君		77
	扈子		楚昭乐师		77
	梁婴父		智跞宠臣		79
	旋波		西施、郑旦婢女		81
	移光		西施、郑旦婢女		81
	梁惠王	魏䓨、魏惠王		魏武侯子	86、87、90
	淳于髡		齐滑辩士		86、88
	商鞅	卫鞅、公孙鞅	秦孝左庶长		87、89、96、101、105
	接舆		齐稷门学士		89

续 表

	通 名	异 名	官 职	关 系	出现回目
十一画	鹿毛寿		燕王哙大夫		91
	淖齿		楚顷襄大将		95
	骑劫		燕惠大将		95
	黄歇	春申君	楚顷襄太傅		96、98、99、100、101、103、104
	尉斯		秦昭襄将		96
	盖员		赵孝成都尉		98
	盖同		赵孝成都尉		98
	扈辄		赵悼襄将		103、105
	尉缭		秦王政太尉		105、106、107、108
	盖聂		刺客		107
十二画	温媪		周幽王医者		2
	鲁惠公	姬弗涅		鲁孝公子	4、7、78
	鲁隐公	姬息		鲁惠公庶长子	5、6、7
	颍考叔		郑庄大夫		4、5、6、7
	鲁桓公	姬允		鲁惠公太子	7、8、9、11、13
	傅瑕		郑昭大夫		12、19
	鲁庄公	姬同		鲁桓、文姜子	13、14、15、16、17、18、19、21、22
	富辰		周庄大夫		14、37、38
	答里呵		孤竹国君		21
	鲁闵公	公子启、姬启		鲁庄、叔姜子	22
	鲁僖公	公子申、姬申		鲁庄、风氏子	22、23、33、34、39、41、42、43、78
	韩简	定伯	晋惠大夫		28、30、31、36、37
	葛嬴			齐桓公第四如夫人	32
	滑伯		滑国君		37、44
	游孙伯		周襄大夫		37
	矞似		范地巫者		41

《东周列国志》人物索引

续 表

	通 名	异 名	官 职	关 系	出现回目
十二画	韩子舆		晋襄大夫	韩简子	45
	鲁文公	姬兴		鲁僖、声姜子	47、49
	富夫终甥		鲁文大夫		47
	韩厥	韩献子	晋悼司马	韩子舆子	48、50、54、56、57、58、59、60、106
	提弥明		晋灵时车右		48、50
	董狐		晋灵太史		48、51
	敬嬴			秦女、鲁文公妾	49、50
	鲁宣公	公子倭、姬倭		鲁文、敬嬴子	49、50、56
	虞丘		楚庄沈尹		51、53
	彭名		楚庄禆将		53、58
	韩穿		晋景大夫	韩厥族	54、57
	鲁成公	姬黑肱		鲁宣子	56、57、68
	黑要			连尹襄老子	57
	程婴		赵朔门客		57、59
	韩无忌		晋悼大夫	韩厥子	59、64
	程滑		晋厉牙将		59、62
	程郑		晋悼赞仆		59、62
	逼阳君	妘姓、逼阳子	逼阳国君		60、61
	韩起	韩宣子	晋悼副将	韩厥次子、韩无忌弟	60、61、62、64、66、67、68、69、70、71
	殖绰		齐灵将		62、63、64、65、66
	智起		晋平大夫、奔齐		62、63
	智朔			智罃长子	62、64
	智盈	荀盈	晋平大夫	智朔子	62
	棠姜			东郭偃妹、崔杼继室	63、65、66

1379

续表

	通　名	异　名	官　职	关　系	出现回目
十二画	棠无咎		崔杼家臣	棠公、棠姜之子	63、65、66
	斐豹	斐大	范匄隶人、晋牙将		64
	游吉	子羽	郑简行人	郑穆公曾孙、公子偃孙、公孙虿子	67、72
	鲁昭公	姬稠		鲁襄公子	68、70、71、78
	朝吴		蔡灵大夫	公子归生之子	69、70、71
	智跞	荀跞、知文子	晋昭大夫	智盈之子	70
	韩不信	韩简子	晋定大夫	韩起孙、韩须子	72、79
	椒丘䜣		东海壮士		74
	鲁定公	姬宋		鲁昭庶子	78、79
	舜华		晋定臣		79
	畴无馀		越句践将		79、82
	董安于		赵鞅谋士		79、84
	皓进		越句践司直		80
	鲁哀公	姬蒋		鲁定公子	81、82、83
	琴牢	子张		孔子门人	81
	董褐		晋定大夫		82
	韩虎	韩康子		韩不信之孙、韩庚子	83、84、106
	智果	辅果		智伯族人	84
	智开			智伯弟	84
	智国		智伯谋士	智伯族人	84
	韩景侯	韩虔	韩始为诸侯	韩虎之孙、韩起章子	85、106
	曾参			孔子门人	86、92
	鲁穆公	姬显		鲁元公姬嘉子	86
	韩烈侯	韩取		韩景侯子	86
	韩山坚		韩烈侯相		86
	韩文侯			烈侯子	86

续表

	通 名	异 名	官 职	关 系	出现回目
十二画	韩哀侯			文侯子	86
	韩懿侯	韩若山		哀侯子	86
	韩昭侯			懿侯子	86、88、89
	景监		秦孝嬖臣		87
	禽滑			墨子门人	88
	韩宣惠王			昭侯子	91、106
	韩后			赵武灵王后、太子章母	93
	韩釐王	韩咎		韩襄王仓子	94、96
	韩冯		宋康王舍人		94
	韩聂		齐闵将		94、95
	惠文太后			齐闵王女、赵孝成王母	98
	敢		赵孝成筮史		98
	傅豹		赵孝成将		98
	鲁仲连	千里驹	齐游士		100
	韩桓惠王			韩釐王子	105
	韩王安	太子安	韩国最末之君	韩桓惠王子	105、106
	韩非	公子非			105
	韩万	韩武子		韩子舆祖父	106
十三画	满也速		犬戎右先锋		3、4
	新臣	许叔	许国君	许庄公弟	7
	瑕叔盈		郑庄大夫		7、9
	楚武王	熊通		楚蚡冒弟	10、14、90、108
	楚文王	熊赀		楚武王子	10、14、17、19、24、90
	雍姞			郑庄公妾、子突母	10
	雍纠		郑厉大夫	祭足婿	10、11、67
	雍禀		齐襄大夫		14、15
	鲍叔牙		齐桓大夫		15、16、17、20、23、24、29、30、31、32

1381

续表

	通名	异名	官职	关系	出现回目
	詹父		周庄大夫	王子颓党	19
	楚成王	熊恽		楚文王、息妫次子	19、20、23、24、33、34、35、39、40、44
	慎不害		鲁闵太傅		22
	虞公		虞国君		25、26
	蛾晰		晋惠大夫		30、31
	解张		晋文大夫	介子推邻人	37
	颓叔		周襄大夫		37、38
	简师父		周襄大夫		38
	颛犬			卫公子	41、42
	楚穆王	芈商臣		楚成王子	46、48、49、108
	解扬	子虎	晋灵大夫		50、55
	蒯得		晋灵部将		47、48
十三画	詹嘉		晋灵大夫		48
	楚庄王	芈旅		楚穆王子	49、50、51、52、53、54、55、56、57、69、108
	摄叔		楚庄将		54
	解张		晋景大夫	解扬子	56
	鲍癸		晋景大夫		54
	楚共王	芈审		楚庄王子	56、58、59、60、61
	解狐		晋悼大夫	解扬之子	60
	楚康王	芈昭		楚共王子	61、66、67
	督戎		栾盈力士		62
	解雍		晋赵武部将		64
	解肃		晋赵武部将	解雍弟	64
	雍锄		卫孙林父家将		65、66
	褚带		卫孙林父家将		65
	褚师申		卫献大夫		65
	鲍国		齐景大夫	鲍叔牙玄孙	67、68、69

续表

	通 名	异 名	官 职	关 系	出现回目
十三画	楚灵王	公子围、熊虔、楚虔		楚共王子	66、67、68、69、70
	阖闾	公子光		吴王诸樊长子	70、73、74、75、79
	楚平王	公子弃疾、熊居		楚共王幼子	69、70、71、72、73
	鄢将师		楚平大夫		70、71、73、74
	楚昭王	芈珍、芈轸		楚平王、孟嬴子	71、73、75、76、77、78、79、81、83、108
	蓝尹亹		楚昭大夫		76、77
	窦犨		晋定大夫		79
	鲍牧		齐景大夫	鲍国之子	79、81
	鲍息			鲍牧之子	81、82
	楚惠王	芈章		楚昭王子	83
	鼓须		中山国大将		85
	楚悼王	熊疑		楚惠王曾孙	86、101
	楚肃王	芈臧		楚悼王子	86
	楚威王	熊商		楚肃王侄、楚宣王子	89、90、91、108
	楚厉王				90
	楚怀王	熊槐		楚威王子	91、92、93、98、108
	靳尚	上官大夫		楚怀嬖臣	91、92、108
	蒙骜		秦昭襄大将		92、98、101、102、103、104
	楚顷襄王	熊横		楚怀太子	92、95、96
	廉颇	信平君	赵惠文大将		95、96、98、99、101、102、105
	虞卿	虞兮	赵惠文上卿		96、98
	楚考烈王	熊完		顷襄王子	96、98、99、103
	楚幽王	熊捍		考烈王子	103、107

续 表

	通 名	异 名	官 职	关 系	出现回目
十三画	蒙嘉		秦王政中庶子	蒙骜之族	107
	蒙武		秦王政大将		107、108
	楚哀王	熊犹、公子犹		楚幽王弟	107
	楚王负刍			楚哀公庶兄	107、108
	楚王昌平君			负刍同母弟	108
十四画	臧孙达		鲁桓大夫		9
	熊率比		楚武王大夫		10
	管至父		齐襄大夫		13、14、15
	管仲	仲父	齐桓卿		14、15、17、18、19、20、21、23、24、29、30、31、32、36、69、87、95、98、101
	熊囏	堵敖	曾为楚王	楚文王、息妫之子	19、20、46
	臧孙辰	臧文仲	鲁僖大夫		38、39、43
	铖季		鲁庄大夫		22
	瞍瞒		北狄国君		23
	辕涛涂		陈宣大夫		24
	辕选		陈宣大夫	辕涛涂子	24、40、46
	翟君		翟国君		31、37、38、45
	管平		齐桓大夫	管仲子	32
	鄫君		鄫国君		33、69
	僖负羁		曹共大夫		33、35、39、40
	谭伯		周襄大夫		38
	僖禄		曹大夫	僖负羁子	39
	箕郑父	箕郑	晋惠大夫		36、44、47、48
	铖庄子		卫成大夫		42
	鲜伯			晋狼瞫之友	45、46
	獒奴		晋灵公奴		50
	熊负羁		楚庄大夫		51、53、54

1384

《东周列国志》人物索引

续表

	通　名	异　名	官　职	关　系	出现回目
十四画	辕颇		陈灵大夫	辕选之孙	53
	辕侨如		陈成大夫	辕颇之子	53、60
	熊茷		楚共王将	楚共王子	58、59
	嘉父		无终国君		60
	箕遗		晋平大夫	箕郑后、栾盈党羽	62、63
	熊麇	郏敖	曾为楚君	楚康王子	67
	臧孙许	臧宣叔	鲁成大夫	臧文仲子	56
	臧坚		鲁成防邑臣	臧孙纥之族	62
	熊比	子干	楚王郏敖右尹	熊麇弟、楚共王第三子	67、69、70
	熊黑肱	子皙	楚王郏敖宫厩尹	熊麇弟、楚共王第四子	67、69、70
	熊直僚		楚勇士	白公党羽	83
	管修		楚昭大夫	管仲之后，奔楚	83
	翟璜		魏文臣		85
	缪贤		赵惠文宦者令		96
	蔺相如		赵惠文上卿		96、98、102
	嫪毐	嫪大、长信侯		秦庄襄后情夫	104、105
十五画	虢公石父		周幽王卿		2、3
	褒珦		周幽大夫		2
	褒姒			幽王宠妃	2、3
	虢公祭父		周平王卿	石父之子	5
	虢公林父		周桓王卿士		9
	蔡姬			蔡侯封人妹、陈桓公妾、公子跃母	10
	蔡桓侯	姬封人			10
	蔡季			蔡桓侯弟	10
	歂孙生	颛孙生	鲁庄大夫		13、17
	蔡哀侯	姬献舞		蔡桓侯弟	14、17、18、19
	蔡穆公	姬肸		蔡哀侯子	23、24

1385

续表

通 名	异 名	官 职	关 系	出现回目
蔡姬			蔡穆侯妹、齐桓夫人、楚成夫人	23、32
虢公丑		虢国君		25
虢射		晋惠大夫		27、28、29、30、31
虢太子				32
蔡庄公	姬甲午		蔡穆公子	33、41、42、48
潘尪		楚庄大夫	潘崇子	41、50、51
褒蛮子		秦穆牙将		44
潘崇		楚穆大夫		46
樊姬			楚庄夫人	50、51
潘党		楚庄大夫	潘尪子	53、54、58
蔡鸠居		楚庄裨将		53、54
颜姬			鲁女、齐灵公夫人	62
黎比公		莒国君		64、65
潘子臣		楚灵大夫		68
蔡景公	姬固		蔡文侯子	67
蔡灵公	姬般		蔡景公子	67、68、69
蔡略		蔡灵公随从		69
蔡洧			蔡略子	69、70
蔡姬			楚平王妻、太子建母	71
蔡平公	姬庐		蔡景公子	70
蔡昭侯	姬申		蔡灵公孙	75、77
箴永固		楚昭大夫		76
颜征在			叔梁纥妻、孔子母	78
黎弥		齐景大夫		78、79
阚止		齐景子阳生家臣		81、82
颛孙师	子张		孔子门人	81

1386

续 表

	通 名	异 名	官 职	关 系	出现回目
十五画	墨翟		墨家创始人		87、88
	樗里疾		秦惠文大将		91、92、93
	暴鸢		韩釐大将		95、96
	颜恩		魏安釐内侍		100、101、102
	樊于期		秦王政将		103、104、106、107
	颜泄		秦王政中大夫		104
	颜聚		赵王迁将		105、106
十六画	蓬章		楚武王大夫		10、17
	燕伯		燕国君		11
	嬴季			纪侯之弟	11、14
	黔牟		曾为卫国君	卫宣公庶子、急子之弟	12、14、19、23
	隰朋	公孙隰朋	齐桓大夫		15、16、18、21、23、24、28、29、30、31、32
	燕庄公			燕桓侯子	21、108
	嬴拿			莒国公子	22
	燕姞			南燕姞氏女、郑文公媵、郑穆公母	24
	颠颉		晋文大夫、从亡者		27、31、34、37、38、39、40、42
	穆姬	伯姬		晋献公女、秦穆公夫人	25、28、29、30、31、37
	穆嬴			晋襄夫人、晋灵公母	47
	蓬凭		楚庄箴尹	孙叔敖从子	54
	嬴詹		秦景大将		61
	隰侯重		齐庄小卒		64
	蓬掩		楚熊麋大夫	蓬凭子	67、70
	蓬罢		楚灵令尹		67、69、70
	蓬启疆		楚灵太宰		67、68、69、70
	蓬射		楚平大夫	蓬掩弟	70、75

1387

续 表

	通 名	异 名	官 职	关 系	出现回目
十六画	蘧越		楚平大夫	蘧掩弟	70、72、73
	蘧延		楚昭大夫	蘧射之子	75
	豫让		智伯家臣		78、84、85
	燕姬			齐景公夫人	81
	嬴出子		曾为秦王	秦惠公子	86
	黔夫		齐威徐州守		86
	燕文公				90、108
	燕易王			燕文公子	90、91、108
	燕王哙			燕易王子	91
	燕昭王	姬平		燕王哙子	91、95、102
	燕姬			秦昭襄王姬	93
	燕惠王	姬乐资		燕昭王子	95
	薛公		邯郸卖浆者		100、102
	嬴樛		秦昭襄将		101
	燕武成王				101
	燕孝王			燕武成王子	101
	燕王喜			燕孝王子	101、102、104、106、108
十七画	戴妫			陈女、卫庄公媵、卫桓公母	5
	戴君		戴国君		7
	獳羊肩		卫石碏家臣		6
	魏氏			宋孔父嘉继室	8
	檀伯		郑庄将		11、12
	戴叔皮		宋桓大夫		17、18
	蹇叔		秦右庶长		25、26、28、29、30、37、44、45、105
	魏犨	魏武子	晋文大夫	毕万之孙	27、31、34、35、37、38、39、40、44、107
	繇余		秦穆大夫		26、30、36、45、46、47、105

1388

续表

	通　名	异　名	官　职	关　系	出现回目
十七画	蹇他		郑人	弦高之友	44
	魏颗		晋襄大夫	魏犨子	44、55
	魏锜		晋景大夫	魏犨子	54、55、58
	魏寿余			毕万之后、魏犨从子	48、49
	戴己			鲁公孙敖妻谷之母	49
	襄老		楚庄连尹		53、54、57
	魏绛		晋悼大夫	魏犨子	59、60、61、62
	魏颉		晋悼大夫	魏颗之子	60
	魏舒		晋顷元帅	魏绛之子	62、63、64、66、70、71、72
	襄尹		齐庄勇爵		63、65
	魏曼多	魏襄子	晋顷六卿	魏舒子	79
	魏桓子	魏驹	晋三家	魏曼多孙魏须子	83、107
	魏文侯	魏斯	魏国始建者	魏桓子之孙、魏痎之子	85、86
	魏成			魏文侯家人	85、87
	魏武侯	魏击		魏文侯子	85、86
	檀子		齐威南城守		86
	魏襄王	魏嗣		魏惠王子	90、91
	魏哀王			魏襄王子	91、92
	魏章		秦惠文大将		91、92
	魏昭王			魏哀王子	94、95、97
	戴乌		宋康王谏臣		94
	戴直		宋康王将		94
	魏冉	穰侯	秦昭襄相	宣太后异母弟、秦昭襄王母舅	96、97
	魏齐		魏昭相国		97、98
	魏安釐王	魏圉		魏昭王子	97、98、99、100、101、102

1389

续 表

	通 名	异 名	官 职	关 系	出现回目
十七画	魏景闵王	魏增		魏安釐王子	102、105、106
	鞠武		燕丹太傅		106
	魏王假	太子假		魏景闵王子	107
十八画以上	鬻拳	太伯	楚文大夫、大阍		17、19
	酆舒		赤狄潞国大夫		47、48、55
	籍偃		晋悼舆司马		59、62、63
	鳞朱		宋大夫奔楚者		59、60
	蘧伯玉	蘧瑗	卫灵大夫	孔子友人	61、65、66、79
	鬷姬			齐灵媵、太子光母	62
	蹶由			吴夷昧宗室	67
	囊瓦	子常	楚平令尹	公子夏之孙	69、73、74、75、76、77
	籍谈		晋昭大夫		70、73

1390